U0107642

康节先生文集④

邵子神数

［宋］邵　雍　　著
闵兆才　编校

（上册）

华龄出版社

责任编辑：薛　治
责任印制：李未圻

图书在版编目（CIP）数据

康节先生文集. 4／（宋）邵雍著；闵兆才编校. --北京：华龄出版社，2021. 4
ISBN 978-7-5169-1862-3

Ⅰ. ①康… Ⅱ. ①邵… ②闵… Ⅲ. ①宋诗—诗集
Ⅳ. ①I222. 744

中国版本图书馆 CIP 数据核字（2021）第 001323 号

书　　名：康节先生文集. 4
作　　者：(宋)邵　雍 著　闵兆才 编校

出版发行：华龄出版社
地　　址：北京市东城区安定门外大街甲 57 号　　邮　　编：100011
电　　话：（010）58122255　　传　　真：（010）84049572
网　　址：http://www.hualingpress.com

印　　刷：石家庄北方海德印刷有限公司
版　　次：2021 年 6 月第 1 版　　2021 年 6 月第 1 次印刷
开　　本：710mm×1000mm　1/16　　印　　张：45.75
字　　数：677 千字
定　　价：88.00 元(全二册)

出版说明

邵雍（1011—1077），字尧夫。北宋著名理学家、象数学家、哲学家、诗人。自号安乐先生，祖籍河北范阳（今河北省涿州市），后移居衡漳，再迁共城（今河南省辉县市），又徙洛阳。邵雍卒于宋神宗熙宁十年，宋哲宗元祐中谥“康节”，按照《谥法》用字的特定含义，温良好乐曰“康”，能固所守曰“节”，所以追谥为“康节”。宋孝宗淳熙初从祀孔庙，追封新安伯。一介终生无职无权的布衣之士，身后能享此殊荣的，三千年来，只有邵雍一人。

邵雍曾隐居在河南辉县的苏门山百源之上，后人称为“百源先生”。屡授官不赴。与周敦颐、张载、程颢、程颐同为中国文化史上知名的北宋五大儒，亦称“北宋五子”。明代嘉靖中祀称“先儒邵子”。邵雍以讲《易》著称，为理学象数学派的创始者。

邵雍是宋代易学大师、思想家，是一位卓尔不凡的奇才！他终生奉行的人生哲学就是：讲求高尚的道德情操，探求宇宙的无穷奥秘，研究天人的离合关系，写出传世的诗赋文章。他曾表示，一生要做到“心无妄思，足无妄去，人无妄交，物无妄受”。立身处世，都要做一个品行端正、与人为善的君子。

历史上的邵雍家境清贫、生活拮据，但他从小酷爱读书、勤奋好学，闻名乡里。当时辉县县令李之才是北宋初期著名的易学家，他为邵雍的治学精神所感动，将其平生所学河图、洛书、伏羲八卦、六十四卦图，毫无保留地传授给邵雍。得到真传的邵雍更加刻苦，史书上记载他“冬不炉，夏不扇，日不再食，夜不就席枕”，经过几十年的刻苦磨砺，终于成为中国的一代易学大师。

邵雍融合儒家、道家思想，把《周易》归结为“象”和“数”，以为象数系统是最高法则，形成其象数之学（又称“先天学”），并按照自己推衍的象数解释事物的构成和变化图象，构造出宇宙发生的图象体系。认为宇宙的本源是“太极”或“道”。“太极，道之极也”，“生天地之始，太极也”。“太极一也，不动，生二，二则神也。神生数，数生象，象生器”。提倡以心来体会万物之理，即“以一心观万心，一身观万身，一物观万物，一世观万世”。世界万物均由一个总的本体“太极”演化而来，然后“一分为二”生出阴阳，“二分为四”生出日、月、星、辰四象，“四分为八”生出八卦，“八分十六”生出暑寒昼夜、雨风露雷、性情形体、飞走木草。依次分化，遂生世界万物。其象数学对于宋明理学的产生与发展有重大影响。

《周易》是中国传统文化宝库中一部十分重要的文献，为“六经之首”。在我国，对易学的研究历久不衰，尤其是在宋代，由于河图、洛书、太极图、先天图的发现，易学研究出现了一个高峰。在易学史上，宋代的主要贡献突出表现在两个方面：一是综合河洛之学与《易经》象数之学的成果，对宇宙、历史盛衰治乱的规律建立了一个完整的体系；二是将以往这门经院哲学式的科学化繁为简，化难为易，使其迅速走向民间，它的实用价值因此日益显示，日渐扩大。而完成这两大变革的代表人物便是邵雍。

南宋大儒，著名思想家、教育家、理学家朱熹曾盛赞康节先生：“天挺人豪，英迈盖世。架风鞭霆，历览无际。手探月窟，足蹑天根。闲中今古，醉里乾坤。”北宋著名思想家，“洛学”的创始人，理学体系的形成者程颢称邵雍的学术为“内圣外王之学”。北宋著名思想家程颐称赞邵雍“其心虚明，自能知之”。邵雍门生张峄总结说，先生“研精极思，三十年观天地之消长，推日月之盈缩，考阴阳之度数，察刚柔之形体。故经之以元，纪之以会，参之以运，终之以世。又断自唐虞，迄于五代，本诸天道，质以人事，兴废治乱，靡所不载。其辞约，其义广，其书著，其旨隐。于是乎美矣！至矣！天下之能事毕矣！”

我们广泛搜集、整理，将邵雍的著作汇编成《康节先生文集》，以飨读者。

导　读

《邵子神数》又称《邵夫子神数》，史称《邵氏易学神数》，传为北宋易学大师邵雍（1011 年 12 月 25 日-1077 年 7 月 5 日）先生所著，自成书以来，一直在世上享有盛名。《紫微斗数》《铁板神数》（亦称《铁版数》）《邵子神数》《南极神数》《北极神数》号称中国五大数术，《邵子神数》为五大数术之一。

《邵子神数》的确与其他术数不同，据说，邵雍（生辰八字：辛亥年、辛丑月、甲子日、甲戌时）先生就是用此术推知自己六十七岁之年，七月五日五更时分去世，后果应其验，而将此书传其子，珍藏不露，从不示人，视为邵氏用毕生精力所研究出来的秘笈。

《邵子神数》共分十三部，六十四卦结合重卦而分配十二时辰，十二生肖为十二部，第十三部则为“钥匙”，也就是打开神数推演方法的秘笈。

其推算方法，以人的出生年月日时入卦化数，再以数对卦查条文，也就是要先起四柱排八字，然后直接转换为“河洛配数”（即是把八字配以河洛数为基数），再综合九宫、先天八卦、后天八卦而形成一组特定数字，对应一个重卦，卦的下面是四句七言断语，此断语就是命运吉凶的表示。《邵子神数》可断兄弟姐妹个数，断父母属相及何时去世，断祖业情况，断父业情况，断前途官运和晚年情况，断妻命情况，断生子情况，断疾病情况，断工作情况，断外出迁移情况，断配偶姓氏及属相，断子女生肖及数目，断财运事业，断性情，断大运吉凶，断流年，断寿元。《邵子神数》还可以推断父母何时生己，本人几岁时父母去世，以及将于何年、何月、何日、何时离开人间……趋吉避凶是人类的共同心理，也是人类的正常心理取向。山、医、命、卜、相，古称通世之五术。五术中既包含了涵盖天、地、人的“道”，又蕴含了宇宙“理”“象”“数”的哲学。所以俗话说“五术若通，可以成君子”，小则可以独善其身，大则可以兼济天下。

《周易》的全部内涵是由“理”“象”“数”三要素构成的，用现代的科学术语来说即是：

理，类似哲学思想范畴，它探究的是宇宙与人生“形而上”之本体与“形而下”之功用的运动变化规律，即探索宇宙与人生必变、所变、不变的大原理。通古今之变，阐明人生知变、应变、适变的大法则。

象，是从现实世界的万有现象，抽象出理化与生物等自然物象之共有规律，如阴阳、刚柔、生克、制化等。

数，是永恒地存在于天地万物共通现象中的数理法则，演绎推详其生化规律，由此判断人事万物的因果关系，吉凶悔吝。

综合易学内涵三要素，可知“易理”之学是属于哲学性的，“象数”之学是属于科学性的。完整的易学，必须由“象数”的科学基础而至哲学的最高境界。

宇宙万象，变化莫测，人生际遇，进退纷纭，易学之“理象数”三要素，其终端目的无非是指导世人在这纷繁动荡、颠倒错乱的世界中如何知变与适变而已。《礼记经解》中说易学的宗旨是“洁净精微”。所谓“洁净”，就是明心见性，由此直达哲学主殿；所谓“精微”，就是以周密明辨的推断达到知变、适变的目的。

《邵子神数》考时定刻定人命运轨迹犹如神断，其六亲推断之神使后人着迷，在预测学中可谓命、数、卦归合一体，自成一家宗派。《邵子神数》共有6144条断语，细断一生之流年否泰，总断一生之吉凶休咎。

上册目录

邵子神数子部

一千一百一十

乾	子时初刻火命妻,若非宫姓必早离。 二亲火土父必克,手足无依子水立。
履	数中决定命无疑,父命属鼠早分离。 萱堂必是属马相,福禄滔滔寿更奇。
同人	运交甲子喜重重,岁月和合事事成。 任君谋望皆遂意,家门康泰多峥嵘。
无妄	二刻数定子息宫,丹桂堂前一子成。 后代子孙多兴旺,家道吉祥福禄荣。
姤	子时初刻女命逢,夫金子水免相刑。 父母水火百年泰,姐妹二人称次名。
讼	六数讼卦定妻房,结发属鼠定要伤。 月老前世姻缘定,再娶属马终妥当。
遁	运交早晚甲子数,上五年中命锦秀。 下五子位灾殃至,菱花懒对情坠后。
否	一枝丹桂存广寒,嫦娥栽培待人攀。 甲子运临身游泮,果然嫦娥爱少年。

一千一百二十

革	辰时一刻生人孤,妻火子土妻姓朱。 二亲火土父先逝,雁行之中独自孤。
夬	二数交来定命宫,父相属鼠寿先终。 慈母属羊乐晚亨,寿似南山不老松。

大过　运行丙子喜重重，家门康泰渐昌荣。
福禄臻臻皆如意，出入利益事事通。

随　二刻子息数昭明，丹桂枝上子规鸣。
总有须防来克陷，数定二子家道成。

困　辰时初刻定刑冲，父母火土保安宁。
夫主金木子必水，姐妹三人你居中。

咸　九六爻咸定命愁，头妻必克命难留。
续弦属鼠难偕老，再娶羊相到白头。

萃　大运丙子喜临门，疾病口舌也有存。
上年五来安闲乐，下五逢之不称心。

离　丙子运临数定强，流年可喜入文场。
青云初步游泮水，光宗耀祖换门墙。

一千一百三十

大有　申时一刻推命元，妻木子水妇姓田。
弟兄三人身居二，克去佳人莫怨天。

睽　二数逢睽定六亲，母猴寡居守孤身。
父鼠数定先克去，慈母却主寿延深。

噬嗑　运交戊子百事成，君命逢此福禄丰。
一门雨露从天降，家业祯祥瑞气生。

鼎　二刻生人数显明，注定堂前三儿童。
虽然荣苦不一般，其中定有早成名。

未济　申时初刻主孤孀，夫主须得金命强。
长子定火土金命，父母水木母先伤。

旅 命宫数定克妻房，前妻属鼠定先伤。再配家人洞房乐，定是猴相终妥当。

晋 运至两子两平交，家门喜庆喜滔滔。上五年来多随意，下五子运惹烦焦。

震 胸藏饱学圣贤书，刺骨悬梁费心机。运临戊子方遂意，脱去儒袍换蓝衣。

一千一百四十

大壮 子时二刻定刑冲，二亲水火父先终。妻金子土不克损，兄弟三人你居中。

归妹 归妹坐向觜火猴，父相属鼠定难留。慈母定命属鸡相，老景荣泰乐优游。

丰 大运转交庚子宫，任谋所求百事成。总有凶来反成吉，终为吉兆得安宁。

恒 二刻定命非寻常，男女宫中吉星强。前世积来阴德缘，生得四子耀门墙。

解 年方七岁常辛苦，送至学堂去读书。一心贪恋恶笑事，不在人间学机谋。

小过 洞房配合是前生，命中数定克妻宫。属鼠佳人定克去，继配属鸡百年荣。

豫 运逢庚子五年强，庚子遂心喜非常。子位交来灾星至，懒向妆台去梳妆。

兑 运行庚子大亨通，喜事洋洋入泮宫。一枝丹桂天上折，万里青云足下生。

一千一百五十

小畜　辰时生人初刻评，妻克水木定克刑。
父金母土父先逝，儿郎土命终能成。

中孚　二数行来中孚填，双亲位上不周全。
父相属鼠先克去，戌命萱堂寿百年。

益　运交壬子事事成，福禄祯祥大亨通。
家门康泰添喜气，财事安然称心情。

家人　生逢二刻定子宫，男女宫中遇悬星。
前世积德阴功厚，丹桂庭前五子成。

涣　一十九岁正青春，寒窗笃志功夫深。
少年得意人罕见，财禄盈门自称心。

渐　身宫逢煞定鸳鸯，绿林业中有一伤。
前妻属鼠定克去，再配属狗寿命长。

观　运交壬子有虚惊，灾殃口舌子运中。
上五年来安然乐，瑶台明亮自发荣。

坎　运行壬子最为奇，满腹文章只待时。
羡君今朝游泮水，蟾宫折桂第一枝。

一千一百六十

需　时逢申时初刻真，妻非木火难保存。
父母金土子立水，手足行中有三人。

节　二亲宫中犯刑伤，父命属鼠定先亡。
慈母数定属猪相，福禄荣华寿延长。

既济　十三十四事事吉，进喜属荣皆遂期。
出入动静财源旺，家道昌盛自早知。

屯　四数交来定子宫，喜逢屯卦二刻生。
命中子息多兴旺，一树蟠桃六果成。

井　三十一上贵神临，胸藏诗书多超群。
更喜禄马身荣贵，运至财禄满堂臻。

蹇　原配佳人不到头，命定属鼠必难留。
失偶鸳鸯另配对，定是猪相来无愁。

比　女命数定二克生，此命注定克子宫。
思想老来将何依，抱养外子作儿童。

大畜　合主晋绅在青春，冲犯文昌星不欣。
若有解破功名庆，解破一跃过龙门。

一千一百七十

大畜　运交甲字百事强，遂心得意喜非常。
逢凶化吉财源旺，纵然遇难反成祥。

艮　妻妾宫中暗刑冲，人生子息是前生。
虽然二子堂前立，不是同胞一母生。

损　三十七八运转通，喜气迎门百事成。
求财谋事多利顺，家业茂盛主峥嵘。

贲　男女宫中入旺乡，子息森森姓名扬。
二刻定就七子命，因有带破却未伤。

颐　大运交甲欠亨通，财源如同火见冰。
事事不遂多颠倒，看是平路跳到坑。

蛊　运交甲位喜临门，可喜妻宫产麒麟。
愁眉反变笑颜乐，千祥如意福禄臻。

益　埋儿煞在命中游，子息森森不到头。
养儿指望送终老，反送儿郎到荒坵。

蒙　数定命中带灵花，总有钱财不自家。
左手费力抓将来，右手轻轻送出他。

一千一百八十

乾　运交子位百事亨，事事如意称心情。
一派风送滕王阁，万里无云月正明。

剥　子息宫中耗星躔，数定二子不周全。
一子成家多纯厚，一子破散败家缘。

泰　六十一二流年通，千事遂心万事成。
逍遥坐享财源旺，行船正来通顺风。

临　四数少阴定儿郎，子息宫中有四双。
内中注定有带破，因生二刻保吉祥。

明夷　大运临子不遂心，破财疾病祸临身。
双亲琐碎烦恼至，平安康泰下运深。

复　运转子位降吉祥，熊罴应兆生儿郎。
丹桂森森秋菊茂，晚景更喜福寿长。

升　七数行来定命宫，关煞相犯有忧惊。
交过一二命岁去，方得牢稳自安宁。

师　命犯暗算实可伤，交朋无益少贤良。
当面向你说好话，背地暗箭要提防。

一千二百一十

同人	绿水冉冉绕重城,长空飘飘一孤鸿。 纵有兄弟不得力,孤身独自立门庭。
家人	二数家人定六亲,父相属鼠命归阴。 慈母同庚也克去,堂前缺少主事人。
谦	运行甲子祸重重,口舌破财不安宁。 家门不幸生灾患,月正明时被云蒙。
乾	大运交甲主不祥,此运严父定早亡。 破财口舌烦恼有,泪洒衣襟真可伤。
履	鸿雁高飞过长江,月中待影照一双。 纵有姐妹不得力,单身独自守家堂。
无妄	月老注定姻缘强,数中定就结鸳鸯。 洞房欢娱堪作对,配合妻宫定姓祁。
姤	大运甲子两分明,下五年来喜气生。 上五事事多不遂,懒对菱花不修容。
艮	数中定命二刻生,学贯古今文章通。 泮水滔滔身荣贵,幸得平步入黉宫。

一千二百二十

同人	棠棣花开各芬芳,兄弟五人不成双。 雁行排来君居长,满门福气一枝香。
离	阴星二数离宫推,父命鼠相早归阴。 母相牛兮亦克去,白衣守笑泪洒襟。

姤　运交丙子主生灾，日月云蒙不称怀。
凡事不利多阻隔，口舌破财时常来。

遁　运行流转子宫中，烦恼破财有虚惊。
严父克去难保守，忽作大梦不回程。

兑　五数老阴入兑宫，姐妹同胞定穷通。
一树花开有伤破，梅花五朵第三名。

否　洞房花烛定无差，妻宫定命在陶家。
夫妇相交如鱼水，鸾交凤友偕白发。

夬　运交丙子不遂心，几几烦恼灾临身。
妆台尘土无心扫，菱花只在恼后寻。

革　子时生人局格清，寒窗笃志苦用功。
终身难遂青云志，锦鳞困在泮池中。

一千二百三十

随　试看燕子舞堂中，兄弟七人不同情。
手足排来君居长，争春梅花各自清。

大过　命值此数最难当，双亲位上俱主伤。
父鼠已作涅下客，母虎亦是不安康。

困　戊子运临主不祥，破财琐碎有两伤。
凡事谋为欠顺利，犹如花门遇严霜。

咸　运临甲位泪纷纷，一旦不幸克母亲。
常恼命蹇难如意，口舌破财悲临门。

萃　计星过度五数临，姊妹七人石皮伤。
一树花开分先后，你身一定居四行。

兑

六数交兑反无疑,命中配定史氏妻。
鸳鸯并翅无相克,福禄绵绵寿更奇。

噬嗑

大运戊子吉凶停,上五年来不顺情。
下五子位吉庆有,福禄祯祥百事成。

归妹

一枝丹桂在寒宫,嫦娥栽培待人情。
年方十二游泮水,皆羡少年一儒生。

一千二百四十

涣

一数变化预造根,手足宫中细推寻。
兄弟八人有带被,你身居长不待云。

小过

安身立命定吉凶,小过转兑犯刑冲。
母兔父鼠阴阳差,二亲合主两命倾。

解

运行庚子多忧惊,财耗官灾事未通。
日晚沉西难见景,春光却尽落空声。

同人

子运交来身不安,忧闷愁肠在心间。
慈母寿尽归阴府,白衣守孝正三年。

谦

二刻生人竟非凡,代代儒业对圣贤。
父子俱登龙虎榜,职受皇恩福禄绵。

师

姻缘簿上定得真,妻配吴姓结成婚。
洞房喜遇恩星照,同到白头无克损。

坤

运交庚子不顺通,事多不顺有虚惊。
上五年主不甚吉,下五逢之喜气生。

涣

八数遇涣主亨通,二十四岁成心情。
蟾宫折桂人称羡,泮水生香耀祖宗。

一千二百五十

中孚　先天神数定得真,弟兄行中有九人。
内中定主有带破,一树枝分头一根。

震　二数逢震龙母伤,严亲遇鼠不久长。
乾坤二爻俱受克,数中缺少父与娘。

咸　运行壬子不顺通,官灾口舌祸患生。
出入求财多不遂,几场烦恼惹虚惊。

恒　甲运交逢不为吉,须防妻宫主分离。
泪眼乾坤开笑颜,弦断再续会佳期。

晋　两朵桂花在堂前,手足宫里仔细参。
姐妹二人出二母,次序排来你居先。

升　坎六行来升卦游,共结丝罗永无忧。
妻宫配定沈氏女,双双有寿到白头。

讼　壬子运临喜合忧,上五年中有灾忧。
下五子位平安泰,百年合好永无愁。

巽　十年窗下苦用功,名主虚望命未通。
待交三十零六岁,天衢初步耀门庭。

一千二百六十

蒙　手足宫中受克损,纵有兄弟亦非亲。
雁过南楼单声叫,命中受定是一人。

震　父母化鬼震卦游,父鼠母蛇不到头。
严亲数定辞阳世,萱堂克去也带愁。

旅　十三十四不为吉，龙居浅水被蛇欺。灾病临身皆由命，财散骨肉也寂寂。

乾　姻缘长短是前因，大运交子主分离。鸳鸯折散再相续，洞房花烛又一新。

同人　先天数到五同宫，手足宫中定得清。姐妹五人不同母，次序排来居四名。

坎　坎来庚位定家人，配合妻宫必姓秦。夫妇相会心意合，对对蝴蝶舞花心。

鼎　命中配合织女星，生逢子时正家风。勤俭劝夫鸡明起，礼义温良百福生。

升　四利生人富豪称，合主异路有前程。曾见黉门不能进，数定财帛美峥嵘。

一千二百七十

革　长空鸿雁立江滨，草木森森仁义存。昆仲五人君居长，必有石皮各立门。

睽　生逢子日一生荣，祖宗田业庶兴隆。富贵两全安乐然，家门祥瑞大峥嵘。

同人　三十七上不顺情，灾殃临身事重重。雨中残花风前烛，过渡不遇顺风行。

咸　运交甲位有灾临，烦恼悲伤祸临门。此运不祥主克子，消息定数不须云。

未济　数中定命禄受冲，纵有荣华亦虚名。自己产业不能守，贵人堂前听度用。

艮　六数交艮定姻缘，妻宫曹氏皆天然。
　　鸾凤同合如鱼水，晚景福禄更清闲。

蹇　女命子时非寻常，男儿定作紫衣郎。
　　珠冠玉佩沐君德，安乐荣华百事强。

大有　时分刻数不为农，也非僧道也非工。
　　水户人家水户业，全凭妻子度光景。

一千二百八十

震　金菊花开满院香，鸿雁飞腾任翱翔。
　　兄弟七人居长位，有破有败有荣昌。

艮　数中定命验一生，移花接木看穷通。
　　命主一岁交运好，五行用神定吉凶。

大畜　六十一二流年凶，破财烦恼身不宁。
　　事事不遂般般过，一场灾祸一场惊。

旅　北方子运闷沉沉，不幸儿郎命归阴。
　　破财惹气烦恼至，纵有喜事也不欣。

巽　千里配合是前缘，仆男仆女两团圆。
　　月老注定鸳鸯配，时刻定数二刻间。

坎　赤绳系足配洞房，芦花水边两鸳鸯。
　　配妻许姓同偕老，夫唱妇随永无妨。

大过　腰巾紫衣身荣贵，原非龙虎榜上人。
　　身宫生时论正息，主带金枝配姻亲。

益　数演格局定性情，为人和好主聪明。
　　做事和平心地好，持家立业孝翁婆。

一千三百一十

同人

数中定命同人推，天恩正遇定无疑。
父母庚年同属鼠，一世安然福禄齐。

姤

安身立命定吉凶，二爻行来遇克冲。
母相午前父相子，双亲合主两命倾。

讼

运交甲子吉合凶，甲运有喜称心情。
流转子位灾殃到，破财口舌疾病生。

中孚

时至东风景色新，万物草木尽逢春。
生辰正月初一日，堂上二亲正欢欣。

豫

老阳变少五数游，新年生人鼠相属。
父母定在属鼠相，双双有寿到白头。

睽

千里姻缘如线牵，兰房配对非偶然。
妻配蔡氏不刑冲，鸾凤合美到百年。

屯

丧门星煞入命宫，一千三百七数逢。
提防二十零三岁，父母妻子放悲声。

坤

八数逢坤定元辰，重赏佳节贺新春。
生辰闰正初一日，出生阳世定大论。

一千三百二十

睽

春天美景几度秋，父命属鼠母属牛。
椿萱并茂堂前乐，双双有寿到白头。

师

命值此数最难当，二亲排来俱主伤。
父鼠母羊辞阳世，泪洒衣襟悲一伤。

离　丙子运临喜重重，上五年中百事通。
下五子位多琐碎，花正开时遇狂风。

涣　万物生发春景天，元宵佳节在目前。
生逢正月初二日，双亲堂上添笑颜。

既济　恩星入命定五行，造化无刑通一生。
子父丑母无刑克，福如东海寿如松。

履　六爻皆吉定姻亲，妻宫姓兰配成亲。
洞房花烛真欢乐，一定之数岂虚陈！

剥　限行七数命难逃，寿主中年命必夭。
大限三十零五岁，一枕南柯梦黄郊。

蛊　人生有命是天缘，重赏佳节拜新年。
生辰闰正初二日，灵台落草母子安。

一千三百三十

小过　先天演数万古存，小过逢乾推得真。
父相属鼠母属虎，画堂二位白头人。

渐　克父克母命中定，不由人事只由命。
堂上缺少主事者，子父申母作大梦。

谦　运交五子吉且良，戊字五年百事强。
子运不利财耗散，事多不遂少祯祥。

复　斗转寅宫月钩悬，宇宙逢春是新年。
生辰正月初三日，父母堂上添笑颜。

家人　山映青松雪景天，严父子相福禄全。
萱堂属虎数中定，月照梅花影上悬。

渐

兰房锦帐两鸳鸯，鸾交凤友结成双。
命定当配夏氏女，夫妇有寿耐久长。

谦

命中数限遇休囚，月正明时被云收。
四十七岁归阴路，一梦南柯卧黄坵。

夬

欲知君是何日生，新春佳节又重逢。
生辰闰正初三日，雪压梅花锦绣增。

一千三百四十

贲

数中露出神仙机，双亲庚相预先知。
父相属鼠高堂乐，慈母属兔更无疑。

观

数定二刻主分离，萱堂庚相必属鸡。
父相子年归阴府，命中演来却无疑。

离

大运庚子财禄兴，上五年中大亨通。
下五子位主不利，提防破财口舌生。

大有

斗转寅宫岁月新，正月初四降你身。
堂上双亲重重喜，初离母胎降元辰。

需

堂上双亲百年春，父是子相兔母亲。
紫荆花开常不老，更比南山四皓人。

坎

姓戴佳人是妻房，前世配定两鸳鸯。
夫妻恩爱百年泰，并头花开色更香。

井

一千三百四十七，逢劫此数禄已空。
五十九岁作大梦，黄泉路上放悲声。

蒙

生身父母报恩先，光阴似箭月未圆。
驾鹤纷纷飞祥端，生闰正月初四间。

一千三百五十

革　山长桂柏地长松，父亲属鼠母属龙。
一数交来荣华有，举案齐眉百福增。

震　属狗今已萱堂没，鼠相严父耐若何。
二老俱皆辞阳世，白衣守孝六年过。

无妄　运交壬子五年强，惟喜壬运事事祥。
下五子中琐碎有，犹如花开遇严霜。

同人　东风吹动是新春，晚离母胎待时辰。
生辰正月初五日，月照庭前光满临。

大壮　五数火旺推命元，猿朝比羊泄威权。
喜遇福德星辰照，父是鼠相母龙年。

鼎　六数逢合对鸳鸯，共枕同衾两无伤。
夫妇会合先天定，当配妻宫必姓张。

恒　欲问命数享遐龄，松柏寒冬份幽青。
寿至七十零一岁，八月十三午时终。

泰　和风飘飘催去寒，此时桃李各争先。
闰正初五生辰日，灵台落草到人间。

一千三百六十

比　知落天命是生年，先天定数理非轻。
父命属鼠母蛇相，福寿安然一世荣。

畜　二爻现逢属凶星，双亲俱主入幽冥。
母命属猪父肖鼠，重转阳世又一生。

否　三数逢木主意清,为人一生多聪明。
做事和平心田善,不好求人落下风。

临　生逢子时水星临,贵人见喜百年欣。
小人常有不足处,恩将仇报反自嗔。

坤　父母爻相细推详,二亲庚相数定明。
寿数同偕松柏老,父是鼠相母小龙。

过　姓马佳人是妻宫,姻缘数定是前生。
并翅鸳鸯洞房乐,举案齐眉寿同松。

夬　寿似流水归皇天,遐龄限至八十三。
衣禄将绝黄粱梦,二月十五赴仙班。

颐　未曾窗前苦用功,求名不成作经营。
财源茂盛遂心愿,晚景安然福寿增。

一千三百七十

明夷　命逢天喜星最良,添人进口大吉昌。
男人逢此多顺利,女命若遇生儿郎。

巽　八字怕逢二刻生,父亲决定入幽冥。
母亲必然也克去,泪洒衣襟恸悲声。

咸　心直口快最主强,诸凡作事有主张。
只要与人行方便,五湖四海声名扬。

剥　心宽量大意气雄,一生有祸不成凶。
四方广结好朋友,贵人扶持子时生。

中孚　命中喜逢子年生,禄享祖宗余德逢。
一生和平安然乐,晚景福寿且峥嵘。

损 姻缘配合前世招，兰房妻儿必姓高。
丰衣足食同欢乐，夫妇合好喜滔滔。

遁 妻妾宫中犯刑伤，克过一房又一房。
鸳鸯浅水独宿卧，再娶属鼠终妥当。

困 数定驿马入命宫，主人在外作经营。
生意兴隆多茂盛，财源滚滚福寿增。

一千三百八十

恒 劫煞流转入命宫，破财口舌有忧惊。
事事不遂多颠倒，看是平路跳到坑。

泰 生逢子月福禄强，早年富贵晚不祥。
纵有田产却消尽，临为只落命中藏。

未济 五行定命局格清，一生不落人下风。
话不投机心烦恼，就是爹娘让不成。

谦 生逢子时福禄强，恩人无义骨肉伤。
早年破财晚年好，大人见喜末运良。

遁 数逢二刻命非强，田宅不旺星不良。
离祖迁移家业盛，若守祖业主不祥。

无妄 姻缘前定最非轻，夫妇宫中却分明。
妻配谢氏不刑冲，福如东海寿如松。

乾 克妻克妻又克妻，三房佳人主分离。
瑶琴屡断重结续，再娶属鼠终相宜。

复 数中定命不自由，万人头上称王侯。
金榜题名虚富贵，洞房花烛假风流。

一千四百一十

噬嗑　一数交来定根原，二亲宫中福寿全。
天伦福德恩星照，父是鼠相母马年。

兑　丹桂森森貌堂堂，园林深处菊花香。
长子若是属鼠相，上下无靠独自芳。

解　时逢二刻定不祥，一身独自命刚强。
父亲被你克去了，孤身侍奉老萱堂。

升　时至和风清明天，春来草木尽发全。
生逢三月初一日，堂上双亲开笑颜。

丰　一千三百定乾坤，父母宫中细推寻。
严父原来是鼠相，慈母属马寿同春。

旅　运交甲子禄重重，凡事谋为称心情。
十年无阻添吉庆，问利求名百事成。

节　甲子鼠相海中金，寿至七十零七春。
江边鸡唱方回梦，猴山顶上别故人。

小过　兰桂乘时正芬芳，桃花开放应时香。
生逢闰三初一日，蝴蝶戏花倍精神。

一千四百二十

履　一千四百二十祥，父命鼠相母属羊。
二亲俱享遐龄寿，好比松柏耐久长。

大有　乐天知命是前生，妻财子禄亦非轻。
长子鼠相招一弟，双飞齐鸣耀门庭。

讼　一对鸿雁望天涯，兄弟二人宿芦花。
生逢二刻先去父，慈母孤孀自持家。

鼎　乘时兰桂自芬芳，百花绽蕊应时香。
生逢三月初二日，柳絮飞扬好风光。

泰　斗星逢寅入太香，父相子年母属羊。
松柏青青南山老，森森月影照寒窗。

井　运行丙子喜重重，家门昌盛渐渐通。
福禄并臻般般有，出入利益百事宁。

睽　丙子鼠相命最坚，涧下水发寿南山。
大限方交七十五，一梦黄粱到九泉。

解　三春天气日正长，杨柳舞动草木香。
生辰闰三初二日，一生悠悠好风光。

一千四百三十

益　九一初渡一卦求，父相属鼠母属猴。
二亲庚命数中定，双双偕老到白头。

萃　命宫子息喜荣昌，数有三子定高强。
长子若立属鼠相，定有一子作栋梁。

震　生逢二刻定分明，雁行之中草木荣。
弟兄三人先去父，留下萱堂寿同松。

渐　绿木苒苒与松齐，百花开放自幽丽。
鹊立枝上风吹动，三月初三是生期。

豫　一千四百寿中求，母命庚相定属猴。
严父属鼠多康健，青山悠悠水东流。

涣　运行戊子百事成，君命值此福禄丰。
一门雨露从天降，家宅康泰福气生。

乾　戊子年生此命宫，霹雳火星寿遐龄。
八十二岁衣禄尽，一枕南柯命归空。

家人　三月已过又三月，桃花开放浪里春。
初三原你生辰日，子规枝上弄好音。

一千四百四十

坎　父母爻相数定良，严父鼠相在高堂。
慈母属鸡同安乐，二亲定主寿延长。

家人　二数家人定子宫，一千四百遇恩星。
四子传家真可羡，长子定是子年生。

节　二刻鸿雁望南飞，有先有后弓字齐。
兄弟四人先去父，各立门户置田基。

屯　春至花开香多奇，绿柳枝上杜宇稀。
生辰三月初四日，运至龙吟虎啸时。

临　父相属鼠定无疑，配合慈母必属鸡。
百年荣泰双亲乐，寿同南山世间稀。

观　运交庚子主荣华，财禄满门事事佳。
龙入海底头生角，虎奔深山换爪牙。

艮　壁上土命庚子年，逢七加艮禄不安。
七十四岁衣禄尽，一枕黄粱到九泉。

中孚　绿水冉冉碧连天，先天雨露降人间。
元辰闰三初四日，一枝丹桂立堂前。

一千四百五十

谦　数定二亲更无疑，金乌玉兔走东西。
父命属鼠母属狗，双双有寿百年齐。

姤　春守四时花开先，蟠桃一树五果坚。
长子属鼠更长久，自然福禄永绵绵。

革　生逢二刻家道昌，兄弟五人不成双。
二亲位上先去父，棠棣花开各芬芳。

井　花开莫怨结子晚，海棠休怪月出迟。
生辰三月初五日，年寿春月日寒时。

困　一千四百五数逢，二亲宫中定得清。
严父鼠相无差错，慈母属狗定分明。

咸　运交壬子百事吉，举动谋为多利益。
家门祥瑞年年现，人财兴旺又何疑！

大壮　壬子桑怀木命真，寿至七十零八春。
江边鸡唱方回梦，山头顶上自沉吟。

艮　桃李花开自然清，鹊噪枝上闹春风。
生辰闰三初五日，父母堂前添笑荣。

一千四百六十

同人　一数同人定双亲，父命鼠相断得真。
母命属猪同偕老，百年荣泰百年欣。

归妹　富贵荣华数定真，一生造化岂由人？
长子属鼠栽培茂，六株丹桂长成林。

离　二刻生人难俱全，紫荆花开丧根源。
兄弟六人先去父，各自峥嵘主家缘。

姤　子时生人禄丰盈，兄弟行中有显荣。
食禄天家恩光厚，五福临门家道成。

大有　乐天知命是平生，五爻大有定分明。
父相子年无差错，母亲定是亥年生。

恒　子时生人命定良，才高志大抱文章。
先叙明伦司教化，运至名显作正堂。

涣　命演七数是绝乡，槐下凡胎见阎王。
森罗宝殿领命旨，重转阳世振纲常。

蛊　三刻生人局格清，技艺歧黄有余能。
寒热渴凉能辨理，洪大沉细脉理清。

一千四百七十

噬嗑　月老千里配姻缘，身傍嫩柳结子先。
外邦庶室生一子，异常喜事降人间。

大畜　暮春花开在枝头，秋深七果有休咎。
长子立定属鼠相，城头更故垣悠悠。

小过　鸿雁远飞思故乡，兄弟七人石皮伤。
双亲位上先去父，争春棠棣各芬芳。

益　姻缘前定非偶然，心想小配晚娶安。
残花一朵无鲜色，庚相属鼠来百年。

否　月产子宫家道兴，财禄福德喜峥嵘。
父母宫中多得力，田产家业喜现成。

革　六爻定命主清光，珠潜沧海待时香。生逢子时声名美，将来定列贡士行。

未济　妻数未济定命元，看经念佛你当先。吃斋如素心好善，数定主就乐清闲。

大壮　数中主医才能奇，诸般疖疮能调理。习练华王妙丹药，待转时来作明医。

一千四百八十

夬　异星入命细推详，无心善处在高堂。幼年若非为僧道，命中该有两层娘。

乾　人生有子上下足，君家子息足又足。长子若是属鼠相，森森八子庭前立。

同人　二刻生人造化深，手足宫中福不均。兄弟八人先克父，内有带破各立门。

困　月老配合千里缘，妻宫属鼠克子身。三刑六害照命定，百年送老少儿孙。

恒　生逢二刻数遇恒，衣禄宫中保安宁。六亲之中无所靠，自立家业拍手成。

解　时辰正在二刻生，男人却比女人能。大裁小剪成衣体，缝补能作假女红。

临　身命二宫犯刑冲，弯腰背锅似驼形。若无此破必夭寿，暮景悠悠亘然通。

震　安身立命举医能，眼科丹药多炼精。金针一拨重光亮，妙药三点目能明。

一千五百一十

中孚	一千五百数中求，提纲引出顺逆行。 命限初交一岁运，富贵贫贱位数更。
大过	青春嫩花初结子，早立后嗣得安祥。 姻缘前定非偶然，鸳鸯拆散不周全。
贲	克妻再配祁氏女，双双有寿到百年。 严父当年正廿三，天然生你到人间。
屯	樟树榴花映日红，桑叶臻臻黄鹊鸣。 生辰五月初一日，始分阴阳朔望中。
观	姻缘簿上数得清，蝴蝶对上遇春风。 妻配赫连偕到老，富贵安然百年荣。
否	运行甲子祸重重，破财口舌不安宁。 家门不利生灾患，日月云遮少光明。
震	甲日甲子时步行，五福临门丹桂扳。 天赐禄马金玉贵，声名扬溢到朝班。
遁	榴花开放映日红，杨柳枝头蝉声鸣。 闰五初一生辰日，晚景安然福自生。

一千五百二十

革	二刻注定姻缘牢，配定无差半分毫。 妻宫庚相是属鼠，丹桂堂前长异苗。
坤	八字前生定命宫，喜产麒麟西堂中。 父年方交二十五，丹桂庭前贵子荣。

复　洞房花烛主重婚，鸳鸯拆散不由人。
后娶佳人一生乐，定与陶氏结成亲。

归妹　榴花开放映日红，黄杏结实是金铃。
生辰五月初二日，紫燕哺乳绕梁中。

贲　洞房花烛是前生，夫妇相配称心情。
一生命欢百年泰，日月云迷不称怀。

小过　运行丙子主生灾，妻与彭祖可联宗。
凡事不利多阻滞，破财口舌几场来。

震　乙日丙子时上香，百福并臻更流芳。
富贵全美声名显，手扳丹桂步玉堂。

剥　荷花出水映日红，黄杏此时赛金铃。
闰逢五月初二日，父母堂前添笑容。

一千五百三十

离　姻缘前定甚非轻，妻相属鼠立命宫。
一生得合鱼水意，三刻福寿松柏青。

大壮　二爻数定不差移，一枝花开结子实。
父年方交三十七，生你堂前福寿齐。

中孚　迷群鸳鸯定有伤，前配妻宫两分情。
克妻重配史氏女，又作兰房一新郎。

谦　安身立命定恩荣，娇桑嫩枝杜鹃鸣。
生辰五月初三日，父母堂前产人龙。

师　姓于佳人结成婚，五数加来定得真。
夫妇相会同偕老，百年荣泰百年欣。

屯　运行戊子生灾殃，破财口舌多惊慌。
家门不旺身不稳，人口六畜少安康。

井　丙日时逢戊子宫，蟾宫折桂受恩荣。
乘龙飞去青云路，一声雷震天下惊。

兑　薰风炎炎五月天，黄鹊弄巧在树间。
闰五三月灵胎降，父母堂前笑容传。

一千五百四十

同人　四刻属鼠是妻房，家道吉祥福禄昌。
并翅蝴蝶空中舞，池塘游戏两鸳鸯。

大有　八字能泄造化机，命宫无疵福寿齐。
父年四十零九岁，果然生你甚非俗。

蛊　三爻命遇克妻房，原配佳人命早亡。
再配要知是何姓，必与吴员是同乡。

丰　丹桂庭前吐馨香，蟠桃果熟更芬芳。
生辰五月初四日，母子分身见儿郎。

夬　前世姻缘今世成，配合佳人必姓熊。
数中定来无差错，夫妇合好称心情。

艮　运行庚子多忧惊，财耗官灾不顺通。
日晚西沉难见影，春光却尽落空空。

遁　丁日时逢庚子生，财禄双全五福增。
蟾宫折桂人争羡，恩光几次耀门庭。

升　桂枝堂上吐馨香，蟠桃熟时正芬芳。
闰五初四君身降，母子分娩保安康。

一千五百五十

贲　乐风吹绽一枝梅，永配仙姬共罗帏。
妻宫属鼠成佳对，生逢五刻效齐眉。

丰　父母宫中配少年，母年生君才十三。
世上喜事从来有，未有如此照君欢。

鼎　数定克妻重续弦，狂风吹散并头莲。
知足再娶沈氏女，夫妇保守过百年。

咸　月钩斜挂在云端，翠竹青松百花鲜。
生辰五月端阳日，脱离母胎降人间。

巽　妻妾宫中定得真，元配包氏结成亲。
一生锦帐同欢喜，对对蝴蝶无花心。

井　运行壬子未为通，口舌灾殃祸患生。
出入求财多不遂，凡事不成惹忧惊。

比　戊子壬子时可欢，虎榜名标占魁元。
家门荣贵声名显，紫袍玉带在腰缠。

履　月明一颗出云端，青松鲜花傍青山。
生辰闰五端阳日，脱离母胎降人间。

一千五百六十

艮　六刻生人定姻缘，妻命属鼠福禄全。
对对蝴蝶宫中舞，并翅鸳鸯闹青莲。

小过　勤劳养育母惊胆，安身立命降人间。
萱堂年交二十五，生君恩逢似昊天。

比　兰房配对不昌荣，前妻冲犯主刑伤。
花烛重门弦再续，后娶秦氏永成双。

复　一千五百定子宫，命有二子一子冲。
百年归天压了惊，只有一个送你终。

蒙　花发风光青云天，桃李芬芳年十三。
人伦喜事从天降，此年妻宫主生男。

井　命主二刻多奇能，只可出入在公庭。
心性正直贵人助，离祖兴家更丰隆。

睽　二刻生人最超群，父子泮水在黉门。
奋志欲扳三秋桂，奈何足下不生云。

夬　平生好结如海朋，仗义疏财有声名。
不论银钱心存好，恩友成仇口舌生。

一千五百七十

归妹　欲问人间婚姻事，月老注定不差移。
生逢七克妻属鼠，家道吉祥福禄齐。

渐　妻财子禄皆天缘，子立迟早非偶然。
母亲年方三十七，堂前喜生一儿男。

萃　三爻值命定妻宫，妇命与夫犯刑冲。
前妻必定要克去，再娶姓曹保太平。

恒　二刻命主孤星躔，子息宫中却无缘。
纵有三男并四女，不能拜孝到灵前。

贲　男女宫中非偶然，婚姻定就是前缘。
妻命生子二十五，白鹤飞献蟠桃还。

颐　二刻生人喜战争，六爻数逢武曲星。勇往直前镇边地，他乡立功定大名。

大过　二刻生人正吉祥，富贵荣华非寻常。父在蟾宫扳丹桂，命享亲恩公子郎。

离　五星数定命显明，五行逢之定性情。求勤谦读信为本，晚景福禄家业成。

一千五百八十

随　鸳鸯戏水在江滨，芦花深处结成亲。八刻妻鼠成佳偶，福同竹柏寿同春。

乾　生逢子月遇恩星，早年多败后必兴。门庭福德渐增长，田园茂盛家道成。

中孚　前世月老配姻缘，夫妇宫中造化难。原戌妻宫定要克，续配许氏永专员。

讼　命中注定子息宫，时逢休囚倍刑冲。纵然有子难保守，皮外之子送你终。

同人　妻财子禄皆前缘，子息逢早非偶然。前房年交三十七，堂前喜生一儿男。

旅　时辰定就二刻生，合主出力是匠工。修楼盖阁人争羡，衣禄和平度日生。

晋　生逢二刻人争齐，胸藏古今孔孟书。泮水池边欣欣乐，伟然衣冠世间稀。

屯　格定性情主老成，施巧多能却不通。开口只说真实话，多受人谤鲜遇宠。

一千六百一十

蒙

一千六百一数中，二亲宫中犯克刑。
父母同庚属鼠相，父享遐龄母必倾。

解

若问平生姻缘事，月明风清景逍遥。
妻宫必是属鼠相，丹桂庭前长异苗。

蛊

三刻鸳鸯戏水莲，中秋月明交头残。
兰房桃李成家计，夫是属鼠是前缘。

益

四数益卦论命宫，金风送来莲花馨。
生辰七月初一日，灵胎落地母安宁。

同人

一千六百定命宫，濛濛细雨共清风。
手足宫中无依靠，孤身独自立门庭。

豫

运行甲子事多凶，灾殃口舌祸患生。
上五年来多不利，下五运中多亨通。

坎

巳日甲子时贵星，财源似水五福增。
扳桂折枝人争羡，金风送暑秋蝉鸣。

鼎

仲秋之季立命宫，恩光屡屡耀门庭。
闰七初一君身降，二亲堂前添一丁。

一千六百二十

夬

母入夬卦白虎躔，父母难得两周全。
母命属牛先归去，父是属鼠多寿延。

升

花开雨露风光好，桃杏芬芳满屋香。
妻宫属鼠生二子，兴家立业福禄昌。

兑　生逢三刻配姻缘，几度春光几度年。
夫男属鼠月老配，赤绳系足两相连。

乾　安身立命定生时，金风未动蝉先知。
生辰七月初二日，堂前福德昌又吉。

涣　泽水困逢五数详，命遇此宫大吉昌。
兄弟五人居一体，次第排来君头行。

谦　运行丙子事多凶，灾殃祸患口舌生。
上五年来多不利，下五年来保安宁。

益　庚日丙子时上福，折桂蟾宫开钟谷。
人人争羡君恩重，四海命扬达帝都。

随　中秋美景黄叶飘，梧桐树下砧声敲。
生辰闰七初二日，父母终得乐滔滔。

一千六百三十

中孚　乾爻中孚遇凶星，慈母遇虎寿先终。
父属虎相高堂乐，寿似南山不老松。

大畜　东风吹绽一枝梅，鸳鸯锦帐共罗帏。
妻命属鼠姻缘定，喜生三子共齐眉。

困　生逢四刻姻缘昌，夫男属鼠终妥当。
鸳鸯交结重相会，鸾交凤配永成双。

夬　初入孟秋寒蝉稀，芙蓉初绽坠花枝。
生辰七月初三日，父母堂前喜上眉。

泰　鸿雁分飞过长江，斜行羽翼排成行。
两两双双少一枝，兄弟七人君首强。

夬　运行戊子久亨通，惹祸招非求财空。
待交下五子位上，百般做事称心情。

巽　辛日戊子时上清，登云步月望九重。
蟾宫折桂君恩厚，四海扬名远帝京。

坤　孟秋暑气莲花红，绿柳深处寒蝉鸣。
生辰闰七初三日，母子分娩两安宁。

一千六百四十

晋　雷山小过定乾坤，兔母必先早分离。
父鼠福享遐龄寿，百年荣泰百年欣。

革　欲问人间姻缘事，月老注定无差移。
妻宫属鼠生四子，福禄臻臻一生宜。

丰　千里配合皆前生，夫男属鼠系赤绳。
一对鸳鸯永百岁，生逢五刻定得清。

渐　孟秋天气阴渐生，柳阴深处鸟啼鸣。
生逢七月初四日，父母堂前添笑容。

巽　一千六百遇巽宫，棠棣茂盛枝叶荣。
兄弟八人居长位，必有带破在其中。

井　运行庚子不顺通，惹事招非求财空。
待交下五子字位，百般谋为称心情。

讼　壬日庚子时超群，鸾飞凤舞下琼林。
手扳丹桂登金榜，身着朱衣拜朝君。

归妹　孟秋暑气落花红，绿叶深处寒蝉鸣。
生辰闰七初四日，丹桂秋香比芙蓉。

一千六百五十

蛊　一千六百遇刑伤，一数逢之为夭殃。
母命属龙先克去，父鼠鼓盆泪汪汪。

解　姻缘簿上主荣昌，鸾交凤友配成双。
妻宫注定属鼠相，必产五子在画堂。

萃　洞房花烛非偶然，夫配属鼠是前缘。
生逢六刻前生定，犹如绿水并头莲。

咸　孟秋天气风渐高，金风吹动百花俏。
生辰七月初五日，庭前丹桂花正娇。

大过　空中鸿雁过潇湘，兄弟九人居二行。
虽然一脉有带破，原来同父不同娘。

乾　运行壬子事难成，几番烦恼几番惊。
破财疾病事不遂，下五子位称心情。

颐　癸日壬子时超群，鸾凤歌舞下琼林。
手扳丹桂登月殿，身着紫衣拜皇恩。

损　孟秋送暑蝉声高，金风摆动菊花梢。
生辰闰七初五日，庭前丹桂花正娇。

一千六百六十

损　六一初度损卦容，为人逢之有忧惊。
母年属蛇先克去，鼠父内外正家风。

履　春风桃李花正开，鸾凤交结会瑶台。
妻宫属鼠生六子，举案齐眉百福来。

同人　七刻鸳鸯戏水滨，芦花深处结成亲。
夫男配定属鼠相，月老千里联佳音。

豫　命宫初逢二刻生，身中煞星克妻宫。
鸳鸯浅水独歇卧，孤枕独衾伴孤灯。

恒　一千六百定命详，手足宫中有乖张。
兄弟二人君居长，兄同父亲不同娘。

师　八字先天定得真，身在卯宫配孤辰。
命宫原是空门客，半途还俗伴红尘。

中孚　子时生人贵非凡，紫绶金章玉带悬。
红鸾天喜照君命，倍受皇恩福禄全。

屯　二刻生人阴宅清，卦分乾坤吉合凶。
精通山水并朝向，善晓地理与来龙。

一千六百七十

益　命中定合织女星，生逢子时正家风。
勤俭助夫鸡鸣起，礼义温良百福生。

归妹　鸳鸯一对枕上欢，夫唱妇随永百年。
妻宫属鼠生七子，喜气飘飘福禄全。

观　生逢八刻姻缘良，夫男属鼠寿命长。
紫燕衔泥梁间绕，穿帘入户映锦堂。

姤　二刻生人定命真，妻宫大娶必早分。
若非晚娶轻年女，定然克去不相亲。

夬　紫微入在弟兄宫，一排五名母不同。
虽然你身居第四，必有石皮在其中。

蹇　生逢二刻文业乖，头戴儒巾非文才。
武举作养生杀气，运临旺地鹰扬开。

临　子时生人沐恩深，威风凛凛万人欣。
官居万户紫衣客，世享荣华挂腰金。

比　二刻生人贵可钦，通晓两仪阳共阴。
身披法衣称道士，手执竹板念天尊。

一千六百八十

否　生逢子时衣禄平，早受扒拮晚年成。
宫中逢鼠多不利，败散夫主财不兴。

大有　月老千里配成婚，恰是桃李正逢春。
兰房属鼠生八子，彪名顿使世人欣。

泰　克离前夫丧青春，再配属鼠是夫君。
分明主破主元象，兰房花柳又一新。

震　菊绽九秋枝叶坚，根芽培植在名园。
必须移栽别处养，始得傲霜享自然。

剥　鸿雁分飞望南还，兄弟七人一排连。
君身居五不同母，先荣后枯一脉传。

师　子时生人格局清，何愁金榜不挂名。
出入龙楼并凤阁，腰悬玉带内相公。

乾　七数逢乾福德临，只喜纳财显家门。
异日运临福禄位，威权凛凛统万民。

中孚　圆圆扇鼓响叮叮，君子烧香问病情。
祝告神灵传圣信，八卦灵验是端公。

一千七百一十

夬	一千七百遇夬宫,双亲位上犯刑冲。 慈母属马必先丧,严父属鼠寿同松。
涣	东风吹散杏花天,妻小一年始得安。 鸾凤结交鸳鸯对,美满恩情百年欢。
需	妻妾宫中主重婚,却是桃花又逢春。 前妻定克难保守,续配蔡氏堪同衾。
节	菊花开放正兴隆,雁过南楼空中鸣。 生辰九月初一日,父母堂前添笑容。
革	二刻生人主重婚,鸳鸯离散情难禁。 后娶属鼠成婚配,晚景兰桂满堂春。
大壮	甲子运临颇遂心,打扫妆台无灰尘。 家门吉康添喜气,旱苗得雨长精神。
鼎	命星子宫主文明,胸藏豪气吐长虹。 子科虎榜声名振,果然平地一声雷。
颐	菊花绽蕊味更重,雁过南楼最有情。 生辰正是闰九月,诞辰定是初一日。

一千七百二十

蛊	一千七百定命宫,乾爻逢蛊有刑冲。 母亲属羊父属鼠,严父寿高母先终。
小过	夫妇定数有后先,何必区区求同年。 姻缘长短不由己,妻宫必小一十三。

履　芦花深处配鸳鸯，前娶妻宫定要妨。
续配佳人必卢氏，夫妇会合耐久长。

升　金风吹动菊花轻，暑往寒来盼孟冬。
花开色似金铃艳，命定九月初二生。

夬　花正开时逢天霜，月当明处云遮光。
生逢三刻重婚配，再娶鼠相终妥当。

谦　运交丙子喜重重，可喜家道称心情。
菱花对面无忧色，妆台明亮自发荣。

比　命立子宫少人知，功名成就有何疑。
子科大展经纶愿，管教平地有天梯。

中孚　金风吹动景重阳，孟冬交来最吉良。
生辰闰九初二日，陶渊赏菊景多芳。

一千七百三十

睽　火地晋逢乾坤详，母年属猴定先亡。
父命属鼠高堂乐，福享遐龄寿亦长。

艮　喜逢鸳鸯为伴侣，怎奈姻缘半不齐。
妻小二十零五岁，乾坤交泰百年吉。

大过　一千七百遇离宫，瑶琴折断亦非轻。
克妻再娶卞氏女，夫妇合好百年荣。

困　雁过南楼时将暮，百花竞秀堪自顾。
生逢九月初三日，晚景乐荣享万福。

家人　同林鸟被狂风吹，比目鱼遭猛浪分。
四刻生人弦再续，寿定属鼠百年春。

否 运行流转戊子宫,家门荣泰喜气生。
纵有琐碎渐消减,兰房和畅添笑容。

同人 立命子宫妙难言,高扳月桂有何难。
子科方遂青云志,飞腾青云近广寒。

需 霜露冷冷紫竹青,淡云罩定芙蓉红。
雁过南楼声声叫,闰九初三生辰逢。

一千七百四十

贲 父命属鼠母属鸡,父亲在世母先离。
先天数演命中定,已知二亲寿不齐。

讼 姻缘相伴两相宜,鸳鸯配对年不齐。
老阳少阴合欢乐,妻宫必小三十七。

升 一千七百数中求,前妻主克必难留。
瑶琴折断重配对,后娶戴氏终到头。

恒 松柏翠竹映山青,淡淡浓浓傲霜冰。
菊花开放秋将尽,正是九月初四生。

无妄 五刻生人带三刑,鸳鸯分散再寻明。
续娶属鼠成婚配,竹影松花映日红。

震 运交庚子喜临门,吉庆康泰乐欣欣。
朽木逢春发枝叶,旱苗得雨得长神。

临 命立子宫福禄足,羡君平步上天梯。
子科成名折秋桂,手板蟾宫第一枝。

节 松柏翠竹映日红,淡淡浓浓傲霜木。
菊花绽蕊季秋景,闰九月内初四生。

一千七百五十

萃　一千七百遇萃宫，亲位之中犯刑冲。
父命属鼠持家业，母命属猪寿先终。

咸　姻缘簿上主荣昌，妻宫方大一年强。
夫妇年甲正相等，鸾交凤友配成双。

损　赤绳系足配洞房，锦帐合欢不久长。
鸳鸯拆散重婚配，再娶妻宫应姓康。

坤　欲知生身在何宫，四数逢冲定得清。
元辰九月初五日，雁过南楼听远声。

困　鸳鸯拆散不相亲，生逢六刻主重婚。
断弦再配属鼠相，晚景悠悠百福臻。

贲　大运流转壬子宫，妆台添喜家道荣。
在家立业多兴旺，十年之内百福生。

遁　命立子宫显文明，胸藏孔孟书多通。
午科得遂青云志，人人争羡一举成。

离　雁过南楼空中鸣，你是闰月初五生。
霜露之间松柏翠，浓云照定芙蓉红。

一千七百六十

井　父母爻现遇井宫，萱堂属猪定先终。
严父属鼠安然乐，福如东海寿遐龄。

归妹　昔日月老配姻缘，戏水鸳鸯引凤鸾。
少长不齐佳偶配，妻比夫大十三年。

乾　奈何妻宫犯刑伤，不料重作一新郎。
续配佳人马氏女，方能偕老耐久长。

泰　命宫数定子时生，非工非商只务农。
春耕夏耘秋收获，冬来堂上乐丰盈。

渐　七刻洞房主重婚，交头鸳鸯两离分。
再娶属鼠成婚配，暮景兰桂满堂臻。

恒　子时生来却有缘，道教山中掌威权。
只因自小不堪养，黄庭经卷乐清闲。

大有　命立子宫定要荣，经书钻研事业通。
午年必折月中桂，高题姓名广寒宫。

蹇　数中定命验生平，生克敕化数中通。
讲论旺弱定成败，也是卜中一先生。

一千七百七十

剥　夫君已定属鼠真，天生带破在其身。
若是无有带破病，必须二姓免刑侵。

涣　日坐子宫定命清，一生衣禄保安永。
虽然少年多成败，晚来却有大峥嵘。

坎　定君克妻是命招，前配佳人命难逃。
弦断再续如鱼水，后娶妻宫必姓高。

井　子时生人手艺精，命主四方衣禄丰。
心性能巧夺造化，招来荣华福自生。

损　生逢八字主重婚，芙蓉锦帐新又新。
兰房再娶属鼠相，鸳鸯合好寿同春。

豫　六爻定命二刻生，合主释教为尼僧。职守空房为僧袖，八字暗藏有官星。

咸　八字正逢子时生，命合武职管万兵。明星头露威名重，气同山河震边廷。

坤　坤命逢之定命真，今生合主相士身。能辨气色吉凶理，五行部位看的真。

一千七百八十

同人　一数同人定妻房，必有带破在身藏。妻当属鼠无差错，若无带破寿不长。

大壮　生逢子月命不详，奔波劳碌度时光。纵有祖业不兴旺，晚来却比早年强。

噬嗑　只因错配无缘人，兰房相克主重婚。克妻再配谢氏女，百岁白头百年春。

蒙　命宫注定妻有妨，结发难偕泪汪汪。两房终能同偕老，永偕琴瑟天地长。

革　一千八百定命真，人前不做人后人。手拿换头叮当响，正容削发度年春。

萃　六爻详来定命孤，亲戚无靠主缺夫。讲说菩萨金刚经，必作佛前一尼姑。

晋　二刻生人大亨通，孙武韬略藏胸中。鹰扬首荐声名显，保国忠臣汗马功。

坤　此数原是妇人命，分阴分阳卜卦通。疾厄宫中悉耀照，双日不明女仙童。

一千八百一十

鼎	父母爻象定得真，一千八百细推寻。 严亲属鼠先克去，慈母同庚守孤衾。
大有	百年姻缘主荣昌，夫宫定大一年强。 鸳鸯结交同欢会，鸾交凤友配成双。
离	新春花柳景色鲜，初出年限方十三。 人间喜事从天降，少年早得一儿男。
震	一千八百遇震宫，暮景堂前丹桂生。 原辰本是十一月，初一出世寿同松。
未济	妻妾宫中必有妨，鸳鸯相冲有一场。 结发属鼠定克去，再娶属鼠终妥当。
旅	运交甲子不遂心，灾殃口舌祸又侵。 懒向妆台正乌云，菱花只在脑后寻。
姤	运交甲子福层层，龙归沧海变化能。 职位升迁声名美，富贵双全此时荣。
兑	八字细详五行中，已知君身何日生。 闰十一月初一日，父母堂前添笑容。

一千八百二十

夬	命逢此数最为凶，双亲位上犯刑冲。 父相属鼠先克去，母命属牛寿如松。
同人	夫妇配合两合情，鸳鸯水面并翅行。 郎君必大十三岁，一生悠悠福寿同。

中孚　人生有子是前生，姻缘须凭月老成。
二十五岁生一子，东君有意羡人龙。

乾　仲冬耐岁松柏青，雪满青山瑞浓浓。
生辰十一月初二，麒麟降世现瑞祯。

谦　一千八百数中属，结发属鼠定难留。
同枕鸳鸯今拆散，再娶属牛到白头。

艮　运行丙子有灾星，烦恼不遂有忧惊。
花正开时遭雨打，月当明时被云蒙。

丰　大运丙子吉星祥，风送十里桂花香。
蓁蓁世禄添吉庆，爵位升迁更高强。

需　梅含春信松柏青，水仙绽蕊色艳浓。
早知君身何日降，闰十一月初二生。

一千八百三十

兑　一千八百定二亲，严父属鼠先归阴。
慈母属虎乐晚景，寿比南山白皓人。

咸　嫦娥月里去生均，老少交结共枕衾。
思光有会喜相见，夫大二十零五春。

姤　月老前世配姻缘，燕语声声画梁间。
三十七岁生一子，花绽梅开喜安然。

渐　朔风吹动雪花飘，寒梅掩映称情操。
仲冬正是十一月，初三降生一根苗。

剥　数定兰房花烛重，鸳鸯拆散别寻盟。
元配属鼠定克去，继配虎相百年荣。

未济　戊子运临不称情，灾殃口舌祸重重。
纵有喜事也不乐，菱花懒对蓬头容。

渐　运交戊子最为良，百事如意会不强。
职位升迁爵位显，福寿亨通家道祥。

巽　百花凋残起朔风，雪花片片正仲冬。
若问君身何时降，闰逢十一初三生。

一千八百四十

大壮　雷风恒数遇壮宫，父命属鼠数先终。
慈母属兔孤灯守，寿似南山不老松。

益　姻缘前定更无疑，夫命元大三十七。
百年恩爱常相守，庚相不一福寿齐。

涣　人言秋花结子晚，我道花晚子更坚。
四十九岁生一子，暮景双全衣禄安。

鼎　朔风凛凛仲冬节，窗前恐叫无休歇。
生辰正是十一月，初四离母一骨血。

艮　属鼠妻宫定要妨，泪洒鸳鸯两分张。
瑶琴折断重结续，再娶属蛇终妥当。

乾　庚子运临调不均，血气灾殃病缠身。
常有闲气惹烦恼，懒对菱花泪纷纷。

坤　运交庚子步上高，七数逢坤化金鳌。
九天雨露悬光大，职位升迁乐滔滔。

家人　朔风仲冬遇佳节，生辰闰是十一月。
初四降世一阳至，双亲添喜桂子结。

一千八百五十

需 命逢此数定不祥，双亲位上有乖张。
父命属鼠先克去，母命属龙寿延长。

贲 鸳鸯相合结成亲，情同鱼水意更深。
夫小一岁偕白发，夫唱妇随敬如宾。

艮 云开日照喜相逢，此年事事主顺通。
若交正五九月内，犹如枯木遇春风。

师 岁景寒时梅渐生，树色萧条时最荣。
元辰正是十一月，初五降世显人龙。

小畜 风天小畜遇五祥，结发属鼠定要止。
弦断再续如鱼水，又配属龙耐久长。

巽 壬子大运事未通，家门不利有忧惊。
兰房针绣无心做，灾殃临身口舌生。

井 运临壬子福重重，万里前途标姓名。
恩光临门职迁转，身闲心忙逐风城。

升 翠竹松柏耐岁寒，雪里梅花色正鲜。
闰十一月初五日，满门祥瑞朔风天。

一千八百六十

鼎 数演乾爻贵宝珍，一千八百细推寻。
父命属鼠先克去，慈母属蛇百年春。

损 夫妇相配是前缘，芙蓉锦帐共枕眠。
鸳鸯匹配成佳偶，夫主必小十三年。

贲　流年小运欠顺通，破财又主口舌生。提防正五九月内，驳杂琐碎在其中。

比　一千八百六十四，妻宫属鼠不立子。继庶之托终难躲，庶室产子立一嗣。

同人　洞房花烛主重婚，鸳鸯拆散不由人。原配属鼠定克去，再娶属蛇百年春。

益　行年罗睺入命宫，主人作事有忧惊。男犯官司疾病至，女逢血光产难生。

解　运行甲子位不兴，官星隐晦欠亨通。职位常迁颠险事，犹如皓月被云蒙。

小畜　身命二宫犯刑冲，一目昏来一目明。数中注定无差错，若无带破命早倾。

一千八百七十

明夷　岭上寒梅方终新，月缺花残泪满襟。梧桐凋零叶早谢，克夫再嫁又同春。

蛊　生逢子月家道昌，富贵双全庶田庄。门庭光耀增祥瑞，喜气临门有两场。

归妹　行年小运多吉祥，衣禄丰盈在四方。逢五九月心头乐，微有口舌要提防。

损　原配克过续又妨，又配又克续又伤。克过四房续五次，再娶属鼠终妥当。

观　花正开时看雨霜，又被狂风折枝伤。兰房二妻双美秀，人羡君子处妥当。

益　目下月内不顺通，必见官司有忧惊。
转交二月方通泰，始得胜地落下风。

颐　运交子位不调均，官星隐晦不能伸。
职位不迁多颠倒，祸患在天岂由人？

旅　五行之中犯刑冲，两眼不明凄凉情。
吃的俱是阳间饭，行步却似阴死中。

一千八百八十

泰　数中定命决无差，必为填房作人家。
永结丝罗山河固，且生贵子福禄加。

艮　先天之数不可移，多受奔波常忍饥。
勉积多为阳行好，挽回天心百迪吉。

涣　小运流年甚不通，心想西来身走东。
须妨正五九月间，必生灾殃受恐惊。

泽　持家立家好争强，善事翁姑心更良。
助夫勤俭尽夫道，家业渐兴福禄长。

豫　妻妾宫中仔细详，必定兰房是一双。
穿红作绿分左右，一衾单凤共双凰。

乾　八六之数应不同，此会必然产儿童。
好行他事也作吉，总是铡关绣针成。

艮　天生君命带前程，不用甲第自峥嵘。
也是宗祖积德厚，金银买得贵人成。

坤　生逢子时命运高，身为庶室到兰桥。
玉种兰田生贵子，一喜化去百病消。

邵子神数丑部

二千一百一十

乾　子时三刻妻有妨，妻属火命必姓张。
子立金水方有保，父金母土娘先伤。

遁　二千一百遇遁宫，父命属牛寿先终。
慈母属马高堂乐，寿比南山不老松。

蒙　运行乙丑主清闲，满门财禄得安然。
万朵红花开雨后，一轮明月出云端。

需　金乌玉兔走东西，生逢三刻报君知。
天小同人四数定，丹桂庭前一子立。

师　子时二刻夫有妨，火水二命寿数长。
父母金土不刑害，金火之命是儿郎。

讼　妻妾之中主重婚，前妻属牛早离分。
瑶琴折断重结续，再娶属马寿还深。

屯　运交乙丑吉合凶，上五年中喜气生。
下五丑运多不顺，口舌疾病有震惊。

小畜　乙丑运临自显奇，龙驹自古世间稀。
此年得遂平生志，方显才能入泮池。

二千一百二十

履　辰时三刻数定凶，早克妻宫必姓钟。
喜配木命方偕老，子立水火必大成。

泰　父母爻现二数详，父是属牛母属羊。
椿庭仙游母有寿，独守孤亲在高堂。

否　运交丁丑主丰盈，出入和顺贵人逢。
福禄吉祥皆如意，问事求名百事成。

同人　四数同人最为良，儿女宫中占高强。
因生三刻时辰定，命主寿延二子良。

大有　辰时二刻主孤孀，夫主宜长金火强。
父火母土母先丧，子宫水土是儿郎。

谦　六爻逢谦妻宫愁，元配属牛不到头。
继娶属马同偕老，鸾凤和美乐悠悠。

豫　运交丁丑推若何，上五年中喜气多。
口舌灾殃下五运，菱华懒对心难过。

随　丁丑运临铁生光，蟾宫折桂花生香。
泮水池边身荣显，登云艺名扬四方。

二千一百三十

蛊　申时三刻木命妻，若非贺姓必分离。
子立金水不克害，兄弟三人居第一。

临　二亲宫中犯刑伤，父命属牛定先凶。
母命属猴松柏老，千禅云集福禄宫。

观　运交乙丑主兴隆，凡事谋为称心情。
家门康泰添喜气，丹桂庭前自登荣。

噬嗑　三刻生人命和平，注定堂前三子成。
子息宫中有成败，自有荣枯各不同。

贲　申时二刻主刑冲，父金母火母先终。
亥宫水命同偕老，子命火水晚年成。

剥　赤绳系足配洞房,前妻属牛定有妨。
鸳鸯拆散重配对,再娶属猴才妥当。

复　运行流转乙丑官,持家增荣五年中。
丑运不利添烦恼,家中常有口舌生。

无妄　苦用功夫费心思,要折丹桂第一枝。
运临乙丑方遂意,果然起步到泮池。

二千一百四十

大畜　子时四刻定有妨,父木母火父先伤。
妻非火命必早克,长子火命寿延长。

兑　二千一百遇兑宫,父牛先亡母鸡庚。
数演生克生前定,自古难留百岁终。

大过　运交辛丑事事通,喜气临门福禄增。
门庭吉庆多康泰,枯木逢春枝叶青。

坎　数定时在三刻间,震卦变坎生四男。
兰桂茂盛真足爱,子息前立非偶然。

离　八字逢堂苦用功,此命数定有贵星。
窗前有志鸡鸣起,待转时来泮水生。

咸　二千一百咸卦游,只恐妻宫不到头。
属牛佳人己克去,继配属鸡永无忧。

恒　辛丑运临喜合忧,十年不断高低搜。
上五年来多遂意,下五年逢有灾忧。

屯　祖上积德有数春,富贵荣华配君身。
运至辛丑游泮水,少年得志入黉门。

二千一百五十

大壮	辰时四刻主刑冲,父金母土父先终。 妻宫水火无克害,子立火命得安宁。
晋	二千一百定命元,二亲宫中有伤残。 父命属牛归泉下,戍母堂前守孤单。
明夷	运交癸丑主登财,家门康泰福星来。 无阻无滞添喜气,百事顺利称心怀。
家人	四数家人定子宫,时分三刻五子成。 兰桂茂盛真可爱,富贵悠悠百福增。
睽	二十岁上苦用功,满腹文章蕴胸中。 虽然命中学堂贵,阴星致乱泮水生。
蹇	结发属牛定要妨,雨打鸳鸯两分张。 瑶琴折断重结续,再娶属狗才妥当。
解	癸丑运临喜气生,上五年中称心情。 下五丑年多不利,是非口舌有相争。
损	运行癸丑遇文昌,命中有贵姓名扬。 青云初步游泮水,门闾改换耀家邦。

二千一百六十

益	申时四刻克妻先,火土不刑生命间。 长子生在火年上,同胞弟兄三四欢。
夬	水泽节师二数安,双亲位上不周全。 父亲属牛先克去,母亲属猪守孤单。

姤	十五十六流年悦，福禄吉庆有两场。 求财谋为皆顺利，瑞气盈门桂花香。
萃	三刻数定六子成，也有破伤也有荣。 四萃文数兴隆有，晚年峥嵘衣禄丰。
升	三十二岁孝堂间，奋志窗前孝圣贤。 也曾用功名未就，只因命有飞星躔。
困	错配鸳鸯不成双，结发属牛定主凶。 六爻数演无错差，断配属猪寿命长。
井	女命时生三刻间，骨肉刑伤不周全。 百年孤身将何依，皮外儿郎送归山。
革	八字命中永韬光，珠潜沧海待时香。 星犯观音煞星害，解破必然姓名扬。

二千一百七十

鼎	东方乙木是青龙，大运逢此百事通。 旱水蛟龙归大海，平地猛虎奔山中。
震	数演循环定命详，兑来岁震定刚悦。 命中数定有三子，虽然同父不同娘。
渐	三九四十颇遂心，事事如意百福臻。 总有口舌后吉庆，家门荣泰喜欣欣。
归妹	二千一百定子宫，时遂三刻定亨通。 一树蟠桃结七果，内有带破免刑冲。
巽	运交乙木遇巽宫，提防破财口舌生。 事事不遂多不利，与人争闹有忧惊。

旅　人生有子是前生，六爻加旅是福星。
运爻乙位添喜气，喜得一子丹桂荣。

艮　身命二宫白虎藏，三周五岁见阎王。
此煞若还不斩送，儿女宫中受恓惶。

涣　奈何耗散入命门，谁知财帛不能存。
拿来轻轻复送去，命里注定不由人。

二千一百八十

节　运时丑位合吉星，愁颜变为喜笑容。
一派风送滕王阁，万里无云月正明。

中孚　命有勾绞凶星躔，子息宫中不周全。
虽然三子堂前立，其中定有破家垣。

过　流年六三六十四，岁岁祯祥福禄至。
家门康泰般般利，求名求利皆如意。

既济　时分三刻遇祯祥，儿女宫中占高强。
森森八子堂上立，内有带破受损伤。

未济　运交丑中是北方，口舌琐碎少祯祥。
常有云惊牵连事，灾殃临身奈凄凉。

乾　大运丑位喜气扬，满门祯祥生儿郎。
财禄渐增加吉兆，暮景悠悠福寿长。

屯　三岁四岁要提防，数逢丧弟定不良。
二四间隔相冲过，福禄绵绵寿命长。

蒙　命有箕星数定真，丢去钱财难遂心。
初交和好如鱼水，将来反为仇恨深。

二千二百一十

需　一对鸿雁望天涯，兄弟二人宿芦花。
同气连枝你居长，世景荣泰福至家。

讼　二千二百一二凶，父命属牛命归天。
慈母属鼠也克去，泪洒衣襟动悲声。

师　大运流转乙丑宫，灾殃口舌祸并生。
谋事无益财耗散，人口六畜少安宁。

比　运行乙运闷沉沉，总有喜事泪纷纷。
四数逢此多不利，怎知此运克父亲。

归妹　一双燕子绕画堂，姐妹二人各逞强。
五数循环合上下，次序之中居头行。

履　姻缘簿上主荣昌，前生配就两鸳鸯。
兰房得遇同相会，窈窕佳人必姓张。

泰　乙丑临来不称情，上五不利有忧惊。
下五逢丑平安泰，常对菱花正芙蓉。

否　三刻生人福禄齐，青春初步登天梯。
方到泮池身荣显，声名之美世间稀。

二千二百二十

同人　长空鸿雁立江滨，草木森林仁义存。
昆仲五人你居二，必有石皮各立门。

大有　二数流转大有宫，父母爻中犯刑冲。
双亲同庚属牛相，母亲下世父也终。

谦　海底捞月丁丑宫，财帛不聚否气生。
凡事不遂有阻隔，恰似花开遇狂风。

豫　运交丑宫烦恼生，庭前不住有悲声。
严父克去此运内，昼夜床上有云惊。

随　二千二百五数行，推算人间姐妹宫。
一推五人你居四，同气连枝一母生。

蛊　鸳鸯交颈绿水中，荷花芝兰双美青。
妻命配定金氏女，永偕琴瑟百年庆。

临　运行丁丑有灾殃，懒向妆台多惊慌。
丁位之中身不稳，下五丑字保安康。

观　丑宫生人文业精，总有功名未能成。
志拜月中扳丹桂，无路飞到广寒宫。

二千二百三十

噬嗑　手足宫中定高强，雁过长江不成双。
两两双双少一只，兄弟七人居二行。

贲　命逢此数主不祥，死气交缠入贲乡。
严父定属牛相克，慈母属虎上主伤。

剥　己丑运临是土乡，耗散不遂有灾殃。
雨中残花风里烛，临崖落马失绳缰。

复　运交巳宫数不悦，黄花衰草遇严霜。
不幸慈母遭刑害，长吁短叹泪汪汪。

无妄　二千二百数逢奇，姐妹宫中定高低。
一树花开结七果，次序桃来第五枝。

大畜 鸳鸯双双作对飞,琴瑟和好黄罗帏。
妻配程氏无差错,亥妇甚爱共齐眉。

颐 运交乙丑运不通,上五年中不称情。
待至下五丑运内,平安和顺添笑容。

大过 胸藏豪气正十三,君家得意在此年。
红鸾入命利考试,荣游泮水光祖先。

二千二百四十

坎 棠棣花开正逢春,兄弟森森排成林。
手足八人有带破,君身居二别立门。

离 椿庭属牛乙竟妨,萱堂属兔亦主伤。
二千二百高宫照,烦恼伤情奈凄凉。

咸 辛丑运逢西北方,琐碎运有少祯祥。
疾病口舌身常有,与人共事有乖张。

恒 此方丑运闷沉沉,偶失家长无处寻。
破财不利人口散,定克萱堂老母亲。

屯 三刻生人贵非轻,代代入业耀祖宗。
父子俱登龙虎榜,职受皇恩福禄增。

大壮 六爻大壮定姻缘,鸾凤和鸣非偶然。
并翅鸳鸯水中舞,喜配姜氏永百年。

晋 辛丑之运灾及身,上五分断不遂心。
下五丑字添喜气,菱花对面乐欣欣。

明夷 寒窗十年苦用功,胸藏豪气吐长虹。
二十五岁游泮水,脱门换户耀祖宗。

二千二百五十

大过	棠棣茂盛正芬芳，鸿雁南还思故乡。 兄弟九人身居二，其中定有石皮伤。
兑	二千二百遇兑宫，双亲位上犯刑冲。 父是属牛母龙相，二亲合主两命倾。
井	运行癸丑推若何，吉事少来凶事多。 事事不遂财难聚，否变立交受折磨。
大有	大运逢乙不遂心，刑克妻宫正青春。 离合悲欢前世定，洞房花烛又一新。
豫	人生手足莫强求，恩荣二宫命不由。 姐妹二人你居次，不是同胞一母留。
坎	姓兰佳人是妻宫，前世已定非今生。 鸳鸯合翅并欢娱，共枕同衾百年荣。
咸	癸丑运来喜合忧，上五年中有灾星。 家内祥瑞下五运，逢凶化吉永无愁。
复	胸藏文才苦用功，少年时命乘未成。 待交三十零七岁，丹桂初扳耀门庭。

二千二百六十

噬嗑	火天大有遇乾宫，手足行中定得清。 一树蟠桃结二果，次序排来你头名。
蹇	父母宫中遇凶星，二千二百数逢空。 严父属牛已克去，慈母属蛇赴幽冥。

巽	十五十六运不高,作事不成口舌招。 离到巽宫多不利,皆因冰霜待时消。
恒	运交丑宫白虎躔,拆散鸳鸯实可怜。 忽然妻宫辞阳世,瑶琴折断重续弦。
师	二千二百遇巽宫,手足宫中定得清。 姐妹五人不同母,次序排来第五名。
蛊	芦花深处两鸳鸯,鸾交凤友配成双。 并头莲花开艳色,合配妻宫必姓汤。
屯	女命丑时隆生辰,助夫兴家百福臻。 持家贤能生贵子,安然康泰寿百春。
乾	数定命中格局清,身命暗裹有前程。 虽然未作皇家栋,上沐君恩克带荣。

二千二百七十

同人	一数同人定弟兄,昆仲五人最分明。 次序排来身居二,同气连枝一母生。
比	日坐丑宫降尘埃,富贵花美甚奇哉。 财帛田宅皆天佑,满门祥瑞称心怀。
离	三九四十财不安,驳离碎琐事连绵。 几度思量惊破胆,凶星消散吉星安。
兑	乙未运临吃一惊,心神恍惚不安宁。 克离儿郎难外躲,两眼落泪动悲声。
蒙	天雷无妄五数安,命宫星遇不周全。 听人唤呼作事业,晚来福禄更清闲。

升 姻缘有定非强求，人生难得晚年悠。
妻宫定配汴氏女，双双有寿到白头。

需 逢却丑时主先天，命里衣禄非等闲。
敕封必赐亥人位，晚景有寿得儿男。

损 贫贱贤愚命安排，户纳风流浪子财。
一生不作农商事，全凭妻儿风流乖。

二千二百八十

剥 二千二百细推寻，手足宫中有七人。
内中注定有带破，梅花枝头第二根。

丰 提纲同令任顺递，定人成败更出奇。
二成方交命限运，富贵贫贱定真机。

涣 六十三四是凶年，几番作事不安然。
破财口舌多不稳，件件偏备难周全。

大有 大运交丑闷沉沉，限逢此宫克子身。
家门不旺财耗散，雨打残花风扬尘。

乾 三刻生人福不真，仆男仆女配成婚。
前世姻缘月老定，贵人堂前听原因。

姤 卦姤逢六定婚姻，必是吕氏结成亲。
夫妇齐眉同偕老，共枕同衾百年春。

坤 口善心平好胜悦，不会话人道短长。
持家和美与兴主，人前礼貌最贤良。

大壮 二千二百数定真，财帛宫中赐荣恩。
乌纱克带身荣贵，王府招婿结成亲。

二千三百一十

兑　数演变化本无穷,泄露天机畏雷公。
预报人间亲庚相,父牛母鼠二相生。

同人　二数同人定双亲,椿堂属牛早归阴。
萱堂属马也克去,先天数定不虚云。

蹇　运交乙丑事事平,上五年中喜气生。
下五丑位有灾患,犹如阴云罩月明。

噬嗑　胎神噬嗑四数悦,斗转寅宫见三阳。
生辰正月初六日,月照残云带雪香。

乾　春满乾坤景色新,牛年庚相是严亲。
慈母属鼠春常在,福比松柏寿同春。

坤　带雨桃花春色浓,柳絮深处莺语鸣。
妻配汪氏不克去,洞房相会百岁荣。

屯　数入天罗不可当,秋后衰草遇严霜。
二十四岁入春梦,妻原烧了短头香。

蒙　节气重逢见太阳,世人一生受高悦。
闰正初六是生日,祝贺父母喜弄璋。

二千三百二十

需　父母爻象定得真,二千三百细推寻。
乾坤庚相数已定,同定属牛福寿均。

讼　注定属牛是令尊,萱堂属羊你母亲。
二数行来罗网至,双亲两命俱归阴。

师　限行丁丑吉合凶，逢丁如意事事亨。
遇丑耗散灾殃至，口舌多生闲事争。

比　百草逢春景色鲜，人人歌谈过新年。
梅梢枝头添美景，正月初七降人间。

小畜　二千三百五数求，父命丑年母命牛。
老妣堪同松柏老，双双有寿到白头。

履　姓姜佳人是妻房，月老注定寿命长。
六爻合卦荣华有，并头莲花味更香。

泰　日照霜雪火上水，忽然一时不见踪。
提防三十零六变，一枕南柯梦不醒。

否　二千三百遇否宫，新春节气正重逢。
生闰正月初七日，父母堂前添笑容。

二千三百三十

同人　火天大有遇同人，父母宫中数定真。
母命属虎父牛相，福如东海寿如峰。

大有　父母宫中遇凶星，二爻交加犯刑冲。
慈母属猴归阴府，父相在丑入幽冥。

谦　己丑运临定吉凶，上五年中喜气生。
下五年来烦恼有，犹如花卉遇春风。

豫　二千三百遇震宫，新春解冻逞东风。
生辰正月初八日，霜露梅花锦绣增。

随　云景天光几度秋，乾象属牛是原由。
坤相属虎数中定，寿享遐龄耐长久。

蛊

月老注定鸾凤鸣，久远佳期松柏同。
妻配万姓白头老，良媒定就姻缘成。

临

二千三百数逢空，寒江垂钓结成冰。
命限交临四十八，禄尽黄粱一梦中。

观

瑞气纷纷不时临，闰正初八是生辰。
忽然父喜母添子，新春佳节又重逢。

二千三百四十

噬嗑

绿柳青青宇宙春，父命丑年卯母亲。
春光景新色如水，试看长生不老人。

贲

克父克母无改移，父丑母酉主分离。
数演循环无差错，阴阳消息泄天机。

剥

运行流转辛丑宫，上五辛运财禄增。
下五丑位主口舌，提防外祸与人争。

复

斗际胎神四数加，光阴似箭望备奢。
鹤鹊纷纷来现瑞，正月初九生最佳。

无妄

乾相令尊是属牛，慈母须在兔上求。
遐龄可比松柏景，双双有寿到白头。

大畜

并头莲花色更鲜，鸳鸯戏水往来穿。
妻配定是席氏女，夫妇寿考同南山。

颐

命到花甲六十年，禄马俱到命归天。
财帛交入大限内，一枕黄粱到九泉。

大过

生身父母报恩难，光阴似箭月来圆。
鹤驾纷纷献祥瑞，闰正月生初九天。

二千三百五十

坎	太阳遇坎定分明,魁渡天门遇福星。 堂前双亲定有寿,父命属牛母命龙。
离	母产戌年父丑生,二数逢离最为凶。 二亲难赴长生会,各受刑害入幽冥。
咸	太运癸丑吉合良,坐五年中百事悦。 下五交转琐碎有,灾殃烦恼少祯祥。
恒	欲知生辰何期准,二千三百定得真。 生辰正月初十日,母亲房中喜欣欣。
遁	风天小畜五数中,母亲原来是属龙。 父命属牛无差错,二亲俱康寿遐龄。
大壮	赤绳系配洞房悦,共枕同衾两鸳鸯。 燕语莺啼效鸾凤,配合妻室定姓王。
晋	平生大限有几年,七十二岁命归天。 走马临崖收缰挽,江心船漏不安然。
明夷	灵胎圆满迭化新,佳节重逢岁更新。 堂上双亲弄璋喜,闰正初十是生辰。

二千三百六十

家人	乾坤数逢家人评,金乌玉兔走西东。 双亲庚相先天定,父是属牛母小龙。
睽	六二变癸二亲愁,严父牛相阴府游。 慈母属猪难存保,乾坤冲克不到头。

蹇　命中五行金水奇，聪明智慧更无矣。
心存仁义行端正，晚来福禄世间稀。

解　元辰生在丑时间，贵人相见小人嫌。
作事慷慨亲少靠，心怀和好恩反冤。

损　坎水流转损宫流，母命属蛇父属牛。
老松愈老精神有，双双有寿到白头。

益　妻妾宫中定不差，妻配曹氏偕白发。
鸳鸯并起共欢会，暮景悠悠享荣华。

夬　八十四岁光阴缺，同旨南柯对帝阙。
二千三百定数尽，遐龄至此一旦撇。

姤　二千三百遇坤宫，各为阳寿定一生。
纵然读书名不就，命中合主作经营。

二千三百七十

革　命逢天喜主祯祥，流年喜事两三场。
逢动皆遂无不利，吉庆悠悠百事悦。

升　时分原定三刻生，缺少萱堂并椿庭。
父母二位都克去，满怀烦恼动悲声。

困　五行水火助命悦，为人有情姓名扬。
只好与人行方便，口真心慈寿耐长。

井　丑时生身性最刚，君家仗义更非常。
四海之内多朋友，虽然有祸不成殃。

革　年上本是祖宗宫，喜逢丑庚财禄丰。
生平多享祖德福，将来荣华主峥嵘。

鼎　姻缘前定非偶然，妻配徐氏福周全。
鸳鸯交头无刑克，夫妇同偕过百年。

震　结发宫中定主妨，续配佳人也主伤。
妻妾宫中魄曜照，再娶属牛耐久长。

艮　命犯属马身不稳，合主在外福禄欣。
四方衣禄命有定，贸易兴隆皆遂心。

二千三百八十

渐　流年转煞入命宫，难免破财口舌生。
闭门方免脏头祸，预泄天机报君听。

归妹　生逢丑月福不尽，早年富豪也峥嵘。
后来命入否地运，劳禄扒拮欠亨通。

丰　二千三百定性情，口直心快假聪明。
三句好话哄住你，要东讨西都现成。

旅　丑时生人最无功，骨肉相残仇恨生。
早年虽然多成败，运至晚年大峥嵘。

巽　不守产业在外乡，田宅宫中最为殃。
离祖成家方妥当，暮景悠悠喜荣昌。

兑　二千三百定妻房，配合妻宫定姓唐。
月老注定无差错，夫妻一样寿命长。

涣　前妻克过次又妨，又续又克奈凄凉。
三房已克从再续，终娶牛相寿命长。

节　合命四方乐清闲，轮刀舞枪入戏班。
不登金榜身荣贵，洞房花烛假姻缘。

二千四百一十

中孚	一数中孚定二亲，父母宫中定得真。 严父牛相遐龄寿，母相属马年同春。
小过	丹桂逢春味更香，雨露悬泽貌非常。 长子立在属牛相，孤身独立在庭堂。
既济	生逢三刻时不良，父命必定主先亡。 堂上孤身事奉母，暮景悠悠福禄长。
未济	和风吹动百花香，桃李满院正芬芳。 生辰三月初六日，月似银烛照海棠。
乾	堂上双亲父属牛，母是马相百变秋。 乾为天门主亨利，福禄双全寿悠悠。
屯	运交乙丑主清闲，满门财禄得安然。 万朵红花开雨后，一轮明月出云端。
蒙	乙丑命属海中金，享寿七十二岁春。 厌却凡尘辞阳世，一枕黄粱命归阴。
需	堂前丹桂竹朵梅，绿树苒苒更芳菲。 生辰闰三初六日，桃李花开春雨催。

二千四百二十

比	二千四百定命详，乾坤交泰主吉昌。 堂上双亲定有寿，父命属牛母属羊。
旅	男女宫中注得清，二千四百遇恩星。 长子寿定属牛相，丹桂堂前二子荣。

履　秋风鸿雁高声鸣，上下翱翔不一同。
兄弟二人先去父，同生三刻定五行。

泰　桂花花开遇时雨，蟠桃树上结成宝。
生辰三月初七日，可笑残花晚更奇。

否　巽宫巽否乾坤详，春回宇宙万物强。
九五初度太阳照，父产牛年母属羊。

同人　大运主丰丁丑宫，出入和顺贵人逢。
福禄吉祥荣千里，问利求财百事成。

大有　丁丑年生寿星南，涧下水命喜安然。
六十九岁衣禄尽，一梦黄粱到九泉。

谦　三春天气日初长，阳到无动草木香。
闰三生辰初七日，暮景悠悠好风光。

二千四百三十

豫　乾相属牛母属猴，二爻化豫主添寿。
青龙吉星福高照，双双有寿到白头。

随　二千四百定分明，妻财子禄验一生。
长子若立属牛相，庭前三子自芳荣。

蛊　雁过空中望白云，兄弟行中有三人。
生逢三刻先去父，棠棣臻臻各立门。

临　立春天气日初长，阳和鼓动草木香。
生辰三月初八日，灵胎落地现祯祥。

观　父母两亲五数奇，严亲属牛更无疑。
萱堂属猴持家业，松柏苍苍世间稀。

噬嗑　运至己丑主兴隆，凡事谋为称心情。
家添祥瑞多吉庆，丹桂庭前枝枝荣。

贲　己丑命临霹雳生，限逢七数一命终。
残花逢霜秋后草，七十七变命归空。

剥　欲问生身在何期，重逢佳节是根基。
闰三初八是生辰；暮景悠悠福禄倚。

二千四百四十

复　魁渡天门遇恩星，二千四百定分明。
椿萱并茂庭前乐，父命属牛母鸡庚。

无妄　世间何事是福奇，人生有子万事足。
丹桂庭前吐香蕊，数得四子定无疑。

解　三刻雁鸣过潇湘，手足宫中有两双。
太阳光被云遮掩，堂上双亲父先伤。

颐　绿柳青青杜鹃还，九天雨露降人间。
生辰三月初九日，一轮明月照堂前。

师　二千四百遇巽宫，二亲庚相定得清。
母命属鸡父牛相，寿比南山不老松。

大过　运交辛丑事事通，喜气满门福禄荣。
虽然琐碎保安泰，枯木逢春自登生。

坎　辛丑位上土命生，二千四百遇坎宫。
大限方交七十八，正作阳春一梦中。

咸　绿柳苒苒碧连天，九天雨露降人间。
生辰闰三初九日，一枝丹桂立庭前。

二千四百五十

恒	二千四百遇恒宫，双亲庚相定分明。 父命属牛无差错，配合慈母狗金星。
遁	三阳春景雨露均，蟠桃一树五果频。 长子属牛更长久，枝头最怕金风侵。
大壮	三刻鸿雁立江滨，草木森森仁义存。 昆仲五人先去父，必有石皮各立门。
晋	桃李花开满院香，喜鹊枝头闹春光。 生辰三月初十日，后来福寿喜偏长。
明夷	数中已定父母宫，五爻不多事亨通。 严父属牛成家计，慈母定是戌年生。
家人	遂心人运癸丑乡，家门康泰多吉昌。 事虽重累始终吉，名利得意西北方。
睽	癸丑桑柘木命生，寿享七十九岁终。 别却尘凡辞人世，一枕南柯命归空。
蹇	桃李花开映日红，蟠桃树上喜鹊鸣。 闰三初十生辰日，父母堂前添笑容。

二千四百六十

解	注定属牛是家君，慈母属猪不虚云。 乾坤两爻遇福旺，画堂中有白头人。
损	丹桂逢春雨露均，蟠桃结果鲜更新。 长子属牛为相定，六子传家喜欣欣。

夬　空中鸿雁望湖湘,生逢三刻气更昌。
兄弟六人先去父,必有石皮早带伤。

益　丑时生人有恩光,兄弟行中折桂芳。
命坐文堂身荣贵,柳居松林名永昌。

姤　父母宫中细推求,严父必定是属牛。
慈母属猪前生定,双亲有寿到白头。

革　先天数定丑时人,几经炉中火炼金。
怎奈未遂青云志,皇恩先除外翰林。

升　二千四百数逢空,命尽禄绝阴转生。
已经又作刘字姓,犹如黄粱一梦中。

困　三刻生人命宫清,真人医书习得精。
温凉寒热论经络,浮沉逢数脉精通。

二千四百七十

大有　火天大有一数详,侧室外郎二子香。
莫笑晚景添花心,争至夜半产儿郎。

姤　子息宫中遇恩星,丹桂堂前七子成。
若问长子何年立,先天数定丑年生。

鼎　三刻鸿雁过江中,同气连枝七弟兄。
双亲位上先去父,必有石皮在其中。

遁　月老注定世间婚,不怨天来不尤人。
早妻克去又重配,必要重婚属牛人。

渐　生辰丑月衣禄丰,父母福享家道成。
田宅宫中恩星照,逍遥自在乐峥嵘。

归妹　生在丑时格局清，先游泮水入黉宫。
虽然未遂青云志，将来必是贡士公。

丰　二千四百逢良星，主人一生奉神明。
常怀恻隐行善道，纵然有祸不成凶。

旅　平生习炼真人方，精通膏药善调养。
半积阴功成家计，四方有声来治疮。

二千四百八十

巽　乾到巽宫变老阳，李桃柳外风来香。
早年未作夭寿客，命里该有三层娘。

涣　茂盛芝兰雨后新，庭前丹桂长成林。
长子属牛招七弟，内有带破在其身。

兑　鸿雁南还思故乡，兄弟八人有损伤。
生逢三刻父先丧，争春桃李花芬芳。

节　鸳鸯配合是前生，妻相属牛克子宫。
可惜兰桂难存养，老来义子送归终。

节　生逢三刻定命宫，一生衣禄保安宁。
父母兄弟不得力，自成家计晚峥嵘。

中孚　三刻生人手艺精，却是儿郎作女工。
绫罗缎疋成衣件，裁却大小庆生平。

小畜　命中刑冲遇修罗，合主身上有带破。
如无此破必夭寿，气血聚伤作一窝。

未济　定你命里医星躔，冰片黄连配芦甘。
决明木贼合生地，菊花赤芍平心肝。

二千五百一十

乾	四象三才定命宫,提纲发令在西东。 限行初交二岁运,根苗独知情方生。
比	父年才交十四春,此年生你落凡尘。 万事惟有生子定,满门喜气耀人伦。
家人	洞房花烛昏沉沉,共枕鸳鸯克离分。 忽然夫妻相拆散,续配张氏百年春。
需	榴花开放映日红,杨柳枝头蝉声鸣。 生辰五月初六日,晚景荣华福自生。
讼	姻缘天定福非轻,配合妻宫必姓宋。 鸳鸯交头情合美,寿比南山不老松。
师	大运乙丑不遂心,破财灾患口舌侵。 月明恰似浮云罩,花开又遇风尘临。
比	甲日时逢乙丑宫,富贵荣华下九重。 跳过禹门三波浪,果然平地雷一声。
大过	满园桃李寻青红,一树奇花结子成。 生辰定是闰五月,初六降世现人龙。

二千五百二十

履	二刻姻缘注得真,桃李花开又逢春。 风吹竹梢情更好,洞房配就属牛人。
泰	命宫注定最清闲,丹桂堂前得味先。 父年方交二十六,王母蟠桃降人间。

否　绿水红莲花味香,雨打鸳鸯两分张。前妻定克难偕老,再娶金氏免刑伤。

同人　仲夏初交百花开,花开正遇时又来。生辰五月初七日,降临阳世离母胎。

大有　琴瑟钟鼓多好声,重山花木更新青。妻宫定配宫氏女,夫妇和好百年荣。

谦　丁丑大运不顺通,破财琐碎不安宁。事事不利凶多有,看是平路跳是坑。

剥　乙日丁丑时上清,才高班马占魁名。金玉满堂重重喜,折桂采芹步蟾宫。

随　处处和阳花正开,满园桃李锦绣材。闰五初七是生日,万事如意称心怀。

二千五百三十

蛊　时分三刻定姻亲,妻宫属牛配成婚。鸳鸯一对交颈好,家道吉祥百福臻。

临　数中定命无改移,一枝花开结成实。父母方交二十八,生你堂前福禄奇。

观　妻妾宫中犯刑冲,鸳鸯失偶再寻盟。前配佳人定克去,又娶继室必姓程。

噬嗑　九重炎炎五月天,黄鹊弄巧绿柳边。生辰五月初八日,父母堂前添笑颜。

贲　先天数定朱陈良,千里姻缘多吉祥。鸾凤和鸣夫妇喜,妻宫定配符姑娘。

萃　己丑运主节不和，破财疾病忧怨多。
雨地残花风地露，事不遂心怎奈何。

复　丙丁生人格局清，时逢己丑福禄增。
耀祖光宗家宅显，果然飞腾上九重。

无妄　问你生身在何期，二千五百定根基。
闰五初八生辰日，晚景峥嵘福禄齐。

二千五百四十

大畜　四刻配合姻缘宫，数定属牛是妻宫。
琴瑟和合齐眉偕，绿水荷花见底清。

小过　世间何事是福奇，人生有子万事足。
父亲正交五十岁，生你传家现祥吉。

颐　雨打鸳鸯两分张，命宫数定克妻房。
洞房花烛重婚配，又娶佳人必姓江。

坎　荷花摇动绿盖青，绿柳枝头杜鹃鸣。
生辰五月初九日，喜气临门百福增。

咸　鸾凤双双两和鸣，千里姻缘系赤绳。
妻宫定配宫氏女，亥妇寿老百年荣。

离　大运辛丑事百端，安闲守分免祸缠。
求财谋为多不利，神仙所语不妄言。

恒　丁日辛丑时最良，定是月宫折桂郎。
食禄千钟身荣贵，名题金榜姓氏扬。

遁　端阳佳节已过期，时值闰五初九日。
正是父母生君体，预泄天机报你知。

二千五百五十

大壮	五刻生人定妻房，共枕同亲两鸳鸯。 妻宫属牛月老定，福如东海寿命长。
革	花开雨后色正浓，桃李枝头弄青红。 母年十四生君体，丹桂庭前产人龙。
明夷	定君命宫克妻房，兰房重作一新郎。 弦断再配兰氏女，百年琴瑟地天长。
家人	时值孟夏月正逢，百草芬芳花又红。 生辰五月初十日，晚景悠悠更峥嵘。
睽	姻缘前定非今生，姬姓佳人是妻宫。 并头莲花色多艳，鸳鸯合欢百年荣。
蹇	癸丑大运告君知，灾殃口舌更无疑。 家门不利财耗散，难喜流年遇佳期。
解	戊日癸时逢荣丑，必然克光科甲成。 光耀祖宗世多羡，折桂早步广寒宫。
损	时当孟夏君正逢，百草芬芳花又红。 闰五生在初十日，父母房中添笑容。

二千五百六十

益	比目鱼游春水欢，蝴蝶并翅舞翩翩。 时分六刻命中定，妻宫属牛永团圆。
夬	春花开放满园香，一枝丹桂正芬芳。 母年生你二十六，福多禄多寿更长。

姤　前妻已经克离伤，棒打鸳鸯两分张。
命中当主重婚配，再娶佳人必姓杨。

革　子息多少非偶然，丹桂庭前景已鲜。
数定命中有三子，老来二子送归山。

升　晓日桃红映碧天，月老前定配姻缘。
妻宫年方十四岁，早生一子立堂前。

困　时分三刻定终身，命宫合主入皇门。
贵人见喜小人怨，晚景康泰寿延深。

井　三刻生人最为良，父子俱标明伦堂。
有志三秋登虎榜，铁杵磨针姓名扬。

泰　心性方正游五湖，原作人间大丈夫。
重义轻财声名有，口直心平有计谋。

二千五百七十

鼎　绿水红叶任飘流，同枕鸳鸯妻属牛。
生逢七刻姻缘定，雪鬓霜环添寿筹。

震　二千二百数最佳，安身立命毫不差。
丹桂庭前生你体，母年正交三十八。

渐　惊散鸳鸯失君迷，前妻难保主分离。
重配再娶卞氏女，夫妇同偕福寿齐。

归妹　三刻数定子息空，纵有子息不能成。
思想老来何处靠，除非外子送柩灵。

丰　一树蟠桃弄青红，丹桂枝头色艳浓。
二十六岁妻有子，喜气盈门添一丁。

旅

三刻定命细推寻,命中该犯金甲神。
辞别父母归山寨,他方争战立功勋。

艮

时分三刻最清吉,刺骨悬梁立身奇。
父折丹桂魁天下,子列黉宫游泮池。

大畜

山天大畜定性情,为人稳厚心体平。
常怀恻隐行天下,福气滔滔家业成。

二千五百八十

巽

一枕鸳鸯碧秋潭,中秋明月同衾残。
妻命属牛无差错,因生八刻是前缘。

节

丑月生人衣禄奇,早受奔波更无疑。
后来财福渐增美,正是苦尽甜来时。

兑

前配妻宫定要妨,罗帏锦帐泪汪汪。
折断瑶琴弦重续,再配佳人吕姑娘。

中孚

命中注定孤星躔,堂堂相貌少儿男。
老来送终他人子,侄儿侄女在灵前。

小过

妻宫行年三十八,此年生子定不差。
一门喜气满天降,晚景清闲福禄加。

既济

三刻生人细推寻,爬上高低修房门。
成家立业晚年好,虔诚恭敬鲁班神。

乾

三刻数定文业奇,刺骨悬梁费心机。
出离黉门又复入,自古运到否泰时。

震

诚实憨厚无曲弯,人前讲话不留言。
将来数定有晚福,禄寿比海年同山。

二千六百一十

未济　天火同人一数推，萱堂难得共齐眉。慈母属虎先克去，父命属牛守孤帏。

师　月老前定非偶然，并翅鸳鸯共枕眠。妻宫属牛生一子，夫唱妇随永团圆。

比　赤绳系足配洞房，千里姻缘月老详。生逢二刻相期守，夫君属牛寿命长。

畜　新秋月明伴金风，蝉声叫起寒虫鸣。生辰七月初六日，一生安乐福寿通。

讼　二千六百定得真，手足宫中有二人。雁过长江分次序，一树枝分头一根。

师　运交乙丑问吉凶，口舌破财疾病生。运到下五丑字位，方保平安得康宁。

艮　己日乙丑时显明，福禄绵绵喜气生。旺运首登龙虎榜，奋走青云步蟾宫。

离　仲秋寒露过金风，人间高楼听蝉鸣。闰七初六生辰日，庭前丹桂喜笑容。

二千六百二十

泰　父母宫中遇凶星，父相属牛母同庚。萱亲必定先克去，椿庭福寿享遐龄。

同人　前世配合姻缘成，洞房属牛是妻宫。丹桂庭前结二果，福如东海寿同松。

家人　注定三刻姻缘成，一双鸳鸯不冲刑。
夫男配合属牛相，神仙数定妙算穷。

谦　鹊桥架定天河平，牛郎织女两相逢。
生辰七月初七日，元辰一生福寿同。

巽　二千六百遇巽宫，手足宫中注得清。
一树蟠桃结五果，先后分为第二名。

蛊　大运转交到丁丑，破财烦恼闲气有。
惟喜下五丑字好，四方道路任君走。

随　庚日丁火为正宫，生逢丑时丹桂扳。
玉堂金马人争敬，驷马高车耀祖先。

临　时值孟秋暮景天，金风吹动透窗寒。
闰七月生初七日，寒虫凄凉景色显。

二千六百三十

观　二千六百到观宫，爻现逢之最为凶。
母命属虎先克去，严父属牛正家风。

噬嗑　数中定命无差错，月老早定结丝罗。
妻宫属牛生三子，兰桂森森喜气多。

贲　生逢四刻鸳鸯游，配合夫君定属牛。
鸾鸣凤和成双美，举案齐眉到白头。

剥　定你生辰在何时，暑去寒来秋又临。
七月初八降人世，灵胎落草父母欣。

复　昆仲七人无改移，其中必定有石皮。
上有一兄下五弟，别立门户走东西。

无妄

运行己丑欠亨通，惹事招非求财空。
若要事事平安妥，交临下五丑字宫。

鼎

辛日己丑时定清，早扳丹桂步蟾宫。
驷马高车人争羡，五福临门耀祖宗。

颐

八数变颐定生辰，秋景重逢落凡尘。
闰七初八生人世，父母房中降麒麟。

二千六百四十

大过

雷泽归妹遇乾官，母命属兔寿先终。
父命属牛高堂乐，寿似南山不老松。

未济

桃花柳絮乱飞扬，妻宫属牛配成双。
丹桂庭前生四子，雁塔题名福禄长。

既济

五刻鸳鸯配属牛，一双恩爱两相投。
风送红桑随水去，鸾凤和鸣到白头。

小畜

金风送暑到远峰，望望笑容日光明。
生辰七月初九日，紫燕成群赛仙灵。

恒

二千六百定吉凶，手足宫中早知清。
兄弟八人身居二，内有石皮在其中。

遁

辛丑大运西北方，金土分别上高强。
上五年中多不利，下五丑字保安康。

大壮

壬日辛丑时超群，鸾凤飞舞下琼林。
手扳丹桂登金榜，身着朱衣拜皇恩。

晋

金风送暑秋景重，杨柳枝头寒虫鸣。
生辰正是闰七月，初九临世降人龙。

二千六百五十

明夷　父母爻现注得清，二千六百数逢空。
母亲龙相先去世，父属虎相寿遐龄。

家人　花开正逢三春景，桃绽梅开映日红。
妻宫属牛生五子，始得传家继祖宗。

睽　时逢六刻定姻缘，绿水池边并头莲。
夫君当配属牛相，月老注定过百年。

蹇　金风送暑明月来，孟秋天气玉簪开。
生辰七月初十日，身体元满离母胎。

解　空中鸿雁过长江，兄弟九人居三行。
虽然一脉有带破，原来同父不同娘。

损　刻数分定注得清，运临癸丑事多凶。
破财口舌上五位，下五年中百事通。

益　癸日癸丑时上高，文章灿烂称英豪。
奋志飞折蟾宫桂，乘龙直上九重霄。

夬　金风吹动桂枝开，新秋佳节又重来。
闰七月初十日降，父母房中放开怀。

二千六百六十

姤　乾象属牛寿命长，慈母属蛇必先亡。
二千六百数中定，大数难逃奈凄凉。

萃　人生若问姻缘亲，恰似桃李又逢春。
妻宫属牛生六子，飞鸣击使世人欣。

升

绿水红叶任飘流，永结丝罗鸾凤俦。
生逢七刻姻缘定，一枕鸳鸯夫属牛。

困

命中注定三刻生，原来冲犯孤辰星。
妻与夫男重相克，只落半世守孤灯。

井

人生世间莫强求，恩荣二字命不由。
兄弟二人身居次，不是一母同胞生。

坎

八字先天注得真，身在坎宫犯孤辰。
命里原是空门客，半途还俗入红尘。

鼎

丑时生人定无疑，腰悬金带披蟒衣。
贵受皇恩封身贵，福星可与松柏齐。

震

生逢三刻八字清，讲论山海世人惊。
草蛇龙窝穴脉定，能观去水度来龙。

二千六百七十

艮

女命丑时降身生，助夫兴家百福增。
持家贤名生贵子，安然康泰寿百春。

艮

月老注定岂强为，鸳鸯锦帐共罗帏。
妻配属牛无差错，喜生七子永齐眉。

归妹

生逢八刻姻缘长，赤绳系足永无妨。
逢主属牛为庚相，月老前定似海江。

丰

三刻生人安乐逢，早娶定要刑分离。
晚岁配小方稳妥，劝君不必费心机。

剥

难为悦求兄弟宫，雁行五个母不同。
你身居五数中定，俱是一父养身成。

既济　三分时刻格局清，五行未有科甲星。
一生荣耀人争羡，衣冠楚楚武逢生。

屯　丑时生人最英雄，统掌威权世人惊。
腰束玉带身荣贵，世享天禄耀祖宗。

蒙　虔心恭敬顶奉神，男女焚香求明音。
吉凶只凭神灵佑，一生和平作善人。

二千六百八十

益　女命丑时受奔波，命带恶煞扒拮多。
夫君家业不兴旺，衣禄有亏随时过。

睽　鸳鸯配对在江滨，生逢天德数定真。
命取属牛生八子，内有带破在其身。

夬　燕语莺声不称情，忽然拆散鸳鸯鸣。
克夫重嫁属牛相，竹影梅花映日红。

临　墙里培栽丝蔓瓜，却向墙外去开花。
自己也曾有母亲，呼唤别人作妈妈。

比　数中演定弟兄宫，雁行七人母不同。
你身居六有贵贱，俱是一父抚养成。

坤　定君元辰丑时生，不登科甲近朝廷。
身着蟒衣束玉带，食禄千钟内相公。

小畜　喜得龙虎榜有名，纳财受荣换门风。
也是祖宗积德厚，命中天恩照吉星。

履　时定生人三刻间，命带二宅地理仙。
头戴法冠朝三界，口中常念南无天。

二千七百一十

乾　一数本位归天门，二亲宫中定得真。
慈母属马先克去，严父属牛寿延深。

屯　鸾凤交结是前缘，注定妻宫小二年。
鸳鸯配对成佳偶，百年福寿两双全。

蒙　花正开时遭风雨，月当明处被云迷。
失偶寻盟鸳鸯对，若是汪氏方为妻。

需　金风洒洒兰桂香，雁过南楼双双忙。
生辰九月初六日，可喜降身近重阳。

旅　二刻生人主重婚，鸳鸯拆散情难禁。
后娶属牛成婚配，晚最悠悠满堂春。

巽　大运流转乙丑宫，妆台喜气家道兴。
持家立业多兴旺，十年之内福禄增。

兑　命立丑宫文业奇，必主风云际会时。
子年文昌星入命，早扳丹桂第一枝。

涣　金风吹动菊花香，梧桐飘叶落地黄。
你生闰九初六日，景色悠悠又重阳。

二千七百二十

泰　阴阳交缠碧水泥，二千七百主克离。
萱堂属羊先去世，椿庭属牛百年期。

否　前世交结鸾凤缘，妻年定小十四春。
乾坤交泰数中定，百年亥妇共一心。

同人　前妻已定先去世，棒打鸳鸯两分离。
重婚再配姜氏女，花来香送风总宜。

大有　菊花开放色更鲜，画堂清和景色天。
生辰九月初七日，降胎人世自安然。

蹇　三刻生命妻有妨，拆散鸳鸯奈凄凉。
数定头房已克去，继娶属牛才妥当。

豫　丁丑运临是美景，家堂定有喜来迎。
兑见口舌自消散，妆台明亮自登荣。

随　命主丑宫贯古今，胸藏文业尘万人。
子科得遂鹿鸣志，一朝成名天下欣。

蛊　金风吹动菊花鲜，杨枝萧条季秋天。
生辰闰九初七日，降胎人世得根源。

二千七百三十

临　武曲交乾变为凶，慈母猴相寿先终。
严父属牛理家计，福如东海寿如松。

观　月老注定人间烟，鸳鸯一枕共一衾。
兰房得意合欢美，妻小二十零六春。

噬嗑　拆散鸳鸯失群迷，前妻克过两分离。
洞房花烛另婚配，再娶万氏共齐眉。

贲　定你生辰在何期，重阳佳节欠一夕。
九月初八降人世，离却母胎福寿齐。

大壮　四刻注定克妻宫，燕语莺啼不称情。
重婚再娶属牛女，夫妇合好百福增。

晋　己丑大运西方北，女命逢丑百事悦。
家门吉庆多康泰，逢凶化吉皆成祥。

明夷　命宫在丑官禄亥，子科折桂皇冠带。
名标天府鹿鸣宴，身着锦衣芳名在。

蒙　兰花开绽满院香，季秋将尽又重阳。
生辰闰九初八日，美景悠悠福寿长。

二千七百四十

睽　荣微加睽不为悦，六阴数逢有悲伤。
母亲属鸡春光短，父母属牛寿延长。

震　八字生来定不差，鸳鸯交头共芦花。
夫妇多少年庚数，定知夫大三十八。

解　一对鸳鸯共枕床，忽然拆散不久长。
前房必克难保守，交配佳人定姓王。

损　金风飘飘又重阳，难过南楼思故乡。
生辰九月初九日，菊花开放味清香。

剥　失群孤雁声不绝，独自寻盟杜鹃血。
克妻再配属牛相，因生五刻预先决。

复　辛丑运来是吉门，持家立业有精神。
面对菱花无忧色，自在安然喜临门。

无妄　命立丑宫贵非常，午年方得姓名扬。
一声雷震惊天地，声名赫显连帝邦。

咸　金风吹动菊花香，雁过南楼思故乡。
生辰闰九初九日，双亲欢悦喜非常。

二千七百五十

离　文曲过乾入离方，二千七百细推详。
父亲属牛遐龄寿，慈母属狗必先亡。

咸　桃夭之会结成亲，鸳鸯同枕不同春。
前世丝罗今生配，妻大二岁紧相跟。

恒　鸳鸯拆散失群迷，前配佳人早分离。
续弦再娶遂心意，早知妻宫定姓席。

遁　雨洒菊花分外香，生辰佳节是重阳。
注定九月初十日，晚景悠悠更吉祥。

益　六刻生人主重婚，头妻定克难保存。
再娶属牛配成对，庭前丹桂满堂欣。

夬　运行癸丑称心情，家宅吉庆添笑容。
口舌灾殃自消化，喜对菱花分外明。

姤　命在丑宫福禄齐，胸藏锦绣吐珠玑。
午科大遂青云志，人羡少年入泮池。

革　恰值季秋过重阳，菊花绽蕊正芬芳。
生辰闰九初十日，晚景悠悠更祯祥。

二千七百六十

升　二千七百六十升，二亲宫中定得清。
母命属猪先克去，父命牛相寿如松。

困　昔日月老配姻缘，戏水鸳鸯在江边。
少长不同成佳偶，妻比夫大十四年。

井　二千七百井卦奇，注定前妻克分离。
花烛重新后再续，必定姓文才是妻。

旅　丑时生人命寻常，终身必是田舍郎。
春耕夏种受辛苦，秋收冬藏有余粮。

鼎　列风吹散鸟同林，雨洒栗花两处分。
生逢七刻主重婚，再娶属牛又一新。

震　丑时定命犯孤辰，合主出家归玄门。
衣禄丰盈十分有，叩拜神仙念天尊。

艮　命立丑宫文业奇，胸藏豪气吐珠玑。
午科步入青云路，名扬四海天下知。

渐　五行定命格局清，般般好运艺业通。
生刻配命习皆会，以往未来定吉凶。

二千七百七十

归妹　亥君丑妻配成婚，合主带破在其身。
命宫皆是前生定，无破必为两姓人。

丰　地支逢丑衣禄荣，奔波劳碌家道成。
奇花遭旱又得水，枯木逢春自登荣。

旅　二千七百遇离宫，数中定君克妻宫。
前妻克过重相配，再娶徐氏得安宁。

巽　命宫丑时定得真，合主手艺在其身。
四方衣禄到处有，早起迟眠劳心人。

涣　命中注定克妻房，结发佳人必早亡。
配重之喜谁氏女，再娶属牛才妥当。

困	数中注定命非常,八字孤破不为悦。 六困生逢三刻内,送入宫门守佛堂。
中孚	先天注定丑时生,声名赫赫振边庭。 将星显露威风标,食禄必然享千钟。
小过	二千七百注得清,眼观贵贱第一能。 九州分明气色辨,五行部位定吉凶。

二千七百八十

既济	妻宫属牛主有妨,身有带破保安康。 身若无破必两姓,夫妻和合衣禄昌。
解	丑月生人凶星躔,一衣一食度艰难。 纵有钱财难存保,只落两手攒空拳。
同人	赤绳系足配洞房,争奈妻宫犯刑伤。 重做新郎同欢会,再娶唐氏女姑娘。
咸	五行命原定生平,正容削发手艺能。 香水净首精神爽,灯下挖耳不备疼。
恒	命中三阴配一阳,妻宫定主破两房。 三房谗得长生会,夫妇和合松柏长。
临	女命数定入空门,看经好善意殷勤。 如来尘下长拜礼,不染红尘半点心。
升	三刻注定禄千钟,胸藏韬略汗马功。 君身独步鹰扬天,虎穴出名显威风。
归妹	命中冲害两日伤,心巧意灵习阴阳。 能分生克旺弱理,善晓冲合女仙娘。

二千八百一十

屯　太阴爻加屯卦详，双亲难得两亲光。
父命属牛须归土，鼠母却主寿命长。

蒙　昔日月老配姻亲，定主夫君大两春。
一枕鸳鸯同作伴，鸾凤和鸣福寿均。

讼　春草开花子初成，君年尚且妆孩童。
喜得十四生一子，父母堂前添笑容。

师　岁暮寒冬梅渐荣，景色芬芳身降生。
元辰正是十一月，初六出胎母子成。

比　数中定命克妻房，元妻属牛寿不长。
忽然鸳鸯惊拆散，又娶属鼠才妥当。

否　运交乙丑不顺情，懒向妆台正芙蓉。
家堂常有口舌事，凡谋不遂有忧惊。

履　乙丑运临福禄佳，德业兴旺财源发。
用功磨石终见感，自东自西永无差。

泰　仲冬数九云雪历，枯木寒鸦叫声凄。
生辰闰是十一月，初六必是降你期。

二千八百二十

否　二千八百遇否凶，父母本是牛同庚。
严父数定先去世，慈母家中伴孤灯。

同人　共枕同亲好鸳鸯，芦花深处结成双。
夫宫已大十四岁，百年相守永安康。

大有

花开结子真奇香，东君积德阴功长。
二十六岁数得子，雅意好闲称心肠。

谦

隆冬数九消寒期，雪花飘飘梅上枝。
暮景正是十一月，初七降世福更奇。

豫

元妻属牛必难留，二千八百化为仇。
鸳鸯离散重配对，要娶必定还属牛。

随

丁丑大运不开怀，是非口舌不时来。
灾殃缠身伤血气，懒去正容上妆台。

蛊

运交丁丑羽翼行，乘鸾跨鹤入凤城。
职位升迁人争羡，更有恩星照门庭。

临

梅含春信松柏青，水仙欲绽色艳浓。
生辰闰是十一月，初七降世现人龙。

二千八百三十

观

二千八百细推寻，椿庭属牛定不存。
消息主明无差错，属虎萱堂寿延深。

噬嗑

赤绳系足月老持，姻缘相配世称奇。
夫宫年大二十六，老阳少阴各不齐。

贲

福金美玉结成亲，杏桑有花岁月新。
三十八岁定生子，丹桂一枝百年春。

剥

先天神数定不差，生辰十一在初八。
翠竹密梅春光早，晚景悠悠福更加。

复

属牛妻宫定有妨，重作兰房一新郎。
瑶琴折断又重续，再配属虎寿延长。

无妄 运入己丑事多凶，灾殃口舌闲气生。
雨里残花风中烛，好似明月被云蒙。

大畜 己丑大运福禄临，犹如青天明满轮。
职位升迁运已转，无人不羡你超群。

临 狂风飘飘透纱窗，隆冬数九花正芳。
生辰闰是十一月，初八降世父母康。

二千八百四十

履 三千八百运履宫，四十一数遇大冲。
父是属虎先克去，孀母属兔正家风。

临 姻缘前定莫强求，今世相配鸾凤俦。
夫宫定大三十九，一枕鸳鸯到白头。

夬 妻老残花月将退，一轮明月渐沉西。
五十一岁生一子，杏前枯木叶嫩枝。

升 朔风飘飘大雪天，松柏梅花耐岁寒。
生辰正是十一月，十四灵胎降人间。

恒 迷群孤雁受天霜，结发属虎两分张。
重正瑶琴结再续，必须属兔才妥当。

泰 香闺吟笑不遂心，运交庚寅灾临身。
琐碎不利口舌有，菱花嫩时遮乌云。

否 运交庚寅福禄丰，职位迁转又高升。
上下和顺身安泰，犹如红日照当空。

蛊 三千八百定命宫，闰十一月十四生。
父母堂前添喜气，晚景悠悠又峥嵘。

二千八百五十

晋　三千八百遇晋宫,父命属虎母属龙。
桂技风折先去世,萱堂却主寿遐龄。

坎　姻缘无定正在微,鸳鸯交颈共罗帏。
夫定必小三岁整,杨柳逢春嫩泽泽。

艮　流年财禄自丰盈,必主福气吉重重。
若交三七十一月,一声雷轰万里鸣。

升　朔风梅绽吐清香,鸦楼枯树噪月光。
交十一月冰似玉,十五生身福禄昌。

丰　花正开时遇风狂,月正明时云遮光。
头妻属虎必克去,又娶属龙才妥当。

蹇　壬寅运临不为强,犹为衰草遇严霜。
懒心针刺胸中闷,闲气口舌有两场。

谦　运至壬寅大亨通,爵禄荣显有峥嵘。
身闲心忙多思虑,刀笔功名迁转逢。

萃　寒梅绽蕊多味香,鸦楼枯枝噪月光。
闰十一月冰为玉,十五生为福禄昌。

二千八百六十

革　父母爻象定吉凶,双亲位上犯刑冲。
严父属牛先去世,母亲属蛇守孤灯。

升　月老注定百年姻,鸳鸯配对不同春。
夫君比你小十四,晚景悠悠福禄增。

困 小运凶星命内临，提防官灾事临门。须忌六月六十内，必定破财似浮云。

否 欲问妻宫何年生，孀妇属牛定得清。可怜洞房难存守，庶出二子丹桂成。

萃 鸾凤双双两和鸣，千里姻缘系赤绳。前妻属牛定克去，再娶必定属小龙。

鼎 八字行年值土星，官司口舌两相争。出入提防小人害，家有闲气莫远行。

震 职位定有不明事，乙木运逢是东方。提防小人败事有，官星不利奈凄凉。

渐 五行不全命不强，定你双亲有一伤。虽然命中有带被，晚景峥嵘福禄康。

二千八百七十

归妹 移花接木两处香，月落花残夫必伤。数定二夫已克过，泪洒衣襟痛断肠。

丰 生逢丑月大亨通，处世安然百福增。富贵双全人争羡，家宅祥瑞更峥嵘。

蛊 小限流年定吉凶，二六十月喜气生。纵有口舌自消散，妆台明亮自登荣。

巽 头妻必克续又愁，又配佳人也难留。兰房再娶又克去，五方妻宫定属牛。

涣 月明星朗满天光，兰房三妻桂花香。命主宫定子息少，福禄绵绵寿延长。

节	目下二月主官司，使人持你方为真。 不如和合为上计，交临三月免忧侵。
中孚	运逢丑宫不顺情，爵禄逢之有忧惊。 芳草嫩花遭风雨，恰似孤舟遇狂风。
大过	疾厄宫中白虎藏，五行冲定双目伤。 先天云数命中定，如无带破定夭亡。

二千八百八十

同人	三刻数定配婚姻，命合妻房恩义深。 夫妇相会如鱼水，福如东海寿同春。
大有	命宫注定该受贫，即有不财也难存。 早晨扒拮值到晚，难知由命不由人。
谦	荒年小运不算高，妆台懒对主煎熬。 二六十月欠顺利，口舌疾病又相遭。
豫	妻命生来金水清，一生不落人下风。 持家勤俭更贤慧，晚来福寿衣禄增。
随	妻妾宫中遇五随，青松翠竹色微微。 兰房花菊证真美，配定佳人三罗帏。
蛊	二千八百细推寻，必定此数产其人。 命宫注定遐龄寿，将来寻常作庶民。
临	丑月生人家道荣，田园茂盛最兴隆。 定君命中前程有，但是小财买的成。
观	生逢丑时命必佳，苍松配合少莲花。 夫妻相合天配定，晚来合主生嫩芽。

邵子神数寅部

三千一百一十

夬	子时五刻水命妻,若非水命必分离。 长子土命须能保,兄弟二人有石皮。
姤	太阳交卦二数分,萱堂属马百年春。 父命属虎先克去,悠悠荡荡命归阴。
萃	甲寅运临百事成,五福临门财禄丰。 旱苗得雨时时旺,枯木逢春自齐荣。
升	三千一百遇升宫,芭蕉叶下麒麟生。 蟠桃枝上结一果,因生四刻一子成。
困	三刻子时夫有妨,若是土命保安康。 子立金火方保守,姐妹三人居头行。
井	结发佳人是属虎,数定克离早归土。 鸳鸯拆散重配对,再娶属马寿九五。
革	甲寅大运吉凶停,初交上五喜气盈。 下五寅字烦恼有,菱花懒对不照容。
鼎	刺骨悬梁志量坚,运交甲寅遂心愿。 一朝身到贵门内,果然平步上青天。

三千一百二十

乾	辰时五刻定命宫,妻命火星必姓程。 子立木水不刑害,兄弟三人你居中。
蒙	父母爻现兑卦占,双亲难得两周全。 严父属虎先克去,慈母属羊宁孤单。

渐　丙寅运临坐火生，木火相助子福增。
事事和顺多遂意，家门吉祥大亨通。

震　三千一百遇震宫，生逢四刻定得清。
子息宫中犯刑害，数定二子是前生。

履　辰时三刻夫有妨，若逢木火寿命长。
子立金水方存保，姐妹二人居末行。

巽　月老前定不可轻，前妻属马定刑冲。
鸳鸯忽然生拆散，续配佳人羊年生。

兑　女命限行遇丙寅，三千一百细推寻。
上五年中多遂意，下五逢之灾害巡。

涣　运交丙寅喜气值，棘园守暖昌际期。
好似王母真仙境，曾去蟾宫折桂枝。

三千一百三十

节　申时五刻定阴阳，妻主陈姓才不伤。
长子金命不克损，手足宫中有两双。

中孚　三千一百中孚游，此数逢之严亲愁。
父命属虎先去世，母命属猴福寿俦。

小过　运行戊寅百福增，大丰之运十年中。
所为般般皆称意，家门平康渐昌隆。

咸　四数逢咸甚长哉，命定四刻巧安排。
子息宫中吉星照，三子堂前相三才。

既济　申时三刻定得清，夫配火命免刑冲。
子宫水土有破伤，姐妹三人居头名。

乾　六爻复乾化为仇，结发属虎必难留。
续配属猴成佳偶，双双有寿到白头。

屯　运行戊寅喜临门，上五戊字方遂心。
下五寅宫口舌有，难免闲气是非侵。

明夷　戊寅运临月正明，片云无雨清风逢。
学博古今得遂意，果然采芹入黉宫。

三千一百四十

需　三千一百定阴阳，妻配水土不刑伤。
子立金命闰月好，数中定来六刻详。

讼　风地观卦入讼宫，猴入深山与虎争。
父命属虎先去世，母命属鸡寿如松。

师　运至庚寅主峥嵘，家门吉祥福禄生。
凡事和合皆如意，犹如日月照当空。

比　堂前瑞气花草香，生来八字最清芳。
时分四刻数已定，世泽相传寿延长。

遁　限逢九岁正青春，学堂读书费心勤。
一日工夫不间断，命宫生来是缙绅。

离　莺语纷纷泪啼啼，鸳鸯分散再配妻。
前房令正难偕老，克过属虎又来鸡。

泰　庚寅火运喜合通，上五年中多遂心。
下五逢事多不利，懒向妆台正乌云。

否　运至庚寅显贵星，十年寒窗苦用功。
奋志果然身游泮，光耀祖宗换门庭。

三千一百五十

同人	辰时六刻定命宫,妻子金水免刑冲。 父木母土难双美,母早赴阴父后亡。
谦	太阳加兑最为凶,父母宫中犯刑冲。 虎父先作泉下鬼,戌母堂前守孤灯。
豫	运交壬寅福禄臻,事事如意颇遂心。 浅水蛟龙归大海,平地猛虎入山林。
大有	生逢四刻福禄昌,命中注定五子良。 丹桂堂前呈祥瑞,世泽相传寿延长。
随	二十一岁福禄重,家门清泰事事通。 窗下奋志棘闱院,少年得名换门庭。
蛊	妻妾宫中吊客藏,头妻难保定要亡。 克过属虎又重娶,必是属狗寿命长。
临	壬寅运逢喜气增,家门平顺渐昌荣。 惟有下五不为顺,提防闲气疾病生。
观	运到壬寅果出奇,可喜福禄齐又齐。 今日暂且居泮水,他年必折桂林枝。

三千一百六十

萃	申时六刻数不明,身在贵门主峥嵘。 配定妻房火宫稳,子立水命多安宁。
兑	三千一百变兑金,父命属虎早归阴。 慈母属猪遐龄寿,百年荣泰百年春。

剥 十七十八气象佳，添财进喜有兴奋。
私谋公干多吉利，家宅安康锦上花。

复 四数加复遇恩星，时分四刻子息荣。
花开结子成双实，蟠桃六果弄青红。

无妄 三十三岁主风光，家门康泰福禄昌。
出入和顺添瑞气，事事吉利件件祥。

大畜 头妻原是属虎人，只恐难偕早离分。
忽然终断重结续，再娶属猪才倍亲。

大过 女命生逢四刻真，时带孤鸾克子身。
除非养取他人子，侧室皮外方能存。

家人 命中冲犯白虎星，只恐窗前枉用功。
欲游泮水无明路，解破贵门始得名。

三千一百七十

离 运交丙火是南方，事事遂心火吉昌。
一朵红花雨后绽，太阳一照分外香。

坎 数中定命无疑改，子息宫里细安排。
芝草四株同一木，算来不是一母怀。

恒 恒卦定命喜非常，四十一二福禄强。
招财进喜多吉利，门庭光耀百事良。

遁 四刻定命子宫强，七子传家姓名扬。
一树仙桃有好歹，内有石皮在中藏。

晋 限行丙运事多凶，破财口舌疾病生。
事事不利多颠倒，看是平路跳是坑。

大壮　大运交丙事事祥，福禄多多寿命长。
驾鹤升献祥云照，此运应知不须防。

明夷　命犯胞胎子有亏，男女宫中痛伤悲。
纵然有儿难存保，除非解破无灾危。

颐　命中暗有破财神，纵有财钱不能存。
多来应去枉费过，先天神数岂虚云！

三千一百八十

蹇　运交寅位属青龙，事事如意称心情。
旱水蛟龙归大海，平地猛虎奔山中。

兑　三千一百变兑金，子息宫中不调匀。
命有四子分贵贱，其中定有改家门。

解　六十五六福禄至，此年主多吉庆事。
庭前花开真堪美，谁知晚景多得意。

损　前世积得姻缘深，今生合主多儿孙。
生逢四刻有八子，内有石皮各立门。

益　寅木火运主不祥，破财口舌有几场。
举动牵连暗昧事，好似衰草遭秋霜。

姤　运交寅位主丰隆，家门添喜称心情。
熊罴猛然添祥瑞，兰室喜降一孩童。

夬　五七之岁大主凶，断桥入命有灾生。
限交八数才安稳，渐渐增福保安宁。

萃　三千一百定命宫，交结朋友总无功。
丢财难得心地合，恩反成仇口舌生。

三千二百一十

升

三千二百定得真，推算手足有二人。
雁行次序君居小，晚景峥嵘百福增。

困

前相属虎克去多，二爻交困定无错。
坤母鼠相亦下世，守孝白衣六年过。

井

甲寅流转灾殃临，繁杂琐碎不堪陈。
逢动走至颠险路，事不遂心怎由人。

革

运入丙火事多凶，此年萱堂有悲声。
须防父亲别阳世，忽然分离命归空。

鼎

一树曾开两朵花，枝叶茂盛色更佳。
手足宫中定先后，姐妹二人你居大。

震

鸳鸯戏水在芦花，命定妻宫配余家。
同衾共枕合心意，同到白头寿更加。

艮

甲寅十年五年强，上五甲木主不祥。
下五寅宫合乙卯，喜气重重安且康。

渐

四刻生人文星齐，刺骨悬梁费心机。
命中注定身游泮，自从否运到泰里。

三千二百二十

需

三千二百归天门，手足排来有五人。
定你行三无差错，将来不合各立门。

丰

父母爻限遇刑冲，严亲属虎命归空。
萱堂属牛光阴短，二亲俱主入幽冥。

旅　运到丙寅主生灾，口舌是非一齐来。
命蹇时乖休妄作，只宜守分免破财。

巽　运入寅宫有忧惊，财散不安口舌生。
父辞阳世归地府，泪洒衣襟痛伤情。

归妹　一树奇花色甚良，手足宫中最高强。
姐妹五人同一体，次序排来居五行。

中孚　姻缘配合在命宫，荷花雨打枝叶青。
妻姓黄氏前生定，夫妇和合福寿长。

既济　一生俱是命安排，运行丙寅不称怀。
上五年中多不利，下五逢之喜气来。

家人　寅宫生人命定奇，奈何文齐命不齐。
寒宵笃志习经史，终身难得入泮池。

三千二百三十

师　天边鸿雁望南飞，两两双双少一只。
兄弟七人居三位，荣枯造化有高低。

需　父母爻中受克伤，二亲宫中有乖张。
同是属虎无差错，椿萱合主两命凶。

否　大运戊寅有忧惊，破财闲气口舌生。
事事不利牵连有，名利两件总无成。

剥　运交丙位是凶门，定若烦恼泣声临。
破财人离闲气有，必定此运克母亲。

乾　姐妹七人情不同，蟠桃花开有青红。
内中必然有带破，次第排来第六名。

艮　宋氏佳人是妻宫，前世配就非今生。
比目鱼游春泉水，寿比南山不老松。

坤　戊寅大运不顺情，上五年中有虚惊。
常有口舌争事端，下五寅字却安然。

震　命转十四遇天恩，喜游泮水入丰门。
甘罗十二为宰相，你比甘罗长二春。

三千二百四十

讼　棠棣花开枝叶鲜，兄弟八人一排连。
雁过南楼分次序，必有石皮君居三。

临　二爻决断父母宫，三千二百遇刑冲。
父命属虎辞阳世，母命属兔入幽冥。

泰　运行庚寅凶事临，破财口舌病缠身。
雪花推向三竿口，风里灯烛恐难存。

比　大运转交到寅宫，此运克母见悲声。
口舌常有财耗散，思亲忍耐保安全。

旅　数中定命四刻生，父子金榜俱有名。
世代诗书习传业，光宗耀祖重袭封。

姤　赤绳系足配洞房，共枕同衾两鸳鸯。
妻宫定配樊氏女，月老注定寿命长。

屯　运交庚寅不称情，懒向妆台正芙蓉。
上五年来大有忌，下五逢之百福生。

遁　经史钻研费心机，欲折广寒第一枝。
行年二十有六岁，泮水先登上云梯。

三千二百五十

谦　手足宫中排成林，兄弟九人有富贫。
同气连枝居三舍，内有石皮必然存。

豫　二亲宫中受克刑，父是属虎母属龙。
父亲已客九泉下，慈母生命化清风。

随　运行壬寅祸来临，口舌灾殃不由人。
事事件件多不利，恰似残花遇风尘。

蛊　丙火运临朱雀精，鸳鸯拆散各西东。
破财口舌常常有，数定此运克妻宫。

临　三千二百定阴阳，姐妹行中仔细详。
三人生来不同母，次序之内居头行。

贲　鼓却琴瑟和音声，蒋姓佳人是妻宫。
鸳鸯戏水双双舞，芝草茂盛百年荣。

观　大运壬寅主不祥，灾殃口舌有几场。
菱花懒对多忧色，惟喜下五保安康。

萃　三十八岁遇恩星，泮水生香入黉宫。
时逢泰来多荣贵，家宅吉庆荣祖宗。

三千二百六十

剥　一树蟠桃结果稀，兄弟二人更无疑。
手足排来分先后，梅花枝头第二枝。

兑　三千二百变兑金，二亲宫中细推寻。
属虎父亲已下世，属蛇慈母亦难存。

颐 十七十八凶来招，颠倒骑驴过锦桥。
幸逢吉星相解救，方免无事心也焦。

坎 姻缘长短是前因，大运交寅离又分。
芝兰妻宫今拆散，从断再续又一新。

巽 火入巽宫定得真，姐妹行中有六人。
定你居长不同母，必有石皮免刑侵。

复 千里姻缘如线牵，琴瑟配对非偶然。
妻配顾氏无刑害，鸾凤和鸣百年欢。

离 生逢寅时衣禄丰，身闲心忙勤女红。
鸡鸣内助相夫顺，晚景妆台有峥嵘。

升 四刻人生福禄全，异路前程乐安然。
衣冠荣耀身显贵，家门祯祥光祖先。

三千二百七十

咸 春光花开景色鲜，枝枝多叶喜有缘。
同气连枝兄弟五，二兄二弟你居三。

恒 富贵荣华是春光，财帛兴旺大吉昌。
命合寅日生身休，福寿双全在高堂。

晋 四十一二如云蒙，事事不遂惹忧惊。
雪花堆向三竿日，桃李花开遇狂风。

丰 运临丙火不遂心，破财口舌哭声临。
不幸儿郎遭苦厄，一枕南柯命归阴。

大壮 数中定命不为高，贵人门下乐逍遥。
虽然作仆声名美，寿享深远福滔滔。

晋 月老配就姻缘事,好似鸳鸯永不离。
妻宫当配孔氏女,共枕同衾福寿齐。

恒 天乙福星入命宫,必享天禄寅时生。
身居贵位夫人命,凤冠霞帔受皇封。

明夷 命宫注定最清闲,一生不愁吃和穿。
全凭妻儿容貌美,公子王侯要笑欢。

三千二百八十

解 数中定命造化根,手足行内细推寻。
兄弟七人有带破,你身居三各立门。

咸 一生都是命安排,五行造定岂虚情。
四柱配定三岁运,命取中和福禄来。

损 六十五六疾病缠,心中烦恼事牵连。
花正开时风雨打,月到明处被云瞒。

益 运交寅宫不安闲,黄花衰草秋霜严。
可惜贵子遭刑害,长吁短叹泪涟涟。

大过 月老前配姻缘定,仆男仆女结鸾凤。
千里交颈鸳鸯共,只因生逢四刻命。

革 春光桃李花正开,兰房交结会兰台。
妻配靳氏不刑克,举案齐眉百福来。

夬 富贵双全人争羡,金枝玉叶配姻缘。
命宫巨星来相助,福禄祯祥永绵绵。

既济 水火既济却有功,机巧伶俐又聪明。
勤俭助夫心地好,不好求人落下风。

三千三百一十

泰

乾坤交泰喜无边,父命属虎母鼠牛。
寿享遐龄松柏景,生死须臾不一般。

豫

豫爻同人入兑宫,三千三百数逢空。
母命属马主克去,父命属虎亦无踪。

履

运交甲寅有吉凶,上五年来百事荣。
下五寅宫并乙卯,破财琐碎有灾生。

井

百草发生各芬芳,地暖逢春枝叶香。
元命正月十一日,父母房中喜弄璋。

临

三千三百变巽风,二亲宫中定得清。
严父属虎高堂乐,慈母属鼠寿如松。

观

婚纱簿上注得清,定与傅氏结成亲。
夫妻无克偕到老,寿比南山不老松。

贲

南极主寿不甚分,魄散魂落少精神。
孤舟入海风波起,二十五岁命归阴。

随

身生金柳脉气扬,佳景节气又重赏。
闰正月生初一日,母亲产你在画堂。

三千三百二十

履

三千三百遇乾宫,二亲宫中注得清。
父命属虎数中定,母命必是牛年生。

无妄

乾坤二爻定刚强,父命属虎母属羊。
数逢丧事多不利,消息主得两命凶。

复　丙寅大运吉凶并，口舌是非有虚惊。
寅位不利财耗散，上五丙字喜气生。

大畜　桃李逢春待时香，风吹松柏傲冰霜。
生辰正月十二日，喜产兰桂正芬芳。

损　韶光荏苒度春秋，父命属虎母属牛。
百年恩爱前生定，暮景堂前乐悠悠。

渐　前生配定一洞房，蓝桥佳会赵姑娘。
夫妇相合无冲害，先天数定寿延长。

鼎　马到围场路逢空，三十七岁命限终。
阎君造定三更死，怎敢留人到五更。

蒙　草木逢春分外香，风吹松柏枝条畅。
闰正月生十二日，灵胎落草声名扬。

三千三百三十

咸　三千三百咸推寻，严亲定命属虎人。
慈母原是同庚相，二亲一生寿延深。

恒　属虎严亲早克过，数中定的无差错。
母命属猴也下世，泣血悲声泪如索。

遁　运交戊寅颇遂心，事事和顺百福臻。
惟有下五少灾祸，是非口舌五上运。

大壮　东风送来三阳天，数交大壮喜绵连。
万物发生在春日，主生正月是十三。

丰　带雪梅花遇新春，杨柳枝头半未匀。
乾坤相交阴阳泰，父母俱是属虎人。

震　郭氏佳人是你妻，好似鸳鸯总不离。
月老注定姻缘对，福如山海共齐眉。

坤　运入天罗主凶灾，数逢家人命里该。
四十九岁难回避，抛家回首赴阴台。

家人　灵胎圆满离母亲，重赏元宵又逢春。
堂上双亲同欢喜，闰正十三降君身。

三千三百四十

涣　父母宫中遇恩星，三千三百变瑞贞。
堂上双亲同有寿，父命属虎母兔庚。

讼　父母双亡数定真，命中注定岂由人。
庭前无人来主事，不靠兄弟靠自身。

比　名利发达遇庚寅，上五年中喜遂心。
交到下五烦恼至，耗财口舌不时临。

困　灵胎圆满渐成形，新春万物尽发荣。
堂上双亲添丁喜，正月十四身降生。

屯　乾坤两女主得真，父相属虎兔母亲。
人生富贵凭天佑，清风明月百年春。

师　一对鸳鸯戏水滨，月老注定配成婚。
若问妻宫属何姓，定与闵家结姻亲。

巽　三千三百数逢空，六十一岁遇凶星。
月老西阳归去早，忽然梦断魂魄倾。

兑　定你生身在何辰，美景佳节又逢春。
堂上双亲同欢乐，闰正十四降灵魂。

三千三百五十

小过　雷山小过度乾宫，二亲庚相注得清。
风云聚会高堂乐，父命属虎母属龙。

井　三千三百数不祥，父亲下世母也凶。
父相属虎母属狗，想起痛悲泪汪汪。

革　八字全凭运来帮，限行壬寅吉凶当。
上五年来吉利有，下五不遂口舌常。

鼎　元宵佳节三阳天，三千三百定根源。
生辰正月十五日，生你天上月正圆。

震　雨洒春光万物生，父母宫中遇恩星。
严亲属虎遐龄寿，慈母属龙松柏同。

渐　共枕鸳鸯衣禄足，月老注定到白头。
若问姻缘配何姓，洞房佳人必姓刘。

归妹　乾坤交泰主南丹，数中定你七十三。
大限临头天禄尽，一梦黄粱命归天。

艮　北斗回寅月转高，重赏佳节闹元宵。
闰正月生十五日，天赐一命产英豪。

三千三百六十

丰　大小旅变乾卦详，二亲宫中占高强。
父命属虎母属蛇，寿同山海耐久长。

旅　二女值命定遭克，椿庭属虎命归阴。
萱堂属猪光阴短，谁知由命不由人。

蒙 火炼真金大有功，智慧过人更聪明。
正大光明无弯曲，般般好学件件通。

节 此命定坐时在寅，一生必定主贵人。
小人不足恩成怨，逢凶化吉福禄均。

涣 三千三百遇涣宫，人元数中定吉凶。
父命属虎安且寿，母亲必是属小龙。

中孚 映日荷花出水红，鸳鸯戏水两和鸣。
前世姻缘今生配，妻宫许氏必安宁。

小过 南极为寿主遐龄，八十五岁逢大空。
辞却世人登天界，悠悠荡荡不回程。

节 数中定命不虚陈，生平只作买卖人。
义中求利财茂盛，晚景悠悠福禄均。

三千三百七十

乾 红鸾入命大亨通，门庭吉庆喜重重。
凡事举动多顺利，总有凶来变光明。

震 辰时生到四刻间，父母双双不周全。
慈母数定辞世去，严父亦主入黄泉。

屯 平生常怀恻隐心，作事当真是正人。
正是人过留名字，雁过留声福禄均。

蒙 寅时生人性最刚，柳色扶青姓名扬。
轻财重义好朋友，做事敢为亦敢当。

需 生逢寅年祖上强，衣禄丰余有余粮。
处世安然随时过，暮景悠悠多祯祥。

讼 君家若问洞房妻,白头偕老共齐眉。
比日无儿游春水,月老配定姓杜的。

师 棒打鸳鸯不成双,结发妻宫定有妨。
续配佳人还克害,再娶属虎才妥当。

比 命坐驷马身不安,一生喜得在外边。
奔波劳碌财兴旺,晚景悠悠福寿全。

三千三百八十

贲 数逢勾陈入命宫,纵然有喜变成凶。
与人做事落埋怨,口舌琐碎常常生。

履 生逢寅月福不齐,先富后贫更无疑。
早年富豪田产旺,今正否极有伤时。

艮 生来和平意气高,喜爱扶人作英豪。
顺情和理诸事庆,背地反惹恼多遭。

否 寅时生人命宫安,骨肉无情衣禄全。
恩人无义多不美,早败晚成福绵绵。

泰 生逢四刻注得清,田宅宫中恶煞逢。
此命不宜守祖业,纵有田产见凋零。

豫 妻配董氏是前生,姻缘簿上注分明。
夫妇相配白头老,寿似南山不老松。

咸 比刃阳刃暗相争,头妻定克续又冲。
又娶又克连三次,再配属虎是妻宫。

剥 先天注定命不差,一生富贵俱是假。
锦衣绣袄扮王爵,人人喝采好式法。

三千四百一十

蛊　父母双现最吉祥,严父属虎在高堂。
萱堂属马数中定,同到白头耐久长。

临　绿树浓荫绕画堂,长子属虎寿命长。
上无兄来下无弟,堂上孤烛自生光。

观　命中孤独不寻常,先克父亲后克娘。
生逢四刻数中定,自立成家得祯祥。

萃　生身柳丝正风扬,地暖逢春枝叶芳。
生辰三月十一日,父母堂前产奇郎。

巽　三千四百遇巽宫,二亲宫中主分明。
父命虎兮母属马,百年恩爱永安宁。

遁　运交甲寅百事通,五福临门财禄丰。
旱苗得雨时时旺,枯木逢春枝枝青。

损　甲寅年来命最坚,松柏不老寿南山。
大限一定八十五,一枕黄粱到九泉。

升　梨花开放粉妆成,棠棣绽蕊遇春风。
生逢闰三十一日,雨后桃花越加浓。

三千四百二十

颐　龙奔天门最为良,父命属虎母属羊。
乾坤庚相先天定,二亲俱主寿命长。

屯　男女宫中注得清,长子属虎是前生。
数中二子分次序,松柏同荣枝枝青。

坎	四刻生人棠棣香，命中兄弟有一双。 二亲堂上先去父，鸣雁南逐思故乡。
师	绿杨苒苒杏花天，雨露瑞气降人间。 生辰三月十二日，父备喜欢在庭前。
晋	数定属虎是君家，配合属羊是母亲。 二亲寿高遐龄久，画堂喜看白头人。
大过	运交丙寅事事亨，逢动遂心百事荣。 旱地蛟龙归大海，平地猛虎奔山中。
未济	丙寅属虎命中强，炉中火命寿延长。 七十五岁辞阳世，一枕南柯梦黄粱。
解	草木发生逢春天，闰三月里生人降。 生辰正逢十二日，父母堂前添笑颜。

三千四百三十

明夷	三千四百乾卦游，父命属虎母属猴。 堂上双亲同欢乐，双双有寿到白头。
家人	数中定命不虚陈，长子必是属虎人。 一树蟠桃有三果，丹桂青根各芳芬。
蹇	生逢四刻定不错，兄弟三人得同乐。 堂前双亲父先丧，手足持家各顾各。
睽	杏花开放春景天，紫荆花发对庭前。 生辰三月十三日，朵朵映日色更鲜。
巽	紫微交卦巽宫术，父命属虎母属狗。 数定二亲同康健，青青悠悠绿水流。

损 运行戊寅事事强，佳气迎门遇祯祥。
行船正逢顺风起，雨后花开更精祥。

益 戊寅年生城头土，寿享七十又有五。
三千四百数已尽，南柯一梦归阴府。

夬 桃李花开叶正稀，燕语莺声处处啼。
闰三月生十三日，灵胎圆满喜怡怡。

三千四百四十

姤 乾卦得姤喜相生，父命属虎乐春风。
慈母属鸡福禄美，椿萱并茂在堂庭。

萃 男女宫中有四端，长子属虎正当然。
蟠桃枝上结四果，桂子兰孙福绵绵。

升 时定四刻数不周，兄弟四人景悠悠。
双亲位上先去父，失却扶助情意休。

困 桃李花开正春时，燕语莺声景最宜。
生辰三月十四日，父母堂上乐怡怡。

恒 文星升恒最有情，父命属虎在寅宫。
萱堂属鸡得天命，寿比南山不老松。

革 运交庚寅主兴隆，作事谋为俱顺平。
千江有水千江月，万里无云万里天。

鼎 庚寅年生松柏木，七十三岁方尽谷。
逢丑过羊难回避，气化清风满堂哭。

震 定你生身闰三月，燕语莺啼声不绝。
生辰正是十四日，庭前蟠桃一果结。

三千四百五十

艮

天火同人入艮宫，二亲庚相预先明。
父命属虎无移改，慈母定是娄金星。

渐

春到五枝花开秀，秋深五果坠枝头。
长子属虎桃李映，桑榆松菊更优游。

蒙

生逢四刻棠棣强，兄弟三人柳成行。
双亲位上失去父，失却同情色青黄。

讼

春风摆柳花正鲜，子规啼鸣叫声喧。
生辰三月十五日，灵胎落地降人间。

巽

水入巽宫不虚云，三千四百经推寻。
父命属虎母属猴，乾坤依旧草木新。

兑

壬寅大运主家荣，凡事遂心谋望成。
时来风送滕王阁，万里无云月正明。

涣

壬寅大运锡箔金，七十七岁无光明。
大限时来难避躲，魂魄悠悠总无因。

节

三千四百定根源，主你生辰逢春天。
闰三月生十四日，离却母腹到人间。

三千四百六十

蛊

火到艮宫南中孚，好似玉磐配金炉。
堂上双亲先天定，母命属猪父属虎。

小过

栏外花开六果香，长子属虎更高强。
子嗣成行如蜂蝶，福寿滔滔各一方。

乾 棠棣花开正芬芳,兄弟六人正三双。
生辰四刻先去父,鸣雁外飞思故乡。

坎 命生寅时福禄强,兄弟行中坐玉堂。
身体宠荣家业旺,明珠一颗满门光。

屯 泽火草来变巽风,父母宫中注得清。
严亲属虎无差错,萱堂定是亥年生。

蒙 八字正逢寅时生,命享荣华职位清。
职受黉门司教化,运主升迁达帝京。

需 命逢此数衣禄空,已归阴府又转生。
黄粱路上一位客,气化清风一梦中。

讼 四刻生来医精通,半积阴功半养生。
辨别阴阳分经络,转死回生济世功。

三千四百七十

师 从来老蚌生珠晚,晚景悠悠更出奇。
侧室外郡发嫩枝,结成三子福有余。

比 一树花开满枝红,鹤舞青霄万里风。
长子若立属虎相,森森七果满林中。

泰 生逢四根造化根,手足宫中福不均。
兄弟七人先去父,内有石皮各立门。

履 姻缘前定非强求,水流红叶满御清。
晚配残婚不刑害,庚相属虎永悠悠。

姤 寅月生人定命宫,多享父母福现成。
天月二德扶身佑,一生有福不成凶。

否　身命二宫遇红鸾，寅时生人理圣贤。
文章满腹人称羡，将来身受贡士安。

同人　火到艮宫遇同人，此命生来好清真。
数中推来皆一体，口中时常念观音。

大有　八数大有定命宫，习炼医书件件通。
九散丹药通神道，排脓生肌济世功。

三千四百八十

谦　定你命宫凶星藏，八字孤硬不寻常。
若不过房并离祖，命中合主两层娘。

泰　数中定命非等闲，子息宫中福禄全。
主命八字有带破，长子庚相是虎年。

蛊　鸿雁飞空叫声鸣，同气连枝八弟兄。
生逢四刻父先去，必有石皮在其中。

临　命中八字是前生，五行属虎是妻宫。
孤星照命难立子，虽然生儿老来空。

晋　时分四刻定命奇，六亲宫中不得力。
自立成家晚来旺，指望别人总无益。

观　八字四刻定时辰，男人却像女人身。
缝纫针刺人教做，拾边撩缝细入神。

夬　数命定命不差错，行步弯腰背着锅。
只为命中恶星照，筋脉不全怎奈何。

睽　真人奇书习得精，眼科诸症辨得清。
远年近日善调理，金针一拨透光明。

三千五百一十

比　一株荣华根培深，全凭枝叶配成亲。
命中排来三岁运，吉凶祸福顺道分。

震　前缘分定男女宫，今生早为父母荣。
父年生你方十五，母子初遇喜相逢。

离　花开忽然遭大雨，惊散鸳鸯失群迷。
克妻再娶余氏女，方能偕老永不离。

旅　满月桃李弄青红，一树奇花结子成。
生辰五月十一日，灵胎落地保安宁。

遁　前世姻缘定得真，妻宫配定甘夫人。
夫妇恩爱同到老，一对鸳鸯对枕亲。

剥　运交甲寅多琐碎，口舌重重招是非。
家门不和人口病，凡事不遂不相宜。

革　甲日生身丙寅时，虎啸龙吟百事足。
金榜玉殿峥嵘羡，富贵荣华折桂枝。

临　薰风炎炎蝉声鸣，一树蟠桃有青红。
闰五月生十一日，父母堂前添笑容。

三千五百二十

困　二刻配合阴阳荣，数定属虎是妻宫。
并头莲花色更艳，寿似南山不老松。

贲　命宫生身是何时，父年方交二十七。
椿萱堂上喜弄璋，丹桂一枝更出奇。

剥　桃花柳絮乱飞扬,夫妻拆散两分张。
瑶琴今日弦再续,定配黄氏寿命长。

复　安身立命仲夏时,五月十三降身期。
檐前大伞当空照,房中沐浴洗胎泥。

大畜　姻缘相配效鸾凤,月正中秋显光明。
妻配糜氏前生定,美满恩情百岁荣。

乾　运到丙寅主生灾,是非口舌一齐来。
命蹇时乖休妄作,只宜守分免破财。

颐　乙日戊寅时生福,庭前常堆万钟谷。
玉堂金马人争羡,四海名扬达帝都。

无妄　仲夏闰五天最炎,生辰十二始为安。
旋转乾坤异日见,父母房中有异男。

三千五百三十

大过　三刻生就姻缘成,五行属兔是妻宫。
鸳鸯水面成双对,贤能内助正家风。

坎　堂前丹桂枝叶荣,果然应兆梦熊罴。
父亲生你三十九,图报深恩天地同。

咸　洞房花烛主重婚,拆散鸳鸯不由人。
再娶佳人才不克,必与宁氏结成婚。

需　蝉鸣柳树声可听,满树黄梅似金铃。
生辰五月十三日,房中生你换家风。

艮　昔日月老配姻缘,鸾凤交结两团圆。
洞房妻宫景氏女,永偕琴瑟度百年。

旅　运交戊寅暗末明，云蒙昏迷事少成。
破财口舌灾病有，人口不和家不宁。

讼　丙日时逢庚寅生，天喜红鸾入命宫。
必是广寒折桂客，衣锦荣身享千钟。

贲　父母喜气笑盈盈，榴花开放满园红。
闰五月生十三日，二亲房中添佳丁。

三千五百四十

家人　四刻生人气象新，月老注定属虎婚。
鸾凤和鸣成佳会，雪鬓双双福气深。

睽　三千五百定命奇，金入睽卦定根基。
知君生辰何年降，父年正交五十一。

解　火到离宫遇水冲，数中算来克妻宫。
鸳鸯分散重配对，再娶樊氏续前生。

明夷　松柏数年长成林，根深叶茂枝浓荫。
生辰五月十四日，灵胎落地降元辰。

兑　姻缘配就两相当，妻宫定配缪姑娘。
一对蝴蝶双双舞，生前注定寿命长。

夬　运交庚寅闷沉沉，破财口舌祸临身。
霜雪堆向三竿日，时入否地少精神。

益　丁日壬寅时逢清，胸藏锦绣福禄生。
封章联捷合家喜，光宗耀祖显门庭。

姤　人禀阴阳父母生，十月圆满现身形。
闰五月生十四日，灵胎落地母子平。

三千五百五十

萃 春风桃李花正开，鸾凤交结会兰台。
五刻定数妻属虎，举案齐眉百福来。

升 惟有桃李花开早，嫩蕊枝头结实小。
生你母年方十五，前积阴骘得天宝。

困 棒打妻宫两分张，命中数定散鸳鸯。
芙蓉锦帐多寂寞，再配蒋氏方妥当。

井 仲夏炎炎暑正逢，月望圆满放光明。
生逢五月十五日，榴树半子半花红。

革 鸾凤交结永和鸣，良媒佳期自天成。
兰房妻室万氏女，一对鸳鸯情意浓。

鼎 运行壬寅祸事临，口舌灾殃不由人。
出入不利财耗散，无端烦恼闷沉沉。

震 戊日甲寅时坐贵，虎啸龙吟福禄培。
魁光已透三千丈，扶云直上人敬畏。

渐 一重欢喜一重通，月到圆时放光明。
闰五月生十五日，庭前丹桂正发荣。

三千五百六十

艮 数定时分六刻生，妻命属虎在艮宫。
并头莲花色正艳，寿似南山不老松。

震 命中注定非偶然，庚相星照降人间。
母年方交二十七，生你恩情大极天。

丰　夫妻房中有损伤，鸳鸯拆散哭断肠。
琴瑟断了又结续，须配顾氏耐久长。

旅　一树奇花结实香，枝头四果争高强。
养儿指望防备老，遂终正得一儿郎。

巽　春早花开惠风天，丹桂枝枝朵朵鲜。
一树蟠桃结一果，妻宫十五生一男。

兑　命中注定四刻生，羡君只可在公庭。
贵人见喜多扶助，晚景悠悠自亨通。

涣　四刻生人逢业深，父子游泮入贵门。
黄卷青灯坚苦志，高折丹桂步青云。

节　心高艺大量又宽，只好与人行方便。
作事正直无曲委，晚景悠悠更清闲。

三千五百七十

中孚　红叶题诗水送流，姻缘前定岂强求。
生逢七刻妻属虎，助夫兴家到白头。

小过　兰桂芬芳枝发荣，丹桂树下产人龙。
母年正交三十九，门庭喜排一新红。

谦　鸳鸯交颈不久长，命中数定岂强求。
克妻再配孔氏女，身见石皮正妥当。

坤　生逢四刻子息详，男女宫中有刑伤。
养儿指望防备老，谁想反教埋儿郎。

屯　妻宫流年二十七，生子必定在此时。
男女宫中吉星照，衣禄丰盈寿更奇。

蒙　四刻生人多吉祥，为人方正心更强。
命主离家振边寨，立功受禄还故乡。

需　四刻生人更丰盈，财禄俱旺入黉宫。
父命天爵折丹桂，万里青云足下生。

讼　命中五行金水纯，衣禄丰盈掌财人。
做事仔细心方正，数中定就不虚云。

三千五百八十

师　八卦生定姻缘良，鸾交凤合结成双。
妻宫属虎无差错，月老主就寿命长。

比　生逢寅月福禄奇，先受劳碌更无疑。
财禄丰足晚来好，明珠埋土待来时。

节　三千五百八十三，夫妇犯克泪伤惨。
克妻再娶靳氏女，雪鬓双双到百年。

履　子宫位上暗刑冲，式穀似之抚螟蛉。
皮外儿郎比作子，原来不是自己生。

泰　妻宫行年三十九，此年生子喜无休。
一门瑞气从天降，福禄安康在晚秋。

否　四刻生人会端向，命中定就泥水匠。
九月初九鲁班教，修楼盖阁出奇样。

同人　四刻注定福禄盈，学贯古今文艺精。
泮水滔滔入又出，黉门森森列西东。

大有　未入坤宫大有逢，为人一生主老成。
弄巧算谋不曾会，暮景悠悠衣禄丰。

三千六百一十

井　乾交井卦乐长子，三千六百逢难星。
父虎高堂南山老，鼠相母亲寿先终。

升　翠竹梅花鸾凤集，命中注定属虎妻。
风吹彩花结一果，人人争羡桂子奇。

随　二刻配就姻缘事，恰似桃花带雨均。
月老千里合一处，天君配定属虎人。

谦　金风吹动玉簪香，蝉声不住送秋凉。
逢七月生十一日，百花虽残赖菊黄。

临　水入兑宫喜相生，昆玉二人一脉同。
上有一兄下无弟，一树奇花数君红。

离　大运卯寅时候低，名利不遂招是非。
须防口舌破财事，下五年来百事吉。

观　己日丙寅时正如，丹桂庭前万种谷。
玉堂金马人争羡，四海扬名达帝都。

困　仲秋金风玉簪香，寒蝉不住送秋凉。
闰七月生十一日，百花虽残赖菊黄。

三千六百二十

贲　龙奔天门遇虎冲，二亲宫中定吉凶。
母命属牛先克去，父命属虎寿延令。

剥　映日红桃遇雨天，月老千里配姻缘。
妻宫属虎生二子，芝兰茂盛喜无边。

复　时分三刻姻缘定，歧山姣鸾配彩凤。
夫君属虎结成对，福禄臻臻百年庆。

遁　节近中秋中元生，云巧花妙月正明。
生辰七月十二日，秋风吹送蝉声鸣。

姤　三千六百定命宫，同气连枝五弟兄。
次序排来居三位，别立门户各不同。

屯　运交丙寅是比肩，破财口舌事不安。
若到下五寅字位，平安和顺苦渐甜。

丰　庚日戊寅时上清，定折丹桂步蟾宫。
身着紫衣登金殿，手执象笏列九重。

比　金佩当令应不休，节遇中秋景色悠。
闰七月生十二日，渭水洋洋任自流。

三千六百三十

坎　大畜起乾坎上行，父母爻中注分明。
母命属虎去世早，父相同庚寿同松。

咸　极天灼灼映日红，良媒主就姻缘成。
妻宫属虎生三子，暮景堂前丹桂荣。

晋　四刻配合姻缘安，夫君属虎是前缘。
并头连理红日映，双双蝴蝶飞花前。

革　八字原生孟秋天，身降七月是十三。
父母堂上深添喜，生你房中得安然。

大壮　先天定数造化深，手足宫中细推寻。
兄弟七人有带破，梅花枝头第三根。

鼎 大运戊寅吉合凶，事多不顺有虚惊。
上五年中烦恼有，下五寅字多安宁。

旅 辛日庚寅时上清，命主折桂步蟾宫。
身着蟒袍升玉殿，双手执笏拜九重。

家人 命合生在初秋天，身到阳世降临凡。
闰七月生十三日，四壁蛰声催秋蝉。

三千六百四十

睽 三千六百四十一，属兔母命早克离。
父虎枕边恨蝉叫，终朝流泪常悲泣。

蹇 美满姻缘结成双，妻宫属虎百年强。
喜生四子堂前立，福禄荣华姓名扬。

解 池塘之中鸳鸯舞，前世姻缘今生补。
生逢五刻好相配，月老注定夫属虎。

损 暑去秋来枫红天，鸡冠花开玉簪鲜。
生辰七月十四日，母子团圆两均安。

颐 江边鸿雁忽尔临，正理田园稼穑人。
昆玉八人身居三，内有石皮各立门。

姤 运到庚寅要提防，破财悲事有几场。
待交下五寅字位，方保平安降吉祥。

萃 壬日壬寅时最奇，名登金榜天下知。
腰悬玉带身荣贵，四海扬名达帝都。

夬 暑去秋来景色鲜，丹桂芬芳在堂前。
闰七月生十四日，母子身命两相全。

三千六百五十

升　抱蝉相守受勤苦,三千六百升卦观。
母命属龙定先丧,严父属虎守孤灯。

困　月老簿上配婚姻,桃李芬芳正遇春。
妻宫属虎生五子,丹桂森森显浓荫。

井　千里配合皆前定,夫君属虎系赤绳。
一枕鸳鸯永百岁,生逢六刻注得清。

革　时值秋景正中元,呢喃紫燕画梁间。
生辰七月十五日,人在高楼月满天。

鼎　多多茂盛兄弟宫,九人不是一母生。
雁行排来君居四,内有石皮各不同。

艮　壬寅大运有好歹,上五烦恼不称怀。
交临下五多得意,家门吉庆喜事来。

渐　癸日甲寅时最奇,名登金榜天下知。
腰悬玉带人争羡,山呼万岁拜丹墀。

巽　时至秋景百花残,紫燕衔泥画梁间。
闰七月生十五日,人在高楼听蝉喧。

三千六百六十

旅　三千六百定命详,从亲位上有刑伤。
母命属蛇先克去,父命属虎寿延长。

益　姻缘配合是前生,命定属虎是妻宫。
喜生六子高堂乐,飞鸣能和世人惊。

丰　七刻鸳鸯水上游，数定妻相寅位求。
风送红叶随水去，鸾凤和鸣到白头。

咸　四刻生人孤伶伶，锦帐之中少人温。
妻宫必定刑克去，几度凄凉泪沾襟。

中孚　手足宫中定得真，兄弟三人同一根。
次序虽然你居长，不是生身一母亲。

涣　人生命宫定前因，曾在观中养尊神。
空门内里无缘分，辞道归俗落红尘。

节　先天注定寅时生，爵重品高福禄增。
腰悬玉带身荣贵，寿似南山不老松。

小过　四刻生人必内明，交结富贵高宾朋。
阴阳掌中谈造化，善识地脉与来龙。

三千六百七十

既济　生逢寅时衣禄丰，身怀四德勤女红。
鸡鸣内助相夫道，晚景妆台添喜容。

明夷　属虎佳人是妻宫，姻缘注定是前生。
吉生七子堂前乐，内有石皮在其中。

无妄　月下梅花自然香，一时蝴蝶并鸳鸯。
八刻注定姻缘好，夫男属虎配成双。

噬嗑　四刻生人妻来晚，近婚小娶运配安。
若是大娶必刑冲，只恐活离又一翻。

巽　三千六百遇巽宫，雁群六人君长兄。
总禀天恩亲手足，原来不是一母生。

需

六爻受坎需数逢，时上定来四刻生。
生逢出身成羽翼，将星显露锁当头。

震

生逢寅时贵星临，雄气凛凛散步人。
腰悬玉带千钟禄，护国佑民大将军。

师

地理阴阳平人钦，分金谢土又安神。
只因生逢四刻内，身披法衣念天芍。

三千六百八十

比

寅时生为命不振，财有亏损受寒贫。
败克夫主难成业，正是由命不由人。

履

妻妾宫中恩星强，数定属虎是妻房。
生得八子有成败，内有石皮在里藏。

大过

命有丧衣克夫君，后嫁属虎是姻亲。
堂前花柳重重美，比翼鸳鸯过百岁。

小过

命中数定犯虚星，一元分为二气生。
梅树开花李结子，两家合命免刑冲。

同人

手足排来次序分，不同母生有七人。
昆仲行中你居小，内有石皮各立门。

离

寅时生为非寻常，原是穿宫内待郎。
食禄王家身荣贵，出入皇宫伴君王。

既济

虽然龙虎榜留名，纳粟受荣大学生。
水火既济家道盛，命中天恩照星临。

否

神前斋戒是师公，八卦灵机定吉凶。
清闲安然随时过，晚景悠悠乐家庭。

三千七百一十

坤　外人天门到坤宫，二亲宫中注得清。
母亲属马光阴短，虎父有寿正家风。

艮　鸾凤交结是前缘，妻宫出定十三年。
喜逢鸳鸯成佳偶，一对蝴蝶舞翩翩。

蒙　三千七百一十三，数中注定克妻眷。
鸳鸯重配不由人，再娶傅氏保安然。

升　季秋雁来重阳景，雨洒芙蓉叶更青。
生辰九月十一日，堂前桂子森森荣。

遁　二刻定命重续位，狂风吹散并头莲。
兰房再配属虎相，夫妇保守过百年。

观　甲寅运临家道隆，房中欢乐正面容。
持家立业多遂意，喜气盈盈百福增。

节　立命子宫人共拥，更遇文昌文曲神。
卯科三秋登仕路，安邦定国展经纶。

临　暮景秋残新冬凉，雨洒翠竹景更芳。
生辰闰九十一日，桂花结子枝悠扬。

三千七百二十

谦　二亲宫中细推详，父命属虎母属羊。
慈母必定先克去，严父注定寿延长。

随　月老前定配姻缘，妻宫必小十五年。
今世夫妇前生定，绿水池中并头莲。

兑

前妻兑定不胜强，棒打鸳鸯两分张。
若得夫妇不相克，除非再娶赵姑娘。

屯

金风吹处喜重阳，芙蓉金菊两芬芳。
生辰九月十二日，兰芳常开桂子香。

讼

三千七百三刻求，头妻克过必难留。
重婚再娶属虎相，夫妇配合非长流。

坎

运刻丙寅多荣昌，家道顺和降吉祥。
正理房中生快乐，吉庆重重得安康。

兑

命生丑宫遂大名，手扳丹桂步蟾宫。
卯年魁名登金榜，一声雷震万里鸣。

剥

金风吹残又重阳，景色萧条降寒窗。
闰九月生十二日，菊花似金分外香。

三千七百三十

升

数定慈母属猴庚，必然先赴幽冥中。
虎父高堂遐龄寿，福寿祯祥正家风。

井

日月重光不重明，鸳鸯共枕不同庚。
妻年二十零七岁，芙蓉晚景叶更青。

艮

妻室房中刑克多，命里注定怎奈何。
鸳鸯失偶又配对，再娶佳人必姓郭。

兑

时至季秋又重阳，满园菊花味多香。
生辰九月十三日，灵胎落地保安康。

姤

时逢四刻主悲愁，共枕鸳鸯不到头。
妻室再配属虎相，夫妇相守百年秋。

节　雨后花开分外香，运交戊寅喜非常。
菱花喜对添笑语，家门康泰降吉祥。

贲　命立寅宫文星昌，管许虎步上天梯。
卯年方遂青云志，一举成名天下知。

旅　暮景秋风臣体凉，芙蓉绽蕊畏秋霜。
闰九月生十三日，灵胎落地在画堂。

三千七百四十

大畜　山天大畜入乾宫，母命属鸡寿先终。
父相属虎衣禄旺，百年福寿享遐龄。

屯　夫妇年庚不相同，老阳少阴反成名。
妻宫定小三十九，百年恩爱最有情。

夬　三千七百四十三，此数逢之克姻缘。
瑶琴折断重配对，再娶闵氏始安然。

贲　季秋寒虫叫声喧，阵阵凉风雁南还。
生辰九月十四日，胎无落地自安然。

渐　燕语莺声不称情，五刻生人犯刑冲。
结发佳人难偕老，续配妻宫属虎庚。

丰　庚寅运至笑颜开，家中事事称心怀。
旱苗得雨时时旺，枯木逢春发绿苔。

巽　命立寅宫入泮游，满腹文诗腾转欧。
酉科奋志登月殿，定占魁名步仙州。

涣　菊花开放正暮秋，霜冷风凉雁南楼。
闰九月生十四日，灵胎落地喜不休。

三千七百五十

中孚	一数中孚不为空,三千七百有克离。 戌母必定先克去,父命属虎守孤栖。
济	春风吹动百花香,一对鸳鸯配成双。 妻宫应该大三岁,晚景福禄好春光。
无妄	妻妾宫中犯刑伤,拆散鸳鸯不成双。 若求夫妇不相克,再娶南氏终妥当。
小畜	金风吹动菊花香,梧桐叶落过重阳。 生逢九月十五日,满门欢乐喜洋洋。
需	三千七百五十五,头妻必克早归土。 因生十刻时刻定,后娶妻宫必属虎。
兑	运交壬寅百事强,托赖走夫命祯祥。 兑见口舌自消灭,逢凶化吉保安康。
比	命立寅宫见根源,数中演来福禄全。 酉科必折三秋桂,家宅荣耀子孙全。
咸	畦边金菊朵朵黄,丹桂结实吐馨香。 闰九月生十五日,母亲生你在画堂。

三千七百六十

泰	一数逢泰定二亲,母命属猪先归阴。 父命属虎高堂乐,福寿双全保百春。
恒	前生姻缘保双全,鸳鸯同枕不同年。 妻宫大你十五岁,老阴少阳始得安。

复

三千七百细推寻，前妻定然克离分。
洞房花烛合鱼郎，再娶必是姓许人。

蛊

寅时生人主清吉，庐舍田园有楼运。
喜耕度耘田留美，家宅殷实百事宜。

大有

生逢七刻主分离，明月当空被云迷。
鸳鸯失散重配对，继娶必是属虎妻。

随

寅时定命犯孤辰，离俗出家归道门。
黄昏青松为伴侣，初一十五诵经文。

观

命立寅宫吉星安，必步青云丹桂扳。
酉科秋兰为独步，彩旗光辉耀祖先。

大畜

卦逢大畜定得清，善晓生克与刑冲。
天干地支分弱旺，也是卜中一先生。

三千七百七十

坎

夫君宫中犯刑伤，只因八字不相当。
身带石皮年差错，庚相属虎寿延长。

离

寅日生人安且平，天月二值在命宫。
晚景峥嵘家业旺，纵然有祸不成凶。

复

妻妾宫里定得真，前妻定克两分离。
再娶杜氏成偶对，白发双双百岁宜。

损

数中定命寅时生，回方营求衣禄丰。
合主手艺前生定，后来更有一峥嵘。

睽

八刻数主婚姻亲，拆散鸳鸯交颈恩。
再娶属虎配成对，庭前兰桂满室臻。

解 四刻生来拨青云，命该出家儿僧人。
沙门之中为伴侣，焚香念佛拜高神。

颐 演数定命寅时生，华盖生时显将星。
敕受将军威凛凛，食禄千钟玉带荣。

困 生平只好习阴阳，麻衣相法胸中藏。
头面身体分部位，观人色气更高强。

三千七百八十

姤 配定妻宫属虎人，合主带破在其身。
姻缘前生配已就，无破必主两姓存。

升 生逢寅月命不强，朝朝劳碌暮又忙。
财帛不存难保守，拮拮据据度时光。

临 前配妻宫定主妨，又心洞房一新郎。
续配佳人董氏女，月老注定寿延长。

井 三千七百八十回，定你生平习手艺。
正容挖耳功何巧，四方衣禄多得意。

渐 克妻克妻又克妻，娶过三房又克离。
注定四房偕到老，一床锦被乐咭咭。

萃 为命生来离俗门，看经念佛拜上神。
一心不染红尘事，三清驾下去称心。

兑 四刻生人格局清，胸藏韬略显威风。
汗马功劳声名美，鹰扬晏上称奇能。

巽 为命数定犯刑冲，目伤肝经不通明。
生克制化能审辩，人人羡称阴阳灵。

三千八百一十

大畜	大畜变乾少光明,父命属虎寿先终。 命逢此数多失散,鼠母房中伴孤灯。
小过	鸾凤合欢是前缘,夫宫必主大三年。 鸳鸯匹配成佳偶,共枕同衾永团圆。
贲	春到花开子初成,君年尚且儿孩童。 喜得十五生一子,父母堂上添笑容。
未济	朔风吹动梅花浓,月明深处景最盈。 生辰正是十一月,十一降世产人龙。
乾	三千八百一十五,结发属虎必归土。 续配属鼠终妥当,雪鬓双双百年古。
坎	甲寅运临少精神,灾来祸至病在身。 口舌是非心不遂,懒向妆台泪洒襟。
震	运行甲寅主荣昌,职位升转姓名扬。 家宅安泰沐恩宠,库满箱盈米满仓。
艮	柏叶耐岁分外青,枯木寒鸦望朔风。 生辰闰正十一月,十一降世福禄增。

三千八百二十

乾	泽雷随卦过乾宫,卯酉相遇逢刑冲。 父命属虎先克去,慈母属牛守孤灯。
升	一枕鸳鸯并头莲,夫宫正大十五年。 前生配定今生去,夫唱妇随永团圆。

夬　人世相成配姻缘，二十七岁生一男。满园花景得雨润，结秀成实理自然。

恒　命元生逢十一月，十二降生不须说。风寒数九梅花绽，松柏含青耐霜雪。

涣　三千八百化为仇，结发属虎必难留。命里数定重婚配，续娶妻宫必属牛。

剥　运至丙寅推若何，喜事少来口舌多。常有琐碎争端事，香闺忧闷怎奈何。

震　丙寅运逢光又明，雷电得意喜立升。玉阶献策三千丈，正是风云会蛟龙。

益　家烘炉火观梅情，松柏含笑将迎春。生辰乃闰十一月，十二降生福禄新。

三千八百三十

震　升恒有情居震宫，三千八百数逢冲。虎父已定先克去，同相母亲守孤灯。

临　月老出定结姻亲，老少年庚不停匀。欲知夫出何庚相，夫大二十七个春。

睽　春老花残子结运，一轮明月渐沉西。三十九岁生一子，兰房喜事更佳奇。

复　朔风吹动万物凋，惟有松柏最坚牢。生辰正是十一月，十三降世产根苗。

咸　命宫数逢觜火猴，天配属虎不到头。妻克属虎又再娶，举案齐眉过百秋。

随　运行流转到戊寅，持家立业少精神。
月明正被云遮掩，花正开时遇风尘。

离　迢迢前路喜不禁，此限重正一户新。
戊运寅位加吉兆，职位升迁福禄臻。

师　朔风吹动菊花黄，竹影梅花雪加霜。
生辰乃闰十一月，十三降世好风光。

三千八百四十

大过　水星变卦大遇空，父相属牛寿先终。
母亲属兔孤灯守，苦心劳力正家风。

坎　八字生来定不差，鸳鸯交结共芦花。
夫庚年岁较多少，定要正大三十八。

咸　暮景花开贵如金，一生风光多称心。
丹桂庭前晚得子，命里定交五十春。

离　梅梢月上景最清，朔风飘飘遇仲冬。
十一月生初九日，报恩双亲福寿增。

遁　属牛佳人定要妨，阳差阴错必主伤。
洞房花烛重婚配，又娶属兔耐久长。

大壮　辛丑运临不遂心，家门不利病在身。
口舌重重多闲气，喜来成怒反生嗔。

晋　大运交临辛丑乡，名利场中显风光。
职位迁转重重喜，爵禄清新永芬芳。

明夷　天剪鹅毛下九霄，惟有梅台傲露高。
闰十一月初九日，丹桂庭前产稻苗。

三千八百五十

家人	三千八百遇乾宫，父命属牛母属龙。 萱堂在世父先逝，金乌玉兔走西东。
睽	共枕鸳鸯主得奇，鸾凤交得最相宜。 夫君必定小二岁，衣禄喜盈福寿齐。
蹇	二六十月好求财，事事如意称心怀。 旱苗得雨勃然旺，枯木逢春花又开。
解	隆冬数九寒梅凄，雪花飘飘满院稀。 生辰仲冬十一月，初十降世母先知。
损	定君前妻是属牛，命里冲克必难留。 花烛重明重再续，后配属龙到白头。
益	运行流转到癸丑，灾殃口舌常常有。 儿事不遂心头闷，兑欲游躲无路走。
夬	运交癸丑非等闲，福禄重重职位迁。 爱民如子真父母，清明善政步古传。
姤	寒鹊树枝凋零零，梅花初绽一阳生。 生辰在闰十一月，初十元胎分五行。

三千八百六十

损	二亲宫中犯刑冲，悠悠荡荡不回程。 严父属虎先克去，慈母属蛇守孤灯。
益	绫外题诗流红叶，赤绳系足恩不绝。 夫宫比你小十五，老阴少阳百年偕。

坎　流年小运主不详，破财口舌有几场。
限定三七十一月，犹恐少人惹灾殃。

夬　八字原来是前生，寅宫属虎在此宫。
子嗣夫中喜独立，偏足枝上一子成。

遁　元妻属虎克离分，天定灾害不由人。
兰房重配属蛇相，家道吉祥百福臻。

观　行年值此逢星辰，大忌渡河有灾临。
男子逢之福禄全，为人逢之口舌侵。

艮　丙寅南方朱雀精，命逢此限禄不增。
职位不利多颠沛，疾病缠绕破财星。

兑　命宫五月不和均，心火炎炎克肺金。
数中定就有带破，伤却一目不由人。

三千八百七十

姤　粉妆梨花几度春，命定克夫不由人。
鸳鸯失偶已三次，四娶坚牢是姻亲。

坤　月上逢寅福禄全，家宅兴隆广福田。
架上罗衣穿不尽，箱中尽是宝财源。

比　流年小限定吉凶，事事如意称心情。
三七十一月多利，香闺欣欣常笑容。

井　命中孤硬不寻常，克害妻宫寿不长。
鸳鸯拆散已四次，再娶属虎终妥当。

巽　花正开时遇岁天，又被狂风折枝残。
兰房四妻多美秀，犹恐君子少儿男。

解　目下月令也平平，进得公门有忧惊。
待交四月立夏令，何愁官讼不得赢。

恒　运行流转到寅宫，降职禄位退不增。
几番不遂心中事，尽主烦恼心难平。

升　三千八百定命真，身在阳间心在阴。
双目不明瞳神坏，若无此破命难存。

三千八百八十

一　花烛迎郎不自由，必做填房到白头。
时分四刻前生定，夫妇亲爱到寿终。

二　五行有克定命薄，翻来覆去走不着。
劳碌奔波难渡日，事不遂心怎奈何。

三　小运不通犯伏吟，少精无神不开怀。
三七十一月不利，煎熬烦恼定生灾。

四　女人生来定要强，语言巧秀多贤良。
凡事谦让孝公婆，助夫兴家致福祥。

五　妻妾宫中坐时强，洞房重结鸾凤凰。
前后左右文君趣，四妻侍奉在画堂。

六　三千六百定婴童，八十六数注得清。
身命不犯天星杀，福禄双双绵寿生。

七　福禄双全在命宫，因生寅月家道兴。
身冠顶戴自荣贵，暮景悠悠大峥嵘。

八　此命定时生见祥，姻缘配合是二房。
夫主年将花甲尽，意观逢前丹桂香。

邵子神数卯部

四千一百一十

同人　丑时初刻克妻房,水命羽姓始相当。长子火命方存保,兄弟二人君长郎。

谦　亲相预定非偶然,造化无端难周全。父命属兔母属马,老父早已赴九泉。

大有　运临乙卯喜重重,事事遂心衣禄丰。时至花开逢细雨,船到江心遇顺风。

需　生逢五刻定命宫,鸿雁孤飞云外鸣。命中一子主带破,方许成立保太平。

随　丑时初刻女命真,夫主火命两不侵。父木母土子立水,姐妹三人无母亲。

蒙　妻妾宫中定得清,元配属兔犯刑冲。再娶必定属马相,原有造化在命中。

临　运行乙卯喜带忧,一半欢乐一半愁。上五吉庆多吉利,下五琐碎莫出头。

观　大运乙卯遇文星,忽觉足下青云生。身游泮水初发轫,已知造化在其中。

四千一百二十

坎　巳时一刻数最强,妻宫木命必姓杨。兄弟三人身居二,子土承家寿偏长。

坤　乾坤二象定分明,母命属羊主遐龄。先天定就无改移,严父属兔必先终。

渐　运交丁卯命数强，财禄丰盈有积仓。
事事顺利多如意，恰似红日在中央。

丰　时至五刻数不全，子息多寡皆由天。
命中二子有带被，财命兴旺如水泉。

夬　巳时初刻无刑冲，父母金相兴土生。
夫主命木长相守，子息宫中水火成。

中孚　妻宫注定犯刑伤，元配属兔必早亡。
兰房重配属羊相，琴瑟永偕地天长。

井　运交丁卯莫彷徨，上五年中主吉祥。
下五年中多不利，且须及早作提防。

升　丁卯运交主文明，数逢天乙是贵星。
名入黉宫游泮水，还听平地雷一声。

四千一百三十

小过　酉时初刻细推详，妻必角姓水命强。
子玄火土方存保，兄弟四人父先亡。

既济　四千一百遇兑宫，三十二岁有忧惊。
父命属兔先克去，慈母属猴寿遐龄。

复　运行乙卯事事通，举动遂心百福增。
正是花开逢细雨，犹如行船遇顺风。

颐　先天数定非偶然，命中三子不周全。
莫道阴阳无定准，必有带破在身边。

艮　酉时一刻女命宫，夫主水立先刑冲。
父金母木母先丧，子金主水保安宁。

噬嗑	花开忽遭骤雨欺,主配属兔主分离。 瑶琴弦断重结续,后娶必配属猴妻。
复	运交己卯命数均,上五吉祥福临身。 下五琐碎多不利,口舌是非常相困。
损	运逢乙卯数甚佳,胸藏万卷笔生花。 探取青巾如拾芥,玉山昆仑自无瑕。

四千一百四十

无妄	丑时一刻定得清,父金母火永安宁。 妻配水火子立上,光宗耀祖入黉宫。
离	双亲庆相定得清,寿有长短更分明。 父相属兔登仙路,母命属鸡享遐龄。
咸	运交辛卯玉无瑕,添财进喜日渐佳。 龙藏大海头生角,虎居深山换爪牙。
既济	雨后菊花朵朵黄,命中四子排成行。 其中必然有带破,且喜成主寿偏长。
遁	十一十二最亨通,家道吉庆福禄增。 养成羽翼扳丹桂,等待时来名必成。
大壮	四柱五行犯刑冲,姻缘相配难克终。 结发属兔难偕老,重配属鸡寿如松。
明夷	运交辛卯辛金强,事事如意纳祯祥。 下五卯木多不利,疾病口舌有刑伤。
晋	运行辛卯显鸿儒,笔墨落纸点点珠。 名列黉宫游泮水,鸿鹄有志步天衢。

四千一百五十

乾 巳时初刻定刑冲，双亲金水父先终。妻非木土难成对，火土儿郎振家声。

坎 欲知亲相命中求，修短有数难自由。父命属兔先克去，母命属狗主无忧。

屯 运行癸卯命数强，事事顺利多吉祥。正是夜行遇明月，往来无阻事多良。

蒙 时生五刻定分明，堂前五桂显峥嵘。其中必有石皮在，方许成立免刑冲。

需 先天数定果是真，二九三十福至身。旺禄兴旺如泉水，且看衣冠自超群。

讼 妻妾宫中犯克刑，元配兔相赴幽冥。继娶狗相方偕老，培养兰桂百年荣。

师 运交癸卯吉合凶，上五年中喜渐生。待至下五卯字位，口舌是非有忧惊。

比 癸卯运至显宿儒，挥毫落纸点点珠。身游泮水初发轫，先天数定竟如何。

四千一百六十

小畜 酉时初刻主刑伤，二亲火土母先亡。妻木子水兔相妥，兄弟四人君长郎。

履 乾坤爻相定得清，父相兔年命先终。老母猪相喜康泰，寿比南山不老松。

泰	十九二十运亨通，百事顺利财禄丰。 正是花开逢细雨，恰似行船遇顺风。
否	生逢五刻多儿郎，膝下六子耀门墙。 其中必有带破者，各自立门显高强。
同人	四十七八流年临，桃李花开自然芳。 福禄如山财如水，坐享太平寿更长。
大有	元配兔相命不由，先天注定岂能留。 洞房花烛同偕老，必娶猪相耐百秋。
谦	女命正逢五刻生，冲破伤官克子宫。 老来孤身将何靠，养取他人作螟蛉。
豫	命中五行犯刑伤，亦欲游泮姓名扬。 任君窗下功百倍，无奈嫦娥不下床。

四千一百七十

随	运交丁火位南方，事事亨通纳祯祥。 枯木逢春枝枝茂，梅花遇雨朵朵香。
蛊	前生积得阴功深，堂前桂子与兰孙。 膝下五子不同母，富贵荣枯命不均。
临	四十三四花逢春，事事遂心长精神。 老来安乐多吉利，家道和平喜临门。
屯	一树梅花朵朵香，堂前七子排成行。 生逢五刻将分定，必有石皮在内藏。
噬嗑	运交丁火主不祥，破财口舌有几场。 事事不顺心难遂，月被云蒙自无光。

贲 大运丁火值临门，福禄丰盈满堂春。
庭前红梅多结子，膝下必定产麒麟。

剥 命犯天狗非寻常，数定克子实可伤。
纵有螟蛉终难保，一生无人叫爹娘。

复 命犯耗煞不称怀，主受辛劳难聚财。
凶煞若能早解破，财源大发福禄来。

四千一百八十

无妄 花开朵朵色正鲜，运入卯宫旺财源。
事事遂心多吉利，名利皆合保周全。

旅 子息宫中主不祥，耗费财源实可伤。
五子虽然有破败，吉人终须致天祥。

姤 六十七八运不衰，事事顺利称心怀。
一家安乐多吉利，晚景安然自天来。

大过 生逢五刻定得真，庭前丹桂长成林。
命中八子有带破，始信由命不由人。

坎 运行卯木事未通，破财口舌疾病生。
凡谋不遂添忧闷，看是平路跳到坑。

咸 大运临卯屈又伸，逢凶化吉喜临门。
膝下夜产麒麟子，数中注定有鬼神。

屯 数逢四千一百空，六八岁主有大凶。
遇屯名为雷公煞，虽是神仙也有惊。

遁 朱雀入命不自由，朋友虽好也成愁。
自古善交称晏子，奈何结纳不到头。

四千二百一十

大壮	先天数定法最灵，推算人间手足宫。 次序三人君居长，同气连枝一母生。
晋	二亲宫中遇白虎，父兔母鼠阳阴府。 瞻依无人常落泪，虽有彩衣向谁舞。
明夷	运交乙卯数不强，破财口舌多不祥。 灾殃祸患恒常有，恨天怨地忧偏长。
同人	丁火运至事多凶，注定堂上有哭声。 此运必然丧严父，原有造化在命中。
睽	一树花开满院红，姐妹三人命不同。 次序排来身居长，注定荣枯是前定。
蹇	月下老人注得真，赤绳系足各自分。 鱼水和偕百年好，贤嫂尊姓定是孙。
解	运交乙卯不吉祥，疾病在身多凄凉。 上五年中甚不利，下五卯字得安康。
损	生逢五刻儒中仙，挥毫落纸如云烟。 身游泮宫白发老，品高多学享长年。

四千二百二十

益	春晓花开百世荣，棠棣枝上吐菁英。 兄弟五人同一体，次序排来君四名。
夬	堂上双亲定得真，乾坤失隔早灾临。 父年兔相登仙路，母年牛相命入阴。

萃	大运若至丁卯宫,事不顺利少安宁。 安分守己日谨慎,看似平路跳是坑。
升	卯木火运主不祥,克去严父泪两行。 口舌破财精神短,恍似衰草遇严霜。
升	鸿雁高飞过长江,姐妹行中必三双。 次序注定身居首,内有石皮免刑伤。
困	佳人和乐常家女,天家良缘真雁侣。 琴瑟同鸣声声和,自然唱予能和汝。
井	限行丁卯注得清,上五年中有虚惊。 下五卯字多吉利,喜气临门称心情。
萃	生逢卯时遇文昌,心意广寒身在泮。 伸手欲折月中桂,无奈嫦娥不下床。

四千二百三十

鼎	先天数定信为真,手足行中细推寻。 兄弟七人身居四,必有石皮在其伦。
震	父相兔年定得真,母相属虎不虚云。 乾坤失陷逢空地,双亲必主同归阴。
渐	运逢乙卯主不祥,口舌疾病有几场。 事不遂心添烦恼,月被云遮反无光。
坎	运交丁火住南方,恰似衰草遇严霜。 堂上老母寿命短,哭声呼天真可伤。
丰	一数花开枝枝香,姊妹七人聚一堂。 次序排来你居小,荣荣枯枯各自当。

旅　并头莲开色正鲜，老人月下定姻缘。
佳人配就刘氏女，一倡一随永百年。

巽　运行流转己卯宫，吉凶不同最分明。
上五年中多琐碎，下五卯字百事通。

涣　阴阳相应如桴鼓，定君功名一十五。
玉出昆仑美无瑕，幸逢善价必然沽。

四千二百四十

兑　鸿雁纷飞过长江，手足宫中正四双。
次序排来君居四，内有带破免刑伤。

节　先天数定在个中，父命属兔母同庚。
乾坤定数难避躲，合主双亲俱仙登。

中孚　运交辛卯不遂心，破财口舌灾临身。
事事不利添忧闷，始信数中有鬼神。

屯　运交丁火位南方，恰似衰草遇严霜。
花开花落常常有，一番思量一番伤。

既济　生逢五刻遇贵星，父子金榜俱题名。
南宫加禄常乐地，职绶皇恩千钟景。

大有　姻缘配合主自天，水面花开并头莲。
佳人配就康氏女，始信美玉种蓝田。

屯　辛卯运中吉凶均，谋为不利少精神。
行至下五到卯位，福禄临门气象新。

乾　定君游泮在何时，流年方定二十七。
莫恨前世无知己，只缘命数有早迟。

四千二百五十

坤	棠棣一根枝上鲜,兄弟九人定自天。 次序排来君居四,内有带破不周全。
蒙	二数逢蒙卦已成,两亲庚相定分明。 严父属兔登仙路,慈母属龙赴幽冥。
随	运行癸卯数不强,破财口舌有几场。 君还不知早回避,临时只落一空囊。
恒	丁火运临损财源,是非口舌常相连。 命数不利身遭病,刑克佳人赴九泉。
师	四千二百定高强,姐妹三人不成双。 次序排来身居二,原来同父不同娘。
晋	兰房配就萧氏女,天定姻缘真雁侣。 百年合和喜同年,自然唱予能和汝。
未济	运行癸卯半高卑,癸字不利卯字吉。 上五疾病多忧虑,下五无事正乌云。
咸	寒窗笃志苦用功,命坐虚星运未通。 待至三十零九岁,天衢初步耀门庭。

四千二百六十

泰	天边鸿雁任飞扬,兄弟三人定成行。 君问次第君居长,定有石皮在中藏。
否	二亲宫中定得真,空空失陷遇乾坤。 严父属兔登仙路,萱堂蛇相命归阴。

蒙　十九二十流年凶，破财口舌少安宁。
事不遂心多烦恼，疾病临身有忧惊。

睽　运交卯宫事多凶，劳人财败事难成。
莫道阴阳无定准，此运必主克妻宫。

谦　五爻谦卦定吉祥，姊妹六人不同娘。
次第排来身居二，必有石皮免刑伤。

豫　并头莲花满池香，一对鸳鸯水中扬。
六礼聘来毛氏女，合栖双宿百年长。

随　女命生来衣禄丰，恰遇卯时有贤能。
助夫兴家勤且俭，三从四德无不通。

升　五刻生人衣禄丰，合主道路有前程。
田宅财源多兴旺，衣冠楚楚大峥嵘。

四千二百七十

升　一树花开满地红，手足宫中五弟兄。
雁行排来君四位，内有石皮免刑冲。

井　日生卯宫五行清，富贵荣华在命宫。
家宅兴隆财禄盛，暮景悠悠更峥嵘。

革　四十三四定吉凶，灾殃口舌祸重重。
日落沉西难见影，行船偏遇打头风。

鼎　运交丁火事多乖，伤财败家不称怀。
此运注定必克子，满堂哭声恸悲哀。

震　不守祖业游他方，衣禄平和人称强。
贵人门下经理事，恰似凤凰落高岗。

渐 月下老人配良缘,必娶麻氏同室饮。
如鼓琴瑟和且乐,无刑无克永百旬。

艮 女命近贵卯时生,命主累加身绶封。
原是吉星将命照,福禄并臻百世荣。

大壮 贫贱贤愚定命中,自是风流浪子生。
一生不作农商事,全凭妻儿体泰荣。

四千二百八十

丰 天伦宫中我至清,同气连技七弟兄。
次序排来身居四,必有石皮在其中。

旅 一生造化最难明,数有一定非虚空。
注定本是四岁运,恰如春木啭黄莺。

巽 六十七八流年凶,疾病口舌少顺通。
雨中残花风前烛,月为云蔽无光明。

涣 卯字运至是东方,破财烦恼少祯祥。
克子原来在此运,泪洒衣襟哭断肠。

节 五刻生人注得真,仆男仆女配成婚。
月老注定无改移,始信数中有鬼神。

中孚 天定良缘非强求,配合苏氏真鸾俦。
鱼水和偕夫妇好,许君偕老到白头。

兑 官禄宫中弱占强,生逢卯位福寿长。
出入王家称贵客,金枝玉叶配成双。

坤 女命生来性格清,深知四德与三从。
心直口快无私曲,暮景悠悠福禄增。

四千三百一十

姤

天火同人逢太阴，二亲庚相算得真。
父命兔相母属鼠，堂上双亲白头人。

谦

二数逢乾最主凶，四千三百遇虎冲。
父命属兔母属马，二亲俱主入幽冥。

剥

乙卯大运定吉凶，上五乙字喜重重。
及交卯位多不利，疾病口舌日日生。

临

斗柄回寅景色新，正月十六降君身。
堂上双亲重重喜，家中幸喜得麒麟。

噬嗑

数定父命兔年生，萱堂鼠相不同庚。
明月清风当空望，犹比杨柳遇春风。

贲

月老配就姻缘强，兰房美人必姓庞。
并翅鸳鸯双双舞，数中注定寿命长。

复

命逢凶星正青春，修短有数屈难伸。
二十六岁君丧服，六亲俱作断肠人。

小畜

命到中年渐渐成，八字生来显光明。
闰正月生十六日，上元佳节又春风。

四千三百二十

小过

堂上双亲数中求，父命属兔母属牛。
乾坤交泰多吉利，双亲偕老到白头。

未济

堂上缺少主事人，父亲属兔定得真。
慈母羊相无差错，二亲前后命归阴。

大畜　四季最喜行南方，运交丁卯丁火强。
下五卯字多不利，知命还须早提防。

明夷　三阳泰景万物新，百草萌芽尽逢春。
生辰正月十七日，双亲爱如掌上珍。

损　桃李春风吹枝头，落叶飘飘水东流。
父命属兔高堂坐，福寿绵绵母属牛。

蹇　一双鸳鸯并翅行，朝夕相依两相鸣。
问君房中配何姓，迎来米氏到室中。

萃　天罗入命主凶灾，禄马交错不称怀。
二十八岁君命尽，南柯一梦永不回。

遁　数中定命真出奇，主人死生无改移。
生在闰正十七日，灵胎落地子母怡。

四千三百三十

姤　人生天地百年春，养育之恩重人伦。
须记父命兔相生，莫忘属虎老母亲。

升　父相卯兔母属猴，慈母克去父仙游。
青山绿水依然在，不见堂上二白头。

井　己卯大运无吉凶，拨云望日见光明。
上五以上多利顺，下至卯字少亨通。

鼎　南极老人是寿星，将值三阳鸟和鸣。
生辰正月十八日，却喜堂上产人龙。

艮　父母之限注得真，兔相椿庭虎母亲。
福禄犹同山海固，画堂曾有白头人。

渐　月老配就韩氏妻，早起迟眠勤杼机。
琴瑟在御声静好，天定鸾俦永不离。

丰　先天数定命不长，禄马俱到怎提防。
年方五十君之限，一梦南柯不还乡。

巽　四千三百数最高，一生早安福滔滔。
闰正十八是生辰，父母房中喜根苗。

四千三百四十

涣　先天数定最分明，父相属兔母同庚。
琴瑟同鸣百年久，如松如柏寿无疆。

中孚　父相属兔卯年生，母产酉岁鸡为庚。
只因卯酉相冲犯，椿萱俱主入幽冥。

益　运行流转辛卯宫，上五年中称心情。
下五卯字多不利，须防破财口舌生。

比　东风解冻孟春天，上元佳节在日前。
生辰正月十九日，一颗明珠掌上悬。

遁　四千三百注得真，数逢巽卦定二亲。
椿萱并茂宜福禄，双双俱是属兔人。

需　桃李花开同恋春，鸳鸯并翅在江滨。
兰房匹配李氏女，夫唱妇随寿百春。

师　天上四时春作元，人间五福寿为先。
六十二岁寿已尽，魂魄逍遥上九天。

坎　生辰正月好佳期，十九降世定得吉。
恩星若遇乾坤位，东风吹动子规啼。

四千三百五十

震

双亲命里定分明,父相属兔母属龙。
莫言阴阳无定准,注定高堂松长青。

同人

风天小畜数中祥,同人逢之寿不长。
父属虎相母属狗,注定二亲必早亡。

谦

得意遂心乐逍遥,运主癸卯五年高。
逢癸举动无不利,遇卯口舌破财招。

随

斗回寅住阳和天,万物青始独占先。
生辰正月二十日,父母房中生奇男。

临

数中消息定人伦,椿萱恩情比海深。
严父属兔晚景乐,母亲属龙寿同春。

噬嗑

鸾凤和鸣非偶然,月老千里配姻缘。
室中定娶鹿氏女,夫唱妇随永百年。

剥

四千三百逢剥空,七十四岁主大凶。
秋来花老严霜罩,跨鹤升天化清风。

无妄

生逢闰正好佳期,你身降在二十日。
恩位若遇乾坤位,东风吹动子规啼。

四千三百六十

颐

人生庚相定分明,母命属兔父小龙。
乾坤数中悬星照,二亲自当享遐龄。

坎

乾坤爻相定得清,父命兔相自分明。
母命原来属猪相,二亲俱主命归空。

咸 命中生来本聪明，作事和顺最公平。
先天数定多福禄，晚景荣华又大增。

遁 生逢卯时定命宫，诚心为人怨反生。
小人不足君子爱，不好求人落下风。

晋 数中立机定得真，注定属蛇是母亲。
父命原来属兔相，双双有寿过百春。

兑 赤绳系足喜相连，姻缘配合永百年。
门风当对六礼定，田氏娘子在蓝田。

泰 南极注定寿遐龄，八十六岁命必终。
辞谢人世登仙界，魂魄逍遥上九重。

恒 贸易天涯君有名，主就商贾是命宫。
才高谋成多得利，财源似水比石崇。

四千三百七十

萃 命逢红鸾事遂心，百般吉庆喜临门。
逢凶化吉无不利，事事如意百福臻。

夬 生逢五刻犯刑冲，二亲俱主命归空。
须知造化有定数，早已泄露五行中。

明夷 先天数定性格清，为人正直有声名。
生世广行阴骘事，暮景悠悠福禄增。

复 命中注定卯时生，多情多义好宾朋。
把酒高捧君有意，心田无私自光明。

震 造化生人遇卯年，祖父宫中有余田。
一生安享自在福，数中已定非偶然。

渐
佳偶原来自天定，角姓夫人最贞静。
一唱一随歌净好，许君偕老百年整。

归妹
命中破财不寻常，元配克过继又妨。
定君三次花烛夜，必娶属兔保安康。

旅
驿马入命喜外乡，经营财贸多吉祥。
贵人见喜多扶助，老来自在少年强。

四千三百八十

兑
五行四柱通勾绞，灾殃祸患免不了。
事不遂心多牵连，纵无害事也煎熬。

节
命逢卯月福不均，富厚有余早年春。
老来财禄不相继，须知由命不由人。

小过
四千三百定命宫，生平正直多聪明。
三尺高帽君戴上，天大事情敢当承。

遁
生逢卯时运不通，骨肉无情怨恨生。
只宜小心常慎守，得至云去月自明。

坤
生逢五刻定分明，离家迁移外宅成。
莫说先天无定数，老来晚景胜平生。

蒙
鸳鸯并翅水面刁，飞来飞去永不离。
佳人配就秦氏女，百年和合心不移。

讼
克妻克妻又克妻，命中定就不由己。
自作新郎已四次，必配属兔福寿齐。

比
人生事业定自天，推算哪怕有万千。
金榜题名虚富贵，洞房花烛假姻缘。

四千四百一十

履　先天数定原非假，父相兔年母属马。
二亲白发能偕老，琴瑟和谐歌风雅。

否　一轮明月照当空，长子属兔在震宫。
兄弟手足无依靠，独自勤俭正家风。

大有　生逢五刻命主孤，双亲堂上先去父。
既无兄长并幼弟，正是孤儿奉寡母。

贲　三春时节日正长，东风和畅百花香。
生逢三月十六日，暮景悠悠好风光。

蛊　数至蛊卦五度真，父是属兔马母亲。
月下海棠天香映，庭前兰桂又同春。

观　大运乙卯主丰亨，五福临门事事成。
皓月当空时常照，枯木逢春枝叶荣。

姤　乙卯大溪水命生，四千四百数逢空。
寿至八十零九岁，南柯黄粱一梦中。

屯　三月重逢麦浪生，桃李花开遇春风。
生辰正是十六日，门外悬壶酒一钟。

四千四百二十

小畜　父母爻中定高强，父能属兔母属羊。
离到乾宫增祥瑞，二亲必主福寿长。

大过　男女宫中注得清，长子兔相本前生。
数定二子分次序，松柏同荣枝枝青。

离	五刻生人百花香，昆玉行中有一双。 堂上双亲先去父，鸿雁南飞思故乡。
恒	极目碧涧水清流，当空明月照高楼。 生辰三月十七日，双亲堂上永无忧。
大壮	乾坤交泰主荣昌，又逢大壮喜非常。 严父属兔无改移，慈母庚相必属羊。
晋	运行丁卯主峥嵘，事事吉利自有成。 千江有水千江月，万里无云万里明。
同人	丁卯炉中火命生，寿比南山不老松。 寿至九十人称羡，黄粱一梦君已终。
解	细草百花处处鲜，三月又遇月不圆。 生逢闰三十七日，明珠一颗掌上悬。

四千四百三十

小畜	四千四百注得清，先天数定亲年庚。 严父兔相无更改，慈母必主猴年生。
大过	长子数定卯年生，画堂结彩现三星。 一树蟠桃三枝茂，老来衣禄自丰盈。
升	五刻生长棠棣芳，雁行纷飞过长江。 兄弟三人先去父，各持家业自荣昌。
井	桃李花开细雨中，明月昭昭海上生。 生辰三月十八日，喜酌美酒满堂红。
兑	山地剥卦交兑金，二亲庚相注得真。 母命猴年父属兔，百年方有百岁人。

艮　运交己卯百事强，春风和气兆吉祥。
行船恰遇风相送，雨后花开色更芳。

归妹　己卯年生寿延长，纳青城头主命强。
九十二岁登仙界，南柯一梦不还乡。

巽　桃李花开叶正稀，燕语不住声声啼。
生辰闰三十八日，杨柳绽金在长堤。

四千四百四十

节　阴阳变化知者稀，先天数定更无疑。
堂上双亲皆有寿，父相兔年母相鸡。

大有　数中主就不虚云，长子定是属兔人。
根深叶茂四子成，兄弟相敬俨如宾。

讼　数定五刻在兰中，兄弟四人命不同。
堂上双亲先去父，衣襟沾得泪眼红。

坤　时逢上己月正明，花开花落子必成。
生辰三月十九日，堂上只闻笑语声。

震　四千四百遇震宫，母命属鸡父兔庚。
遐龄好比松柏景，双双有寿福禄增。

履　运行辛卯主身荣，凡事亨通皆有成。
一派风送无掣肘，万里无云月正明。

未济　辛卯年生松柏木，金限逢之运难当。
七十八岁南柯梦，气化清风满堂哭。

比　三月重逢桃浪生，桃李花开遇春风。
生辰恰逢十九日，门外悬罡喜儿童。

四千四百五十

否　四千四百否卦真,父亲定是兔年人。
慈母狗相无改移,同享遐龄寿百春。

既济　男女宫中仔细参,长子属兔本天然。
一树蟠桃五叶茂,桂子兰孙福绵绵。

豫　生逢五刻弟兄多,手足五人意不和。
堂上双亲先去父,彼此相敬免风波。

蛊　杨柳苒苒杏花鲜,雨露点点滴人间。
生辰三月二十日,父母欢乐在堂前。

观　父母遇此景为良,严父属兔百年生。
慈母狗相悦景乐,福寿双双山海长。

贲　癸卯运至百事通,经营谋为最易成。
池水蛟龙归大海,平地猛虎奔山中。

复　癸卯金箔金命生,遇酉逢申有忧惊。
七十八岁乃殂落,逍遥仙路归太空。

颐　定君生辰闰三月,燕语莺鸣艺不绝。
此月正遇二十日,庭前蟠桃一颗结。

四千四百六十

坎　四千四百三坎宫,人间亲相我甚明。
父命属兔无改移,慈母必是亥年生。

咸　命定六子光门庭,长子属兔是前生。
鸿雁天边排成行,老来晚景百事成。

遁　生逢五刻竟如河，兄弟六人情不和。
堂上双亲先去父，兄友弟恭免风波。

屯　卯时生人主兴隆，手足宫中坐玉堂。
身多荣宠家业旺，明珠一颗满门光。

家人　卦逢家人定乾坤，父命属兔注得真。
母亲定然是亥相，白发双双福寿均。

解　君生卯时命最清，举名入官多门生。
位居广文谢桃李，寿如松柏叶长青。

夬　四千四百数逢空，禄马一到命已终。
劝君不必握粟卜，先天之数我早清。

升　生逢五刻医道精，半积阴功半养生。
辨别温凉分经络，起死回生早有名。

四千四百七十

蹇　赤绳系足千里姻，外郎庶室长精神。
自古丹桂生香晚，庭前四子步青云。

震　膝下七子站庭前，注定长子是兔年。
内中必然有带破，各自芬芳正家缘。

渐　五刻鸿雁各不宿，兄弟宫中数有七。
堂上双亲先去父，惟有石皮守孤恓。

丰　姻缘前定莫强求，红叶题诗水送流。
晚配残婚不刑害，必然属兔始无忧。

巽　卯月应人遇悬星，祖父宫中衣禄丰。
肥马轻裘时时有，定公安然享太平。

涣　知君一定是宿儒，挥毫落纸点点珠。
身游泮水白发老，手执狼毫常拂鬓。

中孚　先天定数竟何如，一心向善更无疑。
饮酒茹荤君不爱，口中常常念阿弥。

乾　数中定命无差错，注定生来习外科。
名扬四方称国手，奇方妙药似华佗。

四千四百八十

屯　先天数定命不强，萱堂位上有刑伤。
虽然已身免夭折，主就应有三重娘。

师　人生命定是先天，长子兔相非等闲。
注明八字有带破，子息宫中必主贤。

咸　五刻注定手足宫，兄弟八人情不同。
堂上二人先去父，晚来荣华主亨通。

比　月老配合不由人，尊嫂兔相不虚云。
命犯孤星难主子，若非螟蛉不能存。

渐　生还五刻命艰难，无依无靠志自坚。
六亲宫中不得力，独立家业无时闲。

鼎　天生定命是针红，手执剪刀快如风。
割皮集衣裁领袖，巧与天工一样同。

同人　五行配合命不强，筋骨无主受刑伤。
似地不平难移步，如无带破命必亡。

否　举会眼科有奇能，不用脉理使分明。
妙荣一点见红日，始信高人更有名。

四千五百一十

乾　五行配合定命宫，提纲顺逆定吉凶。
桃李得时登枝早，四岁夫运福禄清。

屯　春风不息遍天涯，桃李夭夭正放花。
父年生君十六岁，玉出昆仑更无瑕。

蒙　月下老人配姻缘，主就克妻非偶然。
重姻必配孙氏女，合家同乐享寿年。

大畜　推算八卦定阴阳，配定五孙寿命长。
生逢五月十六日，门外斜挂弓一张。

泰　佳人配就宣氏女，天定姻缘真燕侣。
始入美玉蓝田种，乐然唱予能和汝。

坎　运交乙卯主耗财，犹如宝镜土中埋。
事事不顺难遂意，举动常有口舌来。

姤　甲行丁卯遇贵星，身游泮水赴鹿鸣。
南宫捷报拨云路，定君金榜两题名。

夬　端阳已经两度光，前擎翠盖在池旁。
生逢闰五十六日，把酒堂前喜弄璋。

四千五百二十

观　从来良缘自天成，配就鲁氏有贤名。
琴瑟和谐真良匹，鸳鸯池上喜相逢。

贲　运交丁卯闷沉沉，是非口舌常相寻。
若能预早作防备，自然祸去福乃临。

剥 乙日己卯遇财星，胸藏锦绣显文明。
南宫捷报君独步，将来必定列黉宫。

晋 数至六月算五月，荷花满地见绿荣。
生辰恰逢十七日，兰房喜气添灯红。

蹇 生逢二刻定分明，老人足下系赤绳。
佳人配就属兔相，一对良缘自天成。

谦 先天数定在个中，花开花落子必成。
父年生君二十八，日出东海渐高升。

解 命宫注定克妻房，元配佳人已早亡。
若欲百年同偕老，择娶常氏本妥当。

蛊 黄鹊飞鸣声多欢，红杏一枝常吐烟。
生辰五月十七日，明珠滚滚落玉环。

四千五百三十

坤 生逢三刻定自天，佳人属兔是前缘。
合和同乐百年美，始信美玉种蓝田。

丰 造化无形又无踪，数定循环子息宫。
父年运交四十整，生君预望振家声。

讼 月下老人配姻缘，注定克妻非偶然。
瑶琴弦断重结续，继娶刘氏必主贤。

屯 朵朵榴花满院红，日暄雨润子必成。
生辰五月十八日，笑煞堂上白头翁。

中孚 水雨花开并头莲，雨后无尘色更鲜。
佳人配就葛氏女，琴瑟和谐永百年。

随　命逢已卯运不通，疾病临身有虚惊。
名利不遂空自想，行船正遇打头风。

师　丙行辛卯时最清，胸藏万卷显文明。
姓名重登龙虎榜，双步青云足下生。

遁　五月已过又五月，薰风炎炎暑来歇。
生辰恰逢十八日，榴花如火为君结。

四千五百四十

临　四刻生人定自天，蓝田种玉非偶然。
妻宫注定属兔相，夫唱妇随永百年。

复　一枝花开分后先，造化有权难变迁。
令尊生你五十二，悬罳一张挂门前。

否　鸳鸯分飞任翱翔，元配佳人已早亡。
莫言阴阳无定年，重定妻宫必姓康。

大有　薰风飘飘五月天，吹来吹去束管弦。
初度欣逢十九日，君身吉时降人间。

解　五头莲开色正鲜，妻配管氏是前缘。
夫妇和谐白发老，不难携手到百年。

涣　运交辛卯主有灾，是非口舌不时来。
命蹇时乖休妄动，只宜守分免伤财。

观　丁行癸卯遇官星，转来青云足下生。
莫谓先天无定数，定君折桂到蟾宫。

咸　端阳佳节两度光，燕子双飞任翱翔。
生逢闰五十九日，堂上衔杯酒入肠。

四千五百五十

遁　阴阳循环定命宫，生逢五刻定分明。
原配佳人属兔相，许君偕老寿如松。

大壮　春来桃花早向荣，飞得熊罴入梦中。
母年生君十六岁，同极深恩天地同。

坎　鸣鸠无缘任翱翔，重整花烛配鸳鸯。
借问玉人谁家女，继娶兰氏福寿长。

明夷　青青松柏深深山，旱苗得雨色又鲜。
生逢五月十二日，喜雨美酒贺生男。

同人　欲知姻缘数中求，鸱鸠问问在河洲。
佳人配就艾氏女，天定良缘真好运。

睽　运交癸卯有忧惊，财利无缘事难成。
花开忽然逢暴雨，船到江心遇狂风。

益　戊日乙卯时大奇，云路无阻已早知。
名题金榜重重喜，且看衣冠拜丹桂。

履　已过五月又五月，梅花有子为君结。
生辰正是十二日，风摇丹桂落一叶。

四千五百六十

恒　生逢六刻定自天，妻相属兔非偶然。
莫谓阴阳无定数，月老配就是前缘。

离　时来梅树生玉花，母年生君二十八。
始信数中有妙神，注定勤俭必兴家。

小过　定君克妻是前缘，元配佳人命归天。
继娶必是毛氏女，福寿双双永百年。

坤　一树花开满院红，注定五子是前生。
丹桂庭前枝枝茂，老来二子送君终。

恒　命宫子息非偶然，蟠桃开花结子孙。
方年一十零六岁，门前插草弓又悬。

咸　时上定就五刻生，立房益屋最精通。
鲁班留下真妙法，传于世人度生平。

否　时逢五刻遇吉星，身列黉宫享恩荣。
父扳丹桂登金榜，春雷一声天地惊。

观　数中神机少人知，定人性格主无疑。
为人正直心诚厚，福禄滔滔寿更奇。

四千五百七十

震　比翼鸳鸯最有情，妻命属兔在震宫。
白头双双偕到老，无刑无克七刻钟。

益　四千五百定时真，母年四十生你身。
命宫衣禄多兴旺，暮景悠悠福寿均。

姤　妻妾宫中主重婚，拆散鸳鸯早离分。
克妻再娶麻氏女，方能保守过百春。

升　五刻生人定命宫，三刑六害岂非轻。
共有三男并四女，老来孤弱又伶仃。

咸　乾坤变化知者稀，命中福难自改移。
妻宫年方二十八，幸生一子福禄齐。

兑　生逢五刻志气雄，出入往来在宫廷。
才高幸遇贵人爱，花开逢雨色自红。

巽　时逢五刻遇文星，君今游泮入黉宫。
伸手欲扳月中桂，却恨足下云不生。

谦　五行配合命最清，不好求人落下风。
心体光明爱朋友，疏财仗义君有名。

四千五百八十

丰　问君妻宫是何年，注定属兔是前缘。
琴瑟和谐双双美，助夫兴家必主贤。

旅　早年劳碌运未通，只因逢在卯月中。
须知否极将泰至，老来寿数却比松。

蒙　鸳鸯戏水在江滨，忽然拆散不由人。
克妻重配苏氏女，始信数中有神临。

屯　先天数定子息宫，纵然有子必难成。
养成螟蛉有才智，何必斤斤问所生。

大过　从来命数定自天，子孙迟早非偶然。
妻宫年方四十整，幸生一子立堂前。

兑　生逢五刻寿如山，运斧成风如鲁班。
绳墨运用称妙手，世人谁能解机关。

同人　数遇文星暗复明，身游泮水有声名。
莫说先天无成算，却知两次列黉宫。

既济　四千五百定分明，为人心性太老成。
好行方便多阴德，先天造化寿如松。

四千六百一十

姤	乾坤爻相辨分明，成数在天实难更。 母命鼠相先去世，父命属兔寿如松。
节	阴阳变化知者稀，数中注定属兔妻。 蟠桃树上结一果，造化有权已早知。
泰	生逢二刻定自天，夫相属兔在卯年。 琴瑟在御声声好，助夫兴家定主贤。
豫	织女有缘夜渡河，天边明月接金梭。 生辰七月十六日，饮酒千杯不嫌多。
谦	一树花开朵朵红，同气连枝三弟兄。 次序排来君居长，原来成数在命中。
离	运交乙卯有忧惊，财利如同火上冰。 待交下五卯字位，事事顺利福禄荣。
师	已行时逢丁卯宫，且看青云足下生。 文学如海登及第，数中注定进士公。
随	天上织女重渡河，浮云罩来影婆娑。 生辰闰七十六日，先天定数竟如何。

四千六百二十

剥	欲知亲相数中求，乾坤二象分刚柔。 母命属牛先去世，父相属兔多寿荣。
无妄	老人月下配姻缘，鸳鸯共枕不同年。 妻宫属兔称佳偶，数中注定生二男。

颐　生逢三刻定自天，夫宫属兔是前缘。
　　鸳鸯配合人称美，合和同乐永百年。

贲　门楼如虹星满天，牛女此渡是前缘。
　　生逢七月十七日，瓜瓞从此庆绵绵。

咸　棠棣花开枝枝香，鸿雁天边排成行。
　　兄弟五人君居四，同气连枝聚一堂。

蒙　运临丁卯属南方，口舌疾病少祯祥。
　　待交下五卯字位，方保人财两安康。

恒　庚日己卯遇财星，诗书万卷藏胸中。
　　曾经禹门三级浪，定君金榜两题名。

家人　鹊桥重驾夜渡河，满天星斗映金梭。
　　生逢闰七十七日，明月在天影婆娑。

四千六百三十

蹇　乾坤二象定分明，修短有数在筒中。
　　父命属兔百年寿，母命属虎命归空。

升　天定良缘定难更，妻宫属兔三子成。
　　莫说阴阳无定准，夫妇偕老是前生。

解　雨后花开色更鲜，月下老人定姻缘。
　　生逢四刻人属兔，方知美玉种蓝田。

益　清清绿水峻峻山，满天星象照人间。
　　生辰七月十八日，君身羽毛尚未干。

革　天运鸿雁任高飞，两两双双向南归。
　　兄弟七人身居四，命有成败已得推。

困　运临乙卯定吉凶，事多不遂口舌生。
若逢卯字下五运，福禄俱至心自灵。

鼎　辛日辛卯时最清，胸藏万卷定高升。
莫说先天无定数，许君金榜两题名。

鼎　七月已过又七月，堂上花烛为君结。
生辰恰逢十八日，风吹丹桂落一荣。

四千六百四十

归妹　天火同人少祯祥，火临归妹遇刑伤。
双亲因庚俱属兔，慈母先亡父寿长。

晋　月下老人定姻缘，夫妇相合非偶然。
妻宫属兔生四子，百年禄寿两双全。

明夷　月老簿上定分明，配合亥相是兔庚。
生辰五刻天造定，琴瑟和谐家道成。

噬嗑　金风飘飘雁南翔，飞来飞去思故乡。
生辰七月十九日，门外斜挂罳一张。

渐　空中鸿雁望南还，兄弟八人不一船。
须凭卦数分次序，内有石皮居四元。

萃　辛卯运临实若虚，破财惹恼生暗气。
待交下五卯字运，事事亨通凶化吉。

大壮　壬日癸卯生时高，文章锦绣称英豪。
奋志欲折三秋桂，乘龙直上九重霄。

复　时值金风孟秋天，寒蛰唧唧叫声喧。
生逢闰七十九日，父母恩光百代传。

四千六百五十

蛊　父母宫中不周全，四千六百定根源。
母亲属龙先去世，椿庭属兔福绵绵。

履　鸳鸯戏水在江边，配合姻缘非偶然。
妻宫属兔生五子，芳名四海个个传。

比　六刻注定配姻亲，夫君必属兔相人。
夫妇恩爱共衾枕，雪鬓双双过百春。

需　玉簪花开孟秋天，中元已过岁将残。
生辰七月二十日，灵胎落地保安然。

大有　兄弟九人世所稀，不是一母生来的。
排行定就居五位，内有高低定石皮。

豫　运至癸卯事不当，常有烦恼灯灭光。
交到下五卯字上，方保安宁化吉祥。

渐　癸日定显起春雷，乙卯时逢主文魁。
功名志随青云路，驷马高车盖世威。

观　牛郎已过织女期，百花结子更异奇。
生逢闰七孟秋景，二十降生福禄宜。

四千六百六十

贲　父母宫中定得真，严父属兔寿延深。
慈母同肖先克去，悠悠荡荡命归阴。

复　配合姻缘自有神，尽在月老簿中存。
妻宫属兔生五子，兴家立业明人伦。

震 生逢七刻配成双，夫宫属兔在卯乡。
月老前世姻缘定，兰房花柳正春光。

姤 五刻生人犯孤辰，克妨妻宫命不存。
鸳鸯深水得歇卧，泪洒单枕并孤衾。

坎 兄弟宫中数注清，手足三人你居中。
虽然同脉产身体，原来不是一娘生。

咸 八字生来定先天，削发为僧结善缘。
禅心不定凡心胜，反入俗门羡红颜。

恒 卯时生人贵出奇，腰悬玉带常相依。
皇府御酒君悬重，福寿犹如山海齐。

大壮 五刻生人二宅清，讲论山水世人惊。
分阴分阳定地向，地脉来龙最精通。

四千六百七十

明夷 女命生来衣禄丰，更逢卯时称贤能。
助夫兴家勤俭有，温良孝顺知三从。

睽 昔日月老定姻亲，鸾凤鸣和福禄臻。
喜生七子有成败，洞房配就属兔婚。

解 八刻生人姻缘良，歧山彩凤配鸾凰。
数定夫君必属兔，福禄臻臻百年强。

益 五刻生人主有妨，妻宫晚配免刑伤。
兰房相配长幼子，夫唱妇随保安康。

姤 多多茂盛兄弟宫，手足六人不合情。
上有一兄下四弟，不是同胞一母生。

萃　生逢五刻性最灵，读尽诗书未成名。
因命将星时上照，武举作养冠带荣。

困　卯时生人武曲强，威名凛凛姓字扬。
着紫袍来束玉带，职居总镇统边疆。

革　五刻生人习阴阳，安身谢土把星禳。
身披法衣朝三界，头戴星冠作道场。

四千六百八十

震　卯时生人衣禄平，夫主聪敏运不行。
五行配合财不旺，晚年交运方主荣。

渐　宫命注定朱陈良，千里姻缘福禄强。
妻宫属兔生八子，内有石皮免刑伤。

丰　命犯伤官克夫君，后嫁兔相是前因。
风前桃柳重开日，比翼鸳鸯共衾枕。

巽　身命二宫坐虚星，田宅宫中难保成。
虽有二娃难得养，离却家缘别处兴。

涣　手足宫中细推寻，同气连枝共六人。
君身居长不同母，本根俱是一父亲。

中孚　玉兔之时君降生，终身荣贵世人惊。
六院之内能经管，传宣音令达御宫。

乾　官星遇伤有若无，不得天榜享天福。
暂居国举荣身体，异日声名达郡都。

艮　巧手丹青甚聪明，得心应手笔端雄。
羽毛山水传真象，画中冠首占高名。

四千七百一十

坤　水入天门到坤宫，二亲宫中注得清。母亲属马光阴短，兔父有寿正家风。

艮　鸾凤交结是前缘，妻宫注定小四年。喜逢鸳鸯成佳偶，一对蝴蝶舞翩翩。

蒙　四千七百一十三，数中定就克妻眷。鸳鸯失偶重配对，再娶庞氏保安然。

升　季秋雁来重阳景，雨洒芙蓉叶更青。生辰九月十六日，堂前桂子森森荣。

遁　二刻定命重续弦，狂风吹散并头莲。兰房再配属兔相，夫妇保守百有年。

观　乙卯运临家道隆，房中欢乐正面容。持家立业多遂志，喜气盈盈百福增。

节　亥命卯宫人共闻，更遇文昌文曲星。卯科三秋登仕路，安邦定国保经纶。

临　暮景秋残催冬凉，雨洒翠竹叶更芳。生辰闰九十六日，桂花结子枝悠扬。

四千七百二十

谦　二亲宫中细推详，父命属兔母属羊。慈母必定先克去，严父注定寿延长。

随　月老前定配姻缘，妻宫必小十六年。今生夫妇前世定，绿水池边并头莲。

兑　前妻若定不旺强，棒打鸳鸯两分张。
若得夫妇不相克，除非再娶米姑娘。

屯　金风重吹喜重阳，芙蓉金菊两芬芳。
生辰九月十七日，兰芳常开芝花香。

讼　四千七百三刻求，头妻克过必难留。
重婚再娶属兔相，夫妇配合水长流。

坎　运到丁卯多荣昌，家道顺和降吉祥。
正理房中生快乐，吉庆重重得安康。

兑　命生未宫遂大名，手扳丹桂步蟾宫。
卯年魁名登金榜，一声雷震万里鸣。

剥　金风吹残又重阳，景色万象降明窗。
闰九月生十七日，菊花如金分外香。

四千七百三十

升　数定慈母属猴庚，必然去年赴幽冥。
兔父高堂遐龄寿，福寿祯祥正家风。

井　日月重光不重明，鸳鸯共枕不同庚。
妻小二十零八岁，芙蓉开放叶更青。

艮　妻室房中刑克多，命里注定怎奈何。
鸳鸯失偶又配对，姓张佳人结帏罗。

兑　时至季秋又重阴，满园菊绽味多香。
生辰九月十八日，灵胎落地保安康。

姤　时逢四刻主悲愁，共枕鸳鸯不到头。
妻室再配属兔相，夫妇相守过百秋。

节　雨后花开分外香，运交己卯喜非常。
菱花喜对添笑语，家门康泰降吉祥。

贲　命立卯宫文星昌，管许虎步上天梯。
卯科得遂青云志，一举成名天下知。

旅　暮景秋风透体凉，芙蓉花上畏秋霜。
闰九月生十八日，灵胎落地喜洋洋。

四千七百四十

蹇　先天大畜入蹇宫，母命属鸡寿先终。
父相属兔衣禄旺，百年荣泰寿遐龄。

屯　夫妇年庚不相同，老阳少阴反成名。
妻宫定小四十岁，满堂欢喜最有情。

夬　四千七百四十三，此数逢之克姻缘。
瑶琴折断重配对，再娶角姓始安然。

贲　季秋寒虫叫声喧，阵阵凉风雁南还。
生辰九月十九日，灵胎落地始安然。

渐　燕语莺声不称情，五刻生人犯刑冲。
结发佳人难偕老，续配妻室属兔庚。

丰　辛卯运至笑颜开，家中事事称心怀。
旱苗得雨时时旺，枯木逢春发绿苔。

巽　命立卯宫入泮游，满腹文章胜韩欧。
酉科奋志登月殿，定占魁名步仙州。

涣　菊花开放正暮秋，霜冷风寒雁南楼。
闰九月生十九日，灵胎落地见原由。

四千七百五十

中孚　一数中孚不为空,四千七百有克刑。
戌母必定先去世,父命属兔守孤穷。

既济　春风吹动百花香,一对鸳鸯配成双。
妻宫当该大四岁,晚景福禄好春光。

无妄　妻妾宫中犯刑伤,拆散鸳鸯不成双。
若求夫妇不相克,再娶李氏才妥当。

小畜　金风动来菊花香,梧桐叶落过百阳。
生辰九月二十日,满门欢出祥瑞光。

需　四千七百五十五,头妻必克早归土。
因生六刻时分定,复娶妻宫必属兔。

师　运交癸卯百事强,托赖夫主命祯祥。
虽见口舌自消灭,逢凶化吉保安康。

比　命亥卯宫见根源,数中演来福禄全。
酉科必折三秋桂,家业昌盛子孙贤。

咸　篱边金菊朵朵黄,丹桂结实吐馨香。
闰九月生二十日,父母生你在画堂。

四千七百六十

泰　一数逢泰定二亲,母命属猪先归阴。
父命属兔高堂乐,福寿双双过百春。

恒　前生姻缘保双全,鸳鸯同枕不同年。
妻宫大你十六岁,老阴少阳始得安。

复　四千七百细推寻，前妻定然克离分。
洞房花烛合鱼水，再娶必是姓田人。

蛊　卯时生人主清真，庐舍田园自欣欣。
春耕夏耘田园计，家宅殷实百事宜。

大有　生逢七刻主分离，明月当空被云迷。
鸳鸯拆散重配对，继娶必是属兔妻。

随　卯时定命犯孤辰，离俗出家归道门。
黄昏青松为伴侣，初一十五诵经文。

观　命立卯宫吉星安，必步青云丹桂扳。
酉科秋试必独步，彩旗光辉耀祖先。

大畜　卦逢大畜定得清，善晓生克与刑冲。
天干地支分弱旺，也是卜中一先生。

四千七百七十

坎　夫相宫中犯刑冲，只因八字不相当。
身带石皮无差错，庚相属兔寿延长。

离　卯日生人主平平，天月二德在命宫。
晚来峥嵘家宅旺，纵然有福不成凶。

复　妻妾宫中定得真，前妻定克主分离。
再娶崔氏成佳偶，白发双双过百春。

损　数中定命卯时生，四方营求衣禄丰。
合主手艺前生定，后来更有一峥嵘。

睽　八刻数定主重婚，拆散鸳鸯交头恩。
再娶属兔配成对，庭前桂子见森森。

解 五刻生来登青云，命该出家作僧人。
沙门青灯为伴侣，焚香拜佛诵经文。

颐 演数定命卯时生，华盖坐时显将星。
敕受将军威凛凛，食禄千钟玉带荣。

困 生平只好习阴阳，麻衣相法胸中藏。
头面身体分部位，观人气色更高强。

四千七百八十

姤 配定妻宫属兔人，合主带破在其身。
姻缘前生配已就，无破必主两姓存。

升 生逢卯月命不强，朝朝劳碌暮又忙。
财帛不存难保守，晚来却比早年强。

临 前配妻宫定主妨，又作洞房一新郎。
续配佳人秦氏女，月老注定寿延长。

井 四千七百八十四，定保生平习手艺。
正容挖耳多巧妙，四方衣禄多得意。

渐 克妻克妻又克妻，克过四房又克离。
注定五房偕到老，一床被衾乐嘻嘻。

萃 女命生来离俗门，看经念佛保全真。
一心不染红尘事，三清驾下去称心。

兑 五刻生人格局清，胸藏韬略显威风。
汗马功劳声名重，鹰扬宴上称奇能。

观 女命数定犯刑冲，日伤肝经不通明。
生克制化能审辨，人人称羡阴阳灵。

四千八百一十

节	太阳变乾少光明，父命属兔寿先终。 命逢此数多失散，鼠母房中伴孤灯。
小过	鸾凤和欢是前缘，夫宫必主大四年。 鸳鸯匹配成佳偶，共枕同衾永团圆。
贲	春到花开子多成，君年尚且妆孩童。 喜得十六生一子，父母堂前添笑容。
未济	朔风吹动梅花浓，明月深处寒蝉鸣。 生辰正是十一月，十六降世产人龙。
乾	四千八百一十五，结发属兔必归土。 继配属鼠终妥当，雪鬓双双过百秋。
坎	乙卯运临少精神，灾来祸至病在身。 口舌是非心不遂，懒向妆台洒泪襟。
震	运行乙卯主荣昌，职位迁转姓名扬。 家宅安泰沐恩宠，库满仓盈喜见长。
艮	柏叶耐久分外青，枯水寒鸦望朔风。 生辰正闰十一月，十六降世福禄增。

四千八百二十

乾	泽雷随卦过乾宫，卯酉相逢遇刑冲。 父命属兔先克去，慈母牛相守孤灯。
升	一枕鸳鸯并头莲，夫宫正大十六年。 前世配定今生会，夫唱妇随永团圆。

夬	人世相成配姻缘,二十八岁生一男。 满园夜雨滋花草,结香成实理自然。
恒	命元生逢十一月,十七降生不须说。 风寒数九梅花放,松柏含青耐白雪。
涣	四千八百化为仇,结发属兔必难留。 命里数主重婚配,结续妻宫必属牛。
剥	运至丁卯推若何,喜事来临烦恼多。 常有口舌争端事,香闺忧闷恐灾磨。
损	丁卯运至光又明,雷电得意喜立升。 玉阶献策三千丈,正是风云会蛟龙。
损	家烘炉火观梅信,松柏含笑将迎春。 生辰乃闰十一月,降生十七福禄新。

四千八百三十

震	升恒有情居震宫,四千八百数逢冲。 兔父已定先克去,同相慈母守孤灯。
临	月老注定配姻亲,老少年庚不停均。 欲知夫主何庚相,夫大二十八个春。
睽	春老花残子结运,一轮明月渐沉西。 四十岁上生一子,兰房喜事更加奇。
复	朔风吹动万物凋,惟有松柏最坚劳。 生辰正是十一月,十八降世见根苗。
咸	命里数逢觜火猴,天配属兔不到头。 妻克属兔又娶虎,举案齐眉过百秋。

随 运行流转到己卯，持家立业少精神。
月明正被云遮掩，嫩花开时遇风尘。

离 迢迢前路见通津，此限重正一户亲。
己运卯位加吉兆，职位升迁福飞臻。

师 朔风吹动松柏凉，竹影梅花雪加霜。
生辰乃闰十一月，十八灵胎落前堂。

四千八百四十

履 四千八百遇履宫，四十一数遇大冲。
父是属兔先克去，只留兔母正家风。

临 姻缘前定莫强求，今世相配鸾凤俦。
夫宫定大四十岁，一枕鸳鸯到白头。

夬 春光花残月将遮，一轮明月渐沉西。
五十二岁生一子，堂前枯木发嫩枝。

升 朔风凛凛大雪天，松柏梅花耐岁寒。
生辰正是十一月，十九灵胎落堂前。

恒 迷群孤雁受孤霜，结发属兔两分张。
瑶琴折断弦再续，必须属兔才妥当。

泰 香闺忧闷不遂心，运交辛卯灾临身。
琐碎不利口舌有，菱花懒对正乌云。

否 运交辛卯福禄丰，职位迁转又高升。
上下和顺心安泰，犹如红日照当中。

蛊 四千八百定命宫，闰十一月十九生。
父母堂前添喜气，晚景福禄有峥嵘。

四千八百五十

晋	四千八百遇晋宫,父命属兔母属龙。 椿庭风折先去世,萱堂却主寿遐龄。
坎	姻禄无定求得宜,鸳鸯交头共罗帏。 夫主必小四岁整,杨柳逢春嫩泽泽。
艮	流年财禄自丰盈,必主福气喜重重。 若交四八十二月,一声雷震万里鹏。
升	朔风梅散吐味香,月正圆时妙有光。 天色正逢十二日,元辰二十喜荣昌。
丰	花正开时遇风狂,月正明时云遮光。 头妻属兔必克去,又娶属龙才妥当。
蹇	癸卯运临不为祥,犹如衰草遇严霜。 懒作针刺闷闷坐,口舌闲气有几场。
谦	运至癸卯大亨通,爵禄荣显有峥嵘。 身闲心忙多思虑,刀笔功名迁转逢。
萃	寒梅绽蕊吐清香,鸦栖枯木噪月光。 闰十一月冰似玉,二十生身福禄昌。

四千八百六十

损	二亲宫中犯刑冲,悠悠荡荡不回程。 严父属兔先克去,母亲属蛇守孤灯。
益	江水题叶流水灭,赤绳系足思不绝。 夫宫比你小十六,老阴少阳百年偕。

坎　流年小限主不祥，财破灾来有几场。
限定四八十二月，恐有少人惹祸殃。

夬　八字原来是前生，艮宫属兔在夬宫。
子嗣爻中欲知晓，偏房枝上一子成。

遁　原妻属兔克离分，命中有害不由人。
兰房再配属蛇相，家道吉祥百福臻。

观　行年值此水星辰，大忌渡河有灾临。
男子逢此福禄全，女人逢之口舌侵。

艮　丁卯南方朱雀精，命逢此限禄不增。
职位不吉多颠沛，疾病缠身破败星。

兑　命宫五行不和均，心火炎炎克肺金。
数中定就有带破，一日所伤不由人。

四千八百七十

姤　粉妆梨花几度春，命主克夫不由人。
鸳鸯失偶已四次，四次坚牢是缘烟。

坤　月上逢卯入贵乡，命主荣华有恩光。
福德财名双全美，法泽绵绵寿延长。

比　流年小限定吉凶，事事如意称心情。
四八十二月多利，香闺欣欣长芙蓉。

井　命中孤硬不寻常，克害妻宫寿不长。
鸳鸯拆散已四次，再娶属兔才妥当。

巽　花正开时遇变天，又被狂风折枝残。
兰房五妻多秀美，犹恐君子少儿男。

解 日下月令也平平,进的公门有忧惊。
待交四月交夏令,何愁官讼不得赢。

恒 运行流转到卯宫,降职禄位退不增。
几番不遂心难受,中主烦恼有忧惊。

升 四千八百定命真,身在阳间心在阴。
双目不明瞳神坏,如无此破必难存。

四千八百八十

恒 花烛迎郎不自由,必作填房到白头。
时分五刻前生定,夫妇亲爱添寿筹。

需 命宫已定岂由人,扒扒拮拮度光阴。
祖业凋零财耗散,终日劳苦必受贫。

坎 心运不通凶星来,少精无神不开怀。
四八十一月欠利,熬煎烦恼恐生灾。

离 女命生来好高强,心直口快贤名扬。
凡事谦让孝翁姑,助夫兴家致福祥。

咸 妻妾宫中坐时强,洞房重结鸾凤凰。
前后左右文君趣,五妻奉侍在画堂。

剥 四千八百定家人,八十六数注得清。
家人姓苏无更改,福禄绵绵寿更增。

渐 福禄双双在卯宫,因生卯月家道隆。
名称骏马身荣贵,暮景悠悠大峥嵘。

震 此命卯时见生强,心直口平中多良。
夫妇相合天配定,时时前望丹桂香。

邵子神数辰部

五千一百一十

乾　丑时二刻定命祥,妻非何姓必早亡。
数定火命方偕老,儿郎金土寿命长。

屯　天火同人到屯宫,二亲爻中见刑冲。
母命属马遐龄寿,严父属龙先送终。

蒙　运交甲辰火峥嵘,家门康泰百事亨。
凡事遂心多得意,问利求名主俱成。

讼　一树花开不遇春,生逢六刻晚菊新。
今日数演卦逢讼,命中子息有一人。

比　女命丑时二刻间,父母火土不周全。
夫水不克主石皮,水金儿郎保安然。

履　结发注定龙人相,必定妨克命难存。
续配属马偕到老,洞房花烛又一新。

泰　运至甲辰定吉凶,凡事如意在甲宫。
交临下五辰字位,疾病口舌渐渐生。

恒　雷动中天起坠飞,春雨连绵万物生。
运临甲辰方遂意,先游泮水耀门庭。

五千一百二十

否　生逢巳时二刻真,妻是火命必性申。
子息定立水年上,兄弟三人末后跟。

大有　兑入金宫归本方,数逢同人争春光。
母命属羊遐龄寿,龙父必先赴黄粱。

同人　大运丙辰百成事，春至花开渐渐荣。
出入利益多称意，家室春庆百福重。

谦　五千一百定命宫，数中重定六刻生。
满园花开结多少，枝须二果各运能。

随　数定巳时二刻生，父水母土儿刑冲。
夫配木命子立水，姐妹三人身居中。

豫　千里姻缘月老详，头妻属龙定早亡。
瑶琴折断重结续，又娶佳人必姓兰。

蛊　丙辰运临百事周，吉利应在丙字求。
辰位烦恼惊恐多，提防灾害口舌生。

临　春至梅早花开逢，运去通来且待时。
限变丙辰遂心意，名利黉宫游泮心。

五千一百三十

观　酉时三刻命金妻，若非韩姓必分离。
长子木土方能保，兄弟四人二是你。

噬嗑　五千一百水雷屯，噬嗑交来细推寻。
父命属龙归泉下，慈母属猴寿延深。

无妄　大运戊辰福禄临，出入利益旺家门。
事事亨通皆遂意，此限作为总由人。

贲　六刻生人子息荣，巳到辰宫蛇交龙。
堂前三子声名显，必性刚柔更和平。

剥　酉时二刻逢数五，父金母木先丧母。
夫主非水难偕老，定知儿郎命归土。

复　结岁妻宫属龙人，命中为魁不能存。
鸳鸯拆散又配对，再娶属猴才得稳。

颐　戊辰运临吉合凶，戊字当头称心情。
辰宫不利遭病患，懒向妆台正面容。

萃　运临戊辰文业齐，不枉窗前费功时。
先且不闻庆俗事，果然此运游泮池。

五千一百四十

豫　玉女鸳鸯归凤鸾，丑时二刻妻不全。
木火妻宫子立水，兄弟三人你居先。

坎　五千一百遇坎宫，父命属龙必先终。
母命属鸡三迁教，看养兰桂喜芳名。

咸　运行庚辰旺家门，斧动犹有福星临。
问利求名多称意，福气滔滔寿更深。

恒　五千一百风地观，演至恒数七刻闻。
四子堂前多茂盛，松柏青青色更鲜。

遁　十三十四最亨通，满怀诗书蕴胸中。
可喜窗前立大志，年方少小可属名。

大壮　属龙佳人是你妻，命中注定早分离。
并头莲花遭风折，洞房又娶必属鸡。

明夷　庚辰大运事事临，笑喜欢欢在秀门。
上五年中多吉利，下五琐碎有惊惶。

晋　运至庚辰命高临，才学满腹姓名扬。
果然今日游泮水，喜气多多换门墙。

五千一百五十

家人	巳时二刻妻损真,水火二命是家人。 子立水土兴家早,衣冠束带喜荣身。
睽	五千一百睽卦详,二亲爻中犯克伤。 龙父先亡犬母在,数中注定岂能强。
蹇	运行壬辰是可夸,家宅吉庆享荣华。 儿事遂心无阻隔,虎奔深山换爪牙。
小畜	六刻生人子宫兴,五千一百数定清。 丹桂庭前五子茂,有荣有败各自成。
损	三十二岁贵神临,胸藏诗书贯五伦。 更喜禄马身荣贵,运至时来满堂臻。
剥	芦花深处配鸳鸯,前妻属龙定主妨。 续配属狗成佳偶,永偕百年寿必长。
萃	壬辰大运上五临,喜气重重名祯祥。 下五辰字多不利,灾殃口舌有刑伤。
夬	运交壬辰降吉祥,前后相生福禄昌。 此运得意游泮水,果然时来铁生光。

五千一百六十

姤	酉时二刻妻不全,命真金水到百年。 儿郎土木之业盛,兄弟三人你居三。
升	火雷噬嗑数不吉,乾坤到辰主克离。 龙父先作黄粱梦,母命属猪守孤居。

井 二十一二喜事周，出入顺利永无忧。
家门康泰多祥瑞，喜事重重添人口。

困 红日相会子初成，蟠桃树上六果荣。
时分六刻无差错，一生衣禄自然丰。

乾 时为五十增瑞气，命宫迁转添喜事。
财产兴旺家门泰，出入亨通百福立。

屯 数中定命必克妻，前配龙相早分离。
再娶佳人为戌相，堪为对偶心感念。

蒙 女命注定六刻生，演入此卦克子宫。
百年孤身将何靠，养取他人作儿童。

讼 命宫学堂犯罗星，屡乱功名不能成。
纵然窗前立大志，泮水全然不发生。

五千一百七十

坤 运交戊宫位中央，事事如意纳祯祥。
名利皆遂无阻隔，家门亨泰得荣昌。

归妹 一枝花开处处春，半荣半枯莫得均。
命宫注定有六子，生身不是一母亲。

中孚 四十五六诸事吉，此入亨通有利益。
安享福禄财源茂，谋望官翰尽皆宜。

睽 六刻立定子息多，蟠桃树上结七果。
丹桂庭前有成败，其中必然有带破。

巽 大运交戊事流通，破财口舌疾病缠。
雨里残花风中央，驳离琐碎事多端。

涣　运行戊土喜临门，家庭吉庆事遂心。
驾鹤升腾现祥瑞，喜得房中产麒麟。

节　命带孤鸾最难当，差见子息寿不长。
此煞若还不斩除，个个儿郎定早亡。

丰　财帛宫中坐应空，钱财难存留应名。
若交土运无冲破，将来只落两手空。

五千一百八十

小过　限行辰位定吉凶，凡事谋为称心情。
任居出入皆利之，方交此运件件通。

乾　命有六子注分明，也有带破也有成。
生就性情不相符，将来各自立门庭。

屯　六九七十大吉昌，事颇遂心精神爽。
天赐祯祥晚景来，家门兴旺福禄长。

既济　时坐福寿德星躔，男女宫中却有缘。
命中注定有八子，暮景悠悠六刻间。

蒙　运行辰宫不相当，暗昧闲气有两伤。
事事常觉生烦恼，灾祸临身奈凄凉。

需　运转辰宫喜事重，满宅祥瑞罴熊应。
兰房喜添生一子，岁月和合百事成。

讼　九岁十岁最主凶，身入险地恶灾生。
行船忽遇猛浪打，花正开时遇狂风。

师　命带破败怕人惊，交友结朋总无功。
任你方便人不是，恩情反将仇恨深。

五千二百一十

比	雁行分飞叫声鸣,紫荆树下正羽翎。 兄弟三人同一体,同气连枝居二名。
履	父母爻中定不祥,父亲属龙必早亡。 慈母属鼠也克去,泪洒衣襟痛断肠。
泰	运交甲辰主生灾,祸患重重又损财。 明镜不磨尘土蔽,诸般谋为福不生。
遁	运交戊土大有惊,父亲离别命归阴。 破财口舌常常有,思亲泣泪放悲声。
否	人秉灭地论阴阳,姐妹宫中三个强。 火到辰宫分次序,推你身居第二行。
同人	一对鸳鸯共枕床,夫唱妇随百年强。 燕翅交头恩情美,妻配左氏寿命长。
大有	运交甲辰病缠身,上五年中不遂心。 下五辰字多吉庆,喜对菱花正鸟鸣。
讼	命宫重定六刻生,学贯古今文业通。 泮水滔滔身荣贵,喜得平步入黉宫。

五千二百二十

豫	庭前棠棣多茂盛,雨露思除花枝青。 兄弟五人分次序,数来君身居末名。
随	堂上双亲两命轻,母命属牛父属龙。 父亲已作泉下客,母亲辞世赴幽冥。

蛊

运行丙辰灾祸临，是非口舌琐碎陈。
旱池蛟龙思海水，平川猛虎想山林。

临

大运交转到辰乡，父亲克去奈凄凉。
几番烦恼若闲气，更有疾病少祯祥。

观

一树花开色不同，姐妹行中有芳荣。
同气连枝六花茂，次第推来第二名。

贲

一树蝴蝶舞花梢，姻缘相配由月老。
赤绳系足偕连理，兰房妻宫本姓焦。

剥

丙辰运临必主凶，是非口舌有忧惊。
多交下五辰字位，喜气盈门百福增。

萃

辰刻生人命六奇，奈何人齐命不齐。
虽含珠玑时难吐，身居泮水被路迷。

五千二百三十

复

棠棣茂盛满园香，鸿雁飞腾任翱翔。
兄弟七人身居五，内有带破免损伤。

无妄

二亲爻中不相当，母亲属虎必主妨。
龙父仙游数已定，泪洒衣襟痛断肠。

大畜

大运流转到戊辰，灾祸口舌带临门。
必主破财琐碎有，八事不遂兹乎论。

颐

运交戊位有悲声，克去母亲痛伤情。
好似冰雪见炎火，破财口舌时常生。

乾

一双孤雁望南飞，手足宫中独一人。
姐妹无依命中见，一生注定旺家门。

坎 并蒂莲花满池生,一对鸳鸯两相鸣。
妻宫配定魏氏女,同衾共枕百年荣。

咸 灾来祸至不称情,运至戊辰有忧逢。
上五年中多不利,惟喜下五保安宁。

恒 流年十六遇文星,此年必主扬姓名。
气吐虹电棘困志,育云泮水光荣生。

五千二百四十

遁 荣禄茂盛正芬芳,鸿雁南还思故乡。
兄弟八人身居五,其中必有石皮伤。

大壮 父亲属龙定得清,母命属兔在震宫。
乾坤配合犯刑害,堂上双亲两命终。

晋 大运交转到庚辰,灾殃祸患来临门。
破财更有琐碎事,几番烦恼不遂心。

明夷 运交辰土闷恹恹,驳杂琐碎泪连连。
此运克母无差错,闲是闲非口舌缠。

小畜 六刻生人贵非常,父子进士天下扬。
封章临门重重至,威声远播振边疆。

大过 姻缘配合更不差,妻宫杨氏偕白发。
鸳鸯并翅共合欢,晚景悠悠福寿长。

中孚 口舌烦恼疾病生,运至庚辰定分明。
上五年来灾映有,下五辰字增康宁。

既济 恩星入命主峥嵘,羡君胸藏锦绣成。
二十一岁身游泮,先前裕后有芳名。

五千二百五十

损 益 解 姤 萃 升 困 井

手足宫中排成林，兄弟九人名立门。
雁过南楼分次序，你身居五福禄匀。

克父克母命中凶，注定父亲必属龙。
母亲同庚无差错，二亲俱主命归空。

运至壬辰百事凶，灾殃祸患主忧惊。
春后残花秋后草，暗昧不明在心中。

戊字交来泪涕涕，此运不利定克妻。
破财口舌滋闲气，好似鸳鸯两分离。

五千二百萃卦游，阴顺阳逆古今投。
姐妹三人不同母，你身定居末后头。

鸳鸯戏水在江滨，赤绳系足两相连。
夫妇恩爱前生定，洞房佳人定姓关。

辰时生来能享福，夫唱妇随两和睦。
勤俭持家贤内助，真为人间女丈夫。

命宫定就数最清，四十岁上入黉宫。
喜得中年游泮水，福气滔滔禄更增。

五千二百六十

萃 鼎

雁过南楼相应鸣，兄弟三人次第行。
同气连枝居次位，内有石皮在其中。

五千二百到辰宫，六十二岁不顺情。
堂上双亲游仙路，父龙母蛇两命终。

震　急水行船必损伤，口舌破财有乖张。
二十一二灾殃至，临产落马失绳缰。

渐　大运交辰有悲伤，失偶弃婴续鸳鸯。
破财人离生烦恼，事不遂心奈凄凉。

屯　太阳遇辰少光明，手足宫中定得清。
姐妹三人居三位，重来不是一母生。

丰　琴瑟相和弄好音，重山草木更清新。
洞房妻配董氏女，白发双双过百龄。

旅　辰时生人女命安，温良和顺更主贤。
禄享夫君福多厚，更有峥嵘在晚年。

巽　生逢六刻福禄全，异路前程却有缘。
瑞气滔滔荣华有，福来贵至耀祖先。

五千二百七十

兑　手足宫中不调均，兄弟五人定得真。
雁过南楼分次序，昆玉排来第五人。

涣　生逢辰刻福寿佳，一生衣禄享荣华。
财源茂盛家业旺，晚景悠悠福禄加。

节　流年四十五六惊，灾殃口舌主悲声。
凡事不吉多阻滞，伤财累累事无成。

坎　戊土大显立有殃，烦恼忧惊有两伤。
财破人离多不利，此运应知克儿郎。

小过　五数小过定命真，处世安然衣禄均。
命宫有喜吉星照，贵人门下伴事因。

蛊　鸳鸯交颈在海滨，鲍姓佳人结成亲。
姻缘配合无相克，举案齐眉共枕衾。

临　女命生来八字清，天月二德入命宫。
生逢辰时夫人位，恩深沐浴受皇封。

巽　八字生定产有差，根基原是好人家。
只因桃花红艳煞，流落花柳作生涯。

五千二百八十

观　手足行伴坐旺宫，昆玉七人情不同。
同气连枝身居五，有败有成有破荣。

剥　提纲发令五岁运，吉凶福禄向内寻。
花有根枝结定早，晚景悠悠福寿臻。

师　六九七十多主凶，灾殃临身有忧惊。
时时琐碎常烦恼，凡事不顺多难成。

鼎　运至辰宫主有惊，克害子息命归空。
春老花残将依靠，烦恼伤心泪珠倾。

复　六刻生人主得明，仆男仆女两合情。
月老配定姻缘对，赤绳系足鸾凤成。

无妄　夫妻齐眉举案情，一对鸳鸯两相鸣。
姻缘有定决非轻，崔姓佳人是妻宫。

大畜　身命二宫星辰悦，财帛衣食禄不缺。
必在王侯为内婿，难作青云折桂客。

颐　八字纯粹实可夸，一生喜悦令富家。
人看粗来却是细，晚景衣禄享荣华。

五千三百一十

既济 五千三百位既济，父命属龙南山齐。
慈母属鼠春常在，一派和风两相宜。

恒 益福消灾遇辰害，五千三百遭刑伤。
父命属龙辞阳世，母命属马六重亡。

坎 巳逢辰宫蛇交龙，甲辰运临必立荣。
上五年中吉庆有，下五辰字不安宁。

中孚 命宫八字五行清，财源丰厚保安宁。
问你生辰降何日，正月闰十一日生。

临 养育之恩同天深，父相属龙喜称心。
母命庚辰属鼠相，百年荣泰百年人。

观 夫妇好似配鸳鸯，结定同心天地长。
赤绳系足鸾凤舞，妻宫车氏保安康。

贲 大运三九命归回，魄散魂飞定有悲。
二十七岁天禄尽，黄粱梦尽坟一堆。

剥 八数消息推命元，衣禄丰盈保安然。
生辰正是闰正月，二十一日降人间。

五千三百二十

坤 松林桂枝老不休，绿水青山景悠悠。
堂上双亲同有寿，父命属龙母属牛。

屯 严亲属龙命主亡，又克母亲命属羊。
堂前不见白头人，泣泪思亲痛断肠。

蒙 丙辰运临丙位强，家宅重庆曰祯祥。
辰字常有颠险事，恰似花开遇大霜。

遁 五千三百至辰宫，堂上花影舞春风。
生辰正月二十二，福如东海寿如松。

讼 云深风高水自流，父是属龙母属牛。
遐龄可与彭祖比，福寿绵绵度百秋。

比 百年姻缘美如何，妻配贺氏结缘乐。
良谋作主天选定，夫妇偕老永相合。

履 三十九岁运遇冲，事来不测灾病生。
命宫天禄已当尽，一枕黄粱气化风。

否 命宫元辰注得消，福寿双双喜气生。
生辰闰正二十二，母亲房中添一丁。

五千三百三十

同人 数逢同人遇辰官，二亲庚相定得清。
父命属龙母属虎，百年安泰两安宁。

谦 五千三百变兑金，谦卦逢之定双亲。
严父属龙母属猴，父亲先去母归阴。

豫 运行交转到戊辰，吉庆绵绵上五运。
耗财下五多不利，更有凶事来临门。

随 数建随卦排命元，灵胎落地是天然。
双亲堂上添了喜，生辰正月二十三。

临 清风明月桂枝均，父相属龙虎母亲。
数中定就双亲相，严慈俱留定人伦。

坎　绿水交结两鸳鸯，野草芬芳色更香。
配合姻缘凭月老，妻宫邓氏寿命长。

剥　五千三百数逢空，三十七岁主大凶。
五十一岁难逃躲，黄粱一梦赴幽冥。

贲　富贵贫贱自天然，闰正月生二十三。
丹桂庭前添喜气，门挂弓矢新红悬。

五千三百四十

复　数中玄机妙通灵，人间庚相定得清。
二亲堂上同有寿，母命属兔父属龙。

履　龙在浅水被虾欺，日月明时遭云迷。
堂上双亲辞阳世，父命属龙母属鸡。

颐　大运庚辰天合凶，庚字五年称心情。
辰字不利育灾患，提防祸事与人争。

咸　生身降世正逢春，庭前丹桂一色新。
元辰正月二十四，椿雪堂上喜欣欣。

巽　二亲爻中定年庚，水入巽宫显光明。
父命属龙母属兔，双双有寿享遐龄。

遁　一对鸳鸯水中欢，夫唱妇随共枕眠。
妻宫定配角姓女，鸾凤交结永团圆。

晋　数逢七九六十三，疾病缠身凶连绵。
辞别阳世归阴府，魂魄逍遥赴九泉。

家人　育养父母恩最深，兰桂芳芳正逢春。
闰正月生二十四，灵胎落地见双亲。

五千三百五十

井　五千三百水风井，双亲位上定分明。
椿萱同是属龙相，寿享遐龄百福增。

离　乐星庙旺乐长生，水到离宫遇虎冲。
母命属虎必主离，父亲属龙命归空。

大有　壬辰大运乐北方，辰字冲命主不祥。
上五年中多吉庆，交晚下五有灾殃。

革　东风吹动残梅飘，斗转寅亥月正高。
生辰正月二十五，身降阳世立根苗。

巽　绿树枝上子规啼，双亲属龙无改移。
木逢兑金归巽位，家道祯祥寿更奇。

井　并头莲花藕上生，何氏佳人是妻宫。
鸳鸯交头思善多，寿比南山不老松。

升　五千三百数逢空，寿至七十五岁终。
秋后梧桐飘叶落，果然一去不回程。

恒　节气时逢到仲春，正见桃花开放新。
生辰原是闰正月，二十五日降人身。

五千三百六十

离　离到天门过辰宫，二亲庚相定分明。
南山雪皓人难比，父母年相俱属龙。

震　不幸巽数遇震伤，双亲位上有灾殃。
父命属龙母属猪，乾坤两相俱主亡。

兑　心平正且多伶巧，常怀恻隐有名声。
早年运行有成败，晚景悠悠大康宁。

涣　辰时生人性最刚，贵人见喜晚年香。
无恩无义亲少靠，凶处还来安吉祥。

中孚　中孚喜遇太阴星，福寿绵绵百事亨。
母命属蛇无差错，父亲注定必属龙。

既济　从来好事降人间，阴阳相配永团圆。
妻宫主配鲁氏女，夫妇偕老寿绵绵。

明夷　南极注定寿延多，光阴似箭快如梭。
八十七岁大限到，回首阳世梦南柯。

大壮　坤到屯宫定终身，五千三百注得真。
黉门宫中无缘分，只作经营贸易人。

五千三百七十

需　六合吉星入命宫，凡事机合喜气生。
名利顺成皆得意，逢凶化吉自然宁。

师　时上定就六刻生，却少萱堂并椿庭。
堂上双亲都克去，泪洒衣襟痛悲声。

小畜　八字生来行善心，平生性善有德人。
重义轻财声名有，晚暮之景福自臻。

泰　交人无义命中该，骨肉乖泪不聚财。
早年成败晚年好，因生辰时离母胎。

同人　辰年生人命属龙，祖上兴隆家道成。
处世安然福禄厚，兰桂茂盛百年荣。

谦　鸳鸯双双作对飞，琴瑟和好并罗帏。
鸾凤和鸣恩情重，妻配孙氏寿齐眉。

随　结发妻宫已经妨，续配佳人又主伤。
屡作新郎已三次，再娶属龙寿命长。

临　命宫生来五行清，只因驿马在命中。
在家不利出外征，求财贸易银钱丰。

五千三百八十

噬嗑　朱雀入命祸重重，口舌是非有斗争。
事事不顺多琐碎，别人跳陷拉入坑。

剥　早年荣华晚年凶，只因生在辰月中。
时来枯竹能生笋，时去金钟也不鸣。

复　五千三百八十三，为人性真无曲变。
顺情顺意心头善，话不投机便争端。

无妄　辰时生人衣禄平，早年成败晚年荣。
恩人无义生怨恨，骨肉无靠少有情。

巽　火到巽宫定命清，六亲少靠暗恨生。
离祖成家田园旺，若守祖业苦伶仃。

坎　姻缘配合是前生，良媒合好天造成。
妻配穆氏无克害，寿比南山不老松。

咸　头妻克过续又刑，又娶亦主入幽冥。
四次新郎琴瑟好，再配妻宫必属龙。

遁　数中注定命安排，轻快风流子俊才。
离合悲欢梨园事，古今欢庆在胸中。

五千四百一十

恒　五千四百雷风恒，父母爻中定分明。
母亲属马无移改，配令严父必属龙。

大壮　先天数定子息宫，丹桂庭前一子荣。
天赐孤儿传后世，命在震宫必属龙。

家人　六刻生人孤伶伶，堂上双亲父先终。
母亲有寿君侍奉，晚景悠悠福禄增。

蹇　数中妙机定命元，财厚禄多保安宁。
问你元辰生何日，三月二十一日添。

损　正亲宫中数吉祥，父龙母马寿高增。
松柏苍苍南山寿，福禄绵绵得安康。

夬　运行甲辰百事通，岁月合和财禄丰。
举动遂心无阻滞，福星拱照月光明。

萃　灯头火命甲辰生，五千四百数逢空。
七十四岁衣禄尽，魂魄逍遥气化风。

困　桃李花开正季春，闰三之月定得真。
二十一日生你际，已离父母恩海深。

五千四百二十

乾　堂上家君是属龙，母亲属羊配合成。
火到乾宫恩星照，双双有寿百年荣。

震　命宫子息是前生，丹桂庭前二子成。
乾载桃李共春好，定知长子是属龙。

渐　生逢六刻气象新，兄弟行中有二人。
严父被你克去了，慈母孤单百年春。

丰　碧桃开花闹春光，风吹残花随水青。
生逢三月二十二，玉簪花开牡丹芳。

巽　震到巽宫风景清，百年福寿百年荣。
椿萱并茂庭前乐，母命属羊父肖龙。

涣　运行丙辰五福临，家业兴隆气象新。
人口平安添吉庆，庭前重业时正春。

中孚　丙辰沙中土命生，寒鸦唱处寿必轻。
八十三岁辞人世，一秋黄粱命归空。

既济　定你生身在何期，五千四百三八奇。
闰三月生二十二，脱离母腹定根基。

五千四百三十

乾　二亲宫中定刚强，吉祥拱照纳祯祥。
父命属龙多寿考，母命属牛百年康。

屯　推算子宫立命中，丹桂庭前三子成。
长子定立属龙相，吉见神数得定清。

需　六刻鸿雁过长江，兄弟三人各芬芳。
双亲位上先去父，骨肉情疏气不昌。

师　雨后花开结喜缘，青枝绿叶正新鲜。
父母堂上添祥瑞，生辰三月二十正。

小畜　五千四百三十五，小畜交来变巽木。
注定人间二亲相，父亲母猴寿不枯。

泰 运交戊辰贵人逢，问利求名自然成。
旱苗久困得雨化，枯木逢春枝发荣。

同人 戊辰大林木命生，数逢同人大主凶。
七十四岁辞阳世，一枕黄粱命归空。

谦 桃李花开朵朵红，青枝绿叶更鲜荣。
闰三月生二十三，百草芳荣自太平。

五千四百四十

随 木根积水有深源，二亲庚相定生年。
父命属龙母鸡相，福寿双双定安然。

临 子许河东三风齐，长子属龙又添一。
天生贵子荣后世，有日身到凤凰池。

观 棠棣花开味清香，兄弟行中止两双。
生逢六刻先去父，各立家计争高强。

贲 雨后花开满春园，绿杨枝上鸟来鸣。
生辰三月二十四，身降人间有声名。

复 术学妙理识者稀，五千四百泄天机。
堂上双亲同有寿，父命属龙母属鸡。

大畜 运行庚辰事事清，太阳后现显光明。
福寿多多真遂意，灾消祸散财更丰。

颐 庚辰属龙白蜡金，寿享七十七岁春。
江边鸡叫方知梦，山头顶上自沉吟。

坎 雨后花开见春逢，绿柳枝上子规啼。
闰三月生二十四，灵胎落地母腹离。

五千四百五十

离　此逢离数最为良，二亲宫中降吉祥。
父亲属龙安然乐，母亲属狗寿命长。

恒　命禀天地立根源，长子属龙是前缘。
庭前丹桂结五果，换景衣禄自安然。

屯　鸿雁成行是有缘，兄弟五人一排连。
生逢六刻先去父，失去同心各自全。

晋　五千四百在四分，风拍竹梢更见新。
生辰三月二十五，万物清和正季春。

家人　数逢家人遇巽宫，五行之理细推评。
一生造化由天定，母命属狗父属龙。

解　运至壬辰事事通，春至花开渐渐成。
门庭和顺时兴旺，福气滔滔喜自生。

益　长流水命壬辰龙，五千四百数逢空。
八十五上衣禄尽，南柯一梦不问程。

姤　绿杨丹丹正季春，运转阳和月转深。
闰三月生二十五，晚景草木一色新。

五千四百六十

升　堂上双亲定年庚，数中天机定得清。
福寿同荣松柏老，母亲属猪父属龙。

困　丹桂逢春雨露深，枝叶茂盛显浓荫。
长子若立属龙相，森森六子满堂臻。

井　空中鸿雁望长江，兄弟六人正三双。
生逢六刻先去父，各自立家理田庄。

震　八字时辰入贵乡，荣华在世有风光。
君居雁行香更羡，封章临门满族昌。

巽　太阳遇辰入巽宫，二亲庚相预先明。
母亲定就属猪相，配合严父必属龙。

丰　辰时生人格局清，济济英士借陶成。
身居明伦到数化，职位升迁禄渐增。

巽　魂魄已经赴逍遥，大数已尽定难逃。
数中定就无移改，神仙消息人难晓。

涣　时上分数六刻生，医称国手有声名。
寒热温凉分药性，洪火细沉脉六精。

五千四百七十

中孚　温室千里产异苗，秋桂晚结五子招。
果然喜应熊罴梦，天赐麟儿下九霄。

乾　堂前丹桂枝叶香，命有七子定高强。
长子属龙无差错，引出六弟有荣昌。

屯　棠棣花开满园香，兄弟七人各芬芳。
生逢六刻先去父，中间必有名后扬。

既济　命定妻宫不周全，早配克离晚配安。
残婚属龙有带破，前生注定非偶然。

需　八字生来格局清，福享父母家道荣。
生逢辰日荣华有，晚景康泰且峥嵘。

升　辰时生人最为良，才高禄禄习文章。
铨衡论循声又美，除授贡士坐贤堂。

井　数中定命寿延深，胸藏道德慈善心。
恭敬神明有感应，一生灾祸不成迍。

革　习来妙法在胸中，细药膏丹有奇能。
四方名重人称羡，命中晚来应康宁。

五千四百八十

否　数演先天时上分，命宫合定不调均。
堂上四母先恩爱，天伦选定岂由人。

同人　时上生旺子息强，内有石皮在内藏。
长子应立属龙相，堂上八子各芳芳。

无妄　六刻生人棠棣荣，兄弟八人为和平。
双亲位上先克父，失却扶助各自成。

谦　姻缘配就妻属龙，此命多产妻难成。
桃李花开风吹落，秋来黄叶令凋零。

临　命中五行遇刑冲，六亲无靠少有情。
生逢六刻扒拮命，自己兴家自立成。

复　六刻生人主命薄，男人习学女人活。
千针万绣成衣件，指上钢圈针常磨。

履　五行偏离受刑伤，筋骨有损破身傍。
木拐扶身才能走，如无此破必夭亡。

剥　问你生平走那行，眼科药散妙无双。
四方扬名人争羡，远年近日善调养。

五千五百一十

姤　桃李花开谢春风,忽然西飞又复来。
命限初交五岁运,寿真遐龄衣禄丰。

屯　仙根落草在何期,开花结子预先知。
知你身降何佳际,父年方交正十七。

否　蜘蛛结网在檐前,狂风吹破消伤残。
瑶琴折断重结续,再娶王氏永团圆。

遁　桃李枝头青又红,绿柳深处莺正鸣。
生辰五月二十一,灵胎落地两安宁。

咸　鸳鸯戏水在江滨,芦花深处结成亲。
并翅时时常共枕,洞房妻宫必姓辛。

蹇　运行甲辰主生灾,祸患重重损分财。
古镜不磨尘土蔽,诸般谋望不称应。

革　甲日戊辰时逢隆,足下万里青云生。
命宫福多身荣显,独步蟾宫上九重。

晋　五千五百过辰宫,一时八数注得清。
问你六辰何日降,闰五二十一日生。

五千五百二十

家人　并头莲花色更鲜,一对蝴蝶舞翩翩。
洞房相配属龙相,因生二刻福寿全。

损　数中定命亦非偶,福禄荣华命中有。
若问生身何日降,父年方交二十九。

夬　命有刑冲克妻多，锦帐衾寒奈君何。
洞房喜气又欢合，再娶焦氏得和合。

无妄　时当半夏暑气还，二辰正熟子初成。
生辰五月二十二，衣禄丰足称心情。

萃　洞房注定简氏妻，夫妇和合不克离。
前世姻缘今世配，恩爱情多共齐眉。

困　大运流转到丙辰，灾殃琐碎不离门。
是非口舌常常有，诸般谋望少遂心。

震　乙日庚辰时最吉，福禄重重事可宜。
满门朱紫人争羡，画堂贵子更出奇。

巽　桃杏花开子初成，时值正在五月中。
二十二日生辰日，福禄安康寿如松。

五千五百三十

渐　月下授花是玉簪，妻宫属龙配姻缘。
并须莲花色正嫩，三刻夫妇两团圆。

丰　数中妙机识者稀，安身立命定根基。
注定生辰何日降，父年正交二十一。

涣　命中定就主重婚，比目鱼游猛浪分。
转妻再配魏氏女，夫妻相守百年春。

大有　时当炎热五月天，日连斗雨在篱边。
火天大有辰宫遇，生辰五月二十三。

既济　月老千里配姻缘，妻宫霍氏保安然。
雪发双双常相守，无刑无害百年延。

乾　浪中行船遇风波，渔公个个被伤破。
戊辰运临多不利，名利难求怎奈何。

屯　丙日壬辰时化龙，胸藏豪气吐长虹。
必然奋志青云上，插戴宫花扬姓名。

中孚　时值仲夏炎然天，月建斗柄在离边。
绿荫深处蝉声在，闰五月生二十三。

五千五百四十

需　四刻注定姻缘成，鸳鸯交头妻属龙。
亲绳系足成双对，夫妇和合鸾凤鸣。

师　八字能泄造化机，命宫注定无差移。
父交五十零三岁，果然生你兆罴熊。

泰　命有劫刃主不祥，克害妻宫寿不长。
夫妻离别又传续，如求无克配姓杨。

益　桃李树上花正香，恰遇园林景色良。
生辰五月二十四，春雷一声振郡邦。

谦　人生姻缘无改移，洞房妻宫定姓皮。
蝴蝶恋花适正艳，白发双双寿更齐。

随　破则琐碎祸临门，运行到败遇庚辰。
太阳光被云遮掩，事不遂心有灾迍。

临　丁日甲辰时更奇，刺骨悬梁费心机。
一朝首登龙虎榜，果然身到凤凰池。

颐　草色青青柳色黄，蝉声不住抖秋凉。
闰五月生二十二，金宫人定寿命长。

五千五百五十

贲

五刻姻缘定不差,妻宫属龙偕白发。
锦帐罗帏同欢喜,助夫立业正成家。

复

春草花开迹更新,五千五百数定真。
父年青春正十七,生你堂前望步云。

大畜

棒打鸳鸯不成双,妻妾宫中多刑伤。
克妻父配关氏女,月老立定寿延长。

大过

芝草结秀半夏天,灵胎圆满降人间。
生辰五月二十五,堂上双亲开笑颜。

大壮

姻缘注定柳氏妻,对面笑语两相宜。
夫妇偕老无克害,福禄绵绵寿更奇。

恒

运交壬辰百事凶,问利求名总不成。
春后残花秋后草,口舌破财有忧惊。

离

戊日丙辰注文明,功名富贵好光景。
福享千钟人争羡,满门康泰受皇封。

明夷

数逢明夷定根源,薰风吹送暑气天。
闰五月生二十五,灵胎六满降人间。

五千五百六十

睽

比目鱼游春水欢,蝴蝶并翅舞翩翩。
配合妻宫属龙相,只因生逢六刻间。

解

命宫注定无差移,知他身是降何时。
母年方交二十九,丹桂花开子结实。

益　五千五百六十三，定你克妻不虚言。
鸳鸯失偶重配对，再娶董氏保安然。

姤　时上生旺子息荣，丹桂庭前结子成。
内中必然有带破，老来三子驾车灵。

升　圆圆明月出云端，一对鸳鸯下广寒。
妻正少年十七岁，喜生一子立庭前。

井　六刻生人进公门，上人见喜贵人钦。
心性方上德名美，创立家业晚更新。

鼎　六刻生人吐珠现，父入岁宫子泮池。
光荣富贵人争羡，果然人齐福不齐。

艮　心高意大性情刚，交朋结友在四方。
重义轻财人争羡，五湖四海姓名扬。

五千五百七十

归妹　鸾凤和鸣人争聆，鸳鸯交头妻属龙。
洞房蓁蓁七刻定，千里姻缘月老成。

履　男女宫中定不虚，定你生身无改移。
蟠桃呈瑞结一果，母年方交四十一。

兑　妻妾宫中受惊惶，恰似鸳鸯两分张。
克妻再配鲍氏女，数中注定寿命长。

未济　六刻生人孤星临，克害儿女命难存。
老来得子只嗟喏，眼前无亲泪满襟。

小过　蟠桃枝上异味香，男女宫中降吉祥。
妻年生子二十九，应兆熊罴果弄璋。

屯 武将豪气本英雄，镇守边界六刻生。
勇敢当先人难比，前队军中作大成。

需 六刻定命福禄清，命中恩荣泮水生。
父登魁名开天下，皇封三代换门庭。

未济 命里配合五行临，为人正直姓名扬。
做事年和多纯厚，衣禄四吉寿更长。

五千五百八十

师 姻缘簿上注分明，共结罗帏月老成。
夫唱妇随合意美，八刻注定妻属龙。

小畜 月庆辰宫定得清，先贫后富家业兴。
花开满园待时放，时来运至福自生。

同人 命宫坚不定由人，克害妻宫命难存。
洞房再娶崔氏女，花烛重明又一新。

泰 子息宫中暗刑冲，命主皮外立子成。
纵然有子必遭害，只是一生养螟蛉。

谦 庭前丹桂枝茂盛，花开结子莫怨迟。
妻宫四十零一岁，洞房喜产一麒麟。

渐 六刻生人手艺精，修楼盖阁有奇能。
兴家立业晚年好，试敬鲁班奉神明。

临 六刻注定月重圆，圣贤古书共究研。
游泮父子人争羡，仍真子贵福绵绵。

颐 四刻配合五行荣，机巧不会主老成。
对人只说真实话，人人呼唤称呆童。

五千六百一十

剥　五千六百遇辰宫，二亲宫中受克刑。
母命属龙先克去，父相同庚寿如松。

坎　天火同人逢坎宫，妻命属龙是前生。
一对鸳鸯水上舞，长天秋水一色清。

震　二刻生人配成双，共枕同衾两无妨。
千里姻缘如鱼水，夫男属龙寿命长。

兑　金风飘飘忽应衣，月过十五光明稀。
海棠开放香味美，生辰七月二十一。

涣　五千六百遇辰宫，手足行中注得清。
兄弟三人身后二，一兄一弟性不同。

咸　运交甲辰不顺情，破财口舌事难成。
人口不平主上五，下五逢辰百事亨。

遁　己日戊辰时化龙，胸藏豪气吐长虹。
必然奋志青云上，插戴宫花拜九重。

丰　蝉声高叫月出迟，金风飘飘双亲衣。
闰七月生二十一，元辰降世报你知。

五千六百二十

蹇　父母宫中数逢空，萱堂属牛寿先终。
椿庭属龙变晚景，寿命遐龄松柏青。

损　花开正遇三月景，妻宫配合是属龙。
桃花开放堂前茂，枝头结果二子成。

夬 雨洒桃花景色红，绿水池边鸳鸯鸣。
生逢三刻姻缘定，夫君必是属火龙。

升 欲问岁庚立何年，七月二十二日前。
命宫时刻当交正，已育辰宫母自然。

困 手足宫中识者稀，兄弟五人定不虚。
同气连枝身居小，其中必主有石皮。

革 运行丙辰主忧愁，破财烦恼在里头。
下五年中方为好，进财添喜福悠悠。

震 庚日庚辰时最强，养成异苗时发香。
青云得路人争羡，插戴宫花近天光。

渐 时逢中秋金风天，鸿雁对对望南还。
闰七月生二十二，丹桂枝上香堂前。

五千六百三十

丰 蛇星交卦数显明，母命属虎父属蛇。
母亲必定先克夫，椿庭有寿正家声。

巽 月老姻缘配不差，属龙妻相偕白发。
堂前喜生三个子，恩光传世可立家。

涣 姻缘前定月老成，夫妇配定属火龙。
生逢四刻偕白发，一对鸳鸯鸾凤鸣。

履 身命二宫数可摊，生在七月二十三。
秋景情深明月夜，父母堂前笑吟吟。

蒙 日通月旺气成行，手足七人名芬芳。
次序排来你居五，其中定有石皮伤。

讼　运交戊辰吉合凶，求财无利有虚惊。
上五年中疾病有，下五年来百事亨。

比　辛日壬辰时贵方，养成文志待时香。
青云得路人堪羡，宫花紫衣近天光。

屯　闰七正当深秋天，生辰原是二十三。
秋景清深金风庆，寒蝉声声叫相连。

五千六百四十

丰　五千六百雷火丰，母命属兔寿先终。
龙父堂前欢娱美，林养丹桂千古青。

否　一枕鸳鸯自清香，鸾凤房内结成行。
妻宫属龙生四子，可喜后代姓名扬。

豫　五刻配合鸾凤鸣，偕老双双妻属龙。
琴瑟百年齐眉善，结合朱陈月老成。

泰　时涉善景看云巧，金风落叶梧桐草。
生辰七月二十四，玉露仙花银河好。

蛊　金菊开放满园香，鸿雁飞腾任翱翔。
兄弟八人身居五，内有带破免刑伤。

观　大运庚辰休谋为，求财无利惹是非。
口舌疾病财多损，下五平安方免亏。

贲　壬水子日起春雷，甲辰时逢文星魁。
功名志遂登科第，驷马高车世羡威。

复　金风清和玉簪好，秋景风动梧桐草。
闰七月生二十四，晨露仙花形偏巧。

五千六百五十

离	火到离宫正遭刑，五千六百数显明。 二亲同庚属龙相，母亲老亡父寿轻。
大过	数中能泄造化天，姻缘前定非偶然。 妻宫若得属龙相，必产五子立庭前。
大壮	六刻生人定姻缘，夫宫属龙保安然。 同衾共枕鱼水合，福寿双双过百年。
大有	五谷丰登金风摇，红尘遥望几度泪。 生辰七月二十五，雨洒丹桂母见苗。
睽	手足宫中定高强，兄弟九人不同娘。 雁行排采身居六，荣枯带破各惨伤。
蹇	壬辰大运不顺通，破财烦恼人口惊。 上五壬水多琐碎，下五辰字称心情。
解	癸日丙辰时上逢，登云步月喜乘龙。 三秋奋得魁名迟，金花紫带受皇封。
恒	时值秋季金风摇，寒蝉声叫闹枝梢。 闰七月生二十五，雨洒秋桂发根苗。

五千六百六十

益	父母爻中遇刑冲，乾到离宫定主凶。 母命属蛇先去世，父相属龙寿如松。
姤	姻缘配对前生定，芝兰桂相与青松。 妻宫定配属龙相，产生六子立门庭。

升　七刻立定姻缘成，芝兰茂盛百年荣。
鸾凤和鸣偕连理，夫君必定配属龙。

井　六刻生人暗刑冲，此命注定克妻宫。
命把孤临牲宿卧，罗帏锦帐冷如冰。

鼎　宫中鸿雁各西东，昆仲行中三人明。
次序之中你居小，不是同胞一母生。

艮　命宫五行细推详，看经念佛在僧堂。
身在空门心不定，忽然还俗恋家乡。

震　先天数定辰时生，命宫大显有官星。
腰悬玉带身荣贵，晚景还须有褒封。

旅　命习二宅阴阳奇，六刻注定无差移。
九宫八卦分方位，识破神煞泄天机。

五千六百七十

否　辰时主生福禄临，助夫益子降天祥。
持家和平心田好，善孝翁姑更贤良。

豫　姻缘相配是前生，妻相属龙盖子宫。
所生七子庭前荣，晚来悠悠更峥嵘。

坎　八刻生人配洞房，鸾交凤友结成双。
一枕鸳鸯恩情重，必定属龙终相当。

遁　六刻生人命无刚，晚配小妻得成双。
同衾共秋如山重，庚大岁长不相当。

临　鸿雁声声思故乡，手足六人不同娘。
上有二兄下三弟，也有石皮也有芳。

观　命中对照禄旺官，抛却诗书入黉宫。
生逢大利煞星现，武系作养耀门庭。

剥　命定辰时带将星，敕授官爵统雄兵。
腰金紫衣身荣贵，威风马到必成功。

渐　六刻生人地理仙，精通阴阳览群传。
音乐般般神前闹，超送亡灵上西天。

五千六百八十

颐　女命辰时不为高，扒拮劳碌汗水飘。
夫主纵然家业旺，火见初雪自然消。

坎　千里姻缘如绵连，洞房配对非偶然。
妻宫属龙生八字，内有石皮免伤残。

恒　前夫一定刑克光，雨洒鸳鸯两分张。
克夫再配属龙相，花柳逢春自然香。

坤　命宫主母重重定，阴阳二气造化成。
若无二亲必独立，桂枝折柳始成名。

需　兄弟行中占高强，雁行排前有四双。
次序之中你居二，原是同父不同娘。

姤　每月执掌宫帏事，经朝声听后妃言。
命宫立定内侍相，因生辰时贵高贤。

巽　巽到辰宫爻逢成，身居云宫福不全。
只因纳粟为国令，一朝天福永绵绵。

临　命中五行金水清，机巧伶俐有异能。
提笔画写必真像，四方人称有声名。

五千七百一十

革	五千七百革卦逢,慈母属马寿若轻。 先天演定无移改,龙父枕边恸悲声。
震	玉女秉数配姻缘,妻宫必定小五年。 鸾凤交结鸳鸯美,广寒带月仙子眠。
渐	阳差阴错命宫招,前妻应克难偕老。 洞房又娶车氏女,月老立定寿延高。
丰	寒风吹动菊花铃,霜降松柏竹更青。 生辰九月二十一,父母房中喜相逢。
巽	生逢二刻必重婚,雨洒鸳鸯两下分。 克妻再配属龙相,月老千里配成婚。
中孚	大运流转到甲辰,最喜助夫守闺门。 持家立业身康健,粉妆台上满面欣。
既济	命宫在子父福荣,科甲连捷上九重。 子年方赴鹿鸣安,丑岁金榜又题名。
涣	菊花将残望仲名,霜打枝叶松柏青。 闰九月生二十一,丹桂秋香味更浓。

五千七百二十

睽	二亲配合犯刑冲,属羊母亲春共缘。 龙父有寿高堂业,抚养兰桂松柏青。
解	前世姻缘定得真,鸾凤和鸣配成亲。 夫唱妇随同欢乐,妻宫定小十七春。

益 命宫注定克妻房，拆散鸳鸯不成双。
丧偶失盟重配对，再娶贺氏寿命长。

姤 三秋寒景树渐凋，松柏青青叶更娇。
生辰九月二十三，门悬弓矢笑气招。

升 三刻生人主有刑，鸳鸯拆散别寻盟。
兰房已经又重配，续娶妻宫必属龙。

井 运交丙辰重喜生，妆台吉庆室道荣。
持家立业多兴旺，十年之内百福增。

鼎 命立丑宫科甲星，身藏锦绣万古清。
春闱秋试遂子丑，屡战屡捷喜连登。

艮 菊花将残渐凋零，芙蓉各蕊叶更青。
闰九月生二十二，双亲堂上添笑容。

五千七百三十

归妹 五七三一归妹宫，二亲两爻注得清。
母命属猴先归土，龙父寿高长命公。

旅 姻缘前定有早晚，夫妇配合非偶然。
妻宫年小二十九，晚景悠悠更清闲。

兑 离群孤雁声不绝，独自寻盟更觉嗟。
克妻再配邓氏女，永无克害白发偕。

小过 金风动唱菊花天，父母生身福禄安。
原命推来何时降，生辰九月二十三。

乾 魁罡四桥过辰宫，亥妻必然犯刑冲。
四刻生人结再续，偕老必定是属龙。

坤　运交戊辰位中央，逢凶化吉立福祥。
闺门更有喜庆事，百事遂心保安康。

蒙　命立辰宫显英豪，奇谋妙略自青霄。
玉秋月窟折丹桂，一旦逢春上金鳌。

蹇　寒风吹动芙蓉鲜，闰九月生二十三。
鸿雁南还孤秋尽，桂花结秀子更坚。

五千七百四十

升　升恒有情过辰宫，五千七百吉化凶。
慈母属鸡先去世，严父属龙寿同松。

比　姻缘前定世所稀，妻宫定小二十一。
虽然老少不同等，此理月老配得奇。

师　五千七百四十三，命宫交定克妻眷。
洞房已损又结续，再配佳人必姓蓝。

履　寒风凛凛暮秋天，菊花开放满庭前。
生辰九月二十四，灵胎落草降人间。

谦　月缺花残少光阴，五刻生人克妻身。
重正瑶琴弦再续，又配属龙方保存。

随　庚辰运临事遂心，吉庆重重百福臻。
香闺喜相妆台乐，常对菱花正乌云。

临　命立辰宫鱼化龙，气吐珠玑见世惊。
午科姓名登金榜，只待来岁占魁名。

噬嗑　金风寒冷暮秋天，菊花将残芙蓉鲜。
闰九月生二十四，庭前桂子福寿坚。

五千七百五十

咸	父母爻现定吉凶,双亲位上犯刑冲。 母命属狗先克亡,父命属龙乐思荣。
遁	鸳鸯交结配成双,同衾共枕兰桂香。 妻宫恰大正五岁,美满恩情全洞房。
晋	克害妻宫命难存,命中已定岂由人。 洞房再娶何氏女,满堂花烛又一新。
姤	鸿雁来喽正秋深,菊花开放似黄金。 生辰九月二十五,福寿花开喜气临。
巽	命宫注定六刻真,花烛重明又一新。 克妻再娶属龙相,美意恩情百岁春。
井	大运流转到辰宫,最喜妆台乐盈盈。 对着菱花无忧色,十年之内百福臻。
节	命立辰宫鱼化龙,气吐珠玉上九重。 鹿鸣宴上人争羡,午科金榜喜连登。
屯	鸿雁南还寒气侵,菊花将残芙蓉新。 生辰原是闰九月,二十五日见双亲。

五千七百六十

明夷	父母爻中细推详,难星绞躔定不良。 母命属猪克离早,父命属龙寿延长。
大壮	昔日月老配姻缘,妻宫必大十七年。 少阳老阴成佳会,晚景峥嵘福禄全。

家人 命宫妨害非寻常,刑克妻宫命不长。
续配鲁氏偕到老,又作洞房一新郎。

未济 先天注定辰时生,朝夕耕耘司田公。
禾稼丰熟心意喜,秋谷暴晒谢神明。

损 同林鸟被狂风散,比目鱼遭猛浪分。
因逢七刻重婚配,再娶属龙共枕衾。

萃 命宫注定辰时生,只可靠神养道成。
身披法衣朝正界,手执笏板念真经。

困 命立辰宫吉星安,果然午未喜相连。
午科名标虎榜上,未年春雷独占先。

革 天乙秉龙在命宫,手扳丹桂步蟾宫。
子科必遂青云志,丑岁金榜又题名。

五千七百七十

丰 夫命属龙是姻缘,必主带破在身运。
数中注定无差错,阴阳配合定能迁。

巽 一生荣禄保平安,不必争长并争短。
辰日生身主康泰,福禄祯祥在晚年。

旅 克过妻宫早离分,再娶衡氏方能存。
夫妇恩爱两相合,共枕同衾过百春。

师 命坐辰时非寻常,精习手艺在四方。
贵人见喜声名美,衣禄丰足度时光。

乾 八刻生人主有妨,克害妻宫寿不长。
鸳鸯拆散重配对,再娶属龙终妥当。

艮　六刻生人离俗门，削发拜佛念经文。
衣禄平安十分有，四方逍遥脱凡尘。

屯　辰时生人胆气雄，命宫八字显将星。
敕封天赐福禄显，光宗耀祖换门庭。

遁　命坐天德福重重，胸藏豪气世人惊。
秋科春试遂卯辰，封章连捷上九重。

五千七百八十

师　妻宫属龙犯刑侵，必主带破在其身。
姻缘之事真天定，无如此破主离分。

小畜　生逢辰月注得真，少年劳碌晚年欣。
衣禄和平随时过，扒扒拮拮度光阴。

泰　克害妻宫命难存，命中已定不由人。
花烛重明经再续，再配穆氏方能存。

同人　命中比肩暗相冲，兄弟行中不和情。
阴人口舌不能免，恩中反怨暗恨生。

豫　命中孤硬非寻常，定有六妻克还房。
末及之人同松梢，月老注定寿延长。

蛊　四柱生来犯孤辰，命中出家离俗门。
常在佛前作尼姑，口中不住念经文。

观　六刻生人姓名标，国家设武待英豪。
食禄久远功业厚，鹰扬宴上君名遥。

贲　二刻生人贵非常，定是蟾宫折桂郎。
万里风云龙虎榜，桂花插戴姓名扬。

五千八百一十

复	乾刻复卦反为殃,五千八百命主妨。 父命属龙共克去,母命属鼠守孤孀。
大畜	百年姻缘配鸳鸯,并翅双双在高堂。 夫宫定大整五岁,数中注定福寿长。
大过	圆圆明月出云端,多多祥云照广寒。 早子皆因阴德厚,青春十七生儿男。
离	四柱必先看命宫,数中流转定得清。 生辰仲冬二十一,生来福禄似青松。
恒	属龙原是结发妻,命中妨克主分离。 花烛重旺又结续,再娶属鼠共齐眉。
大壮	运交甲辰主生灾,烦恼琐琐不称怀。 闺门不利心不遂,闹是闹非口舌来。
明夷	甲辰大运称心怀,财禄亨通百福来。 恩赐爵禄主迁转,不愁无地起高台。
睽	命原降生闰仲冬,二十一日身降生。 青松绿竹耐岁久,名似梅花品最香。

五千八百二十

解	二亲宫中犯刑伤,父命属龙定先亡。 母命属马孤灯守,数中注定寿延长。
益	昔日月老配姻缘,克害必大十七年。 虽然年甲不相关,天缘结就喜相连。

姤　雨后逢春花正香，两朵青春寿命长。
一枕鸳鸯同欢喜，二十九岁生儿郎。

升　临望数九雪花飘，松柏青青两相交。
美景仲望十一月，二十二日生寿高。

井　结发属龙定主妨，雨洒鸳鸯两分张。
续配属牛成双对，月老注定寿命长。

鼎　丙辰运临琐碎多，灾殃临身怎奈何。
菱花懒对心不定，口舌祸患受折磨。

艮　运行丙辰大吉昌，职位升迁官途畅。
敕赐恩光封三代，广施恩政姓名扬。

渐　定你生身在何期，闰十一月定无疑。
二十二日生辰日，身出阳世立根基。

五千八百三十

丰　清风明月桂花香，母命属虎寿延长。
父相属龙先克去，五千八百三十详。

巽　天配你身非偶然，少长同枕共绵绵。
夫主正大二十九，恩情多美和团圆。

涣　石边芝兰见异苗，阴功积德保岁彰。
四十一岁生一子，晚景悠悠福寿高。

屯　朔风凛凛正逢冬，雪里梅竹逢更青。
生辰正是十一月，二十三日你降生。

小过　五千八百三十五，头妻属龙早归土。
鸳鸯拆散又续对，再娶妻宫必属虎。

家人	事不遂心有虚惊,运行低败戊辰中。 闺门常有颠险事,菱花懒对怨恨生。
中孚	戊辰运临显奇功,万里江山万里程。 玉堂金马人争羡,爵位迁转又显明。
无妄	朔风凛凛透窗前,隆冬数九是寒天。 生辰乃闰十一月,二十三日降人间。

五千八百四十

坎	离到坎宫不相当,二亲害中仔细详。 父命属龙克去早,母命属兔守孤房。
困	命宫数定不须短,夫主必大四十一。 虽然难遂齐眉愿,赤绳系足两家依。
萃	先天知命推五行,枯梅晚绽耐岁冬。 洞房妻事从天降,五十三岁生儿童。
革	朔风凛凛正仲冬,雪里梅花枝更青。 生辰正是十一月,二十四日降身生。
震	火降睽分震宫游,妻相属龙不到头。 又配属兔无改移,双双偕老度百秋。
渐	运交庚辰不顺通,口舌是非有相争。 懒对菱花心烦恼,看似明路跳是坑。
旅	庚辰运临果不差,福禄重重又添花。 人财济世家风重,职位升迁禄更加。
巽	朔风遇逢又仲冬,浩然异梅味香清。 巧遇正闰十一月,二十四日降身生。

五千八百五十

屯　太阴循环水雷屯，父母同是属龙人。
父已故兮母现在，母亲寿高不虚存。

坤　鸳鸯交头在碧波，一生衣禄足更多。
夫注定就小五岁，姻缘配合结缘罗。

蒙　流年小运定吉凶，五千八百推数行。
正二月内多重吉，财喜进门乐自生。

讼　区区小数定命元，时值隆冬景色鲜。
生辰定是十一月，二十五日降人间。

遁　前妻原是属龙人，命中克妨不能存。
续配还当属龙相，洞房花烛又一新。

否　大运交临到壬辰，灾殃口舌皆相侵。
事不遂心滋闲气，菱花只在脑后寻。

晋　运行流转壬辰宫，万里无云月正明。
光耀并照争羡美，职位升迁禄加增。

姤　雪花不时空中舞，独占良田路逢堵。
闰十一月身出世，元辰正当二十五。

五千八百六十

蛊　巨门星君天称宫，一家康泰五福荣。
堂上双亲先去父，父属大龙母蛇庚。

临　前世姻缘月老详，洞房老妇配少阳。
夫君正小十七岁，数中注定寿命长。

贲　流年小限主损财，正二月内不称怀。
若求消灾并免祸，寿尽三月保安泰。

复　注定妻宫是属龙，须防此相克子宫。
若求君命不绝后，辰妻产得二子成。

坎　命宫立定克妻宫，棒打鸳鸯各西东。
头妻之相必克去，再娶小龙寿同松。

咸　生辰流星遇太阳，出入多顺纳祯祥。
男子逢此多喜气，女人遇之有灾映。

履　大运交戊位中央，官禄遇此不为祥。
事事件件多暗昧，职位不显有乖张。

鼎　五千八百女命安，孤女独自理家缘。
双亲位上失去父，母亲有寿似南山。

五千八百七十

兑　洞房姻缘几度新，泪洒衣襟痛煞人。
刑男克夫已五次，命主六夫终能存。

节　生逢辰月入贵乡，命主荣华有恩光。
福德财名双全美，晚景悠悠寿延长。

鼎　五千八百七十三，此数逢之是流年。
正二月内多顺利，喜气重重有几番。

震　结发已克续又妨，又娶又克续又伤。
洞房新郎第五次，再娶属龙寿更长。

小过　妻妾宫中重重新，洞房六妻共枕衾。
眼前花放娇又嫩，阳衰阴盛少儿孙。

渐　流年五月不称情，破财口舌有忧惊。
不如和合为上计，求得无事保安平。

旅　运行流转到辰宫，仕宦逢此未昌旺。
爵位停延不加禄，且自敛彩暂藏丰。

大畜　五千八百定命详，无姐无妹不成双。
双亲位上先克母，孤身独自守纲常。

五千八百八十

姤　夫妇同枕不同年，命合填房结姻缘。
月老配定鸳鸯对，生逢六刻理正然。

升　命宫已定岂由人，扒扒拮拮度光阴。
祖业凋零财耗散，终是劳苦必变贫。

井　小限流年不顺通，应在正二两月中。
纵有喜事滋烦恼，提防闲气口舌生。

损　四桂花系定不差，和气贤能善当家。
口快心直好强盛，晚景悠悠享荣华。

震　洞房花烛要称心，共枕同衾六妇人。
前后左右皆争羡，晚景悠悠自觉欣。

丰　五千八百定儿童，命无夭星不犯刑。
庭前丹桂枝枝美，虽然见灾保安宁。

巽　命生辰月配合高，福禄多多乐逍遥。
衣冠项帽身荣贵，改换门墙福滔滔。

涣　辰时生人夫星亏，不是结发共齐眉。
休怨月老错婚配，命合侧室守罗帏。

邵子神数巳部

六千一百一十

同人　丑时三刻妻命金，克过佳人姓刘人。
子立木土不冲害，兄弟无靠是独身。

巽　六千一百遇巽宫，父命属蛇寿先终。
孀母属马晚年福，寒房独自守孤灯。

随　运行乙巳主遂心，家宅兴旺百福臻。
儿奔深山久呈威，龙在江海长精神。

无妄　七刻生人数定真，一生造化福禄臻。
命有一子传家宝，结续从嗣免刑侵。

临　丑时三刻定刑侵，父母火土方能存。
子息金木有三个，夫注定是木命人。

剥　头妻属蛇克分离，数中注定更无疑。
洞房再配不相害，必是续过属马妻。

鼎　乙巳运行乙木强，喜气重重有几场。
巳火不利生灾患，口舌用气主不祥。

颐　运交乙巳过文昌，胸藏古今姓名扬。
屡试棘围皆满意，芹宫泮水喜生香。

六千一百二十

坎　巳时三刻妻主克，子木妻金宫姓人。
二亲宫中先去父，兄弟二人末君身。

咸　咸数绞躔织女星，父命属蛇寿先终。
孤母属羊晚景安，福如东海寿似松。

遁

运交丁巳福禄兴，家道康泰喜重重。
出入求财多顺通，不必忧闷问利名。

晋

人生八字主先天，命中已定非偶然。
时分七刻无差错，果生二子立堂前。

家人

巳时三刻定命真，夫配水土免刑侵。
儿郎若存火土命，妹姐二人末后跟。

解

千里姻缘月老详，属龙小妻定克亡。
再配属羊成佳偶，举案齐眉寿更长。

蹇

运行丁巳问分明，十年之内吉凶停。
上五年来多遂意，下五年中不顺情。

明夷

丁巳运临最为良，求名利益俱吉祥。
此运得意游泮水，光宗耀祖换门墙。

六千一百三十

未济

三刻酉时妻主损，商姓木命方能存。
长子火命招三个，手足定有就四人。

同人

六一三二入坤方，母相属猴寿偏长。
严父属蛇光阴短，必先辞世赴黄粱。

大过

运交己巳胜往年，不比寻常几番番。
出入利名成功遂，满门喜气福绵绵。

小畜

七刻主命福禄荣，丹桂枝上三子成。
其中必有一带破，若长带破主刑冲。

讼

酉时三刻主不全，夫配土金方延年。
子立木火堪存保，姐妹四人同母占。

蒙　六一三六蒙卦游，结发属蛇定难留。
续配佳人方偕老，数中注定必属猴。

否　乙巳大运平为高，上五乙字喜气招。
下五巳火多不利，纵然无事也心焦。

履　运逢己巳入红鸾，必然遂志在窗前。
泮水滔滔君独步，天衢初升光祖先。

六千一百四十

需　丑时三刻定命清，父火母土母先终。
妻宫水土不克损，子息金水火命成。

巽　太阳过兑遇巽风，父命先亡居小龙。
母亲鸡相寿久远，方传四德与三从。

离　运交辛巳胜往年，喜气重重百事全。
出入求财逢好友，吉庆和合自安然。

泰　七刻数定命宫清，数逢泰卦大亨通。
命有四子传家宝，福禄悠悠主峥嵘。

比　十五十六学业扬，寒窗笃志习文章。
养成羽翼扳丹桂，福禄荣光百年强。

涣　姻缘前定数非轻，数中定命克妻宫。
结发属蛇难偕老，续配属鸡寿同松。

艮　运转辛巳乐四方，辛金得地百事强。
临于巳火灾殃到，疾病口舌少祯祥。

乾　运行辛巳文业精，古今诗书蕴胸中。
考试得意人争羡，洋洋喜气入黉宫。

六千一百五十

晋

巳时三刻定刑冲，父水木火既济生。
妻水不克子金土，兄弟五人你居中。

丰

六一五二到丰宫，二亲爻中定分明。
父亲属蛇先克去，母相属狗寿遐龄。

巽

运临癸巳主遂心，家道丰盈百福臻。
虎奔山林生威势，龙投江海长精神。

鼎

金土初生遇巳乡，七刻生人子息强。
盘中五果异惊盛，内有石皮晚年香。

兑

三十三四主风光，家宅康泰降天祥。
出入和顺添喜气，件件吉庆百事强。

旅

原配妻宫属小龙，命宫妨害遇三刑。
克妻续娶属狗相，芝兰茂盛百岁荣。

坎

大运癸巳喜重重，凡事遂心癸位中。
交到下五琐碎有，疾病缠身血滞经。

震

运交癸巳喜相连，事事遂意称心间。
落到黉宫游泮水，明伦堂上占魁元。

六千一百六十

剥

酉时三刻定得详，父金母火父先亡。
克妻只因木土命，立水本命是儿郎。

益

二亲爻中犯刑冲，母命属猪父属龙。
父亲先亡慈母寿，家道吉祥后代荣。

损

二十三四喜运通,事事亨通保安然。
万朵好花开雨后,一轮明月出云端。

升

红日相会子定昌,生逢七刻姓名扬。
一树蟠桃结六果,内有石皮儿刑伤。

萃

火到巽宫数分清,五行四柱论命宫。
五十一二运才遂,任君东西南北行。

咸

六千一百变少阳,头妻属蛇定要亡。
洞房若娶亥不克,续配属猪寿命长。

屯

女命七刻数定真,时犯孤辰克子孙。
若要养存他人子,定是侧宝皮外存。

困

冲破文堂木非轻,满腹才学名不成。
只恐窗前枉费力,泮水全然不发生。

六千一百七十

小过

运交巳火百事周,任君动静永无忧。
一派风送滕王阁,万里无云月正明。

无妄

命禀星宿定五行,岁岁茂盛子息宫。
虽然堂前产七子,不是同胞一母生。

噬嗑

四十七八流年通,百般合顺称心情。
此年也合喜星照,出入有利万事亨。

大有

七刻生人子息多,蟠桃一树七果乐。
芝兰芬芳时时茂,其中必然有带破。

井

灾去福来喜重重,临至巳位不顺通。
破财琐碎心不顺,看是明路跳是坑。

豫　门悬弓矢喜气临，早喜应兆产麒麟。
大运巳火祥瑞照，家宅吉庆百福臻。

恒　天狗在命主大凶，纵见子息不能成。
此星不破终身害，儿郎难存必夭终。

讼　身命二宫坐虚星，富贵荣华总是空。
钱财过手难存守，只宜守志就安平。

六千一百八十

坎　运行巳火丙禄方，事事如意保安康。
逢动贵人相接引，逢凶化吉自呈祥。

姤　堂前丹桂茂森森，子息宫中不均匀。
命中注定有七子，其中必有破家门。

比　七十一二福禄奇，家宅和顺百事吉。
安享晚来亨通泰，喜喜臻臻世所稀。

解　七刻注定子息宫，森森八子旺家丁。
内中必然有带破，各自成业立门庭。

井　巳火大运主不祥，疾病缠身睡倒床。
破财口舌常常有，犹如衰草遇严霜。

升　运交巳宫近福星，丹桂庭前子结成。
家门喜气添喜庆，兰桂呈祥生儿童。

颐　四柱五行定命元，一二五岁有灾缠。
金土限遇关煞进，方保遐龄寿延年。

遁　数中定命消息清，四方交友义气成。
任你大意行方便，恩反成仇怨恨生。

六千二百一十

既济　大鹏展翅过长江，有前有后思故乡。
兄弟三人你居小，棠棣花开各芬芳。

家人　六千二百家人逢，母命属鼠父小龙。
二条辞世归阴府，悠悠荡荡不回程。

夬　运行乙巳主破财，灾殃口舌入门来。
事事不遂生烦恼，吉少凶多不称怀。

节　运交巳火见悲声，家宅不利人不宁。
破财口舌闲气有，克去严亲入幽冥。

革　紫微交数革卦游，阳顺阴逆古今投。
姐妹好似品字样，次序排来居后头。

蛊　洞房妻宫李氏女，月老配定结丝罗。
百年姻缘若何美，夫妻不克永和合。

渐　乙巳火运福禄停，东方乙木不顺情。
南方巳位多喜气，喜对菱花正面容。

蒙　圣贤经史蕴胸中，生逢七刻文业通。
寒窗功名人争羡，身游泮水到黉宫。

六千二百二十

艮　人生在世难俱全，兄弟六人石皮残。
次序排来君居长，拜得紫荆花月圆。

旅　数中元机定得真，父命属蛇定归阴。
母亲属牛游仙路，兰桂芬芳头家门。

师　运交丁巳事多凶，看似明路跳是坑。
财帛好似汤泼雪，疾病犹如风里灯。

节　巳火大运主不祥，父亲离别梦黄粱。
疾病缠身事多累，口舌闲气有两场。

兑　一树花开争头浓，姐妹六人情不同。
立数逢节定先后，次第排来居三名。

乾　鸳鸯交头在江滨，芦花深处结成亲。
姻缘前定无移改，洞房配就卢佳人。

观　疾病口舌欠瑞祥，运至丁巳不顺良。
上五年来多不利，下五年中喜气扬。

震　巳时生人最清闲，雪飘寒窗理圣贤。
虽然养成丹桂手，鲤鱼忘恋泮水泉。

六千二百三十

复　棠棣茂盛长成林，江边鸿雁呼唤群。
兄弟七人居六位，内有带被不均匀。

履　六二三二定二亲，母命属虎早离身。
父命属蛇归大梦，堂上缺少主事人。

遁　大运己巳艰难多，江上行船遇风波。
疾病临身多不顺，破财口舌可奈何。

贲　巳土大运失伦常，忽见悲声主不祥。
主克母运应在此，思亲伤情泪汪汪。

大有　六千二百注得清，姐妹行中二人明。
同兄连枝你居长，两朵花开争艳浓。

明夷　人生若有姻缘亲，恰似桃花正逢春。
宫中妻配姚氏女，琴瑟和合善好音。

大畜　运行己巳事多差，半开半谢雨中花。
上五年中多不利，惟期下五百事佳。

中孚　官禄爻中坐实强，流年十七入文昌。
羡君此年入泮水，光宗耀祖换门墙。

六千二百四十

姤　空中鸿雁叫声喧，兄弟八人不一般。
排行居六入造化，其中必有石皮残。

升　六千二百数逢空，母亲属兔入幽冥。
父相属蛇亦遭克，双双二亲俱当终。

鼎　运交辛巳几场惊，灾殃口舌祸重重。
财帛不旺多耗散，步履平地却是坑。

井　大运流转到巳乡，好似残花见严霜。
此运不利云遮日，昏天暗地有悲伤。

坤　七刻数定福禄全，父子同登金榜间。
名扬四海人罕见，腰束玉带位高迁。

革　月老注定配姻缘，前生造化非偶然。
雪鬓双双偕连理，洞房妻宫配姓潘。

恒　辛巳大运不顺通，疾病口舌主忧惊。
凶多不利应上五，交临下五喜自生。

随　四柱包藏造化机，数中消息已先知。
君年二十有九岁，月宫初步游泮池。

六千二百五十

井　井数行来兄弟宫，六千二百定得清。
手足九人居六位，定有石皮在其中。

否　数遇否卦最主凶，二亲双双赴幽冥。
生年辰巳无差错，父属小龙母大龙。

泰　运行癸巳疾病生，事多阻滞欠亨通。
可喜命中吉先兆，免得大祸有忧惊。

讼　运行巳位主煞缠，定克妻宫入九泉。
破财口舌常常有，瑶琴折断重续缘。

豫　六千二百仔细看，两对嫦娥下广寒。
你身居长不同母，神仙定就总非凡。

谦　六爻循环地山谦，姻缘前定皆了然。
洞房妻配羊氏女，夫妻相合永团圆。

临　巽巳运临癸主凶，灾去祸来口舌生。
下五巳位皆顺利，喜气重重入门庭。

剥　四十一岁遇恩星，不枉窗前苦用功。
名到黉宫游泮水，光宗耀祖换门庭。

六千二百六十

比　手足宫中不同心，兄弟三人在后跟。
鸿雁南还声声叫，内有带破在其身。

咸　乾坤两爻坐虚星，已知父母两命终。
同生巳年数中定，二亲俱是属小龙。

蒙　二三二四闷恹恹，灾厄刑伤事事缠。
心欲入天天无路，意想入地地无门。

涣　大运交巳凶星躔，克去妻宫丧九泉。
驳离琐碎争闲气，重正家业更新鲜。

观　六千二百数中详，手足行中定高强。
姐妹六人身居四，生身不是一个娘。

晋　共结丝罗山海连，妻配胡氏过百年。
姻缘定就人难改，夫妻寿老如南山。

节　巳时生人福自清，助夫兴业享恩荣。
贤孝和慧知礼义，扶养兰桂更峥嵘。

丰　数中定命损贵星，只因元辰七刻生。
异路前程命宫坐，托赖不更买贵名。

六千二百七十

震　手足宫中定三双，内有石皮免夭亡。
一树蟠桃结六果，次序之中你长行。

渐　生逢巳日配合佳，处世安然享荣华。
家宅吉庆田园旺，衣禄丰盈晚更佳。

解　流年四十七八悲，殃至口舌财如飞。
幸得吉星来扶助，逢凶化吉免祸危。

损　大运流转在巳宫，庭前烦恼见悲声。
子息必损在此位，破财口舌有虚惊。

中孚　身命二宫定生平，六千二百注得明。
四方衣食随时过，贵人门下听号令。

小过　妻宫林氏结成亲，姻缘簿上注得真。
夫妇偕老原相配，双双对对共枕衾。

大畜　女命巳时禄福全，身着霞帔带凤冠。
赠封夫人贤内助，时逢荣华寿无边。

家人　安身立命定得真，原是良家一夫人。
只因桃花照命内，花街柳巷乐欣欣。

六千二百八十

屯　一树蟠桃七果成，兄弟行中不和情。
内中必主有带被，桂花枝头第六名。

需　谨依月令顺逆行，六千二百定分明。
五十六岁交大运，否尽泰来福禄荣。

泰　七十一二命不通，气血有损疾病生。
蜘蛛网上难展翅，失路迷踪猛虎冲。

萃　大运交巳雪加霜，男女宫中主刑伤。
丹桂花开遭风雨，蟠桃已熟遇狂风。

泽　针线夫妻两团圆，仆女千里配仆男。
只因生时七刻内，晚景悠悠福自绵。

井　数变月卦注得明，妻宫殷氏不克刑。
琴瑟相合百年好，福气多多保安荣。

夬　身命二官贵非常，官禄爻中坐实强。
凤凰相配人多羡，金玉之家娇容郎。

师　四柱纯粹实可夸，性善心良会当家。
助夫旺子安且寿，晚景必主享荣华。

六千三百一十

归妹　巳宫归妹数变乾,父命属蛇福禄全。
母相属鼠命中定,二亲寿考永百年。

坎　二数行来到坎宫,母相属马命归空。
父命属蛇辞阳世,乾坤昏暗见悲声。

旅　运交乙巳称心怀,喜气重重入门来。
几番不遂前已定,吉多凶少事无乖。

噬嗑　时逢雨水前后中,正是梅里花有情。
生辰正月二十六,清闲有寿乐无穷。

兑　雨后梅花过新春,父相属蛇比灵椿。
母相属鼠乾坤老,杨柳枝头晓日新。

兑　妻配白氏甚非轻,姻缘簿上注分明。
鸳鸯交头恩情美,夫妇借老松柏青。

未济　命逢此运最难当,马行涧上断绳缰。
二十八岁天禄尽,一枕南何梦黄粱。

乾　节气时分仲春中,正是梅花弄春风。
闰正月生二十六,处世安然百福增。

六千三百二十

明夷　卦数屯卦巳宫游,六千三百命中求。
推算人间亲庚相,父命属蛇母属牛。

中孚　二亲宫中仔细详,父生蛇年母相羊。
双双合主归阴府,巳未相遇不相当。

大过 大运丁巳喜重重，百年合和应在丁。
交临下五巳字位，破财口舌疾病生。

小畜 四数小畜论命宫，正月二十七月生。
堂堂祥瑞从天降，困龙得水立飞行。

震 数逢震卦巳宫游，六千三百命中求。
推算人间亲庚相，父命属蛇母相牛。

需 月老注定姻缘成，妻配邵氏不克刑。
二数需卦注得吉，一对鸳鸯两相鸣。

剥 四十岁中大主忧，命尽禄绝岂能留。
残花凋零风吹舞，一旦无常万事休。

贲 命宫八字天生成，否泰吉凶永无更。
生辰原是闰正月，二十七日现人形。

六千三百三十

临 六千三百三一临，父相定是属蛇人。
分宫定数母属虎，百年同乐不虚陈。

履 严父属蛇必须妨，命宫定数岂能强。
属猴慈母亦克去，巳申相合两相亡。

蛊 运行流转到癸巳，上五癸字福禄至。
下五巳位财耗散，好似明月被云迷。

渐 生辰降世定昌荣，身命二宫位吉星。
元辰正月二十八，三阳开泰和春风。

泰 太阳遇巽顺爻风，父相必定属小龙。
慈母属虎春光好，家道和合百事成。

咸　姻缘前定配夫妻，重阳邵氏定无疑。
助夫兴家晚年好，百年偕老福寿齐。

屯　命落空亡最难当，大限临头要提防。
行年五十零二岁，一枕南柯梦黄粱。

遁　四柱五行定命宫，闰正二十八日生。
一枝丹桂从天降，困龙得水自飞升。

六千三百四十

离　吉星照命喜相生，六千三百定得清。
父命属蛇母肖兔，双双有寿似青松。

巽　父相属蛇母相鸡，一双父母俱克离。
数中注定无差错，就是神仙也难移。

否　龙在江边变化身，忽然遭困受虾侵。
运至辛巳吉凶平，若至上五事遂心。

泰　阴阳交泰大祯祥，生逢此运喜气扬。
正月二十九日生，满堂清香多芬芳。

同人　五数同人论年庚，父命注定属小龙。
母命属兔无移改，金玉满堂世世兴。

小畜　洞房佳人恩爱深，妻配尹氏结成亲。
夫妇和谐无克害，一对鸳鸯共枕衾。

大过　命逢凶星劫煞缠，六十四岁浪滔天。
大限来时须躲避，梦魂直达赴黄泉。

明夷　命宫八字主荣昌，仲春将尽降吉祥。
闰正月生二十九，庭前丹桂显春光。

六千三百五十

噬嗑	太阳过巳定根源,金乌玉兔似梭穿。 定就人间亲庚相,父命属蛇母龙年。
剥	父母爻中坐空亡,母相属狗梦黄粱。 乾坤配合刑克害,蛇相父寿亦不长。
颐	癸巳大运问吉凶,上五年中财禄兴。 灾殃口舌应下五,凡事颠倒不称情。
无妄	斗柄寅宫见三阳,梅花将落柳绽黄。 生辰正月三十日,父母房中现祯祥。
坎	六千三百往前行,父属小龙母大龙。 五福临门财禄旺,衣食丰厚享遐龄。
咸	姻缘簿上注得清,六爻喜遇咸卦逢。 鸾凤合鸣共衾枕,妻宫姓宋喜相迎。
遁	命无长短主先天,寿至七十六岁间。 晓听杜鹃鸣郊外,唤得云东赴九泉。
晋	春风万象气更新,堂前双亲喜来临。 闰正月生三十日,满院桂枝正芬芳。

六千三百六十

家人	鵟火纠缠计都星,数行家人到乾宫。 同庚同相同福禄,父母俱是属小龙。
蹇	六千三百六十凶,严父小龙命必终。 母命猪相泉下客,二老相失因对冲。

损 五行配合命无纯，聪明伶俐智过人。
一生豪气多仗义，衣禄四方不虚陈。

夬 安身巳时定命宫，六亲少靠不丰隆。
贵人见喜小人怨，离祖兴家更峥嵘。

萃 定得属蛇是椿庭，萱堂也是属小龙。
幸遇乾坤交一位，二亲俱主寿遐龄。

困 冉氏佳人是君妻，姻缘配就无改移。
共结丝罗山河固，二姓相合定佳期。

革 人命长短造化分，松柏枝老月明深。
八十八岁天禄尽，难躲此难命归阴。

震 苦读诗书时不来，一生都是命安排。
贸易不欺真君子，公平义取四方财。

六千三百七十

渐 命中六合百事昌，凡谋皆遂降吉祥。
举动贵人相接引，事事如意得安康。

丰 七刻生人福不全，二亲俱主入黄泉。
父母已经都克去，神数注定不虚言。

巽 六千三百七十三，五行四柱定命元。
为人有德称君子，性善慈良作事端。

恒 生逢巳时衣禄丰，羡君性明义有名。
东西南北吉不可，好结朋友却财轻。

中孚 五行配合八字清，巳年生人属小龙。
必占祖宗福禄贵，衣食丰足家道成。

既济 姻缘配定贾氏女,鸳鸯并翅不多离。
并头莲花色堪艳,夫妇安然共齐眉。

小过 劫财羊刃命宫藏,刑害妻宫命不长。
头妻妨过续又克,再娶属蛇终妥当。

大畜 身命二宫驿马临,外方他郡长精神。
谒亲访友多意美,贸易之间福自深。

六千三百八十

讼 南方朱雀是火星,流年逢之最为凶。
谋望求财多不遂,是非口舌闲气争。

比 生逢巳月配五行,早年峥嵘万有名。
后来运入否屯地,家业破财渐凋零。

履 四柱生来配五行,不好求人落下风。
重义轻财真君子,七尺高帽受牢笼。

否 巳时生人难靠依,有亲却都相委弃。
骨肉情深恩义少,早破晚成终成立。

豫 七刻生人定根源,六千三百八五间。
离祖兴家成事业,生来造就命当然。

蛊 六千三百命不孤,注定妻宫必姓胡。
姻缘配就人难改,画堂常卧鸳鸯图。

观 花烛重明几度新,妻宫克过续何人。
又娶又克是何命,再娶属蛇过百春。

涣 先天注定衣禄强,快活逍遥在四方。
能歌善舞却无谋,优孟衣冠快戏场。

六千四百一十

贲　父命属蛇主中藏，配合属马老萱堂。
文星恰逢好时际，二亲数中寿延长。

复　时应阳和暖春天，一枝丹桂立庭前。
若问庚相何年生，属蛇孤子相见面。

离　命中寿定主刑伤，七刻定就寿先亡。
又去三兄显二弟，孤身奉事老萱堂。

夬　时逢暖春夏初生，正是桃花锦绣荣。
生辰三月二十日，处世安然百事通。

大壮　五数属离定双亲，是福是寿是子孙。
父命属蛇添寿考，慈母定是属马人。

小畜　运交乙巳福禄臻，举动和合事遂心。
福寿绵绵财兴旺，得意蛟龙会风云。

大有　乙巳灯火自生光，命限逢金寿无长。
七十六岁南柯梦，悠悠自在赴黄粱。

同人　杨柳苒苒正季春，时值融合叶更新。
生逢闰三二十六，春光佳景一色新。

六千四百二十

睽　木命遇巳到睽宫，六千四百二十程。
堂上双亲均有寿，父是蛇相母羊庚。

丰　富贵荣华在命中，长子属蛇福气洪。
欲知子息有多少，丹桂庭前二子成。

涣　棠棣葵葵胜垂杨，七刻生人雁一双。
兄弟二人见去父，母亲有寿在高堂。

渐　太阳交姤喜相生，六千四百定得清。
生辰三月二十七，一世清闲福禄增。

井　严父属蛇在巳宫，母亲定是属羊庚。
悠悠安乐清闲景，可比南山四皓翁。

升　运行丁巳胜往年，百事遂心福禄全。
家宅吉庆添喜事，一轮明月出云端。

鼎　丁巳年生沙中土，戊癸年间命不古。
人生七十从来罕，一命归阴曹地府。

艮　百花开放正芳荣，画梁堂前燕语鸣。
闰三生辰二十七，牡丹枝上子初成。

六千四百三十

损　六千四百三十一，二亲庚相俱分明。
父命属蛇母属猴，宜福宜寿享遐龄。

剥　推查男女立命宫，长子必定属小龙。
庭前丹桂结三子，各自芬芳衣食丰。

屯　生逢七刻定主强，鸿雁空鸣声气扬。
兄弟三人失去父，遐龄之寿老萱堂。

姤　春风摆柳长萌芽，紫竹林中笋初发。
父母恩深终难报，生辰三月二十八。

蒙　数中定命先贤留，二亲庚相注中求。
生克制化有机妙，父命属蛇母属猴。

姤 运行己巳主荣华，添财进喜诸事佳。
蛟龙海底头生角，猛虎山林换爪牙。

离 己巳年生大林木，午未之年惜无禄。
七十九岁大限到，一梦黄粱万事休。

巽 六千四百三十八，定你生辰更无差。
月中桂子应时谢，生辰闰三二十八。

六千四百四十

履 六千四百四十一，父命属蛇母属鸡。
堂上双亲晚景好，福寿百年世所稀。

损 丹桂茂盛鸣新春，四子传家世世欣。
长子应生属蛇相，瓜瓜绵绵喜称心。

夬 七刻生人命宫强，鸿雁南行排成行。
兄弟四人先丧父，失却同心山岗长。

豫 晚景荣华喜见生，更残夜漏月光明。
生辰三月二十九，一世荣华衣食丰。

蛊 阳胎生女巳运强，父命属蛇寿无长。
母命定是鸡庚相，寒梅初绽有余香。

观 运交辛巳事称情，家道祯祥日日荣。
虎归深山增胆气，龙归大海易升腾。

泰 辛巳至酉金生光，命限逢申寿不长。
八十一上南柯梦，悠悠荡荡赴黄粱。

否 处世安然喜气生，更残漏滴月光明。
闰三生辰二十九，灵胎落地保安宁。

六千四百五十

大畜	运交大畜不为凶,龙渡天河反有功。 若得堂上双亲寿,母属猴来父蛇庚。
小过	春回宇宙万草生,园林丹桂正发荣。 长子若立属蛇相,定是五子振家声。
无妄	棠棣枝头色青黄,兄弟五人排成行。 时逢七刻先去父,央却长子姓名扬。
家人	清和柳絮乱飘扬,季春来时花草香。 二亲生君在三月,三十日内喜弄璋。
坎	太阳遇巳五数间,金乌玉兔如梭穿。 一生造化命注定,父属小龙母大龙。
咸	大运交之癸巳中,十年和顺家业兴。 满门福禄添吉兆,犹如日月放光明。
遁	癸巳长流水命中,六千四百数落空。 七十二岁南柯梦,回首黄粱去无踪。
屯	柳絮飞扬好风光,日月光明草木香。 生辰闰三三十日,梅花报喜在画堂。

六千四百六十

困	数遇交躔罗睺星,四百六十定分明。 先天注定椿萱相,父命属蛇母猪庚。
旅	富贵荣华甚安然,所生六子非等闲。 七刻推来分雁行,长子蛇相永绵绵。

革

数中注定长子命，兄弟六人有青黄。
二亲位上先去父，手足分张各一方。

萃

手足恩荣在命宫，君家生来福且荣。
桂花一枝初开绽，推来余光巳时生。

丰

人生禀命论阴阳，二亲宫中仔细详。
父命注定属蛇相，配定属猪老萱堂。

震

巳时生来禄贵乡，窗下笃志习文章。
羡君教化清闲位，任满升迁坐正堂。

艮

命尽禄绝数逢空，此人已经入幽冥。
数中无他情由话，何必强求问吉凶。

乾

时分七刻医精通，行业妥当比人能。
减加脉应奇妙手，济世活人有神功。

六千四百七十

涣

月老前世配姻缘，露水夫妇两团圆。
苟合不必同媒妁，相亲相爱得周全。

兑

暮秋园中七果成，长子属蛇定分明。
内有荣枯并带破，丹桂枝枝晚更荣。

师

造化七刻命宫强，鸿雁当空排成行。
兄弟七人先丧父，内中定有石皮藏。

解

千里姻缘如线牵，注定残婚晚配安。
庚相属蛇无差错，暗有带破在身边。

否

月令本为父母宫，生逢巳月享恩荣。
二亲积下田园茂，逍遥自在乐峥嵘。

比　巳时生人主文章，穷经究史在寒窗。
将来蛇遂青云志，官衔能授修职郎。

需　六千四百注得清，蛟星行来在命宫。
赌情场中常贪恋，要笑欢乐闻输赢。

履　调理疮疖有神功，济世阴德有声名。
习成妙手人争羡，阴阳虚实分得清。

六千四百八十

同人　一数同人定姻亲，天禄配就岂由人。
并无三媒与六证，夫妇易合共枕衾。

坤　子息绵绵非等闲，命中已定岂偶然。
堂上八子有带破，长子属蛇立根源。

节　棠棣茂盛长成林，兄弟八人不一心。
生逢七刻父先丧，失却扶助各立门。

既济　六千四百定得清，妻命属蛇克子宫。
生产儿女多悲泣，风吹花落树枝空。

井　时逢七刻定无差，各人创业自立家。
六亲宫中不得力，指望别人终呼差。

升　时上立就七刻间，指上带个铁铜圈。
大裁小剪般般妙，锦绫缎疋成衣冠。

剥　二刻生人贵非轻，儒林士业是峥嵘。
青云有路君独步，折桂高升到月宫。

随　先天神数医业奇，定人一生更无疑。
四方名扬称国手，眼科妙药世上稀。

六千五百一十

观　命限初交六岁逢，处世安然晚更奇。
移花接木升发早，提纲之下定顺逆。

恒　五行四柱配合佳，数中定命果无差。
胞胎圆满身出世，父命生你五十八。

颐　棒打鸳鸯两分张，命宫主妻必定妨。
花烛重明经再续，又娶李氏命久长。

鼎　蟠桃熟时来薰风，五月二十六日生。
父母堂前添喜气，亲戚朋友来挂红。

咸　带雨桃花色更鲜，鸳鸯交头绿水边。
五音注定妻家姓，必是耿氏配姻缘。

旅　乙巳大运定主凶，破财口舌疾病生。
好似衰草逢霜打，花正开时遇狂风。

鼎　甲日己巳时生福，命中合主千钟谷。
穿着紫衣身荣贵，四海名扬达帝都。

革　赤日炎炎似火烧，野田禾苗雨忽浇。
闰正月生二十六，离却母腹福寿高。

六千五百二十

晋　时上注定二刻真，妻宫属蛇配成婚。
长天秋水琴瑟好，一对鸳鸯共枕衾。

恒　人生降世皆天然，三星拱照在人间。
父年方交三十整，生你丹桂立堂前。

蛊　克伤妻宫命难存，数中造定岂由人。
再娶佳人求无害，须配卢氏命中真。

渐　胎元定期仲夏日，正逢五月二十七。
薰风池中花多映，堂上双亲心怡怡。

坎　六千五百二十五，朱姓妻宫入贵府。
阴阳配合无错差，一对鸳鸯交头舞。

艮　运交丁巳事不周，烦恼口舌总不休。
钱财耗散人口病，是非常常使人愁。

震　乙日辛巳时逢龙，荣华在身定峥嵘。
胞胎锦绣人争羡，万里之程君显明。

临　问你生辰是何日，闰五月生二十七。
堂上双亲添喜气，一生安然衣禄足。

六千五百三十

姤　三刻生人定姻缘，鸾凤和鸣非偶然。
并翅鸳鸯水上舞，妻宫属蛇永百年。

节　立命之理最精密，未来之时预先知。
生你父年四十二，丹桂庭前自怡然。

损　命宫演数定分明，五行注定妻克刑。
克过元室再续配，必须姚氏百年荣。

解　生逢五月喜气临，二十八日是生辰。
父母堂前添欢笑，一世安然福禄匀。

泰　春风桃李花正开，鸾凤交头会兰台。
妻宫定配岑氏女，举案齐眉百福来。

蒙

运行己巳定吉凶，事事不顺烦恼生。
疾病祸患两三次，暗昧口舌有闻争。

讼

丙日生逢癸巳时，犹如红日出海际。
蟾宫折桂身荣显，光宗耀祖换门第。

师

父母养育恩难还，衣禄一世保安然。
生逢闰五仲夏天，二十八日降人间。

六千五百四十

咸

千里姻缘配洞房，生逢四刻细推详。
仙姬结成鸳鸯侣，妻宫属蛇寿禄长。

晋

宗嗣运通非偶然，吉星拱照降人间。
父年生你五十四，一枝丹桂立庭前。

坎

六千五百数遇坎，命中注定克姻缘。
洞房再娶鸳鸯配，配就娄氏方安然。

巽

满园桃李弄青红，梅桂生香味更清。
生辰五月二十九，欲报荣恩功非轻。

遁

月老注定姻缘奇，桃李花开逢春时。
一对鸳鸯共衾枕，洞房定就方氏妻。

屯

日月云遮少光明，花正开时遇狂风。
运至辛巳生琐碎，看是平路跳到坑。

困

丁日乙巳时上安，必定光荣耀祖先。
名扬四海世罕有，指日皇庭列朝班。

离

腊月梅花色正鲜，芳蕙花开似金簪。
闰五月生二十九，勤劳养育来人间。

六千五百五十

益 兑 夬 临 随 离 节 解

姻缘前定非偶然,妻宫属蛇赤绳拴。
琴瑟相合百年好,时分五刻福禄全。

花朵初绽正芳荣,庭前月照显光明。
母年正交十八岁,恩爱非常喜相逢。

鸳鸯拆散两分离,命宫数定主重婚。
克妻再娶朱氏女,花房美妻又一新。

梅桂初放朵朵红,绿柳深处金蝉鸣。
生逢五月三十日,父母堂上添笑容。

命宫注定姻缘佳,妻宫岳氏发男家。
鸳鸯合鸣结成偶,兴夫旺子享荣华。

运行癸巳有忧惊,谋望求财总是空。
事不遂心争闲气,是非口舌入门庭。

戊日丁巳时贵迁,命中注定科甲联。
玉堂金马人争羡,插戴宫花拜龙颜。

荷花开放映日红,丹桂庭前月正明。
生辰闰五三十日,福禄绵绵一时荣。

六千五百六十

渐 临

六刻生人定姻亲,妻宫属蛇待成婚。
共枕同衾如鱼水,夫妇偕老过百春。

六千五百六二岁,晚景福寿山海同。
生你母年三十岁,果然弄璋应罴熊。

观　妻妾宫中定不均，克害妻宫定难存。
洞房再娶方偕老，必定结配胡夫人。

升　丹桂茂盛长成林，有成有败各立门。
命宫虽然有七子，五子得力送归真。

革　子息命中有安排，星辰拱照福自来。
妻宫年方十八岁，月中丹桂一枝开。

节　命中注定七刻生，羡君有贵更奇能。
最宜公门贵人爱，家业丰余晚景荣。

艮　七刻生人带红鸾，父子泮水对蟾宫。
文章盖世英才士，喜步蟾宫望有成。

震　命宫注定性刚强，心高志大意气昂。
仗义疏财结朋友，善与人交心更长。

六千五百七十

解　红叶题诗世所绝，燕语莺啼妻属蛇。
七刻注定鸳鸯对，共枕同衾永和协。

随　恩星入命最罕稀，蟠桃呈瑞异味奇。
母年生你四十二，堪作庭前丹桂枝。

离　妻妾宫中遇刑伤，棒打鸳鸯两分张。
克妻再娶林氏女，月老注定寿命长。

坎　七刻生人命刚强，刑男克女子息伤。
生子不能送终老，反送儿郎病断肠。

讼　男女宫中几时生，姻缘相配鸾凤鸣。
妻宫三十生一子，门庭喜气福禄增。

晋 命逢七刻定刚强，威武随身姓名扬。
数合离家千里外，寒外立功晚更香。

咸 七刻注定大吉昌，父步蟾宫达帝都。
振家公子腾云汉，泮水得游月生光。

谦 命在禄墙主人淳，性善公平有义人。
交友结朋人称德，晚景悠悠旺家门。

六千五百八十

剥 百年姻缘月老成，福寿双双松柏同。
妻相属蛇春光美，晚景康泰寿如松。

豫 杨柳开放正暮春，妻宫属蛇配成婚。
喜生一子传家宝，皓月秋水色一新。

履 二刻配合定姻缘，一对鸳鸯共枕衾。
洞房花烛永和好，夫相属蛇永百年。

涣 命宫八字分五行，生克制化解得清。
子息宫中刑克早，送终养老是螟蛉。

乾 命宫前定非偶然，晚年有喜不可言。
妻年四十有一岁，喜生一子命如钱。

坤 数中注定生七刻，命中宜学匠土工。
手拿木尺并墨斗，修楼盖阁最精通。

井 圣贤诗书藏胸中，泮水重游福禄增。
雪案寒窗人争羡，生逢七刻文运通。

萃 命生中央入土垣，主人诚实无曲弯。
处世常常受人骗，句句话说真实言。

六千六百一十

巽　雷山小过过巽宫，数推鼠母寿先终。
父相属蛇春光好，晚景安康寿如松。

涣　杨柳开放正当春，妻相属蛇配成婚。
喜生一子传家宝，长天秋水一色新。

屯　二刻配合定姻缘，一对鸳鸯共枕眠。
洞房花烛团圆会，夫相属蛇永天年。

复　命宫八字五行合，衣禄丰盈保安宁。
生辰七月二十六，喜气临门福禄同。

谦　演数排定手足宫，雁行同气一脉生。
兄弟三人身居小，一树果结有青红。

升　乙巳大运不为吉，出入求财无利息。
人口不安多忧闷，下五巳字百事宜。

豫　巳日时逢己巳迁，命中合主科甲连。
玉堂金马富且贵，帽插官花拜圣颜。

颐　年月配合命宫荣，风吹云散月正明。
生辰闰七二十六，丹桂枝上子初成。

六千六百二十

归妹　数中预定二亲宫，火到坎位必主凶。
母命属牛先克去，父相小龙松柏同。

中孚　月老专主配洞房，蟠桃枝上结子香。
妻宫属蛇生二子，和时兰桂正芬芳。

同人　三刻鸳鸯水上游，夫男属蛇到白头。
春来花开桃共李，晚景双双添寿筹。

明夷　兰桂芬芳有百般，各花结实孟秋天。
生辰七月二十七，灵胎落地降人间。

鼎　手足宫中数内分，兄弟六人你居尊。
各自成家分造化，内有石皮在其中。

需　大运丁巳艰难处，破财尚恐事不和。
交临下五巳岁运，宝镜生辉何等待。

咸　庚日己巳逢春云，各标金榜景色新。
旌旗彩影人争羡，金花插戴拜君恩。

师　时逢季秋寒霜天，雁鸣不住进南关。
闰七月生二十七，丹桂飘香结子坚。

六千六百三十

姤　离到坎宫是对冲，母相属虎定先终。
椿庭属蛇松柏老，桂枝及时正发荣。

恒　姻缘前定非偶然，妻宫属蛇三子全。
洞房和合声名美，夫妇相偕延百年。

否　生逢四刻配姻缘，结就宋陈中女牵。
夫君属蛇成婚配，一对鸳鸯两团圆。

观　孟秋景致大晴天，寒蝉不住回声喧。
生辰七月二十八，灵胎圆满降人间。

鼎　鸿雁南还望江滨，兄弟七人不同心。
排来身居第六位，内有带破各立门。

复

运临己巳事不明，十年合为必太平。
上五疾病事不顺，下五巳字保安宁。

夬

辛日癸巳时贵清，腰束玉带伴朝廷。
出入宫内人争羡，插戴官花拜九重。

需

孤秋之际暑气发，蝉蛰凤鸣金风刮。
闰九之月身落降，生日正是二十八。

六千六百四十

晋

六千六百晋卦逢，二亲宫中注得明。
母亲属兔必克去，严父属蛇寿遐龄。

革

姻缘相配似芙蓉，妻宫属蛇四子成。
青松绿竹森森茂，安享福寿衣禄丰。

坎

月老前定更无别，姻缘配就夫属蛇。
生逢五刻去刑害，洞房相合百年协。

益

雁来秋景便萧条，月望中秋渐渐高。
生日七月二十九，生身父母喜迢迢。

离

棠棣森森长成林，兄弟八人各立门。
次序排来居六位，内有石皮在其伦。

随

运交辛巳事不通，口舌破财心不宁。
下五巳字平安吉，事事和合称心情。

节

壬日乙巳暗荣华，名标金榜中贵甲。
堆金积玉重重富，四海名扬最堪夸。

升

秋桂绽藏满庭香，百花争时任芳芬。
生日闰七二十九，父母堂上喜无灾。

六千六百五十

渐　父母爻中遇刑冲，数中消息注得清。
母亲属龙先克去，蛇父康健寿如松。

涣　百年交结鸾凤婚，鸳鸯共枕又同衾。
妻宫属蛇生五子，丹桂青松出祥云。

损　六刻注定鸾凤鸣，良缘作合天配成。
鸳鸯并翅双双舞，数定夫相属小龙。

剥　鸡冠花开玉簪香，芙蓉开放呈吉祥。
堂上双亲重重喜，七月三十产画堂。

剥　雁过南楼思故乡，兄弟九人不同娘。
手足行中居七位，内有石皮受损伤。

屯　癸巳大运不为吉，出入求财无利息。
口舌是非应上五，下半五年财渐积。

讼　巽日丁巳时贵清，名登金榜百福增。
插戴官花人争羡，四海名扬游春风。

师　夜间入梦降吉祥，丹桂庭前味清香。
生辰闰七三十日，金玉满堂福禄昌。

六千六百六十

剥　坎数逢离两相冲，二亲宫中注得清。
堂上双亲均蛇相，萱堂必定寿先终。

讼　丹桂枝上凤配凰，命宫属蛇寿延长。
满园花开结六果，福禄荣华百年昌。

乾　七刻生人定姻缘，夫君属蛇不团圆。
两相恩爱如鱼水，并翅蝴蝶喜双全。

坤　生逢七刻时定真，命中克妻主重婚。
孤枕独眠无人伴，必要再娶续人伦。

渐　六六六五定数真，手足排来有四人。
雁行次序君居长，生身不是一母亲。

升　命中孤硬岂非轻，送入空门作一僧。
忽然心地红尘望，半途还俗改面容。

井　八字巳时见君身，富贵荣华受皇恩。
腰束玉带身荣显，乌纱象笏装衣臣。

需　数中演来定命时，生逢七刻已先知。
地脉阴阳定山向，识得三光造化机。

六千六百七十

谦　生逢巳时女命安，财源丰盈助夫贤。
心性方正知礼义，持家和气作事端。

蹇　春风和气花正开，鸾凤交结会天台。
妻宫属蛇生七子，夫妻齐眉百福来。

咸　月老千里配姻缘，罗帏锦帐共枕眠。
八刻注定夫属蛇，琴瑟相和得安然。

困　初刻生人定鸳鸯，迟取晚配终无妨。
若是娶得妻房早，必定克离寿不长。

乾　兄弟宫中最充盈，手足六人母不同。
雁行排来君居四，内有石皮各自成。

坤　命宫生带武曲星，七刻注定最分明。
胸怀大勇奋武志，孙吴韬略蕴胸中。

震　巳时生人性刚强，威扬万里振边疆。
祖先积德阴功厚，身着紫衣伴君王。

艮　精通阴阳理最真，来龙去脉识得深。
身披法衣使鬼怪，七刻注定降妖人。

六千六百八十

大有　生逢巳时不善强，破财凶星在命藏。
刑伤劫财败夫主，劳苦拮据一生忙。

同人　二数同人注得清，妻宫配定属小龙。
生来八子有带破，晚来妻亨子贵荣。

大过　夫主必然主克亡，双双鸳鸯主恓惶。
重婚再配夫属蛇，花柳逢春自然香。

大过　父母宫中少恩临，过房离父方能存。
桃花开时望结子，必须二姓长成人。

解　天边鸿雁往南飞，正理园林日发晖。
兄弟六人居三位，原是一父两母谓。

益　巳时生人主色庄，也争阴来也争阳。
不登金榜身荣贵，出入宫中伴君王。

丰　龙德入命富可夸，衣禄丰盈享荣华。
官禄爻中君有分，注定同学把监纳。

泰　提笔成形如云集，描神传象世所稀。
巧手画工写五彩，羽毛山水真出奇。

六千七百一十

姤	大壮交姤最主凶,六千七百遇乾宫。 母命属马先克去,父相属蛇寿如松。
遁	先天注定姻缘奇,夫妇配合又改移。 妻宫原来小六岁,百年之久共齐眉。
剥	君定克妻木命招,前配佳人难偕老。 洞房又续白氏妻,数中注定寿延高。
升	金风吹动菊花黄,满园缤纷傲雪霜。 生日九月二十六,父母堂前现祥光。
鼎	生逢二刻主重婚,比目鱼游猛浪分。 弦断再续为蛇命,月老千里配成亲。
巽	家宅吉祥气象昌,运至乙巳保安康。 闺门更无刑与害,月到中秋分外光。
艮	命中生年显文明,胸藏豪气吐长虹。 子科秋中初登第,丑岁虎步上九重。
涣	丹桂结秀子初香,芙蓉色艳胜柳黄。 闰九月生二十六,寒蛰声声叫月光。

六千七百二十

讼	命中注定失伦常,六千七百讼爻伤。 母相属羊先辞世,蛇父愁听杜鹃狂。
家人	姻缘配合在命宫,前生定就配今生。 妻宫定小十八岁,恩情福寿两均平。

同人　鸳鸯拆散两分离，妻难偕老寿不齐。
失偶寻盟又配对，再娶邵氏共齐眉。

咸　金风来时三秋景，菊花开放似金铃。
雨后逢秋芙蓉绽，九月二十七日生。

睽　三刻生人带三刑，鸳鸯拆散各西东。
克妻再娶属蛇相，竹影梅花映日红。

解　运行丁巳胜往年，事事如意善周全。
喜对菱花乌云理，香闺吉庆添笑颜。

渐　命宫遇未显贵星，管许此命步蟾宫。
子年科甲速双第，敕封上品到九重。

临　金风吹来近孟冬，寒露冷露显芙蓉。
闰九月生二十七，梧桐虽残翠竹生。

六千七百三十

损　金星过巳到损宫，母命猴相寿先终。
父相属蛇春光美，宜福宜寿宜康宁。

乾　八字先天数注清，阴阳少长不同庚。
妻年正小三十岁，晚景悠悠衣禄丰。

萃　妻妾宫中犯刑伤，前妻注定少年亡。
又配邵氏称偕老，花柳重新分外香。

困　日时绞躔觜火猴，菊花开放九月秋。
恰生九月二十八，一生安然享太平。

晋　迷群孤雁望天空，失偶寻盟子规鸣。
四刻克妻再配对，月老注定属蛇庚。

否 大运已巳福禄增，家宅吉祥喜气生。
瑞气临门三处至，去向妆台正面容。

贲 命入巳宫蛇化龙，头角峥嵘上九重。
子年连捷人争羡，鹿鸣宴上步蟾宫。

颐 鸿雁对对过南楼，菊花开放正季秋。
闰九月生二十八，一生安然永不愁。

六千七百四十

归妹 福增禄厚归妹中，蛇父有寿在高庭。
乾坤交否有克损，母亲属鸡寿元终。

大壮 命宫姻缘天造成，一枕鸳鸯年不同。
妻宫应小四十二，老阳少阴合有情。

噬嗑 阳差阴错主重婚，芙蓉锦帐新又新。
克妻再娶尹氏女，一世吉祥百福增。

明夷 露冷风凉季秋天，菊花开放满堂前。
生辰九月二十九，恩承父母两周全。

节 月缺花残少光阴，五刻生人克妻身。
瑶琴折断弦再续，又配妻宫属蛇人。

随 运交辛巳遇吉星，祯祥绵绵福禄增。
凡事遂心皆如意，妆台打扫正面容。

谦 命立巳宫主文明，锦绣珠玑蕴胸中。
午年虎榜却得意，封章捷报上九重。

兑 风寒露冷将孟冬，芙蓉绽藏画堂中。
闰九月生二十九，处世定然福禄增。

六千七百五十

蹇

二亲宫中仔细详，蛇父安乐福寿增。
萱堂必定先克去，庚相属狗梦黄粱。

咸

梧桐叶茂引凤凰，一对鸳鸯配成双。
妻宫比你大六岁，美满恩情百年强。

丰

命宫带克实非轻，鸳鸯拆散配不终。
又续宋氏成婚配，桃香花开映日红。

师

朔风来时交孟冬，景色萧条万物空。
生辰九月三十日，晚景安泰福禄享。

兑

命宫定就六刻真，花烛重明新又新。
克妻再娶属蛇相，夫妇相守过百春。

坎

火运流转到癸巳，喜事重重多如意。
灾去福来大吉兆，闺门安乐无不利。

艮

命在辰宫主文明，双双福禄一生荣。
午未连登龙虎榜，封章飞报上九重。

震

四柱纯粹一生荣，命里财禄定有成。
闰九月生三十日，父母房中添笑容。

六千七百六十

大过

六七六一大过逢，二亲位上定分明。
父是属蛇母猪相，寿有长短母先终。

小畜

月老注定甚堪夸，命中注定实不差。
妻宫判断何庚相，原来比夫大十八。

井

洞房妻宫定主克，夫妇难得终鱼水。
花烛重明又结续，再娶卞氏两相得。

中孚

巳时定命性刚强，朝种禾田有余粮。
心闲身旺家门富，人人争羡自在王。

同人

同林鸟被狂风散，比目鱼游猛浪分。
生逢七刻重婚配，再娶属蛇又一新。

解

命中生到巳时辰，身宫孤硬离双亲。
去对三清称弟子，头顶冕冠立元门。

萃

命中荣贵知非轻，奋志升龙广寒宫。
子科已折蟾宫桂，辰岁春雷响一声。

离

命立巳宫福禄齐，胸藏锦绣吐虹霓。
午未大遂青云去，步步高升入风池。

六千七百七十

比

夫主属蛇立命元，必有带破在身边。
若是身上无带破，少年难免丧黄泉。

谦

日坐巳宫主命平，一生衣禄保安宁。
二数逢谦皆吉兆，晚景悠悠家道成。

观

命逢比劫重续弦，罗帏之中衾枕寒。
洞房又配贾氏女，夫妇恩爱永百年。

萃

巳时定命福禄清，命合手艺四方行。
一生衣禄多丰足，到处皆有贵人逢。

夬

八字定命妻有妨，雨洒鸳鸯两分张。
头妻克过续又去，必须属蛇才妥当。

离　命宫生在七刻中，云游四海观世风。衣禄丰足千家供，看经看佛作一僧。

鼎　巳时定命福禄通，命合武职统大兵。知居将位威名重，运至高升得才成。

兑　命宫五行配合清，必定折桂步蟾宫。秋园春试遂夙愿，戴却宫花拜九重。

六千七百八十

益　妻宫属蛇犯刑冲，微有带破在身中。若是身上无带破，夫主难免会西东。

姤　劳碌拮据一生忙，生逢巳月岂能强。二数交姤凶化吉，晚来之运寿更长。

升　算君克妻数不移，棒打鸳鸯两分离。失偶寻命重配对，又娶胡氏更齐眉。

需　螣蛇在位最主凶，兄弟不和仇恨生。是非口舌时常有，手足相争失恩情。

丰　命爻值丰定妻宫，克过六房不用评。洞房六娶方偕老，一对鸳鸯两和鸣。

巽　八刻定命孤星躔，离祖出家结善缘。削发为僧免夭寿，衣禄十方度长年。

涣　生逢七刻显声名，武曲星照呈威能。三箭更把江山定，会武宴上进士公。

艮　三刻定命贵非轻，必定折桂步蟾宫。龙虎榜上君有分，他日运至伴朝廷。

六千八百一十

乾 屯 遁 师 艮 坎 临 井

乾到艮宫遇虎冲，严父属蛇寿先终。
六千八百逢空位，鼠母在堂守孤灯。

人生姻缘月老评，年庚大小岂强行。
夫主注定大六岁，方得和合称心情。

花开花绽正逢春，今生姻缘定得真。
少年十八生一子，满门瑞气喜更新。

月将交尽大雪临，十一月内是生辰。
二十六日降生世，晚来福寿自相匀。

结发原是属小龙，命宫妨克赴幽冥。
再娶佳人无克害，庚相属鼠寿遐龄。

大运乙巳事流连，妆台懒对主熬煎。
口舌疾病心不遂，明月好似云遮掩。

乙巳运临福愈奇，官位升迁到风池。
荣贵福禄人争羡，时顺合意人能齐。

瑞气纷纷不时临，闰十一月见生辰。
二十六日生身体，寒临清香皓中寻。

六千八百二十

离 革

罗星双双危宿躔，六千八百离宫穿。
父属小龙光阴短，慈母属牛守孤单。

月老展开姻缘局，赤绳系足两家足。
夫宫定大十八岁，晚景衣禄庆有余。

咸 前世神前烧旺香，洞房相配两鸳鸯。
人间喜事三个正，生子传家福禄昌。

夬 朔风吹动万物凋，惟有梅花呈英豪。
十一月生二十一，丹桂庭前长异苗。

姤 配就蝴蝶折损伤，狂风吹散受凄凉。
头妻属蛇已克去，继娶牛相耐久长。

蛊 丁巳大运必有忧，事不遂心受灾咎。
长吁短叹心头闷，奈何家中事不周。

丰 运交丁巳福禄臻，职位升迁喜更深。
腰悬宝带添荣气，花开遇雨木逢春。

涣 冰砌玉露雪堆积，松柏青青有鸟啼。
数九正闰十一月，元辰生降二十七。

六千八百三十

兑 二亲宫中仔细详，离数交兑必主殃。
父相属蛇母相虎，父必先亡母寿长。

升 姻缘相配效凤凰，月到中秋有重光。
最喜晚年丹桂茂，夫宫正大十五双。

井 八字能泄造化机，命宫注定岂能移。
定你四十零二岁，丹桂堂前产一枝。

恒 冰砌玉露雪堆山，万物凋零梅花鲜。
生辰数定十一月，二十八日降人间。

复 鸳鸯拆散不成双，前妻属蛇定主妨。
再娶属虎成佳偶，月老注定寿命长。

剥　福去灾来不顺通，运交己巳不安宁。
几番不遂若闲气，月被云遮不光明。

畜　运临己巳事称情，禄位升迁显芳名。
路行万里恩穷天，四海扬名达帝京。

颐　寒梅绽蕊香更佳，朔风凛凛飘雪花。
生辰正闰十一月，你身生在二十八。

六千八百四十

归妹　巽入归妹怕风摇，父命属蛇先断桥。
母相属兔孤有寿，看守兰桂长异苗。

家人　鸾凤交结配姻缘，夫妇庚相不同年。
虽然夫大四十二，老阳少阴皆安然。

中孚　青春花残叶将稀，乔木得水发嫩枝。
五十四岁生一子，方信阴功有后裔。

小过　阵阵朔风透窗前，吹动松柏枝叶残。
生辰正是十一月，二十九日降人间。

困　鸳鸯拆散为何因，只因命中犯孤辰。
头妻属蛇必克去，再娶必定属兔人。

贲　运行辛巳不称怀，家中不断是非来。
事不遂心烦恼有，口舌重重多生灾。

渐　辛巳运中遇吉星，好花得雨分外红。
禄位升迁声名美，喜气临门福禄增。

履　剪碎鹅毛遇朔风，寒梅将发逢季冬。
生辰乃闰十一月，二十九日身降生。

六千八百五十

坤	中孚到坤定吉凶,六千八百数逢空。 父相属蛇先克去,母相属龙伴孤灯。
震	鸳鸯交结鸾凤鸣,千里姻缘天配成。 夫已注定小六岁,美满恩爱百年荣。
乾	天喜入命占流年,逢凶化吉保安然。 三月四月多顺利,事事和谐几周全。
复	朔风凛凛透窗楹,雪里梅花竹更清。 生辰十一三十日,晚来福泰喜自增。
屯	属蛇妻宫必主克,命中已定两离奔。 再娶属龙成好偶,花柳重逢免伤春。
讼	大运交来到癸巳,是非口舌一齐至。 疾病临身气血损,举动定主有闲气。
师	大运交临癸巳宫,福气滔滔增康宁。 四海名扬人争羡,敕赐恩光职位升。
比	枯木冬至一阳生,雪里梅花傲朔风。 生辰正是闰十一,月尽降世福禄增。

六千八百六十

同人	数演卦中定命宫,数值同人生战争。 父先克去母有寿,双双俱是属小龙。
明夷	前世月老定姻时,一对鸳鸯寿不齐。 夫宫正小十一岁,大数定就岂能移。

小畜	凶星入命占流年，提防三四有灾缠。 破财口舌生闲气，五月仲夏保安然。
未济	数中定命最为奇，妻宫蛇相子定稀。 男女宫中喜星照，偏房一子身边依。
艮	三刻六害命宫游，结发属蛇必难留。 再娶属蛇方得稳，雪鬓双双到白头。
咸	火星入命是凶年，男女生疮灾祸缠。 劝君目下宜贞守，女子血光身不安。
损	运交己土最主凶，官职降罚不转升。 疾病临身财耗散，暗昧不明有忧惊。
夬	画堂燕子作对行，姐妹二人一脉同。 双亲位上先克父，母年寿高百年荣。

六千八百七十

睽	八字生来命中孤，一世姻缘克丈夫。 戚家方是你婚配，夫妇相守两相如。
涣	八字最喜生巳月，富贵荣华不用说。 家宅兴旺田园广，一生峥嵘富贵结。
升	小限流年定主兴，三月四月有喜生。 口舌是非皆消散，财来重重福非轻。
姤	命中孤硬真非轻，数中注定克妻宫。 已经四房克过去，再娶佳人属小龙。
兑	妻妾宫中自然详，富贵荣华一生长。 前后红粉有七位，命生孩童少儿郎。

井　六月之内不顺通，必主官司口舌生。待交立秋七月后，平安吉庆百事宁。

遁　运交巳宫不为吉，职位逢之偏蹇寂。花正开时被雨打，月当明时被云迷。

屯　一对鸿雁过长江，姐妹二人母先伤。五行八字大运定，父亲必主守空房。

六千八百八十

坤　七刻定命残房游，夫主宜长到白头。洞房夫宫断弦续，鸳鸯交头寿添筹。

复　奔波劳苦受贫穷，翻来覆去总不行。虽然早年行否运，花到残处又发荣。

鼎　兰数逢鼎定流年，三四月内凶星躔。口舌疾病多不利，闲是闲非又流连。

晋　女命生来性格平，一生安然不受穷。做事有首又有尾，善知四德与三从。

剥　妻妾宫中有七房，洞房佳人排成行。满园花开观不尽，晚景悠悠添儿郎。

坎　六爻变坎定得真，一世不缺衣禄人。命无恶煞免夭寿，福禄深处正同春。

蹇　巳日生人显贵星，福气滔滔衣禄丰。异路前程君有份，光宗耀祖换门庭。

临　命生巳时姻缘孤，身居侧室配老夫。夫主年将花甲有，丹桂枝上百花簇。

邵子神数午部

七千一百一十

恒 寅时初刻妻有妨，火命羽姓两相当。子立水土有三分，兄弟四人正两双。

井 罗睺交井通午宫，父母属马相同庚。自古人生皆有死，父先克去母后终。

姤 运至甲午财禄加，安康和顺享荣华。诸般谋为皆吉利，兴家立业更无差。

涣 三刻子息几人成，长空万里一孤鸿。此身必主风流破，一生福禄渐渐荣。

蛊 寅时一刻定命祥，亥男土命紫衣郎。五音寄合角宫姓，子立水火二子昌。

解 干支阳剥克阴柔，头妻属马又难留。又娶属马大偕荣，云燕双双到白头。

师 甲午大运定吉凶，花正开时遇狂风。上五年中万事遂，下五年来殃重重。

震 运至甲午贵无疑，百喜交加福也齐。今朝荣耀入泮水，果然抱桂上云梢。

七千一百二十

晋 午时初刻犯孤星，金命角姓方偕老。克害妻宫土命定，子息非木不能成。

明夷 七千一百遇明夷，父命属马先克离。母命属羊孤有寿，抚养兰桂更出奇。

中孚　运行丙午财禄丰，家道吉祥增几宗。
出入安乐添喜气，春夏秋冬皆顺通。

鼎　三刻生人命宫通，满门花开二果成。
中间必有带破伤，五福临门显声名。

益　午时一刻定刑冲，夫男木命定角姓。
父母金水百年泰，子立火木方能成。

解　才子佳人结成亲，阳差阴错不合婚。
结发属马必克去，继配属羊百年喜。

夬　丙午大运丙字强，喜气重重有几场。
交临午位灾殃到，口舌凶兆主不祥。

旅　命宫官禄曲星寄，更喜丙午运逢之。
脱白换蓝游泮水，何愁金榜名不题。

七千一百三十

过　戌时生人合克孤，克过早春子叶枯。
商妇金命运方破，子息火木两相补。

坤　太阳受坤数更详，二亲宫中占高强。
父命属马命该短，母亲属猴看偏长。

艮　运到戊午喜监门，十年之内禄丰纯。
岁月和合般般好，凡事得意事遂心。

履　时上注定三刻生，震到履宫子真丰。
河东三风天悬重，内有石皮更刑冲。

姤　戌时一刻女命安，夫主木命性刚然。
子立土金方保守，姐妹二人你居先。

丰

命中克妻定有伤，头妻属马赴黄粱。
再配属猴成佳偶，数中注定寿命长。

夬

运交戊午吉并凶，上妻评中喜春生。
下五年来多不利，疾病临身血滞经。

噬嗑

戊午运临兆寻常，泮水先游名姓扬。
今朝果遂生前志，名列黉宫步官堂。

七千一百四十

乾

寅时初刻定命宫，妻室火命犯刑冲。
若是角姓方得免，子息水土有三名。

蛊

复卦天蛊二数祥，父母宫中定高强。
严亲属马定阴短，母亲属鸡寿偏长。

屯

运交庚午木逢春，出入财帛自然欣。
家中兴旺添吉兆，天喜红鸾俱随心。

巽

水入巽宫到午乡，三刻生人子两双。
盘中白果味香美，内有石皮晚发光。

复

十七十八年正芳，岁临震年入高堂。
堂前经史时时有，少年立志事业彰。

剥

拆散鸳鸯两分离，罗帏锦帐受孤恓。
元配属马生克光，继娶佳人必属鸡。

兑

运行流年庚午宫，吉利顺遂沐春风。
上五年对菱花喜，下五年来百事通。

离

庚午运临大亨通，喜气洋洋入黉宫。
他年必折蟾宫桂，光宗耀祖换门风。

七千一百五十

鼎　午时一刻定妻宫，火命宫中免刑冲。
父母水土母先丧，子息非土不能成。

丰　兑数至丰定根源，水到离宫定伤残。
父命属马先去世，慈母属狗兴家元。

睽　运行壬午福禄臻，出入财来皆遂心。
行船正遇顺风到，有意淘沙必见金。

蒙　时上生命定刚强，三刻生人五子扬。
内中注定有带破，晚景悠悠有吉祥。

大过　三十五六称心怀，合主荣华添喜来。
财禄兴旺宜迁转，出入通达百福偕。

未济　妻妾宫中犯三刑，属马佳人赴幽冥。
再娶属狗方偕老，培养兰桂百年荣。

同人　壬年六运事事昌，国门吉庆福禄祥。
上五年来多有喜，惟有下五有灾殃。

井　雪寒萤火志正坚，圣贤经史苦钻研。
壬午运至得遂志，果然身到君王前。

七千一百六十

巽　戌时初刻数定真，妻宜火命不克损。
五音寄合角宫姓，子息二三水命存。

涣　二亲宫中遇凶星，太阴落照少光明。
父命属马韶光短，母相属猪守孤灯。

中孚	二十五六好求功，门庭喜气称心怀。 旱苗得雨忽然旺，枯木逢春花又开。
既济	水火既济喜相生，二刻数定六子成。 内中必然有带破，蟠桃一树有青红。
乾	五十三四显风光，门庭康泰福寿昌。 满堂金玉人羡慕，滔滔福气渐增长。
屯	一场喜气变作忧，元配属马必难留。 洞房二次花烛夜，继配属猪到白头。
需	亥命二刻定得清，命犯天狗克正宫。 不信阴阳为定准，一世终身只落空。
比	命中纯粹福禄清，喜游泮水立黉宫。 只因命犯煞星照，每逢佳科不题名。

七千一百七十

大有	运至庚位属西方，火炼真金福禄昌。 任君举志多顺利，纵有凶来变祯祥。
震	男女宫中显昌荣，满园桃李花正红。 命中注定有八子，只同父亲母不同。
同人	四九五十喜天边，事事亨通心长安。 朵朵鲜花开雨后，一轮明月上云端。
解	三刻定命子息昌，蟠桃花果又吉荣。 内中必有风流破，各有立业显高强。
坤	运交庚主白虎刑，事事件件不称情。 残花又被雨来打，月正明处云遮蒙。

蒙　大运交庚喜临门，此年应兆产麒麟。
丹桂庭前枝枝茂，福气滔滔乐欣欣。

讼　命犯伦常最主凶，克害子息不能成。
莫道阴阳无定准，如不禳祭一生空。

比　破财由命不由人，一生财帛难聚存。
速速解囊多发福，自然兴旺百福臻。

七千一百八十

姤　大运交午事事昌，家宅吉庆乐祯祥。
出入有利皆遂意，欢喜和合百事强。

履　区区小数定得清，财坐恩星子息荣。
命中二子必生贵，光宗耀祖换门庭。

否　七十三四大吉昌，家门喜气满堂光。
命宫安稳乐晚景，逍遥快活并无殃。

剥　时逢三刻定子宫，森森八子耀门庭。
富贵贫贱不相似，内有石皮免刑冲。

临　午火运临不为高，破财是非口舌招。
疾病缠身皆是命，纵然无事必心焦。

兑　运转午位呈祯祥，熊罴应兆生儿郎。
丹桂森森秋日茂，晚景更喜有余香。

困　安身立命定根源，三十六岁有灾缠。
提防小限逢金位，逢子福禄长绵绵。

萃　散乱星煞入命宫，骨肉亲戚不知情。
好事变作忧烦恼，恩友成仇落污名。

七千二百一十

震　棠棣枝叶有神光，皆因武曲入震乡。
手足宫中无仇难，兄弟四人你居长。

夬　数象循来到空宫，父命属马入幽冥。
母相属鼠目光短，二亲俱主命归空。

复　运行甲午祸来临，几番不遂少欢欣。
疾病口舌破财事，凡事谋为不称心。

蛊　运临庚金白虎凶，克父应在此运中。
口舌烦恼多闹气，事事破财不合情。

否　手足宫中定高强，姐妹四人正两双。
你身居为领袖长，宫花茂盛末色良。

大畜　妻妾宫中注得清，并头莲花色正浓。
永结丝罗山海固，佳人卜氏闺房中。

比　运至甲午甲字低，疾病口舌更无疑。
懒对菱花心烦恼，闺门吉利下五期。

乾　时逢三刻文字深，刺骨悬梁用苦心。
文章虽好不及第，白发只是叙明伦。

七千二百二十

归妹　震过午宫喜相生，棠棣茂盛叶更青。
紫荆林秀生瑞气，兄弟六人居二名。

履　二亲双双染黄沙，父相属马母属牛。
命数落喜应此兆，神仙预定更无差。

谦
运行丙午运不通，强弓难射正鹄中。
必有口舌疾病伴，失散财物人口惊。

贲
大运交午事不全，克去父亲泪连连。
命否如同云遮月，财帛好似浪中船。

井
人言难决手足宫，巽卦变井便知情。
姐妹六人身居四，同气连枝性不同。

姤
才子佳人配姻缘，前生造定非偶然。
五音定合卞氏女，福寿滔滔两团圆。

蛊
运至丙午吉凶匀，上五年中不遂心。
喜气安身应下五，雨后花开长精神。

观
生逢午时儒名深，枉扳丹桂枉劳神。
好似海底捞明月，又如沙中澄黄金。

七千二百三十

晋
满天皆响鸣雁栖，双双两两少一双。
同气连枝情手足，兄弟七人你居七。

夬
注定属马是家君，母亲定是属猴人。
乾坤不必有相克，双双二亲俱归阴。

萃
运行戊午主破财，提防祸患口舌来。
家门不利人口病，一场灾祸未称怀。

井
交到庚运见悲音，克去慈母命归阴。
破财烦恼争闲气，好似明月被云侵。

巽
数来循环定命宫，姐妹合主一命生。
手足二人身居小，花开各自争艳浓。

震 鸳鸯戏水在江滨，芦花深处结成婚。若问妻宫定何姓，五音注定必胜陈。

剥 戊午大运上半凶，灾来祸至不顺通。下五年来交喜气，笑对菱花正面容。

临 皓月当空帝星明，嫦娥喜气清风生。君家十八先满意，早入黉宫第一名。

七千二百四十

咸 鸿雁纷飞遮日天，同气连枝一脉传。手足宫中分次序，六兄一弟紧相连。

萃 日月云迷两无光，父母宫中两刑伤。其母属马泉下客，萱堂属兔梦黄粱。

颐 运至庚午事无差，半开半谢雨中花。凶多吉少难遂志，谋为风雨疾病加。

蒙 琐碎失败不遂心，灾去祸来悲临门。运至午火添烦恼，定克萱堂老母亲。

革 三刻生人显文明，父子同荣一举欣。意遂身赴琼林宴，奈何金榜未题名。

恒 一对鸳鸯在莲池，朝夕相伴永不离。五音合乐贾姓女，姻缘配就岂能移。

履 大运庚午定吉凶，十年否泰两相停。上五琐碎不吉利，下五百事多亨通。

坤 生身立命刻定真，数定消息刻贵深。君家中藏锦绣美，正当三十入儒林。

七千二百五十

明夷　一树蟠桃有青红，兄弟九人不合情。
论来君身属第七，内有石皮在其中。

离　父母宫中坐虚星，七千二百数逢空。
算定二亲归阴去，父相属马母属龙。

恒　运行壬午灾祸临，万事惊惧不遂心。
凡事谋为俱不顺，破财惹气无精神。

夬　庚主大运妻必克，人财两损总难归。
家宅不利多口舌，更有闲气与闲非。

履　七千二百到履宫，月里嫦娥下九重。
姐妹四人身居二，不是同胞一母生。

无妄　姻缘配合非偶然，赤绳系足两团圆。
妻配武氏无差错，夫妇恩爱重如山。

大过　壬午运临壬水凶，看是平地跳是坑。
午字交来多吉利，喜对菱花正芙蓉。

坎　十五窗前苦用功，时逢运否未成名。
待交四十零二岁，喜游泮水入黉宫。

七千二百六十

萃　一树花开结四果，兄弟四人情不合。
手足排来君居长，其中必然有带破。

震　乾坤两相俱成空，二亲俱主赴幽冥。
父亲定是属马相，母亲必是蛇年生。

姤 二十五六命运低,凡事不利多闲气。
否泰事事皆由命,破财口舌见悲啼。

丰 大运交午不为良,克妻破财非寻常。
月老立定此连续,鸳鸯重配桂枝恋。

蛊 数演循环非寻常,手足宫中定高强。
姐妹六人身居五,只因同父不同娘。

鼎 一对鸳鸯水上游,丹桂芙蓉月坐楼。
洞房交结共衾枕,妻配翟氏到白头。

解 午时生人女命安,勤俭贤良堂安缘。
生来有禄衣冠旺,晚景康泰永绵绵。

艮 八刻注定福气纯,田产丰隆旺家门。
异路前程命中有,算来由命不由人。

七千二百七十

乾 兄弟宫中犯刑冲,定有带破在身中。
紫荆花香生瑞气,手足六人称二名。

艮 午日生人格局清,五行配合衣禄荣。
兴家立业财源旺,晚景悠悠大峥嵘。

咸 四九五十不顺通,破财口舌疾病生。
古镜不磨尘土蔽,软弓难射正鹄中。

遁 庚金大运不遂心,此运应兆克子身。
是非口舌争闲气,烦恼忧惊一离临。

姤 不守祖业在他邦,一生衣禄晚年香。
贵人门下作事业,福寿滔滔气象昌。

井　前世姻缘注得清，妻宫邱氏两合情。
赤绳原是月老系，日映红莲并头生。

噬嗑　女命午时福禄全，身着霞帔戴凤冠。
封赠骇人贤内助，滔滔福禄寿无边。

坤　命宫定来更不差，卖俏承欢作生涯。
原是花街柳巷女，也有从良在人家。

七千二百八十

剥　次序排来你居小，兄弟行中有七人。
棠棣茂盛长成林，内有石皮在其身。

节　一生造化运有时，夭寿穷富岂能移。
七岁林木交大限，晚景悠悠福禄齐。

屯　七十三四闷沉沉，疾病缠身少精神。
雨中残花风中烛，明月之上遮浮云。

咸　大运交午喜南方，破财烦恼有吉祥。
克子定在此运内，泪洒衣襟痛断肠。

否　生逢三刻时定真，仆男仆女配成婚。
月老注定无差错，丰衣足食过百春。

咸　姻缘配对共齐眉，五音定来配尚氏。
鸳鸯到头无相克，先天之数岂能移。

解　夫妇宫中相恋欣，身生午宫福禄临。
配合人间公侯女，必是龙生虎养人。

艮　性比生平气自洪，财名有损晚年荣。
虽然劳苦终身贵，寿享遐龄福禄宁。

七千三百一十

噬嗑 清风明月两相宜,二亲宫中无差移。
父命属马母属鼠,日月二气见光明。

履 乾坤交否数落空,预泄天机报君听。
堂上双亲俱克去,父相属马母同庚。

同人 甲午运临木逢喜,忽然狂风枝有损。
上五年中安然乐,下五之年无不烦。

解 时逢春日百鸟鸣,花红柳绿艳阳天。
生辰二月初一日,灵胎落地喜堂前。

坤 梅花开放阴阳频,父午母子是二亲。
青山绿水依然在,活得百岁白头人。

屯 鸳鸯交颈绿水边,百年恩爱两团圆。
妻宫配合柴氏女,青红荷花胜于兰。

需 命人天罗不可当,鹿到围场火烧荒。
二十九岁大数尽,南柯一梦不还乡。

讼 桃绽梅开杏花开,阳和芳草胜往年。
二月生辰初一日,父母堂上偏觉闲。

七千三百二十

师 数定属马是严君,母亲属牛不须云。
双亲堂上同有寿,福禄绵绵景色新。

大畜 父母爻中数不祥,克去父亲不克娘。
严父数定是马相,母亲庚相必属羊。

泰　运交丙午主吉凶，上五年中财禄兴。
下五年字多不利，提防破财口舌生。

同人　桃绽梅开却争先，阳和芳草两相全。
生辰二月初二日，灵胎降生在人间。

否　双亲庚相救中求，父命属马母属牛。
宜福宜禄又宜寿，桂开梅放正三秋。

鼎　才子佳人配姻缘，妻定邵氏地合天。
夫妇恩爱同衾枕，衣禄丰盈庆百年。

复　南极主寿好悲伤，运限克冲怎提防。
四十一岁光阴尽，悠悠一梦赴黄粱。

兑　时逢春景和风暖，桃绽梅开杏花天。
生辰闰二初二日，父母堂前心多欢。

七千三百三十

既济　水到离宫既济生，双亲位上享安然。
父相属马母属虎，寿如松柏更强健。

颐　日月云迷少明光，父马母猴不相当。
自古人生皆有死，父亲克去母也伤。

坎　运行戊午百事周，鸳鸯喜来交成忧。
上五年中多遂意，下五年来祸不休。

咸　卯年生君仲春时，梅梢枝上子规啼。
元辰二月初三日，晚景悠悠福寿齐。

艮　风清月朗柳如烟，父命属马寿如山。
母命原来是属虎，福寿双双两相全。

巽　姻缘相配党氏女，五音注定无改移。
亥妇同偕无相克，一对鸳鸯永不离。

涣　运入凶星照命官，寿尽禄尽岂虚空。
行年五十零三岁，一时辞世赴幽冥。

中孚　梅花开放景怡人，声声不住鸟有音。
生你闰二月初三，一门瑞气喜欣欣。

七千三百四十

归妹　离卦配午归妹济，二亲宫中细推详。
父命属马母属兔，双亲有寿在高堂。

姤　七千三百数逢空，二亲爻中定吉凶。
父命属马母鸡相，双双俱主入幽冥。

解　福禄全凭运与时，运交庚午定高低。
上半年来有喜庆，下半不利好事稀。

井　人生定立天地根，栽培兰桂望凉荫。
生辰二月初四日，灵胎落地见双亲。

鼎　春来芳草一色新，父相属马兔母亲。
明月清风真堪赏，百岁方好报深恩。

艮　千里姻缘系赤绳，妻宫注定配姓滕。
共枕同衾合鱼水，芝兰茂盛百世荣。

归妹　运至此年数逢空，寿享六十五岁终。
花落树上惟日照，悠悠荡荡赴幽冥。

旅　生人中立天地间，堂前栽花望百年。
元辰闰二月初四，养育生身父母安。

七千三百五十

贲　山长桂枝与青松，蓁蓁茂盛百世荣。
阴阳配对乾坤对，父相属马母属龙。

剥　属马原是令亲相，属狗必然你母亲。
日月云迷光阴少，二亲一双命归阴。

复　运行流年壬午宫，十年吉凶两和平。
上五年中多吉利，下五年来定主凶。

颐　百草逢春自兴隆，杨柳枝上子规啼。
生辰二月初五日，父母房中添笑容。

坎　七千三百五二逢，父命属马母属龙。
命宫遇此家道昌，寿如松柏不老同。

咸　姻缘配合自天详，夫妇偕老免克刑。
妻宫定配沈氏女，生前造定今世成。

屯　时逢禄马最为高，寿至七十七岁亡。
暮鼓一声人寂静，一旦无常梦黄粱。

晋　命宫注定衣禄荣，早年成败晚年成。
生辰闰二月初五，门前挂弓又张红。

七千三百六十

明夷　父母爻中定得真，严父属马福禄臻。
萱堂属蛇数中定，宜福宜寿似海深。

家人　风火变爻定双亲，父相属马母亥真。
乾坤不离数逢空，二亲俱主入幽冥。

睽 五行格局定得真，聪明伶俐智过人。
金木纯粹主清秀，志气高大性调匀。

谦 生逢午时性最刚，贵人见喜晚年强。
恩人无义亲少靠，逢凶临身化吉祥。

解 注定属马是父亲，母亲必是蛇年人。
数中排定无更改，明月盈满福禄丰。

损 一对鸳鸯永不离，五音注定廉氏妻。
夫妇偕老无克害，身带石皮更无疑。

益 八十九岁南柯梦，光阴似箭催人老。
命中注定寿延高，一定之数岂能逃。

夬 数中注定衣禄丰，早年发福是虚名。
经营买卖人称好，金水年来大丰隆。

七千三百七十

解 解神转入到流年，逢凶化吉喜安然。
行船遇却顺风送，名利和合两周全。

萃 三刻生人命原孤，思想双亲只是哭。
严父被你克去了，母亲即令也归阴。

解 安身定命细推寻，为人和平福禄均。
作事端正德行有，勤俭之中胜他人。

困 心雄气豪志如山，好将贤名四海传。
一生重义轻财汉，皆因生逢午时间。

井 祖宗积德有根源，田业茂盛旺家园。
本命属马福禄厚，处世逍遥落清闲。

革　一对鸳鸯共枕中，并头莲花映日红。
洞房妻宫朱氏女，洞房喜气百年荣。

鼎　命中孤硬非寻常，娶过三妻被你妨。
再配属马方偕老，一朵残花分外香。

震　命犯驿马身不稳，出外求利多欣欣。
贵人见喜多扶助，名利两全自遂心。

七千三百八十

睽　丧门入命最主凶，哭声临门人口惊。
作事心愿不定到，名利不遂破财生。

丰　午日生人初发荣，幼年豪富颇有名。
后来奔波财禄散，晚景渐渐遂心情。

旅　为人负性气燥暴，欺强扶弱戴高帽。
今看心事多仗义，你我无论多和少。

巽　午时生人气量宽，恩人无义反生怨。
早年多败晚年好，骨肉无靠多争端。

节　三刻注定命无刚，离祖成人保安康。
田宅宫中吉星照，家道兴隆气象昌。

中孚　姻缘配成任氏妻，亥妇和合不克离。
鸾凤和鸣鸳鸯对，福寿双双共齐眉。

小过　妻妾宫中主重婚，克过三房岂由人。
四次取来属马相，却似桃花又逢春。

观　先天注定衣禄强，贵人见喜为吉祥。
音乐般般风韵美，哭笑歌舞在戏场。

七千四百一十

未济
日行东来又转西，午宫数合但未济。
堂上双亲皆马相，一世安然福禄齐。

乾
男女宫中不足离，长子属马已先知。
孤产房中无能续，命中一子更无疑。

屯
二刻生人犯太阳，父母宫中克亲娘。
雁行空中孤声嚎，独自持家晚年强。

蒙
炎风已至初夏天，桃李花开果正鲜。
生辰四月初一日，灵胎已降在堂前。

需
青松桂梢老不休，流水滔滔不断头。
若问二亲在何相，父母同马百年秋。

讼
大运甲午胜往年，雨后松柏一代烟。
凡事遂心多得意，十年利便福禄全。

师
甲午属马寿命长，沙中金命遇丑妨。
大限方交七十六，一枕南柯梦黄粱。

比
绿杨苒苒曲春中，薰风将至雨濛濛。
生长正闰四月是，初一堂前见喜庆。

七千四百二十

晋
水星遇午数有功，细详推算双亲宫。
父马母羊为庚相，寿教临高福又同。

履
人生有子前事定，命定二子庭前立。
长子注定属马相，命中之数岂成孙。

解　一对鸿雁望天涯，兄弟二人共持家。
只因二刻母先克，棠棣芬芳园内花。

蛊　时值佳景孟夏天，子规枝上数花瓣。
要知君家生何月，四月初二降人间。

鼎　七千四百二五详，翠竹梅花闹嚷嚷。
数到午宫父属马，六合未土母属羊。

涣　大运丙午木逢春，门庭吉庆百福臻。
富贵待时应有分，顺利和合喜欣欣。

归妹　丙午天合水命生，七十二岁禄不增。
大限来时难逃脱，一枕黄粱命归空。

大壮　四月加闰在夏天，初二落草到人间。
石榴花开红日映，喜鹊枝上叫争喧。

七千四百三十

坤　火到坤宫数主良，二亲爻中降吉祥。
父命属马福禄厚，母命属猴寿延长。

蒙　一生造化自天生，时真刻准数中求。
长子属马先来报，河东三凤栖梧桐。

讼　棠棣花开各芳芬，兄弟三人友情深。
生逢二刻母先去，各自持家旺家门。

鼎　葵花初从鸟来鸣，芍药开放海棠红。
生辰四月初三日，洞庭欣欣子初成。

师　二亲庚相数中求，父命属马母属猴。
青山绿水依然在，双双有寿到白头。

蛊　运行戊午大亨通，添财进喜福禄增。
凡事无限多康泰，五福临门家道兴。

观　戊午天上火命生，子丑交临数逢空。
大限来时八十三，一梦黄粱赴幽冥。

节　葵花绽蕊香清怡，芍药开放子规啼。
闰四初三灵胎降，洞房父母乐无疑。

七千四百四十

中孚　数中属马是父亲，母命属鸡福禄均。
天地定数观妙理，百年那有不老人。

小过　先花后果子初成，长子属马福气洪。
命有四子传家堂，后代儿孙富且荣。

未济　二刻双雁离南栖，叫声不住过江溪。
弟兄四人先去母，各自离家立根基。

乾　薰风初刻入柳梢，雁飞不住林外郊。
生辰四月初四日，父母堂前长异苗。

屯　数中消息成天机，福寿双双与天齐。
堂上双亲何庚相，父命属马母属鸡。

需　庚午运临福禄加，出入和顺百事发。
任意谋为般般好，自西向东总不差。

师　庚午属马寿延长，虽为土命病来伤。
八十五岁大限到，一枕南柯梦黄粱。

履　梅雨乍晴景添和，黄鸟不住枝上歌。
时正四月重一闰，初四房中灵胎落。

七千四百五十

泰　阴阳变化本无穷，泄露天机畏雷公。
父命属马母属狗，一世安乐福寿荣。

否　数中定命果不虚，长子属马已先知。
聪明子息有多少，庭前丹桂定五技。

同人　生逢二刻亲相昌，兄弟五人不成双。
堂上双亲先去母，棠棣花开各芬芳。

谦　清和好景人多荣，好风吹来见芙蓉。
生辰四月初五日，父母堂上喜盈盈。

临　太阳遇午正当空，群星拱照北辰宫。
父亲属马安且寿，母亲属狗松柏同。

观　逢午大运喜临门，福禄荣泰满堂臻。
四季命宜百事顺，用意属谋必遂心。

贲　壬午属马杨柳木，限逢绝运禄寿无。
七十四岁辞人世，南柯一梦满堂哭。

剥　薰风炎炎半夏天，蝉声不住叫声喧。
闰到四月初五日，堂上双亲见笑颜。

七千四百六十

复　日月光明在午宫，乾坤交泰现祯祥。
二亲庚相预先定，父命属马母亥中。

大畜　二数大畜定分明，请君细听子息宫。
长子属马招五弟，火楼丹桂满堂清。

颐　鸿雁南回思故乡,兄弟六人石皮伤。
生逢二刻先去母,争看棠棣多芬芳。

坎　棠棣之中降贵星,蟾宫折桂显门庭。
君生午时荣华日,财禄丰盈大峥嵘。

离　乾坤交离落南方,父命属马福寿长。
母亲属猪寿尽了,云影山高百花香。

咸　午时生人禄贵乡,窗下笃志习文章。
先天数定清闲位,任满外迁文林郎。

恒　南极注定寿延长,龙头凤尾要提防。
七十五岁大限到,逍遥一梦赴黄粱。

遁　一刻生人定命宫,妻命土木姓商宫。
子息金水免刑克,兄弟三人二母生。

七千四百七十

大壮　孤衾孤枕不团圆,亥妇刑冲不周全。
姻缘到处不相配,寂寂凉凉过几年。

明夷　福德贵神在命中,长子属马福气洪。
若问子息有多少,庭前丹桂七子成。

睽　鸿雁南还思故乡,兄弟七人有损伤。
生逢二刻母先去,争看桃李各芬芳。

解　鸳鸯交结配成双,妻宜晚配娶残房。
庚相原来是属马,晚年悠悠福寿长。

姤　生逢午数配五行,育养父母福禄洪。
田园茂盛家业旺,一世衣禄保安宁。

萃　午时生人数定真，身游泮水入黉门。
光宗耀祖荣贵有，不着紫衣贡士身。

困　身命二宫配五行，赌博场中你有能。
掷码玩牌般般会，早年破败晚年成。

乾　八刻生人有异能，调和心脉蕴胸中。
分开温凉并寒热，君臣佐使妙功用。

七千四百八十

震　异姓照命又主孤，双亲位上父早无。
随娘改嫁继父养，桃结李实子单孤。

节　一世蟠桃八果成，内有破伤在其中。
长子属马声名显，鹤舞青霄万里鸣。

小过　生逢二刻时定真，双亲位上克母亲。
兄弟八人有带破，棠棣芬芳各立门。

蛊　月老注定属马妻，时逢天狗命孤虚。
产儿多是死的快，刑冲子息怎能立。

观　时上排来三刻生，六亲无靠自己成。
父母兄弟不得力，指望别人是虚名。

剥　八刻生人有奇能，绫罗绸缎将功成。
大裁小剪般般会，衣禄四方保安宁。

无妄　三刻定命贵无疑，龙虎榜上姓名题。
禄福双全人少有，运至金水振边邑。

大过　初刻定命克妻多，木命羽姓保和合。
长子水命招三弟，兄弟四人你为哥。

七千五百一十

丰	提纲发会须先知，顺逆循环定根基。 限行初交七岁运，福气滔滔更无疑。
鼎	前生造定命在天，人命宗嗣犯偶然。 父命生你十九岁，画堂风景喜喧喧。
夬	蜘蛛结网在檐前，狂风吹破撒溪边。 前配妻宫定主克，再娶丁氏两团圆。
归妹	暑来炎天似火煎，火轮悬挂在天边。 纯阳大火生人旺，注定六月初一天。
噬嗑	琴瑟相合多佳音，重山草木可发新。 妻宫当配文氏女，鸾交凤友结成婚。
姤	运行甲午好种田，井底取水受艰难。 旱苗又被狂风乱，口舌疾病又来缠。
恒	甲日庚午时最高，可喜年少上九霄。 一逢名登龙虎榜，改换门庭显英豪。
咸	赤日炎炎似火烧，野禾田苗尽枯焦。 生辰闰六初一日，父母房中产异苗。

七千五百二十

遁	二刻注定姻缘清，妻宫属马立命宫。 洞房一枕鸳鸯梦，黄菊开时桂花生。
大壮	命禀天地无差移，身宫注定已先知。 若问你身何日降，父年方交三十一。

颐　阴差阳错在命宫，此命注定克妻宫。
别姓姻缘不相配，再娶卞氏免刑冲。

家人　荷花出水映日红，夏季炎炎似火蒸。
生辰六月初二日，灵胎落地保安宁。

贲　白姓佳人是姻缘，前生造定非偶然。
琴瑟相合百年泰，夫妇偕老永团圆。

临　海底捞月丙午宫，破财口舌有忧惊。
逢事不遂争闲气，看是平路跳入坑。

坎　乙日生人姓字香，恰逢壬午福禄昌。
采芹折桂登云汉，光祖耀宗换门庭。

否　荷花出水映日红，杨柳枝上蝉寒鸣。
闰六初二灵胎降，父母堂前添笑容。

七千五百三十

旅　三刻生人姻缘成，鸾凤和鸣系赤绳。
妻宫定配属马相，家道吉祥百岁荣。

同人　先天神数妙更玄，命宫注定非偶然。
若问君身何时降，父亲那年四十三。

谦　前配妻宫定要妨，只因命定岂能禳。
瑶琴折断重接续，再娶陈氏才妥当。

泰　季夏炎炎正薰风，莺迁乔木听蝉声。
生辰六月初三日，堂上双亲喜气生。

师　月老千里配姻缘，妻宫巩氏保安然。
鸾凤交结共衾枕，夫妇相守百有年。

泰

戊午运临不遂心，灾殃口舌祸临门。
犹如明月被云掩，好似沙里澄黄金。

否

丙日甲午时最奇，富贵荣华更无疑。
蟾宫折桂人争羡，果然平地上天梯。

大有

消息数中定得清，闰到六月初三生。
房前日光当空照，门外悬弓喜气通。

七千五百四十

震

生逢四刻姻缘良，月老配定喜成双。
一对鸳鸯交头好，妻宫属马寿命长。

渐

四柱五行定得清，丹桂庭前子初成。
父年正交五十五，生你全家福寿增。

丰

棒打鸳鸯不成双，前配佳人必主伤。
再娶妻宫贾氏女，月老注定福禄长。

巽

葵天绽蕊半夏天，生辰六月初四间。
传家美花多福寿，一生荣泰在晚年。

无妄

姻缘前定甚非轻，并头莲花映日红。
妻配祝氏免刑克，福寿双双百世荣。

颐

大运庚午如云露，日月云迷少先明。
雨中残花风里烛，行船正遇打头风。

坎

丁日丙午时最高，门庭光显喜滔滔。
金榜题名须有日，鳌头独占称英豪。

复

葵花绽蕊季夏逢，闰到六月初四生。
传家玉坠多福厚，处世安然晚更清。

七千五百五十

乾	生逢五刻定姻缘，月老前定非偶然。 妻宫属马结成对，晚年福寿更清闲。
屯	绿水鸳鸯碧沙清，天赐麟儿降门庭。 生君母年方十九，堂上笑声喜盈盈。
蒙	阴差阳错不成婚，前配妻宫早离分。 洞房再配武氏女，夫妇偕老度百春。
需	时至阳炎仲夏天，蝉在枝上叫声喧。 生逢六月初五日，薰风送暑喜无边。
大有	雪里梅花碧云天，朔风凛凛透夜寒。 妻宫赵氏偕连理，福禄双双寿南山。
同人	运行壬午有灾殃，临崖勒马颠反翻。 虎困平川少威势，龙离江海困沙滩。
大过	戊日戊午时贵荣，三元及第最有名。 窗下奋志冲霄汉，近前垂绅拜九重。
井	荷花出水映日红，柳荫树上露蝉鸣。 闰六月生初五日，一道祥光现门庭。

七千五百六十

履	生逢六刻时定真，妻相属马结成婚。 桃花之命逢月老，晚景峥嵘气象新。
泰	命宫数演造化机，七千五百定无疑。 若问你身何年降，母年正交三十一。

否　前配妻宫必然离，命中注定岂能移。
鸳鸯拆散重配对，洞房佳人必姓翟。

同人　四数同人定命清，子息宫中自分明。
人生有子有福幸，老来一子送你终。

大有　子息迟早皆天然，恩星拱照在人间。
妻宫命交一十九，喜生一子立堂前。

谦　时上注定八刻生，羡君暗贵多才能。
只因公门贵人爱，晚景悠悠福寿增。

豫　三刻生人喜红鸾，父子泮水采芹还。
文章盖世人争羡，万步天宫折桂难。

随　八字生来性气高，欺强扶弱是英豪。
仗义疏财好友朋，晚景悠悠自逍遥。

七千五百七十

蛊　七刻数定姻缘奇，鸳鸯交头在莲池。
妻宫属马成佳会，朝夕相伴永不离。

临　母年方交四十三，生君出世皆天然。
一枝丹桂花最老，晚来悠悠福寿全。

观　一对鸳鸯两分离，命宫注定必克妻。
弦断再续鱼水欢，又配邱氏共齐眉。

噬嗑　三刻生人孤星躔，子息宫中却无缘。
思想老来将何靠，临危他子在灵前。

贲　日月轮转在人间，姻缘得喜逢今年。
妻宫三十一生子，晚来悠悠更清闲。

剥

八刻生人定得清，贵人见喜衣禄丰。
常在营中作事业，他人运至立大功。

复

三刻生人动阴阳，父步蟾宫还离乡。
振振公子到云汉，泮池滔滔喜生光。

乾

五行定命四柱临，为人纯厚姓名扬。
作事端正心良甘，四方衣禄多祯祥。

七千五百八十

大畜

八刻生人定姻缘，妻宫属马保安然。
鸾凤和鸣成佳偶，共枕同衾过百年。

颐

生逢五百奈若何，早年拮据受奔波。
后财求禄渐兴旺，运至吉利福气多。

大过

七千五百八十三，此数定然克姻缘。
忽然拆散鸳鸯对，再娶拜氏保团圆。

坎

命宫注定子宫稀，此命必定立子迟。
纵然早见也必克，先寻螟蛉立后嗣。

离

妻宫行年四十三，此年生子非等闲。
家门吉利多喜气，继立宗嗣乐晚年。

咸

八字注定八刻生，修屋盖楼显奇能。
定立梁上观定向，手执门斧成妙功。

否

三刻注定时刻真，也曾读苦用心诚。
财爻交否文星暗，儒门之中名未新。

遁

玲珑奇巧人称能，镶钢填缺最有功。
朴诚老实谁不羡，扯锯解水最有名。

七千六百一十

大壮　命入申宫数逢冲，母命属鼠寿无终。
父命属马春光好，抚养兰桂振家风。

蹇　前世姻缘也非轻，菊花开时桂花生。
洞房妻宫属马相，喜生一子立家庭。

明夷　三刻配合鸾凤鸣，锦帷罗帐共枕同。
清风明月为伴侣，亥君属马百年荣。

家人　金风吹动桂花香，堂前茂盛喜芬芳。
八月初一生辰日，父欢母笑在画堂。

睽　棠棣花开各芬芳，手足宫中君两双。
次序排来君居长，各自持家姓名扬。

临　甲午大运主不祥，破财招非有几场。
如求灾消并祸散，下五年交百事昌。

解　己日庚午时超群，盘龙舞凤上琼林。
手攀丹桂登金殿，身着紫衣拜皇恩。

损　寒风吹来百花香，菊绽狂飞正芬芳。
生辰闰八初一日，元胎落地子见娘。

七千六百二十

益　七千六百益卦详，母命属牛必先亡。
父命属马安且寿，抚养兰桂自芬芳。

夬　蟠桃树上花有香，赤绳系定两鸳鸯。
妻宫属马生二子，百喜后代更吉昌。

姤 三刻鸳鸯戏水滨，月老千里联佳音。
仲秋暮景黄花飘，海棠花下蝉鸣高。

革 生辰八月初二日，父母堂前见异苗。
夫男必是属马相，芦花深处结成亲。

升 日月运气雁成行，六人同胞定高强。
同气连枝亲手足，你身居二福寿长。

困 运交丙午定吉凶，十年多为否泰平。
上五年中多不利，下五年字保安宁。

井 庚日壬午最清吉，金榜题名进士职。
鹏程有路君独步，管教声名达显成。

涣 金风飘飘扶桑红，暑去寒来鸿雁鸣。
闰八月生初二日，画菊醉倒陶渊明。

七千六百三十

鼎 鼎居震宫主不祥，二亲宫中有存亡。
母命属虎已辞老，父命属虎寿延长。

震 千里姻缘一线牵，妻配属马皆天然。
丹桂二枝身荣美，晚来福寿更清闲。

艮 四刻配合鸾凤鸣，五行属马是亥宫。
紫燕双双画梁上，对对蝴蝶交头行。

蹇 庭前白露时仲秋，天边斜挂一月钩。
生辰八月初三日，双双雁过鸣南楼。

丰 金菊开放满院香，红雁飞升任翱翔。
兄弟七人身居小，内有带破免损伤。

旅 运交戊午不为奇，谋为不遂灾未离。
上五年中多琐碎，下五成事始相宜。

巽 辛日甲午时最清，管教声名达京城。
月宫有路君独步，天边斜挂一月钩。

兑 金风来时近秋中，金榜题名进士公。
生辰闰八初三日，父母宫中亲双亡。

七千六百四十

涣 涣数行来遇乾宫，二亲宫中注得清。
母命属兔先克去，父命属马松柏同。

节 红杏桃花似水喷，月老注定金世婚。
妻宫属马生四子，青松苍翠出吉云。

中孚 共枕同衾非偶然，夫主属马妻亦然。
生逢五刻琴瑟好，犹如绿水并头莲。

小过 季秋景色渐萧条，月望中秋玉盘高。
生辰八月初四日，父母养育报功劳。

既济 鸿雁高飞在既宫，兄弟八人情不同。
同气连枝君居七，内有石皮免刑冲。

屯 大运交午事未通，日月云迷少光明。
若求财安人不损，下五年交午字丰。

遁 壬日丙午多吉祥，金榜题名好名扬。
注定荣华多贵显，蟾宫折桂步云望。

复 金风吹来时正凉，暑往寒来雁南乡。
闰八初四是生日，晚景荣泰百事祥。

七千六百五十

屯 毕星交挂受月华，离别坎宫主有差。
母命属龙作大梦，父相属马正离家。

蒙 昔日月老配姻缘，妻宫马相保安全。
庭前丹桂结五子，百年福禄永团圆。

需 六刻配合姻缘良，燕子双双上画堂。
前世夫妻今生会，夫主属马福寿长。

讼 秋来景凉定萧条，月望中秋渐渐高。
生辰八月初五日，父母养育受叨唠。

师 雁过长江相应鸣，兄弟九人母不同。
手足排来君居八，内有带破方保成。

比 运交壬午事未明，日月云迷少亨通。
始求人安财不损，交到下五福禄增。

萃 癸日戊午时非常，金榜题名姓字扬。
光宗耀祖富且贵，蟾宫折桂步玉堂。

履 金风送暑望孤冬，月近中秋渐光明。
生逢闰八初五日，父母堂上添笑容。

七千六百六十

泰 坎入午宫丙相冲，二亲爻中犯刑冲。
母命属蛇先辞世，父命属马正家风。

否 春风花开桃李偕，鸾凤交结会阳台。
妻宫属马生六子，举案齐眉百福来。

同人　一对鸳鸯共枕中，姻缘配合不克刑。
生逢七刻夫属马，琴瑟相合百年荣。

大有　三刻生人定克妻，棒打鸳鸯两分离。
洞房缺少人伴侣，房中寒冷受孤栖。

讼　手足宫中定得清，同气连枝四弟兄。
次序排来君居二，却去父同母不同。

豫　丹桂庭前有荣光，子息宫中定一双。
只留长子身边立，次子必然去过房。

随　数中注定午时生，命该出殿显功名。
腰束五彩身荣贵，晚来却不离朝送。

蛊　午月配合显将星，威武安民振边境。
悬荣武职身贵显，运至升迁统大兵。

七千六百七十

临　鸾飞凤舞配姻缘，生逢午时女命安。
克勤克俭成家计，福禄财帛渐渐添。

观　桃杏花开正逢春，姻缘配就属马人。
喜生七人堂前立，内有石皮在其身。

噬嗑　八刻生人配姻缘，绿水莲花并头连。
夫宫定配属马相，共枕同衾过百年。

贲　时分八刻命不临，小配残娶偕成双。
鸳鸯交头恩情笑，同庚岁长不相当。

剥　棠棣花开正色鲜，兄弟六人一排连。
生母不同君居五，福禄荣昌一脉传。

复　四柱定来显其才,孙武韬略在胸怀。
鹰扬宴上君有分,武学作养一将才。

无妄　八字正逢午年生,命享皇恩禄千钟。
福星显露参名美,威震边疆统大兵。

小畜　五行配合性情刚,威名远播震边疆。
汗马功劳君独有,皇恩钦赐姓名扬。

七千六百八十

颐　女命生逢午时间,扒拮劳禄受艰难。
克害夫主不兴旺,如求平安在晚年。

大过　姻缘前定原非轻,妻宫属马立命宫。
丹桂庭前生八子,内有带破显峥嵘。

坎　共枕鸳鸯有刑伤,忽然分散两分张。
洞房重正花烛会,后嫁属马效孟光。

咸　命宫数定不须陈,两母无差方能存。
离祖成长田园旺,必定过房于他人。

恒　雁过南楼数点分,兄弟行中有八人。
手足排来君居四,生身不是一母亲。

需　腰中玉带已早悬,蟒衣海马佩身边。
传宣圣旨身荣贵,君身正在午时间。

夬　五行数定合宫清,身宫暗里有福星。
安然未作皇家栋,也沐君恩冠带荣。

姤　二刻生人贵非轻,食禄皇王有千钟。
身穿紫衣显二贵,姓名显达振边境。

七千七百一十

晋	二亲庚相数中寻,七千七百不虚陈。 堂上双亲先去母,椿庭还是属马人。
明夷	鸳鸯交颈配姻缘,妻宫庚相小七年。 鸾凤交结分上下,对对蝴蝶探青莲。
家人	妻妾宫中主重婚,前配佳人克离分。 再正琴瑟结再续,必娶荣氏免刑伤。
睽	朔风来时透窗寒,黄叶分花木叶残。 生你十月初一日,堂上双亲添笑颜。
蹇	二刻注定鸳鸯分,一场克离最伤心。 重娶还须属马相,家道吉祥百福臻。
解	甲午大运事事强,拨云望月见太阳。 闺门更别灾与祸,家宅喜庆见吉祥。
益	命临子宫显文明,春涛浪起鱼化龙。 秋试春开遂辰卯,封章连捷上九重。
损	时值孤冬雪花飘,草木枯残黄叶消。 生你闰十初一日,晚来峥嵘寿且高。

七千七百二十

益	七千七百定乾坤,先克属羊老母亲。 父相属马寿延长,晚景安然百事春。
夬	姻缘配定有不同,月老主合系赤绳。 妻宫必小一十九,美满恩情百年荣。

姤　头妻定克必难留，姻缘相合不到头。
鸳鸯拆散重配对，再娶兰氏添寿俦。

萃　朔风吹时降寒霜，落叶片片满地黄。
生你十月初二日，小限一临自生死。

井　桃花柳絮乱飞扬，三刻妻宫寿不长。
重重瑶琴弦再续，再配属马免刑伤。

困　丙午大运位南方，喜气重三日日强。
家道吉祥添瑞气，逢凶化吉保安康。

井　命立丑宫文气高，受教卯辰姓名扬。
身临月宫扳丹桂，封章联捷占青鳌。

革　黄叶片片朔风寒，透窗时来吉不言。
闰十月生初二日，父母生保见笑颜。

七千七百三十

鼎　二亲宫中细推详，震巽相冲有刑伤。
母亲属猴先克去，父相属马寿无疆。

震　鸳鸯佳偶喜相逢，妻小三十一岁零。
老阳少阴成配偶，百年夫妇永和平。

艮　数中注定必克妻，鸳鸯拆散两分离。
重婚又配党氏女，洞房花烛会佳妻。

渐　金风吹送秋景天，生辰喜气又安然。
冬尽叶落根还在，降生十月是初三。

归妹　莺语分分不称情，生逢四刻别寻盟。
继娶属马成婚配，夫妇和合寿遐龄。

丰　运行流转戊午宫，持家立业百事通。
妆台安然多吉利，件件遂心福自增。

旅　命立旅宫科甲显，满腹文章在胸中。
卯辰奋志青云上，殿台宴上喜连登。

巽　朔风阵阵孤冬天，水滴成冰透窗寒。
生君闰十初三日，父母堂前喜不言。

七千七百四十

兑　太阳过午西复东，坤数爻兑母先终。
母亲属鸡光阴短，父命属马寿同松。

涣　昔日月老配姻缘，妻宫必小四十三。
老阳少阴分中定，鸳鸯同枕不同年。

节　鸳鸯交颈遇狂风，忽然拆散各西东。
克妻又娶唐家女，对对蝴蝶戏春风。

中孚　秋尽冬初景凋零，窗上月光分外明。
降生十月初四日，安然康泰福寿荣。

小过　迷群鸿雁过长江，生逢五刻克妻房。
重重瑶琴弦又续，必配属马才妥当。

观　庚午运临喜安然，瑞气喜喜不待言。
妆台吉庆逍遥业，喜对菱花正容颜。

未济　命立午宫主文明，羡君豪气吐长虹。
酉年秋开题虎榜，戌年听雷又一春。

乾　孟冬好景小春天，松柏翠竹色正鲜。
闰十月初四日生，雪打梅花耐木寒。

七千七百五十

坤	太阳入午月光辉,七千七百仔细推。 母亲属狗先去世,父相属马寿松柏。
屯	鸳鸯交头水边立,姻缘相配两相宜。 妻宫比你大七岁,美满恩爱百岁齐。
蒙	鸳鸯拆散两下分,命宫克妻不由人。 洞房许配沈氏女,花烛重明又一新。
需	金风摇落梧桐树,朔风吹绽梅花开。 生辰十月初五日,堂上双亲笑两腮。
讼	生逢六刻花烛重,鸳鸯拆散再寻盟。 继配属马成姻婚,桃花开时映日红。
师	运交壬午事多欢,闺门吉祥保安然。 逢凶化吉免灾患,持家立业两周全。
比	命立午宫文业通,胸藏豪气吐长虹。 酉科秋占龙虎榜,戌岁青鳌又显能。
小畜	朔风阵阵孤冬天,滴水成冰透窗寒。 闰十月生初五日,父母堂上添喜颜。

七千七百六十

履	武曲植履到乾宫,数逢主伤转阳生。 母命属猪先去世,父命属马寿遐龄。
泰	子息宫中犯刑伤,纵然早见必夭亡。 头子定克难保守,次子方成承坐长。

否　命宫妨害并非轻，此命注定克妻宫。
花烛重明弦再续，又娶袁氏保安宁。

同人　午时生人命宫清，非士非商又非工。
朝夕田租为身计，五谷丰登自在翁。

大有　生逢七刻主重婚，黄蓉锦帐新又新。
洞房再配属马相，家道吉昌百福臻。

谦　午时主命带金星，命合出家生修行。
形单影孤居道院，朝夕神前口念经。

豫　命壬午宫贵非轻，奋志升腾广寒宫。
酉科已折蟾宫桂，戌岁青鳌玉殿行。

随　命主学堂主文明，霞光照耀广寒宫。
子年得遂青云志，未年春雷响一声。

七千七百七十

蛊　夫宫已是属马人，暗有带破在其中。
若是身边无带破，必定辞你命归阴。

临　日坐午宫福禄年，一生中和保安宁。
早年成败终须定，晚年大运必峥嵘。

观　棒打鸳鸯两不分，克害妻宫定难存。
再娶朱氏成婚配，洞房花烛又一新。

明夷　午时主命定无疑，命合手艺此人奇。
衣禄无亏样样有，终日经营度日期。

剥　八刻定命妻必妨，结发佳人定要伤。
重配必续属马相，花发结子分外香。

复　命中消息定得清，此刻出家合作僧。
老来孤身将谁靠，一个徒弟送你终。

无妄　生逢午时显将星，命带武职受恩荣。
身着紫衣禄千钟，立功扬名耀祖宗。

大畜　身居午宫贵非轻，卯年加祥必午中。
六合注定身荣贵，戌岁金榜又题名。

七千七百八十

艮　注定妻宫有刑伤，虽然带破不为殃。
月老配就属马相，夫妇和合寿命长。

否　命生五月不为佳，一生富贵显荣华。
财帛难存终须尽，惟培丹桂发嫩芽。

泰　鸳鸯戏水屈难伸，前妻必主丧青云。
新郎再赴花烛会，必与连氏结成亲。

解　螣蛇在命最主凶，围墙多变常相争。
虽然一时逞豪气，静夜思量手足情。

丰　子息宫中恩星强，命主宫中遇文昌。
前者积德阴功厚，一胎双生两见郎。

鼎　命坐孤星不由人，口诵真经拜观音。
只因俗缘身未脱，半途还结落风尘。

震　三刻生人显将星，奇谋妙略蕴胸中。
鹰扬独步声名重，光宗耀祖换门风。

观　四刻生人喜非常，养成豪气战文场。
金榜题名人争羡，鹿鸣琼林姓字香。

七千八百一十

明夷

罗星遇午明夷逢，二爻大伤不容情。
父命属马必先丧，母命属鼠享遐龄。

家人

鸾凤交结配姻缘，几度春光满庭院。
欲知夫宫何庚相，注定比你大七年。

睽

吉星照处桂花香，青春十九生见郎。
内堂人马结子早，满门福气自生光。

解

松柏耐寒岁月深，梅花开放雪里寻。
生辰腊月初一日，堂上双亲喜欣欣。

损

妻妾宫中犯刑伤，结发属马必主妨。
再娶属鼠成婚配，梨花开尽桂花香。

益

甲午运临命不周，疾病口舌有忧惊。
琐碎不利多烦恼，菱花懒对锁愁眉。

夬

大运流转甲午乡，财源两全居外郎。
合主和悦福禄泰，职位高迁体荣光。

姤

翠竹耐寒色更新，梅花开放雪花侵。
闰腊月生初一日，双亲添喜福禄臻。

七千八百二十

萃

七千八百遇萃宫，二亲宫中定得清。
父相属马先去世，母相属牛振家风。

解

月老前世配姻缘，数结朱陈牛女欢。
夫宫已大十九岁，鸳鸯同秋不同年。

困 人生否泰皆由天，子息迟早是前缘。
三十一岁生一子，晚来堂前自清闲。

井 丹桂堂前雪里红，风摆竹梢叶更清。
生辰腊月初二日，福禄绵绵一生荣。

革 蜘蛛结网在檐前，狂风吹破枉费年。
结发属马必主克，续配属牛又团圆。

咸 家宅不利人不安，运交丙午是流年。
妆台尘土无心扫，懒对菱花正容颜。

旅 大运丙午财禄发，昆仑美玉自无瑕。
恩光临门升迁至，春洒蟠桃祝年华。

蹇 滴水成冰正季冬，朔风吹落竹叶青。
生逢闰腊初二日，父母房中喜盈盈。

七千八百三十

乾 太阳入乾过午边，严父属马寿不坚。
慈母属虎孤灯守，辛苦劳碌正家缘。

归妹 昔日月老配姻缘，鸳鸯合偶不同年。
夫大三十零一岁，老阳少阴永安然。

丰 雨过花开枝更凉，黄花晚绽傲秋霜。
想是积德阴功厚，四十三上生一郎。

遁 梅花开放朔风高，时至数九雪花飘。
天剪鹅毛降凡尘，腊月初三产异苗。

泰 属马庚相是头妻，命宫克妨必分离。
续配属虎成佳偶，夫妇偕老共齐眉。

否 运交戊午事多凶，灾殃口舌祸重重。
心中烦恼精神少，犹如明月被云蒙。

同人 运交戊午显豪强，广施仁政姓名扬。
职位高升添喜气，仓廒丰满有余粮。

大有 梅花开放雪花栖，闰腊初三是生期。
朔风吹散香味到，双亲堂上自嘻嘻。

七千八百四十

谦 文曲相会遇火星，父亲属马寿先终。
母亲属兔孤灯守，晚来芳草继家声。

临 月老注定配姻缘，夫君大你四十三。
老阳少阴皆前定，命宫选定非偶然。

随 丙申梨花色更鲜，花树深处景色连。
君有阴德天保佑，五十五岁生一男。

蛊 梅花绽蕊香满庭，风摆竹梢叶更青。
生你腊月初四日，双亲闲来赏清风。

临 人生姻缘莫强求，妻宫属马必难留。
再娶属兔前生定，方能偕老到白头。

观 运行庚午事不合，口舌是非难定妥。
琐碎驳杂常常有，往来闹事奈何着。

贲 庚午运临等闲安，福禄双双渐增添。
那时好伸调羹手，禄位升迁两齐全。

剥 寒风来时季冬天，玉石砌路粉妆工。
生你闰腊初四日，灵胎圆满降人间。

七千八百五十

履　天水讼数入午宫，父相属马必先终。
母亲属龙孤灯守，寿比南山不老松。

无妄　一对鸳鸯配姻缘，鸾凤交结两团圆。
夫主必定小七岁，永远双飞过百年。

大畜　算得流年小运行，福星流转入命宫。
五六月内多顺利，多财喜庆百事成。

颐　暮景梅花雪满庭，风摆竹梢叶更青。
生期腊月初五日，父母房中添一丁。

大过　结发妻宫主离分，洞房不宜属马人。
克妻再娶属龙相，花烛重明又一新。

坎　运转壬午不遂心，疾病口舌灾临身。
驳杂琐碎争闲气，持家立业少精神。

离　壬午运临百事宜，重重喜气旺门庭。
喜沐恩荣增福寿，更有金帛积丰盈。

咸　风摆竹叶雪花飘，露结成霜满树梢。
自降闰腊初五日，迎春花放报寒消。

七千八百六十

恒　乾坤二命细推详，父命属马必先终。
慈母属蛇孤灯守，正理家业百事通。

屯　一对鸿雁两下分，芦花深处不相亲。
兄弟虽然有两分，内有一位过房人。

遁 小限流年问吉凶，煞星入命不合情。
须防五六月不利，定人一生皆虚空。

晋 福显逢晋入命宫，灾消祸散六月中。
妻宫属马不立子，一子送终庶室生。

明夷 头妻克妨必主凶，只因属马寿不长。
命有二妻重结续，再取属蛇终妥当。

家人 行年值此计都星，六畜不利血光凶。
男人逢之出外好，女人大忌有灾生。

萃 运交庚金不顺通，官星隐临少光明。
几番坎坷难如意，存心忍耐渐渐通。

解 雁过南楼思故乡，姐妹三人不成双。
双亲位上先去父，母亲有寿乐高堂。

七千八百七十

解 二刻鸳鸯正和鸣，忽然拆散各西东。
心誓松筠共美乐，独守寒舍伴孤灯。

损 生逢午月配五行，火金煅炼福禄荣。
家宅吉庆田园旺，门庭光华耀祖宗。

益 女命流年定吉凶，五月六月喜气生。
是非口舌自消散，闺门吉利百福增。

夬 命中孤硬非寻常，头妻必克续又伤。
又娶又妨续又害，五次属马寿命长。

旅 妻宫生产克子亡，命宫注定搭厦房。
庶室合好子息旺，生子终得寿命长。

萃　流年命遇官符星，又兼七月不顺通。
见官不利有灾害，交到八月保安宁。

解　位交午位未亨通，此运不堪显官星。
动静谋为皆不利，职位沉沉禄不增。

困　五行八字定命清，姐妹三人各西东。
堂上双亲必克母，父命寿似不老松。

七千八百八十

解　三刻主命定姻缘，命作残房保安然。
月老配定鸳鸯对，晚年丰盈百福全。

革　鸿雁分飞过长江，兄弟行中有一双。
并非一树花结果，内中定有损门墙。

鼎　流年小运不甚强，五六月内要提防。
口舌疾病生闲气，交及七月保安康。

震　女命生来性情刚，舌强口快好逞强。
曲口湾湾多好事，话说原是一杆枪。

艮　男女官中细推详，风摆竹梢叶更青。
命中只许一个女，临终之时作儿郎。

临　四柱生来福禄荣，将过十五渐渐成。
必须窗下多辛苦，命中注定榜题名。

归妹　生逢午月观命清，必主异路有前程。
不登金榜荣冠带，光宗耀祖换门庭。

丰　百世姻缘皆由天，月老注定庶室填。
休怨生居苍龙冠，皆因生逢午时间。

康节先生文集④

邵子神数

[宋] 邵 雍 著
闵兆才 编校

（下册）

华龄出版社

下册目录

邵子神数钥匙部

邵子神数未部

八千一百一十

旅	寅时二刻定妻宫，羽姓水命免克刑。 子息火金方存保，手足三人君居中。
泰	二亲宫中定得清，兑数加震犯刑冲。 父命属羊辞世早，慈母属马伴孤灯。
否	运行乙未十年通，财禄安然福无穷。 出入求财多得利，家中谋望无不登。
同人	四刻注定子息宫，蟠桃花开一果成。 身边带破天生有，惟有暮景保盈丰。
泰	女命寅时二刻生，父木母土父先终。 夫宜宫姓金命子，子立木火二三成。
谦	结发妻宫原属羊，命中妨克必早亡。 二次新郎洞房会，文配属马寿命长。
豫	乙未大运主吉祥，上五乙运百事强。 交到下五灾殃至，是非口舌有几场。
随	运交乙未福禄清，更喜命入天乙宫。 考试得意多游泮，名入贵门耀祖宗。

八千一百二十

蛊	午时二刻多妨妻，角姓木命两相宜。 兄弟四人两母生，子息木命三株齐。
临	命里双亲岁同庚，生肖两均未年生。 父相属羊泉下客，同年慈母寿如松。

观　运行丁未胜往年，财禄安然福如天。
旱水蛟龙归大海，平地猛虎入山川。

噬嗑　八千一百遇震宫，子息命中注得清。
原有三子分造化，内有带破是前生。

贲　午时二刻数中寻，父金母木免刑侵。
午火不克居商姓，子犯未土定难存。

剥　八千一百数中求，二父逢剥化为仇。
前妻属羊必主克，再娶属羊到白头。

复　运行丁未定分明，十年之内吉凶停。
上五百事多遂意，下五琐碎有忧惊。

无妄　持锥刺骨头悬梁，得意运交丁未乡。
黉宫独步游泮水，光前荣后换门墙。

八千一百三十

大有　生逢戌时二刻孤，妻宫徵姓命属土。
子立水火方免克，兄弟二人二母生。

颐　巨门升恒多喜祥，数丰颐卦定高强。
父命属羊先克去，母命属猴在高堂。

坎　运交已未好来家，须知十年事遂心。
用工磨石方成玉，有意淘沙必见金。

咸　子息宫中三子详，四刻注定好儿郎。
中间必然有带破，应犯河东姓名扬。

恒　戌时二刻定夫宫，火命羽姓免克刑。
子立水火百年泰，父水母木母先终。

遁 命宫数定必克妻，结发属羊早分离。花烛重燃又相续，再娶属猴才妥宜。

大壮 己未夫运不停均，上五年中颇遂心。交到下五未字位，灾殃口舌自临门。

晋 运临己未文章显，口吐金风列人先。莫道将芹声价重，南宫有禄须着鞭。

八千一百四十

明夷 寅时二刻定命纯，妻宜火命角姓人。长子木命招三弟，手足三人各立门。

家人 坤到金虎本凶神，孀母属鸡重人伦。属羊父亲先克去，难留百岁不老人。

睽 一家平安人口旺，福禄祯祥纵无量。凡事谋为称心怀，发财辛未人皆向。

蹇 蟠桃结几数中详，四刻生人子二双。内中必定有带破，晚景悠悠福禄昌。

解 十九二十百福临，寒窗笃志意采芹。少年得意人罕有，时禄盈门自称心。

损 花烛重妨数不齐，前妻属羊早分离。若求姻亲无相克，洞房再娶属鸡妻。

益 辛未运临降吉祥，辛家和合百事强。未运不和应下五，闲气口舌有几场。

夬 运到辛未显文章，算君必然姓名扬。秋试文场初得意，芹宫泮水始生香。

八千一百五十

姤	父母木水两相生，午时二刻妻刑冲。 妻金角姓子立水，兄弟四人居三名。
萃	罗睺过午畏三猿，数行五行有伤残。 母命属狗增福寿，羊年父早赴九泉。
升	运行癸未事事谐，逢动谋为称心怀。 家宅康泰人口旺，利禄如意福自来。
同人	时处旺地遇恶星，生逢四刻五子成。 其中生来有带破，晚景荣华福禄增。
井	三十七八最为良，禄马同宫命吉昌。 出入谋为皆顺利，喜气临门纳祯祥。
革	元配妻宫定属羊，数中注定寿不长。 继发属狗成喜会，洞房和合百年强。
升	忽然喜事变成愁，运至癸未巧不同。 上五年中多吉庆，下五年逢还主忧。
震	运交癸未遇文星，喜气盈盈入黉宫。 九万鹏程终须到，龙门初步喜先登。

八千一百六十

艮	戌时二刻有孤伤，妻姓商宫主命强。 木水儿郎成家计，兄弟二人两个娘。
渐	数逢狼宿不为良，八千一百有克像。 属羊父亲先克去，母亲属猪寿延长。

丰　二十七八流年丰，财名利益逢贵生。
此命多吉添喜气，百般和气称心中。

旅　子息宫中定荣昌，六子堂前占高强。
内中生来有带破，因生四刻保吉祥。

泰　五十五六福如天，添财进喜有官衔。
私谋官途俱吉利，路任远近喜气连。

否　棒打鸳鸯不成双，首妻属马必主妨。
失偶寻盟重配对，续娶属猪才妥当。

同人　命中有子多克冲，只因天狗在命中。
此煞若还不禳祭，老来只落一场空。

大有　自古功名关造化，莫夸才胜八大家。
任君文学如苏轼，无奈试官不中咱。

八千一百七十

睽　运交辛金福禄增，喜气重重入门庭。
任君逢动皆和顺，灾消祸散保安宁。

蹇　子息宫中显轩昂，九子同父不同娘。
同根异叶分造化，失欠同情带破强。

震　五行四柱论命宫，八千一百数得清。
五十一二添财喜，任君东西南北行。

屯　四刻主命定子宫，丹桂庭前七子成。
丙中生来有带破，一时蟠桃有青红。

临　辛金六数问何运，吉事少来凶事多。
明月忽被云遮掩，灾殃临身受折磨。

观　添财进喜福禄昌，运至辛金纳祯祥。
此运应兆生贵子，家宅吉利保安康。

贲　命犯星煞不平安，克害子息不周全。
纵然生子终须克，解发方免入黄泉。

剥　财帛宫中无入门，财钱不聚岂由人。
此等耗煞岂是好，速速禳祭福来临。

八千一百八十

复　运入未宫太常形，命宫逢此百事通。
家宅吉利平安泰，五年之内福禄荣。

无妄　子息宫中主荣昌，三子传家占高强。
其中有贵声名美，满园结果一枝香。

大畜　流年七五至七六，命中通达天赐禄。
家宅清吉多顺利，晚景康泰否尽无。

震　丹桂青黄又青红，因生四刻八字成。
其中生来有带破，也有贵来也有荣。

大过　大运交来事多凶，疾病口舌事重重。
花正开时被雨打，月当明处被云蒙。

坎　运交未宫福禄强，门庭添喜家宅祥。
蚌产明珠增喜庆，洞房呈瑞生儿郎。

离　阎王关煞命中荡，四三八岁要提防。
此煞若还不解破，儿郎夭寿一命亡。

咸　四柱命犯朱雀星，亲戚朋友不为情。
事事口舌争闹气，恩反成仇怨恨生。

八千二百一十

同人 手足宫中注得清，兄弟四人一脉同。
雁过南楼分次序，君身居二知得清。

大有 火天大有过兑宫，乾坤二数落虚空。
父命属羊母属鼠，二亲俱主赴幽冥。

革 运行乙未身未安，破财口舌事流连。
如似残花遭风雨，只宜守旧莫妄贪。

归妹 运交辛未事不顺，口舌是非怨临门。
忽然灾殃一齐到，此运应飞克六亲。

明夷 手足宫中数定真，姐妹行中有四人。
上有一姐下二妹，梅花枝头第二根。

睽 姻缘一定由天成，鸳鸯交头两和鸣。
同枕妻宫王氏女，举案齐眉百福荣。

蹇 运交乙未事多凶，口舌疾病血气攻。
好似衰草严霜打，待交下五保安宁。

解 四刻生人主聪明，奋志寒窗苦用功。
雄才用在泮池内，得时飞入广寒宫。

八千二百二十

损 太阳遇午数循环，棠棣茂盛枝叶鲜。
手足宫中多造化，兄弟六人君居三。

益 八千二百定得真，二亲宫中犯克辰。
父相属羊辞阳世，母相属牛命归阴。

夬	运行丁未事多差，半开半谢雨中花。 吉事少来凶事有，谋事不遂叹天涯。
姤	大限流年未中低，克父孤身见悲啼。 财帛耗散添烦恼，寒霜冷雪门自立。
恒	一梅花开枝根同，姐妹六人注得清。 次序排来身居五，内有石皮在其中。
泰	春风桃李花正开，鸾凤交结会天台。 洞房妻配裴氏女，姻缘造就定和谐。
既济	运交丁未不遂心，口舌琐碎日临门。 上五年来多不利，下五年来百福臻。
困	生逢未时儒业全，窗下苦心看重点。 胸怀豪气三千丈，泮水不流到广寒。

八千二百三十

革	鸿雁分飞在天涯，兄弟四人宿芦花。 次序排来身居长，有弟无兄自持家。
震	乾相行来落空亡，父命羊相梦黄粱。 母命属虎归阴早，泪洒衣襟痛断肠。
艮	运行己未不妥当，灾殃难免有忧惊。 驳杂琐碎多口舌，无端困气恼心肠。
渐	运入辛宫子多凶，哭啼临门放怨声。 破财烦恼争闲气，克母应兆此运中。
丰	八千二百三五丰，姐妹三人注得清。 次序排来你居长，同气连枝性不同。

睽　姻缘前定甚非轻，妻死徐氏是前生。
洞房夫妇共衾枕，琴瑟和合百年荣。

涣　己未大运事多差，半开半谢雨中花。
事不遂心应上五，交到下五喜气佳。

师　运交十九大亨通，喜气泮水入黉宫。
果能奋志扳丹桂，万里青云足下生。

八千二百四十

中孚　鸿雁当空绕天飞，雨上双双数不齐。
兄弟八人身居小，其中生来有石皮。

小过　己未运临克二亲，父命属羊母兔真。
乾坤二数遭刑害，双亲俱主命归阴。

既济　运行辛未主熬煎，口舌心间不得安。
更兼破财添忧事，驳杂琐碎有几番。

未济　运交未宫不遂心，破财烦恼灾临身。
哭泣临门忽然到，定克萱堂老母亲。

乾　四刻主命爵禄齐，父子并荣属榜题。
纵然南宫皆无分，门前桃李已成百。

坤　前生配就贾氏女，鸾凤和鸣两相宜。
一对鸳鸯共衾枕，雪鬓百年寿添齐。

屯　运至辛未闷沉沉，闲气烦恼口舌侵。
上五年事多不遂，下五喜气自纷纷。

蒙　三十一岁遇吉星，又喜流年添一行。
万里鸿程终须到，龙门先登第一层。

八千二百五十

需 一树蟠桃几朵红，兄弟九人情不同。
其中生来有带破，昆玉排你第八名。

讼 萱堂原来相属龙，父亲属羊在未宫。
阴阳相差乾坤破，双亲数定命归阴。

师 运交癸未祸重重，几场烦恼几场惊。
为事非成凶事即，许多不成在其中。

比 鸳鸯拆散两分离，运至辛金必克妻。
破财口舌争闲气，烦恼常即事不齐。

小畜 巽数家人小畜宫，手足宫中定得清。
姐妹四人居三位，原来不是一娘生。

履 鸳鸯戏水在江滨，芦花深处结成亲。
妻宫定是高氏女，举案齐眉百福臻。

泰 运交癸未主不祥，疾病缠身睡在床。
好似衰草严霜打，待交下五保安康。

否 四柱定命造化机，明堂高广贵无疑。
君年四十零三岁，月宫初步游泮池。

八千二百六十

同人 棠棣花开各芬芳，兄弟四人占高强。
同气连枝居二位，内有石皮寿命长。

谦 数中注定一双亲，父命属羊去归阴。
母命属蛇凶主克，堂上缺少主事人。

解　二十七八凶星躔，灾病临身禄不全。
无端口舌常常有，必定破财在此年。

姤　运交未宫主分离，饥寒枕冷受孤栖。
壁上泥皮方得去，此运应兆必克妻。

革　八千二百定命宫，手足宫中仔细评。
姐妹六人身居末，原来不是一母生。

升　琴瑟巧合会佳期，妻共杜氏配罗帏。
前生造定姻缘对，赤绳系足作夫妻。

井　先天数定女命宫，俭仆贤能知三从。
财命旺夫兴家业，安享福禄未时生。

鼎　命中富贵更无疑，名利福禄只待时。
早年泮池未遂志，晚年成名福禄齐。

八千二百七十

丰　棠棣茂盛两相匀，太阳遇午喜逢恩。
兄弟六人居三位，内有石皮在其身。

睽　日坐未宫配合佳，衣禄丰盈享荣华。
处世安然随时过，祖上遗业更不差。

涣　五十一二财不安，口舌琐碎事流连。
几番灾厄幸有数，愁锁眉尖主熬煎。

节　运到辛未主不祥，口舌烦恼痛断肠。
破财不利多阻隔，此运应兆克儿郎。

丰　四柱五行细推寻，家宅凋零别处存。
衣禄四方到处居，富豪门前作仆人。

小过　姻缘前定妻姓薛，并头花开色更深。
鸾凤和鸣舞双双，夫妇相守到黄昏。

井　命宫生逢五福星，命主天禄必受封。
原是夫人居贵位，金玉满堂未时生。

蒙　女命生来气不长，风流典雅又轻狂。
昨张今李相共枕，依门坐户盼儿郎。

八千二百八十

师　数中妙机定命宫，棠棣茂盛枝枝荣。
兄弟十人君居长，内有石皮在其中。

比　花有根梢命有源，苗根同气枝叶全。
提纲发令吉凶定，八家文运不须言。

履　七十五六事多差，疾疾口舌乱如麻。
风里点灯难行远，残花又遇狂风加。

泰　大运交未不算强，草上浮霜见太阳。
子息克伤财又破，身心不安泪两行。

离　四刻生人定得清，姻缘前定甚非轻。
夫妇同结朱陈孙，仆女必然配仆童。

同人　一对鸳鸯共枕中，妻宫粟氏免克刑。
赤绳系足月老定，双双蝴蝶舞春风。

谦　女命二宫生月辰，妆台夫宫玉星临。
玉叶生在宫院内，赤绳系足配庶人。

豫　女命生来嘴多强，不老翁姑少美良。
朝常寻着口舌走，那怕夫君与爹娘。

八千三百一十

鼎 桃李花开枝枝香，母相属鼠父属羊。
双亲堂上同偕老，先天定就寿延长。

震 父相属羊赴幽冥，母命属马寿延终。
须去阴阳辞造化，只因乾坤数落空。

乾 乙未大运主亨通，旱苗得雨分外青。
得意遂心上五运，交到下五多主凶。

姤 桃李花开映日红，黄鸟不时枝上鸣。
生日二月初六日，玉兔未满好似弓。

贲 八千三百细推详，先天数定父属羊。
莫道阴阳无定准，母亲鼠相寿延长。

萃 月老配就冷氏妻，五夜同衾听鸣鸡。
相敬如宾成佳偶，百年偕老福寿齐。

升 命宫寿短不由人，禄马俱列命归阴。
注定活到三十二，君比自妻少三春。

困 黄鸟双双集上林，李花开放正暮春。
生日闰二是初六，始信此言无不真。

八千三百二十

需 椿萱亲相此中求，父命属羊母属牛。
堂上双亲同有寿，百年偕老到白头。

师 乾坤二象数逢空，父命属羊母同庚。
双亲俱克往仙路，原有戊数在命中。

豫　运行丁未福禄臻，名利双全事遂心。
上五年中多吉利，下五年中口舌临。

井　鸟到枝头争先后，风来水面柳合烟。
生日二月初七日，一颗明珠见玉盘。

兑　八千三百细推详，注定父亲必属羊。
莫道先天无定数，母亲属牛寿最长。

否　先天配就妻姓郎，月老注定寿命长。
夫唱妇随同偕老，一对鸳鸯任翱翔。

同人　命入天罗须提防，阴阳配合有刑伤。
数中注定多疾病，四十三岁虎见羊。

乾　桃李花开正逢春，鸟鸣双飞集上林。
生逢闰二初七日，始信数中有鬼神。

八千三百三十

遁　阴阳相应如浮鼓，父相属羊母属虎。
命中前定难改移，双亲有寿始信古。

讼　乾坤二相数中求，父命属羊母属猴。
二亲寿短今已逝，先天注定难自由。

比　运行流转己未宫，财源如水福自生。
上五年中事顺利，下五年交多主凶。

坎　百花可爱日更媚，风摇柳枝情自叙。
二月初八君生降，堂上双亲喜相宜。

涣　八千三百三十五，母亲庚相是属虎。
莫道先天无定数，父亲属羊安然乐。

坤 妻宫配就姬氏女，相敬如宾如雁侣。
莫说先天数无真，朝朝暮暮常相与。

坎 命人天罗遇空亡，犯临凶星命不长。
五十四岁君已尽，南柯一梦赴黄粱。

艮 定君初度是何年，桃李花开朵朵鲜。
生逢闰二初八日，风送水面柳含烟。

八千三百四十

渐 双亲庚相是何年，修补天数难改变。
父命属羊松柏老，母命属兔寿南山。

丰 乾坤爻相多不齐，父命属羊母属鸡。
双亲俱主登仙路，堂上无人泪怨啼。

睽 运行转到辛未宫，十年之中定吉凶。
上五年中多吉利，下五年来不顺情。

涣 百花皆媚二月天，桃李花开色正鲜。
生日恰逢是初九，鸣弄歌声难管弦。

节 数定亲相卦中卜，父亲属羊定不错。
莫说先天多幻渺，慈母属兔安然乐。

中孚 不知妻姓数中求，注定单氏真有寿。
自古淑女配君子，喜观雎鸠在河洲。

小过 先天定数君难逃，潇潇风雨落花飘。
枝头花落六十六，魂升魄降赴阴曹。

震 花朝已过又花朝，春风香送满院招。
生逢闰二初九日，须念亲恩报劬劳。

八千三百五十

蒙　造化已定难改变，注定修短难移迁。
父命属羊松柏老，母命属龙寿长年。

屯　乾坐斗宿犯克刑，日月二气少光明。
父相属羊辞阳世，母命属狗赴幽冥。

涣　节交癸未定吉凶，财源渐开如水涌。
须防下五未字运，主有口舌是非生。

师　桃花开放映日红，风吹柳絮飞自轻。
生逢二月初十日，门外斜挂一张弓。

恒　造化知私却有权，注定庚相不妄言。
尊公大人属羊相，堂上老母是辰年。

离　花开朵朵在双溪，注定兰氏是君妻。
夫唱归随同偕老，晚年福寿与山齐。

大过　命遇寿星最为佳，早知晚年开奇花。
莫道先天无成数，定君寿元七十八。

未济　桃李花开柳含烟，黄鸟鸣时在池边。
生逢闰二初十日，君子毛发尚未干。

八千三百六十

家人　八千三百命得强，重遇家人主吉祥。
父相属羊母属蛇，双双有寿在高堂。

睽　双亲庚相定分明，自有成数在个中。
母亲属猪登仙路，父相属羊寿先终。

蹇

问夫性格卦中求，聪明天定不自由。
家世安然随时过，最爱花柳好风流。

解

未时生人定命宫，贵人见喜甚峥嵘。
莫泄阴阳争幻渺，自有成人在数中。

益

要问亲相卦中求，严父羊相在根由。
母亲蛇相无克害，双双有寿到白头。

损

种玉蓝田胜嘉谷，配就佳人定姓都。
琴瑟在御百年好，寿比南山主多福。

夬

南极老人入命宫，寿似南山松柏青。
许君享年九十整，原有成数在个中。

姤

卦中定命原不差，主就晚年受荣华。
一生聪明多才智，贸易经营遍天涯。

八千三百七十

解

流年遇此解神星，凡事遂心渐渐通。
无端闲气自消散，至南至北至西东。

升

四刻生人犯孤神，堂上注定少二亲。
父亲克去母辞世，失却严慈泪沾襟。

困

五行四柱定命奇，为人仔细事多疑。
说话清明多中恳，老来福寿与山齐。

鼎

注定未时降君身，广结良缘遇贵人。
语言公直多方正，重义轻财福禄深。

蛊

本相属羊生来年，衣禄喜盈福寿全。
多享祖宗阴德厚，家宅吉利广田园。

临

此方卦中有鬼神，注定佳人必姓陈。
鸾凤和鸣百年老，福寿双全似海深。

贲

卦中注定克妻房，续配佳人寿不长。
三次重正花烛会，娶来妻相必属羊。

复

卦逢天马命堪夸，出行谋为百事强。
莫道阴阳无定准，名利双全归故乡。

八千三百八十

无妄

卦逢丧门最主凶，家宅不利见怨声。
虽然行老渐消解，却仍破财受虚惊。

颐

八月生人福禄虚，少年荣华定无疑。
菱花叶稀花日少，反受困厄卦不济。

坎

卦逢破财最主凶，财源已塞只落空。
任君家产如山织，将来耗散渐凋零。

涣

生逢未时定吉凶，骨肉无情天造成。
以恩待人反成怨，早败晚荣福禄盈。

恒

生逢四刻命卦强，只宜继嗣去过房。
结成桃李年年旺，兹守祖业寿不长。

遁

鸳鸯水面任翱翔，绣幕毫丝长更长。
佳人配就范氏女，百年白发却似霜。

晋

命中注定有刑伤，克过佳人正三房。
前再继娶同偕老，必须属羊才妥当。

家人

命中官星不为佳，依然蟒袍乌纱加。
兼记古今成败事，一生富贵镜中花。

八千四百一十

屯	云淡风清水自流，须知亲相卦中求。 父相属羊遐龄寿，母命属马百年秋。
蒙	丹桂秋来味自香，满天雨露庆见光。 长子生肖属羊相，形孤影单寿自长。
需	生逢三刻犯孟星，命宫造就无弟兄。 堂上双亲先去母，独自持家立生平。
讼	蛇到辰宫化蛟龙，苍龙啼时王爪生。 四月初六降生日，喜得麟子满堂红。
师	八千四百定乾坤，方去先天数内真。 严父原是属蛇相，母亲却是属马人。
比	运交乙未木逢春，福禄明世天上临。 桃李花开多雨露，事事偕和皆遂心。
小畜	乙未属羊主寿高，沙中金命怕人淘。 八十二岁君已尽，南柯一梦赴九霄。
履	榴花如火映日红，夏秋已过又重逢。 生值闰四初六日，明月未满当如弓。

八千四百二十

泰	先天数定在个中，父相属羊母同庚。 百年合偕白发老，双双有寿享遐龄。
否	阳交阴合八卦生，推算长子定年庚。 注定属羊招一弟，丹桂堂前二子成。

兑　一双鸿雁天边鸣，手足宫中二弟兄。
堂上椿萱先去母，只因生在三刻中。

艮　陌上麦黄鸟乱啼，燕子斜飞影难齐。
生逢四月初七日，造化无私已先去。

坤　四百二十定乾坤，只见先天数里真。
欲知二亲年庚相，父母同是属羊人。

乾　运行下未福禄来，事事和顺称心怀。
旱苗得雨忽然旺，桃李逢春花自开。

升　数逢丁未寿自高，天河水旺浪滔滔。
定君享寿八十七，一梦南柯赴九霄。

井　薰风炎炎景自韶，梅雨不佳滴花梢。
生逢闰四初七日，梦兆熊罴降凤毛。

八千四百三十

需　欲知亲相数中求，父命属羊母属猴。
椿萱并茂皆有寿，白头合和度百秋。

坎　一树花开朵朵红，长子属羊始能成。
鸿雁天边飞成行，手后必招二弟兄。

兑　先六数定手足宫，同气连枝三弟兄。
双亲堂上先去母，只因生逢三刻中。

涣　四月初夏犹清和，燕子斜飞影映荷。
生辰恰遇初八日，先天数定奈若何。

丰　欲夫亲相数中求，父相属羊母属猴。
青山绿水常常在，福寿双全百年秋。

恒　大运己未主峥嵘，风来水面月正中。全家和顺添喜利，松柏逢春枝更青。

屯　造化无形又无踪，生逢己未数中清。定君七十零七岁，魂魄飘渺命归空。

大壮　梅雨重逢滴花梢，寝庙依旧栽樱桃。生逢闰四初八日，月挂长城影渐高。

八千四百四十

晋　乾坤交化识者稀，父相属羊母属鸡。夫唱妇随同偕老，先天数定福寿齐。

夬　先天数定难变更，命中四子是前生。莫泄阴阳多幻渺，长子属羊未年成。

巽　生逢三刻主财伤，手足宫中正两双。堂上椿萱先去母，只因命里犯空亡。

解　黄鸟不住枝上鸣，杨柳含烟日影红。生逢四月初九日，堂上只闻笑语声。

兑　先天无相各不齐，父母相合子息宫。要想君家双亲相，父相属羊母属鸡。

涣　运交辛未主亨通，出入安然福自生。财禄丰盈添吉利，犹如明月正当空。

节　天就土命辛未生，数有修补定分明。七十六岁君尽头，魂升魄降命归空。

中孚　榴花遇雨色更红，子夏已过又重逢。生逢闰四初九日，月挂柳梢影渐明。

八千四百五十

兑　先天数定在个中，双亲庚相定分明。
父命属羊母属狗，偕老百年寿遐龄。

涣　花开花落子必成，阴阳定数在命中。
长子喜立属羊相，注定五子是前生。

艮　鸿雁纷飞任翱翔，兄弟五人不成双。
堂上双亲先去母，一番思念一番伤。

革　梅雨洒上正麦秋，枝头杏大傍高楼。
生逢四月初十日，门外悬弓一瓶酒。

鼎　四千五百定亲宫，须去先天数无穷。
父相属羊多福寿，母相必是戌年生。

震　运至癸未志必伸，有意淘沙必见金。
桃李花开逢细雨，吉庆绵绵福禄临。

坎　命逢癸未遇福星，树老根深依旧荣。
定你享寿七十三，原有成数在命中。

渐　重逢梅雨度薰风，枝头杏大如金铃。
生逢闰四初十日，喜配仙侣色带红。

八千四百六十

需　阴阳变化分原由，欲知亲相数中求。
父命属羊遐龄寿，母命属猪百年秋。

讼　一树花开映日红，数逢先天月分明。
长子并立属羊相，注定六子振家声。

谦 一树苍松枝上青，手足宫中六弟兄。
命逢三刻先去母，必有石皮在其中。

兑 先天造就未时生，兄弟之中出豪英。
莫谈阴阳多渺渺，许君延年寿遐龄。

师 乾坤数到师文中，立显福禄寿不穷。
母亲定是属猪相，严父却是羊年生。

夬 生逢未时遇天休，鸾笺予传五凤楼。
暂寄广交宏数化，运至升迁百里红。

丰 修补有数定自天，命遇福星享长年。
九十六岁君尽头，扶杖花庭归九泉。

姤 初刻生人定夫君，不可不克羽姓人。
长子水命招二弟，姐妹三人末后跟。

八千四百七十

萃 配就佳人事甚奇，兄娶弟妻世间稀。
虽然天伦有先后，月老注定君家妻。

颐 花开花落花自香，膝下七子耀门墙。
其中生来有带破，注定长子必属羊。

屯 松柏满山叶常青，同气连枝七弟兄。
生逢三刻先去母，必有带破在其中。

损 月老簿上定得真，只宜小娶配姻婚。
妻命属羊许偕老，始信数中多鬼神。

同人 生逢未月数最佳，合主丰盈享荣华。
坐享祖父宫中禄，五行注定更无差。

兑	阴阳变化在个中，先天注定贡士公。 陈手能拔月中桂，怎奈足下不生风。
贲	数从四柱定五行，骰子牌场有奇能。 劝君不必恋赌情，将来只落二子空。
剥	二刻生人克东房，火命角姓寿命长。 子立木金方存保，兄弟土火定刚强。

八千四百八十

复	先天数定果是真，夫命已亡思转身。 眼前丢去小儿子，别配丈夫又一新。
无妄	先天数定相阴阳，金菊花绽朵朵黄。 长子数立属羊相，八子传家寿命长。
坎	棠棣花开朵朵红，兄弟八人天造成。 生逢三刻先丧母，内有石皮免刑冲。
大过	赤绳系足两双足，佳人配就属羊妻。 子息宫中犯克刑，先天注定立子迟。
家人	生逢四刻定分明，阴阳配合遇孤星 六亲宫中不得力，独自成家寿如松。
坤	造化无私却有权，注定银匠自先天。 彩凤飞就生气象，巧凑子孙盛如山。
解	四柱配合遇福星，先天注定进士公。 攀云直上九万里，身着衣冠拜皇廷。
遁	生逢四刻定有妨，妻宜宫姓金命强。 子息土命三兄弟，木水入命母先伤。

八千五百一十

兑　月令引出顺逆行，移花接木定分明。
命限初交八岁运，一世财禄大丰盈。

节　春风不惜遍天涯，桃李花开色正葩。
父命生君廿三岁，玉出昆仑自无瑕。

小过　命中注定克妻房，狂风吹散两鸳鸯。
再娶定配孟氏女，百年偕老福寿长。

未济　其实离离羡青霄，飘风起分不终朝。
生逢六月初六日，出水芙蓉嫩又娇。

观　月下老人配成双，并头莲开味更香。
妻宫注定侯氏女，恰似飞鸿显祖光。

贲　运交乙未日无光，是非口舌有几场。
事事不偕难称意，只宜谨守保久长。

剥　甲日辛未遇官星，胸落绵绢兰文明。
南宫报捷君独步，果然万里到鹏程。

晋　薰风飘飘夏日长，吹来吹去荷花香。
生逢闰六初六日，门外斜挂弓一张。

八千五百二十

需　生逢二刻定得真，妻宫属羊配成婚。
合偕同老百年好，始信数中有鬼神。

讼　阳交阴合非偶然，庚相拱照降人间。
父年方交三十二，一枝丹桂立堂前。

师　风吹鸳鸯两分离，命中注定必克妻。
再娶重配马氏女，百年偕老福寿齐。

比　玉树花开娇如仙，翠盖楼榭烟水边。
生逢六月初七日，喜气飘得东堂前。

小过　赤绳系足定姻缘，鸾凤和鸣非偶然。
并翅鸳鸯水上舞，妻配朱氏永百年。

履　运至丁未琐碎重，是非口舌兴词讼。
果然收敛不出头，自然灾去不惊恐。

泰　此命生逢癸未时，富贵荣华顺心思。
莫道先天无成数，定君高折丹桂枝。

否　薰风吹至季夏天，玉兰花开娇如仙。
生逢闰六初七日，喜气临门乐无边。

八千五百三十

同人　阴阳变化数最详，配合妻宫定属羊。
助夫兴家成佳偶，时分三刻福寿长。

大有　恩星入命最为吉，蟠桃熟时味自奇。
父年生君四十四，果然吉兆应熊罴。

睽　注定妻宫犯刑伤，鸳鸯分飞任翱翔。
克妻再娶徐氏女，月老造就福寿长。

蛊　荷花出水弄青黄，薰风独吹多吐香。
生逢六月初一日，门前斜挂弓一张。

临　先天数定最分明，月下老人系赤绳。
佳人配就荀氏女，始信良缘自天成。

观　己未运临事重重，破财不利有忧惊。
件件始成终将败，行船偏遇打头风。

噬嗑　丙日乙未时最清，胸藏万卷显文明。
名字重标龙虎榜，方信青云足下生。

贲　蟋蟀居壁对蝉声，夏去秋来畏金风。
生逢闰六初八日，一枝丹桂独显荣。

八千五百四十

剥　生逢四刻最吉祥，配就妻宫定属羊。
勤劳女红成佳偶，家道兴隆寿更长。

复　鬼神无形又无踪，循环数定子息宫。
父年时交五十六，生君预望振家声。

颐　鸳鸯戏水在江边，忽然拆散不由人。
克妻再娶贾氏女，始信先天妙如神。

坎　薰风飘飘夏日长，吹来吹去荷自香。
生逢六月初九日，门外悬挂弓一张。

离　自古良缘定自天，玉种蓝田岂偶然。
妻宫配就施氏女，夫唱妇随永百年。

咸　运行流转辛未宫，花正开时遇狂风。
破财口舌不遂意，海底明月总是空。

恒　丁日丁未遇贵星，转盼青云足下生。
莫道先天无成数，定君折桂到南宫。

遁　其时离离美青霄，飘风起分不终朝。
生逢闰六初九日，出水芙蓉嫩又娇。

八千五百五十

大壮

老人月下系赤绳，合衾同枕是前生。
洞房配就属羊相，聪明勤俭振家声。

晋

春来桃李喜何荣，飞得熊罴入梦中。
母年生君二十岁，蟠桃高悬带粉红。

明夷

数定先天自无假，半开半谢雨中花。
克妻再娶高氏女，相敬如宾必兴家。

震

玉簪花开嫩如仙，翠盖数处含绿烟。
生逢六月初十日，喜欢美酒乐无边。

睽

种玉蓝田喜无穷，定君妻宫必姓钟。
琴瑟在御百年好，举案齐眉且同梦。

蹇

运行癸未事多凶，月被云朦少光明。
钱财耗散人多病，是非口舌有忧惊。

解

午日乙未时最清，青云有缘足下生。
莫道先天无成数，定君金榜两题名。

损

荷花出水弄青黄，薰风摆动味送香。
生逢闰六初十日，一枝丹桂独自芳。

八千五百六十

益

头想种玉在蓝田，配合佳人总是天。
生逢六刻妻羊相，夫唱妇随永百年。

夬

八千五百定命宫，雨后花开色更红。
生君母年三十二，果然吉梦应熊罴。

姤　先天定数克妻房，鸳鸯分飞任翱翔。
洞房重配杜氏女，恰似松柏耐久长。

渐　鸿雁天边任翱翔，一枝花开即青黄。
养子原为防备老，临终幸得两儿郎。

升　鬼神相赐有奇动，木虽无私偏厚君。
妻宫年方二十岁，幸生一子自超群。

困　二刻生人格最奇，荣华紫衣佩金鱼。
官拜御前君恩重，福寿绵绵与山齐。

升　时分四刻遇文星，父子游泮入黉宫。
伸手欲扳月中桂，却恨足下云不生。

革　阴阳配命中最清，不妄求人落下风。
心地光明好友朋，仗义捐财君为名。

八千五百七十

鼎　天地既权却无私，生逢七刻深可思。
一树花开分前后，妻相属羊无参差。

震　花开朵朵分后先，造化有权难受迁。
母年生君四十四，皎如玉梅立风前。

艮　元配佳人天定拆，天机数中早已泄。
莫说阴阳无足凭，重娶妻宫必姓薛。

渐　生逢四刻遇孤星，命中无子是前生。
纵然君子难存立，老来只落一场空。

归妹　阴阳变化妙如神，子息迟早不由人。
妻年三十零二岁，生子爱如掌上珠。

丰

生逢四刻遇官星，逢就韬略志气雄。
莫道阴阳无定数，且看功名震天庭。

旅

四刻生人非偶然，父游泮水享长年。
君折丹桂登金榜，雨后花开色更鲜。

睽

生人数中性格陈，何庸他处去问津。
心地正直多诚厚，福禄绵绵寿如春。

八千五百八十

兑

生逢八刻妻主贤，注定属羊是前缘。
琴瑟相合夫妇美，助夫兴家寿百年。

涣

早年劳苦运未通，只因生逢未月中。
须到否尽泰自生，老来福寿胜生平。

节

拆散鸳鸯各西东，原配妻宫命早终。
续位再娶粟氏女，许君偕老寿如松。

中孚

数中注定克子宫，纵然有儿也难成。
先取螟蛉勤抚养，日后方可同嫡生。

姤

四十四岁数妻宫，梦中吉兆应时生。
莫道阴阳无定常，生身必然多才能。

萃

命中注定是哑子，说长说短只一指。
心同无瑕明如镜，怎奈有口难起齿。

解

生逢四刻文星明，身游泮水最有名。
莫道先天无成数，知君两次入黉宫。

困

命定五行主老成，本然智慧似不明。
好行方便阴德厚，先天数定寿如松。

八千六百一十

井　亲相原自数中陈，造化注定不由人。
母亲属鼠先去世，父命属羊寿如松。

革　数定妻相必属羊，鸾凤和鸣寿自长。
虽然膝下只一子，先天注定紫衣郎。

鼎　生逢二刻寿定延，夫宫属羊是前缘。
鸳鸯匹配成佳偶，琴瑟相合永百年。

震　银盘皎洁玉露寒，秋水去天夜绵绵。
生逢八月初六日，一颗明珠现眼前。

渐　棠棣花开朵朵红，兄弟四人情不同。
雁中排来君居二，原有成数在个中。

归妹　乙未运临祸相连，破财口舌即万千。
如要风静浪自息，必须交至下五年。

丰　己日时逢辛未宫，且看青云足下生。
文章如海必及第，数中注定进士公。

旅　桂子落时槐花黄，风来玉展暗生香。
生逢闰八初六日，梧桐枝上集凤凰。

八千六百二十

巽　乾坤二相分刚柔，修短有定莫妄求。
母命属羊先去世，父相属羊到白头。

兑　阴阳变化本无方，配就妻宫定属羊。
命中注定有二子，雨后花开分外香。

涣　乾坤变化知此稀，生逢三刻难改移。
夫君配定属羊相，百年偕老福禄齐。

颐　丹桂落时子生逢，秋水色同碧天长。
生逢八月初七日，瑞应三槐花正黄。

中孚　棠棣花开满院红，手足宫中六弟兄。
次序排来君居三，原有成数在其中。

小过　运行丁未事多凶，行船正遇打头风。
交至下五未字运，花开雨后色正浓。

未济　庚日癸未时最清，注定金榜两题名。
云路有缘君独步，万里升飞到鹏程。

乾　金风吹动菊花鲜，万里萧条季秋天。
生逢闰八初七日。玉兔半斜照人间。

八千六百三十

乾　二亲宫中犯刑冲，先天数定自分明。
父命属羊白发老，母命属虎寿先终。

屯　妻相属羊定得真，夫归相敬宛如宾。
注定堂前有三子，始信数中有鬼神。

蒙　生逢四刻定得真，夫君必是属羊人。
琴瑟永偕百年老，先天数中早已陈。

需　金乌玉兔走西东，芭蕉枝上色更青。
生逢八月初八日，果然熊罴兆梦中。

讼　先天数定意如何，兄弟四人不为多。
雁阵排来君第三，和耳且听免风波。

师　运至己未正不佳，破财口舌乱如麻。
待至下五未字位，万事和谐雨后花。

比　辛日乙未时最奇，数定文奇福禄依。
扶摇直上九万里，龙集上林枝第一。

小畜　中秋佳景又重逢，黄叶落时雁南鸣。
生逢闰八初八日，一枝丹桂独自荣。

八千六百四十

履　二亲宫中细推详，母命属兔必先亡。
父命属羊高堂乐，抚养兰桂各芬芳。

泰　鸾凤交结配姻缘，洞房属羊是妻年。
先天注定生四子，门庭福禄自绵绵。

否　五刻生人时最强，一对凤凰天上翔。
鸳鸯并翅双双舞，配就夫君必属羊。

同人　中秋佳景送金风，金乌玉兔走西东。
生逢八月初九日，堂前丹桂一枝荣。

大有　棠棣花开朵朵鲜，同气八人枝相连。
次第排来君居幼，定有石皮不周全。

谦　辛未大运见顺通，疾病口舌偏有惊。
交至下五未字位，月到中秋分外明。

豫　壬日丁未遇贵星，注定金榜两题名。
莫道先天无成数，且看衣冠拜皇宫。

随　桂子落时槐花黄，风来月展暗生香。
生逢闰六初九日，梧桐枝上集凤凰。

八千六百五十

蛊	二亲宫中犯刑冲，母相属龙定先终。 乾坤变化难改移，父命属羊寿如松。
临	阴阳配合非偶然，妻宫属羊是天缘。 命中注定生五子，始传造化即定权。
观	月下老人定姻缘，举案齐眉岂偶然。 六刻配夫属羊相，始信美玉种蓝田。
无妄	金风吹起动梧桐，黄叶片片舞当空。 生逢八月初十日，堂上双亲见笑声。
剥	棠棣花开各芬芳，兄弟九人不同娘。 次序排来君居幼，注定石皮在内落。
复	运至癸未主大凶，破财口舌常相逢。 待至下五未字位，恰似行船遇顺风。
大壮	癸日生人最非常，时逢己未姓名扬。 青云有路君独步，万里鹏程任飞升。
小畜	中秋已过又中秋，桂子香味自有俦。 生逢闰八初十日，堂上双亲永无忧。

八千六百六十

同人	同人遇巽犯刑冲，长短不齐最分明。 父相属羊遐龄寿，慈母属蛇命先终。
大过	鸾凤和鸣配鸳鸯，妻相属羊两相当。 先天定数生六子，福禄荣华百年昌。

坎

月老注定姻缘奇，桃李花开正逢时。
池上鸳鸯双双舞，夫君属羊必无疑。

咸

生逢四刻定分明，克刑妻宫不长生。
琴瑟在御无人和，夜半独自听鸡鸣。

恒

棠棣花开各芬芳，兄弟四人不同娘。
君身居三数已定，内有石皮在中央。

遁

乾坤变化知者稀，预透消息报君知。
命中三子一过继，先天之数本无私。

大壮

生逢未时遇贵星，注定指日高堂坐。
印绶累累自增荣，原有成才在个中。

晋

数中注定未月生，命合武职在朝中。
将星显露威名重，腰系弯弓振边庭。

八千六百七十

明夷

生逢未时女命真，三从四德无业人。
旺夫一子成家计，安享福禄寿如春。

睽

春风桃李花正开，鸾凤交处会天台。
妻宫属羊生七子，举案齐眉百福来。

蹇

姻缘配合数中详，注定夫相必属羊。
生逢八刻同偕老，始信先天有主张。

解

数定财星入败乡，妻妾宫中有刑伤。
若要夫妇同偕老，必然晚娶寿命长。

益

泉流山下时时清，同气连枝六弟兄。
次序排来君居幼，原有成数在命中。

损　鬼神无形又无踪，注定君身技艺生。
手舞足蹈称奇技，数定先天岂有争。

小过　命中幸遇武曲星，生逢未时最分明。
腰系彤弓千钟禄，合主万里振边廷。

萃　先天注定未月生，命合武曲在朝中。
将军威显声名重，腰带弓失振边廷。

八千六百八十

屯　女命未时屈难伸，终日劳苦受孤贫。
果然立志勤且俭，无须鬼神助你身。

解　天地无私却有权，老人月下配姻缘。
妻相属羊生八子，内有带破定自天。

困　前夫必然有刑伤，重正花烛伴新郎。
注定夫君属羊相，花柳逢春自生香。

革　先天定数原是差，拆来桃李接梨花。
莫道卦象多幻渺，注定过继别人家。

鼎　鸿雁分飞桃成行，兄弟八人不同娘。
次序排来君居五，必有石皮有内伤。

震　未时生人柔带刚，也有阴来也有阳。
不登金榜身荣贵，出入宫禁伴君王。

渐　财星入命数最佳，堆金积玉享荣华。
虽然未报月中桂，衣冠楚楚真可夸。

丰　三刻生人命数强，合主万里振边疆。
腰系彤弓千钟禄，紫衣象笏伴君王。

八千七百一十

噬嗑　卦逢噬嗑数不祥，八千七百有灾殃。
父命属羊南山寿，母命属马寿不长。

贲　前世月老定姻缘，伉俪相偕不同年。
妻宫早已小八岁，恩爱情美寿绵绵。

剥　瑶琴折断重续弦，鼓盆数兮枕衾单。
新郎再娶冷氏女，夫妇偕老永团圆。

复　四序迟传不一般，阵阵朔风透窗寒。
生逢十月初六日，勤劳恩爱同如天。

无妄　生逢一刻花重重，鸳鸯分散再寻盟。
续娶属羊成婚配，桃李花开映日红。

颐　乙未大运木逢春，旱苗得雨长精神。
香闺安宁添吉庆，喜向妆台正乌云。

大过　命立未宫先报蟾，嫦娥相迎合君缘。
凤凰得遂青云志，长岁琼林天下传。

坎　万物凋零草木干，朔风吹动雁南还。
生逢闰十初六日，父母房中添笑颜。

八千七百二十

离　八千七百遇未宫，化吉为凶离卦逢。
父母属羊同庚相，寿有短长母先终。

咸　前世结交鸾凤姻，鸳鸯枕上百年新。
老阳少阴皆命定，妻宫必小二十春。

恒	分散鸳鸯交颈恩，命宫克妻不由人。 续配郎氏月老定，白发双双度百春。
遁	露结为霜透新冬，百草凋残显竹青。 生逢十月初七日，晚景悠悠寿延增。
大壮	生逢三刻重续弦，夫主离分衾独眠。 洞房再娶属羊女，永偕伉俪到百年。
坎	大运流转丁未宫，家宅吉利喜重重。 凡事遂心多快意，日出云端透光明。
离	命宫运来鱼化龙，卯辰连捷上九重。 垂绅晋笏登高位，福比沧海寿如松。
咸	雪冷风寒透新冬，万物凋零草木空。 生逢闰十初七日，梅花经霜翠如松。

八千七百三十

泰	乾坤变泰入震门，二亲宫中细推寻。 母亲属猴先克去，父命属羊寿百春。
屯	月老注定前世姻，老阴少阳配成亲。 枯木身边茂嫩叶，妻小三十零二春。
睽	并头莲花绿水栽，狂风吹残雨中开。 百年恩爱何家好，洞房又娶姬姓来。
蹇	朔风吹到逢新冬，雪里梅花青更青。 生逢十月初一日，产君原是人中龙。
解	姻缘之事非偶然，生逢四刻妻不全。 结发已经克去了，再娶属羊方得坚。

损　己未运临福禄盛，家宅吉庆保太平。
喜气重重多快意，月到中秋分外明。

益　运至未宫鱼化蛟，风吹滕树阁上摇。
卯辰连捷重重喜，鹿鸣宴上早占鳌。

夬　朔风来时孟冬天，耐雪松柏枝叶鲜。
生逢闰十初六日，离却母腹降人间。

八千七百四十

姤　巨门之星入乾宫，母亲属鸡寿先终。
姤卦逢之归本位，严父属羊寿如松。

萃　命宫配定姻缘事，娇妻必小四十四。
少女配合白头公，苍松翠竹度余时。

升　鸳鸯拆散不成双，前配妻宫必早妨。
失偶再娶单氏女，夫妇偕老两无伤。

困　清风明月遇孟冬，绿波苍山映日清。
生逢十月初九日，父母堂上喜无穷。

井　离群鸳鸯受惊慌，生逢五刻两分张。
克妻再配属羊女，数中注定福寿长。

革　运行辛未方遂心，喜对菱花正乌云。
一家平安多康泰，创基立业长精神。

鼎　命立未宫时遂心，青云逢路耀家门。
至戊逢癸名字显，晋笏垂绅拜九重。

震　满眼雪花无与比，草木叶脱子落地。
生逢十月初九日，父母堂前乐怡怡。

八千七百五十

涣	太阳遇未本无光，井宿绞躔必有伤。 父命属羊椿柳旺，母命属狗不久长。
节	月老注定姻缘真，赤绳系足合一心。 妻宫必然大八岁，美满恩情过百春。
中孚	一对黄莺枝上跳，途中折翅丧一鸟。 新郎又正花烛会，洞房连姓佳人娇。
小过	露结为霜在孟冬，百花凋零竹独青。 生逢十月初十日，晚景安享福寿隆。
乾	六刻生人主重婚，比目鱼被猛浪分。 克妻再娶属羊相，夫妇相守百年春。
坤	运交癸未事周全，闺门和顺喜安然。 逢凶化吉多如意，福禄并臻来自天。
屯	命立本宫蛟化龙，至戌飞行上九重。 龙虎榜上姓名显，整却衣冠拜帝宫。
蒙	朔风来时透窗前，黄叶片片影多寒。 生逢闰十初十日，父母堂上长笑颜。

八千七百六十

需	太阳值升八宝瓶，绞躔星宿十二宫。 母命属猪先克去，父命属羊享春风。
讼	生造死来再造生，子息宫中犯刑冲。 命中注定克二子，再生二子自然成。

师	数中已定岂能逃，前妻必归奈何桥。 失偶鸳鸯重配对，续房佳人必姓郝。
比	八字恰逢未时生，家宅田间当老农。 春耕夏耘秋收获，冬有余粮享安宁。
小畜	时逢七刻定得真，洞房两度又重新。 再娶属羊成佳偶，夫妇偕老寿百春。
履	先天数定未时人，命中孤硬克二亲。 只可三清称弟子，衣禄十方每年新。
泰	命立未宫非寻常，养成豪气姓名扬。 前科金榜题名显，戌岁逢诏宦场翔。
否	五行配命贵非轻，胸藏豪气吐长虹。 科举折桂登月殿，戌岁春雷又一声。

八千七百七十

同人	五行四柱定命清，千里姻缘月老成。 夫主属羊配成对，合主带破在身中。
谦	日生福气未宫荣，一生财禄渐渐成。 晚岁和平安且乐，逢凶化吉保安宁。
豫	命中孤硬实非轻，五行数定克妻宫。 洞房又配关氏女，一世荣泰百福增。
临	未时立命巧又能，先天合主手生成。 一生衣禄四方有，贵人见喜晚年荣。
观	生逢八刻主重婚，罗帏锦帐新又新。 克妻再娶属羊相，雪发双双过百春。

噬嗑　先天数定命元刚，送入佛门守佛堂。
只因孤星入命内，两个徒弟送终场。

贲　未时生人贵又奇，命合武职定无疑。
食禄千钟衣紫贵，威振边关称无敌。

剥　五行纯粹显英豪，奇谋妙略志冲霄。
卯秋月中折丹桂，丑年一定占金鳌。

八千七百八十

复　妻宫配定属羊女，微有带破在其中。
若是此身无带破，必定两姓长成人。

无妄　命中注定五行逆，一生灾迍数难移。
因生未月八字定，早来到晚费心机。

大畜　一对鸳鸯两相伴，忽然一阵风吹散。
郎君重结花烛会，洞房佳人定姓范。

颐　拨乱凶星在命中，兄弟不和仇恨生。
此星若还不禳送，阴人滋乱有大凶。

大过　四柱生人定先天，男女宫中太阴躔。
命里同胎生双女，一对嫦娥下广寒。

坎　命坐孤星不由人，口诵真经拜观音。
只因俗缘身未脱，半途还俗落风尘。

咸　四刻定命显得星，奇谋妙略蕴胸中。
鹰扬独步威名重，光祖耀宗换门庭。

恒　五刻生人喜非常，养成豪气战文场。
金榜题名人争羡，鹿鸣宴上姓名扬。

八千八百一十

遁	乾到未宫凶侵缠，父母难得两周全。 父相属羊先去世，母亲属鼠正家缘。
大壮	姻缘前定老配幼，老阴少阳合生凑。 夫宫一定小八岁，鸾凤交结天配就。
晋	一树花开子初成，二十岁上产儿童。 门庭荣耀光景好，父母堂前长笑容。
明夷	梅花初绽时霜冷，风摆竹梢叶更青。 生逢腊月初六日，满地风雪喜盈盈。
家人	结发妻宫命属羊，夫君妨克必定亡。 二次新郎花烛会，续配属鼠寿延长。
睽	大运交转乙未宫，妆台不喜泪盈盈。 事不遂心生闲气，疾病缠身血滞终。
解	运交乙未喜吉祥，丹桂逢春味更香。 加官进禄悬光重，万里清明气象昌。
姤	梅花满枝雪满庭，风吹竹梢叶更青。 生逢闰腊初六日，父母堂前喜无穷。

八千八百二十

萃	乾坤变化数流转，二亲宫中一不免。 父母属羊游仙路，母命属牛独自显。
屯	一枕鸳鸯交头眠，夫宫正大二十年。 莺声满院春光好，清风明月自在闲。

蒙　桃夭灼灼映日红，结实花开子初成。
三十二岁生一子，早得清闲晚得荣。

震　雪里梅花皓中寻，冰结玉黄乱纷纷。
生逢腊月初七日，梅桂花开在青林。

萃　一场喜气变作仇，首妻属羊不到头。
闺房又配成佳偶，续娶佳人必属牛。

屯　运交丁未事多差，多开半谢雨中花。
凶多吉少心头闷，懒向妆台对菱花。

蒙　丁未运临爵禄增，蛟龙发奋在潭中。
职位升迁声名美，皓月当空万里明。

震　满地白雪梅花轻，冰花片片在当空。
生逢闰腊初七日，竹叶松柏盼新正。

八千八百三十

泰　山影青松万花林，八千八百泰爻寻。
父命属羊先克去，母命属虎守孤衾。

否　姻缘配就原非轻，年少同甲不同庚。
夫大妻宫三十二，前世注定寿今生。

同人　四十四岁才二男，鲜花结子在晚年。
想是积德阴功厚，天赐儿郎立堂前。

大有　季冬庭前见寒海，朔风阵阵三阳堆。
腊月初八是生日，皓中踏雪折梅回。

谦　数中命定必克妻，先配属羊早分离。
再娶属虎为内助，福禄同享共齐眉。

豫	驳杂琐碎口舌来，运交乙未不称怀。 少舒心头常忧闷，妆台明镜有土埋。
随	大运交临乙未宫，职位升迁福禄增。 人才济世家声振，松柏青青月正明。
临	朔风阵阵透罗帏，季冬得残三阳辉。 生逢闰腊初八日，有人踏雪折梅归。

八千八百四十

离	水到离宫不吉良，二亲堂上见刑伤。 母亲属兔安享寿，父命属羊定先亡。
噬嗑	姻缘前配定不差，乔木争先发嫩芽。 夫宫原大四十四，年甲不同福禄佳。
贲	命宫阴德是前生，晚亲福禄渐渐增。 洞房喜气满天降，五十六岁产儿童。
复	梅花似雪味更新，有人赏玩在良辰。 生逢腊月初九日，朔风阵阵透衣襟。
剥	妻妾宫中犯刑冲，鸳鸯拆散别寻监。 结发属羊必克去，又配属兔保安宁。
坤	六爻生坤不顺通，烦恼疾病主忧惊。 运交辛未主不利，驳杂口舌在其中。
涣	冶铸金钟出其身，也许当年渐渐成。 运至辛未财禄旺，职位升迁日重明。
井	梅花香送雪近门，骑驴归来正黄昏。 生逢腊月初九日，玉花妆台粉乾坤。

八千八百五十

节　老阳不动变少阴，乾坤相刑君分张。
父命属羊先去世，母命属龙寿延长。

中孚　前世姻缘定不错，一对鸳鸯两相合。
夫主必大十八岁，两意相投福自多。

夬　流年小限遇贵星，七八月内事遂心。
财福临门多喜气，凶中化吉福自陈。

姤　踏雪寻梅朔风寒，江边红日照堂前。
生辰原是十二月，初十落草到人间。

萃　数中消息报君知，姻缘错配必克妻。
原配属羊今已克，又娶属龙定无疑。

井　大运癸未不遂心，口舌是非不时临。
持立家计无心正，又添烦恼病厄侵。

革　癸未运临最为良，满堂吉庆纳祯祥。
水土位交职位转，增福增禄日月长。

鼎　朔风吹动竹叶青，皓然寻梅雪里行。
要问生期在何日，闰腊月内初十生。

八千八百六十

震　二亲宫中定得清，父命属羊寿先终。
母命属蛇孤灯守，孤伶冷清依青松。

渐　棠棣花开分外香，兄弟三人不成双。
一房缺嗣前已定，内中必有过继郎。

丰

小限流年凶星躔，七月八月有灾来。
破财口舌心烦恼，待交九月始安平。

旅

命中早定属羊妻，注定终身不育儿。
兰芽二子庶宝出，方得玉砌长成人。

泰

前妻属羊犯刑伤，命坐羊刃定主妨。
鸳鸯拆散重配对，必然属蛇耐久长。

否

流年转此太阳星，男子逢之自太平。
求名不利无事遂，妇女产难有灾凶。

同人

运交辛金不顺通，官星隐隐禄不增。
旱苗又被太阳照，日出云遮少光明。

大有

空中燕子有双双，二亲堂上父先伤。
姐妹四人居一体，慈母含泪守空房。

八千八百七十

剥

三刻生人命中强，琴瑟乖张夫早亡。
甘心寡守有情操，坚贞不改傲冰霜。

复

未月生身杂气中，财官坐实喜刑冲。
家宅茂盛田园旺，五行数定富豪翁。

颐

八千八百七十三，此数逢之必畅行。
七月八月多顺利，门产喜气有几番。

坎

命中孤硬不寻常，克过四妻真凄凉。
几度新郎花烛会，五次佳人定属羊。

离

命中注定子息稀，蟠桃花开片片飞。
妻宫产生难存保，偏房生子有光辉。

咸　运转流年事不齐，合主辞官事不宜。应在八月中旬日，忽然解和莫迟疑。

恒　大运交转未宫逢，富贵功名不称情。职位逢此遭牵制，犹如凤鸟入笼中。

屯　双双燕子入江滨，草木森森仁义存。姐妹四人先去母，失却扶助泪洒襟。

八千八百八十

夬　生逢四刻鸾凤交，罗帏锦帐自逍遥。女坐兰房姻缘定，鸳鸯池上自在飘。

归妹　棠棣花开各芬芳，同气连枝双青黄。兄弟三人内出贵，光宗耀祖换门光。

姤　流年凶星在内藏，灾殃口舌须提防。七月八月多不利，烦恼之事即几场。

萃　性格宫中金火强，为人性暴不贞良。舌长口快威风大，不敬翁姑与夫郎。

否　命里注定有嗣难，一生冲克少儿男。蟠桃枝上不结果，芙蓉二株齐归泉。

丰　四柱配合五行清，福禄折桂在命宫。寿享遐龄禄丰厚，将来成名多峥嵘。

大畜　命产未日五行清，功名未就异路程。不登金榜业冠带，主就财帛多峥嵘。

咸　申时生人喜又乐，洞房恰似遇嫦娥。兰室春暖洞房会，花开结子主春多。

邵子神数申部

一千一百一十[1]

屯	寅时三刻定妻宫，羽姓相逢儿克刑。 长子火命招三弟，兄弟四人木火生。
震	命里乾坤定阴阳，父相属猴梦黄粱。 慈母相马天增寿，抚养兰桂各芬芳。
需	运至甲申财禄兴，十年安乐事事通。 风平浪静船自稳，云收雾散月光明。
讼	四刻交讼遇申宫，五刻生人一子成。 但知身遭风流破，晚来可保福寿增。
师	寅时三刻克夫宫，商姓火命不刑冲。 双亲同庚母先逝，子息火水方保成。
比	初配妻宫必属猴，命中刑克不到头。 兰房续配属马相，夫妇偕老寿永筹。
小畜	运逢甲申喜气盈，三五甲木福禄丰。 申字运中多烦恼，勉力谨守无灾逢。
履	刺骨悬梁志气坚，圣贤经书苦钻研。 运至甲申方遂意，黉宫你君争后先。

一千一百二十

泰	午时三刻定吉凶，妻宜金命在角宫。 二老水火父先逝，子息惟木始能成。

校者注 ① 从“一千一百一十”起，至“四千八百八十”止，为《邵子神数》的B项。

乾	乾宫交兑犯刑伤，猴相严君梦黄粱。 母亲属羊安且寿，抚养兰桂自芬芳。
谦	瑞到门庭十年忙，名利和合称心怀。 运交丙申福禄至，倍加修好永无灾。
豫	五刻生人命如何，原来二子不为多。 其中惟有带破者，可保福禄晚年约。
随	午时三刻定有妨，天金地火父先伤。 夫逢徽姓火命好，子立水火寿延长。
盈	猴相原是结发妻，命中冲破主分离。 瑶琴已断弦再续，定配属羊无改移。
临	大运流转到丙申，家门亨泰百福臻。 上五年中原有喜，下五年防灾害侵。
观	窗前十年苦用功，运至丙申大亨通。 名到黉宫身荣贵，更向棘围问鹏程。

一千一百三十

贲	戌时三刻理最真，妻配宫姓金命人。 火上子息无冲害，伯仲二人步凡尘。
剥	父母宫中细推详，二爻逢制克老阳。 猴父南柯作大梦，同相母亲寿延长。
复	运交戊申福禄臻，并无极凶不称心。 日新月盛十年旺，恰似枯木乍逢春。
无妄	五刻生人三子成，一树蟠桃各不同。 内中虽有带破者，完质蔽朽枝叶荣。

大畜	戌时三刻定得清，夫定火命姓商音。 子立木火并无害，难免孤树不成林。
颐	前妻属猴不到头，命犯冲刑定难留。 兰房又正花烛会，续配佳人仍是猴。
大过	大运交临戊申宫，持家立业多亨通。 妆台喜对菱花照，待至下五大不同。
坎	灯火寒窗透冷风，刺骨悬梁苦用功。 早年累试皆不第，运至戊申入泮宫。

一千一百四十

大过	寅时三刻妻主妨，角姓火命寿延长。 儿郎金木方存保，命中合主两层娘。
否	此数逢戌有刑伤，父命属猴必先亡。 母亲属鸡多吉庆，安享福寿在高堂。
升	运行庚申财禄丰，粟陈贯朽用不穷。 风平浪静船自稳，云收雾散月光明。
无妄	五刻生人注得清，丹桂结实四子成。 其中虽然有带破，晚来福寿自丰盈。
晋	二十一二福禄重，家门通泰渐渐成。 窗前苦奋棘围志，少年高登换门庭。
颐	数中注定必克妻，无配属猴早分离。 花烛重明又结彩，洞房续配必属鸡。
睽	运至庚申不为佳，半开半谢雨中花。 上五庚字多遂意，下五申字却变差。

家人　庚申运临福禄齐，窗前奋志上云梯。
今朝幸遇知己者，名登黉门游泮池。

一千一百五十

睽　午时三刻时正逢，妻命属火系商宫。
立子惟喜土与木，兄弟四人身居中。

蹇　二爻得蹇怕逢申，双亲堂上有刑侵。
父命属猴母狗相，父亲先亡母独存。

解　运至壬申财禄丰，十年之内大亨通。
风平浪静船自稳，云收雾散月光明。

损　男女宫中细推详，蟠桃五果有青黄。
其中虽然有带破，五刻生人定衣强。

益　三九交至四十年，满门吉庆家道安。
事事遂心多如意，福禄荣昌定自天。

家人　前妻属猴必主亡，命中注定两参商。
鸳鸯拆散重配偶，再娶属狗终妥当。

姤　大运流转到壬申，持家立业长精神。
上五年来多遂意，下五年来不称心。

革　运至壬申官星临，立志窗前苦用心。
身游泮水初发轫，将来还作折桂人。

一千一百六十

讼　戌时三刻两母亲，妻姓角音木命真。
立子金水兴家计，手足宫中只二人。

师　父母爻中细推详，二数逢师定不良。父猴中年先辞世，母氏属猪寿延长。

比　二九三十家宅昌，财帛兴隆有名望。若君鞭策更有意，富贵荣华耐久长。

履　六刻生人仔细详，生多六子立堂前。其中虽有带破者，却喜晚来福寿全。

泰　五十七人最为良，花逢细雨自芬芳。吉庆绵绵添喜气，一家安乐福满堂。

否　命中注定克妻房，元配属猴命早亡。重婚再配属猪女，松柏青青耐久长。

同人　天狗本是最为凶，犯者必主子难成。中年若不早禳祭，到老缺嗣一场空。

大有　数中注定能文章，心在广寒身在庠。君今未遂青云志，怎奈嫦娥不下床。

一千一百七十

谦　运交壬水福禄丰，添财进喜百事通。一派风送天边雁，万里无云月正明。

豫　五行八字细推寻，子息宫中定得真。桃李花开共十朵，伯仲究非一母亲。

随　五十三四家道兴，吉祥如意喜重重。出入顺利添财富，恰似行船遇顺风。

无妄　五刻生人数分明，丹桂枝头七子成。其中虽有带破者，争献蟠桃情尔同。

姤	壬水运临事多凶，疾病灾殃有忧惊。 龙困浅水难摆尾，月被云遮少光明。
观	大运流转行到壬，家宅喜庆吉多临 仙鹤升飞显祥瑞，玉树花开产麒麟。
噬嗑	八字金水不喜火，见火便为迷魂锁。 如不斩断这条绳，阴司路上定难躲。
贲	八数耗煞在身宫，财帛不存落虚名。 只因小坑填不满，何时能得饱囊中。

一千一百八十

剥	运交申金不怕冲，喜得水土在长生。 风平浪静船自稳，云收雾散月光明。
复	蟠桃结实分外香，命定四子有荣昌。 功名显赫人争羡，光宗耀祖换门墙。
大畜	七十七八兰桂发，家宅康泰福禄加。 一入大运多吉庆，晚年安乐享荣华。
颐	生逢五刻福禄强，蟠桃枝上分青黄。 森森八子堂前立，有带破也有荣昌。
大过	大运流转到申宫，是非口舌有几层。 若解及早多防备，自觉灾去福自生。
坎	运交申宫喜重重，凡事遂心大亨通。 梦兆熊罴生贵子，吉人天相自安宁。
离	七九八岁欠安宁，煞星入命多主凶。 细查五行应有救，解破煞关方能成。

咸 命宫五行定得清，亲朋骨肉主无情。
只宜小心且谨守，月到中秋分外明。

一千二百一十

恒 水火既济卦最良，先天数定有主张。
兄弟四人争先后，算来君居第三行。

遁 父母宫中注得清，严父属猴寿必终。
母亲亦作泉下客，数演定是属鼠庚。

大壮 运行甲申欠亨通，破财口舌疾病生。
虽然烦恼须谨守，月到中秋分外明。

晋 运行流转到晋宫，哭泣临门恸悲声。
堂上严父今已失，血泪沾襟到五更。

明夷 五行造化本难明，泄露天机世人惊。
姐妹四人定次序，演来必是第三名。

家人 姻缘前定无改移，命中有数已先知。
兰房佳人尚氏女，天然配就作君妻。

睽 大运行至甲申宫，持家立业欠亨通。
菱花懒对多忧闷，交至下五喜自生。

蹇 时逢五刻命高强，圣贤经史腹内藏。
今日暂且游泮池，他年定作折桂郎。

一千二百二十

豫 群雁高飞西又东，手足宫中六弟兄。
次序排来君居四，内有石皮定得清。

随　全凭数命定年庚，一千二百数逢空。
父命属猴母牛相，双亲俱主入幽冥。

蛊　运交丙申主破财，提防是非口舌来。
家门不利生灾祸，一生命运天安排。

临　运逢申宫主哭声，克去严父命归空。
破财烦恼争闲气，好似明月被云朦。

观　一千二百定命宫，姐妹合主一母生。
手足六人身居小，花开花落鸟不惊。

贲　姻缘簿上注得清，并头莲开色更浓。
佳人配就谢氏女，同衾共枕寿如松。

剥　丙申运临主生灾，疾病口舌不时来。
上五年中不遂意，下五逢之喜妆台。

复　生逢申时能文章，心在广寒身在庠。
君今欲遂青云志，怎奈嫦娥不下床。

一千二百三十

明夷　鸿雁纷飞在上天，一树花开朵朵鲜。
手足宫中分次序，一兄二弟枝相连。

夬　云朦日月两无光，父母宫中有刑伤。
父命属猴登仙路，母命属虎寿不长。

姤　运行戊申祸必生，灾殃口舌常相争。
家宅不利财耗散，海底明月总是空。

井　琐碎玻财不遂心，灾去祸来常相寻。
运交壬水添烦恼，必克堂上老母亲。

坎	先天数定有阴阳，女命宫中仔细详。 姐妹三人共一体，次序排来居二行。
离	姻缘配就何氏女，云满巫山逢时雨。 琴瑟在御声声和，天定鸾俦真雁侣。
咸	运行戊申吉凶均，上五年中不遂心。 财禄喜事应下五，雨后看花更精神。
恒	五行四柱贵非常，气吐虹霓姓名扬。 年方二十先游泮，他年还作折桂郎。

一千二百四十

遁	棠棣花开朵朵香，手足宫中少克伤。 兄弟五人身居二，往来堂前任飞扬。
大壮	父亲注定属猴真，母亲属兔不虚云。 乾坤数落空陷地，双亲先后命归阴。
晋	运行庚申命不宜，灾殃口舌惹是非。 若肯下心且谨守，庶几同天释忧疑。
明夷	运交申金泪纷纷，主克堂上老母亲。 破财不利生灾祸，是非口舌常常侵。
家人	五刻生人文明齐，父折蟾桂子也奇。 意欲名登龙虎榜，可惜身不赴凤池。
睽	姻缘前定非偶然，赤绳系足两家欢。 妻宫配就冯氏女，琴瑟相和到百年。
蹇	运交庚申不称情，懒向妆台正面容。 上五年来大有忌，下五逢之百福增。

解　命中数定理自宜，胸罗万卷文出奇。
算君三十零二岁，定入黉宫游泮池。

一千二百五十

损　手足宫中喜相生，一树花开满院红。
兄弟九人君居幼，同气连枝天配成。

益　二亲宫中定得明，父命属猴母属龙。
椿庭已作黄粱梦，母亲亦主赴幽冥。

睽　运交壬申祸必临，几番不遂屈难伸。
破财口舌合疾病，事不遂意恼人心。

屯　大运交壬最主凶，烦恼口舌见悲声。
比翼鸳鸯忽拆散，克妻原兆此运中。

观　手足宫中定得清，姐妹四人情不同。
次序排来身居四，原来不是一母生。

临　姻缘前定非偶然，此花开来得是兰。
洞房配就田氏女，一对鸳鸯共枕眠。

否　运行壬申疾病生，雨里残花风里灯。
上五年来多不利，下五逢之保安宁。

蛊　刺骨悬梁苦用功，命宫注定晚成名。
君年四十零四岁，喜游泮水入黉宫。

一千二百六十

随　手足乖张数不周，兄弟四人最悠悠。
雁行排来君三位，内有石皮显风流。

困 父命属猴在申宫，母亲属蛇巳年生。
乾坤数落空陷地，二亲双双归幽冥。

蒙 二九三十有虚惊，口舌破财疾病生。
浪中行船风又起，日出东海被云朦。

归妹 大运交申主不祥，财损人离克妻房。
忧中添喜悲中笑，重正瑶琴再洞房。

乾 一千二百遇巽宫，手足宫中算得清。
姐妹七人你居长，原来不是一母生。

恒 并头莲花映日红，一对鸳鸯枕共同。
姻缘配定牛氏女，夫妇偕老无克刑。

咸 生逢申时贵不疑，勤俭贤能福有余。
助夫兴旺成家计，福禄双双寿更奇。

大畜 八磨玩石功未成，蟠桃结果待时红。
早年运否多不显，命宫注定晚成名。

一千二百七十

随 棠棣茂盛叶更青，紫荆双秀瑞气生。
兄弟六人身居四，内有石皮显贵荣。

大畜 日生申宫衣禄丰，一生逍遥保安宁。
家宅渐兴财帛旺，晚景悠闲更峥嵘。

讼 五十三四凡事难，口舌祸患母不安。
颠险恐怕纷纷有，思想往来转心还。

临 大运流转行到壬，财破人离怨声临。
克子应是在此位，日鼓口舌少精神。

困　八字生来五行平，家业散乱渐凋零。衣禄丰盈随时过，贵人门前唤仆童。

咸　月老注定姻缘良，鸾凤交结会洞房。并蒂莲花色堪羡，命宫娶妻当姓唐。

坤　红鸾照命申时知，此命合主举儒衣。一生安然居屋下，身受夫人封赠职。

归妹　女命生来后逍遥，髯鬓描眉似芙蓉。休态轻盈多秀气，花街柳巷是家风。

一千二百八十

坤　紫荆花开枝叶青，兄弟森森排成行。手足十人有带破，君身居二纳祯祥。

家人　提纲发令任西东，富贵荣华定无穷。命限初交九岁运，处世安然乐家中。

复　十七八岁定吉凶，疾病缠身少安宁。饮食无味心烦恼，月照云遮少光明。

否　运交申宫主有惊，刑克子息见悲声。家门不利财耗散，桃杏未熟遇狂风。

随　生逢五刻定姻缘，月老前定非偶然。鸾凤交结相会聚，仆女一定配仆郎。

泰　一对鸳鸯两交头，前世配定妻姓周。夫妇相和无相克，处世安然福禄筹。

益　身命贵入紫微垣，度有光耀万古传。此命金枝玉叶女，定配豪士作姻缘。

丰 此命生来福气洪，富贵荣华享恩荣。
处世安然家多旺，持家立业有贤能。

一千三百一十

睽 一千三百细推详，淡淡阴云日罩光。
父命属猴母鼠相，双双有寿在高堂。

蹇 乾坤二相数逢空，二亲宫中注得清。
父命属猴游仙路，母相属马赴幽冥。

困 运交甲申两平均，上五年中事遂心。
下五不利多琐碎，提防灾殃口舌侵。

谦 先天要诀定无疑，蛟龙入水得运济。
生逢二月十一日，夜明生光母见吉。

豫 自古人生最喜春，父相属猴鼠母亲。
前世积得阴功厚，松柏长青又生新。

离 姻缘前定聂氏妻，琴瑟相好共帐帏。
前生造就今生事，一对鸳鸯永不离。

困 先定死来后造生，梧桐叶落遇狂风。
三十一岁光阴尽，一枕南柯梦归空。

益 定你生日在何期，佳景重逢子规啼。
闰二月生十一日，堂上双亲添笑眉。

一千三百二十

咸 乾坤大畜定阴阳，父相双双乐高堂。
父相元辰命属猴，母亲牛相在坤方。

坤 二亲宫中定得真，父命属猴命归阴。
母相属羊已克去，坤数已定不虚云。

离 运行丙申两火强，事事遂心纳祯祥。
流转申宫财难守，殃患口舌有几场。

益 水入坎宫归本乡，桃李花开枝叶香。
生逢二月十二日，仲春景物自古常。

恒 二亲庚相数中求，父命猴相母命牛。
椿萱堂上安乐在，双双有寿到白头。

归妹 姻缘簿上注得清，辛家女儿作妻宫。
赤绳系定两家足，前世造定非今生。

剥 命入提纲克度星，疾病重重多不宁。
四十三岁辞阳世，早赴南柯梦中行。

离 仲春花开正艳阳，桃李芬芳满院香。
闰二月生十二日，月影交缠产兰房。

一千三百三十

家人 人秉天地入命宫，金木水火土五行。
先天注定双亲相，父命属猴母虎庚。

坎 乾坤爻中犯刑冲，阴阳弱强有相争。
父命属猴作大梦，母相同庚命归空。

蹇 运行流转戊申方，戊中发福喜非常。
交临申宫有吉凶，口舌是非主乖张。

豫 安身立命定元辰，桃绽花开迎新春。
生逢二月十三日，已脱母腹乐欣欣。

益

堂上父亲是属猴，母亲属兔在卯宫。
生产人伦传后世，绿水青山几百秋。

恒

月老注定姻缘奇，妻配桑氏更无疑。
三元会合无克害，白发双双共齐眉。

困

身命子宫凶星躔，大限五十有五年。
日耗气散魂魄落，一梦南柯至九泉。

大壮

东风劲吹桃花香，荷花出水弄青红。
闰二月生十三日，一生荣昌福寿隆。

一千三百四十

一

乾坤交泰喜相临，二亲宫中细推寻。
父命属猴安且乐，母命兔相福寿均。

二

父命宫中数不祥，父命克去母也亡。
严父原是属猴相，母亲酉年且莫忘。

三

庚中运临更自高，喜事临门财禄招。
申金逢之多不利，冰见太阳定自消。

四

东风劲吹杨柳天，桃花开放朵朵鲜。
生逢二月十四日，安享福禄寿绵绵。

五

日月二气在人间，父是猴相母兔年。
南山之寿人难比，清风明月好清闲。

六

姻缘注定索氏女，琴瑟和合共罗帏。
前生造定今世配，夫妇偕老一百春。

七

命入天罗不久常，衣禄尽绝要提防。
六十七岁难逃躲，一枕南柯梦黄粱。

八　东风吹动柳絮扬，荷花出水弄青黄。
闰二月生十四日，一世安乐福禄长。

一千三百五十

一　二亲庚相数中求，数定父亲是属猴。
母命属龙无差错，百年福寿永悠悠。

二　乾坤二相定得真，父猴母狗二双亲。
数落空亡天罗位，椿萱俱主命归阴。

三　运至壬申两年均，壬水逢之福禄臻。
殃患口舌交申位，烦恼琐碎又临门。

四　一天雨露送春来，花开满院出尘埃。
生逢二月十五日，好景悠悠称心怀。

五　堂上松柏遇春风，父是猴相母辰庚。
乾至九五飞龙相，寿如南山不老松。

六　一千三百五十六，豫定姻缘妻姓古。
夫妇偕老无相克，晚景悠悠福寿增。

七　朔风凛凛忽冬天，瑞气霭霭满山川。
大限注定七十九，一枕黄粱丧九泉。

八　几天雨露送春风，花开园中满树红。
闰二月生十五日，父母堂前添笑容。

一千三百六十

一　水火既济几度秋，父命属猴百年悠。
慈母属蛇乐且在，双双有寿到白头。

二 乾坤之数落空亡，二亲俱主梦黄粱。
父命属猴母属猪，数中定来人难强。

三 命宫五行如水清，风流俊俏好干净。
作事平和心田好，一生荣泰晚年丰。

四 申时生人命宫强，恩人无义将心伤。
贵人见喜小人怨，纵然有祸不成殃。

五 太阳遇申享恩荣，二亲庚相注得清。
父命属猴安然乐，母亲定是属小龙。

六 并头莲花映日红，千里姻缘月老成。
妻宫定配铁氏女，兰桂芬芳自发荣。

七 南极主寿多遐龄，九十一岁禄不增。
魂魄逍遥辞人世，黄粱一梦不回程。

八 一生都是命安排，先天造定岂能改。
结交常怀公正义，晚景悠悠福自来。

一千三百七十

一 福德贵星入命宫，名利和合两道通。
凶中化吉细详推，女人怀孕产儿童。

二 五刻定数乾坤空，父亲必定赴幽冥。
母亲亦作泉下客，南柯大梦不回程。

三 五行定命更无疑，为人性怪甚出奇。
作事不与人相类，一生荣泰在晚期。

四 申时生人退若何，心地方正好朋友。
常存公道行方便，重义轻财音合和。

五　申时生人命属猴，财德福禄祖先留。
处世安然家宅旺，百年荣泰百年悠。

六　前世姻缘定得真，月老注定结成亲。
洞房妻宫赵氏女，雪鬓双双过百春。

七　命中孤硬非寻常，结发克去续又妨。
娶过二妻被你克，再娶属猴终妥当。

八　天驿二马在命宫，合主出外喜相逢。
名利和合多有福，任君东西南北行。

一千三百八十

一　流年逢此病符困，病痛沉沉灾殃临。
饮食无味胸中滞，遥遥禳祭命方存。

二　申月生人禄不均，早年荣华福禄臻。
后来家财渐消散，命中造定岂由人。

三　天耗恶煞在命间，拨乱人财两不安。
此煞若不早解破，家业田产他人管。

四　申时注定最为奇，骨肉少靠情不齐。
恩人过后皆无报，早年成败晚结实。

五　五刻生人定得清，六亲少靠衣不均。
离祖成家田园旺，若守祖业免灾迍。

六　前世姻缘定不差，妻配袁氏结白发。
一对鸳鸯共衾枕，琴瑟和合永不差。

七　命临噬嗑最为凶，此数逢之克妻宫。
娶过三妻被你克，再娶属猴保安宁。

八　命宫注定理非常，也秉阴来也秉阳。女扮男妆非祝氏，扮演戏文一才郎。

一千四百一十

一　乾坤爻中细推详，双亲位上定高强。父命属猴母属马，福寿荣华山海长。

二　推查子息注得清，丹桂堂上子规鸣。一子传家为后嗣，庚相属猴保安宁。

三　四刻生人定命真，命宫注定克母亲。少年萱堂先逝去，独自血泪洒衣襟。

四　先天要诀定无疑，蛟龙幸得入大溪。生逢四月十一日，夜月生光母见儿。

五　五行数来巽卦中，父猴母马定得清。一生福禄前生定，天长地久百年丰。

六　大运交临到甲申，出入利益旺家门。一门喜气添人口，百事和合方称心。

七　甲申属猴寿更加，井泉水命七十八。忽然得下痨伤病，可怜一命丧黄沙。

八　紫荆花开映日红，满园桃李挂金铃。闰四月生十一日，丹桂花落子初成。

一千四百二十

一　兑坎遇金喜相生，父命属猴福禄增。母相属羊遐龄寿，抚养兰桂振家风。

二 长子定是申年生，先天定就属猴庚。果然二子堂前立，始信造化此书中。

三 四刻生人丧萱堂，兄弟二人母先亡。鸿雁南还白云远，各自思亲泪汪汪。

四 梨花朵朵似银铃，洞房添喜月重明。石榴初绽子将结，正是四月十二生。

五 蹇卦行未五数游，二亲庚相在自求。母亲属羊添寿岁，配合严父定属猴。

六 运交丙申财禄丰，无边佳趣入门庭。浪里行船风早静，云收雾散月光明。

七 丙申火命生下佳，数尽春光七十八。猴逢鼠咬难逃躲，可怜一命归黄沙。

八 榴花开放映日红，杨枝高处蝉声鸣。闰四月生十二日，梨花朵朵似银铃。

一千四百三十

一 乾坤二相最悠悠，预知严父是属猴。母亲也是同庚相，天长地久百年秋。

二 先天定就造化根，长子定是属猴人。丹桂庭前生三子，全凭时刻定得真。

三 四刻生人定去留，兄弟三人情义休。双亲位上先去母，父失扶助常忧愁。

四 柳枝椽上燕子鸣，初夏烈日栖凉亭。生逢四月十三日，父母堂上喜盈盈。

五 先天数主真又真，命宫算尽世上人。
富贵穷通无差错，父母同是猴相人。

六 大运戊申福禄增，家宅和顺瑞气生。
名利发达皆通泰，无忧无虑喜重重。

七 戊申属猴命为高，身着紫衣乐淘淘。
数定春光七十九，南柯一梦丧几霄。

八 柳荫深处燕语鸣，夏日炎炎风来薰。
闰四月生十三日，杜鹃枝上唱风情。

一千四百四十

一 乾坤变化识者稀，父相属猴母相鸡。
二亲位上同偕老，先天注定福寿齐。

二 先天定数难变更，命中四子是前生。
莫谓阴阳多幻渺，长子属猴申年庚。

三 生逢四刻主财伤，手足宫中正两双。
堂上椿萱先去母，只因命数犯空亡。

四 黄鸟不住枝头鸣，杨柳含烟日影红。
生逢四月十四日，堂上只闻笑语声。

五 先天数定各自走，父母相合子息有。
要知君家两亲相，父相属猴母相酉。

六 运交庚申主亨通，出入安然福自生。
财禄丰盈添吉利，犹如明月照当空。

七 命逢庚申主不通，修短之寿定分明。
八十一岁息尽头，魂升魄降命归阴。

八　子规啼唤迎送生，先天注定甚分明。
闰四月生十四日，父母堂前添笑容。

一千四百五十

一　乾坤二数定高强，五行有定正伦常。
椿萱茂盛人闲乐，父是猴相母狗当。

二　堂前丹桂枝枝青，根深叶茂最有情。
长子成立属猴相，五子传家福寿洪。

三　四刻生人一枝根，兄弟五人情不均。
双亲位上先去母，内有带破在其身。

四　珠帘不卷燕飞扬，黄鸟枝头声声祥。
生逢四月十五日，滔滔福禄共天长。

五　二亲庚相数中求，母命属狗父相猴。
乾坤享寿遐龄久，福比海水东去流。

六　运交壬申财禄兴，百发百中称心情。
浪里风息船自稳，云收雾散月光明。

七　壬申年属刀剑金，马倒禄绝命归阴。
限定七十五岁寿，鼠尾牛头险处寻。

八　珠帘不卷燕子翔，杜鹃声声入喜堂。
黄鹊弄音枝上呀，闰四月生十五降。

一千四百六十

一　堂前桂柏遇春风，双亲庚相定得清。
父相属猴母猪相，双双有寿享遐龄。

二　一树花开枝横空，可喜百果结林中。
长子属猴主五弟，先天定数情不同。

三　四刻生人棠棣根，兄弟六人情不均。
双亲位上先去母，内有石皮在其身。

四　申时生人近贵乡，昆玉行中折桂郎。
命享恩荣家业旺，身紫荣耀好风光。

五　吉星临照乾坤宫，父命属猴内春风。
母命已定属猪相，寿比南山不老松。

六　生逢申时最为强，命主荣华姓名扬。
先除明伦可教化，运至升迁坐正堂。

七　数中主寿近高年，蛇头龙尾定难逃。
九十七岁人罕见，一枕南柯梦荒郊。

八　二刻生人孤硬强，克害夫主早年亡。
羽姓木命方能保，子立命水寿命长。

一千四百七十

一　命宫克母又续娘，前世定就两萱堂。
配定妻宫随娘女，姊妹成亲会洞房。

二　富贵荣华非等闲，命宫七子福禄全。
先天注定长子命，属猴庚相永绵绵。

三　四刻注定棠棣生，兄弟七人情不同。
二亲位上先去母，内有带破在其中。

四　前世姻缘定得真，必宜小娶晚配亲。
残花一朵无鲜色，庚相属猴免刑侵。

五　生逢申月福气深，多多父母财禄臻。
田宅宫中恩星照，盛世逍遥旺家门。

六　申时生人最为良，注定荣华福禄强。
文章锦绣英才大，恩赐贡士姓名扬。

七　五行四柱数定真，好色贪淫不由人。
原来是位风流客，夜夜歌舞夜夜春。

八　三刻生人数定明，克妻损子火神宫。
妻宜商姓金定保，子息水土方能成。

一千四百八十

一　拨乱星在命宫安，结发如仇冷眼看。
太阳入申光明少，命主活离各一天。

二　蟠桃一树有青红，丹桂八枝叶茂荣。
长子定立属猴相，随后还有七儿童。

三　棠棣茂盛枝叶青，兄弟八人情不同。
生逢四刻母先去，内有带破在其中。

四　命定妻宫是猴人，刑伤重重子难成。
蟠桃结果风打去，生产难存泪眼红。

五　五刻生人福不均，逢动事事难靠亲。
父母兄弟不得力，自立家计晚年辛。

六　四柱生来五行清，合主手艺有奇能。
打造冠簪并人物，维系生活有异功。

七　五刻主命福禄清，青云得志步蟾宫。
手扳丹桂登月殿，金榜题名进士公。

八 生逢四刻火命妻，若非宫姓克分离。
长子木命招三弟，二弟成人更无疑。

一千五百一十

一 移花接木验穷通，月令引出顺逆行。
初限方交九岁运，且听下运吉合凶。

二 桃花绽蕊望春光，丹桂枝头结子香。
父年生你二十一，门庭悬矢喜弄璋。

三 姻缘簿上注得清，五行数定克妻宫。
洞房又娶何氏女，举案齐眉百福增。

四 黄鸟送夏迎新秋，紫燕衔泥入画楼。
六月十一生尘世，父母堂前喜悠悠。

五 荷花出水映日红，姻缘注定甚非轻。
五音合就俞家女，月老配成作妻宫。

六 运交甲申不合情，日出当空云又蒙。
事事琐碎财耗散，闲气口舌暗昧生。

七 申日生来显贵名，时逢壬申吐长虹。
胸中豪气三千丈，文章联捷上九重。

八 薰风送夏迎中秋，紫燕衔泥入画楼。
生日原是闰六月，灵胎圆满十一生。

一千五百二十

一 二刻姻缘定得清，绿水荷花并头生。
洞房妻宫属猴相，共枕同衾两安宁。

二 平生匹配好姻缘，定知堂前贵子贤。
要知你身何年降，父年正交三十三。

三 拆散鸳鸯交头恩，克妨妻宫命难存。
重婚又配谢氏女，洞房花烛又一新。

四 鸡冠花开玉簪香，芙蓉含笑喜呈祥。
六月十二生你日，父母房中喜弄璋。

五 一对鸳鸯两和鸣，良媒注定姻缘成。
妻宫配定木家女，夫唱妇随百年荣。

六 大运流转到丙申，灾殃口舌病缠身。
浪里行船风又起，月出云遮光不临。

七 乙日时上甲申间，登云步月丹桂扳。
命宫禄马天乙贵，腰金紫衣列朝班。

八 蝉声响彀柳荫中，岁月新去秋时逢。
闰六月生十二日，满院黄花结子成。

一千五百三十

一 三刻配合好佳期，金兰芙蓉两相宜。
妻宫定是属猴相，月老注定更无疑。

二 宗嗣迟早非偶然，庚相共照在人间。
父年正合四十五，方才生你立根源。

三 克害妻宫命难存，谁知由命不由人。
洞房再娶何氏女，五音寄合不虚云。

四 蝉在柳上不住声，六月十三身降生。
元胎落地先天定，丹桂枝上子初成。

五 绿水荷花并头生，妻宫陈氏立寅命。
比目鱼游在春水，夫妇偕老松柏青。

六 运交戊申灾殃生，凡事颠险不遂情。
举动谋为须有破，看是平路跳到坑。

七 丙日丙申时贵格，时上必显青云客。
荷戴君恩身荣贵，便作栋梁人皆欣。

八 柳荫深处蝉声鸣，薰风送来秋又逢。
闰六月生十三日，灵胎落地子母平。

一千五百四十

一 四刻生人定姻缘，鸾凤交结玉麟前。
注定妻房属猴相，夫唱妇随永团圆。

二 安身立命定五行，庭前丹桂子晚成。
父年方交五十七，晚来生你家业兴。

三 姻缘簿上注得清，妻妾宫中犯克刑。
洞房妻宫被你克，又娶妻宫姓定冯。

四 夏日炎天荷花红，杨柳深处黄鸟鸣。
生逢六月十四日，画堂之中喜盈盈。

五 五音配合温氏女，月老注定配夫妻。
夫妻相和百年好，前世姻缘定无疑。

六 庚申运临事不周，烦恼琐碎必有忧。
家宅不利生灾殃，暗昧不明在两头。

七 丁日戊申时上清，腾步青云玉路中。
金阶独步身荣贵，更有兰房与君同。

八 季夏炎炎正在天，沈瓜沈李在目前。
闰六月生十四日，盼望金风送秋蝉。

一千五百五十

一 生逢五刻气象新，妻宫属猴百福臻。
并头莲花呈艳色，一对鸳鸯共枕衾。

二 子息迟早皆天然，庚相共照在人间。
生你母年二十一，一枝丹桂立堂前。

三 狂风折伤并头莲，命定妻克泪伤惨。
重正瑶琴弦再续，洞房又配妻姓田。

四 薰风送暑盼金风，螳螂抱蝉巧声生。
生你六月十五日，父母堂前添一丁。

五 前世注定姻缘真，一对鸳鸯共枕衾。
洞房妻宫蒋氏女，家道吉祥百福臻。

六 大运壬申事多凶，日出云遮少光明。
破财口舌争闲气，望利求名总是空。

七 戊日庚申时化龙，窗前十年苦用功。
奋志读书三秋桂，果然春雷振一声。

八 薰风送暑炎炎天，花开结子乐满园。
生逢闰六月十五，父母堂前添笑颜。

一千五百六十

一 姻缘注就六刻生，合配属猴是妻宫。
夫妇相偕白发老，鸳鸯并翅舞春风。

二 安身立命定根源，母年生你三十三。
一枝丹桂庭前立，晚景悠悠自清闲。

三 前世姻缘注得清，命中孤硬克妻宫。
洞房再娶牛氏女，映日红莲并头生。

四 先造死来后造生，四柱五行定得清。
堂前丹桂森森茂，老来三子送归终。

五 妻财子禄定先天，子息宫中非偶然。
妻年二十有一岁，堂前喜生一儿男。

六 三刻生人实非轻，富贵双全在命中。
衣冠顶带身荣显，名扬满郡出门庭。

七 五刻主命贵无疑，褒封荣祖世间稀。
必游泮水名未立，子息奋志虎名题。

八 心高意大志气雄，仗义疏财有声名。
四方好结贤良友，不好求人落下风。

一千五百七十

一 鸳鸯并翅水中流，相配妻相必属猴。
时逢七刻无差错，夫妇偕老到白头。

二 人道寒梅结子晚，我道晚花子更坚。
母年方交四十五，喜生佳儿送人间。

三 蜘蛛结网在檐前，狂风吹破少半边。
克妻后娶康氏女，再续丝罗永团圆。

四 五刻生人定不差，丹桂枝上开好花。
子息宫中不得力，临终之时那有他。

五 子息迟早非偶然，妻年生子三十三。一枝丹桂庭前立，晚景发福更清闲。

六 五刻生人衣禄丰，口食皇粮在营中。王朝国家选杰士，他年沙场立军功。

七 生逢五刻身自荣，父食天禄汗马功。子奔金榜琼林宴，门庭重重受褒封。

八 性格宫中五行清，为人敦厚心术正。口善心慈望名有，晚景悠悠家道通。

一千五百八十

一 红叶题诗水送流，生逢八刻妻属猴。前世姻缘今世配，夫妇相爱不强求。

二 生逢申月定吉凶，一生荣枯定得清。早年受过松节苦，后来运至大峥嵘。

三 拆散鸳鸯别寻盟，命中已定克妻宫。新郎再赴花烛会，洞房再娶妻姓童。

四 命中先招皮外子，再生丹桂立后嗣。男女宫中恩星照，名上芝兰结子迟。

五 世上何事是真福，人生一子万事足。妻宫四十有五岁，晚花结子福禄齐。

六 目莲救母放生灵，遗得宰杀今古同。注定悬针并骨格，屠行贸易三段能。

七 五刻生人文章灵，身游泮水到黉宫。文章不通心神机，忽退儒门庆子成。

八　四柱生来五行亏，顶缸填陷受人哄。开口便说真实话，人人唤叫呆瓜童。

一千六百一十

一　映日无红紫微星，雁塔题名申正逢。艮数逢乾猴父寿，鼠母必定寿先终。

二　桃花开放正芳荣，良媒作保天然成。妻宫属猴生一子，百年福禄松柏同。

三　二刻注定姻缘良，结就同心天地长。赤绳定系两家足，夫君属猴会洞房。

四　时值金风雁南还，八月十一降人间。乾坤一段风光好，薰风送夏到秋天。

五　一对鸿雁过长江，有先有后思故乡。兄弟虽然有两个，内有一位不久长。

六　运行甲申主灾殃，也生忧来也损伤。上五年中多不遂，下五逢之喜相当。

七　己日壬申时上逢，命中金阶玉路行。青云独步身荣贵，更有兰房与君同。

八　暑去寒来到秋天，乾坤交泰喜相连。生日原是闰八月，十一落草降人间。

一千六百二十

一　光阴流转天地否，数逢睽爻申内游。母命属牛先克去，猴父寿如海水流。

二　绿景满院正芬芳，前世姻缘天配成。
妻宫属猴生二子，丹桂人间自发荣。

三　三刻生人定姻缘，绿水荷花并头莲。
配合夫君属猴相，落花流水意同欢。

四　金风阵阵雁南行，初逢佳景到中秋。
八月十二生辰日，丹桂庭前子悠悠。

五　手足失助泪纷纷，兄弟四人寿不均。
鸿雁迷群生拆散，二人至今命归阴。

六　运交丙申事多乖，疾病不利口舌来。
胸腹煎熬心常闷，下五申金称心怀。

七　庚日甲申时旺生，儒林事业显峥嵘。
青云有路君独步，折桂金蟾到月宫。

八　金风将残盼重阳，景色来时降寒霜。
生逢闰八月十二，菊绽似金分外香。

一千六百三十

一　二亲宫中犯刑克，数定先天自分明。
父命属猴白发老，母命属虎寿先终。

二　妻相属猴定得真，夫妇相敬俨如宾。
注定三子堂前立，始信数中有鬼神。

三　生逢四刻定得真，夫君必是属猴人。
琴瑟相偕百年老，先天数中早已陈。

四　金乌王兔走西东，柳枝高处蝉忽鸣。
生逢八月十三日，果然吉兆梦罴熊。

五 先天数定竟若何，兄弟五人不为多。鸿雁生折迷群远，内有三人见阎罗。

六 运行戊申不为佳，破财口舌乱如麻。待至下五申字位，百事合和雨后花。

七 辛日丙申时最奇，数定文齐禄亦齐。扶摇直上几万里，飞鸟琼林第一枝。

八 中秋佳景又重逢，黄叶片片雁南鸣。生逢闰八月十三，一枝丹桂独自荣。

一千六百四十

一 二亲宫中细推详，母命属兔必先亡。父相属猴高堂乐，抚养兰桂各芬芳。

二 鸾凤交结配姻缘，洞房属猴是妻年。先天注定生四子，门庭福禄永绵绵。

三 五刻生人不自由，玉人有缘天主留。鸳鸯并翅双双舞，配就夫君必属猴。

四 中秋佳景来金风，月明玉兔走西东。生逢八月十四日，堂上丹枝一枝青。

五 棠棣花开朵朵鲜，同气六人枝相连。次序排来君居三，定有一位命归天。

六 庚申大运见顺通，疾病是非有忧惊。交至下五申字位，月到中秋分外明。

七 壬日戊申遇贵星，注定金榜两题名。莫谓先天无定数，且看衣冠拜帝宫。

八　桂花开放槐花黄，风吹月殿暗生香。
生逢闰八十四日，梧桐枝上集凤凰。

一千六百五十

一　既合损卦水中流，二亲宫中犯刑冲。
龙母必损寿先终，猴父寿如不老松。

二　满院绿景正芬芳，前世姻缘天配成。
妻宫属猴生五子，丹桂人间色更红。

三　六刻姻缘注得清，洞房属猴是夫君。
夫妇相合白头老，寿如南山不老松。

四　暮景中秋月正圆，众星共绕紫微垣。
生逢八月十五日，玉人玩月懒去还。

五　手足宫中无差移，南极主命寿亦奇。
兄弟七人有带破，内有二人早分离。

六　运行壬申主生灾，也有忧来也有财。
上五年中多不利，下五申运称心怀。

七　癸日庚申时贵清，青云独步到月宫。
名题金榜身荣贵，命主折桂自峥嵘。

八　百草结实花正残，众星共绕紫微垣。
生逢闰八十五日，万古中秋月正圆。

一千六百六十

一　坤卦数行萱堂空，慈母蛇相寿先终。
严父属猴安且寿，抚养兰桂松柏青。

二 鸳鸯戏水碧波清，鸿雁双双在空鸣。
妻命属猴生六子，门庭添喜百福生。

三 一对鸳鸯共枕中，生逢七刻注得清。
夫君配定属猴相，并头莲花色更浓。

四 生逢五刻定克妻，拆散鸳鸯两分离。
洞房缺少人作伴，衾寒枕冷独哭泣。

五 身命二宫坐实强，兄弟四人作四行。
虽然一脉同手足，算来同父不同娘。

六 鸿雁南还思故乡，子息四人合成双。
其中有缺少子息，内有一人去过房。

七 八字申时立命宫，人主当朝立大名。
腰束玉佩身紫衣，职爵极品受皇封。

八 四柱正逢申月生，命中有喜是福星。
敕赐官爵立武志，腰悬玉带禄千种。

一千六百七十

一 申时生人五行清，性善声小有贤能。
助夫旺家荣华有，处家安然百福增。

二 姻缘相配似芙蓉，妻宫属猴自相成。
青松苍柏森森茂，安享衣禄福寿增。

三 一对鸳鸯绿水游，生逢八刻妻属猴。
前世姻缘今生定，夫妻偕老白到头。

四 姻缘迟滞不合婚，妻星不透岂由人。
财星丧败逢冲星，晚配金人喜自新。

五 兄弟宫中仔细详，雁行七人不同娘。
次第排来君长位，也有石皮各芬芳。

六 爻交谦卦最亨通，五行数合在命宫。
衣冠济济风流士，舞欢奏声奉祀生。

七 申时定命武士强，威风凛凛姓字扬。
紫衣玉带食天禄，职居总督振边疆。

八 申月生人胆英雄，官居高位振边廷。
威风凛凛人争羡，先天数定作统兵。

一千六百八十

一 生逢申时定命薄，劳苦拮据受折磨。
破财夫君家业败，命里运苦莫奈何。

二 绿水荷花并头生，妻宫属猴是前生。
庭前八子多荣贵，内有石皮在其中。

三 前夫必定伤去早，重新又嫁属猴人。
皆因年月时日定，雪里桃花巧逢春。

四 花开结子两处分，离祖成家别处存。
自己也有生身母，呼唤别人称母亲。

五 棠棣花开色更鲜，非一母生八人连。
兄弟排来身居六，内有带破有愚贤。

六 君家申时封尘块，命中合主宫内财。
每日手掌宫帏事，终身常听后妃言。

七 命宫福星望虎星，可喜身边宅日清。
君身财旺能生贵，不经诗书冠带荣。

八　四刻生人富贵清，命中玉殿并功名。
腰紫金带身荣贵，官居极品受皇封。

一千七百一十

一　乾坤二爻推命元，父命属猴保安然。
慈母属马先克去，魂魄悠悠赴九泉。

二　鸳鸯相配不同年，妻小几岁两团圆。
同枕夫妻如鱼水，效却孟光永百年。

三　妻妾宫中受克伤，八字造定能岂强。
克妻又娶耿家女，桃杏花开分外香。

四　万物凋残孟冬天，朔风时来抖衣寒。
生逢十月十一日，父母堂上添笑颜。

五　泪眼重重受孤凄，生逢二刻妻早离。
洞房花烛弦再续，必定配合属猴妻。

六　大运流转甲申运，有时菱花消愁闷。
闺门更无灾与病，十年康泰不须云。

七　命定子年喜扳蟾，拍手三秋占魁元。
大志午年必须遂，独占青鳌金殿传。

八　松老枝古见青梢，冰冷之时雁飞高。
闰十月内十一生，庭前丹桂子摇摇。

一千七百二十

一　二亲爻中最为强，一生大壮阴受阳。
母命属羊归泉下，父命属猴偏寿长。

二 昔日月老配姻缘，妻小二十零一年。
恩爱相敬为夫妇，犹如绿水并头莲。

三 一对鸳鸯共枕中，忽然拆散各西东。
又娶佳人洞房会，宰家女儿伊妻宫。

四 朔风吹动水中花，梧桐叶落正可夸。
生逢十月十二日，丹桂庭前生嫩芽。

五 二刻生人主惊忧，芙蓉开时见大霜。
结发妻宫被你克，又娶妻宫寿命长。

六 大运流转至丙申，持家立业长精神。
家宅平安多吉庆，闺门合和喜遂心。

七 命主申宫显久长，手扳丹桂异味香。
春闱秋试遂子午，独占鳌头姓名扬。

八 草木凋残冬冷天，朔风送动雪花旋。
生闰十月十二日，灵胎落地子母安。

一千七百三十

一 父母爻中数定清，复卦循环对坤宫。
父母同是属猴相，母命先亡父后终。

二 人生能有几时欢，洞房花烛乐人间。
眼前鲜花娇妻妾，妻宫正小三十三。

三 前配妻宫被你克，锦帐之中独自嗟。
花烛重明又续娶，此位佳人定姓叶。

四 天至孟冬景渐凄，云雾之间雨也稀。
生逢十月十三日，梅花枝上鸟忽栖。

五

四刻姻缘喜又愁，前定妻宫不到头。
鸳鸯失散重配对，洞房又娶妻属猴。

六

戊申运临喜遂心，家中吉庆福禄臻。
虽然见灾自消散，事事和合保安宁。

七

命宫注定显文章，其年逢虎姓名扬。
潜龙得遂风云会，待至酉年命又强。

八

时值孤冬景渐移，露冷之时风又凄。
闰十月生十三日，梅花枝上叶自稀。

一千七百四十

一

乾坤九五初卦变，贪财之徒从商看。
母命属鸡先克去，父相属猴福寿全。

二

月老前世配姻缘，鸳鸯同枕不同年。
佳人必小四十五，恩爱夫妻难共欢。

三

妻妾宫中犯克刑，数中已定克妻宫。
洞房又配宋氏女，鸾凤交结两和鸣。

四

百年恩爱是前生，梅花开时色又荣。
父母堂前添欢喜，正是十月十四生。

五

五刻生人鸳鸯分，前妻必定丧青春。
重婚再配鸾凤对，月老配定属猴人。

六

运行庚申定吉凶，闺门安然喜气生。
面对菱花无尘气，百事吉利福自来。

七

命宫青云志气恢，卯年必定占高魁。
月中丹桂今已折，来春又荣金榜题。

八 朔风阵阵吹梧桐，空中鸿雁忽自鸣。
生闰十月十四日，耐雪松柏枝更荣。

一千七百五十

一 太阳交乾定吉祥，四度迩深有天光。
母命属狗先克去，猴父有寿福禄长。

二 一好鸳鸯喜成双，妻宫定大九年强。
夫唱妇随相扶助，举案齐眉效孟光。

三 欲知姻缘数中求，前妻妨克定难留。
失散鸳鸯重配对，又娶佳人必属猴。

四 朔风将来是季冬，正是十月十五生。
父母堂上添喜气，门庭瑞气自光荣。

五 花烛重明不称心，生逢六刻主重婚。
洞房再娶新气象，继续属猴百年春。

六 运交壬申福禄增，家宅和顺喜气生。
十年康泰添吉兆，喜对菱花正面容。

七 命主申宫显文明，合主折桂喜登荣。
庚午之年扬名声，胸中豪气吐长虹。

八 朔风阵阵孟冬寒，叶凋花残枝多伤。
生辰原是闰十月，十五降生一君郎。

一千七百六十

一 五行数日定根源，双亲难得两周全。
母命属猪梦南柯，父命属猴永百年。

二
男女宫中星不良，三子难存必主亡。
二四临卦数先定，命宫注定岂能强。

三
姻缘配合两相妨，前定妻宫必早亡。
重婚又配池氏女，松柏青青耐久长。

四
申时生人百事宁，庄农耕耘家业成。
仓廪光实门户旺，田宅广盛福寿增。

五
生逢七刻妻有妨，五行四柱见刑伤。
瑶琴折断再续结，必娶属猴寿多长。

六
命宫注定申时生，八字孤硬必非轻。
三清位前称弟子，口中常念是道经。

七
命主申宫显贵星，手扳丹桂入蟾宫。
戊午得遂虎榜志，长待春雷响一声。

八
命入酉宫急犯龙，胸藏豪气吐长虹。
午年三秋折丹桂，来岁喜逢捷登荣。

一千七百七十

一
命中五行犯刑克，夫主必有带破身。
数内预定无差错，配合属猴是夫君。

二
卦逢申宫配命昌，五行四柱定刚强。
虽然经过几波浪，晚岁安然度春光。

三
命宫克妻定不差，前配佳人染黄沙。
洞房再娶求不克，百家姓上头一家。

四
一生作为是前生，命逢申时必作工。
终身衣禄四方有，手艺场中独呈能。

五　八刻姻缘喜又愁，结发妻宫不到头。花烛重明又续继，洞房又配妻属猴。

六　雷天大壮遇申宫，合主出外命作僧。佛前羽化谁收拾，弟子三个送你终。

七　命宫逢印遇文星，八字喜遇申字生。职居高位声名重，运至升迁作统兵。

八　命立申宫福禄清，酉年折桂步蟾宫。潜龙得遂风云会，戌岁金榜又题名。

一千七百八十

一　八一遇申主刑伤，妻宫属猴得安康。月老注定姻缘配，必有带破免克妨。

二　命产申月不为佳，一生富贵是虚花。财小难存扒拮性，抚养兰桂生青芽。

三　棒打鸳鸯两下分，前妻必定丧青春。新郎再赴花烛会，又与袁氏结成亲。

四　勾绞凶煞在命宫，拨乱夫妻性不同。此煞若不早解破，夫妇将来各西东。

五　翠竹梅花一体生，果然推算有神功。一男一女同胞喜，父母堂前添笑容。

六　四柱生来五行差，日时相犯硬狠煞。兄弟姐妹都克尽，不克爹娘克自家。

七　国家设宴选英雄，虎步龙行登玉庭。君生五刻沾星露，鹰扬首荐显威能。

八 六刻主命贵非轻，折桂扳蟾君有能。
独占高魁称举子，光宗耀祖换门庭。

一千八百一十

一 命入申宫是乐乡，乾数行来见刑伤。
父命属猴先归土，母命属鼠受恓惶。

二 五百年前定姻缘，鸾交凤友玉楼前。
夫宫定然大九岁，夫唱妇随永团圆。

三 一对少年两鸳鸯，二十一岁生儿郎。
丹桂庭前生瑞气，满门福禄自芬芳。

四 雪压梅梢冬景荣，松色青青见月明。
生逢腊月十一日，堂上双亲添笑容。

五 雨打鸳鸯两分离，家妻属猴丧青春。
洞房又娶属猴相，夫妇偕老皆同心。

六 运交甲申时多差，半开半谢雨中花。
凶多吉少心忧闷，懒向妆台对菱花。

七 甲申运临喜重重，灵根非种自月成。
美玉不琢自光显，职位升迁日月明。

八 梅花初绽雪花盈，玉树琼花枝上青。
父母生你何期限，定是闰腊十一生。

一千八百二十

一 木星反背劫为凶，一千八百数逢空。
严父属猴先克去，家母属牛守孤灯。

二 前世姻缘定无疑，夫宫必大二十一。
年甲虽然不相等，暮景衣禄自丰足。

三 鸳鸯一枕配成双，三十三岁生儿郎。
丹桂庭前喜得盛，梅花开时有清香。

四 月影梅梢雪影松，分青分白见月明。
生逢腊月十二日，堂上双亲喜气生。

五 阴阳差错不合婚，合定克妻不由人。
结发属猴必主克，又娶属牛配成婚。

六 运交丙申闷恹恹，疾病缠身不安然。
妆台懒怠无心绪，土埋菱花少正颜。

七 大运丙申正月圆，丙过园林景色鲜。
方居外郡多康泰，职位加增位升迁。

八 竹影梅花雪满庭，朔风阵阵寒气升。
生逢腊月十二闰，季冬数几三阳生。

一千八百三十

一 严父属猴寿不长，数中立定必先亡。
初爻同人先遇此，母亲属虎守空房。

二 一枕鸳鸯喜成双，黄金美玉分外香。
夫大三十零三岁，美满恩情会洞房。

三 莫愁生来不遇时，阴阳相聚子结实。
四十五岁生一子，犹如枯木发嫩枝。

四 雪花消时梅花开，否时还当泰自来。
生逢腊月十三日，十月足满今离胎。

五　结发妻宫命属猴，命中妨克定难留。
续娶属虎成婚配，夫妇偕老到白头。

六　大运流转到戊申，灾殃口舌病缠身。
好似明月云掩定，菱花只在脑后寻。

七　戊申运临百事通，根基原来自天生。
喜沐皇恩位迁转，福禄臻臻显芳名。

八　三阳来时寒梅开，季冬将残望春来。
闰腊月生十三日，子母相见喜无涯。

一千八百四十

一　乾坤二爻遇难星，父母宫中受刑冲。
猴父必定黄粱梦，母亲属兔守孤灯。

二　荷花出水映日红，鸳鸯交头夜同鸣。
夫宫必大四十五，犹如翠竹配苍松。

三　石上芝兰晚发苗，全凭阴阳保坚牢。
五十七岁生一子，晚景清闲日渐高。

四　雪花来时梅花开，松柏还当泰转来。
生逢腊月十四日，父母堂上喜满腮。

五　命中五行犯刑冲，君命注定克妻宫。
结发属鸡已克过，再娶属兔禄安宁。

六　运交庚申不顺通，琐碎口舌有忧惊。
菱花懒对心烦闷，日出云端雾又蒙。

七　庚申福运最为良，此运逢之大吉祥。
声名远播看位转，更有喜事耀门墙。

八　朔风阵阵正残冬，梅花初绽望春风。
生逢腊月十四日，丹桂庭前结子成。

一千八百五十

一　乾坤二爻定得清，父命属猴母属龙。
父亲必定先克去，母亲堂上正家风。

二　美满恩爱配成双，桃花开放自然香。
夫主必定小几岁，鸾凤接引登玉堂。

三　流年大限大吉昌，事事如意保安康。
九月十日多和顺，门庭喜气两三场。

四　雪花风吹月朗天，松柏青青耐岁寒。
生逢腊月十五日，梅花初绽倚栏杆。

五　花开忽然逢骤雨，骤雨惊散两鸳鸯。
前妻属猴定主克，后娶属龙自无妨。

六　运行壬申事主凶，闺门不利有灾生。
是非口舌争闲气，好似明月被云蒙。

七　堂上杀气非寻常，运临壬申好风光。
福禄盈丰位迁转，爵禄重加姓字香。

八　朔风吹雪满窗前，松柏之叶耐岁寒。
生逢闰腊十五日，灵胎落地降人间。

一千八百六十

一　堂上双亲父属猴，必须克去命难留。
生产人龙呼孤子，母亲属蛇泪双流。

二　先天神数不虚言，兄弟四人情不堪。
内有一位去过房，离祖成家到处安。

三　流年命宫主不安，九月十月破财源。
是非口舌生闲气，忧闷沉沉仲冬间。

四　君家妻相属猴庚，命带孤煞子难成。
偏房一子晚年立，若不如此断后生。

五　四柱五行主有妨，妻宫吃惊兄刑伤。
前妻属猴被你克，后娶属蛇才妥当。

六　不误君星占流年，婚姻和合喜安然。
男子逢之眼疾至，女人逢之血光缠。

七　运交壬水事多乖，官爵逢之有灾来。
禄位沉沉不迁转，暗昧不明事不谐。

八　离星合数至坤宫，父母爻中见刑冲。
姐妹五人先丧父，一树花开有青红。

一千八百七十

一　生逢四刻定得真，富贵荣华身在云。
棒打鸳鸯分两地，妻房守寡在空门。

二　命产月中入贵乡，财帛衣禄大风光。
富贵双双家宅旺，更有兰桂耀门墙。

三　女命流年遇吉星，九月十月喜气生。
逢凶化吉灾消散，云收雾散自光明。

四　命中孤硬非寻常，娶过四妻被你妨。
洞房花烛又续娶，必主属猴寿延长。

五　妻妾宫中排成行，命宫注定娶八房。
满门花开观不尽，嫩柳桃花分外香。

六　流年腊里贵人逢，公门出入费心机。
无奈目前不得力，见官有理十月吉。

七　大运交申事流连，风过园林景色残。
同是木火但不和，忠肝义胆反遭愆。

八　二亲宫中犯刑冲，棠棣花开各西东。
姐妹五人先去母，父守寒室不老松。

一千八百八十

一　花烛迎郎不自由，数宫注定岂强求。
生逢五刻姻缘定，必作填房祯花头。

二　一树花开有青红，兄弟四人情不同。
内有出贵声名显，改换门墙耀祖宗。

三　流年小限定吉凶，九月十月口舌生。
琐碎烦恼争闲气，灾消福来腊月中。

四　女属心田最聪明，话不投机恼气生。
作事多能对理法，晚景悠悠衣禄增。

升　一树红杏遇春风，有花无果枝上空。
堂上燕子双双舞，命中三女送你终。

困　命中配合五行清，福星贵人生当宫。
将来成名人罕见，运交十三渐渐通。

萃　申月生人福禄清，不登金榜冠带荣。
虽然不比折桂凤，注定异路有前程。

鼎　苍松相配嫩笋芽，巫岭悠悠云影斜。
老阳少阴成佳偶，身居侧室定不差。

邵子神数酉部

二千一百一十

大过	卯时初刻金命妻，若非羽姓定克离。 父母木火子金水，兄弟四人母命毕。
遁	乾坤二数注得清，双亲位上犯刑冲。 鸡父必先归泉下，母亲属马守孤灯。
晋	运行乙酉事正通，日出云端分外明。 家宅康泰财源旺，吉庆和合百福增。
否	龙德通酉四数行，命定一生称英雄。 六刻分主有带破，如无带破必难生。
剥	卯时一刻女命安，父母金土母归天。 夫金宫姓子立木，妹姐三人你居三。
革	原妻配定必属鸡，命中主克早分离。 瑶琴折断弦又续，洞房又娶属马妻。
损	四柱原来喜东方，运交乙酉乙木强。 闺门吉庆应上五，酉位逢之定灾殃。
睽	运交乙酉喜非常，满腹文章映日光。 今日得遂悬梁志，折桂蟾宫姓名扬。

二千一百二十

噬嗑	未时初到有刑冲，妻宜火命姓徵宫。 父母水土父先克，兄弟二人二子成。
观	乾逢太常受克伤，严父属鸡必先亡。 数中预定无差错，母亲属羊寿命长。

大有	一轮明月出云端，光明照耀喜相连。 运至丁丑家宅旺，财禄丰盈福自添。
丰	六刻生人二子成，内有石皮保安宁。 朔风吹动万物残，惟有梅花呈英雄。
观	未时初刻定夫宫，土命商姓免克刑。 子立水土方存保，姊妹二人金火生。
兑	属鸡佳人是妻房，数中注定寿不长。 忽然克去失恩爱，又配妻宫定属羊。
升	运逢丁酉喜气新，全凭丁火助精神。 酉字逢之多不利，血滞肝经病缠身。
井	丁酉运至学业成，门庭换改主峥嵘。 丁入黉宫游泮水，光宗耀祖振家声。

二千一百三十

临	亥时一刻妻有妨，金命角姓两相当。 长子火命招二弟，兄弟三人母先亡。
艮	二数艮卦酉宫游，火阴变阳化为仇。 父命属鸡先克去，猴母寿命自添筹。
比	运至乙酉家宅安，事正如意心自欢。 财源兴旺时时进，门庭喜气祥瑞添。
升	子息宫中细推详，注定三子排成行。 其中生来有带破，因生六刻占高强。
坎	亥时初刻女命安，夫主金木保周全。 五音注定商宫姓，子立木土是生年。

井　头妻属鸡犯休囚，夫妇相克不到头。
花烛重明又续娶，洞房再配妻属猴。

坤　己酉运临推若何，上五己字喜气多。
酉字五年多不利，闲气口舌怎奈何。

讼　身命二宫坐实强，满腹文章志气扬。
运至己酉方遂志，身着蓝袍还故乡。

二千一百四十

姤　卯时生人初刻真，父土母火父归阴。
妻非火命定有克，子立火水方能存。

临　区区小数识者稀，乾坤两相定凶吉。
堂上双亲父先丧，椿萱庚相定属鸡。

比　运逢辛酉福重重，财禄兴旺显峥嵘。
事事如意多吉兆，一轮明月正东升。

遁　子息宫中细推详，蟠桃四果有青黄。
其中生来有带破，因生六刻寿亦长。

讼　二十三四学业成，寒窗奋志云未腾。
得时得遂芹宫会，方信儒业显大名。

艮　头妻属鸡克分离，岂能偕老共齐眉。
鸳鸯失偶重配对，续配佳人又属鸡。

坎　大运交临辛酉宫，十年之内吉凶停。
上五年中多喜气，下五酉字有灾生。

夬　运行辛酉定吉祥，手扳丹桂显文章。
泮水先登声名重，光宗耀祖换门庭。

二千一百五十

观
未时初刻定刑冲，二亲火土母先终。
妻非水火必主克，金土二命是子宫。

屯
二亲宫中定有防，父命属鸡必先亡。
母亲属猴百年永，兰桂庭前花草香。

贲
运行癸酉福禄增，出入利益大亨通。
门庭吉利添祥瑞，月出云端显光明。

小畜
生逢六刻细推详，蟠桃五果有青黄。
其中生来有带破，丹桂庭前异味香。

比
四十一二家业兴，此年财禄主峥嵘。
出入举动逢贵友，欲得名利称心情。

艮
姻缘簿上主不良，元妻属猴定早亡。
洞房续配妻属狗，月老注定寿命长。

坎
运交癸酉喜重重，上五年中称心情。
下五年交多不利，闲气口舌有灾生。

革
癸酉运旺交□堂，奋志欲扳丹桂香。
龙门初步游泮水，光宗耀祖换门墙。

二千一百六十

晋
亥时一刻定有妨，妻宜火命角姓当。
二亲水土父先故，金水儿郎福寿长。

夬
堂上双亲数先知，慈母属猪福寿齐。
父亲属鸡归泉下，玉兔东升又沉西。

比　三十一二颇遂心，财禄丰盈有福臻。
用功磨石方成玉，有意淘沙必见金。

升　一树蟠桃有青红，六刻生人六子成。
其中生来有带破，一世衣禄保安荣。

井　五十九岁至六十，财禄安然最为奇。
福气滔滔如东海，晚来通泰更无疑。

屯　拆散鸳鸯两离分，前妻属鸡丧青春。
墙上泥皮方揭去，洞房又娶属猪人。

恒　女命生身天狗星，刑克子息不能成。
纵取侄男也须克，如不解破断后生。

讼　命宫五行富贵清，早年金榜也题名。
文章不遂时未到，琼林宴上不相逢。

二千一百七十

涣　运交癸未喜气生，雨洒芭蕉分外青。
事事遂心多得意，逢凶化吉福自增。

升　先天注定造化根，男女宫中算得真。
庭前排列十一子，生身不是一母亲。

井　五十五六百事强，家宅吉利纳吉祥。
命宫荣泰安然乐，福气滔滔寿永长。

艮　六刻生人命宫清，七子传家耀门庭。
其中注定有带破，定有佳儿晚成名。

萃　癸水运旺主不详，灾殃口舌有两场。
事不遂心争闲气，琐碎牵连要提防。

丰　子息迟早皆天然，运至癸位生儿男。
一门喜气从天降，石上芝兰结子坚。

临　豹头虎尾煞最凶，命宫逢之损儿童。
莫谓阴阳无定准，如不解破一生空。

旅　天盗凶煞命宫逢，财帛难存是虚名。
那怕金银有百斗，如不解破受贫穷。

二千一百八十

既济　八字最喜行四方，运逢酉金大吉昌。
举动事事皆遂志，家宅康泰福禄长。

大过　异花结实异味香，野鹤群里出凤凰。
命宫五子分造化，其中出贵换门墙。

升　七九八十晚景强，老来命宫福禄祥。
流年不须问否泰，岁岁安然称心肠。

归妹　六刻定就喜非常，生来八字耀门墙。
命宫必定有带破，世泽相传寿命长。

泰　运行酉位不遂心，灾殃重重病缠身。
好似残花被雨打，明月云遮少光阴。

丰　运交酉位丹桂生，天赐佳儿到门庭。
家宅康泰添吉兆，明珠一颗降房中。

困　五行生来最精灵，六九十一雷公冲。
此关如不早解破，须防南柯命归空。

需　命宫原犯勾缠星，骨肉无靠仇恨生。
六亲宫中多不利，阴人相忧定主空。

二千二百一十

大过
先天命宫定得真，兄弟四人福不均。
同气连枝亲手足，一树枝分第四根。

遁
二亲爻中定得真，空亡数滔乾与坤。
父命鸡相母命鼠，椿萱同主命归阴。

晋
运入乙酉少平安，祸患重重口舌添。
几番破财惹烦恼，六亲不遂生灾迍。

否
运交癸水伤丙丁，家门不利见悲声。
破财烦恼争闲气，定克家君老椿堂。

讼
五数值困存异方，姐妹行中占高强。
四朵鲜花观不尽，次序排来居四行。

谦
一对鸳鸯舞春风，前世姻缘注得清。
白发双双皆连理，妻姓赵氏保安宁。

随
运行乙酉主忧惊，病疾绵绵口舌生。
上五烦恼多不遂，下五喜气重重增。

谦
六刻定命格局清，奋志窗下读圣经。
志欲月中扳丹桂，泮水不流广寒宫。

二千二百二十

需
棠棣逢春景色鲜，枝上花开喜连连。
兄弟六人分次序，惟有一弟紧相连。

中孚
二爻中孚乾坤定，父命属鸡赴幽冥。
母命属猴游仙路，果然推算有神功。

恒 运行丁酉灾祸侵，疾病口舌不遂心。
雨里残花风中烛，失阵元帅入乱军。

蒙 运交酉位窗闷沉，破财烦恼泪伤惨。
克父应在此运内，神心不安受熬煎。

坎 一树花开异味香，姐妹七人不成双。
你身居长为领袖，宫花茂盛出门墙。

井 绿水荷花共头生，千里姻缘系赤绳。
洞房妻配范氏女，举案齐眉百福增。

困 大运丁酉定吉凶，持家立业不顺通。
待交下五添喜气，妆台光镜自芳荣。

晋 酉时生人儒名昌，犹如芳草遇秋霜。
空用功夫位百倍，锦鲤花困傍池塘。

二千二百三十

师 鸣雁声叫在无涯，兄弟四人一树花。
同气连枝居三舍，二兄一弟各持家。

兑 父命属鸡母属虎，父亲下世母归土。
乾坤数落空亡地，两命双双归阴府。

坎 运行己酉主灾殃，祸患重重主不祥。
吉少凶多此运内，闲是闲非有几场。

比 运交癸水泪纷纷，家宅定有患病人。
日月云迷光明少，果然推算克母亲。

井 二千二百遇酉宫，手足宫中定得清。
姊妹三人你居小，一树花开有青红。

升　一对鸳鸯两相鸣，良媒注定姻缘成。
洞房妻配元氏女，夫妇相偕百年荣。

夬　八字畏土最喜金，运至乙酉灾多临。
上五年来多不顺，下五百事皆遂心。

坤　命宫配合五行清，二十一岁入黉宫。
九万鹏程路须到，龙门初步第一名。

二千二百四十

坎　一树蟠桃有青红，兄弟三人情不同。
其中生来有带破，次序排来居三名。

夬　严父属鸡注得清，慈母属兔在震宫。
生气原来变死气，二亲俱主命归空。

艮　运交辛酉不顺通，破财口舌疾病生。
几番灾危多惊陷，看是平路跳到坑。

临　运交酉宫定吉凶，败散人离有悲声。
此运好似云遮月，慈母离别赴幽冥。

升　六刻生人文昌明，父子同登赴鹿鸣。
奋志重登春闱榜，怎奈金榜不挂名。

兑　百家姓里朱陈良，一处鸳鸯配合强。
洞房妻是屈氏女，月老注定寿命长。

井　运行辛酉事流连，妆台懒对主熬煎。
口舌疾病财必损，下五年交百事安。

坤　一枝丹桂在广寒，嫦娥栽就待人扳。
君早磨铁成刚斧，天月初步三十三。

二千二百五十

否

同气连枝一脉传，兄弟三人紧相连。
次序排来君居长，其中必有石皮残。

泰

母相属龙父属鸡，二亲合主两分离。
只因乾坤落空地，数中预定报君知。

比

运至癸酉事未明，凡事谋为少有成。
船到浪中风波起，日出云端雾又蒙。

艮

运交癸水吃一惊，家宅不利见悲声。
财散人离失恩爱，此运应兆克妻宫。

乾

先天注定克阴宫，雁过长江五个鸣。
次序之中你居长，不是同胞一母生。

坎

一枕鸳鸯喜成双，琴瑟相和会洞房。
妻宫定配乔氏女，并头莲花香又香。

坤

癸酉逢旺癸水凶，殃患口舌不顺情。
酉字逢之多康泰，月到中秋显光明。

兑

四十五岁大亨通，刺股有心苦用功。
命宫注定游泮水，光宗耀祖换门庭。

二千二百六十

比

棠棣花开枝叶青，兄弟连排一母生。
雁过南楼四声叫，你身居四似青松。

夬

父母官中定不差，严父属鸡染黄沙。
母亲属蛇也克去，哭泣悲伤泪如麻。

恒　三十一二身不宁，举动谋为不顺情。灾殃口舌破财有，凡事不利多忧惊。

否　大运交酉定主凶，日月云迷少光明。夫妇相偕难到老，此运应知克妻宫。

临　龙德交酉到坤宫，推算妆台清又清。姊妹七人身居二，原来不是一母生。

颐　并头莲花映日红，前世姻缘今世成。妻宫定配申氏女，琴瑟相和百世荣。

渐　女命生逢酉时辰，昼夜操持俭合勤。鸡鸣内助兴夫旺，晚景悠悠产麒麟。

家人　子息宫中受恓惶，纵然早见必主亡。多亏前生阴德厚，晚立子息寿更长。

二千二百七十

旅　紫荆花开枝叶青，兄弟六人情不同。次序排来身居五，内有带破在其中。

丰　日产酉宫定主清，衣禄丰足一生荣。虽然见过波浪水，枯木逢春渐渐青。

豫　五十五六有虚惊，破财疾病人不宁。蛟龙出现遭涂炭，猛虎离山被犬冲。

萃　运交癸水伤丙丁，家宅不利见悲声。破财口舌心不遂，克子应兆此运中。

恒　一树花开有青红，内有石皮出贵荣。姊妹七人身居五，只是父同母不同。

升　前世姻缘注得清，果然推算有神功。
洞房妻配苗氏女，美满恩爱福自荣。

泰　酉时生人金水清，善晓四德并三从。
身受封赠夫人位，金玉满堂乐家风。

否　女命生来是芙蓉，花街柳巷立门庭。
只因吹唱并舞歌，风月机关甚精通。

二千二百八十

升　棠棣茂盛枝叶鲜，兄弟十人一排连。
昆玉之中居三位，其中定有石皮缠。

蒙　八字为根运为苗，全凭枝叶配相饶。
消息之中分顺逆，十岁交运保坚牢。

贲　七九八十日沉西，疾病缠身灾不离。
心间闷闷常恐惧，虎离山林被犬欺。

遁　大运交酉心不宁，刑害子息赴幽冥。
日月云迷光阴少，终日烦恼泪常临。

观　若问终身姻缘事，六刻生人两无妨。
月老注定鸳鸯对，仆男仆女两成双。

损　琴瑟相和弄佳音，重山草木更新新。
姻缘之事一定数，必与郝氏结成婚。

井　命宫女主福贵加，身入西垣度荣华。
不是上苑琼林女，家业蓬勃金枝家。

师　四柱五行果不差，福寿双双享荣华。
勤俭和乐助失主，田宅茂盛多牛马。

二千三百一十

坤　乾坤动静识者稀，二亲庚相预先知。
父命属鸡母属鼠，堂上有寿与松齐。

否　二千三百一二空，父命属鸡寿先终。
母亲属马光阴短，二亲俱主入幽冥。

泰　四柱最喜行东方，运交乙酉乙未强。
逢酉必主灾殃到，日月云迷少祯祥。

艮　金水相生遇酉宫，数逢艮卦定分明。
生逢二月十六日，灵胎落地保安宁。

姤　数中能泄造化机，命宫注定不差移。
不信且听两亲相，母命生鼠父属鸡。

剥　姻缘簿上注得清，良谋注定天然成。
洞房妻宫石氏女，夫妻相偕百年荣。

节　命凶逢煞正青春，注定难躲灾来临。
三十二岁天禄尽，六亲俱作断肠人。

屯　时值春景正和风，绿物苒苒正芳荣。
生逢闰二十六日，父母堂上落草生。

二千三百二十

睽　人生天地百年荣，眷育之恩重天伦。
曾记父命属鸡相，母命属羊不差分。

履　二亲宫中推命详，母命原来是属羊。
父命属鸡无差错，二亲合主梦黄粱。

中孚 丁酉运临最喜丁，财禄丰盈主峥嵘。
交到酉位事不顺，海底捞月总是空。

渐 细雨来时共清风，淡淡浮云照月明。
生逢二月十七日，紫燕回归画梁中。

恒 人生浮云百年秋，父是属鸡母属牛。
乾坤交泰同一位，椿萱并茂到白头。

坎 姻缘前定非偶然，结就牛女同心欢。
妻宫华氏偕连理，琴瑟和合永团圆。

比 运入天罗主凶灾，禄马交差不称怀。
四十四岁天禄尽，一枕黄粱不回来。

兑 时移和风瑞气生，万物草木尽发生。
闰二月生十七日，灵胎圆满出身形。

二千三百三十

坤 乾坤动静细推详，父命属鸡喜荣昌。
母相原来是属虎，浮世百年衣禄强。

泰 父命属鸡母属猴，母亲克去父仙游。
青山绿水依然在，不见双亲泪交流。

否 运行己酉己土丰，家宅吉庆福寿增。
事多不遂交酉位，看是平路跳到坑。

井 园林深处景色深，柳絮飞舞影自匀。
生逢原是闰二月，十八降世现身形。

震 五行数合定命宫，父命属鸡注得清。
慈母属虎安且寿，伉俪相偕永安宁。

贲　姻缘相配是芙蓉，并头莲花色正浓。
洞房有位巩氏女，共枕同衾作妻宫。

旅　二千三百三七宫，限至五十六岁终。
金风吹散黄叶落，一枕黄粱命归空。

蒙　春风处处园林好，和风吹动杨柳梢。
生逢原是闰二月，十八降世身落草。

二千三百四十

夬　乾到酉宫喜相生，父命属鸡乐安荣。
人生五行天造定，母命属兔寿如松。

否　父命属鸡辛酉生，母生酉岁相同庚。
乾坤失陷天罗位，二亲合主入幽冥。

泰　辛酉运临福禄臻，上五年中颇遂心。
下五年来多琐碎，损财暗昧事来临。

恒　南极老人定出生，时值春景和风生。
生逢二月十九日，双亲房中喜盈盈。

比　堂上双亲在何宫，乾酉坤卯定分明。
原来父命属鸡相，母亲原是兔年生。

升　绿水红莲并头生，前世姻缘并非轻。
洞房妻配荆氏女，夫妇偕老永安宁。

井　五行前定寿命长，秋后黄花遇大霜。
六十八岁大限到，一梦不醒赴黄粱。

坎　绿杨苒苒和风吹，雨后花开正芳菲。
闰二月生十九日，父母房中笑微微。

二千三百五十

屯　双亲位上定年庚，全凭阴阳变化功。
乾坤动静分造化，父命属鸡母属龙。

兑　父母爻中定得清，萱堂命属娄金星。
椿庭昴宿属鸡相，二亲俱主命归空。

井　癸酉运临福禄加，半开半谢雨中花。
上五癸水多顺利，酉字琐碎事多差。

恒　绿杨枝上子规鸣，满园草木正芳荣。
生逢二月二十日，父母堂上喜自生。

升　桃李花开遇春风，父命属鸡酉年生。
曾说母亲属龙相，寿享遐龄福自荣。

坎　一对鸳鸯并翅飞，朝朝相伴永不离。
若问妻宫配何姓，五音寄定侯氏女。

坤　天上四时春作首，人间五福寿为先。
限高八十福禄尽，魂魄逍遥下九泉。

讼　园林深处百花新，雨后花开正芳芬。
闰二月生二十日，慈母恩爱似海深。

二千三百六十

晋　木由根来水由源，双亲庚相定新年。
父鸡母蛇毫不差，福禄蓁蓁寿绵绵。

屯　刑冲破害最难当，乾坤数行落天网。
父命属鸡游仙路，母相属猪梦黄粱。

坎　命中合主五行清，机巧伶俐比人能。
作事公平心直正，般般好学样样通。

艮　酉时生人立命宫，恩人反怨意曲情。
贵人见爱多有意，六亲少靠少人憎。

升　乾坤二爻识者稀，预知父命属相鸡。
母属小龙无差错，福寿双双与松齐。

井　姻缘相配似芙蓉，并头莲花色正浓。
洞房有位甄氏女，共枕同衾作妻宫。

坤　鹿到围场主难生，阳台梦断一场空。
南斗星宫主生死，寿至九十二岁终。

兑　贸易生涯游四方，命中合主作客商。
登山渡水受劳苦，福寿高大衣禄强。

二千三百七十

升　五福入命遇红鸾，名利两成子周全。
流年逢之百事吉，更有喜事到堂前。

艮　六刻生人犯刑冲，严亲注定命归空。
慈母亦是被你克，五行数定岂能更。

坎　性格宫中断得真，堂上相貌耳根深。
父母纵然无惧怕，惟惧内室一佳人。

归妹　命宫注定酉时生，羡君情义好宾朋。
光明正大心田好，一生有祸不成凶。

比　本命属鸡生酉年，祖先积德有余田。
一生福禄得自在，逍遥快乐保安然。

屯 琴瑟相会弄佳音，鸳鸯交头永不离。
洞房有位周氏女，月老注定作君妻。

兑 定君克妻果不虚，头妻必定早分离。
娶来妻宫又被克，再娶佳人必属鸡。

夬 驿马在命身不安，出外谋为喜相连。
贵人见喜多扶助，名利合和两周全。

二千三百八十

兑 流年魄化入命宫，疾病缠身大主凶。
此煞若不早解破，难免阴司路上行。

坎 命产酉月福不停，早年荣华颇驰名。
后来运去时成败，荣枯之中定一生。

比 终朝劳苦想机谋，财帛重用妄贪途。
作事小心多仔细，人人唤叫看财奴。

屯 酉时生人最无功，骨肉无情反怨生。
早年虽然见成败，运至晚年显光荣。

艮 生逢六刻衣禄荣，离祖迁移外宅成。
晚景丰盈人争羡，家宅吉利享恩荣。

井 君家若问洞房妻，五行数中听消息。
姻缘前定无差错，洞房佳人郭氏女。

升 克妻克妻又克妻，三房佳人必分离。
四次新郎花烛会，洞房又娶定属鸡。

坎 头带金冠穿紫衣，富贵荣华总是虚。
男妆女扮会歌舞，原是班中一戏子。

二千四百一十

晋　区区小数定世间，神仙之语不虚言。
双亲庚相预先定，父鸡母马永百年。

坎　命中注定子息稀，蟠桃一颗正出奇。
绿水青溪南山寿，天赐麟儿必属鸡。

艮　命宫注定多凄凉，父子泠泪受恓惶。
生逢五刻无兄弟，双亲位上母先亡。

井　二千四百井卦游，逆数顺推四度行。
生逢四月十六日，元辰养育保安宁。

井　水入井宫十度奇，父相属鸡不怪奇。
母相属马天然定，花开梅绽两相宜。

兑　运行乙酉福自生，家门康泰四时亨。
出入谋为无不利，春枝青青月正明。

损　乙酉属鸡寿延高，井泉水命怕人淘。
八十寿尽大限至，一枕黄粱赴九霄。

益　神数定君何日生，上弦月朗朔风清。
生逢闰四月十六，薰风吹动子规声。

二千四百二十

井　乾坤变化识者稀，数中妙化定根基。
先天注定二亲相，慈母属羊父属鸡。

升　春风处处满园好，丹桂枝枝显荣茂。
长子若立属鸡相，二子传家福禄滔。

夬 金水相交五刻生，兄弟三人同一宫。
堂上双亲母先去，晚景悠悠福自增。

艮 葵花初绽孟夏天，傍花随柳过前川。
生逢四月十七日，父母房中添笑颜。

讼 二亲宫中细推详，父命属鸡母属羊。
松柏青青南山老，家道顺利百事忙。

屯 丁酉年生福禄昌，山火之命衣禄强。
辞世光阴七十九，醉卧东风梦黄粱。

坎 大运丁酉如春风，财进福添喜自生。
门庭吉利多康泰，万里无云月正明。

否 葵花绽蕊孟夏时，闰四月生是十七。
落花飞絮人长在，父母恩育与天齐。

二千四百三十

坤 紫微交卦入酉宫，二亲庚相细推评。
父命属鸡母属猴，双双有寿在高庭。

乾 安身立命理通元，子息宫中岂偶然。
三子堂前三才茂，长子属鸡是根源。

升 棠棣花开各芬芳，兄弟三人不成双。
生逢五刻先丧母，一村结果有青黄。

井 夕阳梦里半夏天，堂上不住子规喧。
生逢四月十八日，桑树蓁蓁黄鹊欢。

艮 青山绿水景悠悠，父命属鸡母属猴。
二亲堂上同有寿，雪燕双双度百秋。

否 运行己酉福自来，事事如意称心怀。
门庭吉利添喜气，桃李花逢春正开。

泰 己酉大运土命长，若逢癸酉要提防。
辞世光阴七十九，一枕南柯梦黄粱。

坎 薰风吹动半夏天，燕语不住子规还。
闰四月生十八日，父母堂上添笑颜。

二千四百四十

井 乾坤数合到酉宫，天伦父母定年庚。
父原属鸡安且乐，同庚母亲寿如松。

升 南园花草显青枝，枝头结实四果奇。
长子属鸡前生定，内有带被免克离。

艮 命宫注定五刻真，雁行分飞欠同心。
兄弟四人母先去，手足分张反生嗔。

夬 半夏薰风清和天，万物阳和四月间。
生逢原是十九日，桑枝之上子规喧。

坎 先天神数少人知，消息循环泄天机。
若问人间亲庚相，父母原来俱属鸡。

艮 运交辛酉大亨通，福星拱照显峥嵘。
一门雨露从天降，云收雾散月光明。

否 辛酉石榴木命生，猴鸡年时送归终。
七十九岁交大限，身化为泥气化风。

泰 闰四月生夏景天，绿柳枝上蝉声喧。
生逢正是十九日，父母堂前添笑颜。

二千四百五十

夬 乾坤变泰喜非常，二亲宫中细推详。
父命属鸡遐龄寿，母相属犬百年长。

否 墙外一枝花正好，五果结实嫩枝条。
天然定就长子鸡，松柏生芽气自高。

泰 棠棣花开满枝香，兄弟五人不成双。
生逢五刻先去母，雁行分飞望长江。

坎 榴花开放满园红，丹桂庭前杜宇鸣。
生逢恰是四月内，二胎落草二十生。

井 二千四百遇酉年，父命属鸡福禄全。
配合母亲属狗相，庭前兰桂花生莲。

升 运交癸酉福重重，出入和顺任君行。
名成利得心自遂，家宅清泰又安宁。

讼 癸酉刀剑金命长，龙蛇之年要提防。
寿享八十零一岁，阳台大梦不还乡。

艮 榴花开放映日红，黄鸟弄巧树上鸣。
桃李满树结成果，闰四月内二十生。

二千四百六十

坤 二亲庚相数定真，父命属鸡猪母亲。
人生富贵凭天定，清风皓月显浓荫。

否 子息宫中定得清，丹桂六果有青红。
长子若立属鸡相，内有石皮在其中。

乾　五刻生人立命宫，凡弟六人一脉同。
先天注定先去母，定有带破有贵荣。

泰　生逢酉时命宫强，昆仲蟾宫折桂郎。
恩光满门合宅耀，均沾余光名驰香。

升　二亲庚相报君知，母亲属猪父属鸡。
满园花木生芳色，新梅春光长嫩枝。

井　酉时立命最为良，胸怀豪气姓名扬。
除受立翰清闲位，运至升迁坐正堂。

坎　南极注定寿延长，牛头鼠尾要提防。
九十八岁大限到，七月十一梦黄粱。

兑　三刻定命克夫宫，角姓火命免刑冲。
长子水命招二弟，姊妹三人父先终。

二千四百七十

坎　双双鸳鸯两团圆，月老前世配姻缘。
命中定就因孝娶，共枕同衾一处眠。

否　蟠桃一树有青红，丹桂庭前七子成。
其中生来有带破，定知长子属鸡庚。

泰　五刻鸣雁各分飞，兄弟一排七人齐。
失却同心先去母，内有带破是前期。

艮　姻缘前定非强求，红叶题诗水送流。
晚配残婚免刑克，庚相属鸡乐悠悠。

否　酉月生人配合强，衣禄丰盈有余粮。
享得父母自有福，暮景悠悠寿更长。

升 命中注定显贵星，生逢酉时入黉宫。
一朝奋志青云上，他日必位进士公。

井 五行数合定命真，好色贪淫不由人。
沐浴水在命宫坐，败坏祖业辱家门。

屯 生逢一刻必克妻，火命羽姓两相敌。
子立金水须过房，兄弟无靠命孤恓。

二千四百八十

乾 命宫星宿两参商，结发不和寿不长。
夫宫位上如仇难，活离再嫁晚年香。

坤 满园花开八朵荣，结成八果有青红。
长子属鸡为庚相，内有石皮各不同。

夬 五朔生人造化根，手足宫中福不均。
兄弟八人先去母，内有带破在其身。

坎 月老注定属鸡妻，命化孤煞子难立。
纵产犹如霜见日，欲要子息求偏妻。

艮 六刻生人受孤恓，六亲宫中不得力。
自己跌倒自己爬，指望别人总是虚。

否 手持炒勺短刀响，酸甜苦辣你先尝。
调和五味有奇能，一般菜肴分外香。

泰 六刻生人文昌明，青云得路赴鹿鸣。
奋志重登春闱榜，可喜金榜又题名。

兑 初刻生人克妻房，命金羽姓两相当。
子息木土成我计，兄弟四人母先亡。

二千五百一十

损　一生荣枯凭运时，提纲发令任顺逆。
幼年初交十岁运，福禄安然寿更奇。

益　立嗣运早定天然，庚相拱照在人间。
父年二十二生你，一枝丹桂立堂前。

否　一对鸳鸯共枕中，忽然拆散各西东。
克妻再娶赵氏女，白发双双过一生。

泰　薰风送暑蝉又声，正是六月十六生。
大喜乾坤同一位，高堂瑞气又添丁。

升　君家若问洞房妻，前世配就卞氏女。
比目鱼游在春水，美满恩爱寿更奇。

井　运交乙酉不为吉，龟居浅水被虾欺。
事多不遂生烦恼，皓月当空云又迷。

坤　甲日癸酉时风流，文举深入似韩欧。
窗前铁砚磨欲穿，蟾宫折桂步仙洲。

兑　薰风送暑眄秋天，蝉鸣不住叫声喧。
生逢原是闰六月，十六降世保安然。

二千五百二十

坤　二刻姻缘鸾凤鸣，良媒主就天然成。
妻宫本命属鸡相，一对鸳鸯两意浓。

夬　数中能泄造化机，命宫注定无差移。
若问你身何日降，父年三十四上立。

屯　命宫注定必克妻，前配佳人早分离。
失偶鸳鸯重配对，洞房又娶范氏女。

艮　薰风日暖半夏天，时值佳景正清闲。
生逢六月十七日，脱离母胎降人间。

乾　鸳鸯戏水在江滨，芦花深处结成婚。
洞房妻宫宁氏女，琴瑟相和共枕衾。

升　驳杂琐碎事多凶，运至丁酉不顺通。
几番不遂争闲气，好似明月被云蒙。

涣　乙日乙酉时上清，圣贤经书蕴胸中。
美玉琢磨能成器，可喜平地上九重。

巽　时值薰风近秋天，蝉声不住叫声喧。
闰六月生十七日，灵胎落草画堂前。

二千五百三十

升　三刻注定鸾凤俦，前世姻缘月老成。
妻宫属鸡结成对，久远佳期百世荣。

井　安身立命定得真，丹桂庭前结子声。
父年方交四十六，晚景康泰福禄增。

泰　君家若问洞房妻，命宫孤硬克分离。
瑶琴折断又续弦，再娶佳人袁氏女。

否　季夏炎炎似火蒸，黄鸟枝上不住声。
生逢六月十八日，灵胎落草保安宁。

夬　姻缘注定荆氏女，夫妇相偕无克离。
鸳鸯交颈恩情美，白发双双共齐眉。

艮　运至乙酉不为高，船到江心遇风摇。
凶多吉少琐碎有，纵然无事心也焦。

兑　丙日丁酉时贵清，更喜天乙在命宫。
蟾宫折桂身荣显，彩旗飘飘映日红。

坤　薰风吹动杨柳梢，金蝉脱壳满树绕。
生逢原是闰六月，十八降世寿延高。

二千五百四十

乾　生逢四刻定不差，绿水红莲并头花。
妻宫注定属鸡相，久远姻缘福自加。

坤　宗嗣迟早是天然，庚相共照降人间。
父年方交五十八，一枝丹桂立庭前。

否　妻妾宫中注得清，前配佳人受克刑。
克妻再娶屈氏女，共结丝罗山河同。

艮　夏气炎炎透天边，火轮悬挂在檐前。
生逢六月十九日，灵胎落地降人间。

夬　昔日月老配婚姻，妻宫欧氏结成亲。
前世造定今生事，美满恩爱过百春。

泰　大运辛酉灾殃临，破财琐碎少精神。
举动事事多不顺，暗昧不明事临门。

巽　丁日己酉文明丰，手扳丹桂上九重。
腰金紫衣身荣贵，光宗耀祖换门庭。

坎　窗光炎炎透夏天，火轮悬挂在目前。
蝉声不住枝上叫，闰六十九降人间。

二千五百五十

夬　五刻生人定得真，妻宫定配属鸡人。
月老约定姻缘会，晚景同荣气象新。

恒　花逢细雨来清风，一树蟠桃果结成。
母年方交二十二，生君一位如明珠。

坎　阳差阴错不合婚，前配妻命早离分。
瑶琴折断重结续，又与乔氏配成亲。

兑　一枝丹桂立堂前，天张大伞势炎炎。
那年生你是六月，元辰生在二十间。

井　绿水红叶结成双，前世配就两鸳鸯。
妻宫分配宫家女，月老注定寿延长。

升　运行癸酉事多凶，破财口舌灾殃生。
收船之时风浪起，躲浪撞入虎穴中。

巽　戊日辛酉时奋光，蟾宫折桂步玉堂。
奋志三秋魁虎榜，一举成名姓字香。

坤　薰风夏日似火煎，百花结实草木鲜。
闰六月生二十日，一生荣华乐晚年。

二千五百六十

乾　金菊芙蓉且浓荫，妻宫属鸡结成亲。
月老配合无差错，时分六刻定得真。

临　桃花开放正遇春，父母锦帐笑欣欣。
父年方交三十四，生你堂前百福臻。

渐　棒打鸳鸯两下分，前妻必克丧青春。
失偶寻盟别配对，又娶妻宫定姓申。

丰　子息宫中定得真，花开结实更清新。
若问月来终身事，四子送终不须云。

井　蟠桃枝枝花来香，共枕同衾两鸳鸯。
妻宫二十零二岁，喜生一子在洞房。

恒　四刻生人五行清，富贵双全在命中。
腰金紫衣荣冠带，福气滔滔衣禄丰。

升　六刻生人贵无休，父子文业过韩欧。
子强父弱人争羡，折桂扳蟾步仙洲。

艮　五行配合果不差，为人性直量最大。
仗义疏财结友朋，晚景丰盈福禄加。

二千五百七十

巽　并头莲开世间稀，红叶飘流上有期。
生逢七刻姻缘定，配合妻宫必属鸡。

坤　寒梅耐雪花更鲜，芬芳结实子更坚。
母年四十六生你，明珠一颗在晚年。

坎　花烛重明不称心，克害妻宫不由人。
洞房再娶新气象，又配苗氏结成亲。

升　生逢六刻犯孤星，子息宫中受克刑。
思想老来将何依，除非他子作儿童。

讼　桃李花开正逢春，丹桂枝头异味深。
妻宫三十四生子，芭蕉树下产麒麟。

兑　时分六刻定得真，一生造化岂由人。
口食皇粮营中主，他日冠带身自荣。

师　六刻生命福禄强，子登金榜姓名扬。
祖上汗马功劳重，恩荣代代报边疆。

否　性格宫中注得清，为人敦厚有声名。
礼貌言语多巧智，不好求人落下风。

二千五百八十

升　八刻配合鸾凤鸣，月老良媒佳会成。
妻宫必属鸡相女，荷花出水映日红。

否　生逢酉月配五行，八字注定晚年成。
早年扒拮后发福，衣禄丰足有峥嵘。

井　前世定就洞房妻，命宫妨克早分离。
新郎再赴花烛会，洞房又娶郝氏妻。

泰　命宫注定子息稀，预泄天机报君知。
若求门宅不绝后，先取皮外后立子。

夬　妻宫四十六岁春，此年生子福禄臻。
虽然蚌生珠子晚，看得寒梅长精神。

艮　五行配合犯刑冲，短短身材似鸭形。
若要入在高人内，他人把你作顽童。

坎　时运不遂考除名，只因生逢六刻钟。
青灯黄卷用心苦，名列黉宫第二重。

兑　生逢兑宫一朽材，五行数内岂易改。
顶缸填陷受人愚，人皆笑汝作痴呆。

二千六百一十

夬　坤入夬宫有惊慌，二千六百数不祥。
母命属鼠先克去，鸡父有寿乐高堂。

升　嫩柳桃花正芳荣，良媒天造月老成。
妻宫属鸡生一子，百年福禄百年同。

井　二刻鸳鸯配成对，荷花池中秋正翠。
夫主属鸡前生定，相敬如宾人羡美。

艮　寒蝉不住声声鸣，紫燕同归秋社逢。
生逢八月十六日，仲伙佳景月正明。

屯　鸿雁迷群泪纷纷，手足行中寿不均。
兄弟三人分造化，内有一人命归阴。

比　运交乙酉推若何，注定破财凶事多。
身上疾病时常有，下五年交保安乐。

兑　己日癸酉时生香，蟾宫折桂耀门墙。
衣紫腰玉身荣贵，金殿传声姓名扬。

困　金风将尽换朔风，中秋佳景又重逢。
生逢原是闰八月，元辰十六降身形。

二千六百二十

升　月照西楼日将升，二亲宫中注得明。
母相属牛必先克，父命属鸡福寿荣。

井　姻缘前定永不差，犹如乔木开嫩花。
妻宫属鸡生二子，可喜后代姓名佳。

艮　李白桃红总是春，鸳鸯匹配在江滨。
生逢三刻夫属鸡，琴瑟相合福寿臻。

夬　金风送日蝉声鸣，月到中秋雁南行。
天赐一片景致好，命逢八月十七生。

比　紫荆花开遇狂风，昆玉行中痛伤情。
兄弟四人三位丧，惟存君家耐青松。

坤　丁酉运中吉凶停，口舌是非主忧惊。
若得平安身康泰，须交下五酉字逢。

坎　庚日乙酉时贵迁，必是蓬莱一洞仙。
养成心性折桂客，名扬四海天下传。

兑　正是菊绽仲秋天，阵阵凉风雁南还。
闰八月生十七日，父母堂前添笑颜。

二千六百三十

坎　二亲宫中注得清，母命属虎寿先终。
父亲属鸡享福寿，兰桂森森万古青。

坤　前世姻缘定得真，鸳鸯匹配共枕衾。
妻宫属鸡生三子，福寿臻臻百世春。

夬　春光桃李花正开，鸾凤交结会兰台。
生逢四刻夫属鸡，举案齐眉福自来。

兑　鸣雁来处日升天，玉露生处在堂前。
生逢八月十八日，桐叶飘飘水上莲。

屯　兄弟宫中细推算，手足失散实可怜。
昆玉五人寿不齐，其中四人命归天。

升 己酉运临财不安，口舌琐碎事流连。
若得安泰交下五，名利和合两周全。

丰 辛日丁酉时禄排，必作琼林学士才。
衣冠济济荣宗庙，仕禄悠悠百福来。

比 日升之后雁南还，一枝丹桂立堂前。
闰八月生十八日，绿叶水上恰似莲。

二千六百四十

否 乾坤交否遇难星，二千六百数逢空。
母亲属兔必先丧，父亲属鸡松柏青。

艮 玉女配合结姻缘，朱紫系彩在庭前。
妻宫属鸡生四子，安享福禄乐团圆。

坎 月老千里配佳期，一枕鸳鸯夫属鸡。
生逢五刻自此定，赤绳系定两家足。

比 金风飘飘舞秋香，空中雁声乱飞扬。
生逢八月十九日，兰桂庭前现祯祥。

井 紫荆花开异味香，狂风吹动折枝伤。
兄弟六人丧四位，惟有君家寿延长。

坎 辛酉大运事有亏，凶多吉少琐悲眉。
若交下五酉字位，满园花木自芳菲。

困 壬日己酉时非常，腰金衣紫伴君王。
荣华富贵人争羡，青史标题姓名扬。

艮 丹桂秋香庭前立，空中燕子双双飞。
闰八月生十九日，父母添丁生光辉。

二千六百五十

坤　二亲爻中定得清，坤数失陷变作空。
慈母属龙数先终，父命属鸡福寿通。

比　姻缘配合似鸳鸯，美满恩爱两相当。
妻宫属鸡月老定，庭前五子姓名扬。

井　绿水荷花并头生，逢生六刻定得清。
洞房命主属鸡相，举案齐眉福自增。

离　若问生身在何期，数中妙机报君知。
生逢八月二十日，灵胎圆满母腹离。

井　棠棣茂盛枝叶青，兄弟七人情不同。
自古人命有长短，内有三位赴幽冥。

坤　大运癸酉推若何，注定破财口舌多。
也须疾病时常有，下五年交保安乐。

兑　癸日辛酉时最高，果然平步上青霄。
腰金衣紫荣宗祖，金花官帽姓名标。

困　白露前后是仲秋，鸿雁声鸣过南楼。
闰八月生二十日，灵胎落地喜悠悠。

二千六百六十

夬　青山绿水景悠悠，乾坤两爻数不周。
慈母属蛇必先丧，父亲属鸡寿添筹。

艮　姻缘相配岂偶然，妻宫属鸡福禄全。
丹桂庭前生六子，兴家立业享田园。

升　月老千里配姻缘，夫主属鸡永团圆。
七刻注定鸳鸯对，绿水荷花并头莲。

兑　六刻定命受凄凉，克害妻宫痛断肠。
鸳鸯拆散失恩爱，孤灯独照守空房。

井　先天注定兄弟宫，雁过长江五个鸣。
手足行中居长位，不是同胞一母生。

困　子息宫中细推详，丹桂茂盛异味香。
庭前排列五童子，内有一位去过房。

坎　酉时生人贵非常，命宫合主姓名扬。
身着紫衣腰佩玉，威震社稷正朝纲。

坤　四柱正逢卯月生，命中官爵显威风。
腰金衣紫身荣贵，立功份外又加封。

二千六百七十

困　女命正逢酉时生，温柔惠和又贤能。
巧机伶俐助夫主，富贵荣华在命宫。

比　姻缘配合是前生，命主属鸡是妻宫。
堂前七子森森立，飞鸣顿使世人惊。

屯　生逢八刻定得真，洞房配夫属鸡人。
前世造定今生事，美满恩情度百春。

井　姻缘迟早非偶然，妻星不透难团圆。
早成必须望门克，晚来结成保安然。

井　先天注明兄弟宫，雁行排来有峥嵘。
手足七人不同母，你身第二位有荣。

艮　命宫五行注得清，富贵荣华岂强行。
父星不显又失陷，衣冠歌舞作礼生。

坤　酉时定命富贵强，腰金衣紫伴君王。
威权世世声名重，掌握兵戎万户郎。

坎　八字逢生酉月中，命中官爵显威风。
腰金衣紫身荣贵，立功塞外振边廷。

二千六百八十

井　五行配合酉时生，贱命浅簿受贫穷。
劳苦扒拮皆是命，前世所作今就生。

困　红叶题诗水送流，妻宫属鸡到白头。
堂上八字有贵贱，内有带破添寿筹。

升　前夫必定妨克去，夫君再嫁属鸡人。
庭前花柳重并日，雪里梅花又遇春。

夬　异星坐命岂能强，君家姓李又姓张。
无有二姓难存保，离祖成家福禄长。

需　棠棣枝叶茂盛青，兄弟八人居七名。
其中生来有带破，不是同胞一母生。

同人　酉时君身自降生，富贵荣华福禄增。
蟒袍玉带金阶立，皇宫内院逍遥行。

涣　财帛天禄遇恩星，深宫又是天乙行。
必有爵位贵更显，未登金榜冠带荣。

丰　五刻生人贵非轻，威权万里有声名。
腰金衣紫身佩玉，官爵极品受皇封。

二千七百一十

大畜	二亲爻中定得清，严父属鸡福寿荣。 慈母属马必先克，悠悠荡荡命归阴。
升	昔日月老配姻缘，妻宫必定小十年。 须知伉俪风云会，美满夫妻两团圆。
恒	姻缘相配主悲忧，一枕鸳鸯不到头。 克妻再娶古氏女，福气滔滔水东流。
蒙	月令冬天影渐移，云雾蒙蒙雨也稀。 十月十六逢生日，露冷风寒百鸟迁。
艮	泪眼重重心恓恓，生逢二刻主刑妻。 续弦再配鸳鸯对，又娶佳人必属鸡。
井	乙酉运临喜重重，凡事和合称心情。 口舌疾病自消散，日出云端显光明。
否	子年命中蛇化龙，鹿鸣宴上呈英雄。 望到琼林待午岁，头角峥嵘上九重。
困	花草凋零叶又稀，寒蝉窗外叫声凄。 闰十月生十六日，庭前兰桂花结实。

二千七百二十

升	乾坤交酉见刑冲，严父属鸡寿如松。 慈母属羊游仙路，岂知万般皆是命。
井	姻缘前定月老成，嫩花开放如锦重。 妻宫必小二十二，夫妻同枕不同庚。

困　分散鸳鸯交头恩，克妨妻宫命难存。
洞房又娶花氏女，花烛相会又一新。

屯　水仙花开立新冬，人人争羡色艳浓。
生逢十月十七日，衣禄滔滔似青松。

艮　三刻生人遇秋霜，圣雪震门两鸳鸯。
洞房重正花烛会，必须属鸡寿命长。

坎　运行丁酉喜临门，旱苗得雨长精神。
闰门吉庆平安泰，凡事如意又遂心。

恒　命主卯宫鱼化龙，鹿鸣宴上称英雄。
子年得遂青云志，午岁金榜又题名。

屯　花木凋残又孟冬，深山之际有青松。
丹桂落后子成立，闰十月内十七生。

二千七百三十

井　计都星君入震门，井卦逢文主灾迍。
母命属猴先克去，父命属鸡恨白云。

旅　燕语纷纷未称心，少阴老阳结成亲。
晚年桃李逢春色，妻小三十零四春。

晋　二千七百三十三，此数逢之克妻眷。
前配佳人被你克，又娶巩氏两团圆。

大有　朔风吹绽梅花繁，下元佳节小春天。
生逢十月十八日，灵胎圆满降人间。

升　四刻定就克妻房，棒打鸳鸯两分张。
又娶属鸡成婚配，雨后花开分外香。

涣　己酉运临乐妆台，喜气重重入门来。
百事遂心皆如意，持家立业称心怀。

谦　命主卯宫鱼化龙，虎榜必题占魁名。
酉岁方主遂大志，一声春雷上九重。

贲　鸣雁南楼畏朔风，芙蓉花残翠竹青。
闰十月生十八日，滴水成冰现身形。

二千七百四十

观　二亲宫中定得清，父母同是属鸡庚。
自古人生皆有死，母先克去父如松。

遁　前世姻缘定不均，妻小四十六岁春。
正识凡事皆由命，苍松翠竹共成婚。

节　命宫数定必克妻，鸳鸯拆散两分离。
花烛重明新气象，兰房又娶荆氏妻。

萃　孟冬小雪乱纷纷，暮景风光送小春。
生逢十月十九日，灵胎圆满见双亲。

坎　棒打鸳鸯两分离，命宫注定必克妻。
生逢五刻重婚配，又娶佳人定属鸡。

艮　运至辛酉福禄增，雨洒竹叶分外青。
更有喜事安然乐，喜对菱花正面容。

否　酉年命宫显科星，丹桂高扳虎榜登。
癸丑奋志青云上，金榜题名进士公。

泰　时值冬景雪花飘，草木凋零朔风摇。
闰十月生十九日，父母房中见根苗。

二千七百五十

井 卦逢咸爻到天门，二亲命宫细推寻。父命属鸡安且寿，戌母先作阴司人。

夬 先天定就理无差，妻大十岁共白发。前生配定姻缘事，松柏耐久老来发。

升 前世姻缘定得真，妨害妻宫早离分。再娶巫氏同偕老，洞房花烛又一新。

比 柏叶耐岁显浓荫，小春份外节气新。生逢十月二十日，身出阳世见双亲。

艮 花烛重明主悲恓，生逢六刻定克妻。洞房再娶新气象，月老注定必属鸡。

坎 运行癸酉果不差，福禄祯祥渐渐加。闺门吉庆添喜气，持家立业保多嘉。

坤 命立酉宫蛇化龙，胸藏孔孟古今通。戌岁身荣人争羡，从来少有世人惊。

涣 朔风吹动松柏蓁，雁过南楼雪花侵。闰十月生二十日，丹桂结实枝枝新。

二千七百六十

否 乾坤数合过酉宫，母命属猪寿先终。椿堂属鸡寿延长，兰桂绵绵万古清。

比 子息宫中犯刑伤，丹桂正茂遇秋霜。先天定就无差错，四子难得寿命长。

泰

姻缘簿上注得真，岂能长久度岁春。
克去妻宫续又娶，洞房再配甄妇人。

升

酉时生人命安然，农业立身福禄全。
仓满盈余田园旺，晚景兰桂立家缘。

井

生逢七刻犯刑伤，五行数定妻早亡。
花烛重明结再续，继娶属鸡永成双。

艮

酉时生人主禅元，身披法衣三清前。
口念经文诵道德，礼拜天颜是前缘。

兑

命宫注定显贵星，专等时来运转通。
戍岁虎榜名已题，君今飞身赴鹿鸣。

坤

命立丑宫贵无疑，午年必定虎榜题。
戍岁必赴琼林宴，一声雷鸣天下知。

二千七百七十

晋

命定夫君是属鸡，必主带破免孤恓。
此命如无风流破，刑冲必定子难立。

否

日坐酉宫衣禄丰，翻来覆去终得荣。
处世安然逍遥乐，晚景悠悠更兴隆。

泰

前生造定克妻房，岂能偕老耐久长。
新郎又赴花烛会，再娶周氏才妥当。

升

酉时生人主聪明，命带天巧作奇动。
君家衣禄到处有，衣食丰足度生平。

大畜

生逢八刻主重婚，克害妻宫命难存。
继娶属鸡成佳偶，洞房花烛又一新。

大过　先天神数定得真，削发为僧入空门。
常思老来无结果，四个徒弟送归身。

谦　八字正逢酉时生，统领军旗掌大兵。
敕赐品爵居将位，食禄天家享万钟。

旅　五行四柱显贵星，专待时来运转通。
酉年必主题金榜，又喜丑岁定荣登。

二千七百八十

恒　配合妻宫属鸡人，惟有石皮命可存。
五行注定风流破，天然造定不由人。

需　生逢酉月扒拮多，命宫注定怎奈何。
几次成败翻来复，朝暮忙忙受奔波。

渐　月缺花残少光阴，五行数定克妻身。
洞房又会新气象，又与郭氏结成亲。

贲　命宫坐定参商星，夫妻不和怨气生。
此星若不早禳祭，将来夫妇各西东。

比　子息宫中恩星强，命中合主遇文昌。
前世积德阴功厚，一胎双生两儿郎。

屯　丝麻煞在命中藏，绳索缠定最难当。
此煞若不早解破，自缢多在树下亡。

兑　生逢六刻大亨通，孙吴韬略藏胸中。
鹰扬首荐声名美，改换门庭光祖宗。

夬　七刻之命富贵清，富贵荣华在命中。
青云得位人罕有，金榜题名赴鹿鸣。

二千八百一十

泰　乾坤二数定得清，二亲宫中有刑冲。
父命属鸡先克去，鼠母俭仆正家风。

丰　姻缘配合效鸾凤，夫宫必大十年强。
蝴蝶并翅空中舞，美恩好情百年昌。

否　春到花开景色天，二十二岁生儿男。
可喜少年生贵子，一生自在乐清闲。

艮　朔风花残冬正逢，时刻三阳月正明。
生逢腊月十六日，灵胎已育保安宁。

坎　配定妻宫必属鸡，命宫妨克必分离。
洞房花烛重婚配，继娶属鼠共齐眉。

坤　运至乙酉事未通，驳杂琐碎有忧惊。
事事项项不遂意，日出云端雾又朦。

比　大运交转乙酉临，原居下品司贱民。
位升迁转承恩宠，皓月当空起祥云。

升　耐寒松柏结成林，浩然寻梅踏芳尘。
生逢闰腊十六日，季冬将残眄青云。

二千八百二十

节　水入酉宫主为孤，二千八百遇凌辱。
严父属鸡先克去，慈母属牛受劳碌。

晋　月老注定婚姻成，夫妇庚相定不同。
夫大二十零二岁，美满恩情定前生。

遁　鸳鸯配合两相宜，正是风清月朗时。
三十四岁生一子，兰桂逢春发嫩枝。

观　朔风阵阵仲冬天，浩然寻梅踏雪还。
生逢腊月十七日，灵胎落草降人间。

艮　姻缘簿上注得真，头妻属鸡丧青春。
续娶属牛成佳偶，洞房花烛又一新。

泰　运至己酉定吉凶，常有烦恼不称情。
灾殃口舌常不断，看是平路跳到坑。

否　丁酉运临正堪夸，短袂轻裘出荣华。
天赐恩光位迁转，吉祥如意福禄加。

否　翠竹苍松耐岁青，朔风吹动盼新正。
梅花开时春将至，闰腊定是十七生。

二千八百三十

乾　乾坤数现落天空，父命属鸡寿先终。
虎母高堂偏有寿，形孤影单守孤灯。

坎　前世之间定姻缘，月老注定非偶然。
夫宫定大三十四，永远夫妇过百年。

井　庭前兰桂子结实，果然梦兆应熊罴。
四十六岁生一子，晚景福禄寿更齐。

升　时逢佳景正隆冬，元辰腊月十八生。
梅花将残迎春茂，朔风将尽盼新正。

泰　若问姻缘数中求，二千八百化为仇。
结发属鸡半路克，续配属虎到白头。

升　己酉运临不遂心，疾病恹恹少精神。
事事不遂多烦恼，日月云迷少光明。

讼　运行流转己酉宫，爵禄丰盈百福通。
职位重重加吉兆，犹如红日正东升。

蒙　隆冬数九正冰霜，浩然寻梅未还乡。
闰腊月生十八日，灵胎落地保安宁。

二千八百四十

观　双亲下世有德先，鸡父必先辞家缘。
慈母属兔守孤灯，福如东海寿南山。

遁　命宫注定奈若何，广寒宫里见嫦娥。
夫主必大四十六，秦晋姻缘永会和。

剥　景色残花暮秋天，桂花结子晚更坚。
一门喜气从天降，五十八岁生一男。

晋　滴水成冰数九天，玉石砌路粉妆山。
生逢腊月十九日，浩然寻梅踏雪还。

井　前世配就属鸡妻，必定妨克早分离。
继娶属兔成婚配，夫妇偕老共齐眉。

艮　大运交到辛酉方，灾殃烦恼少祯祥。
行船正遇波浪起，旱苗又被恶虫伤。

兑　辛酉运临主祯祥，丹桂逢秋味更香。
职位升迁恩光厚，万里显达帝王旁。

坎　玉石砌路雪满天，浩然寻梅踏雪还。
闰十二月十九生，朔风将尽又新年。

二千八百五十

蹇	计都大梁过西宫，数逢屯卦反为凶。 父命属鸡光阴短，伤心龙母伴孤灯。
大有	前世月老配婚时，一对鸳鸯年不齐。 夫宫必小六岁整，五福咸宁结子奇。
噬嗑	流年小限主吉祥，十一腊月世事强。 添财进喜多得意，凶中变喜化吉祥。
萃	水入巽宫两爻清，夜月光辉西上行。 残冬腊月正二十，父母生你喜无穷。
既济	棒打鸳鸯两分张，姻缘相配不久长。 头妻属鸡半途克，再娶属龙永成双。
萃	运交癸酉事不遂，心致烦恼锁愁眉。 闺中不利生灾患，日落沉西无处寻。
损	癸酉运至福重来，声名彰显凤凰台。 腰系玉带人争羡，恩光临门称心怀。
豫	耐岁松柏色更青，残冬将尽雪花空。 闰腊月生二十日，灵胎落草保安宁。

二千八百六十

恒	二亲宫中数定清，父命属鸡寿先终。 母命属蛇孤灯守，寿似南山不老松。
大过	紫荆花开枝叶青，兄弟五人不成双。 雁行失散缺扶助，内有一位去过房。

随　小运流年凶星躔，十一腊月破财源。
口舌是非心头闷，交待新春保安然。

复　妻宫属鸡坐凶星，终身克子难保成。
若求命中子不缺，偏房枝上一果成。

丰　狂风吹散两鸳鸯，月缺花残妻必伤。
元配属鸡必主克，继配属蛇耐久长。

师　数中定命更无差，命原生居贱人家。
喜乐吹弹习歌舞，酒席筵前听呼喝。

睽　运交癸酉位北方，官星隐隐少祯祥。
月明偏有云遮掩，花正开时逢大霜。

旅　日出太阳照东方，姊妹六人正三双。
二亲堂上先丧父，母年有寿守孤芳。

二千八百七十

升　鸳鸯交结喜成双，忽然拆散两分张。
合主兰房孤又苦，坚心守志效孟光。

离　酉月生人金风清，福禄荣华在命宫。
家宅富贵田园旺，处世逍遥大峥嵘。

大畜　十二月中定吉凶，十一腊月称心情。
喜气临门多康泰，持家立业长自荣。

解　君家若问洞房妻，命中孤硬必分离。
四房家人被你克，再娶属鸡是君妻。

复　院中花开色艳浓，鸳鸯交结鸾凤鸣。
妻妾九房共衾枕，前世造定非今生。

未济　流年吉凶报君知，又逢目下十月底。
不如和合为上计，仲冬官司不果你。

同人　大运交酉不为吉，芳草逢霜景凄凄。
事事不遂惹烦恼，爵位到此退为宜。

临　三对燕子过海东，姐妹六人心不同。
母亲一定先克去，父亲有寿正家风。

二千八百八十

大壮　六刻注定效凤凰，千里姻缘配合良。
夫唱妇随鱼水合，命中注定配填房。

丰　一树蟠桃有青黄，兄弟五人定刚强。
其中出贵人争羡，光宗耀祖换门墙。

明夷　凶星流转入流年，烦恼口舌灾来缠。
不利应在十一腊，待交新正保安然。

随　女命生来甚聪明，机巧伶俐多贤能。
善作针刺工最妙，持家立业助夫荣。

升　花开莫怨不结子，海棠休怪春来迟。
森森鲜鲜生四女，送你归坟全当儿。

井　命犯天星主大凶，五行造定克身宫。
若不请师早解破，此命必然难长成。

否　酉月生人金源清，必定异路有功名。
未登金榜荣冠带，光宗耀祖换门庭。

泰　女命正逢酉时生，身在人间纳宠荣。
老阳少阴配成对，怎奈洞房滴泪浓。

邵子神数戌部

三千一百一十

蛊　卯时二刻定得真，妻宫火土必克损。
若是羽姓妻免克，子息三人木土金。

观　二亲爻象细推详，母亲属马守孤孀。
父命属狗先去世，南柯一梦赴黄粱。

损　运行甲戌花逢春，出入利益自然欣。
门庭兴旺多吉庆，事事如意百福增。

益　紫荆交卦遇震宫，生逢七刻一子成。
身边必有风流破，合该如此显奇能。

剥　亥时二刻犯刑冲，夫男火命姓角宫。
子立水土方存保，姐妹二人二母成。

兑　鸳鸯拆散受孤恓，头妻属狗早分离。
洞房再娶求不克，必须续房女属鸡。

艮　戊戌运至吉凶停，戊字和合称心情。
下五戌运灾殃有，看是平路跳到坑。

离　十年寒窗苦劳心，满腹诗书望登云。
运交戊戌方称意，名入皇宫列琼林。

三千一百二十

乾　未时二刻妻有妨，羽姓水命配相当。
立子火水免克损，兄弟三人少萱堂。

坤　火入兑宫定不祥，父命属狗必先亡。
母亲属羊守孤灯，福寿绵绵山海长。

升 运行丙戌花发春，出入和顺利益增。
用功磨石方成玉，有意淘沙必见金。

比 子息宫中定得清，七刻生人二子成。
中间总有一带被，暮景悠悠福禄增。

剥 未时二刻犯刑伤，夫姓宜水命角当。
子立水土方存保，姐妹二人父先亡。

复 数中定就克妻房，结发属狗寿不长。
续配属羊成佳偶，花开逢春分外香。

兑 运行丙戌喜南方，事事遂心纳祯祥。
戌字多灾生烦恼，面带愁色懒梳妆。

遁 运至丙戌最为良，胸藏豪气姓名扬。
奋志果然游泮水，光宗耀祖换门墙。

三千一百三十

涣 亥时二刻定得明，妻宜金水胜商宫。
儿郎火土成家计，兄弟三人母先亡。

渐 此数孤寡过命宫，乾坤数定老父终。
肖猴萱堂知有寿，养育兰桂耀门庭。

革 运行丙戌事重重，无边佳趣入门庭。
滔滔福气精神爽，秋月耀光分外明。

临 命宫数定无改移，丹桂庭前三子奇。
内有石皮因数定，七刻风云聚会时。

萃 二十五六主家荣，养就文业待时成。
屡占经纬文运还，终身须耀祖业兴。

夬

前生造定双妻室，头妻属狗早分离。
拆散鸳鸯两恩爱，又娶佳人定属鸡。

姤

庚戌运至最喜金，上五年中事遂心。
交临下五灾殃到，闲气口舌乱纷纷。

屯

志望甘罗登科早，命该太公得意迟。
只待大运庚戌至，喜气洋洋入泮池。

三千一百四十

乾

卯时二刻伤妻多，金水不克得和合。
父火母水子卯金，兄弟四人你居哥。

坤

乾坤二数定根源，猿朝北海泄威权。
父命属狗先归土，母亲属鸡泪连连。

升

运交庚戌喜重重，无边佳趣入门庭。
逢动利益皆遂心，堂前和合福禄增。

比

生逢七刻子宫强，四子传家纳祯祥。
内中合主有带破，家宅康泰福禄昌。

剥

生逢卯时二刻真，夫宫角姓火命存。
子立金水招二弟，姐妹三人末后跟。

颐

前世姻缘定得真，结发属狗丧青春。
续配佳人属马相，洞房花烛又一新。

坎

运交甲戌甲木高，喜气临门福滔滔。
时至戌运文业通，灾殃琐碎惹烦恼。

遁

戌字逢之多不利，圣贤经史蕴胸中。
秋试得意游泮水，人人争羡得相成。

三千一百五十

咸 未时二刻克妻身，木命商性方保存。
子立水火得安泰，兄弟无靠守孤门。

解 乾坤爻象定得清，三千一百数逢冲。
双亲堂上同属狗，父先克去母身荣。

随 运行壬戌自清闲，出入利益称心愿。
五福临门生瑞气，福禄荣华喜安然。

节 七刻生人子息多，蟠桃树上结五果。
其中生来有带破，数中预定更无错。

丰 四十三四称心情，云收霜散月光明。
出入利益财源旺，文运增添福自增。

讼 鸳鸯拆散两分离，数中已定难改移。
头妻属狗主克去，续配仍旧属狗妻。

师 运交壬戌吉合凶，壬字逢之称心情。
戌字交来多不利，懒向妆台整面容。

谦 壬戌运临福禄臻，得意寒窗十年功。
名列皇宫人争羡，彩旗光辉换门庭。

三千一百六十

谦 亥时二刻妻命金，若非宫姓必克损。
丹桂三子木土火，昆玉二人末后跟。

震 水入井宿白杨香，父命属狗必先亡。
母命属猪安且寿，教养兰桂百年昌。

巽　三十三四家业兴，此年顺利大亨通。
财禄滚滚千层浪，添财进喜福禄增。

坎　离到震宫会太阳，夺却日精助月光。
子许六人有带破，因生七刻有刑伤。

谦　六十一二自称心，晚年通泰百福臻。
福气滔滔如东海，名利和合事事欣。

艮　月缺花残妻主伤，狂风吹散两鸳鸯。
前妻属狗必主克，再娶属猪永成双。

震　命中孤硬非寻常，终身无子奈凄凉。
总取皮外难存保，可怜老来无靠墙。

乾　胸中文业志自高，金榜题名只一遭。
命中却无春试贵，一生举子直到老。

三千一百七十

升　运交甲木喜重重，事事遂心多称情。
家门吉庆生瑞气，日出云端分外明。

恒　命禀阴阳分五行，子息茂盛福禄荣。
虽然庭前十二子，不是同胞一母生。

井　五十六七流年安，福禄荣华喜无边。
家宅康泰多兴旺，晚景身安寿更延。

泰　七刻生人注得真，子息森森有七人。
内中注定有带破，荣枯不同各立门。

比　甲木运临事多凶，驳杂琐碎有虚惊。
船到江心风浪起，日出云端雾又朦。

师　运交甲木喜重重，门庭吉庆瑞气生。
房中自有欢声笑，果然应兆生儿童。

观　命中犯冲白虎星，子息宫中难长成。
此星若不早解破，终身只落一场空。

渐　大耗之命财难存，不怕家有聚宝盆。
如不逐煞早解破，不信阴阳受孤贫。

三千一百八十

离　运行戊位土最坚，财禄增添胜往年。
举动事事皆遂意，一轮明月出云端。

坎　子息宫中定得清，一树蟠桃有青红。
六子传家内出贵，改换门庭耀祖宗。

丰　运行流年大亨通，八十一二逢恩星。
安享晚景多康泰，福禄臻臻百年荣。

随　丹桂茂盛枝叶青，花开结果弄青红。
七刻注定有八子，内有石皮免刑冲。

屯　命元不喜见土金，运至戊位不遂心。
灾患破财必难免，日落深西无处寻。

遁　运交戊土喜呈祥，恒卦六爻大吉昌。
驾鹤升天显祥瑞，此运定主产儿郎。

节　五行四柱显刚强，二四五岁须提防。
此关若不早解破，难躲阴府阎罗王。

萃　命犯凶殃屈心头，六亲不和难相求。
以恩待人反成怒，阴人滞乱难罢休。

三千二百一十

乾	手足宫中注得清，又无弟来又无兄。 孤身独自理家业，暮景安然衣禄丰。
坤	父犬母鼠是双亲，两相配合寿不均。 乾坤数定空陷位，二亲俱主命归阴。
临	运行甲戌主心焦，灾殃随身疾厄到。 幸亏命中吉星照，凶处化吉自然消。
咸	运主甲木最主凶，家宅不利见悲声。 财散人离惹烦恼，定克家中老椿庭。
咸	数逢咸爻吉星安，手足宫中仔细参。 妆台姐妹有几位，五个女流你居先。
渐	红叶题诗水送流，鸳鸯交颈鸾凤俦。 八字姻缘前生定，妻宫周氏到白头。
蛊	甲戌运至难言强，上五年中有灾殃。 下五转到戌平安，闺门吉庆纳祯祥。
巽	生逢七刻文业强，泮水滔滔虚怅慌。 志欲月中折丹桂，怎奈足下不生光。

三千二百二十

比	空中鸿雁过长江，天高志远心凄凉。 一树蟠桃结六果，君第六枝五兄长。
屯	父命属狗母属牛，二亲配合难到头。 乾坤爻象多克害，双亲俱赴阴司游。

离　运行丙戌主耽忧，口舌灾殃锁眉愁。
怎耐无端生闲气，事事累累在心头。

坎　运转戌地心不安，严亲克离泪不干。
事不遂心惹烦恼，灾殃口舌受熬煎。

益　数中时机定得清，推算人间姐妹宫。
从头数来有七位，梅花枝头第二名。

损　绿水荷花并头生，前世姻缘注得清。
洞房配就雷氏女，天然造定作妻宫。

剥　丙戌大运事多差，半开半谢雨中花。
上五年中不遂意，爻逢下五保通达。

贲　戌时定命名未昌，犹如芳草遇严霜。
空用功夫加百倍，锦鲤困在泮池旁。

三千二百三十

蹇　手足宫中定得清，兄弟四人不同情。
同气连枝你居小，晚景丰盈福禄增。

谦　记得属狗是家君，配定属虎是母亲。
数定父亲辞阳世，母亲亦主命归阴。

旅　运行戊戌财不安，驳杂琐碎事流连。
出入动步皆不利，闲是闲非受熬煎。

鼎　运行甲木泪纷纷，此运注定克母亲。
驳杂不利财耗散，明月云遮少光明。

升　一树花开满枝红，姊妹四人定得清。
雁过长江分次序，葵花枝头第一名。

谦　六爻谦卦皆为吉，月老配定姻缘奇。
若问妻宫配何姓，注定郑氏无改移。

艮　戊戌运至戊为凶，灾殃口舌常相争。
如得灾消身安泰，爻临戌位百事通。

震　命宫注定非偶然，气象超群更非凡。
二十三岁游泮水，改换门庭光祖先。

三千二百四十

涣　紫荆芬芳一树花，兄弟五人各持家。
昆玉排来身居四，处世安然福禄加。

师　乾坤二象落空亡，父命属狗梦黄粱。
母命属兔游仙路，数定缺父少萱堂。

恒　庚戌运至主熬煎，驳杂不遂有几番。
更有破财啾唧事，灾殃口舌心不安。

随　运至戌土主不祥，骨肉分散痛断肠。
财爻锁碎添愁气，人离应兆克母亡。

丰　七刻生人福重重，父子乡科俱成名。
无绿春雷不震动，职受皇恩禄千钟。

观　月老前定更非轻，姻缘相配鸾凤鸣。
五音合就罗家女，天然配定作妻宫。

姤　运至庚戌吉合凶，上五年中不称情。
待交下五凡事顺，喜气重重福自生。

临　甘罗十二登科早，命坐虚星遂心迟。
知君胸藏长江志，三十四岁入泮池。

三千二百五十

泰 鸿雁空中相应鸣，昆玉行中三人行。
同气连枝居次位，棠棣花开争艳浓。

否 乾坤变化本无穷，二亲宫中注得清。
父犬母龙如庚相，椿萱俱主命归空。

晋 运交壬戌不为通，灾殃祸患口舌生。
几番不遂争闲气，月正明时被云朦。

大有 甲木运交不顺情，家宅不利见悲声。
财散人离应凶兆，此运注定克妻宫。

乾 一树花开满枝红，手足宫中有几层。
姊妹五人身居二，原来不是一母生。

兑 鸳鸯戏水在碧潭，清美荷花胜芝兰。
妻宫定配纪氏女，夫唱妇随永团圆。

困 运行壬戌定主凶，灾殃不遂有虚惊。
若要平安身康泰，交至戌位喜气生。

萃 四十六岁五行清，福禄荣华在命宫。
早年定主游泮水，幸得平步入皇宫。

三千二百六十

夬 棠棣花开各芬芳，手足宫中定刚强。
其中生来有带破，兄弟二人你居长。

涣 乾坤二相数逢空，日月二气少光明。
父命属狗母属蛇，二亲合主赴幽冥。

豫 三十三四最主凶，江中行船遇狂风。
命中逢此颠险事，凶里化吉惹虚惊。

解 大运交戌泪纷纷，克害妻宫命难存。
忽然鸳鸯生拆散，烦恼忧闷不遂心。

比 花开满树有青红，前世造化注得清。
姐妹七人身居三，原来父同母不同。

屯 并头莲花映日红，前世姻缘注得清。
五音注定陆氏女，天然配就作妻宫。

益 女命戌时衣禄高，勤俭持家心性巧。
浓妆不如素妆好，自古妻贤夫祸少。

损 命中注定子息稀，此命注定立子迟。
石上芝兰结子晚，晚年立子更坚实。

三千二百七十

需 金菊开放满园香，鸿雁南还思故乡。
兄弟六人身居小，内有石皮免刑伤。

履 日支逢戌富贵长，一生衣禄最刚强。
仓库丰足财源广，家宅吉庆纳祯祥。

复 五十七八怨恨深，凶多吉少黯消魂。
一身撞出虎狼寨，两手拨开荆棘门。

萃 灾殃却从天上降，忽然门开见悲声。
运至甲木生烦恼，此运克子痛伤情。

巽 三千二百遇巽宫，手足宫中定得清。
姊妹一连有七个，排你居六母不同。

颐　五音定象更无差，洞房妻宫配雷家。
今世姻缘前生定，夫唱妇随偕白发。

蒙　女命逢贵定先天，戌时福厚有根源。
职受封赠夫人位，身着霞帔戴珠冠。

讼　女命生来体态盈，花街柳巷是家风。
倚门靠户人争羡，风月场中件件通。

三千二百八十

泰　试看鸿雁乱飞扬，兄弟八人排成行。
次序之中身居四，必有石皮在内藏。

大过　木有根须水有源，提纲发令顺逆权。
命限初交三岁运，福禄双双两居全。

既济　八十一二身主凶，疾病如烛在风中。
龙困江河精神少，虎入平川被犬冲。

坎　运交戌土最主凶，家宅不利见哭声。
人离财散应克子，烦恼伤心泪珠倾。

泰　七刻注定姻缘真，仆女仆男结成亲。
月老配就无差错，夫妇相合恩爱深。

渐　前世月老配姻缘，清梅花开胜芝兰。
琴瑟和合百年好，共枕妻宫必姓安。

否　乾到戌宫归天门，身宫遇合坐缙绅。
阴命必作国主女，阳命佩玉腰挂金。

恒　性格宫中定得清，预泄天机报你明。
富贵荣华福有余，持家立业助夫兴。

三千三百一十

升 堂上双亲在何宫，乾坤相度得分明。
父命属狗母属鼠，寿似南山四皓公。

夬 乾坤二女落空星，日月二气少光明。
父命属狗游仙路，母亲属马命归空。

坎 运行甲戌位东方，甲木逢之大吉昌。
中央之土多不利，凡事不遂有灾殃。

离 和风吹动万物新，百花开放满园香。
生逢二月二十一，脱离母腹见双亲。

井 青山绿水白悠悠，自古滔滔不断头。
严父原是属狗相，母亲属鼠寿千秋。

艮 月老注定姻缘良，琴瑟和合百年强。
妻宫配定项氏女，命宫合主寿延长。

困 命入天罗最难当，三十三岁见阎王。
大限来时难逃躲，一枕南柯梦黄粱。

坤 时值佳景喜和风，百步草木皆发生。
闰二月生二十一，灵胎落地保安宁。

三千三百二十

渐 计得属狗是家君，母亲属牛数定真。
紫微相照乾坤泰，松柏青青景色新。

坎 父命属狗母属牛，两数相合定不良。
三三二二逢空位，二亲俱主梦黄粱。

讼　丙戌交丙家运丰，家宅吉祥财禄兴。
十年最怕戌土至，百事不遂惹虚惊。

需　命中八字数定成，一生安乐享晚荣。
生逢二月二十一，父母房中产人龙。

姤　乾坤刻定迎天门，双亲位上定得真。
父狗母牛二亲相，百年荣泰福寿均。

遁　姻缘前定月老成，千里二姓系赤绳。
前生造定今生事，洞房妻宫必郝姓。

节　凶星恶煞入命胎，四十五岁命亡该。
大限数定难逃躲，魂飞魄散梦阳台。

师　四柱生成配五行，平素衣禄遇时亨。
闰二月生二十二，灵胎圆满出身形。

三千三百三十

震　五行数定妙通灵，乾坤数遇紫微宫。
椿萱并茂松柏景，父命属狗母虎庚。

比　若问双亲数中求，母相原来是属猴。
父命必定属狗相，二亲俱主阴府游。

旅　戊戌运交戊土强，凡事遂心致福祥。
下五交戌多琐碎，灾殃破财须提防。

鼎　应时遇春正和风，雨露前后二月中。
生逢正月二十三，一轮明月照当空。

既济　乾入戌宫到本乡，父命属狗喜荣昌。
母命同庚先天定，浮世百年衣禄强。

明夷	君家若问洞房妻，泄漏消息报你知。 妻宫必配胡氏女，姻缘前定无改移。
小过	凶煞入命最难当，五十七岁尽春光。 忽然得下胸膈病，一枕南柯梦黄粱。
大壮	时值阳暖遇春风，紫燕同归画梁中。 闰二月生二十二，灵胎落地降身形。

三千三百四十

小过	二亲庚相数中详，松柏青青山海长。 母相属兔父属狗，椿萱并茂乐高堂。
困	数逢此卦最难当，二亲宫中定遭殃。 严父属狗归阴去，慈母属鸡梦黄粱。
恒	大运行来到庚戌，最喜逢庚五年吉。 逢戌不遂事重累，破财烦恼见泣悲。
畜	和风吹动杏花天，杨柳深处子规还。 生逢二月二十四，灵胎落地降人间。
泰	乾坤交泰入戌方，父相属狗寿命长。 母命属兔春光好，五福临门百事昌。
兑	鸾凤交结配姻缘，妻房贾氏命宫安。 春来花开桃共李，白发双双度百年。
升	命宫注定寿延高，大限逢之必难逃。 六十九岁天禄尽，一梦南柯到荒郊。
临	雨露生香杏花天，杨柳深处子规还。 闰二月生二十四，父母堂上开笑颜。

三千三百五十

晋　桃李花开遇春风，父相属狗母属龙。
椿萱并茂高堂乐，寿享遐龄福禄生。

兑　三千三百遇兑宫，二亲爻象注得清。
父母同是属狗相，椿萱俱主入幽明。

恒　运行壬戌水有功，上五年中百事通。
戌土不遂财耗散，家宅不祥有忧惊。

谦　百花芬芳杏花天，紫燕忽来画梁间。
生逢二月二十五，月明将残始不圆。

小过　五数小过定阴阳，重山草木更清香。
父犬母龙皆前定，双双有寿在高堂。

明夷　凡人姻缘皆前生，月老注定岂能更。
妻宫定配古氏女，举案齐眉福禄增。

中孚　先天注定寿延长，根老花残遇严霜。
杜鹃啼血鸣郊外，八十一岁梦黄粱。

小畜　百卉枝头叶见青，桃李逢春子规鸣。
闰二月生二十五，父母房中添笑容。

三千三百六十

履　三千三百遇乾宫，六十一数断得清。
五行数定毫不差，父命属狗母蛇庚。

萃　乾数行来到戌宫，严父肖狗戌年生。
坤爻相变亥宫猪，二亲俱主命归空。

渐　四柱纯粹五行清，聪明伶俐有奇能。
般般巧妙条件好，不好求人落下风。

困　戌时生人贵和喜，惟有小人意不足。
六亲少靠无恩义，心性方正寿更奇。

解　堂上双亲定年庚，慈母注定属小龙。
严父属狗又康健，福如东海寿同松。

豫　月老千里定姻缘，一对鸳鸯戏碧潭。
鸾凤交结如鱼水，妻宫乐氏福寿全。

鼎　妻宫前生定得真，九十三岁命归阴。
七魂七魄归地府，阳关路上少一人。

蒙　八字造定更无疑，一生荣枯预先知。
命中定你作商客，福禄峥嵘在晚期。

三千三百七十

比　皇书入命流年逢，家宅吉利喜重重。
有官占比禄迁转，常人逢之百事成。

复　七刻数合定得真，堂上缺少二双亲。
严父必然做大梦，母亲定主命归阴。

旅　四柱生来五行合，阴强阳弱结丝罗。
披身羊毛四月重，堂堂相貌怕老婆。

蒙　戌时数合主命宫，多朋好友志气雄。
重义轻财芳名显，恩反成仇怨恨生。

萃　本相属戌生戌乡，祖宗积德有余光。
一生享尽富贵福，财禄丰厚晚更香。

谦　六爻皆吉乃如谦，鸾凤和鸣配姻缘。
妻宫定配梁氏女，前生造定非偶然。

贲　棒打鸳鸯两分张，头妻克过续又伤。
二次新郎花烛会，又娶属狗才妥当。

剥　驿马生来在命藏，出行却比在家强。
谒访贵人皆扶助，财名两遂致福祥。

三千三百八十

临　流年太岁最主凶，灾殃口舌事重重。
举动不遂财耗散，无端烦恼惹虚惊。

夬　生逢戌月财禄虚，福禄荣枯不均备。
早年荣华晚扒拮，五行合配怨命时。

需　五行四柱定得真，劳精损神多费心。
说你有福却无福，必定是个看财人。

师　生逢戌月衣禄良，早年成败晚年强。
恩人一场反为怨，骨肉无亲空自忙。

丰　七刻定命主分明，衣禄丰足外宅成。
离祖兴家财禄旺，处世逍遥保安荣。

咸　绿水荷花并头生，一对鸳鸯两相鸣。
前世姻缘已配定，妻宫邹氏保安宁。

谦　花烛重明不称心，命中孤硬又非轻。
克过三妻又续配，又娶属狗永太平。

颐　威镇天关赛虎狼，旌旗遮日鼓喧扬。
男妆女扮风流好，原来弄笑在戏房。

三千四百一十

节　土入戌宫归本乡，双新位上定高强。
父命属狗母属马，福寿双双山海长。

师　丹桂花开子结成，一枝茂盛立门庭。
庚相属狗数中定，上下无靠独自行。

震　生逢六刻见刑伤，双亲位上母先亡。
兄弟宫中全无靠，独自立家理田庄。

巽　春风吹动万物新，百花开放名芳芬。
生逢四月二十一，脱离母胎见双亲。

随　阳春烟景雁南楼，悠悠春夏冬复秋。
注定人间亲庚相，母命属马父属狗。

离　甲戌运临渐渐高，举动遂心百福招。
家宅吉庆多康泰，名利皆遂任逍遥。

坤　山头火命甲戌生，鸡犬年交送归程。
七十八岁大限到，身化为泥气化风。

艮　闰四月生孟夏期，命元生辰二十一。
葵花似海娇如比，桑蚕枝上黄鹊栖。

三千四百二十

家人　风火家人遇乾宫，二亲庚相预先知。
父狗母羊无差错，双双有寿似青松。

姤　命宫子息是前生，长子属狗注得清。
空中雨露从天降，二子传家福禄荣。

旅	生逢六刻度数分，兄弟二人气相亲。 双亲位上母先去，父守寒冰百年春。
泰	金乌玉兔走东西，兰房馨香晚更奇。 生逢四月二十二，寿似南山不可移。
观	二亲宫中细推详，父命属狗母属羊。 松柏青青南山老，喜气洋洋乐画堂。
剥	丙戌运临木逢春，出入利益皆遂心。 家宅渐发财源旺，喜气迎门百福臻。
萃	丙戌命属屋上土，寿高七十又零五。 辞却阳世归阴去，一枕黄粱到丰都。
革	时值佳景孟夏天，平生造化定根源。 生逢正是闰四月，二十二日降人间。

三千四百三十

同人	乾坤爻象遇恩星，二亲宫中细推详。 母命属猴父属狗，百年康泰福寿荣。
临	富贵荣华命中该，子息多少时刻排。 长子若立属狗相，庭前三子像三才。
履	鸿雁纷飞过长江，兄弟三人不成双。 生逢六刻先去母，命中扶助异非常。
中孚	丹桂花开立堂前，双双燕子画梁间。 绿草芳菲阶前盛，生逢四月二十三。
兑	春光荏苒百年秋，父命属狗母属猴。 遐龄好比松柏景，永乐高堂福寿悠。

困　运临戊戌福气来，凡事谋为称心怀。
财禄增添宅多旺，相逢桃李花正开。

解　戊戌属狗平地木，七十七岁尽天谷。
忽然得下脾胃病，一梦南柯满堂哭。

恒　庭前榴花满树鲜，闰四月生半夏天。
二十三日身降世，暮晚峥嵘寿南山。

三千四百四十

蒙　数中妙机识者稀，泄漏消息报君知。
双亲年庚在何相，父命属狗母属鸡。

讼　丹桂枝上子规鸣，子息宫中细推评。
长子若立属狗相，庭前四子定芳荣。

鼎　棠棣花开正芬芳，兄弟四人正两双。
生逢六刻先去母，各自立家气象昌。

升　初夏生逢炎阳天，气象清和景色鲜。
生逢四月二十四，灵胎圆满降人间。

旅　星定双亲百年春，父命属狗鸡母亲。
紫荆花开长不老，可比南山四皓人。

泰　大运逢戌更高强，凡事遂心致福祥。
财禄丰盈多喜庆，庭前兰桂多芬芳。

否　庚戌年属钗钏金，八十二岁尽光明。
江边鸡鸣方回梦，山头顶上自嗔吟。

损　榴花开放映日红，杨柳深处蝉声鸣。
时值佳景闰四月，二十四日现身形。

三千四百五十

遁　清风明月两相宜，乾坤交结最为吉。
父命属狗安然乐，母亲同庚福禄齐。

晋　兰花茂盛雨露均，庭前丹桂长成林。
命中五子多兴旺，长子定是属狗人。

震　六刻生人定得真，兄弟五人气相亲。
双亲位上母先去，父守寒衾百年春。

丰　榴花开放满树红，丹桂庭前正发荣。
生逢四月二十五，二亲房中添笑容。

困　鬼度天门到戌宫，推算人间父母庚。
椿萱并茂同属狗，寿似南山不老松。

坤　大运壬戌自清闲，门庭吉庆喜相连。
家宅兴旺添喜气，富贵荣华更安然。

坎　壬戌年生大海水，龙尾蛇头大有亏。
寿享七十零九岁，一枕南柯梦不回。

比　葵花初绽黄鹊欢，杜鹃啼鸣半夏天。
闰四月生二十四，胎元圆满降人间。

三千四百六十

乾　堂上双亲百年春，父命属狗猪母亲。
紫荆花开子不老，百年那有百岁人。

坤　一树蟠桃六果丰，雨后丹桂自发荣。
长子属狗为庚相，后招五弟情不同。

艮	生逢六刻手足强，鸿雁分飞任翱翔。 兄弟六人先去母，各自持家改门墙。
离	戌时定命主荣华，雁行次序定无差。 命宫注定洪福大，贵子贤孙世世达。
中孚	斗宿交度遇戌宫，中孚传巽定分明。 椿萱茂盛南山寿，父命属狗母猪庚。
随	戌时生人更清闲，黉门教化司掌权。 运至升迁临此位，恩享县君福禄全。
谦	南极注定寿延高，九十九岁上天桥。 世上如此人罕有，一梦逍遥到荒郊。
蹇	初刻生人犯克刑，夫宜火命姓商宫。 子许三人命立水，姊妹三人身居中。

三千四百七十

小畜	月老配合结姻缘，姑舅成亲两周全。 夫妇相爱如鱼水，百年福寿自绵绵。
噬嗑	一树花开满院红，结成七果坠林中。 长子属狗声名美，内有带破有枯荣。
未济	手足宫中定高强，兄弟七人排成行。 生逢六刻先去母，各立家计山海长。
大过	前世姻缘非偶然，必宜小娶晚配安。 残花一朵无鲜色，庚相属狗两团圆。
升	戌月配合五行清，恩享父母积德丰。 一生享得自在福，晚景荣华显峥嵘。

井　时逢戌位格局清，老君炉中百炼金。
虽然未遂青云志，他日职受贡士身。

兑　沐浴水来犯桃花，好色贪淫不由他。
此煞若不早解破，必定夭亡染黄沙。

困　生逢二刻妻命金，若非羽姓定克损。
长子土命招二弟，兄弟三人克母亲。

三千四百八十

临　此命孤硬世所稀，孤枕单衾受孤恓。
姻缘簿上无缘对，一生鳏夫命无妻。

巽　丹桂茂盛长成林，八子传家福禄均。
长子注定属狗相，瓜瓞绵绵喜称心。

复　棠棣花开各芬芳，兄弟八人正四双。
生逢六刻先去母，失却扶助各一方。

咸　妻宫属狗配姻缘，命带凶煞孤星躔。
纵产儿郎难存保，枯木枝空子不全。

屯　生逢七刻自立成，指望别人是虚名。
二亲宫中不得力，晚景丰盈自峥嵘。

遁　五行造定主命丰，手艺场中有奇能。
调和五味设餐宴，油盐酱醋与姜葱。

夬　七刻注定富贵清，折桂蟾宫达帝京。
食禄千钟人罕有，一门荣华受皇封。

需　生逢二刻定得真，命逢金妻犯克损。
如娶商姓女方好，子立水土命孤身。

三千五百一十

震
八字为根运为梢，全凭枝叶配相好。
提纲发令分造化，五岁交运福寿高。

剥
宗嗣迟早皆天然，庚相拱照在人间。
一枝丹桂庭前立，父年生你二十三。

恒
数中定命克妻真，鸳鸯拆散别配寻。
弦断再配如鱼水，洞房又娶周妇人。

否
薰风吹动万物荣，蝉声送暑盼金风。
生逢六月二十一，荷花开放映日红。

丰
东风吹绽一枝梅，鸳鸯锦帐共罗帏。
妻宫陈氏无相害，夫唱妇随并齐眉。

谦
运行甲戌最为悲，破财不遂惹是非。
虎到平川难展爪，龙困浅水虾相追。

履
甲日甲戌时显明，凤舞鸾飞上九重。
合主荣华双全美，气吐虹霓逞英雄。

随
薰风送暑到秋天，金蝉不住叫声喧。
闰六月生二十一，灵胎落地降人间。

三千五百二十

大有
五行数定二刻真，妻宫定配属狗人。
满堂莺语春光好，嫩柳枝头喜盈盈。

明夷
安身立命定得清，桂花开放子结成。
父年方父三十五，生你堂前显芳名。

小过

姻缘簿上注得清，五行配合克妻宫。
兰房又娶雷氏女，并头莲花映日红。

归妹

满园花木花渐稀，梧桐深处金蝉啼。
生逢六月二十二，正是阳和盛暑时。

泰

金菊相对芙蓉香，妻宫陈氏配成双。
鸾凤和鸣共亲枕，美满恩爱会洞房。

随

丙戌运临破财源，疾病口舌不安然。
船到江心风波起，日出云端被雾瞒。

鼎

乙日时逢丙戌排，吐出虹霓出学才。
食享天禄身荣贵，手执象笏立玉阶。

震

时至季夏孟秋天，梧桐叶落送秋蝉。
生日正是闰六月，二十二日降人间。

三千五百三十

坎

三刻生人定姻缘，绿水滔滔并头莲。
嫩柳桃花森森旺，妻宫属狗福禄全。

离

五行数演最精微，命中之事预先知。
若问你身何时降，父年正交四十七。

咸

命宫五行犯刑冲，鸳鸯拆散别寻盟。
妻宫又娶郑氏女，竹影梅花映日红。

巽

时值炎阳季夏天，生逢六月二十三。
送暑蝉声多不住，秋冬之时子规欢。

升

千里姻缘一线牵，妻宫詹氏福禄全。
赤绳原是月老系，夫妇相偕过百年。

坎　戊戌运交最主凶，灾来祸至家不宁。
月正明时云遮掩，花开盛时遇狂风。

屯　丙日戊戌时生光，独步蟾宫折桂香。
跳过禹门三级浪，果然平步上天堂。

兑　暑去寒来到秋天，绿杨林中蝉声喧。
生逢正是闰六月，二十三日降人间。

三千五百四十

乾　四刻注定姻缘真，妻相属狗结成婚。
月老配成鸳鸯对，岁月和合气象新。

震　五行造化理难更，丹桂庭前结子成。
命元落草在何日，父年五十九上生。

渐　月缺花残少光阴，命宫注定克妻人。
失偶寻盟再配对，再娶罗氏保安存。

恒　月照桂花满庭香，日边青松映画堂。
生逢六月二十四，晚景悠悠岁月长。

井　东风吹动一枝梅，夫妻一世共罗帏。
前世姻缘月老定，蓝氏佳人是妻宅。

涣　运至庚戌不为通，灾殃重重口舌生。
逢动不遂多阻隔，日出云端雾又朦。

需　丁日庚戌时上清，日月配合科甲星。
受尽窗前十年苦，一跃龙门上九重。

兑　香盈玉簪满庭堂，日近青松百花香。
闰六月生二十四，始离母腹子见娘。

三千五百五十

困
生逢五刻配姻缘，妻宫属狗意相联。
并头莲花恩情重，白发双双过百年。

比
萱堂年交二十三，天然生你在人间。
青春年少初结子，福禄绵绵两双全。

泰
同林鸟被风雨侵，比目鱼游猛浪分。
克妻再娶纪氏女，洞房花烛又一新。

随
暑去寒来望秋风，蝉声不住树叶鸣。
生逢六月二十五，灵胎落地保安宁。

丰
月老注定姻缘良，妻宫阮氏寿延长。
并头莲花争艳色，琴瑟相合百年强。

震
大运戊戌主熬煎，驳杂琐碎事多连。
破财口舌心不定，月明又被云遮掩。

谦
戊日壬戌富贵生，寒窗笃志下苦功。
果然独步青云上，联名顿使世人惊。

咸
暑去寒来值金风，蝉鸣枝上不断声。
闰六月生二十五，母子相逢喜盈盈。

三千五百六十

巽
并头莲花遇春风，鸳鸯双双舞当空。
时分六刻妻属狗，助夫兴家晚年丰。

艮
良时佳辰两数成，清风明月更晴明。
母年方交三十五，生你家中添一丁。

姤　罗帏锦帐主重婚，鸳鸯拆散两离分。
琴瑟拆断重结续，洞房又娶陆夫人。

遁　庭前丹桂枝叶青，花开果结有青红。
养儿指望防备老，老来五子送归终。

否　桃花朵朵映日红，月正圆时分外明。
妻宫年交二十三，喜生一子在房中。

蹇　时逢五刻贵非轻，富贵荣华在命宫。
腰金紫衣身荣显，改换门墙耀祖宗。

临　七刻生人命必高，父居泮水浪滔滔。
子步青云折丹桂，褒封三代称英豪。

师　性格宫中定得清，一生不落人下风。
仗义疏财人正大，好结贵朋有声名。

三千五百七十

鼎　鸾凤和鸣望大阳，妻宫属狗配洞房。
生逢七刻琴瑟好，恩美姻缘福寿长。

旅　休怨男女不称情，岂知枯木遇春风。
四十七岁母生你，晚来添喜振家声。

蒙　命中克妻重续结，鼓盆歌舞枕衾寒。
洞房再娶新气象，又配鲁氏两团圆。

讼　七刻生人犯孤星，子息宫中怨恨生。
五行造定不得力，纵然有子也作空。

蛊　枯林晚景花开迟，附霜被雪结子宜。
命定妻宫三十五，喜生一子他年奇。

观　生逢七刻志气雄，旗招队伍呈威风。
口食皇粮衣禄厚，官居外疆震边廷。

颐　生逢七刻甚风流，子登金榜玉堂游。
父承祖功恩名重，世食天禄亿万侯。

坎　五行定命衣禄丰，为人纯厚有声名。
心平端正义高大，暮景悠悠最峥嵘。

三千五百八十

剥　赤绳系足两相连，姻缘前定非偶然。
时分八刻妻属狗，美满恩情过百年。

损　生逢戌月晚年荣，先贫后富恕五行。
石上芝兰花晚茂，福气滔滔显峥嵘。

贲　三千五百八十三，此数注明克妻眷。
花烛重明新气象，洞房又娶妻姓安。

履　子息迟早非偶然，庚相共照在人间。
命定先取皮外子，再产麒麟喜家缘。

晋　命定喜事此年添，子息迟早是天然。
妻宫年交四十七，降生婴儿喜连连。

大有　五行冲害不周全，必有带破在身边。
耳聋难听水磨响，见人嘴动眼瞪圆。

畜　命到黉宫遇不通，默退儒名七刻生。
胸藏锦锈难施吐，豪气冲霄荣子成。

节　八字配合五行亏，伶俐剔透比人倍。
开口只说真情话，一生不知去弄鬼。

三千六百一十

革	二亲宫中注得明，母命属鼠寿先终。 父命属狗安然乐，福如东海与松同。
睽	绿水荷花朵朵红，鸳鸯在水好相逢。 妻宫属狗生一子，家道吉祥百岁荣。
复	生逢二刻定姻缘，鸳鸯双双在水边。 夫男属狗命中定，月老前生非偶然。
渐	暑去寒来月转秋，黄叶飘飘水东流。 生逢八月二十一，风送鸿雁过南楼。
大过	棠棣花开遇狂风，兄弟三人寿不同。 可怜二雁归空去，孤身独自立门庭。
未济	运交甲戌主不祥，准备祸患来身旁。 损财忧闷人口惊，下五戌运保安康。
同人	己日甲戌时上排，气吐虹霓出类才。 食享天禄身荣贵，更有麒麟降天台。
明夷	暑去寒来月转秋，黄叶飘飘水东流。 闰八月生二十一，风送鸿雁过南楼。

三千六百二十

升	坤入震宫定灾殃，木土相克不为良。 母命属牛先克去，父命属狗福寿长。
井	姻缘前定今世逢，春早花开色艳浓。 妻宫属狗生二子，桃李花开映日红。

临　琴瑟相合弄好音，满山草木又重新。
生逢三刻夫属狗，雪鬓双双过百春。

夬　时值金风仲秋天，芙蓉茂盛在池边。
生逢八月二十二，灵胎圆满降人间。

屯　鸿雁纷飞过长江，兄弟五人占高强。
同林忽被风吹散，内有一雁寿不长。

艮　大运丙戌事不祥，秋后黄叶遇严霜。
财散烦恼口舌有，下五戌运保安康。

履　庚日丙戌时生香，月出沧海显清光。
青路得步人争羡，富贵荣华姓名扬。

兑　菊花含笑正主秋，芙蓉绽蕊两悠悠。
生闰八月二十二，堂上双亲喜无休。

三千六百三十

谦　二亲爻中注得清，三千六百定吉凶。
母命属虎先克去，父命属狗正家声。

未济　前世月老配姻缘，妻宫属狗两团圆。
喜生三子天仙赐，双双有寿永百年。

大过　久远姻缘月老定，良媒注定天然成。
生逢四刻夫属狗，赤绳系足两和鸣。

遁　雁过南楼秋渐寒，暑去金风白露天。
黄叶落残景色晚，生逢八月二十三。

丰　棠棣花开各芬芳，兄弟六人正三双。
同胞共母如手足，内有一位寿不长。

蛊	运逢戊戌事若何，凡事吉少凶主多。 上五戊岁熬煎过，下五年来百事和。
豫	辛日戊戌时吉昌，月出沧江显清光。 玉堂金马人争羡，富贵荣华姓名香。
解	鸿雁南还秋初残，暑去寒来白露天。 金风吹动黄叶落，闰八月生二十三。

三千六百四十

讼	龙德交卦入坤方，三千六百落空亡。 兔母先归黄泉路，戌父有寿整庄田。
丰	姻缘配合结丝罗，鸳鸯戏水在碧波。 妻宫属狗生四子，松柏森森喜清和。
旅	赤绳系足配姻缘，青叶红花并头莲。 八刻定夫属狗相，一枕鸳鸯是前缘。
鼎	晚景仲秋鸿雁回，金风送暑送寒梅。 生逢八月二十四，父母见喜在房帏。
震	人言难决兄弟宫，兄弟行中痛伤情。 昆玉六人损五位，惟有君家耐寒松。
咸	运行庚戌不喜金，西方庚位不遂心。 中央戊土皆吉利，财福丰盈百福臻。
解	壬日庚戌时贵真，名标金榜步青云。 腰悬玉剑黄金印，富贵荣华耀君身。
随	暮景秋残雁南飞，蟋蟀声叫在寒梅。 闰八月生二十四，一生荣泰晚年会。

三千六百五十

乾	乾坤爻象数有冲，二亲宫中定分明。 龙母必定先克去，戌父寿如老青松。
晋	鸳鸯交结配成双，丹桂森森自生香。 妻宫属狗生五子，威风凛凛姓名扬。
恒	池塘荷花到底清，鸳鸯交颈两相逢。 时定六刻夫属狗，久远姻缘鸾凤鸣。
节	空中鸿雁过南楼，金风送暑盼到秋。 生逢八月二十五，父母添喜景悠悠。
泰	紫荆茂盛枝叶青，兄弟七人情不同。 雁过长江折一损，其中一位赴幽冥。
师	运至壬戌问若何，破财口舌疾病多。 上五年中多不利，下五戌字保安康。
夬	癸日壬戌时贵乡，名垂青书史流芳。 声扬四海科甲第，富贵荣华百年昌。
渐	空中鸿雁过南楼，四壁虫声是仲秋。 生逢原是闰八月，二十五日产人龙。

三千六百六十

复	空亡数合到命宫，母命属蛇寿先终。 父命属狗添寿考，兰桂芬芳耀家庭。
大壮	鸾凤交结两鸳鸯，妻宫属狗百年强。 丹桂堂前结六子，牡丹花开味清香。

噬嗑	七刻生人定姻缘，绿水滔滔并头莲。 夫男属狗月老定，夫妇偕老永百年。
临	生逢七刻痛伤悲，命宫注定将妻克。 洞房独自孤灯照，枕寒衾冷少人知。
革	五行数合定得真，昆玉行中有五人。 次序排来君居二，不是同胞一母生。
涣	子息宫中定刚强，六子传家姓名扬。 一团丹桂分两处，内有离祖去过房。
蒙	八字定逢戌时生，皇恩红鸾入命宫。 腰金紫衣交职显，世主荣华福自亨。
讼	辰月生人显将星，恩荣封爵振边廷。 食享天禄君恩重，五行推准无改更。

三千六百七十

观	生逢戌时心性灵，一生衣禄保安荣。 勤俭贤能知礼仪，财命丰盈助夫成。
否	绿水荷花并头生，妻相属狗福禄荣。 丹桂森森结七果，兰桂芬芳耀门庭。
豫	前世姻缘更无差，一对鸳鸯宿芦花。 时逢八刻夫属狗，白发双双享荣华。
解	五行八字细推寻，妻星不透岂由人。 姻缘簿上合配晚，桂花绽后更精神。
渐	棠棣花开各芬芳，兄弟七人定高强。 手足排来身居三，原是同父不同娘。

贲　区区小数定得清，命宫合主有前程。
衣冠济济堂堂貌，长歌会舞一书生。

损　戌时生人主风流，恩荣职受万户侯。
威风凛凛人争羡，世食天禄意万秋。

睽　生逢戌月人所难，皇封敕赐掌兵权。
食禄千钟人争羡，威名万里振边关。

三千六百八十

坤　戌时生人衣禄薄，命中造定怎奈何。
财命亏损败夫主，荣苦扒拮受折磨。

坎　东风吹散并头花，妻宫属狗偕白发。
丹桂堂前立八子，内有石皮更无差。

艮　桃李逢春花开早，棒打鸳鸯两下分。
克夫又嫁属狗相，洞房两度又重新。

巽　不宜守祖到他方，命宫合主外宅郎。
异性入命离父母，君家姓李又姓张。

恒　天边鸿雁乱飞腾，八人不是一母生。
兄弟排来你居小，内有石皮各立庭。

坤　命宫注定非寻常，戌时生身贵人临。
选入皇门人争羡，得近龙床与帝婚。

姤　命宫五行财禄丰，必主荣华福自生。
虽然未曾登科第，也有冠带荣祖宗。

屯　六刻生人贵非常，威风凛凛姓名扬。
衣紫腰金食天禄，富贵荣华百年强。

三千七百一十

离	水到离宫定不良，母命属马必先亡。 父命属狗业晚景，福寿双至山海长。
遁	鸾凤交结配姻缘，夫妇合和福禄全。 原来此事皆前定，妻宫小你十一年。
涣	姻缘相配喜又愁，共枕鸳鸯不到头。 克妻又娶项氏女，夫妇相守过百秋。
临	朔风凛凛透寒窗，孟冬十月多凄凉。 二十一日离母腹，满门瑞气纳祯祥。
升	二刻定命克妻真，梦景恩情痛伤心。 洞房再娶属狗相，花烛生辉又一新。
旅	甲戌运交福气来，家宅康泰称心怀。 花岁逢春景色鲜，喜对菱花叶妆台。
艮	四柱五行富贵清，天喜红鸾在命宫。 戌年虎榜人罕见，亥岁金榜又题名。
震	朔风吹动景凋零，黄叶飘飘舞当空。 生逢原是闰十月，二十一日降身形。

三千七百二十

节	乾坤交化数定真，二亲寿考不齐均。 母命属羊必克去，父命属狗福禄臻。
贲	一对鸳鸯舞翩翩，洞房佳景寿无边。 姻缘少长成佳偶，妻宫必小二十三。

泰

姻缘配合是前生，五行数定克妻宫。
洞房又娶邢氏女，举案齐眉寿如松。

观

冬来雪花乱纷纷，暮景风光到小春。
生逢十月二十二，脱离母腹见双亲。

革

二刻生人定有妨，结发妻宫必主伤。
两度新郎花烛会，续配属狗才妥当。

大壮

运行丙戌百事强，家宅吉庆纳祯祥。
喜气喜来添人口，持家立业大吉昌。

明夷

命中坐实显文昌，合主蟾宫折桂芳。
戌年鹿鸣君独步，亥岁琼林又发光。

渐

菊花开残又孟冬，芙蓉将凋皆朔风。
闰十月生二十二，桂子结实松柏青。

三千七百三十

坤

贪财失陷兑居坤，母亲属猴命归阴。
严父属狗安然乐，春光荏苒百岁欣。

屯

洞房花烛不相宜，姻缘那论早与迟。
妻宫必小三十五，正是风云聚会时。

夬

失偶鸳鸯别配寻，比目鱼游猛浪分。
克妻再娶胡家女，花烛生辉又一新。

坎

时值佳景与亲逢，寒蝉鸣时正孟冬。
灵胎落草十月内，二十三日是元庚。

谦

生逢四刻主克妻，罗帏锦帐受孤恓。
重姻再娶属狗相，正是忧来又变喜。

临　运行戊戌胜往年，事事如意喜相连。
闺门无恙生瑞气，持家立业福禄全。

颐　此命生来无休咎，生居凤阁并龙楼。
威风南面称郡主，玉食万方亿万秋。

益　孟秋将尽朔风天，闰十月内二十三。
寒蝉忧向月光噪，桂子结实绿竹鲜。

三千七百四十

兑　二亲宫中定刚强，坤数行来落空亡。
母亲属鸡先丧命，严父属狗福寿长。

坤　赤绳系足配姻缘，须知夫妇不同年。
妻宫必小四十七，苍松配定嫩牡丹。

巽　一对鸳鸯两相鸣，忽然拆散各西东。
克妻又续贾氏女，夫妇相偕百年荣。

离　雪花飘飘遇朔风，寒蝉乱噪正孟冬。
生逢十月二十四，父母堂上喜盈盈。

否　五刻生人犯刑伤，棒打鸳鸯两分张。
结发妻宫必克去，续配属狗寿延长。

观　运行流转到庚戌，凡事遂心皆主吉。
家宅兴旺添喜气，十年通达事事益。

晋　命宫生来贵无休，生居凤阁并龙楼。
威风南面称郡主，玉食万方九百秋。

萃　百草凋残显青松，景色萧条遇孟冬。
生日原是闰十月，二十四日是元庚。

三千七百五十

坤

父母爻中细推详，坤入戌宫不为良。
椿萱同是属狗相，母命先亡父寿长。

临

月老千里配姻缘，妻宫必大十一年。
夫妻相偕齐眉好，一对蝴蝶舞花间。

萃

命宫数定必克妻，鸳鸯拆散两分离。
兰房又娶新气象，再配姓谷必无疑。

革

朔风凛凛透寒窗，衰草凋零叶更残。
生逢十月二十五，灵胎落地保安然。

需

六刻锦帐主重婚，比目鱼游猛浪分。
洞房又娶属狗相，方保偕老百福臻。

剥

运交壬戌福禄安，家宅吉庆保安然。
万朵花开新雨后，一轮明月出云端。

损

命富贵极主超群，动步虎啸共龙吟。
蟒袍玉带王爵位，必是金枝玉叶人。

贲

朔风透林遇仲冬，芙蓉凋落松柏青。
月下寒虫声声叫，闰十月内廿五生。

三千七百六十

鼎

孛星朝斗度数奇，坤爻逢之道数失。
母命属狗先克去，戌父寿高享安逸。

涣

五行数合定得真，子息宫中寿不均。
荣枯不同分造化，五子必克命难存。

贲　共枕妻宫必主克，花烛重明气象新。
姻缘簿上注分明，又娶必是姓阮人。

师　戌时生人暮景昌，朝夕司农有余粮。
心正身修福禄厚，峥嵘寿享晚田庄。

恒　七刻棒打鸳鸯分，枕寒衾冷泪满襟。
洞房失偶再续，必须属狗免刑侵。

随　戌时生人犯孤星，多灾多难多病症。
送入元门归道德，顶礼神佛口诵经。

旅　五行配合格局清，紫露升腾逸禁宫。
玉食万方贵无比，却是龙凤养生成。

升　命生寅宫蛇化龙，胸藏豪气吐长虹。
午科必遂青云志，丑岁金榜又题名。

三千七百七十

丰　夫君属狗定得真，惟有石皮在其身。
月老注定鸳鸯对，方保和合寿百春。

渐　戌日生逢配合情，处世逍遥保安荣。
衣禄丰盈随时过，晚景丹桂显峥嵘。

大畜　姻缘簿上注得清，五行定命克妻宫。
洞房花烛重结续，又娶梁氏共枕同。

损　八字前生定得真，一生衣禄四方寻。
命宫戌时安然乐，合主手艺交贵人。

坎　生逢八刻必克妻，鸳鸯交颈两分离。
丧偶寻盟重配对，洞房又要属狗人。

坤 命宫五行犯孤辰，出家削发作僧人。
老来独自将何依，五个徒弟命中存。

巽 戌时生人武职通，合主戎戍统大兵。
身居将府声名美，功立边庭又加升。

兑 八字定命五行清，胸藏孔孟古今通。
酉年得遂青云志，辰岁琼林逞英雄。

三千七百八十

大过 妻宫属狗注得真，必主带破在其身。
姻缘相配无差错，家道吉祥福禄臻。

中孚 戌行配合五行冲，早成晚收晚年丰。
衣禄扒拮随时过，奔波荣碌度生平。

小畜 蜘蛛结网在檐前，狂风吹动少半边。
克妻再娶邹氏女，又结丝罗永团圆。

同人 五行离在命中存，阴阳不和岂由人。
房中必然生怨恨，夫妇只怕不同心。

无妄 儿女宫中福不佳，五行数定更无差。
命中双生一对女，堂前并立两朵花。

革 凶神恶煞入命门，寂然不语少精神。
不是头疼并祸灾，暂送方可保命存。

履 七刻生人显文明，也得游泮入黉宫。
鹰扬首荐声名显，文武双全耀门庭。

咸 生逢八刻文运通，胸藏豪气吐长虹。
命贵合主登金榜，果然平地雷一声。

三千八百一十

大壮	乾到大壮必主凶，辰戌数逢又一冲。 父命属狗先克去，母命属鼠守孤灯。
益	前世姻缘结丝罗，月老配定毫不错。 夫宫定大十一岁，美满恩爱两相和。
解	青春少年二十三，此年必主生儿男。 一门瑞气从天降，命宫合该早安然。
既济	寒梅雪中弄青红，庭前松柏正芳荣。 生逢腊月二十一，灵胎落地现身形。
比	棒打鸳鸯两分张，头妻属狗必主妨。 续娶属鼠成婚配，桃李花开分外香。
坎	甲戌运交必主凶，疾病口舌少安宁。 月明忽被云遮掩，花正开时遇狂风。
困	运交甲戌果不差，身安意静禄位加。 受命九重恩赐大，铁树争光现金花。
坤	朔风将尽盼新正，瑞气飘飘松柏青。 闰腊月生二十一，灵胎落草保安宁。

三千八百二十

井	二亲宫中犯刑冲，金入离宫有相争。 父命属狗先去世，母命属牛正家风。
升	今生配合是前缘，夫宫必大二十三。 年庚虽然不相等，一对鸳鸯同枕眠。

夬 园中花开月正全，二十五岁生儿男。
少年正逢中秋景，月影转盈缺又圆。

艮 季冬时节朔风寒，百花不见叶凋残。
生逢腊月二十二，父母添喜过新年。

姤 原配属狗结发妻，命宫定主克分离。
续配属牛成佳偶，洞房花烛又一新。

涣 大运丙戌定不堪，闲气口舌事多端。
烦恼琐碎心纳闷，驳杂琐碎有几番。

泰 食禄千钟恩荣重，职位升迁福禄强。
大运交至丙戌位，满门康泰大吉昌。

节 梅花开绽耐岁寒，残冬将尽盼春天。
闰腊月生二十二，乾坤交泰自安然。

三千八百三十

益 五行八字定命宫，乾坤数交定分明。
严父属狗先克去，孤母属虎守孤灯。

讼 鸳鸯老少结成双，运至晚景福禄昌。
夫宫必大三十五，姻缘配合两相当。

损 东风吹绽杏花天，紫燕衔泥画梁间。
命主此年添喜事，四十七岁生一男。

临 季冬将尽盼和风，迎春花开梅正红。
生逢腊月二十三，父母堂前添一丁。

剥 君家若问洞房妻，头妻属狗早分离。
若求夫妇无相害，续配属虎定无疑。

蹇	运交戊戌土重重，疾病口舌少安宁。 闺门不利心多躁，懒向妆台正面容。
既济	大运交至戊戌间，财帛金玉满堂前。 福禄双全真可爱，旌旗风吹位转迁。
豫	松柏耐岁竹多青，闰腊月生喜盈盈。 二十三日降人世，父母堂上乐无穷。

三千八百四十

坤	一数坤卦必不安，父年属狗去世先。 母年属兔福禄美，孤灯独守理家缘。
蹇	姻缘相配世间稀，苍松翠竹两相宜。 若问夫宫年多少，原来大你四十七。
谦	风动花落时尽寒，万里长空月影残。 五十九岁生一子，阴功积德晚儿男。
巽	时值冬时雪飞寒，松柏青青霜更寒。 生逢腊月二十四，灵胎落地保安然。
遁	阴阳差错难合婚，前妻属狗丧青春。 续配佳人仍戌相，花柳逢春色更新。
井	运交庚戌不遂心，烦恼口舌病缠身。 家宅不利争闲气，月明云遮少光阴。
困	庚戌大运到此间，人财两旺福渐添。 美玉无瑕为世宝，爵禄增加位转迁。
坤	三冬将尽盼春风，松柏森森竹又青。 闰腊月生二十四，父母房中喜盈盈。

三千八百五十

需　一数合来到戌宫，二爻相遇见刑冲。
父命属狗先克去，母命属龙寿如松。

旅　姻缘配就是前缘，夫宫大你十一年。
岁数不等耐长久，一对鸳鸯共枕眠。

蒙　命犯七杀必主凶，父母相刑害夫宫。
此星若不早禳祭，一世空房伴孤灯。

咸　数九寒天正季冬，松柏苍苍竹又青。
生逢腊月二十五，雪里梅花绽蕊红。

屯　妻妾宫中主有妨，雨洒鸳鸯两分张。
前妻属狗必克去，后娶属龙永成双。

夬　烦恼琐碎有忧惊，运至壬戌不顺通。
闺门不利生灾患，闲气口舌两相争。

震　壬戌运临福星来，声名彰显栋梁才。
职位升迁重重至，望喜贪高称心怀。

困　数九寒天正季冬，松柏庭前独见青。
闰腊月生二十五，梅花放开将春风。

三千八百六十

节　乾坤变化本无穷，二亲爻中定分明。
父命属狗先去世，母亲属蛇伴孤灯。

丰　棠棣花开各芬芳，兄弟六人正三双。
荣枯不同分造化，其中必然有过房。

涣　命中冲犯九女星，怀男不生养女成。此星若还不早破，一生只落一场空。

履　妻宫属狗成姻缘，刑克子息不周全。君求兰桂枝叶茂，庶室生产得安然。

巽　元配属狗犯克刑，鸳鸯分散两伤情。花烛重明新气象，续娶佳人属小龙。

升　斯人原是别等人，是人必定是良人。自古至今传留下，人中只作人下人。

井　运交甲木禄不增，官星隐隐不顺通。灾殃临身烦恼有，月被云遮少光明。

坎　紫荆花开有青黄，姐妹七人不成双。二亲宫中先去父，慈母含泪守空房。

三千八百七十

坎　生逢六刻犯凶恶，鸳鸯失偶啼碧波。夫妇难遂齐眉愿，郎君必定梦南柯。

艮　戌月生人主荣华，恩荣身命财宫加。一世安然清闲位，福禄双全富贵家。

师　命犯华盖少人知，此女必是重人妻。如不请师早解破，星前月下会佳期。

萃　命宫孤硬非寻常，克过妻宫正四双。花烛重明又结续，再娶属狗才妥当。

屯　满园花开五色香，金菊芙蓉对海棠。沿房十妻双秀美，桂花结子晚年香。

困　十一月会并非吉，官司口舌惹闲气。
　　状入公门难扯手，平安不惊腊月宜。

兑　戍运交转不顺通，爵位到此有忧惊。
　　花开色美被霜打，日正当午云又朦。

巽　蟠桃花开有青红，姐妹各二往西东。
　　二亲堂上先去母，姊妹七人父遐龄。

三千八百八十

升　七刻定命鸾凤鸣，仆男仆女配婚成。
　　前世姻缘今世配，夫妇和合百年荣。

井　棠棣花开有青黄，手足宫中占高强。
　　兄弟六人生一脉，其中出贵改门墙。

损　命犯伤官最主凶，姻缘难合总无成。
　　如不解破婚难定，一世无夫守孤灯。

剥　命中五行配合坚，心细多疑有曲弯。
　　常惹闲气心不定，腹内窄狭岂能宽。

比　男女宫中桂花香，洞房姊妹对红妆。
　　门前娇客常来往，五女送终作儿郎。

困　命犯倒戈最难当，祸患临身难提防。
　　人命逢之身无主，不是火烧刀下亡。

震　生月逢戌配合强，福禄荣华在命藏。
　　未年金榜荣冠带，光宗耀祖换门墙。

夬　女命生逢时坐戌，身居洞房为庶室。
　　老阳偏照嫩花蕊，丹桂秋香结子奇。

邵子神数亥部

四千一百一十

井	卯时三刻水命妻，若非商姓定克离。 父命先丧子立火，兄弟三人二是你。
困	二爻困卦定得清，父命属猪寿先终。 母命属马高堂乐，寿似南山不老松。
同人	运交乙亥事事能，逢动遂心百福增。 财源加增家宅旺，出入利益保安宁。
无妄	生逢八刻数定真，五行合定不虚云。 命宫一子主带破，如无带破命难存。
否	卯时三刻定得明，夫男金命免克刑。 父土母水父先丧，姐妹三人身为中。
井	五月数合定得明，头妻属猪定克刑。 洞房又配属狗相，夫妇相偕百年荣。
升	运至乙亥两停均，上五年来事遂心。 下五年交多不利，灾殃口舌来临门。
渐	乙亥运交喜重重，命中天乙遇贵星。 名入黉宫游泮水，改换门墙耀祖宗。

四千一百二十

大壮	未时三刻细推详，妻宫角姓水命强。 子息木火方存保，兄弟二人母先亡。
夬	二爻夬卦定得明，母相属羊寿遐龄。 只因乾坤有冲害，父命属猪寿先终。

离　大运丁亥事事通，出入利益保安宁。
凡事遂心皆得意，名利和合又峥嵘。

革　生逢八刻定根源，子息迟早非偶然。
二子传家声名重，内有石皮在身边。

姤　生来未时三刻真，夫男属虎不克损。
子立火命招二弟，姐妹无靠是孤身。

咸　妻妾宫中犯刑伤，结发属猪必损伤。
洞房再娶不克害，续取属羊耐久长。

明夷　丁亥运交定吉凶，上五年中称心情。
交逢下五多不利，提防灾殃口舌生。

小过　大运丁亥福禄增，不枉窗前苦用功。
考试得意青云志，荣游泮水耀祖宗。

四千一百三十

同人　亥时三刻数显明，妻配苟姓土命荣。
长子金命招二弟，兄弟三人母先终。

大有　乾坤数合定得真，二亲宫中有刑冲。
父命属猪先辞老，母命属猴百年春。

家人　已亥大运事事通，财源常旺乐盈盈。
家宅合顺添吉兆，名利得意东南风。

大畜　春风处处园林好，丹桂青松真多茂。
生逢八刻有三子，内有带破免寿夭。

泰　女命亥时三刻生，父水母火父先终。
夫男水命子立火，姐妹三人你居中。

师　四千一百三六求，妨害妻宫不到头。
结发属猪先克去，又配佳人必属猴。

旅　运交己亥己土强，事事如意纳祯祥。
下五亥水主不利，灾殃口舌有几场。

坤　大运己亥遇恩星，家宅吉庆喜重重。
此运必主游泮水，蟾宫折桂入黉宫。

四千一百四十

姤　卯时三刻火命妻，商姓方主不克离。
子立金命有两个，兄弟三人父归西。

兑　春光荏苒几度真，父命属猪寿不存。
慈母属鸡高堂乐，抚养兰桂福禄臻。

震　运行辛亥大吉昌，家宅康泰降吉祥。
事事通顺皆遂意，财禄兴旺满堂光。

复　八刻注定子息宫，丹桂堂前四儿童。
命中注定有带破，各自荣枯自不同。

鼎　二十七八事事通，养成父业待时荣。
娄占经纬父运送，光宗耀祖换门风。

涣　命中五行犯刑冲，花烛重明皆是命。
头妻属狗必克过，续取属鸡保安宁。

丰　辛亥运交辛字高，闺门和顺福滔滔。
惟有下五多不利，疾病临身口舌到。

恒　运行辛亥福禄齐，名成利就有何疑。
此运得遂平生志，名列黉宫游泮池。

四千一百五十

睽　未时三刻妻命金，若非羽姓必离分。
兄弟二人子立火，父木母水母归阴。

履　四一五二父母宫，椿庭属猪寿先终。
萱堂属狗荣晚景，福禄双双享遐龄。

萃　运入癸亥福禄加，添财进喜渐渐佳。
龙归大海头生角，虎奔深山换爪牙。

升　四数升卦最为良，命定五子排成行。
其中必定有带破，一树结果有青黄。

观　四五四六流年通，家宅吉庆福禄增。
养成羽翼扳丹桂，等待时来名必成。

夬　四柱五行犯刑伤，姻缘相配不久长。
结发属猪难偕老，续配属狗才妥当。

师　癸亥运交两均平，上五年中事遂心。
下五不利多琐碎，口舌重重灾临身。

否　遂心运交癸卯乡，家门改换降吉祥。
考试得遂游泮水，喜气滔滔姓名扬。

四千一百六十

乾　亥时三刻定分明，喜配土命角宫姓。
兄弟二人子立水，父金母土父先终。

屯　父命属猪定仙游，乾坤数过有相争。
二亲宫中数排定，母亲相同寿遐龄。

需　三十五六流年通，日出云端显光明。
财禄安然添吉兆，喜气临门增康宁。

艮　命逢艮宫丹桂青，堂前六子有枯荣。
其中必主有带破，若有带破免刑冲。

丰　六十三四家宅安，事事顺利称心愿。
一股风送滕王阁，名成利就两周全。

渐　妻妾宫中主三刑，头妻属猪赴幽冥。
又配属猪前生定，夫妇和合得安宁。

咸　女命五行定分明，刑克子息不能成。
此煞若不早解破，至老缺嗣取螟蛉。

谦　命宫五行犯斗罡，早登科第盛名扬。
屡会春试难遂志，速速解破步玉堂。

四千一百七十

井　运交乙木位东方，事事亨通又祯祥。
枯木逢春枝叶旺，雨后松柏更清爽。

归妹　生前积得阴功存，堂前桂子与兰孙。
子宫十三不同母，富贵荣枯不均匀。

大壮　五九六十花逢春，此年得意事遂心。
晚景安乐多顺泰，家宅吉利喜临门。

豫　庭前兰桂栽成行，森森七子定高强。
生逢八刻时分定，内有石皮在里藏。

临　运交乙木主不祥，破财口舌有几场。
事事不顺难遂意，灾殃琐碎定忧伤。

咸 乙木运交喜临门，福禄荣泰满堂臻。
蚌产明珠加吉兆，洞房喜生一麒麟。

坎 命中孤硬甚非轻，五行数合克子宫。
纵取螟蛉也有害，一生只落一场空。

节 命犯耗煞不称怀，枉受辛劳难取财。
此煞速速早解破，财源大发福神来。

四千一百八十

蹇 运行亥宫水归源，凡事遂心称心田。
添财进吉家宅利，名利相合得周全。

随 子息宫中福星临，森森七子旺家门。
其中必定出贵子，福禄荣泰满堂临。

萃 八十三四流年强，安稳顺利保祯祥。
可喜暮景多康泰，灾消福来得安康。

讼 堂前丹桂长成林，生逢八刻定得真。
命合八子中有破，造化荣枯不停均。

夬 运交亥水遭土填，灾至祸来破财源。
事事重叠朝朝有，口舌是非紧相连。

萃 运临亥水福禄亨，逢凶化吉喜临门。
命中必主生贵子，数中注定富贵陈。

遁 五行三丘入命宫，三十一二火主凶。
速速解破免夭寿，方保延年寿遐龄。

晋 命犯参商主大凶，忧乱六亲不和情。
骨肉情伤成怨恨，家中常有口舌生。

四千二百一十

损　空中鸿雁乱飞扬，兄弟十八排成行。
虽然一脉产身体，原来同父不同娘。

鼎　二数集转坤卦宫，双亲位上定分明。
父命属猪寿到老，母命属鼠赴幽冥。

坤　运交乙亥少安康，口舌破财事乖张。
灾去祸来难称意，事不遂心奈凄凉。

比　乙木运临事多凶，家宅不利见悲声。
此运必主父亲丧，口舌常有灾多生。

讼　一树花开满枝红，姐妹五人情不同。
次序排来身居上，内有荣枯有青红。

泰　月老注定前世婚，琴瑟相会弄佳音。
洞房妻配梁氏女，数中注定不虚云。

师　运临乙亥身不安，驳杂琐碎哭来缠。
交至下五亥字位，喜对菱花添笑颜。

坎　生逢八刻儒业坚，广览经史对圣贤。
圣志才折三秋桂，泮水无路至广寒。

四千二百二十

咸　一树结果有青黄，兄弟十人定高强。
次序之中为三位，只同父亲不同娘。

临　双亲宫中数定真，空亡失陷乾与坤。
父命属猪游仙路，母命属牛命归阴。

解　大运交至丁亥宫，灾殃破财少安宁。
事不遂心争闲气，看是平路跳至坑。

随　运临亥水不顺通，财散人离烦恼生。
此运丧父多不利，满堂哭泣恸悲声。

丰　雁过南楼乱飞腾，姐妹七人情不同。
次序排在二位上，一树花开有青红。

升　前世姻缘定不差，绿水红莲并头花。
鸾凤和鸣共衾枕，妻配钱氏必兴家。

渐　运交丁亥定分明，十年分为否泰平。
上五年中多不利，下五年交喜气生。

离　亥时生人儒业通，圣贤经史蕴胸中。
败折秋桂无明路，泮水不流广寒宫。

四千二百三十

讼　堂前丹桂长成林，兄弟十人不同心。
次序排来身为八，生身不是一母亲。

比　父命属猪定得清，母相属鼠断分明。
乾坤失陷逢空位，二亲俱主赴幽冥。

井　己亥运交主不祥，口舌破财有几场。
事不遂心成有败，灾映临身不安康。

鼎　卯木运逢不遂心，伤财烦恼口舌侵。
家宅不利争闲气，定克萱堂老母亲。

中孚　一树花开有青黄，姐妹四人占高强。
次序排来身居一，荣枯木同各主张。

小过	姻缘前定非偶然，青果荷花胜芝兰。 洞房妻配施氏女，一对鸳鸯共枕眠。
畜	运行己亥定吉凶，事事不遂若虚惊。 灾殃口舌争闲气，下五之年百事通。
同人	运行流年二十三，命中天乙福禄全。 喜气临门添吉兆，君入黉宫泮水边。

四千二百四十

临	棠棣茂盛枝叶鲜，兄弟十人一脉连。 次序排来身在五，内有带破难俱全。
履	四千二百定得真，六亲宫中犯刑侵。 父相属猪母属兔，一个仙游一归阴。
复	运交辛亥不遂心，破财口舌灾临身。 事事难谋多阻滞，好似衰草遇风侵。
泰	运交亥宫灾殃侵，家宅不利欠安稳。 花落枝枯难凶多，定克萱堂老母亲。
否	生逢八刻贵非轻，父子乡科俱成名。 喜逢春雷震不动，职受皇恩禄千钟。
比	姻缘配合是前缘，鸾凤和鸣两相全。 一对鸳鸯双双舞，洞房配妻定姓韩。
师	大运交临辛亥宫，灾殃口舌破财生。 上五年中多不利，下五交临福禄增。
睽	十年窗下苦用功，时运乖张名未成。 待至三十零五岁，始游泮水到黉宫。

四千二百五十

讼　且看鸿雁乱飞扬，兄弟十人不同娘。
次序之中身居六，定有石皮在里藏。

革　二爻革卦数演成，父母宫中定得明。
严父猪相游仙洛，慈母属龙赴幽冥。

升　运临癸亥少安康，财来财去有灾殃。
诸般谋为皆不顺，提防官司有乖张。

比　运临乙木损财源，是非口舌又相连。
家宅不利人口病，妨克妻宫丧九泉。

随　四千二百定得清，姐妹五人情不同。
雁行次序居三位，原来不是一母生。

节　鸾凤交结两相鸣，荷花开放映日红。
洞房妻配倪氏女，月老注定是前生。

渐　癸未运交事不通，上五年中灾映生。
交临下五多得意，闺阁和顺称心情。

涣　四柱五行最清奇，命坐虚星得意迟。
流年四十七岁上，文运始通游泮池。

四千二百六十

大壮　手足十人一脉连，内有石皮不周全。
定你为二不同母，各自持业理家缘。

震　二亲宫中犯刑伤，父命属猪梦黄粱。
母亲属蛇游仙路，因是乾坤落空亡。

谦 三十五六事不通，破财口舌疾病生。
谋望不遂争闲气，看是道路跳是坑。

小过 运临亥宫事多凶，伤财惹恼事难成。
房中寂寞悲声动，此运必主克妻宫。

鼎 紫荆花黄满树香，姐妹七人定高强。
次序之中身居四，早知同父不同娘。

革 前世姻缘定得真，五行数中不虚云。
一对鸳鸯同衾枕，妻配任氏结成亲。

萃 女命正值亥时生，福禄昌泰享恩荣。
持家立业财运好，助夫兴家是贤能。

艮 十年窗下苦用功，时蹇运乖难成名。
泮水池边不生香，命合晚年入黉宫。

四千二百七十

井 鸣雁当空绕天际，两两双双数定奇。
手足十人不同母，君居第四不用疑。

咸 日生亥宫五行清，福禄荣泰在命宫。
家宅兴盛财源旺，晚年悠悠更峥嵘。

蛊 五九六十流年凶，破财口舌欠安宁。
事事不遂多颠倒，疾病临身伤胃经。

兑 运交乙木事有乖，伤财烦恼不动怀。
克子应兆此运内，满堂哭声和悲哀。

谦 四千二百遇巽宫，手足宫中定得清。
姐妹七人身居小，不是同胞一母生。

震 绿叶红莲并头生，姻缘前定并非轻。
赤绳系足成双讨，洞房配妻定姓钟。

明夷 生逢亥时五行清，富贵荣华享恩荣。
职受皇恩夫人位，家宅喜庆福禄增。

小过 命宫五行犯桃花，花街柳巷作生涯。
依门靠户人争羡，描发画眉人爱夸。

四千二百八十

夬 棠棣茂盛长成林，手足十人福不均。
雁行排来居七位，生身不是一母亲。

姤 安身立命理通然，提纲发命掌威权。
阴逆阳顺分造化，四柱造命定根源。

益 八十三四流年凶，疾病犹如风养灯。
事事不遂多颠险，明月云遮少光明。

颐 大运亥水不遂心，伤财不断口舌侵。
家宅不利人多病，此运克子泪湿襟。

丰 八刻注定姻缘真，夫妇合和共同心。
月老前定无更改，仆男仆女配成亲。

坎 姻缘前定结丝罗，一对鸳鸯常相左。
鸾凤和合成双对，妻配宋氏琴瑟和。

艮 四柱五行果不差，福禄永远享荣华。
出入宫院人难比，必主立业金枝家。

震 女命生来五行清，持家立业助夫宫。
命宫临贵福星照，一生自在运亨通。

四千三百一十

大壮	桃李花开遇春风，父命属猪亥年生。 母命属子岁月久，乾坤数尽两分明。
小畜	四千三百数落空，二亲宫中定得清。 父相属猪母相马，椿萱俱主入幽冥。
小过	限下乙亥定分明，上五年中百事通。 下五交临事不顺，破财口舌疾病生。
明夷	安身立命定得真，一生衣禄保安稳。 生逢二月二十六，灵胎落地见双亲。
师	太阳遇亥父属猪，配合慈母必属鼠。 生逢师卦乾坤泰，松柏青青山海固。
否	春风桃李花正全，鸾凤交结配姻缘。 妻房配定文氏女，月老注定是前缘。
颐	命遇凶星丧门缠，疾病临身事连连。 辞别阳世归阴府，三十四岁丧黄泉。
临	定你生身在何期，花月春风更无疑。 闰二月生二十六，灵胎落地母怡怡。

四千三百二十

蒙	二亲庚相数中求，母亲原来是属牛。 父相属猪无更改，画堂松柏寿绵筹。
履	命宫五行数定真，父命属猪先归阴。 母命属羊游仙路，神数预定不虚云。

复	运行丁亥两平均，上五年中喜遂心。 破财口舌应下五，事事不顺少精神。
屯	欲问生身在何期，百草逢春定根基。 生辰二月二十七，灵胎落地福禄齐。
乾	人生尘世百年春，养育之恩重天伦。 曾记父命属猪相，母相牛庚定得真。
解	绿水红莲藕上生，姻缘前定是天成。 洞房妻配尤氏女，一对鸳鸯共枕同。
恒	凶星恶煞入命胎，劳神伤财生火灾。 四十六岁光阴尽，魂魄逍遥身土埋。
升	雨露生香杏花天，杨柳深处子规还。 生辰原是闰二月，二十七日降胎元。

四千三百三十

否	人生浮世百年秋，青山绿水景悠悠。 父命属猪无差异，母命属虎添寿筹。
大过	四千三百数中逢，二亲宫中定得清。 母命属猴辞阳世，父相属猪赴幽冥。
随	己亥运交已土强，事事顺利纳祯祥。 流转亥宫琐碎有，破财口舌有几场。
临	东风吹动百花香，桃李花开喜春光。 生日正是二月内，二十八日产画堂。
鼎	九宫八卦定乾坤，二亲宫中定得真。 父命属猪寿常在，母亲定是属虎人。

姤　琴瑟相和弄佳音，姻缘前定岂由人。
鸾凤和鸣成双对，定与靳氏结成亲。

咸　丧门恶煞入命宫，马倒禄绝主大凶。
五十八岁辞阳世，一枕南柯赴幽冥。

恒　风摇树梢叶更青，再正梅花雪里情。
生日原是闰二月，二十八日产人龙。

四千三百四十

丰　青山绿水景悠悠，父亲必生在亥秋。
慈母属兔安然享，福寿滔滔水东流。

咸　二爻咸卦数逢空，母相属鸡赴幽冥。
父命属猪游仙路，先天神数定分明。

蛊　大运交亥事事通，上五年中遂心情。
临交下五多不利，看是平路跳到坑。

剥　和风吹动桃花开，万物蓬勃喜逢春。
元辰生在二月内，二十九日离母胎。

履　二亲宫中注得真，松柏同荣景色新。
记得父命属猪相，属兔之人是母亲。

复　月老前定非偶然，一对鸳鸯并头莲。
洞房妻配段氏女，鸾凤和鸣乐无边。

讼　四十三岁数逢定，脾伤肝绝大主凶。
数定七十辞阳世，满堂哀泣和悲声。

豫　花开结子分外香，喜鹊穿枝声声扬。
生日原是闰二月，二十九日产画堂。

四千三百五十

噬嗑	命元光明在午宫，乾坤交亥观瑞贞。 二亲庚相预先定，父命属猪母龙庚。
咸	乾坤交咸遇亥冲，父母宫中定得清。 椿庭属猪游仙路，萱堂属狗入幽冥。
井	癸亥大运吉凶均，上五年中事多顺。 下五年交多不利，提防灾殃口舌侵。
同人	园林深处百花香，蟠桃结果正芬芳。 春二月生三十日，慈母恩爱比月光。
恒	松柏青青景色良，二亲宫中定高强。 数定父命属猪相，慈母属龙寿延长。
大壮	姻缘前定更无差，绿水莲开并头花。 鸾凤和鸣双双舞，妻配展氏必成家。
晋	南极注定寿延长，秋后黄花还严露。 八十二岁辞阳世，一枕南柯梦黄粱。
睽	春风来时花正好，丹桂青松正荣茂。 生辰正是闰二月，三十日内立根苗。

四千三百六十

乾	木有根兮水有源，双亲位上定生年。 父相属猪无移改，母亲属蛇禄寿全。
革	空亡失陷乾与坤，二亲庚相定得真。 父母同是属猪相，双双有寿命归阴。

否　四千三百否卦求，命宫桃花水上游。
贪色好淫不由己，一生只是好风流。

师　亥时生人气量宽，一生衣禄保安然。
合主贵人多见喜，小人不足暗怨添。

谦　二亲宫中仔细详，松柏青青景色良。
数定父亲必属猪，母亲定是属蛇相。

蹇　妻妾宫中定得真，恰是桃花正逢春。
房中妻配石氏女，共枕同衾福禄均。

泰　命宫注定寿延深，疾病临身欠精神。
大限寿高九十四，三月十二命归阴。

蒙　安身立命定高强，命带天马喜外方。
财源丰盈福多厚，四方营求人称商。

四千三百七十

小过　吉星入宫喜流年，事事如意福禄全。
有官逢之迁禄位，常人遇此发财源。

屯　生逢八刻家凄凉，只因乾坤落空亡。
椿萱犹如严霜打，父亲仙游母也伤。

需　五行四柱定根源，堂堂相貌耳根软。
六亲之中带畏惧，善听妻宫耳边言。

讼　亥时生人五行清，多朋好友志气雄。
重义轻财有名望，恩人成仇口舌生。

井　生相属猪是亥年，福享祖宗有余田。
财禄丰厚家宅旺，一生自在乐清闲。

升　前世姻缘定得真，琴瑟和合两相亲。
洞房妻配古氏女，恰似鸳鸯共枕衾。

萃　命宫数合克妻宫，头妻妨过续又冲。
三次新郎花烛会，再续属猪保安宁。

困　命合一生喜外乡，五行四柱定高强。
财禄丰盈晚更好，驷马并缰游四方。

四千三百八十

姤　太岁入命流年艰，疾病临身多险颠。
伤损气血煞脾胃，速速禳祭保安然。

革　生逢亥月五行清，早年富贵颇驰名。
晚来运入否限地，家业凋零皆命定。

咸　一生财禄最为强，终日碌碌暮年忙。
做事小心多仔细，人人称是看财郎。

涣　亥时生人难靠人，六亲冷淡不相亲。
恩人无义生怨恨，晚景安乐福禄均。

泰　八刻生人五行清，衣禄四方保安荣。
财禄丰盈晚景昌，离祖兴业家宅成。

升　姻缘簿上注得清，赤绳系足月老成。
同衾共枕合鱼水，妻配程氏是我生。

否　头妻克过续又妨，又配佳又无主伤。
四次新郎花烛会，再娶属猪耐久长。

夬　凤冠霞帔衣紫衣，富贵荣华总是虚。
霎时职升夫人位，男妆女扮作戏局。

四千四百一十

渐	青山绿水景悠悠，父命属猪有寿筹。 母命属马无疑猜，福寿双双到白头。
益	命中注定子息稀，蟠桃一树正见奇。 长子若立属猪相，上下无靠独自倚。
蒙	生逢七刻合主孤，双亲位上先丧母。 兄弟行中全无靠，独自持家离宗祖。
巽	夕阳梦中半夏天，桑榆蓁蓁黄鸟欢。 生逢四月二十二，灵胎落地降人间。
坎	乾坤二数定得真，父相属猪福禄臻。 萱堂定是属马相，画堂松柏景色新。
坤	乙亥大运喜重重，凡事无阻称心情。 家宅吉庆财禄旺，出入利益事事通。
艮	山头火命乙亥年，脾胃伤绝凶星躔。 七十四岁大限至，九月初七入黄泉。
震	春风吹动柳叶青，柳树林中蝉声鸣。 生日定是闰四月，二十六日降身生。

四千四百二十

既济	离到坎宫相济良，二亲宫中定高强。 注定属猪生身父，母亲必定是属羊。
明夷	子息宫中数定明，兰桂茂盛松柏同。 长子若是属猪相，二子传家福禄荣。

同人　时上定得七刻真，兄弟二人景色新。
二亲宫中先丧母，椿庭合主寿延深。

小畜　问你生身在何期，四千四百定根基。
元辰定是四月内，二十七日母胎离。

师　风火家人遇巽宫，父命属猪定得清。
乾坤数落紫微位，慈母定是属羊庚。

讼　大运丁亥事事通，添财进喜福禄荣。
诸事谋为多吉利，犹如明月照光荣。

遁　丁亥属猪寿延深，你得疫症肺绝根。
六十八岁辞阳世，二月初三梦黄粱。

否　梅花开放满堂乐，佳节重逢正夏天。
生日原是闰四月，二十七日降人间。

四千四百三十

坤　安身立命妙难言，二亲宫中仔细参。
堂上属猪生身父，母相属猴福禄全。

蒙　时时身旺坐恩星，长子属猪福气洪。
三子传家立嗣后，兰桂茂盛色自青。

讼　七刻生人数不同，兄弟三人定根由。
堂上双亲先失母，失却扶助景悠悠。

比　梨花朵朵似银铃，添喜洞房月重明。
生逢四月二十八，灵胎圆满现身形。

夬　绿水青山景悠悠，海水滔滔不断头。
定就人间亲庚相，父命属猪母属猴。

豫　己亥临运禄数加，安康和顺享荣华。
名利发达皆通天，福气满门事事佳。

鼎　己亥属猪平地铺，限行大运绝了谷。
七十六岁作大梦，二月十九满堂哭。

涣　先造死来后造生，闰四月内是元庚。
生日正逢二十八，灵胎落地母子宁。

四千四百四十

鼎　区区小数识者稀，乾坤数合定根基。
若问人间亲庚相，父相属猪母属鸡。

需　一树蟠桃有青黄，枝头四果异味香。
长子属猪是庚相，四子传家福禄昌。

损　七刻生人不周全，兄弟四人一脉连。
双亲位上先丧母，各自持家度百年。

剥　薰风吹动景色凉，黄莺枝上声声扬。
生逢四月二十九，滔滔衣禄福更长。

乾　二亲庚相数中求，青山绿水景悠悠。
父亲属猪遐龄寿，母相属鸡添寿筹。

履　大运辛亥福禄臻，事事和顺又遂心。
虎奔深山展威势，龙入沧海长精神。

泰　辛亥属猪寿延深，命中有子福更新。
七十五岁痨伤病，六月十三命归阴。

同人　青木野景正夏天，子规枝上叫声喧。
闰四月生二十九，暮景悠悠保安然。

四千四百五十

井　乾坤数合定高强，五行分野岂寻常。
椿萱并茂人间乐，父命属猪母犬相。

夬　四千四百定得真，子息多少不虚云。
长子属猪芳名显，五子传家福寿均。

咸　生逢七刻雁成行，兄弟五人长高强。
二亲堂上母先去，各自立业姓名扬。

萃　四更清和日更长，花开结果定高强。
生逢四月三十日，灵胎落地子见娘。

姤　水入巽宫相济长，姤爻逢之喜非常。
父爻数定必属猪，配定慈母同庚相。

渐　逢交癸亥喜峥嵘，事事如意自然成。
名成利收人安泰，吉兆临门喜重重。

涣　癸亥属猪命最坚，大海水命寿南山。
八十一岁南柯梦，十月初四赴黄泉。

复　薰风过处杨柳青，黄杏结果似金铃。
闰四月生三十日，一生衣禄保安荣。

四千四百六十

鼎　四千四百遇鼎宫，二亲爻中定分明。
松柏青青南山老，父母同是属猪庚。

姤　生逢姤卦子孙荣，丹桂堂前六子成。
一枝结果有带破，自有荣枯各不同。

损	七刻生人棠棣香，雁行手足定高强。 兄弟六人母先丧，各自持家姓名扬。
坎	榴花开放映日红，丹桂堂前杜鹃鸣。 生逢亥时功名显，兄弟行中君独荣。
随	乾坤交泰喜非常，二亲宫中细推详。 父命属猪无差异，母命同相福禄长。
节	亥时生人福寿长，胸藏豪气姓名扬。 职受翰林清闲位，运到升迁坐正堂。
需	南极注定与松齐，寿享遐龄世间稀。 寿高白发人难比，八月初九命归西。
否	二刻生人数定明，夫主金命免克刑。 子息火土成家计，姐妹三人父先终。

四千四百七十

咸	月老前世配姻缘，结就朱陈牛女欢。 鸾凤和鸣成佳会，鸳鸯结亲永团圆。
涣	前生积阴功最厚，堂上桂子与兰孙。 森森七子声名显，长子定是属猪人。
晋	棠棣青青长成人，兄弟七人福不均。 生逢七刻先去母，失却扶助各立门。
剥	姻缘天定本非轻，一对鸳鸯两相鸣。 晚配残花属猪相，夫妇相偕百年亨。
同人	五行运转亥月中，父母享福家业丰。 门第吉庆田园旺，事事如意百福增。

谦　酉时生人显贵星，早年泮水入黉宫。
一路奋志青云上，他日还受贡士公。

豫　沐浴水来命中游，主人一生好风流。
恋色贪淫不由己，广结四方好朋友。

大壮　生逢三刻妻命金，若非羽姓必克刑。
父木母水父先丧，兄弟三人各有名。

四千四百八十

恒　命中孤硬并非轻，形孤影单无妻宫。
一生游荡难配对，合主守孤暗偷情。

井　丹桂茂盛长成林，八子传家福不均。
长子注定属猪相，瓜瓞绵绵喜称心。

升　手足宫中定高强，兄弟八人排成行。
生逢七刻先去母，各立家计理田庄。

坤　数定妻宫属猪庚，命带朱雀克子宫。
纵产儿郎难存保，枯树花落枝枝空。

丰　八刻生人无靠人，六亲无情不相亲。
离祖成家自立户，晚景逢春百福臻。

坎　四柱五行定得清，合主手艺有奇能。
调和五味真堪美，人称厨师有声名。

艮　生逢八刻福非轻，龙虎榜上君有名。
一门雨露从天降，食禄千钟耀祖宗。

震　时逢三刻定得真，妻配商姓火命人。
子息金命招二弟，兄弟二人克母亲。

四千五百一十

蹇

提纲发令定吉凶，四千五百注得明。
命限和交六家运，一生荣泰晚峥嵘。

咸

安身立命定得真，数中妙机定元辰。
父年方交六十四，生你传家如宝珠。

临

花开重明不自由，前配佳人不到头。
洞房须配梁氏女，鸾凤交结寿绵筹。

贲

先造死来后造生，神仙消息谁能明。
生日原是六月内，二十六日是元庚。

恒

姻缘前定结成亲，一对鸳鸯共枕衾。
妻宫定配邓氏女，举案齐眉百福臻。

屯

乙亥大运少安康，破财口舌有几场。
事事逆心惹烦恼，月明云遮缺少光。

井

甲日生逢乙亥时，富贵功名有何疑。
得时喜赴琼林宴，果然独步上云梯。

同人

薰风送暑盼秋天，杨柳枝头蝉声喧。
生日定数闰六月，二十六日降人间。

四千五百二十

解

二刻生人数中明，鸾凤和鸣系赤绳。
妻宫定配属猪相，久远佳期百年荣。

损

生身降世皆天然，四千五百定根元。
父年正交三十六，生你传家富贵全。

益　鸳鸯失偶痛悲啼，前配佳人克人离。
花烛重明弦再续，又娶妻宫定姓倪。

姤　时值炎阳季夏天，蝉声不住枝上喧。
生逢六月二十七，胎元圆满降人间。

复　姻缘定就更无差，绿水红莲并头花。
夫妇相合如鱼水，妻配荆氏可成家。

夬　运行丁亥如云蒙，事事不顺有忧惊。
殃患口舌破财有，看是平地跳到坑。

恒　乙日丁亥时上清，早登青云步月宫。
命中禄马身荣贵，腰金衣紫伴朝廷。

鼎　鸡冠花开玉簪香，芙蓉含笑喜呈祥。
生日乃是闰六月，二十七日产洞房。

四千五百三十

萃　时逢三刻定得真，妻宫配定属猪人。
洞房得遇同欢会，琴瑟相合弄佳音。

困　安身立命定得清，庭前丹桂子结成。
父年方交四十八，灵胎落地保安宁。

革　君家若问洞房妻，命中妨克必分离。
新郎再逢花烛会，父配佳人钱氏女。

需　暑气炎炎季夏天，蝉鸣不住叫声喧。
生逢六月二十八，一世财禄两周全。

鼎　绿水红花色更鲜，姻缘前定非偶然。
君家若问妻家姓，洞房荀氏两团圆。

贲　运入已亥被云蒙，事事不顺多不成。
灾殃口舌破财有，家宅不利欠安宁。

剥　丙日已亥时生光，蟾宫折桂步玉堂。
奋志三秋魁虎榜，光宗耀祖姓家香。

坤　薰风送夏盼秋天，百果结成草木鲜。
闰六月生二十八，处世安然寿绵绵。

四千五百四十

乾　姻缘簿上主荣昌，月老前定配成双。
生逢四刻妻属猪，夫妇相偕最高强。

屯　五行四柱注得清，丹桂庭前结子成。
问你元辰生何载，父年方交六十生。

需　棒打鸳鸯不成双，前妻定克必早亡。
洞房又配司氏公，方主偕老耐久长。

比　一枝丹桂在庭前，薰风送暑半夏天。
生逢六月二十九，一生衣禄保安然。

泰　金兰芙蓉满庭香，姻缘安定配成双。
洞房妻宫费氏女，绿水池边两鸳鸯。

井　火运辛亥不顺通，口舌疾病欠安宁。
事不遂心惹烦恼，月明云遮少光明。

遁　丁日辛亥时贵高，平步登云上青霄。
名标金榜声名显，玉堂金马步天桥。

革　暑气炎炎季夏逢，蝉声高叫杨柳中。
生日乃是闰六月，二十九日产儿童。

四千五百五十

渐　生逢五刻定姻缘，月老前定非偶然。
洞房妻配属猪相，琴瑟和好福禄全。

离　良辰佳人两结成，清风皓月更清明。
母亲年交二十四，生你家中添一丁。

震　棒打鸳鸯两下分，前妻必克丧青春。
失偶寻盟别配对，又配尚氏保安稳。

兑　荷花出水映日红，柳荫深处蝉声鸣。
元辰六月三十日，处世逍遥保安稳。

颐　百年姻缘问若何，月老注定结丝罗。
共枕妻宫程氏女，鸾交凤友得合和。

姤　癸亥运临不遂心，破财口舌灾临身。
月明又被云遮掩，花正开时狂风侵。

否　戊日时逢癸亥生，窗下笃志奋魁名。
路遇禹门三级浪，果然春雷响一声。

丰　时逢佳景薰风天，蝉声不住叫声喧。
生日乃是闰六月，三十日内降人间。

四千五百六十

随　六刻生人永和鸣，良媒佳人自天成。
数定属猪妻庚相，一对鸳鸯两意浓。

节　安身立命定根元，一枝丹桂立堂前。
母亲年方三十六，生你传家福禄全。

解	拆散鸳鸯两不存，比目鱼游猛浪分。 瑶琴折断经再续，洞房配景氏夫人。
谦	兰孙庭前多茂盛，一树结果有青红。 子息宫中恩星照，老年六子送归终。
损	妻享宫中坐实强，绿水荷花两鸳鸯。 洞房佳人二十四，喜生一子换门墙。
临	四柱五行贵非轻，财禄丰厚显峥嵘。 家宅康泰田园旺，冠带荣身耀祖宗。
同人	时分八刻贵难言，父在黉宫游泮泉。 子步青云折丹桂，金马玉书一郡传。
革	性命刚强气自坚，为人正直无曲弯。 重义轻财好交朋，晚景康泰福禄全。

四千五百七十

坤	桃夭灼灼映日红，月正圆时分外明。 洞房妻配属猴相，生逢七刻姻缘成。
需	蟠桃花开结果异，兰孙庭前发旧技。 母年方交四十八，生你传家福寿齐。
师	命宫五行定得清，比肩重重克妻宫。 鸳鸯折散重配对，又配佳人必姓钟。
比	八刻生人禄寿全，子息宫中却无缘。 纵见儿郎难存保，皮外螟蛉送归山。
咸	春风桃李花正开，鸾凤交结飞兰台。 妻宫年交三十六，洞房喜生一婴孩。

升

八刻生人显将星，口食皇粮衣禄丰。
旗招队威声名显，将来运气作总戎。

困

生逢八刻福禄强，子魁金榜姓名扬。
祖上汗马功劳重，恩荣代代振边疆。

颐

命宫五行数定真，身宫又逢恩星临。
性平端正无弯曲，为人忠厚禄自臻。

四千五百八十

震

月老注定朱陈良，千里姻缘配合强。
生逢八刻成婚配，妻命属猪福禄长。

否

六刻生人福不均，早年劳碌财难存。
中年荣华渐兴旺，晚景康泰更称心。

咸

拆散鸳鸯难成双，头妻妨克必主亡。
花烛重新再接续，又配佳人保安康。

夬

子息迟早是前缘，早子不成晚子安。
命合先取皮外子，再生丹桂续后传。

泰

菊绽九秋枝果坚，春老花残结子鲜。
妻宫年交八十四，洞房喜生一儿男。

大过

命犯孤夭凶难言，伤损气血将人缠。
凶煞连连早解破，免得一命丧黄泉。

小畜

八刻生人文举成，也游泮水入黉宫。
点退儒名荣子贵，暮景康泰福禄洪。

恒

命宫五行土当权，主人诚实好心田。
一生财禄多丰厚，诸凡作事称心愿。

四千六百一十

恒	二亲宫中定得清，四千六百遇刑冲。 父命属猪安然乐，母命属鼠寿先终。
屯	洞房景色自正观，月老前定非偶然。 妻宫属猪生一子，内有石皮在里头。
遁	二刻姻缘定得清，四千六百猪夫宫。 一对鸳鸯双双舞，举案齐眉百福增。
节	金风送暑叫蝉声，仲秋佳景月重明。 生逢八月二十六，灵胎落地保安宁。
蒙	棠棣茂盛遇狂风，手足四人寿不停。 鸣雁迷群生拆散，内有一人命归空。
师	运交乙亥欠精神，破财口舌灾殃临。 交遇下五喜康泰，事事和合多称心。
小畜	己日乙亥时生香，蟾宫折桂耀门墙。 衣紫腰金身荣贵，金殿传芳入玉堂。
咸	暑去空来又转秋，黄叶飘飘向东流。 闰八月生二十三，风送鸿雁过南楼。

四千六百二十

井	命入离宫遇火冲，五行数中定分明。 父命属猪添寿考，母相属牛寿先终。
鼎	桃李花开结子香，绿水池边两鸳鸯。 妻宫属猪生二子，结续后嗣换门墙。

艮　三刻配定鸾凤鸣，一枕鸳鸯两和情。
夫宫配定属猪相，夫妇偕老百年荣。

渐　中秋佳景雁南还，金风送暑唤秋蝉。
生日原是八月内，二十七日降人间。

大壮　棠棣森森长成林，忽然狂风折枝临。
兄弟五人不齐寿，内有二位命归阴。

泰　运行丁亥定吉凶，上五年中事顺通。
交临下五多得意，事事顺利喜气生。

讼　庚日丁亥时贵清，儒林事业显峥嵘。
青云有路君独步，折桂扳蟾广寒宫。

睽　金风将残盼重阳，雁过南楼声声忙。
生日乃是闰八月，二十七日产洞房。

四千六百三十

否　坤象行来数否宫，二亲爻中定分明。
慈母属虎先克去，父命属猪松柏青。

复　嫩柳桃花正芳荣，千里姻缘系赤绳。
洞房妻配属猪相，喜生三子换门庭。

革　生逢四刻定姻缘，绿水荷花并头莲。
洞房喜生丹桂香，配夫属猪永团圆。

益　金风吹动黄叶飘，花木将落渐渐凋。
生逢四月二十八，玉露穿花见根苗。

否　南雁双双作对鸣，手足六人寿不同。
同林忽被风吹散，其中二位入幽冥。

夬　已亥运交如云蒙，上五年中不顺情。
　　交至下五亥时运，凡事如意谋有成。

震　辛日生人遇贵星，时逢已亥显峥嵘。
　　腰金衣紫身荣贵，满门福气受皇封。

离　岁值三秋月重明，万物凋零草木崩。
　　元辰产在闰八月，二十八日身降生。

四千六百四十

渐　二亲宫中仔细详，慈母属兔定先亡。
　　父相属猪安然乐，望春兰桂各芬芳。

夬　鸾凤交结配姻缘，妻宫属猪两团圆。
　　堂前四子声名美，门庭吉庆福寿全。

坤　五刻配合姻缘良，紫燕双双绕画梁。
　　前世姻缘今生会，夫宫属猪寿延长。

坎　中秋金风吹梧桐，黄叶飘飘舞当空。
　　生逢八月二十九，暮景堂前喜气生。

革　风吹鸿雁乱飞腾，兄弟七人寿不停。
　　棠棣花开遭霜打，内有一人赴幽冥。

鼎　大运辛亥时未通，灾殃口舌破财星。
　　临交下五福禄全，百事如意称心情。

履　壬日辛亥时上强，蟾宫折桂喜非常。
　　命中合主两榜贵，食禄千钟步王宫。

咸　金风飘飘舞秋香，雁过南楼声声忙。
　　闰八月生二十九，离却母腹产画堂。

四千六百五十

大壮	一数大壮定得清，二亲爻中犯刑冲。 龙母必定先克去，猪父寿似不老松。
晋	姻缘前定月老成，嫩花结子喜重重。 妻命属猪生五子，暮景丰盈家道荣。
比	六刻姻缘注得清，一对鸳鸯喜非轻。 夫宫定配属猪相，家道吉祥百事通。
大过	白露中秋雁南楼，金风送暑又到秋。 生逢八月三十日，父母添喜景悠悠。
师	紫荆茂盛枝叶青，兄弟八人寿不停。 雁过长江折伤损，其中二位赴幽冥。
否	癸亥运交癸水低，破财口舌招是非。 下为亥字平安泰，进喜添财事事吉。
恒	癸日生逢癸亥时，富贵功名有何疑。 名标金榜芳名显，玉堂金马远帝畿。
屯	暮景雁南秋将休，蟋蟀声声傍宫楼。 闰八月生三十日，一生荣泰到白头。

四千六百六十

姤	坤入震宫定遭殃，土木相克不为良。 母命属蛇必主克，父相属猪福禄长。
讼	姻缘前定今生逢，清早开花色正艳。 妻宫属猪生六子，桃杏开放映日红。

鼎 琴瑟相和弄佳音，重山草木又重新。
生逢七刻夫属猪，白发双双度百春。

同人 八刻生人痛伤心，五行数定克妻身。
洞房孤灯独自照，衾空枕冷少人温。

革 空中鸣雁乱飞扬，兄弟五位不成双。
次序之中身在三，原来同父不同娘。

恒 庭园兰桂栽成行，雨露恩泽貌非常。
命中数定有七子，其中必主有过房。

屯 亥时生人贵非轻，合主玉殿显功名。
食禄千钟身荣贵，腰金衣禄受皇封。

大壮 生逢巳月福非轻，命宫喜遇武曲星。
玉堂金马人争羡，食禄千钟统大兵。

四千六百七十

夬 亥时生人五行清，福禄荣华在命宫。
温柔和慧鸡鸣送，传家立业有才能。

临 月老前定姻缘清，五行属猪是妻宫。
堂前七子森森立，改换门墙耀祖宗。

益 生逢八刻定得真，洞房妻配属猪人。
鸾凤和鸣琴瑟好，美满恩降百年春。

颐 姻缘迟早非偶然，只因命中虎星躔。
诸星若不早解破，一世孤寒形影单。

解 先天立定兄弟宫，雁行茂盛显峥嵘。
手足七人不同母，次序排来第四名。

泰　身命二宫数显明，也有冠带主峥嵘。
歌舞吹弹貌堂堂，晚景康泰福禄增。

升　亥时生人贵非轻，职授万户受恩荣。
威风凛凛人争羡，世食天禄亿万钟。

井　生逢亥月贵非轻，皇封刺史统掌兵。
禄厚千钟身荣贵，威名万里镇边境。

四千六百八十

同人　亥时生人禄不全，合主贫苦受艰难。
箱里常空楼无物，一衣一食度残年。

萃　东风吹动并头莲，鸾凤交结赤绳缠。
洞房妻配属猪相，喜生八子立堂前。

观　一对鸳鸯正和鸣，忽然拆散各西东。
克夫又配属猪相，洞房花烛又重明。

归妹　不宜守祖住故乡，异姓入命定高强。
无有依靠难存保，命中合主两重娘。

节　鸿雁飞腾在长江，手足七人不成双。
次序虽然女居长，原来同父不同娘。

随　命宫注定贵中寻，亥时生人福禄临。
虽然难遂鸾凤会，得近龙床凤辇人。

观　身命二宫五行清，财禄丰盈万福增。
安享荣华富贵有，冠带荣身耀祖宗。

剥　命坐七刻贵非常，威风凛凛姓名扬。
衣紫腰金食美玉，富贵荣华百年强。

四千七百一十

师

乾坤变化日月明，二亲宫中定吉凶。
父命属猪安然乐，母相属马寿先终。

比

一枕鸳鸯配成双，夫唱妇随百年强。
洞房妻小十二岁，庭前兰桂各芬芳。

渐

棒打鸳鸯不成双，前妻必克梦黄粱。
失偶寻盟重配对，又娶文氏寿延长。

夬

朔风冷冷透窗寒，孟冬十月生身元。
二十六日离母腹，满门瑞气见根源。

渐

生逢三刻主重婚，罗帏锦帐新又新。
父母属猪安然在，洞房配定属猪亲。

乾

运交乙亥福气来，事事和顺称心怀。
家宅吉庆添喜气，朝向妆台喜盈腮。

坎

四柱五行富贵清，合主玉殿显功名。
戌岁虎鸣君独步，亥年琼林喜峥嵘。

离

菊花将残又孟冬，芙蓉含笑畏朔风。
闰十月生二十六，桂子结实松柏青。

四千七百二十

夬

二亲宫中定高强，四千七百变老阳。
母命属羊先辞世，父相属猪寿延长。

大壮

月老前定配姻缘，鸳鸯同枕不同年。
佳人定小二十岁，夫妻恩爱共枕欢。

小畜　妻妾宫中犯刑冲，数中注定克妻宫。
洞房又配尤氏女，鸾凤交结两和鸣。

临　时值孟冬小春天，万物凋零百花残。
生逢十月二十七，灵胎圆满降人间。

损　三刻姻缘喜又愁，前配妻宫不到头。
鸳鸯分散难配对，再娶属鸡添寿筹。

晋　运行丁亥喜遂心，家宅康泰福禄臻。
纵然见灾自消散，事事合和保安稳。

萃　四柱五行富贵清，天喜红鸾在命宫。
岁逢戊年人称羡，亥岁金榜又题名。

需　朔风吹动景凋零，黄叶飘飘舞当空。
生日原是闰十月，二十七日身降生。

四千七百三十

涣　水到离宫定不良，母命属猪必先亡。
父命属猪安然乐，福寿松柏山海长。

困　鸾凤交结配姻缘，老阳少阴红绳牵。
提来万事皆不定，妻小三十六岁年。

谦　前世姻缘并非轻，命中合主克妻宫。
洞房又添辛氏女，夫妇相守百年荣。

恒　朔风凉凉透寒窗，万木凋零松柏强。
元辰十月二十八，满门瑞气纳祯祥。

归妹　四刻定命妻克损，梦断思情痛伤心。
洞房续配属猪相，花烛重明又一新。

噬嗑　运行已亥胜往年，凡事通泰喜相连。
闺门无恙生喜气，持家立业福禄全。

明夷　命宫生在紫微星，万里江山一统平。
出入龙楼凤阁内，受命于天万古称。

济　时值佳景又重逢，万里凋零黄叶空。
生日乃是闰十月，二十八日现身形。

四千七百四十

临　五行合数定根源，双亲难得两周全。
慈母属鸡先辞世，父相属猪寿延年。

履　绿水荷花映日红，千里姻缘配合成。
夫宫定大四十八，老阳少阴共枕同。

丰　鸳鸯分散为何由，身命二宫犯忧愁。
瑶琴折断重结续，洞房又配尹氏女。

泰　朔风凛凛透寒窗，衰草凋零叶更黄。
生日十月二十九，灵胎落地保安康。

鼎　五刻生人主重婚，比目鱼游猛浪分。
兰房又娶属猪相，方主偕老度百春。

蹇　辛亥运交福禄安，家宅吉庆享自然。
万朵鲜花开雨后，一轮明月出云端。

颐　紫微入命贵无休，管理万国并九州。
食禄万钟如天远，宗枝五派永传流。

复　时值佳景喜重逢，黄叶飘飘朔风鸣。
灵胎落草闰十月，二十九日是元庚。

四千七百五十

坤	坤卦入乾至天门，二亲宫中细推寻。 母命属狗先辞世，父相属猪福禄深。
蒙	姻缘前定非偶然，鸳鸯同枕不同年。 夫妇会合天然定，妻大十二永团圆。
讼	四千七百五十三，命中克妻泪斑斑。 拆散鸳鸯别配对，洞房展姓求团圆。
比	松叶岁空显浓荫，小春分外见清新。 生逢十月三十日，身降凡世见双亲。
豫	生逢六刻主重婚，拆散鸳鸯两离分。 洞房又配属猪相，花烛重明又一新。
否	运交癸亥福自来，闺门和顺称心怀。 添财进吉添喜兆，喜对菱花坐妆台。
大过	命中清贵果不差，世食天禄享荣华。 蟒袍玉带王爵位，必是金枝玉叶家。
履	朔风透林遇仲冬，芙蓉凋零松反青。 生日乃是闰十月，三十日内是元庚。

四千七百六十

蒙	坤数行来落天宫，母相属猪寿先终。 父亲同庚遐龄寿，犹如松柏一般同。
比	蟠桃结果遇风伤，早见儿郎必夭亡。 命中虽定克六子，再生丹桂寿不长。

履 姻缘簿上定得真，拆散鸳鸯不由人。
克过妻宫重续位，又娶石氏永不分。

屯 生逢亥时乐逍遥，一生务农收成好。
仓里丰盈田园旺，暮景兰桂见根苗。

谦 生逢七刻犯刑侵，命中克妻不由人。
洞房再配属猪相，花烛重明又一新。

随 亥时生身犯孤辰，离却家院入空门。
身披青衣朝三界，口诵道德念经文。

临 五行配合格局清，紫霞腾腾入禁宫。
玉食万方贵无比，必是龙生凤养成。

贲 水入巽宫蛟化龙，胸藏豪气吐长虹。
午科必遂青云志，辰岁金榜又题名。

四千七百七十

夬 夫君属猪定得真，必主带破在其身。
月老注定鸳鸯对，天保和合寿延深。

大畜 日坐亥水配合强，处世逍遥保安康。
食禄丰盈乐暮景，庭前兰桂各芬芳。

大过 四千七百七十三，数空克妻拆凤鸾。
新郎又遇花烛会，再娶宋氏两团圆。

坎 亥时生人数定清，合主手艺有奇能。
衣禄四方多丰厚，暮景安然福禄亨。

咸 生逢八刻主续弦，拆散鸳鸯两伤惨。
洞房又配属猪相，赤绳系足两周全。

遁　命中五行犯孤辰，合主削发作僧人。
思想老来将何靠，六个徒弟命中存。

晋　亥时生人武曲里，命主戎装统大兵。
身居将府声名显，立功边庭又加升。

艮　命中五行贵非轻，胸藏孔孟古今通。
酉料得遂青云志，未岁春雷又一声。

四千七百八十

明夷　前生配定两姻缘，夫妇相偕两团圆。
共枕妻宫属猪相，微有石皮在身边。

萃　五行生居亥月中，财帛难聚暮景丰。
衣禄平和随时遇，奔波劳碌度平生。

艮　一对鸳鸯两相鸣，忽然拆散各西东。
前妻必克难存守，又娶佳人定姓程。

巽　身命二宫过参商，夫妻不和情意伤。
此星若不早解破，夫妇主离各一方。

解　四柱五行定得清，阴阳结聚阴阳成。
一男一女同胞育，门悬弓彤挂喜红。

涣　凶星恶煞命宫缠，限逢金水损寿元。
人命死生皆天定，不在河死丧井泉。

坎　人生八刻贵非轻，也游泮水入黉宫。
鹰扬首荐声名显，文武双全换门庭。

乾　命宫五行格局清，福禄荣华在命中。
泮水二次声名显，弄文改业两成名。

四千八百一十

益 乾坤二数定得清，双亲宫中有刑冲。
父命属猪先丧世，母命属鼠正家风。

升 月老前定姻缘良，鸾凤和配洞房康。
夫宫必大十二岁，美满恩爱百年强。

井 桃李花开结子香，兰桂春秀茂非常。
流年二十零四岁，喜生一子在洞房。

震 朔风凉凉仲冬天，瑞雪飘飘满山川。
生日正是十二月，二十六日降人间。

睽 姻缘簿上注得真，前妻属猪克离分。
又配鼠相偕连理，花烛重明又一新。

节 运交乙亥不为祥，灾殃口舌少安康。
事事不遂争闲气，闺中不和主乖张。

坤 大运交临乙亥宫，琢开白玉见良工。
职位升迁声名显，四海扬名达帝京。

渐 松柏岁寒耐季冬，浩然寻梅已无踪。
生日乃是闰腊月，二十二日身降生。

四千八百二十

剥 火至坎宫遇刑冲，二亲位上定分明。
父命属猪先克去，母命属牛福寿亨。

损 月老注定姻缘成，夫妇庚相年不成。
夫大二十零四岁，恩爱相守是前生。

贲　春至花开景色天，一对鸳鸯在碧泉。
　　三十六岁主得子，明珠一颗现堂前。

萃　朔风将残盼新正，时至三阳月正明。
　　生日乃是十二月，二十七日身降生。

井　若问姻缘数中求，拆散鸳鸯两泪流。
　　结发属猪必克去，续配属牛方到头。

夬　运交丁亥难遂心，疾病恹恹少精神。
　　事事不遂多烦恼，月清云遮少光明。

困　丁亥运交百事通，爵位臻臻万福增。
　　职位重重加吉兆，犹如红日正东升。

萃　隆冬数九梅花香，松柏青青景色良。
　　闰腊月生二十七，灵胎落地保安康。

四千八百三十

咸　二亲宫中数定清，父命属猪寿先终。
　　母相属猪孤灯守，寿似南山不老松。

屯　姻缘配合两相当，鸳鸯老少结成双。
　　夫宫定大三十三，美满恩情会洞房。

晋　庭园花开朵朵艳，石上芝兰结子鲜。
　　四十八岁定得子，晚景福禄更清闲。

睽　时值佳景喜和风，梅花茂盛香满庭。
　　生逢腊月二十八，父母房中添一丁。

革　君家若问洞房妻，棒打鸳鸯两分离。
　　头妻属猪必克去，续配属牛共齐眉。

巽　大运交临己亥宫，口舌疾病不安宁。
闺门不利心不遂，破财烦恼暗重生。

涣　己亥大运降吉祥，满门康泰大吉昌。
食禄千钟名更显，职位升迁步玉堂。

渐　梅花开放耐岁寒，残冬将尽是春天。
生日原是闰腊月，二十八日降人间。

四千八百四十

井　老阴转动化为阳，乾坤相刑两分张。
父命属猪先克去，母命属兔寿延长。

讼　姻缘前配更无差，老松配定嫩柳芽。
借问夫宫年多少，原来大你四十八。

比　石上芝兰晚发苗，阴功贵德子坚牢。
六十花甲定得子，暮景悠悠福寿高。

泰　时值季冬风雪寒，松柏青青色更鲜。
生逢腊月二十九，灵胎落地保安然。

随　阴阳差错难合婚，前妻属猪丧青春。
又配佳人属虎相，洞房花烛又一新。

节　运交辛亥不遂心，烦恼口舌灾临身。
家宅不利闲事有，明月云遮少光明。

解　辛亥大运福禄全，人财两旺福渐增。
美玉不琢难为宝，加官进爵位转升。

临　三冬时近盼妻生，松柏森森枝又生。
闰腊月生二十九，父母房中喜相逢。

四千八百五十

同人

五行不调犯刑冲，金入离宫有相争。
父命属猪先辞世，母亲属龙正家风。

大壮

鸾凤交结两团圆，一对鸳鸯共枕眠。
年甲不等耐长久，夫宫必小十二年。

小过

五行命犯血煞星，扰乱子息不能成。
此星若不早解破，定主小产难大生。

明夷

数九寒天正季冬，松柏苍苍翠竹青。
生逢腊月三十日，雪中梅开犯寒风。

鼎

身命二宫犯三刑，头妻必克赴幽冥。
结发属猪难偕老，又配佳人定属龙。

履

癸亥大运不为高，事事不顺争烦恼。
菱花对镜无心照，灾多祸来口舌招。

旅

堂堂相貌非寻常，运至癸亥福禄昌。
仕路丰盈往迁转，爵位重加姓字香。

艮

朔风吹动雪满天，柏松青青耐岁寒。
闰腊月生三十日，灵胎落地降人间。

四千八百六十

师

堂上二亲父猪庚，必定未老寿先终。
一数师卦数已定，母相属蛇松柏青。

履

棠棣花开各芬芳，兄弟七人不成双。
雁过南楼声声叫，其中一位必过房。

旅　九星入命主大凶，阴盛阳衰定分明。
怀男不成生九女，送终无人一场空。

艮　妻宫属猪配姻缘，刑克子息不周全。
若要兰桂森森茂，偏房生产立后传。

夬　元配属猪犯刑冲，鸳鸯分散痛伤情。
花烛重明新气象，洞房又配属小龙。

谦　人命生逢贱人家，只因命犯你插花。
人中只作人下人，晚景丰盈福寿加。

坤　交运乙亥禄不增，官星隐隐不顺通。
灾殃临身惹烦恼，月朗云遮少光明。

震　棠棣花开满树红，姐妹八人性不同。
二亲位上先去父，母年有寿如老松。

四千八百七十

井　命中五行犯克伤，鸳鸯拆散难成双。
夫妇不遂齐眉乐，妻守贞洁傲冰霜。

升　命宫生居亥月中，田园茂盛财禄丰。
富贵双全名更显，家宅康泰喜峥嵘。

困　身命二宫数定明，合主命带华盖星。
生平若不随人走，必然淫乱暗偷情。

萃　克妻克妻又克妻，又娶佳人又分离。
五次新郎花烛会，又配属猪更无疑。

渐　命宫财星主高强，满院花开有清香。
富贵双全人难比，妻妾注定十一房。

坎 流年小限不顺通，合主腊月有忧惊。
官司口舌破财有，待到春令方安宁。

恒 亥运交临不顺通，爵位到此有忧惊。
事事口舌破财有，日当正午被云蒙。

震 蟠桃花开有青红，姐妹八人姓不同。
双亲位上先去母，失却扶助各西东。

四千八百八十

屯 八刻注定姻缘良，命中合主当填房。
一对鸳鸯双双舞，夫妇合和寿高强。

遁 棠棣花开有青黄，手足宫中定高强。
兄弟七人分造化，内有贵人换门墙。

解 命犯八败最为凶，扰乱家宅不安宁。
此星如不早解破，定主下贱受贫劳。

革 女命五行金水清，一生不落人下风。
作事平和多不利，传家立业衣禄丰。

否 一树花开满枝红，蟠桃遭风子难成。
命中却有六个女，老来送终作儿童。

节 命中五行带凶星，必主官灾有大惊。
命犯五德身无主，身带刑具入狱中。

渐 生逢亥月五行清，财禄丰盈百福增。
家业兴盛田园旺，合主异路有前程。

临 女命正逢亥时生，身居庶宅福禄荣。
老阳少阴结成双，丹桂秋香子初成。

邵子神数钥匙部

图一　先天八卦数①

乾一　兑二　离三　震四　巽五　坎六　艮七　坤八

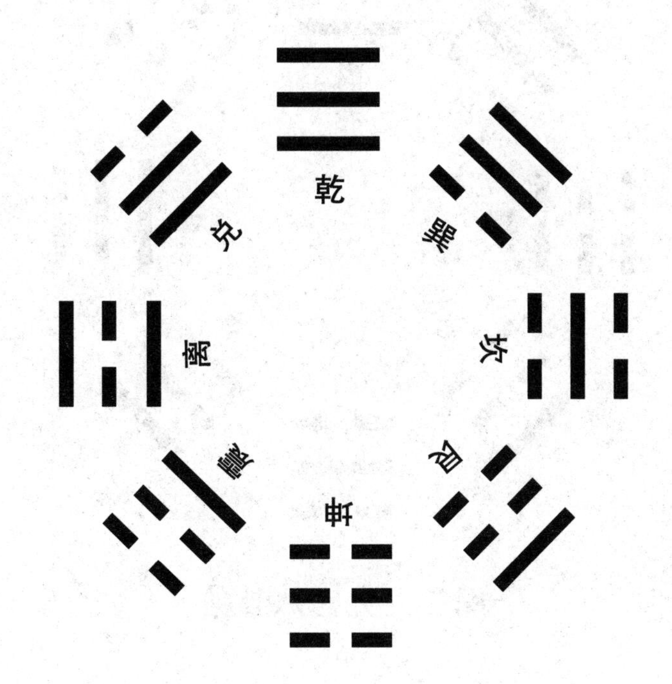

校者注　①　先天八卦数：图一至图十二为“邵子神数起数秘诀图”。

图二　后天八卦位

离南　坎北　震东　兑西　巽东南　艮东北　坤西南　乾西北

图三　九宫八卦数

巽四	离九	坤二
震三	中五	兑七
艮八	坎一	乾六

图四　八卦纳天干

乾 壬甲	坤 癸乙
震 庚	巽 辛
坎 戊	离 己
艮 丙	兑 丁

图五　九宫数配九星

四绿	九紫	二黑
三碧	五黄	七赤
八白	一白	六白

图六　河洛合数

南

二与七为朋

中

东　三与八成友　　五与五相守　　四与九同道　西

宫

一与六共宗

北

图七之一　两分图

八八	七八	六八	五八	四八	三八	二八	一八
八七	七七	六七	五七	四七	三七	二七	一七
八六	七六	六六	五六	四六	三六	二六	一六
八五	七五	六五	五五	四五	三五	二五	一五
八四	七四	六四	五四	四四	三四	二四	一四
八三	七三	六三	五三	四三	三三	二三	一三
八二	七二	六二	五二	四二	三二	二二	一二
八一	七一	六一	五一	四一	三一	二一	一一

图七之二

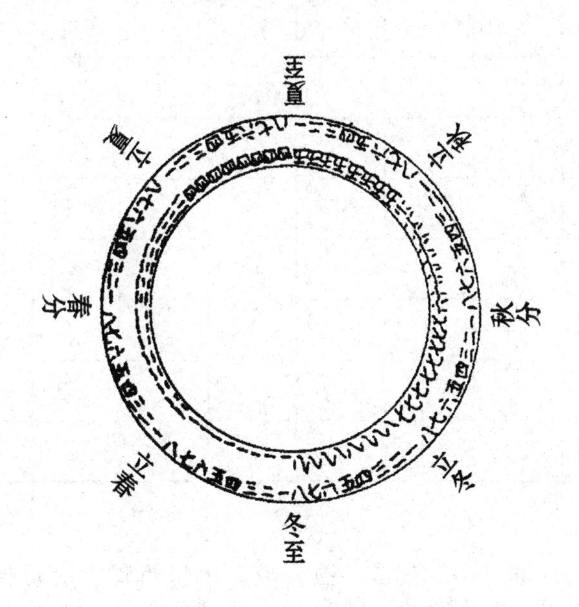

图八　六十四卦错综图

卦	卦象	综卦
乾	䷀	
姤	䷫	夬
遁	䷠	大壮
否	䷋	泰
观	䷓	临
剥	䷖	复
晋	䷢	明夷
大有	䷍	同人
坎	䷜	
节	䷻	涣
屯	䷂	蒙
未济	䷿	既济
革	䷰	鼎
丰	䷶	旅
师	䷆	比
艮	䷳	震
贲	䷕	噬嗑
大畜	䷙	无妄
损	䷨	益
睽	䷥	家人
履	䷉	小畜
中孚	䷼	
渐	䷴	归妹
豫	䷏	谦
解	䷧	蹇
恒	䷟	咸
升	䷭	萃
井	䷯	困
随	䷐	蛊
巽	䷸	兑
大过	䷛	
颐	䷚	
离	䷝	
讼	䷅	需
坤	䷁	
小过	䷽	

图九　八正卦图说

88 坤							
	77			小过			
		66 坎					
			55			大过	
	1 颐			44			
					33 离		
			中孚			22	
							11 乾

注：

离肖乾，坎肖坤，中孚肖乾，颐肖离，小过肖坤，大过肖坎，皆以乾、坤、坎、离、中孚、颐、大过、小过，为不可易者也。

图十　元会运世机要图

日元 甲一											
月会 子一	丑二	寅三	卯四	辰五	巳六	午七	未八	申九	酉十	戌十一	亥十二
星运 30	星 60	星 90	星 120	星 150	星 180	星 210	星 240	星 270	星 300	星 330	星 360
辰世 360	辰 720	辰 1080	辰 1440	辰 1800	辰 2160	辰 2520	辰 2880	辰 3240	辰 3600	辰 3960	辰 4320
复	临	泰 开物 星之巳 76	大壮	夬	乾	姤	屯	否	观	剥 闭物 星之戌 350	坤

图十一　八卦配干支纳音图

乾	坤	震	巽	坎	离	艮	兑
⚊	⚋	⚋	⚊	⚋	⚊	⚊	⚋
壬戌 水	癸巳 水	庚戌 金	辛亥 金	戊子 火	己丑 火	丙寅 火	丁卯 火
⚊	⚋	⚋	⚊	⚊	⚋	⚋	⚊
壬申 金	癸卯 金	庚申 木	辛酉 木	戊戌 木	己亥 木	丙子 水	丁丑 水
⚊	⚋	⚊	⚋	⚋	⚊	⚋	⚊
壬午 木	癸丑 金	庚午 土	辛未 土	戊申 土	己酉 土	丙戌 土	丁亥 土
⚊	⚋	⚋	⚊	⚋	⚊	⚊	⚋
甲辰 火	乙亥 火	庚辰 金	辛巳 金	戊午 火	己未 火	丙申 火	丁酉 火
⚊	⚋	⚋	⚊	⚊	⚋	⚋	⚊
甲寅 水	乙酉 水	庚寅 水	辛卯 木	戊辰 木	己巳 木	丙午 水	丁未 水
⚊	⚋	⚊	⚋	⚋	⚊	⚋	⚊
甲子 金	乙未 金	庚子 土	辛丑 土	戊寅 土	己卯 土	丙辰 土	丁巳 土

图十二　元会运世、年月日时之数

一元：

十二会

三百六十运

四千三百二十世

十二万九千六百年

一百五十五万五千二百月

四千六百六十五万六千日

五亿五千九百八十七万二千时

一百六十七亿九千六百一十六万分

二千零一十五亿五千三百九十二万秒

一会：

三十运

三百六十世

一万零八百年

一十二万九千六百月

三百八十八万八千日

四千六百六十五万六千时

一亿三千九百九十六万八千分

一十六亿七千九百六十一万六千秒

一运：

十二世

三百六十年

四千三百二十月

一十二万九千六百日

一百五十五万五千二百时
四千六百六十五万六千分
三亿五千九百八十七万二千秒

一世：
三十年
三百六十月
一万零八百日
一十二万九千六百时
三百八十八万八千分
四千六百六十五万六千秒

一年：
十二月
三百六十日
四千三百二十时
一十二万九千六百分
一百五十五万五千二百秒

一月：
三十日
三百六十时
一万零八百分
一十二万九千六百秒

一日：
十二时
三百六十分
四千三百二十秒

一时：
三十分
三百六十秒

一分：
十二秒

注：以上是换算法则，以日为主。一日十二时（辰），即是古代的一日十二个时辰，一个时辰则相当于现在的两个小时，夜23-1点为子时，1-3点为丑时，3-5点为寅时，5-7点为卯时，7-9点为辰时，9-11点为巳时，11-13点为午时，13-15点为未时，15-17点为申时，17-19点为酉时，19-21点为戌时，21-23点为亥时。

图十三　河图[①]

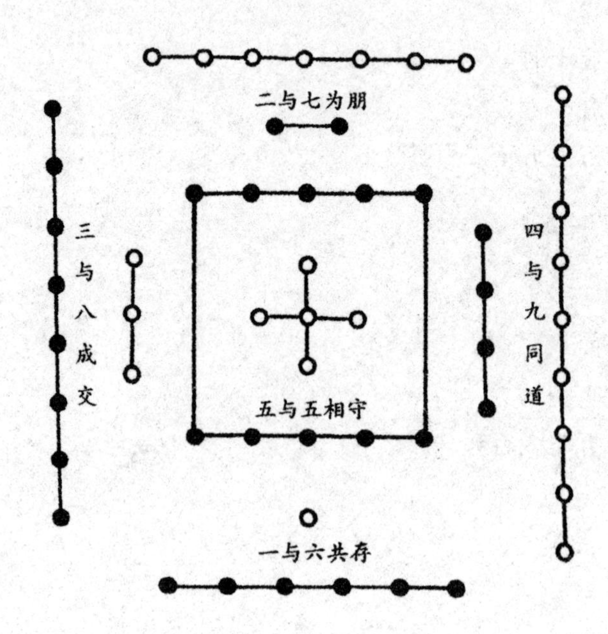

校者注　①　此图为校者所加。

图十四　洛书[①]

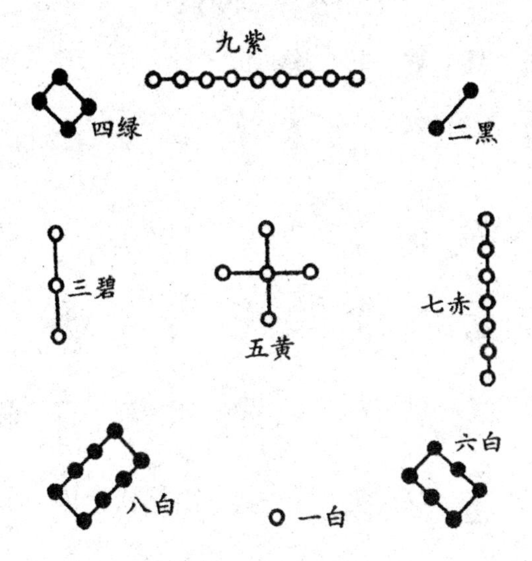

图十五　六十四卦万物数图[②]

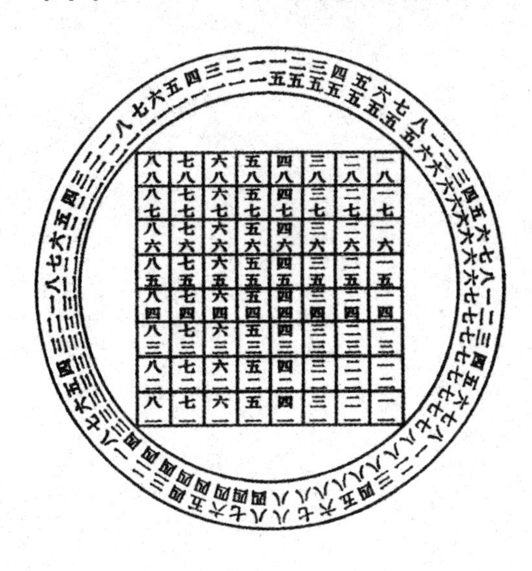

校者注　①　此图为校者所加。

②　此图为校者所加。

图十六　卦阵图[①]

乾	兑	离	震	巽	坎	艮	坤	乾	兑	离	震
履	夬	大有	大壮	小畜	需	大过	泰	履	夬	大有	大壮
同人	革	睽	归妹	中孚	节	损	临	同人	革	睽	归妹
无妄	随	噬嗑	丰	家人	既济	睽	明夷	无妄	随	噬嗑	丰
姤	大过	鼎	恒	益	屯	颐	复	姤	大过	鼎	恒
讼	因	未济	解	涣	井	蛊	升	讼	困	未济	解
遁	咸	旅	小过	渐	蹇	蒙	困	遁	咸	旅	小过
否	萃	晋	豫	观	比	剥	谦	否	萃	晋	豫

校者注　①　此图为校者所加。

一、天干起数秘诀[①]

戊一乙癸二，庚三辛四同，壬甲从六数，
丁七丙八宫，己九无差别，五数寄中宫。

二、地支起数秘诀[②]

亥子一六水，寅卯三八木，巳午二七火，
申酉四九金，辰戌丑未土，五十总生成。

校者注 ① 天干起数秘诀：天干配数也是依后天八卦数而来的。因为坎卦纳甲为天干戊，坎为1数，戊便为1数。坤卦的纳甲为天干癸和天干乙，坤为2数，癸、乙便为2数。

震卦的纳甲为天干庚，震为3数，庚便为3数。

巽卦的纳甲为天干辛，巽为4数，辛便为4数。

乾卦的纳甲为天干壬和天干乙，乾为6数，壬、甲便为6数。

兑卦的纳甲为天干丁，兑为7数，丁便为7数。

艮卦的纳甲为天干丙，艮为8数，丙便为8数。

离卦的纳甲为天干己，离为9数，己便为9数。

② 地支起数秘诀：下面逐句解释：

【亥子一六水】 地支亥和子各自配的数为一和六。

【寅卯三八木】 地支寅和卯各自配的数为三和八。

【巳午二七火】 地支巳和午各自配的数为二和七。

【申酉四九金】 地支申和酉各自配的数为四和九。

【辰戌丑未土，五十总生成】 地支辰、戌、丑、未各自配的数皆为五，位居中宫，五为寄中宫数。

地支起数又叫“地支配数”，就是依据河图数面。河图中：

一、六数在下，正合北方亥子寒水之地。

二、七数在上，正合南方巳午烈火之方。

三、八数在左，正合东方寅卯建木之里。

四、九数在右，正合西方申酉生金之乡。

五、十数在中，正合居中辰戌丑未厚土之邦。

三、天干配卦秘诀[①]

壬甲从乾数，乙癸向坤求，庚来震上立，
辛在巽方留，丙于艮门起，己以离为头，
戊须坎处出，丁向兑家流。

四、地支配卦秘诀[②]

一数坎兮二数坤，三震四巽数中分，
五寄中宫六乾是，七兑八艮九离门。

校者注 ① 天干配卦秘诀：所谓天干配卦，即是十天干配八卦。天干配卦也叫八卦纳甲。西汉易学家京房将天文学知识引入占筮研究后形成的一种占筮方法就叫纳甲法。京房《易传》："分天地乾坤之象，益之以甲乙壬癸。震巽之象配庚辛，坎离之象配戊己，艮兑之象配丙丁。八卦分阴阳，六位配五行，光明四通，变易立节。"即是说，乾坤卦象分内外卦；乾卦内卦三爻纳甲，外卦三爻纳壬；坤卦内卦三爻纳乙，外卦三爻纳癸，其他六卦，艮、巽、震、离、坎、兑各配以丙、辛、庚、己、戊、丁。所谓八卦纳甲之说，也就是将十天干即甲、乙、丙、丁、戊、己、庚、辛、壬、癸纳入八卦之中，而之所以称此为纳甲，是因为"甲"为十天干之首，只举"甲"以概十天干，目的在于便于称述。

这首歌诀说的是十天干配八卦的结果：

天干壬、甲配乾卦，天干乙、癸配坤卦，天干丙配艮卦，天干辛配巽卦，天干庚配震卦，天干己配离卦，天干戊配坎卦，天干丁配兑卦。

这首歌诀说的也是八卦纳甲的结果：

乾纳甲壬，坤纳乙癸，艮纳丙，巽纳辛，震纳庚，离纳己，坎纳戊，兑纳丁。

② 地支配卦秘诀：上述诗诀讲的即是"洛书取卦定局"。意思是：坎一数，坤二数，震三数，巽四数，中宫五数，乾六数，兑七数，艮八数，离九数。

五、日主配卦秘诀[①]

亥子坎宫寅卯震，巳午离门未在坤，
申酉兑金戌是乾，丑艮辰巽配卦真。

六、河洛配数秘诀[②]

甲己子午九，乙庚丑未八，丙辛寅申七，
丁壬卯酉六，戊癸辰戌五，巳亥单四数。

校者注 ① 日主配卦秘诀：日主，又称“日元”、“日神”。即人出生时的日干（日辰天干）。宋代以后的术家在进行推算时，以日干为主，辅以年、月、时各干，故称日干为日主。这里所说的“干”是指天干。判定日主的衰旺强弱，一要看是否得时，二要看是否得势，三要看是否得（气）地。

八卦与五行的关系是：

乾兑属金，离属火，震巽属木，坎属水，艮坤属土。

十天干、十二地支、五行与四时方位的关系是：

甲乙属木，为东方。丙丁属火，为南方。戊己属土为中央。庚辛属金，为西方。壬癸属水，为北方。

寅卯辰属木，司春，为东方。巳午未属火，司夏，为南方。申酉戌属金，司秋，为西方。亥子丑属水，司冬，为北方。辰戌丑未四支，单位言之属土，为四季，为四维。

【亥子坎宫寅卯震】 亥子属水，坎属水。寅属木，卯属木，震属木。

【巳午离门未在坤】 巳午属火，离属火。未属土，坤属土。

【申酉兑金戌是乾】 申酉属金，乾属金。戌属金，兑属金。

【丑艮辰巽配卦真】 丑属土，艮属土。辰属木，巽属木。

② 河洛配数秘诀：上述诗诀的意思是：

甲己子午配 9 数，

乙庚丑未配 8 数，

丙辛寅申配 7 数，

丁壬卯酉配 6 数，

戊癸辰戌配 5 数，

巳亥配 4 数。

七、天数成卦秘诀[①]

天干总数减去二十五，其余数按河洛数配卦。

八、地数成卦秘诀[②]

地支总数减去三十，其余数按河洛数配卦。

校者注 ① 天数成卦秘诀：天数二十五，地数三十为河图之数。

天干配洛书之数，地支配河图之数。

取天干、地支所及之数，单数聚为天数，双数聚为地数。看天数所得多少，用所得之数减去二十五数，所余之数为卦。如果只有二十五数，只用五数。如果只有二十三数（不满二十五），只用和，如果超过二十五数，只用零数。

例如：天数十九，减去十，用九数。

天数二十四，减去二十，用四数。

天数二十五，减去二十，用五数。

天数二十六，减去二十五，用一数。

天数二十七，减去二十五，余十二，再减去十，用二数。

其它数，可仿此类推。

② 地数成卦秘诀：看地数所得多少数，用所得之数减去三十数，所余之数为卦。如果只有三十数，只用三数。如果只有二十九数（未满三十数），只用九数。如果超过三十数，只用零数，即余数。

例如：地数十六，减去十，用六数。

地数二十八，减去二十，用八数。

地数三十，遇十不用，用三数。

地数三十五，减去三十，用五数。

地数四十五，减去三十，用十五数，再减去十，用五数。

地数五十五，减去二十，用八数。其它数，可仿此类推。

九、八卦加则秘诀[①]

爻从三十起，乾卦六为头，兑为后少女，
只中一网收，变知六百止，世应两同俦，
遇十则不用，玄玄妙法周，当看多寡数，
及止悉因由。

校者注 ① 八卦加则秘诀：下面逐句解释：

【爻从三十起】 爻在此代表运与日主，在元、会、运、世数序中，三十运为一会。在年、月、日、时数序中，三十日为一月。每一时（时辰）又含三十分，三十卦值一时，以六亲之数演算三十卦。

【乾卦六为头】 乾为元，为年。年卦以世卦六爻变得。

【兑为后少女】 兑为会，为月。月在日之后。少女指兑。少女：又叫幼女，为兑卦卦象。《易·说卦》："兑三索而得女，故谓之少女。"孔颖达《周易正义》："乾三求得坤气为兑，故曰少女。"乾卦上爻变阴，则成兑卦。

【只中一网收】 说明年、月前句，兑为会，为月。一网，一年总数从会、月中出。

【变知六百止】 律数六十，六亲以十天干变得十乘六十得六百即是。

【应世两同俦】 会为世，月为应，十二月含六十律数乘十，得六百与十二会数同。

【遇十须不用】 先天八卦图，六十四卦，三百八十四爻，十除不尽，因此不用十。

【玄玄妙法周】 先天八卦图中，各卦都可变六十四卦，变化无止境。

【当看多寡数】 查数为几万几千几百几十几个。

【及止悉因由】 查数截止到几都是有根据的。

第一数：乾　变坎命元数——1111

	子 乾	丑 兑	寅 离	卯 震	辰 巽	巳 坎	午 艮	未 坤	申 乾	酉 兑	戌 离	亥 震
	子 一	子 三	子 三三	丑 一	丑 三	丑 五三	寅 一	寅 三	寅 三三	卯 一	卯 三	卯 三三
	辰 初	辰 三	辰 五三	巳 一	巳 三	巳 五二	午 戌 一	午 三	午 三三	未 一	未 三	未 三三
	同人 申一	随 申三	申 五三	大壮 酉一	酉 三	节 酉 五二	损 戌一	临 戌三	同人 戌三	亥 一	亥 三	亥 三三
	姤 子二	子 四二	子 三	丑 二	家人 丑四	丑 三	寅 二	寅 四二	寅 三	卯 二	卯 四二	卯 三三
	辰 二	辰 四二	辰 三	巳 二	巳 四	巳 三	午 二	午 四二	午 三	未 二	未 四二	未 三三
	申 二	申 四二	申 三	解 酉二	酉 四	酉 乙	庚 戌二	戌 四二	戌 三	亥 二	亥 四二	亥 三三
运	否 甲	咸 乙二	丙	丁 二	戊	比 巳	剥 庚	谦 辛	否 壬	癸	晋 甲	豫 乙
行	子	丑	寅	卯	辰	巳	午	未	申	酉	戌	亥

第二数：坎　兄弟人数——1211

子	丑	寅	卯	辰	巳	午	未	申	酉	戌	亥
一 独	二 一	二 二	三 一	三 二	三 三	四 一	四 二	四 三	四 四	一 孤	两坤 十一
五 一	五二 石	五 三	五 四	五 五	六 一	六 二	六 三	六 四	六 五	六 六	十三 十二
七 一	七 二	七 三	七 四	七 五	七 六	损 七七	益 四一 石	大过 四二	归妹 四三	同人 四四	家人 十八
八 一	八二 石	八 三	八四 石	八五 石	八六 石	六 七	八 八	五 二	五 三	五 四	十五 石
九一 石	九二 石	九三 石	九四 石	九五	九六 石	九七 石	九八	九九	三一 石	三二 石	十六 石
一 独	二一	二二	三一	三二	三三	四一 石	四二 石	四 三	四 四	二一 石	十二 石
五一 石	五二	五三	五四 石	五五	六一	六二 石	六三 石	六四 石	六五 石	六六	十四 石
七一 石	七二 石	七三 石	七四 石	七五	七六	七七 石	八一	八二	八三	八四 石	十七

第三数：艮　乾坤恒象数——1311

(母女属相)

	子	丑	寅	卯	辰	巳	午	未	申	酉	戌	亥
	乾子	子	子	子	子	子	艮子	子	子	子	子	子
	丑	夬丑	丑	丑	丑	丑	丑	泰丑	丑	丑	丑	丑
	寅	寅	睽寅	寅	寅	寅	寅	寅	同人寅	寅	寅	寅
	卯	卯	卯	丰卯	卯	卯	卯	卯	卯	益卯	卯	卯
	辰	辰	辰	辰	益辰	辰	师辰	辰	辰	辰	损辰	辰
	巳	巳	巳	巳	渐巳	井巳	否巳	巳	巳	巳	巳	家人巳
男顺女逆	否	萃	晋	豫			井剥					
	劫煞天喜星											

第四数：震　乾坤恒象数——1411

（父母庚相）

	子	丑	寅	卯	辰	巳	午	未	申	酉	戌	亥
	乾午	午	午	午	午	午	艮午	午	午	午	午	午
	未	同人未	未	未	未	未	未	泰未	未	未	未	未
	申	申	家人申	申	申	申	申	申	大有申	申	申	申
	酉	酉	酉	损酉	酉	酉	酉	酉	酉	同人酉	酉	酉
	戌	戌	戌	戌	小过戌	戌	戌	济戌	讼戌	戌	戌	戌
	亥	亥	亥	亥	亥	亥	亥	亥	亥	亥	亥	亥
侧室生子	否一子	二子	三子	四子	五子	苟合	师克妻	兄娶弟妻	爹娘公婆	孝取	姑亲	姨亲
	二坤	三坤	三四不过二坤	克母三坤	四坤	比苟合	夬随娘	解丢子改嫁	萃夫妇离	否有夫再嫁	晋独身	过一生偷情

第五数：巽　坎乾坤恒象数——1511

(妻之庚相)

	子	丑	寅	卯	辰	巳	午	未	申	酉	戌	亥
运限	乾 一	兑 二木	离 三	震 四	巽 五	坎 六	艮 七	八	九	十	五	震 六
木 月	子 二刻		大有									二
	三刻		睽									三
	四刻		噬嗑						无妄			四
	五刻		鼎									五
	六刻		未济									六
	七刻		晋									七
	解 八刻	萃 八刻	否 八刻	观 八刻	比 八刻	泰 八刻	夬 八刻	八刻	八刻	八刻	八刻	解 八刻

第六数：离　乾恒坤需数——1611

(家人生时)

	子	丑	寅	卯	辰	巳	午	未	申	酉	戌	亥
坤子	乾子	子	子	子	子	子	子	子	乾子	子	子	子
乾子	坤丑	丑	丑	丑	丑	丑	丑	丑	履丑	丑	丑	丑
	子寅	寅	寅	寅	寅	寅	寅	寅	同人寅	寅	寅	寅
	子卯	卯	卯	卯	卯	卯	卯	卯	无妄卯	卯	卯	卯
	讼子辰	辰	辰	辰	辰	辰	辰	辰	姤辰	辰	辰	辰
	小过子巳	巳	巳	巳	巳	巳	巳	巳	讼巳	巳	巳	巳
泰家人	同人泰	泰子	寅	卯	辰	巳	午	未	遁申	酉	戌	亥
否生时	否子时	否丑	寅	卯	辰	巳	午	未	否申	酉	戌	亥

第七数：坤　乾恒坤需数——1711

	子	丑	寅	卯	辰	巳	午	未	申	酉	戌	亥
	乾 子午	午	午	午	午	午	午	午	午	午	午	午
	履 子未	未	未	未	未	未	未	未	未	未	未	未
	同人 子申	申	申	申	申	申	申	申	申	申	申	申
	无妄 子酉	酉	酉	酉	酉	酉	酉	酉	酉	酉	酉	酉
	姤 子戌	戌	戌	戌	戌	戌	戌	戌	戌	戌	戌	戌
	讼 子亥	亥	亥	亥	亥	井 亥	亥	亥	亥	亥	亥	亥
家人 论 夫相 子相	过 子	丑	寅	卯	辰	比 巳	午	未	申	酉	戌	亥
夫论 家人 妻相 子相	否 子	丑	寅	卯	辰	大 有 巳	剥 午	谦 未	否 申	萃 酉	未济 戌	豫 亥

第八数：兑　坤恒乾需数——1811

(克夫后嫁)

子	丑	寅	卯	辰	巳	午	未	申	酉	戌	亥
子	子	子	子	子	子	子	子	子	子	子	子
丑	丑	丑	丑	丑	丑	丑	丑	丑	丑	丑	丑
寅	寅	睽 寅	归妹 寅	寅	寅	寅	寅	寅	寅	寅	寅
卯	卯	噬嗑 卯	丰 卯	卯	卯	卯	卯	卯	卯	卯	卯
辰	辰	辰	辰	辰	辰	辰	辰	辰	辰	辰	辰
巳	巳	巳	巳	巳	巳	巳	巳	巳	巳	巳	巳
	克 二	克 三	克 四	克 五	克 六	二 寡	三 寡	四 寡	守	六 夫亡	守
家 人	2 刻	3 刻	4 刻	5 刻	6 刻	3 刻	4 刻	5 刻	6 刻	7 刻	8 刻
否	萃	晋	豫	观	比	剥	讼	否	晋	旅	井
填 房	夫妇 好合	填房 合	填	填	填	填	填	填	填	仆 合	填

第九数：乾　坤恒乾需数——1112

(子数不同母)

	子	丑	寅	卯	辰	巳	午	未	申	酉	戌	亥
	午	午	午	午	午	午	艮午	坤午	乾午	兑午	离午	震午
	履未	未	未	未	未	需未	未	未	未	未	未	未
	申	申	申	申	申	申	申	申	申	申	申	申
	酉	酉	噬嗑酉	丰酉	酉	酉	酉	酉	酉	酉	酉	酉
	戌	戌	戌	戌	戌	戌	戌	戌	戌	戌	戌	戌
	亥	亥	亥	亥	亥	亥	亥	亥	讼亥	困亥	亥	亥
内有子限	否二	三	四	五	六	七	八	九	遁十	咸十一	十二	十三
存一	二	三	四	五	六	比七	剥	三	否四	萃五	六	豫七
	皮	败	败	败	皮	皮	内有子贵	贵	贵	贵	贵	贵

第十数：坎　乾坤需象数——1212

(子日月女)

	子	丑	寅	卯	辰	巳	午	未	申	酉	戌	亥
夫子相	母子相	子	子	子	子	子	艮子	子	子	子	子	震子
	丑子	丑	丑	丑	丑	丑	丑	泰丑	丑	丑	丑	大壮丑
	寅子	寅	寅	寅	寅	寅	寅	寅	寅	寅	寅	归妹寅
	卯子	卯	卯	卯	卯	卯	贲卯	卯	卯	卯	卯	丰卯
	讼辰	辰	辰	辰	辰	辰	辰	复辰	辰	辰	辰	恒辰
	小过巳子	巳	巳	巳	巳	巳	巳	巳	巳	巳	巳	解巳
震三	泰子	丑	寅	卯	辰	巳	蒙午	未	申	酉	戌	屯亥
运限	否一岁	萃二	晋三	豫四	观五	比六	七	谦八	九	十	十一	豫十二

第十一数：艮　乾坤需象数——1312

(剥乾坤数)

	子	丑	寅	卯	辰	巳	午	未	申	酉	戌	亥
乾子	坤午	午	午	午	午	午	午	午	乾午	午	午	午
	未	未	未	未	未	未	未	未	履未	未	未	未
	申	申	申	申	中	申	申	申	同人申	申	申	申
	酉	酉	酉	酉	酉	酉	酉	酉	无妄酉	酉	酉	酉
	戌	戌	戌	戌	戌	戌	戌	戌	姤戌	戌	戌	戌
	亥	亥	亥	亥	亥	亥	亥	交	讼亥	亥	亥	亥
	二刻	三	四	五	六	七	三	四	遁五	六	七	八
	否子	萃丑	晋寅	豫卯	观辰	比巳	剥午	家人未	否申	酉	戌	豫亥

第十二数：震　坎变震象数——1412

(论长子相)

子	丑	寅	卯	辰	巳	午	未	申	酉	戌	亥
乾一	兑一	一	一	一	一一	午一	未一	申一	酉一	戌一	亥一
二						午	二				二亥
三		睽	睽归妹			午	三				三亥
四						午	四				四亥
五						午	五				五亥
六						午	六				六亥
七						午	七				七亥
否	萃	晋	豫	观	比	解					过
八	八	八	八	八	八	八	八	八	八	八	八

第十三数：巽　震变坎巽甲数——1512

(论室庶纳)

	子	丑	寅	卯	辰	巳	午	未	申	酉	戌	亥
乾父子全	乾十三	十四	十五	十六	十七	随十八	十九	二十	二一	二二	二三	二四
	乾二五	二六	二七	二八	二九	三十	三一	同人三二	解三三	随三四	泰三五	三六
	乾三七	三八	三九	四十	四一	四二	四三	四四	四五	四六	四七	四八
	乾四九	五十	过五一	临五二	五三	五四	五五	五六	五七	五八	五九	六十
	坤十三生子	十四	十五	十六	十七	十八	十九	二十	二一	二二	二三	二四
	坤二五	二六	二七	二八	二九	三十	三一	三二	三三	三四	三五	三六
	坤三七	三八	三九	四十	四一	四二	四三	四四	四五	四六	四七	四八
	解子	丑	寅	卯	辰	泰巳	午	大过未	申	否酉	戌	豫亥

第十四数：离　坎变家人随震数——1612

(家人庚相生子)

	子	丑	寅	卯	辰	巳	午	未	申	酉	戌	亥
生子年几个	一 1	一 2	一 3	一 4	一 5	一 6	艮 一 7	坤 一 8	一 9	一 10	离 一 11	兑 一 12
生子年无存	二 13						午					二 24
日支早否	同人 三 25	家人	随	过	离	大	午					三 36
	四 37						午					四 48
	五 1						午					五 12
	六 13					六 18	克 震	二	三	四	五	六
	剥 七			否		比	同 人	家 人	解	随	晋	豫 七
	八 子	八	八	八	八	八	八	八	戌 八	八	八	八

第十五数：坤　家人小过大过数——1712

	子	丑	寅	卯	辰	巳	午	未	申	酉	戌	亥
小过数	一	二	三	四	五	家人六	七	八	随九	过十	十一	十二
	十三	十四	十五	十六	十七	十八	十九	二十	二一	二二	二三	二四
	二五	二六	二七	二八	二九	三十	三一	三二	三三	三四	三五	三六
	三七	三八	随三九	井四十	四一	四二	四三	四四	四五	四六	四七	四八
大过数	一	二	三	四	五	六	七	八	履九	坎十	十一	十二
	十三	十四	十五	十六	十七	十八	克子一震	2	3	4	5	6
日泰	子	丑	寅	卯	辰	泰巳	同人午	未	申	酉	戌	解亥
	子	丑	寅	卯	辰	巳	随午	未	申	酉	戌	比亥
月否	晚泰	否命	否命	晚泰	早否晚泰	晚泰	先泰后否	否命	先泰后否	否命	晚泰	

第十六数：兑　坎大小过数——1812

	子	丑	寅	卯	辰	巳	午	未	申	酉	戌	亥
夫 大过	同人 一	二	三	四	五	六	艮 七	八	九	十	十 一	十 二
	十 三	十 四	十 五	十 六	十 七	十 八	十 九	过 二十	二 一	二 二	二 三	二 四
	二 五	二 六	二 七	二 八	二 九	三 十	三 一	三 二	随 三三	三 四	三 五	三 六
	三 七	三 八	三 九	四 十	四 一	四 二	四 三	四 四	四 五	临 四六	四 七	四 八
夫 小过	一	二	三	四	五	六	七	八	九	十	十 一	十 二
	十 三	十 四	十 五	十 六	十 七	艮 十八	二	三	四	五	六	七
月 泰	子 富贵	丑 富贵	寅 吉	卯 寿	辰 福	巳 富贵	午 富	未 富	申 富贵	酉 逍遥	戌 贵	亥 富
命否	随 难过	否 劳碌	剥 二五 难	耗 祖业	扒 拮	临 富贵	比 二	三	四	五	六	豫 七

第十七数：乾　变运之泰数——1113

（大运流年数）

	子	丑	寅	卯	辰	巳	午	未	申	酉	戌	亥
大运之数	乾 甲	乙	丙	丁	戊	己	庚	辛	壬	癸	甲	乙
	丙	丁	戊	己	庚	辛	壬	坤 癸	甲	乾 乙	丙	丁
	戊	井 己	庚	辛	壬	癸	甲	乙	丙	丁	戊	己
	庚	辛	壬	癸	甲	乙	丙	丁	戊	己	庚	辛
	壬	癸	鼎 甲	乙	丙	丁	戊	过 己	庚	井 辛	壬	癸
流年大数	13 14	15 16	17 18	19 20	21 22	23 24	25 26	过 27 28	29 30	31 32	33 34	35 36
	37 38 39	40	41 42	43 44	45 46	47 48 49	50	51 52	53 54	55 56	57 58 59	60
	61 62	63 64	65 66	67 68 69	70	比 71 72	豫 73 74	75 76	77 78 79	80	81 82	比 83 34

第十八数：坎　变运之否数——1213

（大运否数）

	子	丑	寅	卯	辰	巳	午	未	申	酉	戌	亥
	甲	乙	丙	丁	戊	己	庚	乾 辛	壬	癸	甲	乙
大运之否	丙	丁	临 戊	井 己	庚	辛	壬	癸	甲	乙	丙	丁
	戊	己	随 庚	同人 辛	壬	癸	甲	乙	丙	丁	戊	己
	解 庚	大壮 辛	壬	癸	甲	乙	丙	丁	戊	己	庚	辛
	壬	癸	甲	乙	丙	丁	戊	己	庚	辛	壬	癸
流年否杀	13 14	15 16	17 18	19 20	21 22	23 24	随 25 26	井 27 28	讼 29 30	离 31 32	同人 33 34	复 35 36
	37 38 39	40	鼎 41 42	43 44	45 46	47 48 49	50	51 52	53 54	55 56	57 58 59	60
	大壮 61 62	家人 63 64	65 66	67 68 69	70	71 72	73 74	75 76	77 78 79	80	81 82	83 84

第十九数：艮　变运之天泰地否数——1313

(干好支呆)

	子	丑	寅	卯	辰	巳	午	未	申	酉	戌	亥
	甲	乙	丙	丁	戊	己	艮庚 一刻	辛 3刻	壬 4刻	癸 5刻	甲 6刻	乙 7刻
	丙	丁	戊	己	庚	辛	壬 二刻	癸	甲	乙	丙	大壮 丁
	戊	己	乾 庚	同人 辛	壬	癸	甲 三刻	乙	丙	丁	戊	己
	庚	辛	壬	癸	甲	乙	贲丙 四刻	丁	同人 戊	家人 己	庚	辛
	壬	癸	甲	乙	丙	丁	戊 五刻	己	庚	辛	壬	癸
革卦 局	聪 明	聪明 仁义	给利 正直	八平 泰	太 直	仁 智	六 刻	青 素	风 流	温 哀	聪 明	糊 涂
性情 泰	正 直	口直 心慈	正人 厚道	正 直	重义 轻财	有 德	七 刻	仔 细	性 强	内 向	内 向	勤 勉
	刚 强	高尚 之人	随 义气 好恼	家人 戴高 帽	情 暴	刚 正	比 八刻	任 丁	嗜 好	多 才	有 才	小过 有才

第二十数：震　乾需之震数——1413

（乾需、坤需）

子	丑	寅	卯	辰	巳	午	未	申	酉	戌	亥
刻人						刻人					
2 一	3 一	4 一	5 一	6 一	7 一	8 一	3 一	4 一	5 一	6 一	7 一
2 二						8 二					7 二
4 三						8 三					7 三
2 四						8 四					7 四
2 五						8 五					7 五
2 六						8 六					7 六
2 七						8 七					7 七
2 八	3 八	4 八	5 八	6 八	7 八	8 八	3 八	4 八	5 八	6 八	7 八

第二十一数：巽　损变家人元吉数——1513

	子	丑	寅	卯	辰	巳	午	未	申	酉	戌	亥
	祁	石	余	孙	王	李	艮 丁	坤 孟	何	赵	周	梁
	陶	金	同人 黄	家人 常	焦	芦	卞	马	谢	范	雷	倪
宫	史	程	戚	刘	魏	姚	陈	许	巨	袁	郑	钱
商	吴	汪	解 变	随 康	杨	潘	贾	舒	冯	屈	岁	司
角	沈	闫	蒋	肖	闵	朱	武	高	过 田	乔	纪	荀
徵	泰	杨	顾	毛	董	胡	翟	杜	牛	申	陆	景
羽	曹	窦	孔	麻	鲍	林	邱	薛	唐	苗	鲁	钟
宫	许	吕	复 靳	大有 苏	崔	家 夫相 二刻	比 段	师 粟	晋 童	萃 郝	过 安	复 侯

第二十二数：离　家人变坎象数——1613

(妻夫庚相)

	子	丑	寅	卯	辰	巳	午	未	申	酉	戌	亥
	乾 2刻 子	丑 2	坤 寅 2	卯 2	辰 2	比 巳 2	乾 午 2	未 2	申 2	酉 2	戌 2	亥 2
	3 刻						过 午 3					亥 3
	4 刻						解 午 4				大 壮	归 妹
	同人 5 刻		家 人		比		随 午 5					亥 5
	6 刻						贲 午 6					亥 6
	7 刻						蒙 午 7					亥 7
招坎 重配	8 刻 子	丑 8	寅 8	卯 8	辰 8	巳 8	复 午 8	未 8	申 8	酉 8	晋 戌 8	过 亥 8
	坎相 子相	复 丑	寅	卯	大有 辰	巳	比 午	未	申	酉	戌	亥

第二十三数：坤　损变家人元吉数——1713

(续配妻姓)

子	丑	寅	卯	辰	巳	午	未	申	酉	戌	亥
泰	汪	傅	庞	车	白	柴	乾 岑	耿	古	项	文
茹	娄	越	米	贺	邵	苗	郎	韦	毕	邢	尤
夏	方	郭	怀	邓	部	党	姬	叶	巩	呼	辛
戴	席	解 闵	鼎 冉	管	严	滕	过 单	荣	复 井	殷	阮
张	王	皮	季	廉	宗	宫	晁	侯	巫	鼎	展
马	曾	许	田	郢	卜	充	都	铁	甄	采	石
高	邹	权	崔	昝	解	朱	褚	赵	淳	梁	宋
万	康	剥 董	熊	穆	胡	比 任	洪	韩	郊	邹	解 程

第二十四数：兑　变坎震甲数——1813

(生子之年纪)

	子	丑	寅	卯	辰	巳	午	未	申	酉	戌	亥
	十三	十四	十五	十六	十七	十八	十九	二十	二一	二二	二三	二四
	二五	二六	二七	二八	二九	三十	三一	三二	三三	三四	三五	三六
	复三七	三八	过三九	四十	解四一	四二	复四三	乾四四	比四五	同人四六	家人四七	复四八
	四九	五十	五一	五二	五三	五四	五五	五六	五七	五八	五九	六十
坎震月限恒吉	日月限吉	二吉六十	三七十一吉	四二八十吉	正二吉	二四吉	吉	吉	吉	吉	劫煞	血煞小产
坎月限凶	欠通正五九	二月十月破家	家人不生二十月	同人四八十二凶	正二九三泰	三四破	凶	凶	凶	凶	无女星兑九	星九女
家人月限恒	寿五九外	家人吉	家人吉	家人四八十二吉	正二吉	三四吉	吉	吉	吉	吉	桃花华盖淫	华盖淫
家人月限困	晋惊欠通正五九	凶二六十	复凶三八十	凶四八十二	天正二凶	三四月凶	五六月凶	七八月凶	九十月凶	十一十二月凶	伤官寡家人	卦穷

第二十五数：乾　坎变震多寡数——1114

(子息刻数)

子	丑	寅	卯	辰	巳	午	未	申	酉	戌	亥
2刻 一	3刻 一	4刻 一	5刻 一	6刻 一	7刻 一	3刻 一否	4刻 一	5刻 一	6刻 一	7刻 一	8刻 一
二	二	二	二	二	二	二	恒 二	二	二	二	二
三	三	三	三	三	三	三	三	三	三	三	三
四	四	解 四	复 四	四	四	四	四	四	四	四	四
五	五	五	五	五	五	五	五	五	五	五	五
六	六	六	六	六	六	六	复 六	六	比 六	六	六
七 否	七 否	七 否	七 否	七 否	七 否	七	七	七	七	七	七
八	八 否	八 否	八 否	八 否	八 否	八 否	八	八	八	八	八 否

第二十六数：坎　剥损大有限数——1214

	子	丑	寅	卯	辰	巳	午	未	申	酉	戌	亥
损乾	甲	乙	丙	丁	戊	己	庚	辛	壬	癸	甲	乙
	子	丑	寅	卯	辰	巳	午	未	申	酉	戌	亥
损坤	甲	乙	丙	丁	戊	己	庚	辛	壬	癸	甲	乙
	子	丑	寅	卯	辰	巳	比午	未	家人申	酉	戌	同人亥
损家人象	甲	乙	家人丙	随丁	戊	己	庚	辛	壬	癸	甲	乙
	子	丑	寅	卯	辰	巳	午	未	申	酉	戌	亥
损震	甲	乙	丙	丁	戊	己	庚	辛	壬	癸	甲	乙
	子	丑	寅	卯	辰	巳	解午	未	申	酉	戌	复亥

第二十七数：艮　变元神日月数——1314

(生辰月日)

	子	丑	寅	卯	辰	巳	午	未	申	酉	戌	亥
正月	朔一	初六	十一	十六	廿一	廿六	二月初一	坎初六	十一	十六	廿一	廿六
	朔二	初七				廿七	二					廿七
	朔三	初八				廿八	三					廿八
	朔四	初九				廿九	四					廿九
	朔五	初十	十五	廿	廿五	卅	五	初十	十五	廿	廿五	廿五
论生时	贵亲不憎小人不足子	丑	寅	卯	辰	巳	午	未	申	酉	戌	亥
广交时	重义轻财为友子	丑	寅打不平刚	卯	辰	巳	午雄豪	未	申	酉朋友	戌	亥朋友
运迟时	早不足六亲无靠子	丑	寅	卯	辰	比巳	宽恩友午	同人未	申	酉	戌	复亥

第二十八数：震　变元神日月数——1414

	子	丑	寅	卯	辰	巳	午	未	申	酉	戌	亥
三月	初一	初六	十一	十六	廿一	廿六	四月初一	六	十一	十六	廿一	廿六
	初二					廿七	初二					廿七
	初三					廿八	家人初三					廿八
	初四					廿九	初四					廿九
	初五	初十	十五	廿	廿五	卅	初五	初十	十五	廿	廿五	卅
论生时	同人子	家人丑	寅	卯	辰	巳	午	未	申	酉	戌	亥
招配残花	子	丑	寅	卯	辰	巳	午	未	申	酉	戌	亥
家人相损	子	丑	寅	卯	辰	巳	午	未	申	酉	戌	比亥

第二十九数：巽　变元神日月数——1514

	子	丑	寅	卯	辰	巳	午	未	申	酉	戌	亥
五月	初一	初六	十一	十六	廿一	廿六	六月初一	初六	十一	十六	廿一	廿六
	初二	同人				廿七	初二					廿七
	初三					廿八	初三					廿八
	初四					廿九	初四	家人				廿九
	初五	初十	十五	廿	廿五	卅	初五	初十	复十五	廿	廿五	卅
论子息	二得一	三得二	四得一	五得二	比六得三	七得五	一送	二	三	四	五	六送
刻	二刻	三刻	四刻	五刻	六刻	七刻	三刻	四刻	五刻	六刻	七刻	八刻
剥子强	螟蛉	侄	螟蛉	螟蛉	螟蛉	螟蛉	多螟蛉	多伤	多蛉	多伤	多螟蛉	多伤

第三十数：离　变元神日月数——1614

	子	丑	寅	卯	辰	巳	午	未	申	酉	戌	亥
七月	初一	初六	十一	十六	廿一	廿六	八月初一	初六	十一	十六	廿一	廿六
	初二					廿七	初二					廿七
	初三					廿八	初三					廿八
	家人初四					廿九	初四	家人				廿九
	初五	初十	十五	廿	廿五	卅	初五	初十	十五	廿	廿五	卅
损家人坎孤刻	损2刻	3刻	4刻	5刻	6刻	7刻	3刻	4刻	5刻	6刻	7刻	8刻
配小刻	2刻	3刻	4刻	5刻	6刻	7刻	8刻	残婚	兔鼠	隔门	兔鼠	孤
	过房二姓	过房	过房	二姓	二坤	比过门异姓	大过过房	过房	离祖过房	两姓	张李	比过门异姓

第三十一数：坤　变元神日月数——1714

	子	丑	寅	卯	辰	巳	午	未	申	酉	戌	亥
九月	初一	初六	十一	十六	廿一	廿六	十月初一	初六	十一	十六	廿一	廿六
	初二					廿七	初二					廿七
	初三					廿八	初三					廿八
	初四		同人	家人		廿九	初四					廿九
	初五	初十	十五	廿	廿五	卅	初五	家人初十	十五	廿	廿五	卅
论生时	农耕子	丑	寅	卯	辰	巳	午	未	申	酉	戌	亥
手艺时	子	丑	寅	卯	辰	巳	午	未	申	酉	戌	亥
漂行	剃头	剃头	剃头	剃头	昆石	昆石	兄弟不和	父子不和	夫妇不和	夫妇不和	夫妇不和	夫妇不和

第三十二数：兑　变元神日月数——1814

	子	丑	寅	卯	辰	巳	午	未	申	酉	戌	亥
十一月	初一	初六	十一	十六	廿一	廿六	十二月初一	初六	十一	十六	廿一	廿六
	初二					廿七	初二					廿七
	初三					廿八	初三					廿八
	初四					廿九	初四					廿九
	初五	同人初十	十五	廿	廿五	卅	初五	复初十	家人十五	同人二十	离廿五	卅
相后必出妻无子庶	一子	二	一	比一	二	一	一	二	一	一	一	一
家人相	子	丑	寅	卯	辰	巳	午	未	申	酉	戌	亥
家人卦	勤俭善良	贤慧	言巧善良	正直	快直和气当家	正妆	刚性口齿不良	暴不良	聪明晚泰	手巧	脸窄心短	争气

第三十三数：乾　变家人命元数——1115

	子	丑	寅	卯	辰	巳	午	未	申	酉	戌	亥
	子 初	子 三	子 五	丑 初	丑 三	丑 五	寅 初	寅 三	寅 五	卯 初	卯 三	卯 五
	辰 初	辰 三	辰 五	巳 初	巳 三	巳 五	午 初	同人 午三	午 五	未 初	未 三	未 五
	申 初	申 三	比 申五	酉 初	酉 三	酉 五	戌 初	戌 三	戌 五	亥 初	亥 三	亥 五
读 书	七 岁	八 岁	九	十一 十二	十三 十四	十五 十六	十七 十八	十九 二十 得志	二一 二二 开举	二三 二四	二五 二六 前名	二七 二八
	十 九 岁	履 廿	廿 一	复 廿九 卅	卅一 卅二	卅三 卅四	卅五 卅六	卅七 卅八	卅九 四十	四一 四二	四三 四四	四五 四六
	卅 一	卅 二	卅 三	四七 四八	四九 五十	五一 五一	五三 五四	五五 五六	五七 五八	五九 六十	六一 六二	六三 六四
大运 否	甲	乙	丙	丁	戊	己	庚	辛	壬	癸	甲	乙
	子	丑	寅	卯	辰	巳	午	未	申	酉	戌	比 亥

第三十四数：坎　归妹之数——1215

	子	丑	寅	卯	辰	巳	午	未	申	酉	戌	亥
	一	二 二	二 一	三 一	三 二	三 三	工由 四一	申工 四二	丁工 四三	上工 四四	由上 五一	申土 五二
	五 三	五 四	五 五	六 一 破	六 二	六 三	王工 六四	土壬 六五 石	壬壬 六六	由主 七一	由主 七二	工主 七三
	七 四	七 五	七 六	七 七	一	二 一	申申 二二	申丁 三一	申丁 三二	四丁 三三	由工 四一	申工 四二
乔梓 同登	2 刻	3	4	5	6	7	3 同登	4	5	6	7 同登 秀才	8 同登 秀才
两 坤	二 一	二 二	三 一	三 二	三 三	四 一	上申 四二	丁工 四三	工工 四四	由土 五一	由土 五二	丁土 五三
	五四 石	五五 石	六 一	六二 石	六三 石	六 四	王 六五	王王 六六	申主 七一	申主 七二	工主 七三	工主 七四
仆女 配男	随 靠贵	靠 贵	靠 贵	靠 贵	靠 贵	靠 贵	靠 贵	靠 贵	靠 贵	土主 石 七子	主主 七六	主主 七七
	2 刻	3	4	5	6	比 7	乾 3	坎 4	艮 5	震 6	巽 7	离 8

第三十五数：艮　乾坤恒象——1315

(父母庚相高寿)

	子	丑	寅	卯	辰	巳	午	未	申	酉	戌	亥
子 乾相	子 坤相	丑父 子母	寅 子	子	子	子	子	子	子	子	子	子
	子 丑	丑 丑	丑	丑	丑	丑	丑	丑	丑	丑	丑	丑
	子 寅	丑 寅	寅	寅	寅	寅	寅	寅	寅	寅	寅	寅
	子 卯	丑 孤	卯	卯	卯	卯	卯	卯	卯	卯	卯	卯
	子 辰	丑 辰	辰	辰	辰	辰	辰	辰	辰	辰	辰	辰
	子 巳	丑 巳	巳	巳	巳	巳	巳	巳	巳	巳	巳	巳
论 生年	子 大过	丑 小过	寅 中孚	卯 同人	辰 家人	大壮 巳	午 乾	未 坎	申 艮	酉 震	戌 巽	亥 离
迁移	2刻 离祖	3 刻	4 刻	5 刻	6 刻	7 刻	3 刻	4 刻	5 刻	6 刻	7 刻	8 刻

第三十六数：震　乾坤恒象——1415

（父母庚相高寿）

	子	丑	寅	卯	辰	巳	午	未	申	酉	戌	亥
午母相	子父相	丑午父母	午	午	午	午	午	未午	午	午	子	午
	子未	未	未	未	未	未	未	未	未	未	未	未
	子申	申	申	申	申	中	申	申	申	申	申	申
	子酉	酉	酉	酉	酉	酉	酉	酉	酉	酉	酉	酉
	子戌	戌	戌	戌	戌	戌	戌	解戌	戌	戌	戌	戌
	子亥	亥	亥	亥	亥	亥	亥	亥	亥	亥	亥	亥
论生月	子月泰	丑月泰	泰	泰	泰	泰	泰	泰	泰	泰	泰	泰
自成家	晋2刻	否3刻	同人4刻	解5刻	威6刻	泰7刻	3刻	4刻	5刻	6刻	7刻	8刻

第三十七数：巽　家人元吉象——1515

（妻之姓氏）

	子	丑	寅	卯	辰	巳	午	未	申	酉	戌	亥
	赫	荣	甘	宜	辛	耿	文	侯	解	边	盛	郢
	彭	左	糜	鲁	简	祖	柏	褚	牧	宓	巫	闵
	于	符	景	葛	霍	岑	仇	荀	逯	蒯	詹	苗
	熊	索	廖	宦	皮	方	祝	师	温	欧	润	费
	包	颐	万	艾	柳	岳	杭	仲	蒲	宫	阮	程
论坎 妻变 得家 子人 年得 大震 小数	解 十 三	十 四	同人 十 五	十 六	十 七	比 十 八	乾 十 九	坎 廿	艮 廿 一	同人 廿 二	家人 廿 三	随 廿 四
	廿 五	廿 六	廿 七	廿 八	廿 九	卅	卅 一	卅 二	卅 三	卅 四	卅 五	卅 六
	卅 七	卅 八	卅 九	四 十	四 一	四 二	四 三	四 四	四 五	四 六	四 七	四 八

第三十八数：离　艮卦变数——1615

	子	丑	寅	卯	辰	巳	午	未	申	酉	戌	亥
	一 孤	二 一	二 二	三 一	三 二	三 三	四 一	四 二	二 一	三 一	三 二	四 一
	五 一	五 二	五 三	过 五四	五 五	六 一	六 二	六 三	四 二	四 三	五 一	五 二
	七 一	七 二	七 三	七 四	七 五	七 六	七 七	四 二	五 三	七 四	六 一	六 二
	八 一	八 二	八 三	八 四	八 五	八 六	乾 八七	八 八	六 三	六 四	六 五	坎 七一
两 坤	九 三	九 三	九 四	九 五	九 六	九 七	九 八	九 九	七 二	七 三	八 一	八 二
	同人 二 一	二 二	三 一	三 二	三 三	复 四 一	四 二	四 三	四 四	五 一	五 二	五 三
	五 四	五 五	六 一	六 二	六 三	六 四	六 五	六 六	七一 石	七二 石	七 三	七 四
	七 五	七 六	七七 石	八 一	八 二	八 三	八 四	八 五	八六 石	八七 石	八八 石	九 一

第三十九数：坤　损变家人象——1715

(克妻续配)

	子	丑	寅	卯	辰	巳	午	未	申	酉	戌	亥
子相	2刻	丑相2刻	2	2	2	2	2刻	2	2	2	2	2刻
子	3	3	3	3	3	3	3子	3	3	3	3	3
子	4						4子					4
子	5						离5子					同人5
子	6						6子					6
子	7						7子					7
子	8	8	8	8	8	8	8子	8	8	8	8	8刻
需家人	解损一	二	三	四	五	过损六	双生男	乾双生女	双生阴阳	艮双生男	双生女	双生男女

第四十数：兑　损变家人随象——1815

(克妻续配)

	子	丑	寅	卯	辰	巳	午	未	申	酉	戌	亥
	子子	子丑	子寅	子卯	子辰	子巳	子午	子未	子申	子酉	子戌	子亥
	子丑						午丑					亥丑
	子寅						午寅					亥寅
	子卯						午卯					亥卯
	子辰						午辰					亥辰
	子巳	巳	巳	巳	巳	巳	午巳	巳	巳	巳	巳	亥巳
双妻	解少子					比	产出	子偏立	八室	九室	十室	十一室
	双妻						一女贵子	二女	比三女	过四女	五女	六女

第四十一数：乾　损变家人随象——1116

(续配庚相)

	子	丑	寅	卯	辰	巳	午	未	申	酉	戌	亥
	子午	丑午	寅午	卯午	辰午	巳午	午午	未午	申午	酉午	戌午	亥午
	子未											亥未
	子申											亥申
	子酉		乾	坎								亥酉
	子戌											亥戌
	子亥	丑亥	寅亥	卯亥	辰亥	巳亥	午亥	未亥	申亥	酉亥	戌亥	亥亥
	甲	乙	丙	丁	戊	己	解庚	辛	壬	癸	甲	比乙
得震运	井子	丑	寅	卯	辰	比巳	午	未	申	酉	戌	亥

第四十二数：坎　家人元吉数——1216

(论妻姓氏)

	子	丑	寅	卯	辰	巳	午	未	申	酉	戌	亥
	祁	张	余	孙	全	李	卜	孟	尚	赵	周	梁
	陶	金	黄	常	焦	芦	下	裴	谢	危	雷	钱
宫	史	程	戚	刘	魏	姚	陈	徐	和	元	郑	司
商	吴	姜	泰 奕	康	杨	潘	买	贾	冯	屈	罗	韩
角	沈	闫	蒋	萧	闵	朱	武	高	田	乔	纪	倪
徵	泰	杨	顾	毛	董	胡	翟	杜	牛	申	逮	任
羽	曹	窦	孔	麻	鲍	林	邱	薛	康	苗	雷	钟
宫	许	吕	比 靳	苏	崔	殷	尚	粟	同人	比 赫	安	宋

第四十三数：艮　家人元吉数——1316

(妻之姓氏)

子	丑	寅	卯	辰	巳	午	未	申	酉	戌	亥
蔡	汪	傅	庞	车	白	柴	冷	聂	古	项	文
茹	娄	越	米	贺	邵	邹	郎	宰	毕	郝	龙
夏	万	郭	怀	邓	部	党	姬	桑	巩	胡	辛
戴	席	闵	李	冉	尹	滕	单	乾索	井	段	殷
张	王	刘	鹿	何	宋	沈	萧	谷	侯	郤	展
马	离曹	许	田	复曹	冉	康	都	铁	甄	乐	石
高	徐	杜	査	孙	贾	朱	陈	赵	周	梁	吉
谢	唐	随董	解泰	穆	胡	任	花	比员	郭	邹	程

第四十四数：震　变运之泰象——1416

（好运行）

	子	丑	寅	卯	辰	巳	午	未	申	酉	戌	亥
泰爻	甲子	乙	甲	乙	甲	乙	甲	乙	甲	乙	甲	乙
	丙子	丁	丙	丁	丙	丁	丙	丁	丙	丁	丙	丁
	戊子	己	戊	己	戊	己	戊	己	坎戊	己	戊	己
	庚子	辛	庚	过辛	庚	辛	庚	辛	庚	辛	庚	辛
	壬子	癸	壬	癸	壬	癸	壬	癸	壬	癸	壬	癸
论生时	子教	丑时教	寅老教	卯老教	辰翰林	巳先教	午外	未现	申外	酉	戌坝	亥坝
论生时子时	子时后贡士	丑生员	寅候贡	卯生员	辰贡生	巳	午生员	未贡	申比贡	酉生	戌未生后贡	亥生
	2刻裁缝	3刻	坎4刻	5刻	6刻	7刻	8刻	银匠	比银匠	厨子		

第四十五数：巽　变运之否象——1516

(呆运行)

子	丑	寅	卯	辰	巳	午	未	申	酉	戌	亥
甲	乙	甲	乙	甲	乙	甲	乙	甲	乙	甲	乙
丙	丁	丙	丁	丙	丁	丙	丁	丙	丁	丙	丁
戊	复己	戊	解己	戊	己	戊	己	戊	己	戊	己
庚	辛	庚	辛	庚	辛	庚	辛	庚	辛	庚	辛
壬	癸	壬	癸	壬	癸	壬	癸	壬	癸	壬	癸
8贵门	3刻	4刻	5刻泥水匠	6刻	7刻	8刻	2刻皇恩	3刻	4刻	8	
2刻武士	3刻	4刻	5刻贵门丁	6刻	7刻	8刻	随武4刻	井3刻吃粮	解6	7	8
2刻水泥匠	解3刻	4刻	过5刻木匠	6刻画工	7刻石匠	8刻	哑子	屠户	短汗	聋子	病郎

第四十六数：离　变运之先否后泰数——1616

	子	丑	寅	卯	辰	巳	午	未	申	酉	戌	亥
	甲	乙	甲	乙	甲	乙	甲	乙	甲	乙	甲	乙
	丙	丁	丙	丁	丙	丁	丙	丁	丙	丁	丙	丁
	戊	己	戊	己	戊	己	戊	己	戊	己	戊	己
	庚	辛	庚	辛	庚	辛	庚	辛	庚	辛	庚	辛
	壬	癸	壬	癸	壬	癸	壬	癸	壬	癸	壬	癸
	还俗	随		解		还俗	过二子	过三子	过四子	过五子	过六子	七子过房
武生	2刻	3刻	4刻	5刻	6刻	7刻武生	8刻武生	伊生	佛	僧	佛	僧
宫人太监	子时	丑时	寅时	卯时	辰时	巳时	恒井宫午时	未时	申时	酉时	戌时	晋亥时

第四十七数：坤　家人运之变泰象——1716

	子	丑	寅	卯	辰	巳	午	未	申	酉	戌	亥
家人泰爻	甲	乙	甲	乙	甲	乙	甲	乙	甲	乙	甲	乙
	丙	丁	丙	丁	丙	丁	丙	丁	丙	丁	丙	丁
	戊	己	戊	己	戊	己	戊	己	戊	己	戊	己
	庚	辛	庚	辛	庚	辛	庚	辛	庚	辛	庚	辛
	壬	癸	壬	癸	壬	癸	壬	解癸	壬	随癸	壬	癸
论生时子时	道士子	同人丑	寅	家人卯	辰	复巳	午	解未	申	随酉	戌	亥
僧	2刻僧人	3刻	4刻	5刻	6刻	7刻	还俗僧人	2徒	3徒	4徒	5徒	6徒
尼姑	尼姑	尼	尼	姑	姑	姑	尼姑还俗	寡宿	克姐妹弟兄	上吊煞	灾煞	跳井煞

第四十八数：兑　家人运之变否象——1816

	子	丑	寅	卯	辰	巳	午	未	申	酉	戌	亥
	甲	乙	甲	乙	甲	乙	甲	乙	甲	乙	甲	乙
	丙	丁	丙	丁	丙	丁	丙	丁	丙	丁	丙	丁
	戊	己	戊	己	戊	己	戊	己	戊	己	戊	己
	庚	辛	庚	辛	庚	辛	庚	辛	庚	辛	庚	辛
官司 口舌	壬	癸	壬	癸	壬	癸	壬	癸	壬	癸	壬	癸
	罗睺	土	水	金	泰 日		火 计都 男泰 女否	太阴 男泰 女否	女血 光不 瞑星	吹手	妓	娼
产时 不顺 宜利 不利	正月	二月	三月	四月	五月	六月	七月	八月	九月	十月	十 一 月	十 二 月
	保 产 泰		晋保 婴泰	家人 姓苏	比保 婴泰	无煞	升 禄成 婴交 十五	成名	晋交 三大	犯 夫 星	犯 倒 戈	比 犯 凶 星

第四十九数：乾　家人之先泰后否象——1117

	子	丑	寅	卯	辰	巳	午	未	申	酉	戌	亥
	甲	乙	甲	乙	甲	乙	甲	乙	甲	乙	甲	乙
	丙	丁	丙	丁	丙	丁	丙	丁	丙	丁	丙	丁
	戊	己	戊	己	戊	己	戊	己	戊	己	戊	己
	庚	辛	庚	辛	庚	辛	庚	辛	庚	辛	庚	辛
	壬	癸	壬	癸	壬	癸	壬	癸	壬	癸	壬	癸
母克子绝养外子	2刻	解 3刻	4刻	泰 5刻	6刻	凶 7刻	2刻 犯天狗	3刻	4刻	5刻	6刻	7刻 凶
	埋儿煞		见火犯	天狗煞		凶	犯修生		犯金锁			凶
小儿犯关煞	1 2岁	3 4岁	5 6岁	7 8岁	9 10岁	凶 12 15岁	随 3 6岁	4 3 8岁	7 9 8岁	比 6 9 11岁	5 4 20岁	晋 犯三印 31岁 32岁

第五十数：坎　家人运之先否后泰象——1217

	子	丑	寅	卯	辰	巳	午	未	申	酉	戌	亥
	甲	乙	甲	乙	甲	乙	甲	乙	甲	乙	甲	乙
	丙	丁	丙	丁	丙	丁	丙	丁	丙	丁	丙	丁
	戊	己	戊	己	戊	己	戊	己	戊	己	戊	己
	庚	辛	庚	辛	庚	辛	庚	辛	庚	辛	庚	辛
	壬	癸	壬	癸	壬	癸	壬	明夷 癸	壬	解 癸	壬	癸
论 生时 夫贵	子 勤良	丑时 贤女	寅	卯	辰	巳	午	未	申	酉	戌	亥 夫贵
封赠 家人	子时 夫人 封赠	女 丑时	寅	卯	辰	巳	午	未	申	酉	戌	亥
宫主 豪门	子晋 贵家 门婿	丑 俊婿	寅 否	卯 乡亲	辰 比 佚婿	巳 比	午 宫主	未 师贵 女配 庶人	申 贵女 配豪 士	酉 萃贵 家女	戌	亥 国王 女

第五十一数：艮　变临需甲数——1713

	子	丑	寅	卯	辰	巳	午	未	申	酉	戌	亥
人犯 年	二 三	二 四	二 五	二 六	二 七	二 八	廿 九	卅	卅 一	卅 二	卅 三	卅 四
犯大 小	卅 五	卅 六	卅 七	卅 八	卅 九	四 十	四 一	四 二	四 三	四 四	四 五	四 六
	四 七	四 八	四 九	五 十	五 一	五 二	五 三	五 四	五 五	五 六	五 七	五 八
	五 九	六 十	六 一	六 二	六 三	六 四	六 五	六 六	六 七	六 八	六 九	七 十
	七 一	七 二	七 三	七 四	七 五	七 六	七 七	七 八	七 九	八 十	八 一	八 二
	八 三	八 四	八 五	八 六	八 七	八 八	八 九	九 十	九 一	九 二	九 三	九 四
损家 人再 续之 相	子 乱相 损二	3 刻 牛相	寅	卯	辰	巳	午	未	申	酉	戌	亥
	众相 损三	晋 4 牛相	寅	卯	辰 比	巳	午 比	未	申 鼎	酉	戌	亥 解

第五十二数：震　纳音庚相需甲数——1417

（死之年纪）

子	丑	寅	卯	辰	巳	午	未	申	酉	戌	亥
甲子 七七	乙丑 七二	甲 八五	乙 八九	甲 七四	乙 七六	甲 七六	乙 八二	甲 七八	乙 八十	甲戌 七八	乙亥 七四
丙子 七五	丁丑 六九	丙 七五	丁 九十	丙 八三	丁 七十	丙 七二	丁 八七	丙 七八	丁 七四	丙 七五	丁亥 六八
戊子 八三	己丑 七七	戊 七五	己 九二	戊 八四	己 七九	戊 八五	己 七七	戊 七九	己 七九	戊 七七	己亥 七六
庚子 七四	辛丑 七八	庚 七三	辛 七八	庚 七七	辛 八一	庚 八五	辛 七六	庚 八一	辛 七九	庚 八二	辛亥 七五
壬子 七八	癸丑 七九	壬寅 七七	癸 七八	壬 八五	癸 七六	壬 七四	癸 七三	壬 七五	癸 八一	壬 七九	癸亥 八一
转生						九五	九六	九七	九八	九九	一百
僧				乙	赌博		乙	酒色			乙
慈悲		晋	跛子	乙	比 2刻 入泮	3刻	4刻 进士	坤 5刻	6刻	7刻	乙 8刻

第五十三数：巽　变时奎荣数——1517

(科甲日干时辰)

	子	丑	寅	卯	辰	巳	午	未	申	酉	戌	亥
	甲日 甲子 时	甲日	甲日 丙寅 时	甲日 丁卯 时	甲戊	甲己	甲庚	甲辛	甲壬	甲癸	甲甲	甲乙
	乙日 丙	乙丁	乙戊	乙己	乙庚	乙辛	乙壬	乙癸	乙甲	乙乙	乙丙	乙丁
	丙日 戊	丙己	丙庚	丙辛	丙壬	丙癸	丙甲	丙乙	丙丙	丙丁	丙戊	丙己
	丁日 庚	丁辛	丁壬	丁癸	丁甲	丁乙	丁丙	丁丁	丁戊	丁己	丁庚	丁辛
	戊日 壬	戊癸	戊甲	戊乙	戊丙	戊丁	戊戊	戊己	戊庚	戊辛	戊壬	戊癸
父子 生员	2刻	3	4	5	6	7	3	4	5 子贵 父未 泮	6	7	8
父举	2利	3 父举 子泮	4 父贵	未济 5 入泮	6 父举 子泮	7	3	4 父泮 子举	5 父发 进士	6	7	8
本身 入泮	2刻	3 举生 入泮	4举	5 举生 入泮	6	7	3解 读书 不泮	4举 入泮	5举 子泮	6 二名 泮	7 举人	比 8 举

第五十四数：离　变日时奎荣数——1617

(科甲日干时辰)

子	丑	寅	卯	辰	巳	午	未	申	酉	戌	亥
甲 子时	己乙	己 丙寅	己丁	己戊	己巳	己庚	己辛	己壬	己癸	己甲	己乙
庚丙	庚丁	庚戊	庚己	庚庚	庚辛	庚壬	艮 庚癸	坎 庚甲	庚乙	庚丙	庚丁
辛戊	辛己	辛庚	辛辛	辛壬	辛癸	辛甲	辛乙	辛丙	辛丁	辛戊	辛己
壬庚	壬辛	坤 壬壬	复 壬癸	壬甲	壬乙	壬丙	壬丁	壬戊	壬己	壬庚	壬辛
癸壬	癸 癸丑	癸 甲寅	癸 乙卯	癸丙	癸丁	癸戊	癸己	壬庚	癸辛	癸壬	癸癸
子时 皇恩	丑	寅	卯	辰	巳	午 大贵	未 大贵	申	酉	戌	亥
子时 万户 侯	丑 武贵	寅 将军	卯 总统	辰 武职	巳	午 总戎	未	申 总督	酉 左戎	戌 万户 侯	亥
子否 捐纳	丑 捐纳	寅 监	卯 监	辰	巳 同人	午 解	未	申	酉	戌	亥 比

第五十五数：坤　立命变奎荣数——1717

(科甲连贵三年)

	子	丑	寅	卯	辰	巳	午	未	申	酉	戌	亥
子科	子命	丑子	子命	卯卯	子	午子	子卯	未卯	卯 子午	子午	戌亥	戌亥
	子子	丑子	丑卯	未卯	丑辰	未子	丑卯	未卯	申 子午	卯 子午	卯 戌亥	戌亥
	子午	丑子	寅卯	卯卯	辰辰	巳子	丑卯	未卯	卯 酉丑	卯酉	帝王	帝王
	子午	丑午	寅酉	卯酉	辰辰	巳午	午酉	未酉	卯卯	酉丑	王子	帝王
	子午	丑午	寅酉	卯酉	辰辰	辰午	午酉	未酉	申 午戌	酉戌	王子	王子
	子午	丑午	寅酉	卯酉	辰辰	命 子辰	午酉	未酉	申午	酉戌	太子	太子
论 生时	蛊 武职	咸 丑时	寅	卯	解 辰	比 巳	午	未	申	酉	戌	亥
武 职	子时 2 刻	丑时 3 刻	寅时 4 刻	卯时 5 刻	辰时 6 刻	巳时 武职 7 刻	午时 解 3 刻	未时 4 刻	申时 5 刻	酉时 6 刻	戌时 文武 双全 7 刻	亥时 复 8 刻

第五十六数：兑　变观临外运之数——1817

(升迁之大运)

	子	丑	寅	卯	辰	巳	午	未	申	酉	戌	亥
	甲	乙	甲	乙	甲	乙	甲	乙	乾 甲	乙	甲	乙
	丙	丁	丙	丁	丙	丁	丙	丁	艮 丙	丁	丙	丁
	戊	己	戊	己	戊	己	戊	己	坎 戊	己	戊	己
	庚	辛	庚	辛	庚	辛	庚	辛	离 庚	辛	庚	辛
	壬	癸	壬	癸	壬	癸	壬	癸	益 壬	癸	壬	癸
官星 晦 支干	甲	乙	小过 丙	同人 丁	戊	己	庚	辛	泰 壬	癸	甲	乙
论 生月 捐纳	子	丑	寅	卯	辰	巳	午	未	同人 申	酉	戌	亥
	子	丑	寅	驿马 卯	辰	巳	午	未	随 申	酉	戌	亥

第五十七数：乾　变临晋运数——1118

	子	丑	寅	卯	辰	巳	午	未	申	酉	戌	亥
	甲	乙	甲	乙	甲	乙	甲	乙	甲	乙	甲	乙
	丙	丁	丙	丁	丙	丁	丙	丁	丙	丁	丙	丁
	戊	己	戊	己	戊	己	戊	己	戊	己	戊	己
	庚	辛	庚	辛	庚	辛	庚	辛	庚	辛	庚	辛
	壬	癸	壬	癸	壬	癸	壬	癸	壬	癸	壬	癸
犯煞	功名不发						泮不举		泮不举	科不举	泮不举	泮不举
受明害	吃亲亏		解	随				晋		解		六亲不和

第五十八数：坎　变临晋甲数——1218

	子	丑	寅	卯	辰	巳	午	未	申	酉	戌	亥
泮荣	2刻	3	4	5	6	7	3刻	4刻	5	6	7	8
论生时泮不举	子时	泮不举	寅时	卯时	辰时	巳时	午时	未时	申	酉	戌	亥
论入泮年数	十二	十三	十四	十五	十六	十七	十八	十九	廿	廿一	廿二	廿三
	廿四	鼎廿五	廿六	解廿七	廿八	廿九	卅	卅一	卅二	卅三	卅四	卅五
	卅六	卅七	卅八	卅九	四十	四一	四二	四三	四四	四五	四六	四七
已落功名	2刻	3	4	5	6	7	8刻	晚功名	晚功名	晚立子	晚立子	晚入泮
	鳌头	复		比		娼			讼	解		
	家人贤	贤	贤	直快	良	贤	荣苦晚泰	嘴悍不良	贤	勤	富女	自在

第五十九数：艮　润正　元神日月数——1318

(闰月生人之日)

	子	丑	寅	卯	辰	巳	午	未	申	酉	戌	亥
闰正月	初一	初六	十一	十六	廿一	廿六	二月初一	初六	十一	十六	廿一	廿六
	初二						初二					廿七
	初三						初三					廿八
	初四						初四					廿九
	初五	初十	十五	廿	廿五	卅	初五	初十	十五	廿	廿五	卅
生涯	往外贸易	晋			解		同人					解
戏子驿马												唱旦

第六十数：震　润三　元神日月数——1418

(闰月生人之日)

	子	丑	寅	卯	辰	巳	午	未	申	酉	戌	亥
三月	初一	初六	十一	十六	廿一	廿六	四月初一	初六	十一	十六	廿一	廿六
	初二						初二					廿七
	初三						初三					廿八
	初四						初四					廿九
	初五						初五					卅
太博	2刻	3	4	5	6	7	1刻	讼女命1刻	2女命	3女	解1女	2女
	外科	否			解		8刻内科	2刻	3	1	2	3
	眼科						男命1刻	4	4	1	3刻	3

第六十一数：巽　润五　元神日月数——1518

(闰月生人之日)

	子	丑	寅	卯	辰	巳	午	未	申	酉	戌	亥
五月	初一	初六	十一	十六	廿一	廿六	六月初一	初六	兑十一	十六	廿一	廿六
	初二						初二					廿七
	初三						初三		同人			廿八
	初四	解		同人			初四					廿九
	初五						初五		乾			卅
	为人仗义好朋	重义轻财	正直	为友耿直	宽量	仗义	欺强扶弱	仗义	心正	仗义	正直	
性情	信	淳厚	仔细	好友	厚道	平和	大方	心慈	心慈	心平	方瑞	
心田	老诚	诚实	老成	耿直	正直	正直	吃亏	吃亏	解	心实	真实	心甜

第六十二数：离　润七　元神日月数——1618

（闰月生人之日）

	子	丑	寅	卯	辰	巳	午	未	申	酉	戌	亥
七月	初一	初六	十一	十六	廿一	廿六	八月初一	初六	十一	十六	廿一	廿六
	初二						初二					廿七
	初三						初三					廿八
	初四		晋十四				初四					廿九
	初五	初十	十五	廿	廿五	卅	初五	初十	十五	廿	廿五	卅
风水生	2过阴阳生	3	4	5	6地市	7	午月降	未月降	申月降	酉月降	戌月降	亥月降
二宅	2宫阴阳	3宫善人	4解	5	6隆犬	7法师	午月降	未月降	申月降	酉月降	戌月降	亥月降
信仰	2公主	3信神	4佛	5画匠	6画匠	7武职	2降星	3降星	4降星	5降星	6降星	7降星

第六十三数：坤　润九　元神日月数——1718

（闰月生人之日）

	子	丑	寅	卯	辰	巳	午	未	申	酉	戌	亥
九月	初一	初六	十一	十六	廿一	廿六	十月 初一	初六	兑 十一	十六	廿一	廿六
	初二						初二					廿七
	初三						初三					廿八
	初四						初四					廿九
	初五	初十	十五	廿	廿五	卅	初五	初十	十五	廿	廿五	卅
算卦士	卦士 占	卦士	卜士	恒 卜士	子进 丑贵	午中 未巳 贵	子进 未中	酉中 戌贵	午中 未卯 贵	酉午 命中	丑 中贵	
酉中 相士	相士	相士	相士	相士	解 相士	卯中 辰举	卯辰 年中 举贵	卯 午宫 酉进 命贵	解卯 中丑 贵	酉 命申 宫中 戌贵	酉中 辰会	酉进 戌会
蒙 家 人	瞎 卦婆	蒙仙	蒙女	蒙仙	井 2 贵举 人	3 刻 贵举 人	4 刻	5 刻	晋 6 申宫	解 7 刻	8 刻	文荣 武泮

第六十四数：兑　润十一　元神日月数——1818

	子	丑	寅	卯	辰	巳	午	未	申	酉	戌	亥
十一月	初一	初六	十一	十六	廿一	廿六	艮十二月初一	坎六	兑十一	坤十六	乾廿一	兑廿六
	初二泮						初二		同人12			廿七
	初三损员			28生阴黉			家人初三					廿八
	初四贪						初四		复			廿九
	初五	初十教学	十五	廿	廿五	卅生损公	五举	初十	随十五	廿	廿五	卅
冲观	一明	一暗	一目	一目	乾兑需女八申克夫	兑二姐妹三	兑丁克夫三	兑工四	井兑土五	兑主六	兑主七	井兑八
冲两观	两暗	不见	纯阳	不明	乾需讼	兑二	兑三丁	兑四工	解兑五土	兑六主	兑七主	井兑八
家人卦女作妾	子庶有子	丑少女老夫	寅二房泰六亲	卯女命心平	辰侧室庶寡	巳老夫六十有子	午才女老夫	未侧生	申少老偏房	酉少老	戌少老有偏子	鼎亥少老有偏子

附录一

《无名公传》

无名公生于冀方，长于冀方，终于豫方。

年十岁，求学于里人，遂尽里人之情，己之滓十去其一二矣。年二十求学于乡人，遂尽乡人之情，己之滓十去其三四矣。年三十求学于国人，遂尽国人之情，己之滓十去其五六矣。年四十求学于古人，遂尽古人之情，己之滓十去其七八矣。年五十求学于天地，遂尽天地之情，欲求于己之滓无得而去矣。

始则里人疑其僻，问于乡人，乡人曰："斯人善与人群，安得谓之僻？"既而乡人疑其泛，问于国人，国人曰："斯人不妄与人交，安得谓之泛？"既而国人疑其陋，问于四方之人，四方之人曰："斯人不器，安得谓之陋？"既而四方之人又疑之，质之古今之人，古今之人终始无可与同者。

又问之于天地，天地不对。当是之时，四方之人迷乱，不复得知，因号为无名公。

夫无名者，不可得而名也。凡物有形则可器，可器斯可名，然则斯人无体乎？曰"有体"，有体而无迹者也。斯人无用乎？曰"有用"，有用而无心者也。夫有迹有心者，斯可得而知也。无迹无心者，虽鬼神亦不可得而知，不可得而名，而况于人乎？故其诗曰："思虑未起，鬼神莫知。不由乎我，更由乎谁？"

能造万物者，天地也；能造天地者，太极也。太极者，其可得而名乎？可得而知乎？故强名之曰"太极"。太极者，其无名之谓乎？

故尝自为之赞曰："借尔面貌，假尔形骸，弄丸余暇，闲往闲来。"人告之以修福，对曰："未尝为不善。"人告之以禳灾，对曰："未尝妄祭。"故其诗曰："祸如许免，人须谄福。若待求，天可量。"又曰："中孚起信宁须祷，无妄生灾未易禳。"

性喜饮酒，尝命之曰：“太和汤”。所饮不多，微醺而罢，不喜过醉。故其诗曰：“性喜饮酒，饮喜微酡。饮未微酡，口先吟哦。吟哦不足，遂及浩歌。浩歌不足，无可奈何。”

所寝之室谓之“安乐窝”，不求过美，惟求冬燠夏凉。遇有睡思则就枕。故其诗曰：“墙高于肩，室大于斗。布被暖余，藜羹饱后。气吐胸中，充塞宇宙。”

其与人交，虽贱必洽，终身无甘壤，未尝作皱眉事，故人皆得其欢心。见贵人未尝曲奉，见不善人未尝急去，见善人未知之也，未尝急合。故其诗曰：“风月情怀，江湖性气。色斯其举，翔而后至。无贱无贫，无富无贵。无将无迎，无拘无忌。”

闻人之谤未尝怒，闻人之誉未尝喜。闻人言人之恶未尝和，闻人言人之善则就而和之，又从而喜之。故其诗曰：“乐见善人，乐闻善事，乐道善言，乐行善意，闻人之恶如负芒刺，闻人之善如佩兰惠。”

空贫未尝求于人，人馈之虽寡必受。故其诗曰：“窘未尝忧，饮不至醉。收天下春，归之肝肺。”

朝廷受之官，虽不强免，亦不强起。晚有二子，教之以仁义，授之以《六经》。举世尚虚谈，未尝挂一言；举世尚奇事，未尝立异行。故其诗曰：“不佞禅伯，不谀方士，不出户庭，直游天地。”

家素业儒，口未尝不道儒言，身未尝不行儒行。故其诗曰：“心无妄思，足无妄走。人无妄交，物无妄受。炎炎论之，甘处其陋。绰绰言之，无出其右。羲轩之书，未尝去手。尧舜之言，未尝离口。当中和天，同乐易友。吟自在诗，饮欢喜酒。百年升平，不为不偶。七十康强，不为不寿。”

此其无名公之行乎？

附录二

《邵康节先生外纪》

【明】云间　陈继儒　辑

邵康节先生外纪卷之一

伯温曾祖母张夫人遇祖母李夫人严甚，夫人不能堪。一夕，欲自尽，梦神人令以玉箸食羹一杯，告曰："无自尽，当生佳儿。"夫人信之。后夫人病瘦，医既投药，又梦寝堂之左右木瓜二株，左者俱已结，右者已枯，因为大父言。大父遽取药令覆之。及期，生康节公，同堕一死胎，女也。后十余年，夫人病卧堂上，见月色中一女子拜庭下，泣曰："母不察庸医，以药毒儿，可恨!"夫人曰："命也。"女子曰："若为命，何兄独生?"夫人曰："汝死兄独生，乃命也。"女子涕泣而去。又十余年矣，夫人再见女子来，泣曰："儿为庸医所误，二十年方得受生，与母缘重，故相别。"又涕泣而去。则知释氏轮回鬼神之说有可信者，康节知而不言者也。亲谓伯温云。

伊川丈人与李夫人因山行，于云雾间见大黑猿有感，夫人遂孕。临蓐时，慈鸟满庭，人以为瑞，是生康节公。公初生，发被面，有齿，能呼母。七岁戏于庭，从蚁穴中豁然别见天日，云气往来。久之，以告夫人。夫人至无所见，禁勿言。既长，游学晋州，山路马失，同坠深涧中。从者攀悬下寻，公无所伤，惟坏一帽。熙宁十年，公年六十七矣。夏六月，属微疾，一日昼睡，觉且言曰："吾梦旌旗鹤雁自空而下，导吾行乱山中，与司马君实、吕晦叔诸公相分别于一驿亭，回视其壁间，有大书四字曰：'千秋万岁'。吾神往矣，无以医药相逼也。"呜呼，异哉!

太学博士姜愚，字子发，京师人，长康节先公一日，从康节学，称门生。先公年四十五未娶，潞州张仲宾太博字穆之，自未第，亦从康节学。子发与二君同白康节曰："不孝有三，无后为大。先生年逾四十不娶，亲老无子，恐未足以为高。"康节曰："贫不能娶，非为高也。"子发曰："某同学生王允修颇乐善，有妹甚贤，似足以当先生。"穆之曰："先生如婚，则某备聘，令子发与王允修言之。"康节遂娶先夫人。后二年，伯温始生，故康节有诗云：

我今行年四十七，生男方始为人父。
鞠育教诲诚在我，寿夭贤愚系于汝。
我若寿命七十岁，眼前见汝二十五。
我欲愿汝成大贤，未知天意肯从否？

子发本京师富家，气豪乐施，登进士第，月分半俸奉康节。治平间知寿州六安县，以目疾分司，居新乡。子发死，康节以其女嫁河南进士纪辉，视之如己女，伯温以姊事之。元符三年，纪辉与姜女俱亡。生二子。乐道未遇时，与子发交游甚善。乐道苦贫，教小学京师，居州西，子发居州东，相去远。一日大雪，子发念乐道与其母寒饥，自荷一锹，栈雪以行。至乐道之居，扣门久之方应。乐道母同冻坐，日高未饭。子发恻然，亟出买酒肉薪炭，往复同乐道母子附火饮食。乐道觉子发衣单，问之，以棉衣质钱买饭食也。子发说《论语》，士人乐听之，为一讲会，得钱数百千，为乐道娶妻。乐道登第，调睦州判官。妻卒，子发又为求范文正公夫人侄汶阳李氏以继。其贤义如此。熙宁初，乐道以翰林侍读学士为西京留守。子发老益贫，且丧明，自新乡驾小车来见乐道，意乐道哀之也。乐道遗酒三十壶而已，子发殊怅然。康节馆于天津之庐，典衣赆其行，归新乡，未几卒。

康节先公少日游学，先祖母李夫人思之恍惚，至倒诵佛书。康节亟归，不复出。夫人捐馆，康节持丧毁甚，躬自爨以养。祖父置家苏门山下，康节独筑室于百源之上。时李成之子挺之，东方大儒也，权共城县令，一见康节心相契，授以《大学》。康节益自克励，三年不设榻，昼夜危坐以思。写《周易》一部，贴屋壁间，日诵数十遍。闻汾外任先生者有易学，又往质之。挺之去为河阳司户曹，康节亦从之，寓州学，贫甚，以饮食之油贮灯读书。一日，有将校自京师出戍者，见康节曰“谁苦学如秀才者。”以纸百幅、笔十枝为献，康节辞而后受。每举此语先夫人：“吾少日艰难如此，当为子孙言之。”康节又尝谓伯温曰：“吾早岁尝徒步游学，至有所立，艰哉！程伯淳正叔虽为名士，本出贵家，其成就易矣。”因泣书之，以示子孙。

康节先公庆历间过洛，馆于水北汤氏，爱其山水风俗之美，始有卜筑之意。至皇祐元年，自卫州共城奉大父伊川丈人迁居焉。门生怀州武陟知县侯绍曾字孝杰，助其行。初寓天宫寺三学院。刘谏议元瑜字君玉，吕谏议献可静居，张少卿师锡及其子职方君景伯，状元师德之子谏议君景宪，王谏议益柔字胜之，子中散兄弟，谔字师柔及其子孙，南国张太丞师雄及诸子，刘龙图之子秘监几字伯寿，修撰忱字明复，侍讲李实字景真，吴少卿执中，王学士起字仲儒，李侍讲育字仲象，子竽字端伯，姚郎中奭字周辅，交游最密，或称门生。洛人为买宅于履道坊西，天庆观东。赵谏议借田于汝州叶县，后王不疑，同乡人买田于河南延秋村。康节复还叶县之田。嘉祐七年，王宣徽尹洛，就天宫寺西、天津桥南五代节度使安审琦宅故基，以郭崇废宅余财为屋三十间，请康节迁居之。富韩公命其客孟约买对宅一园，皆有水竹花木之胜。熙宁初，行买官田之法，天津之居亦官田地，榜三月，人不忍买。诸公曰："使先生之宅他人居之，吾辈蒙耻矣。"司马温公而下，集钱买之。康节先生以诗谢王宣徽曰：

嘉祐壬寅岁，新巢始孱功。正分道德里，更近帝王宫。
槛仰端门峻，轩迎两观雄。窗虚响瀍涧，台迥瑑伊嵩。
好景尤难得，昌辰岂易逢？无才济天下，有分乐年丰。
水竹腹心里，莺花渊薮中。老来欢不已，端节叹何穷。
啸傲陪真侣，经营荷府公。丹诚徒自写，匪报自恩隆。

后以诗谢温公诸公曰：

重谢诸公为买园，买园城里占林泉。
七千来步平流水，二十余家争出钱。
嘉祐卜居终是僦，熙宁受券遂能专。
凤凰楼下新闲客，道德坊中旧散仙。
洛浦清风朝满袖，嵩岑皓月夜盈轩。
接篱倒戴芰荷畔，谈尘轻摇杨柳边。
陌彻铜驼花烂熳，堤连金谷草芊绵。
青春未老尚可出，红日已高犹自眠。
洞号长生宜有主，窝名安乐岂无权？
敢于世上明开眼，会向人间别看天。
尽送光阴归酒盏，都移造化入诗篇。
也知此片好田地，消得尧夫笔似椽。

今宅契司马温公户名，园契富韩公户名，庄契王郎中户名，康节初不改也。康节盖曰：“贫家未尝求于人，人馈之，虽少必受。”尝谓伯温曰：“名利不可兼也。吾本不求名，既为世所知矣，何用利哉？故甘贫乐道，平生无不足之意。”嗟夫！洛阳风俗之厚，人物之盛，不可见矣。重念老境可伤，因详书之，以示子孙云。

康节先公谓本朝五事，自唐虞而下所未有者：一、革命之日，市不易肆；二、克服天下在即位后；三、未尝杀一无罪；四、百年方四叶；五、百年无心腹患。故《观盛化诗》曰：

纷纷五代乱离间，一旦云开复见天。
草木百年新雨露，车书万里旧山川。
寻常巷陌犹簪绂，取次园亭亦管弦。
人老太平春未老，莺花无害日高眠。

又曰：

吾曹养拙赖明时，为幸居多宁不知。
天下英才中遁迹，人间好景处开眉。
生来只惯见丰稔，老去未尝经乱离。
五事历将前代举，帝尧而下固无之。

伯温窃疑“未尝经乱离”为太甚，先公曰：“吾老且死，汝辈行自知之。”永念先公当本朝太平盛时，隐居求志，谢聘不屈，其发为诗章每如此。

康节先公与富文忠公早相知。文忠初入相，谓门下士田裴大卿曰：“为我问邵尧夫，可出，当以官职起之；不，即命为先生处士，以遂隐居之志。”田大卿为康节言，康节不答，以诗二章谢之曰：

相招多谢不相遗，将谓胸中有所施。
若进岂能禁吏责，既闲安用更名为？
愿同巢许称臣日，甘老唐虞比屋时。
满眼清贤在朝列，病夫无以系安危。

又云：

欲遂终焉老闲计，未知天意果如何？
几重轩冕酬身贵，得似云山到眼多。

好景未尝无兴咏，壮心都已入消磨。
鹓鸿自有江湖乐，安用区区设网罗。

文忠公终不相忘，乃因明堂祫享，赦诏天下举遗逸，公意谓河南府必以康节应诏。时文潞公尹洛，以两府礼召见康节，康节不屈，遂以福建黄景应诏。景字子蒙，亦从康节游，客李邯郸公家，公之子寿朋荐于潞公。时天下应诏者二十八人，同见宰执于政事堂，至河南，黄景以闽音自通姓名，文忠不乐。各试论一首，命官为试衔知县。文忠奏天下尚有遗才，乞再令举。诏从之，王拱辰尚书尹洛，乃以康节应诏。颍川荐常秩，皆先除试将作监主簿，不理选限。文忠招康节而不欲私，故以天下为请。知制诰王介甫不识康节，缴还辞头曰："使邵某常民，一试衔亦不可与。果贤者，不当止与试衔，宜召试然后官之。"上不纳，下知制诰祖无择，除去"不理选限"行词，然康节与常秩皆不起。是时富公已丁太夫人忧去位矣。熙宁二年，神宗初即位，诏天下举遗逸。御史中丞、吕诲、三司副使吴充、龙图阁学士祖无择皆荐康节。时欧阳公作参知政事，素重常秩，故颍川亦再以秩应诏。康节除秘书省校书郎、颍川团练推官。辞，不许。既受命，即引疾不起。答乡人二诗。一曰：

生平不作皱眉事，天下应无切齿人。
断送落花安用雨，装添旧物岂须春？
幸逢尧舜为真主，且放巢由作外臣。
六十病夫宜揣分，监司无用苦开陈。

二曰：

却恐乡人未甚知，相知深后又何疑？
贫时与禄是可受，老后得官难更为。
自有林泉安素志，况无才业动丹墀。
荀杨若守吾儒分，免被韩文议小疵。

常秩以职官起，时王介甫方行新法，天下纷然以为不便，思得山林之士相合者。常秩赐对，神宗问曰："仁宗召卿，何故不起？朕召何故起？"秩曰："仁宗容臣不起，陛下不容臣不起。"因盛言新法之便，乃除谏官，以至待制。帝浸薄之，介甫主之不忘，然亦知其为人矣。熙宁初，介甫之弟安国字平甫，为西京国子监教授，从康节游。归以出处语介甫，介甫叹曰："邵尧夫之贤不可及矣。"《神宗正史康节列传》史臣书云："与常秩同召，某卒不起。"有以也夫。

康节先公与富韩公有旧，公自汝州得请归洛养疾，筑大第，与康节天津隐居相迩。公曰："自此可时相招矣。"康节曰："某冬夏不出，春秋时，间过亲旧间。公相招未必来，不召或自至。"公谢客戒子曰："先生来，不以时见。"康节一日过之，公作诗云：

先生自卫客西畿，乐道安闲绝世机。
再命初筵终不起，独身穷巷寂无依。
贯穿百代尝探古，吟咏千篇亦造微。
珍重相知忽相访，醉和风雨夜深归。

康节和曰：

道堂闲话尽多时，尘外杯觞不浪飞。
初上小车人已识，醉和风雨夜深归。

又题康节《击壤诗集》云：

黎民于变是尧时，便字尧夫德可知。
更览新诗名击壤，先生全道略无遗。

其知康节如此。公常令二青衣、苍头掖之以行，一日，与康节会后园中，因康节论天下事，公喜甚，不觉独步下堂。康节不为起，徐指二苍头戏公曰："忘却拄杖矣。"富公深居，托疾谢客，而公尝苦气痞。康节曰："好事到手，畏慎？不为他人做了，郁郁何益？"公笑曰："此事未易言也。盖为嘉祐建储耳。"公虽刚勇，遇事详审，不万全不发，康节因戏之。公一日有忧色，康节问公，曰："先生度某之忧安在？"康节曰："岂以王安石罢相，吕惠卿参知政事，惠卿凶暴过安石乎？"公曰："然。"康节曰："公无忧。"安石、惠卿本以势利合。惠卿、安石势利相敌，将自为仇矣，不暇害他人也。"未几，惠卿果叛安石，凡可以害安石者，无所不至。公谓康节曰："先生识虑绝人远矣。"一日薄暮，司马公见康节曰："明日僧颙修开堂说法，富公、吕晦叔欲偕往听之。晦叔贪佛已不可劝，富公果往，于理未便。某后进，不敢言，先生曷止之？"康节曰："恨闻之晚矣！"明日，公果往。后康节因见公，谓公曰："闻上欲用裴晋公礼起公。"公笑曰："先生以谓某衰病能起否？"康节曰："固也。或人言上命公，公不起，一僧开堂公乃出，无乃不可乎？”公惊曰：“某未之思也。”与康节食笋，康节曰：“笋味甚美。”公曰：“未如中堂骨头之美也。”康节曰：“野人林下食笋三十年，未尝为人所夺。公今日可食中堂骨头乎？”公笑而止。康节疾病，公日遣其子偕医者来，馈药物不绝。康节捐馆，公赙赠之甚厚。伯温除丧往拜公，公恻然曰：“先生年未高，尝劝之学修养。”复曰：“不能学胡走乱走也。”问伯温年几何，娶未？伯温对曰：“年二十四，未娶。”公曰：“晚娶甚善，可以保养血气，专意学问。吾年二十八登科方娶。尝白先公先夫人，未第决不娶，弟妹当先嫁娶之。故田氏妹先嫁元钧也。”伯温自此得出入公门下。悲夫！今海内之士，尝获拜公床下，唯伯温一人。想公英伟之姿，凛然如在世也。

熙宁三年，司马温公与王荆公议新法不合，不拜枢密副使，乞守郡，以端明殿学士知永兴军。后数月，神宗思之，曰：“使司马在朝，人主自然无过举。”移许州，令过阙上殿。公力辞，乞判西京留守司御史台。遂居洛，买园于尊贤坊，以独乐名之，始与伯温先君子康节游。尝曰：“光，陕人，先生卫人，今同居洛，即乡人也。有如先生道学之尊，当以年德为贵，官职不足道也。”公一日着深衣，自崇德寺书局散步洛水堤上，因过康节天津之居，谒曰程秀才云。既见，温公也，问其故，公笑曰：“司马出程伯休父，故曰程。”留诗云：

拜表归来抵寺居，解鞍纵马罢传呼。
紫衣金带尽脱去，便是林间一野夫。
草软波清沙路微，手携筇杖着深衣。
白鸥不信忘机久，见我犹穿岸柳飞。

康节和曰：

冠盖纷纷塞九衢，声名相轧在前呼。
独君都不将为事，始信人间有丈夫。
风背河声近亦微，斜阳淡泊隔云衣。
一双白鹭来烟外，将下沙头又却飞。

公一日登崇德阁，约康节久未至，有诗曰：

淡日浓云合复开，碧嵩清洛远萦回。
林端高阁望已久，花外小车犹未来。

康节和云：

君家梁上年时燕，过社今年尚未回。

请罚误君凝伫久，万花深处小车来。

又云：

天启夫君八斗才，野人中路必须回。

神仙一语难忘处，花外小车犹未来。

康节有《懒起吟》一诗云：

半记不记梦觉后，似愁无愁情倦时。

拥衾侧卧未忻起，帘外落花撩乱飞。

公爱之，请书纸帘上，字画奇古，某家世宝之。公与康节唱酬甚多，具载《击壤集》。公尝问康节曰："某何如人?"康节曰："君实脚踏实地人也。"公深以为知言。至康节捐馆，公作挽诗二章。其一曰：

慕德闻风久，论交倾盖新。何须半旧面，不待一言亲。

讲道切磋直，忘怀笑语真。重言蒙蹠实，佩服敢书绅。

记康节之言也。康节又曰："君实九分人也。"其重之如此。后公以康节之故，遇其孤伯温甚厚。公无子，以族人之子康为嗣。康字公休，其贤似公，识者谓天故生之也。公休与伯温交游益厚。公薨，公休免丧。元祐间方欲大用，亦不幸，时赠谏议大夫。公休有子植，方数岁，公休素以属伯温。如范纯夫内翰辈皆曰："将以成温公之后者，非伯温不可。"朝廷知之，伯温自长子县尉移西京国子监教授，俾植得以卒业，因经纪司马氏之家。植字子立，既长，其贤如公休，天下谓真温公门户中人也。亦早死，无子，温公之世遂绝。

王荆公与吕申公素相厚，荆公尝曰："吕十六不作相，天下不太平。"又曰："晦叔作相，吾辈可以言仕矣。"其重之如此。荆公荐申公为中丞，欲其为助，故申公初多用条例，司人作台官，既而天下苦条例，司为民害，申公乃言新法不便，荆公怒其判己，始有逐申公意矣。方其荐申公为中丞，其辞以谓有八元、八恺之贤，未半年，所论不同，复谓有共工、驩兜之奸。荆公之喜怒如此。初亦未有以罪申公也。会神宗语执政，吕公著常言，韩琦乞罢青苗钱，数为执事者所沮。将兴晋阳之甲，以除君侧之恶。荆公因用此为申公罪，除侍读学士，知颍州。袁次道当制辞，荆公使之明著其语，陈相旸叔以为不可。次道但云“敷奏失实，援据非宜”。荆公怒，自改之。曰：“比大臣之抗章，因便殿之与对，辄诬方镇，有除恶之谋，深骇予闻，无事理之实。”申公素谨密，实无此言。或云孙觉莘老尝为上言：“今藩镇大臣如此论列而遭挫折，若当唐末五代之际，必有兴晋阳之甲，以除君侧之恶者矣。”上已忘其人，但记美须，误以为申公也。熙宁四年，申公以提举嵩山崇福宫居洛，寓兴教僧舍。欲买宅，谋于康节先生。康节曰：“择地乎？”曰：“不。”“择材乎？”曰：“不。”康节曰：“公有宅矣。”未几，得地于白狮子巷张文节相宅西，随高下为园，宅不甚宏壮。康节、温公、申公时相往来。申公寡言，见康节必从容，终日亦不过数言而已。一日对康节长叹曰：“民不堪命矣！”时荆公用事，推行新法者皆新进险薄之士，天下骚然，申公所叹也。康节曰：“王介甫者远人，公与君实引荐至此，尚何言？”公作曰：“公著之罪也。”十年春，公起知河阳。河南尹贾公昌衡率温公、程伯淳饯于福先寺上东院，康节以疾不赴。明日，伯淳语康节曰：“君实与晦叔席上各辩论出处不已，某以诗解之曰：‘二龙闲卧洛波清，几岁优游在洛城。愿得二公齐出处，一时同起为苍生。’”申公镇河阳岁余，召拜枢密副使，后以资政殿学士知定州，又以大学士知扬州。哲宗即位，拜左丞，迁门下侍郎，与温公并相元祐，如伯淳之诗云。伯温以经明行修，命官见公于东府，公语及康节，咨叹久之。谓伯温曰：“科名特入仕之门，高下勿以为意，立身行道，不可不勉。”伯温起谢焉。公三子，希哲、希积、希纯，皆师事康节，故伯温与之游，甚厚。三年，公辞位，拜司空平章军国事，次年薨。

钱朝请者名景谌，忠懿王孙，嘉祐间官殿直，巡辖西京马递铺锁厅堂，登进士第，师事康节先生。仲父同场屋，仲父之葬，康节属以为志。熙宁八年，与王十三丈诏景猷同从瀛帅张谏议八丈景宪定国，辟为属官，因康节寄钱丈、王丈诗，张丈见之，寄康节诗曰：

桥边处士文如锦，塞上将军发似霜。

钱丈与王荆公善，后荆公用事，论新法不合，遂相绝，终身为外官。

邵康节先生外纪卷之二

司马温公初居洛，问士于康节，曰："有尹材字处初，张云卿字伯纯，田述古字明之，三人皆贤俊。"后处初、明之得进于温公门下，独伯纯未见。康节以问公，公曰："处初、明之之贤如先生言，张君者或闻旅殡其父于和州，久不省，未敢与见。"康节曰："张云卿可谓孝矣。云卿之父谪官死和州，贫不能归，因寓其丧。云卿奉其母归洛，贫甚。府尹哀之，俾为国子监说书，得月俸七千以养。若为和州一行，则罢俸数月，将饥其母矣。其故如此。"温公怅然曰："某之听误矣。"伯纯自此亦从温公游。未几，伯纯之母死，徒步至和州迎父柩合葬。三君子既受知温公，公入相元祐，处初、明之以遗逸命，伯纯以累举特恩，同除学官。温公好贤下士，尊用康节之言如此。伯纯学问该洽，文潞公于经史注疏或有遗忘，多从伯纯质之。

康节先生与赵宗道学士游。宗道年长，康节拜之。其诸子皆以父师之礼事康节。宗道早出富韩公门下。熙宁初，宗道自西都留台领宫祠以卒。先是宗道季子济为提举常平，劾富公不行新法，朝廷坐其言，罢富公使相。宗道卒，富公以致政居洛，赙恤其家甚厚。其兄弟服除，欲往谢富公，济独未敢行，请于康节。康节曰："以富公德度，尚何望于君？第往勿疑。诸兄行，君不行，是自处以不肖也。"明日，济偕诸兄以进，富公抚之甚恩。济不自安，起谢罪。公止之曰："吾见故人子，前日公事不可论也。"济归谢康节曰："微先生，济之过不可赎也。"

熙宁癸丑春，大名王荀龙字仲贤入洛，见康节先公。其议论劲正有过人者，康节喜之，和其诗曰：

车从赏春来北京，耿君先期已驰情。
此时陨霜奈何重，今岁开花徒有声。
既辱佳章仍堕刺，宁无累句代通名。
天生美才应自惜，料得不为时虚生。

仲贤，魏公客也，因出魏公送行诗，颜体大书，极奇伟。康节曰：“吾少日喜作大字，李挺之曰：‘学书妨学道’，故尝有诗云：‘忆昔初学大字时，学人饮酒与吟诗。若非益友推金石，四十五年成一非。’”仲贤又诵魏公诗云：“春去花丛蝴蝶乱，雨余蔬圃桔槔闲。”康节爱之曰：“怨而不伤，婉而成章之言也。”仲贤之子名严叟，字彦霖，元祐初自知定州安喜县，召为监察御史，有直声，后位签书枢密院。彦霖父子皆魏公之客。魏公守相州，荐彦霖为属。韩康公代魏公，康公欲留彦霖，彦霖谢曰：“某魏公之客，不愿出他门也。”士君子称之。

康节先公尝言，李复圭龙图临事有断。年二十八知滑州，与郡官夜会，有衙兵夺银匠铁槌杀一人者，一府皆惊扰，公捕至，立斩之。上章待罪。诸司亦按公擅杀。仁宗曰：“李复圭，帅才也。”除知庆州。后责光化军，有放停卒自陈，乞添租划佃某人官田者，公曰：“汝拣停之兵，如何能佃官田？”卒曰：“筋力未衰也。”公曰：“汝以衰故拣停，既未衰，却合充军。”呼刺字人刺元军分，人皆称之。公才高，为众所忌，故仕官数不进。公居多不平，康节因和其诗作《天吟》篇曰：

一般颜色正苍苍，今古人曾望断肠。
日往月来无少异，阳舒阴惨不相妨。
迅雷震后山川裂，甘露零时草木香。
幽暗岩崖生鬼魅，清平郊野见鸾凰。
千花灿为三春雨，万木凋因一夜霜。
此意分明难理会，直须贤者入消详。

盖广其意，使有所感悟也。

康节先生赴河南尹李君锡会壶投，君锡末箭中耳。君锡曰：“偶尔中耳。”康节应声曰：“几乎败壶。”坐客以为的对，可谓善谑矣。

熙宁初，王宣徽之子名正甫，字茂直，监西京粮料院。一日约康节先公同吴处厚、王平甫食饭，康节辞以疾。明日，茂直来，（问康节辞会之故），康节谓曰：“某之辞会有以，姑听之。吴处厚者好议论，平甫者介甫之弟，介甫方执政行新法，处厚每讥刺之；平甫虽不甚主其兄，若人面骂之，则亦不堪矣，此某所以辞会也。”茂直叹曰：“先生料事之审如此。昨处厚席间毁介甫，平甫作色，欲列其事于府。某解之甚苦，乃已。”呜呼！

康节以道德尊一代，平居出处，一饭食之间，其慎如此，为子孙者当念之。

熙宁中，洛阳以道德为朝廷尊礼，大臣曰富韩公，侍从曰司马温公、吕申公，士大夫位卿监以清德早退者十余人，好学乐善有行义者几二十人。康节先公隐居谢聘皆相从，忠厚之风，闻于天下。里中后生皆知畏廉耻，欲行一事，必曰："无为不善，恐司马端明知，邵先生知。"呜呼！盛哉！

康节先公，嘉祐中朝廷以遗逸命官，辞之不从。河南尹遣官就第送告敕朝章，康节服以谢，即褐如初。至熙宁初，再命官，三辞，又不从。再以朝章谢，且曰："吾不复仕矣。"始为隐者之服，乌帽绥褐，见卿相不易也。司马温公依《礼记》作深衣、冠簪、幅巾、缙带。每出，朝服乘马，用皮匣储深衣随其后，入独乐园则衣之。常谓康节曰："先生可衣此乎？"康节曰："某为今人，当服今时之衣。"温公叹其言合理。

富公未第时，家于水北上阳门外，读书于水南天宫寺三学院，院有行名宗颢，尝给事公左右。及公作相，颢已为僧。刚公奏赐紫方袍，号宝月大师。公致政，筑大第于至德坊，与天宫寺相迩。公以病谢客，宗颢来或不得前，则直入道堂，见公曰："相公颇忆院中读书时否？"公每为之笑。时节送遗甚厚。康节先公自共城迁洛，未为人所知也，宗颢独馆焉。可见宗颢非俗僧也。康节登其院阁，尝作《洛阳怀古赋》。

熙宁间，宗颢尚无恙，伯温尝就其院读书，宗颢每以富公为学晚事相勉，曰："公夜枕圆枕，庶睡不能久。欲有所思，冬以冰雪，夏以冷水沃面。其勤苦如此。"

康节先公常言：本朝祖宗立法，非前代可比。内无大臣跋扈，外无藩镇强横，亦无大盗贼，独夷狄为可虑，故有《十六国》诗曰：

普天之下号寰区，大禹曾经治水余。

衣到弊时多虮虱，瓜当烂处足虫蛆。

龙章本不资狂寇，象魏何尝荐乱胡？

尼父有言堪味处，当时欠一管夷吾。

又作《观棋诗》，历叙古今，至"西晋"云：

二主蒙霜露，五胡犯鼎彝。

世无管夷吾，令人重嘘欷。

常曰："孔子念管仲之功，自不以被发左衽为幸。若管仲者，可轻议哉？”呜呼！有以也夫！

熙宁三年四月，朝廷初行新法，所遣使者皆新进少年，遇事风生，天下骚然，州县始不可为矣。康节先公闲居林下，门生故旧仕宦四方者，皆欲投劾而归，以书问康节先公。康节先公答曰：“正贤者所当尽力之时，新法固严，能宽一分则民受一分之赐矣。投劾而去何益？”呜呼！康节先公深达世务，不以沽激取虚名如此。世所谓康节先公为隐者，非也。

康节先公出行不择日，或告之以不利则不行。盖曰：人未言则不知，既言则有知，与而必行，则与鬼神敌也。春秋祭祀，约古今礼行之，亦焚楮钱。程伊川怪问之，则曰：“明器之义也。脱有一非，岂孝子慈孙之心乎？”又曰：“吾高曾今时人，以笾豆簠簋荐牲不可也。”伯温谨遵遗训而行之也。

伯温昔侍家庭，请于康节先公曰：“大人至和中，仁宗在御，富公当国，可谓盛矣，乃谢聘不起，何也？”先公曰：“本朝至仁宗，政化之美，人材之盛，朝廷之尊，极矣！前或未至，后有不及也。天之所命，非偶然者。吾虽出，尚何益？是非尔所知也。”伯温再拜稽首，不知所以问。

康节先公遗训曰：“汝固当为善，亦须量力以为之。若不量力，虽善亦不当为也。”故有诗曰：

量力动时无悔吝，随宜乐处省营为。
若求骐骥方乘马，只恐终身无马骑。

又尝曰：“善人固可亲，未能知不可急合；恶人固可疏，未能远不可急去，必招悔吝也。”故无名君序曰：“见善人未尝急合，见不善人未尝急去。”伯温终身佩之，不敢忘。

康节先公言：东京有一道人，日饮酒于市。尝曰“今日当有某人来”，已而果然。自此莫不信之，不知何术。曰：“无心耳。”曰：“无心可学乎？”答曰：“才欲使人学，无心即有心矣。”又程伊川先生言：谏贬涪州，过汉江。中流，船几覆，举舟之人皆号泣。伊川但正襟安坐，心存诚敬。已而船及岸，于同舟众人中有老父问伊川曰：“船当危时，君正坐甚庄，何以？”伊川曰：“心守诚敬耳。”老父曰：“心守诚敬固善，不若无心。”伊川尚欲与之言，因忽不见。人果无心，险难在前犹平地也。老子曰：“入水不濡，入火不热。”唯无心者能之。

康节先公见一道人言：尝泛海，遇舶风泊岸，与数人下采薪。有巨人数十，长丈余，相呼之声如禽兽，尽捉以去，用竿竹鱼贯之，食荐酒。道人者偶在其竹末，巨人醉睡，走登船得脱。因解衣，出其所穿，迹在胁下。康节先公曰："四海之外，何所不有，但人耳目不能及耳。"

熙宁中，有一道人，无目，以钱置手掌中，即知正背年号，人皆异之。康节先公问曰："以钱置尔之足，亦能知之乎?"道人答曰："此吾师之言也。"愧谢而去。

伯温少时，因读《文中子》，至"使诸葛武侯无死，礼乐其有兴乎?"因著论，以谓武侯霸者之佐，恐于礼乐未能兴也。康节先公见之，怒曰："汝如武侯犹不可妄论，况万万相远乎！以武侯之贤，安知不能兴礼乐也?后生辄议先贤，亦不韪矣！"伯温自此于先达不敢妄论。

伯温上世范阳，以中直笃实、读书懂礼为家法。大父伊川丈人尤质直，平生不妄笑语。年七十有九，以治平四年正月初一日捐馆。初无疾，不食饮水者累日。除夜，康节先公以下侍立左右，伯温方七岁，大父钟爱之，亦立其旁。大父曰："吾及新年往矣。"康节先公以下皆掩泣，大父止之曰："吾儿以布衣名动朝廷，子孙皆力学孝谨，吾瞑目无憾，何用哭?"大父平日喜用大杯饮酒，谓康节先公酌酒与汝别，康节同叔父满酌大杯以献，大父一举而尽，再酌，饮及半，气息微矣。谓康节曰："吾生平不害物，不妄言，自度无罪。即死当以肉祭，勿做佛事乱吾教。无令吾死妇人手。汝兄弟候我就小殓，方令家之人哭。勿叫号，俾我失路。"康节先公泣涕以从。康节谋葬大父，与程正叔先生同卜地于伊川神阴原。不尽用《葬书》，大抵以五音择地，以昭穆序葬，阴阳拘忌之说，皆所不信。以是年十月初三日葬，开棺，(大父)颜貌如生。伯温尚纪之。

熙宁十年夏，康节先生感微疾，气日益耗，神日益明，笑谓司马温公曰："某欲观化一巡，如何?"温公曰："先生未应至此。"康节先生曰："死生常事耳。"张横渠先生喜论命，来问疾，因曰："先生论命否?当推之。"康节先公曰："若天命则知之，世俗所谓命则不知也。"横渠先生曰："先生知天命矣，某尚何言?"程伊川曰："先生至此，他人无以为力，愿自主张。"康节先公曰："平生学道，岂不知此?然亦无可主张。"时康节正寝，诸公议后事于外，有欲葬近洛城者。康节先公已知，呼伯温入曰："诸公欲以近城地葬我，不可，当从伊川先茔耳。”七月初四日，大书诗一章曰：

生于太平世，长于太平世，死于太平世。客问年几何？
六十有七岁。俯仰天地间，浩然独无愧。

以是夜五更捐馆，其治命如大父，伯温不敢违。先是康节先公每展伊川大父墓，至中途上官店，必过信孝杰殿丞家。孝杰从康节先公最早。孝杰死，有八子，康节先公遇之如子侄。每过之，则迎拜侍立左右甚恭。康节先公捐馆之年，寒食过之，谓诸子曰：“吾再经此，与今日异矣。”诸子不敢问。至葬，丧车及上官店，诸子泣莫言之，以为异。张景观字临之，学行甚高，康节先公喜之。将赴涪州武龙尉，告别康节先公，泣数行下，谓曰：“吾不见子之归矣。”张峋字子坚，康节先公于门弟子中谓可与语道者，赴调京师，康节先公愀然色变曰：“吾老矣！不复相见也。”皆是年之春也。呜呼！康节先公所以预知者，何止此哉！伯温不肖，不能有所述也，惟修身俟死下从九原耳。尚追忆其遗言，以示子孙。

康节先公与吕微仲丞相不相接，先公与横渠先生张子厚同以熙宁十年丁巳捐馆。今微仲《文集》中有《和母同州丁巳吟》云：

行高名并美，命否数皆殂。嗟尔百君子，贤哉二丈夫。
世方敦薄俗，谁复距虚无。望道咸瞠若，修梁遽坏乎？
密章燔汉绶，环绖泣秦儒。赖有诸良友，能令绍不孤。

为先公与子厚作也。盖河南府以先公讣闻，诏赠著作郎，谥康节。子厚自秘阁病免西归，及长安以殁。门人衰服挽车葬横渠云。伯温获见公，每语先公，则怅然有不可及之叹。后伯温初仕长子县尉，公入相，元祐改西京国学教授。未久，公罢政。呜呼！亦所以为不孤之惠欤？

康节先生居洛，凡交游，年长者拜之，年等者与之为朋友，年少者以子弟待之，未尝少异于人，故得人之欢心。每岁春二月出，四月天渐热即止；八月出，十一月天渐寒即止。故有诗云：

时有四不出（大风、大雨、大寒、大热），
会有四不赴（公会、葬会、生会、醵会）。

每出，人皆倒屣迎致，虽儿童奴隶皆知尊奉。每到一家，子弟家人争具酒馔，问其所欲，不复呼姓，但名曰：“吾家先生至也。”虽闺门骨肉间事，有未决者，亦求教。康节先公以至诚为之开谕，莫不悦服。十余家如康节先公所居安乐窝起屋，以待其来，谓之“行窝”。故康节先公没，乡人挽诗有云：

春风秋月嬉游处，冷落行窝十二家。

洛阳风俗之美如此。康节先公过士友家，昼枕，见其枕屏画小儿迷藏，以诗题其上云：

遂令高卧人，欹枕看儿戏。

盖熙宁间也，陈恬云，《击壤集》不载。

熙宁初，欧阳文忠公为参知政事，时遣其子裴叔弼来洛，省王宣徽夫人之疾。将行，语叔弼曰：“到洛时，可见邵先生，为致吾向慕之意。”康节先生既见叔弼，从容与语平生出处，以及学术大概。临别犹曰：“其无忘鄙野之人于异日。”后十年，康节先公捐馆。又十年，韩康公尹洛，请谥于朝。叔弼偶为太常博士，次当谥议，叔弼尝谓晁说之以道云：“裴作邵先生谥议，皆往昔所亲闻于先生者。当时少年，一见忻然延接。语及平生学术出处之大，故得其详如此。岂非先生学道绝世，前知来物，预以告耶？”盖验于二十年之后，异哉！

康节先公少时游京师，与国子监直讲邵不疑初叙宗盟。不疑年长，康节先生以兄拜之。盖不疑自河朔迁丹阳，康节先公上世亦河朔人故也。至康节自卫入洛，不疑为西京提刑。嘉祐中，河南府荐康节先公以遗逸，不疑自作荐章，其词有“厚德足以镇薄俗，清风可以遗来世”，相推重如此。熙宁初，不疑以龙图阁学士知成都府，过洛，谓康节先公曰：“某陛辞日，再荐先生矣。”康节先公追送洛北别去。不疑中途寄康节先生诗云：

我乘孤传经淆渑，君拥群书卧洛城。

富贵人间亦何有，闲忙趣味甚分明。

不疑次金牛驿暴卒，丧归，康节先公哭之恸。女嫁杨国宝应之。应之亦康节先公门生，康节先公视之犹子也。开禧、元丰中为河南府推官，康节已捐馆，伯温复以兄拜之。宣和己丑，伯温赴果州，道出阆州，有知阆中县邵充美孺者相迎，自称同姓侄云。伯温以宗族源流为问，美孺曰：“充之上世自润州入蜀，龙图公先人叔父行也。”伯温曰：“康节先公以兄事龙图公，伯温不敢忘。”自此与美孺之中外皆论亲。癸巳，伯温奉使西州，美孺居郫，尝至其家拜刑部公庙。美孺天资和厚，与人言如恐伤之。至临吏政，是非毅然不可夺，君子人也。丹阳、河南、成都之邵，其次第知此。嗟夫，世不讲宗盟久矣，具载之，以示三家子孙。

伯温之叔父讳睦，后祖母杨氏夫人出也，少康节先生二十余岁，力学孝谨，事康节如父。熙宁元年四月八日暴卒，年三十三。康节先公哭之恸。既卒，理其故书，得叔父所作《重九诗》云：

衣如当日白，花似昔年黄。
拟问东篱事，人生定杳茫。

及死，殡后圃东篱下。噫！人之死生，是果前定矣。

康节先公既捐馆，二程先生于伯温有不孤之意，所以教我甚厚。宗丞先生谓伯温曰："人之为学忌标准，若循循不已，自有所至矣。"先人敝庐，厅后无门，由傍舍委曲以出。某不便之，因凿壁为门。侍讲先生见之曰："前人规划必有理，不可改作。"某亟塞之。侍讲谓周全伯曰："邵君虽小事亦相信，勇于为善者也。"某初入仕，侍讲曰："凡作官，虽所部公吏有罪，立案而后决。或出于私怒，比具案亦散，不至仓卒伤人。每决人，有未经杖责者宜慎之，恐其或有所立也。"伯温终身行之。

熙宁八年秋，余与士人十余辈讲学于洛阳建春门里广爱寺端像院以待试。一夕，梦至殿庭唱第，望殿上，女主也。觉，谓同舍言之，皆不晓。至元祐二年秋，以经行荐，明年春唱名集英殿，宣仁太后垂帘听政也。方悟前梦验于十五年之后，果有数矣。

邵康节先生外纪卷之三

方潞公作耆英会时，康节先生已下世，有中散大夫吴执中者，少年登科，皇祐初已作秘书丞，不乐仕进，早休致，其年德不在诸公下，居洛多杜门，人不识其面，独与康节相善。执中未尝一至公府，其不预会者，非潞公遗之也。文潞公尝曰："人但以某长年为庆，独不知阅世既久，内外亲戚皆亡，一时交游凋零殆尽，所接皆藐然少年，无可论旧事者，正亦无足庆也。"范忠宣公亦曰："或相勉以摄生之理，不知人非久在世之物。假如丁令威千岁化鹤归乡，见城郭人民皆非，则独存何足乐者？"呜呼！皆达理之言也。

康节先生尝诵奇夷先生之语曰："得便宜事不可再作，得便宜处不可再去。"又曰："落便宜是得便宜。"故康节诗云：

珍重至人尝有语，落便宜是得便宜。

盖可终身行之也。英宗即位，侍御史吕晦叔献可言欧阳修首建邪议，推尊濮安懿王，有累圣德，并劾韩琦、曾公亮、赵概。积十余章，不从。乞自贬，又十余章，率其属以御史敕告纳章帝前，曰："臣言不效，不敢居此位。"出知蕲州，徙晋州。神宗即位，擢天章阁待制，复知谏院，擢御史中丞。帝方励精求治，一日，紫宸早朝，二府奏事久，日刻晏，例隔登对官于后殿，顷上更衣复坐，以次赞引。献可待对于崇政，司马温公为翰林学士，侍读迩英阁，亦趋赞善堂待召。相遇朝路，并行而北。温公密问曰："今日请对，何所言？"献可举手曰："袖中弹文，乃新参政也。"温公愕然曰："王介甫素有学行，命下之日，众皆喜于得人，奈何论之。"献可正色曰："君实亦为此言耶？安石虽有时名，好执偏见，不通物情，轻信奸回，喜人佞己。听其言则美，施于用则疏。若此在侍从，犹或可容；置诸宰辅，必天下受其祸矣。"温公又谕之曰："与公相知，有所怀不敢不尽。未见其不善之迹，遽论之不可。"献可曰："上新嗣位，富于春秋，朝夕谋议者，二三执政尔。苟非其人，则败国事，此乃腹心之疾，治之惟恐不及，顾可缓耶？”语未竟，阁门吏抗声追班，乃各趋以去。温公自经筵退，默坐玉堂，终思之不得其说。既而缙绅间浸有传其疏说者，多以为太过。未几，中书省置三司条例司，相与议论者以经纶天下为己任，始变祖宗旧法，专务聚敛，私立条目，颁于四方，妄引《周官》，以实诛赏。辅弼异议不能回，台谏从官力争不能夺，州郡或奉行微忤其意，则谴黜从之。所用皆怆薄少年，天下骚然。于是昔之怀疑者，始愧仰叹服，以献可为知人。温公与安石相论辨尤力。神宗欲两用之，命温公为枢密副使，温公以言不从，不拜。以三书诋安石，冀其或听而改也。安石如故，所言终安石不听，乃绝交。温公既出，退居于洛，每慨然曰：“吕献可之先见，吾不及也。”献可言安石不已，出知邓州。康节先生与献可善，方献可初赴召，康节与论天下事，至献可谪官，无一不如所言者。故献可之为邓州也，康节寄以诗云：

一别星霜二纪中，升沉音问不相通。
林间谈笑须归我，天下安危且系公。
万乘几前当蹇谔，百花洲上略相从。
不知月白风清夜，能忆伊川旧钓翁？

献可和云：

冥冥鸿羽在云天，邈阻风音已廿年。
不为圣朝求治理，尚容遗逸卧林泉。
羡君自有随时乐，顾我官闲饱昼眠。
应笑无成三黜后，病衰方始赋归田。

献可寻请宫祠归洛，温公、康节日相往来。

程宗丞先生，名颢，字伯淳；弟侍讲先生，名颐，字正叔。康节先公以兄事其父太中公，二先生皆从康节游。其师曰周敦颐茂叔。宗丞为人清和，侍讲为人严峻，每康节议论，宗丞心相契，若无所问，侍讲则时有往复。故康节尝谓宗丞曰：“子非助我者。”然相知之尽，二先生则同也。横渠张先生，名载字子厚；弟戬，字天祺，为二程先生之表叔。子厚少豪其才，欲结客取熙河隍鄯之地。范文正公帅延安，闻之，馆于府第，俾修制科，与天祺皆登进士第。方同二程先生修《中庸》《大学》之道，尤深于

《礼》。熙宁初，子厚为崇文院校书，天祺与伯淳同为监察御史。时介甫行新法，伯淳自条例司官为御史，与台谏官论其不便，俱罢。上犹主伯淳，介甫亦不深怒之。除京西北路提点，伯淳力辞，乞与同列俱贬，改澶州签判。天祺尤不屈，一日至政事堂言新法不便，介甫不答，以扇障面而笑。天祺怒曰："笑某，不知天下人笑参政也。"赵清献公同参大政，从旁解之。天祺曰："公亦不可谓无罪。"清献有愧色。谪监凤翔府司竹监，举家不食笋，其清如此。未几，卒于官。子厚亦求去。熙宁十年，吴充丞相当国，复召还馆。康节已病，子厚知医，亦喜谈命，诊康节脉曰："先生之疾无虑。"又曰："颇信命否？"康节曰："天命某自知之，世俗所谓命，某不知也。"子厚曰："先生知天命矣，尚何言！"子厚入馆数月，以病归，过洛，康节已捐馆，折简慰抚伯温勤甚。见二程先生曰："某之病必不起，尚可及长安也。"行至临潼县，沐浴更衣而寝，及旦视之，亡矣。门生衰帙挽车，葬凤翔之横渠，是谓横渠先生。伯淳自澶州请监洛河木竹务以便亲。除判武学，未赴，以中丞李定言罢，知开封府扶沟县，失囚，谪汝州监酒。元祐初，以宗政丞召，将大用，未赴，卒，葬伊川。文潞公表其墓曰："明道先生正叔，元祐初用司马温公、吕申公荐，召对，初除职官，再除馆职，除崇政殿说书。岁余出判西京国子监，两除直秘阁，不拜。绍圣中，坐元祐党谪涪州，遇上皇即位，赦得归。久之复官，以卒。是谓伊川先生。"三先生俱从康节游，康节尤喜明道，其誉之与富韩公、司马温公、吕申公相等。故康节《四贤诗》云：

彦国之言铺陈，晦叔之言简当，君实之言优游，
伯淳之言调畅。四贤洛之观望，是以在人之上。
有宋熙宁之间，大为一时之状。

则康节之所以处明道者盛矣。一日，二程先生侍太中公访康节于天津之庐，康节携酒饮月陂上，欢甚，语其平生学术出处之大。明日，怅然谓门生周纯明曰："昨从尧夫先生游，听其论议，振古之豪杰也，惜其老矣，无所用于世。"纯明曰："所言何如？"明道曰："内圣外王之道也。"是日，康节有诗云：

草软波平风细溜，云轻日谈柳低摧。
狂言不记道何事，剧饮未尝如此杯。

好景只知闲信步，朋欢那觉大开怀。
必期快作赏心事，却恐赏心难便来。

明道和云：

先生相与赏西街，小子亲携几杖来。
行处每容参剧论，坐隅还许沥余杯。
槛前流水心同乐，林外青山眼重开。
时泰心闲两难得，直须乘兴数追陪。

明道敬礼康节如此。故康节之葬，伯温独请志其墓焉。悲夫！先生长者已尽，其遗言尚存。伯温自念其暮景可伤，不可使后生无闻也，因具载之。

陈欢，字莹中，闽人。有学问，年十八登进士甲科。绍圣初，用章惇荐为太学博士。先是惇之妻尝劝惇无修怨，惇作相，专务报复，首起朋党之祸。惇妻死，惇悼念不堪。莹中见惇容甚戚，谓惇曰："公与其徒自悲伤，曷若念夫人平生之言。"盖讥惇之抱怨也。惇以为忤，不复用。曾布为相，荐莹中为谏官为都司。蔡卞据王安石《日录》改修《神宗实录》，曾布亦主熙宁、元丰之政。莹中上布书，谓卞尊私史以压宗庙，及论时政之不当。时布又以为忤，出之。莹中为谏官时，为上皇极言蔡京、蔡卞不可用，用之决乱天下。蔡京深恨之，屡窜责。例用赦放归，犹隶通州。一日，莹中之子走京师，言蔡京事。诏狱下，明州捕莹中甚急，士民哭送之，莹中不为动。既入狱，见其子被系，笑曰："不肖子烦吾一行。"蔡京用酷吏李孝寿治其事，孝寿坐厅事帘中，列五木于庭，引莹中问之。莹中从容曰："蔡京之罪，某实知之，不肖子不知也。"多求纸自书。孝寿惧，以莹中为不知情，即日放归，再隶通州。其子配海上。莹中撰《尊尧集》，以辩王安石妄作《日录》以诋祖宗、诋神宗者，今行于世。靖康初，不及大用以死，特赠谏议大夫。莹中晚喜康节先生之学，尝从伯温求遗书曰："吾于康节之学，若有得也。"

昔者河图洛书出，圣人因之而画卦，数则未有也。黄帝之世，大挠氏始作甲子，以天干地支配五行，《易》已寓乎其中。及周文王之重爻，夫子之《十翼》，《易》之道于是乎大备，其数已炳炳乎具已。其数本于河图，其言休咎本于圣经，乃万世之固有，非由外以附铄。乃汉唐以降，世衰道微，以巧辞曲说乱正经，经钻灼龟瓦言休咎，斯数所以无传。我宋艺祖抚有区夏，摈弃浮伪，崇尚德化，图南先生方以斯数显。其推明爻象，皎如日星，指陈休咎，应若影响。其言至广至大，其道至易至简。得其道者，虽愚可哲，虽庸可智，福可以就，祸可以避。苟从事口颊，轻弃圣人之道，如土芥贱物，虽得之必失之。孔子曰："作《易》者其有忧患乎？"斯圣人之深意也！宋尧夫邵雍序。

或谓康节曰："河洛数不许行到后天，五爻行到四爻方可断人生死。今有不满二十而死者，亦有八九十而死者，祸福安在。"对曰："此人不达物理。贵贱寿夭，吾数已备言之矣。公便熟看，却来商量。"

邵康节曰：读河图，成变化行鬼神不外乎数。数具五行万物，与天地同体，则气同五行亦同，万物不离五行之数。天地开辟，以至混沌，元会运世，计十二万九千六百年，天地之大数也。人物生死于百岁之中者，人物之小数也。天地假河图以示人，惟伏羲圣人识得。故画卦以示人，画虽无文，终日所言不离乎是。考之地理书，算命书，麻衣相书，卜筮书，圣人制礼作乐，皆出于河图之五行。洛书之数亦五行而已。盖天地间理无二理，气无二气，数岂出于理气之外乎？此《大易》之书所以为大，而数已具于《易》。故为数小也，要之亦不过一阴一阳，以两其五行而已。

邵伯温曰：河洛数以乾坤为大父母，姤复为小父母。乾六变生归妹，本得三十二阳。坤六变生渐，本得三十二阴。乾坤错综，阴阳各得三十二，生六十四卦。先君得之李之才挺之，李之才得之穆伯长，穆伯长得之陈图南。书不专言数，以义理玩味之，可以趋吉避凶。不可形之于书，妄言祸福，轻泄天机，必有天谴。昔有王夬窃是书得科第，后遭贬谪之祸，异人指以为天谴也。

邵伯温《辩惑》云：沈存中《笔谈》，言江南人王夬，字扬庭，曾为一书谈《易》，其间一说曰：乾坤大父母云同前，即邵氏先天数也。予复见兵部侍郎秦玠论夬所谈，骇然曰："何处得此法？"玠云："尝遇一异人，受此历数，推往古兴衰运历，无不皆验。当恨不能尽其术，西都邵雍亦知大略，已能洞知吉凶之变。今此人乃形之于书，必有天谴。此非世人所得闻也。切惟我先君易学微妙。"某不肖，不得知也。其传授本末，则受易于李之才挺之，李之才挺之师穆伯长，穆伯长师陈抟图南。先君之学虽有传授，而微妙变通，则其所自得也。平时未尝妄以语人，惟大名王天悦、荥阳张子望尝从学，又皆早死。秦玠、王夬尝欲从，先君以玠颇好任数，夬志在口耳多外慕，皆不之许。天悦感疾且卒，赂其仆于卧内窃得之，遂以为已学，著《易传》《易测》《宋范》《五经明用》，数书皆破碎妄作，穿凿不根。夬窃天悦书入京师，补国子监，解试策问八卦次序，夬以所得之说对，而有司异之，擢在优等。既登第，以所著书投贽公卿之间，后以赃罪窜。秦谓必有天谴，恐指此也。秦既知夬窃书，乃谓夬何处得此书，又谓邵某闻大略，近乎自欺矣。然谓得之异人，盖指希夷而言也。

康节先公先天之学，伯温不肖，不敢称赞。平居于人事机祥未尝辄言。治平间与客散步天津桥上，闻杜鹃声，惨然不乐，客问其故，则曰："洛阳旧无杜鹃，今始至有所主。"客曰："何也？"康节先公曰："天下将治，地气自北而南，将乱，自南而北。今南方地气至矣，禽鸟飞类，得气之先者也。《春秋》书'六鹢退飞'、'鸲鹆来巢'，气使之也。自此南方草木皆可移于北，南方疾病瘴疟之类，北人皆苦之矣。"至熙宁初，其言乃验，异哉！故康节先公尝有诗曰：

流莺啼处春犹在，杜宇来时春已非。

又曰：

几家大第横斜照，一片残春啼子规。

其旨深矣。伯温后闻熙州有唐碑，本朝未下时，一日有家雀数千集其上，人恶之曰："岂此地将为汉有耶？"因焚之。盖夷中无此禽也。已而果然，因并记之，以信先君之说。康节先公于书无所不读，独以《六经》为本，盖得圣人之深意。平生不为训解之学，尝曰："经意自明，苦人不知耳。屋下盖屋，床下安床，滋惑矣，所谓陈言生活者也。"故有诗曰：

陈言生活不须矜，自是中才皆可了。

以老子为知《易》之体，以孟子为知《易》之用。论文中子谓佛为西方之圣人，不以为过。于佛老之学口未尝言，知之而不言，故有诗曰：

不佞禅伯，不谀方士，不出户庭，直际天地。

其所著《皇极经世书》以元会运世之数推之，千岁之日，可坐致也。以太极为堂奥，乾坤为门户，包括《六经》，阴阳刚柔，行乎其间，消息盈虚，相为盛衰，皇王帝伯，相为治乱，其肯为训解之学也？

邵康节先生外纪卷之四

经世本先天方圆图说

查颜散

康节先天之《易》，尚象而不尚辞，《观物篇》有所谓律吕图、声音图、八卦交为十二辰图、十二辰交而为十六位图、太极图、既济阴阳图、挂一图、三千六百年图。诸图之传，并无一字言其所以然，盖欲示不言之数。如伏羲六十四卦，初无言语文字也，然其图虽多，特只本之“先天六十四卦方圆图”。且以先天图言之，圆图象天，包于地外，方图象地，处于天中，是一大阴阳相配也。

分圆图而观，乾、兑、离、震居左，为天卦；巽、坎、艮、坤居右，为地卦。分阴阳，立两仪，而主运行不息之事。

分方图而观，西北十六卦，天卦自相交，东南十六卦，地卦自相交，其斜行则乾、兑、离、震、巽、坎、艮、坤。自西北而东南，皆阴阳之纯卦也，不能生物。西南十六卦，天去交地，天卦皆在上，而生气在首，故能生动物而头向上；东北十六卦，地去交天，地卦皆在下，而生气在根，故能生植物而头向下。其斜行则泰、损、既济、益、恒、未济、咸、否。自东北而西南，皆阴阳得偶之合也，所以能生物也。

又合二图而观，方图乾处圆图亥位，谓之天门，是天气下降也；方图坤处圆图巳位，谓之地户，是地气上腾也。此两十六卦，所谓阴阳互藏其宅也。方图泰处圆图寅位，谓之鬼方；方图否处圆图申位，谓之人路。此两十六卦，是天交天，地交地，而生生不息，所以泰居寅，而否居申，所谓阴阳各从其类也。

夫圆图主运行之事，方图主生物之事。运行者气也，生物者质也。气非质，则无所附丽；质非气，则岂能生物哉！康节《经世》书本“先天方圆图”，其作用大略如此。

经世要旨

余孟宣

先天之学，本来只是先天六十四卦大横图一一八八之序。横图者，卦之所以列，一一八八者，数之所由肇。卦之于数，犹形之于影耳。

由是取横图复至乾三十二卦，自北历东，以至于南；取姤至坤三十二卦，自南历西，以终于北，以应天之运。而天根月窟，自然之理，不假作为，莫不作对待，而圆图立矣。

取横图乾一宫之八卦，自乾至泰，横布于圆图之内，而兑二宫之八卦，自履至临，皆布于乾宫八卦之上，余六卦以次横列，而乾居西北，坤居东南，否泰阴阳之交，居于东北、西南，以应地之方。横斜曲直之妙理无穷，而方图立矣。

若夫圆图之发用，则以乾、兑、离、震三十二卦为阳，为在天日、月、星、辰之四象，为元、会、运、世之大四象。震离二宫为阳中阴，兑乾二宫为阳中阳。又分天道之阴、阳、太、少。

坤、艮、坎、巽三十二卦为阴，为在地水、火、土、石之四象，为岁、月、日、时之小四象。巽坎为阴中阳，艮坤为阴中阴。又分地道之柔、刚、太、少。

其数则自一一二二以至八八，并以十二、三十累因而为分秒之数，全数释具《观物篇》中。若夫方图之取用，则分为四耳，西北十六阳卦为天卦，而乾主之；东南十六阴卦为地卦，而坤主之。否泰所主，各十六卦，是为阴阳之交。既济之卦，其圆图阳卦主元会运世。凡三百六十运，四千三百二十世，十二万九千六百年，皆有当时直事之卦。或以世卦配运卦，或以年卦配世卦，须合方图天地卦，分位置左右。

考大四象挂一之卦，以求分数，仍以所得挂一卦，而质于圆图，以察理乱休咎。其圆图，阴卦为岁月日时，主动植事物，自有律吕声数音，合方图天地卦，分位置，左右，横看既济卦。

考大小四象，而得挂一之卦以求分秒二数，亦质于圆图以观臧否。……凡古今治迹，只是凭一定之卦以推步；动植事物则随时取声音数，以求卦而占测也。

所谓“经”者，犹言经纬之经，亦有经纶之义。观天之数“以元经会”者，犹以十二会为经，而三百六十运以下为纬。观地之数“以会经运”者，犹以二百五十运为经，而以二千九百八十四世以下为纬。观人之数“以运经世”者，犹以一百二十世为经，而以三千六百年为纬。

虽曰“断自唐虞”以下，而百世亦可推也。邵子志存斯世，故惟以经世人事名篇，但动植事物之数虽属圆图阴卦，而岁月日时分秒太细，故以四卷载律吕声音之变，而悉归之方图矣。盖方圆二图，错综而用，变动不居，不可为典要也。《皇极》取河图天五地六二中以立数，取圆图太少阴阳刚柔之倡和得一万七千二十四，凡日月星辰之变，水火土石之化，律吕声音之实数，同归于此。又以此一万七千二十四，自乘得二万八千九百八十一万六千五百七十六，是为动植通数，而用之以取挂一卦二百五十六者也。挂一卦起于元之元，元之泰卦乃方图东北之位，终始万物之义，故运世与年各用挂一全卦之序，而直事仍取合于方图天地卦。圆图大小四象，而后分秒之数归宿矣。

《皇极经世》以六十四卦四之，为二百五十六卦，一千五百三十六爻，分直二十四气三百六十日。每一气首分四爻，直闰谓之藏闰，二十四气共九十六爻，其余每四爻直一日，五行生旺休囚定其休咎。据一岁如此，大之而元会运世，小之而岁月日时，一以此推之，谓之“加一倍法”。程子所谓“一日之运，即千岁之运”，其理不过如此。二百五十六卦谓之拐，一卦起例在祝氏钤中，以万物之通数而消息之，不知果是康节置卦之原否也。五行法只以乾、坎、艮、震、巽、离、坤、兑为序。

家传邵康节先生心易数序

宋庆历间，先生隐居山林，留心学《易》，冬不炉，夏不扇，心在《易》而忘于寒暑也。犹为未至，遂糊《易》在壁，坐卧未尝忘，心目无不在焉。一日午睡，有鼠游于前，以所枕瓦枕头击之。鼠走枕破，觉枕中有字，取视之云：此枕数，当卯年肆月重四日巳时见鼠而破，先生叹讶之曰："物皆有数。"于是询问，竟往窑家问其匠。曰："昔尝有一老者，手执《周易》来憩于上，所书之字，必斯人也，今不至已久矣，吾识其家。"乃索同往访焉。及门问其故，家人曰："今则亡矣，但遗书一册在家。嘱云：至某年某月某日有一秀才至吾家，可以此书授之，则终吾身之事毕矣。"其家将是书授先生而观之，乃《易》书也。就以此例卜其家曰："汝卧床下有白金一窖，取之可为营葬事。"

其家从而掘之，果得金矣。先生受书谢而归。暇日究玩，皆不用卜筮，而知吉凶之理，无不应验，是乃易数精微之妙也。

后因观梅，见二雀争枝，布算而知晚有邻女折花，坠伤其股，盖此寓卜有此，后世相传，遂以为观梅数也。与夫卜落花，知明日午为马所践毁；算西林寺额，知有阴人祸。盖此皆为先天数也，未得卦而得数，以数起卦，故曰先天。

若夫见老人有忧色，卜而知其有食鱼之祸；见少年有喜色，占而知其有币聘之喜；闻鸡鸣，知鸡必受烹饪；卜牛鸣，知牛必遭宰杀。此皆论后天之数，盖未得数先得卦，以卦起数，故曰后天。

一日坐一椅，就以所置年月日时推卜之，书于椅底曰："某年月日，此椅当被仙客坐折。"至期，果有道者来访，坐椅而破，仙客有愧起谢。先生曰："物之成败，皆有定数，又何足介意！且公真神仙也，幸得款话。"因举椅揭所书示之，其道者愕然趋起，出忽不见。乃知数之玄妙，虽鬼神莫逃，而况于人乎，况于物乎？